命定

1.

黑暗，籠罩在僅有的光源之上。

光柱背後的人形，只能看出隱約的輪廓，陰暗凝結成的面容上索覓不到任何表情，看不出在思考什麼。他緊盯著前方，在晦暗中徐徐漫步向前。那步調是如此的不緊不慢，彷彿安之若素的享受著這無光的環境。耳畔能聽到回蕩的水流聲，行不遠，水聲漸漸大了起來，說明他正在接近什麼，稍稍加快腳步，很快水聲混著響亮的發電機聲一同出現，機電聲音在昏黑的廊道中響徹，震耳欲聾，想必是聲源近在咫尺。又不幾步，前方一條岔路隱現，路口左右是兩扇截然不同的金屬門，一扇巨大一扇窄小，一扇厚重一扇輕薄。他用手電筒分別打過去，左右端詳一番，先走向那扇小門，從背包中拿出借記卡一樣的卡片，插入門縫，從中由上至下一劃，門卽刻彈開，但自那門後映入眼簾之物，只有失望。

——他並不知道自己在尋找什麼，所尋找的事物是何種形態何種模樣。

轉向那厚重的鐵門，一看是對稱的葉片狀鎖孔，他便知道這次不是一張卡片就能解決得了——從包中取出一件十公分左右的長條狀塑膠盒，使之對準門縫，推動頂部，內部的滑槽結構將壓縮密實的鋁粉全數塞入縫隙中，點燃黏附在盒上的引線，熾熱的白光登時閃耀。只數秒，門縫中的鎖舌便以液體的姿態滴落。

——但當他看到的一瞬間

沉重的金屬門放棄抵抗，綿軟無聲地展開，門後，有什麼引起了他的注意，他將燈光打在某個特定的位置，看著被光芒照亮之所，他眯起雙眼。

——他便無比清楚的意識到，他找到了。

幽暗中的雙眼，閃爍出殺意的磷光。

二〇二一年五月十一日，凌晨1時47分。

「康澮，我們到了。」走在前面的謝瑞稻說道。

就在剛才，這位頭髮銀白的老人，步伐矯捷的領著康澮一路來到了一間偏僻的會議室前，以他的年齡來說，腳力相當不錯。

謝瑞稻矍鑠地用一隻手臂下夾著一遝文件，另一隻手半背著。他於門前轉過身面向康澮，片刻遲疑後，直視著他問：「你自立也有一些時間了，得有一年了？你的導師……湯都郡……現在還好麼，自從上次見到他還是在醫院裡，一轉眼都三年了，出院之後狀態怎樣？」

「難說好，恩師……健康不佳，那次事故中器臟和骨都受到的永久性損傷，痊癒不了，他甚至不能長時間站立，行動能力非常有限……」

「居家療養的費用……？」

「不少，但是不用擔心，保險賠償夠用很久，老師也有些積蓄。」

謝瑞稻目光垂向地面，眼中蘊著些許遺憾：「那就好、那就好，湯都郡是個好人，發生了那樣的事情我們都挺難過的。」老人用鼻子短促的深呼吸，仿若要把內心沉重的東西扔掉。

「行了，進來吧，咱們該聊正事了。」

謝瑞稻推開門，屋內已經散坐著三個人，顯然早已等候多時，一見到兩人進來，立刻齊刷刷的瞅過來。房間角落堆放著幾項器材，會議桌上擺著一壺咖啡和兩個手提箱，手提箱內不知是何物。

謝瑞稻示意康澹坐下，自己則在會議桌桌首位置入座。

「諸位，這位就是跟你們說過的康澹。康澹，左側的是李彤，這次的領隊，右邊兩位，我社的資深調查員，段奧娟、黃明翰。」

老人介紹右邊時，分別攤手朝向桌邊的一男一女。兩個人都很俊俏，男的眼睛中透著精明，女的卻憔悴許多，她本來姣好的面容此刻有些蠟黃，仿若使用過久疏于清理而變色的鋼琴鍵。仍然，兩人衣著得體，目中帶光，氣質銳利，散發著一股精英味道。會議桌左邊的李彤則比兩人都老不少，皮膚更粗糙一些，頭髮和鬍鬚稍顯雜亂，看樣四十五六左右。康澹分別和三人握手，互相致好。這三位，還有引康澹進來的謝瑞稻，都是溪城最大調查公司，金井偵探社的人。和康澹這種整個公司都只有康澹一個人的小蝦米不同，是一家部門繁多，機構編制扎實分明，人員充沛的大型企業。康澹入行時，曾跟著養父湯都郡幹，借著湯都郡的人脈，也就是他和謝瑞稻的關係，得到了這次工作的邀約。

寒暄結束，老謝瑞稻繼續道：「我們這次的任務非常緊迫，我們從接到客戶委託，到完成對接，籌措準備工作，做前期調查，到敲定人選，再算上臨時緊急聯繫你們，到這一刻所有人到齊，一共只用了十個小時，事實上，你們也要在天亮前出動。鑒於這是一次潛入偵查任務，任務開始後通訊上會有諸多限制，你們只有這一次機會確認計畫內容，所以打起精神聽好了。」

他清了下嗓子，打開會議桌一側的電子屏，電子屏在康澹和李彤背後，兩人轉動椅子，轉面朝向螢幕。

「汪寧威，男，漢族，山東煙臺人，父母皆是科研院的研究員，研究神經科學。父汪惟錚早年離世，汪寧威自幼由其母邢蘭祖獨自撫養長大。汪寧威因天資聰穎，十一歲加入國家心算隊，十二歲獲得榮譽將軍軍銜，曾以優質基因攜帶者的身分，參與過大量的人類基因探索工程、腦實驗和心理實驗。」螢幕上飛快的播過數張青春期孩子的照片，照片中的汪寧威是個平額頭，瓜子臉，五官清爽的青少年，他常穿著慘綠軍裝，有時像個普通孩子一樣在桌上動筆寫字，有時頭戴著插滿了線纜的金屬盔，在和穿白大褂的醫生交流著什麼。

「兩年後，汪寧威十三歲時，心算隊解散，汪寧威退編返回校園，之後正常升學進入初中，然而十五歲汪寧威突然以叛國罪的罪名受到起訴，後來隔年九月獲得無罪判決，十月其母發現汪寧威失蹤，此後至今十年未被尋獲，二〇一九年受其母申請宣告失蹤死亡。但有情報表明，汪寧威仍活著，並始終在祕密進行恐怖活動。爲了籌集恐怖活動資金，參與過多種犯罪，包括走私，詐騙和煽動——你們這次的目標，就是這個汪寧威。」

幻燈片轉到一張解析度極低的，拍攝地爲火車站的照片上，周圍東西全糊到只剩輪廓，人群中央有且只有一名戴著鴨舌帽的男人，臉根本看不清，勉強能分清五官方位。這是原圖多次放大過的結果，拍攝發生時一定有相當的距離，看來這就是手頭僅有的面容參考材料了。

謝瑞稻停頓須臾，喉頭發出一種黏糊糊的聲音，邊咽了咽喉嚨邊環繞會議桌行走，開始將手頭的分件分發給衆人。

拿到文件的李彤將之隨手翻開，眉頭慢慢皺蹙。康澹接過來一看，雙眉也微微的擰在了一起——

那是十幾頁說明文書，和幾張老舊的屋子的照片。由照片凝固的時間裡，包含的是滿屋的鮮血、屍體以及駭人的傷口。

這些是陳舊的兇殺案卷宗材料影本。

「十五個小時前，五月十日凌晨4點，我們委託人接到線人的緊急情報，汪寧威將出席今日由非營利組織，環境與人文保護協會舉辦的一次小型活動，舉辦方稱之爲分享會。他爲什麼要、爲何能參加這個NPO的活動，委託方的線人亦不清楚。這個分享會的眞實性質，極有可能不像舉辦方描述的那麼單純。但委託方對線人非常有信心，堅持認定汪寧威如今已經回到溪城，明天必定會出席。你們的任務、委託人的要求，就是在會中識破他的僞裝，把他揪出來。」

僞裝……揪出來……康澹瞇起雙眼道：「就是說我們現在確定不了到場的人裡，哪一個是目標？線人情報具體是怎麼說的？」

「沒錯，汪寧威會以僞裝身分參會，來自我們對現有情報的推斷，推斷的根據關乎明天到場的人員名單和對應背景情報，涉及非常大的資訊量，我們放到會議最後詳細講解。至於委託方那邊……因爲其不願透露的原因，委託方堅持不允許我們與線人單獨接觸，一切提問和情報回饋只許通過委託人轉述……其提供的關於汪的情報匱乏且模糊，只有一句話……」謝瑞稻看向康澹「汪寧威一定會出現。」

就這樣？康澹皺皺眉，瞄向旁邊的段奧娟，段奧娟也面露狐疑。

「我知道有些難以接受，但能夠理解，委託方認爲有保護或者維持情報源隱匿的必要。但那都不是我們需要關心的，對於該情報我們相信與否不重要，只要委託方相信就夠了，別忘了，我們只是拿錢辦事。只要委託方認爲錢花得值，我們就要辦到位，就和往常一樣——」謝瑞稻昂起首，不容置喙道。

言罷，謝瑞稻做了請的姿勢，示意衆人打開各自手中的文件。

康澹低頭將文件打開來，手頭的各類文書影本，詳盡的說明了案件發生的地點，死亡人的資訊，現場司法鑒定的結論和疑點等等，康澹沉下心，從字裡行間搜集重要的資訊點。

一個發生在黑龍江牡丹江市興盛村的案件，被害有三人，皆當場死亡，分別是男戶主王梓（41歲），戶主的母親高薇茜（66歲）以及戶主妻子曾靜（39歲），案發地爲王梓家自宅。

王梓是一個小公司的普通貨車司機，曾靜則是當地百貨商場的員工。王曾夫妻兩人有一個在上小學的孩子，王亞東（7歲），平常在學校住宿，學校離家很遠，不在本區，在鄰縣，小孩一周回一次家，案發時也在學校上課。由於事件在白天上工期間，村內無人，等第一發現人報警，員警就位，已經是被害人咽氣71小時後的事了。

王梓一家四口所住的是興盛村內的一座握手樓公寓，採光不好，屋子狹窄，僅有29平米。這房屋通體爲L型，L形空間短橫的那部分，算是門廳，屋子大門就在此處正南。正門入口對著廚房，拐點方位右側，是臥室的入口，再往北，是次臥，次臥對面是洗手間。

豎直的那部分為客廳，狹窄的客廳看起來更像是一條廢棄博物館走廊，從頭到尾擺滿了傢俱和日用品。比如靠近主臥就放了一套桌椅。兩把木椅中間夾著一張不到一平米大的小茶桌，三者全都貼牆放置。再往裡面是張折疊床，攤開了會堵住整個廊形客廳，折起來就像一條長板凳，農村人多喜歡這種能一物多用的傢俱。最末端是陽臺，裡面擺著兩疊塑膠凳，一整箱的車械保養工具，以及數個晾衣架。

這房子的每個角落都散發著一種擁擠感。

據小孩子供述，兇殺案發生前，一名自稱張力的人，租下了戶主的一個臥室，以租客身分和戶主一家人共同生活了一個月，屋內發現的租賃合約也能證明這一點。此人深居簡出，從未被興盛村附近的監控攝影機拍到過，案發後卽不見蹤影。

「但證據證明這個所謂的張力就是汪寧威。」

聽聞，幾人不覺抬起頭，看向謝瑞稻。謝按動遙控器，由不同角度拍攝的兇殺現場的照片，顯現在螢幕上。

「本次命案的主要發生點在臥室，大家重點看一下臥室內部的情況——」

臥室逼仄，一張雙人床緊靠右牆放置，床和左手邊的牆體之間有一個約略半米寬的過道，床頭朝北靠著窗戶，床腳和對牆之間有大概三平米的空間。東南角落放了一個掉漆的五屜櫃，緊挨著櫃子，是一座衣架，臥室出口在櫃子對面。不過幾平米的範圍內，能看到兩具屍體，一具蜷縮在左側過道最深處的窗下，一具坐倒在床腳和櫃子之間。公寓內還有第三具屍體，面朝房門方向臥倒在毗鄰臥室的客廳中。三具屍體身分的依序爲王梓、曾靜和高薇茜。

屋內一塌糊塗，到處都是血跡。血跡中有兩處樣態較爲奇異，一個是門廳面向入口的牆上，有巨大的血字母V。V字並不工整，傾斜度高，筆劃右側較矮，整體觀感像是對號的鏡像，從筆劃走勢能看出是有意爲之。推測應當是汪寧威的犯罪簽名，諧音威。另一處和其他位置的常規血跡不同的，位於臥室門口，此處血痕更淡，並且被衝擊成呈成輻射狀，就仿佛消防手榴彈在兩名死者之間爆炸了一樣。客廳的死者身上和臥室門內的死者身上，都沾滿了水血灰塵混合的渾濁液漬。

濁液凝結成的泥點黏附在曾靜全然不動的鞏膜上，就像苔蘚蓋於濕石。她的胸口上斜插著一柄菜刀，她的嘴邊肌肉仍緊繃著，眼眥張裂，帶著孤注一擲的兇狠，仿佛要張嘴去撕咬什麼。

「第一張照片，圖中左側，臥室床的位置，床與牆的最內側有大量血跡，側姿蜷縮在牆角位置的死者是王梓，他的胸口、雙手、額頭、鎖骨，甚至是後背，身上到處都是刀傷，一共有十七道，這些傷口全是同一把菜刀造成的。」謝瑞稻開始講解眼前的這些照片。

王梓的左手死死的攥著床單，床單被拉下來大半，蓋住了屍體的左腿、左下腹和左肩，越靠近屍體的床單，被血浸透的愈嚴重。男主人屍體的手心就像塗漆時候被擋板擋住的那塊兒，沒黏到一點血。相對應的，他背後的牆壁上，滿滿當當的擦拭狀血跡，左側的牆壁上能看到一個右手掌的轉移狀血跡，是一個非常完整的血手印。他背後頭頂的窗戶開著，窗緣上亦塗滿了血。

每一個血跡印證了一個曾經發生的，死者臨終前的動作。這些血跡、動作有一個隱藏的共同趨勢，那就是直到被逼入死路仍在想要鑽進牆壁似的竭力向更深處逃竄，能看出來死者死前瘋狂的掙扎、求饒過——

「造成這些傷口的菜刀，就是插在曾靜屍體上的那把。」

忽然，康澹發現王梓屍體前面兩米遠的地上，有個踩扁的蔥綠色絲狀物。康澹眯起眼端詳頃刻，那居然……是條未沾染任何血跡的捲心菜的菜絲……非常小，拿眼一掃很難注意到，沒什麼意義，派不上什麼用場，但人就是會被這些無關緊要的細碎事物吸引。

謝瑞稻並不覺得那是一個值得探討的要素，繼續講解屍體道：「曾靜身上有四個傷口，每個都很深，和王梓一樣，傷口皆是同一把菜刀造成的，該次案件中這柄刀至少要為23個傷口負責。第一個創口在屍體正面，從右鎖骨上方削過。第二個在肩膀，斜直走向，由上至下劈在右肩胛骨外緣。第三個位於左頸，精準的砍斷了側頸動脈這條由心臟通向大腦的粗壯血管，血流量頗大，此處傷口附近能看到大量的厚硬凝固血痂。第四個傷口便是菜刀所插的位置，胸骨正中，緊貼胸骨上切跡。除了開放創，曾靜臉上還發現了一些挫傷，能看到一些內出血導致的淤青。她屍體旁邊的牆壁上，還有由菜刀造成的缺口，打鬥確實發生過。」

謝瑞稻啰嗦啰嗦按著遙控器播放鍵，又閃過兩張挪走屍體後的臥室現場照片，接著畫面一轉，投影片上映出王梓家客廳的模樣。

「臥室敞開的房門外，俯臥著第三個被害人，高薇茜的屍體。屍檢報告顯示老太太鼻樑破碎，下頜骨及右膝蓋骨破裂，左小腿有小面積的紫紺腫脹。後頸有刺穿傷，是致命傷。傷口位置揭示死者死前是在逃跑，逃跑過程中可能絆倒也可能是被兇手汪追上推倒，磕碎了鼻骨與膝蓋。鼻樑碎的很整齊，可以確定是猛力撞在平整的地面，老太太當時是合撲倒下的。在摔倒後，高薇茜被汪寧威追上，由身後刺死。三人裡老太太死的最俐落，一刀斃命，刀刃精準的插進後頸脊椎間隙。高的後頸傷口是一把刃身只有兩指粗，全長僅八九公分的袖珍匕首造成的，這把匕首最後在浴室的壁龕上找到。加上菜刀，現場共有兩件兇器。」

「注意看這兩柄銳器——」

謝瑞稻放大照片，匕首在拉上窗簾的晦暗洗手間內，其上沾滿的人血看起來更黑齷。同為兇器的菜刀刃身卻反射著耀眼的寒光，上面能看到被均勻塗抹且稀薄的血沫紋理。

「這把對二十多道傷口負責的刀如此乾淨，不用想是因為犯人對其進行過擦拭。」

「但這本應是個沒有必要的行為。」李定坤突然插嘴道，語氣中充滿了篤定：「除非，刀刃上曾經沾染過什麼對兇手不利的東西。」

「對，當時負責這個案件的刑警也第一時間意識到了這一點，這位……」謝瑞稻嘩啦啦的翻動手中的檔

「啊，葉軒，葉刑警。開始帶著這一想法在室內搜索，他很快發現，臥室左側門沿下方，有一片指尖大的不起眼新鮮的片狀軟體組織。

這一小片組織上有人體皮膚，膚色白皙細膩，膚質顯著不同於屋內的三個死者，探案刑警敏銳的注意到這一點，將其送檢。法醫最終檢測發現這片人體組織，攜帶的是來自汪寧威的DNA。」

啪嗒，畫面轉換，明星證據的特寫占據整個螢幕。

「我們仔細看，這片人體組織上面沒什麼血，說明傷口不深，整片組織上都附有皮膚，說明被砍中的位置留下的傷口也是片狀，組織裡這層略顯透明的白色，是微量的軟骨組織。這幾個跡象說明在鬥爭中有人傷到過汪寧威的關節部位」謝瑞稻作了抬手格擋的動作「既是片狀傷，又是在關節，受傷位置九成可能是在手肘上——這個小細節，可以作爲定位目標的輔助線索。」

謝瑞稻看了一眼腕上的錶，繼續道：「由此，大致能夠猜測，菜刀不是兇手最開始使用的兇器，而是後來奪來的，兇手行兇途中，很可能是最先使用匕首襲擊高薇茜的過程中，遭遇某人反擊，傷到了手肘。之後兇手奪來的被害人使用菜刀後，用刀殺死兩人。由於傷口很小，犯人當時應該未察覺擦到自己留下一小片皮肉，只擦乾了菜刀上頭的血跡以避免遺留自己的DNA證據，擦乾後復而將兇器插在了死者曾靜的屍體上。」

這就解釋了菜刀爲什麼在曾靜的胸口上搠的那麼正中筆直，是衝突後行爲，康澹默默點點頭。

「如果汪寧威曾經在現場與人爭鬥過，那麼現場的大片水漬就能解釋了——汪寧威離開前直接一盆水潑到了現場中心，好銷毀自己的血和足跡。」

「狂妄。」一極其不滿聲音從李彤的嘴縫裡擠出來。

「啊，是啊。」謝瑞稻十分贊同道，接著他啪一聲用力闔上資料夾，擲地有聲的道：「對鄰居和張亞東進行詢問得知，張力身高約一米七五，中等身材，面容清秀。此人目光銳利，思維敏捷，沉默寡言但爆發性強，談吐和動作經常突然而快速。張力的體貌特徵大致符合對汪寧威成年後的推定，性格特徵、行爲模式、人格畫像則完全與汪寧威相符。結合以上幾項發現，張力極高可能是汪寧威所使用的化名。若果眞如此，那麼作爲目前已知唯一在案發期間進出現場的人，對於王梓一家三口的死，汪寧威具有重大嫌疑。」

謝瑞稻忽然望向漆黑一片的窗外，混黑的天空上一點星光也沒有，路燈、還有無人的商業樓中開著的電燈，看起來孱弱無力，透著一股死氣。

「這起案件發生在七年前，特意講述它的原因有二。第一，這是迄今爲止我們所能尋獲到的時間間隔最近的一次汪寧威樣貌相關的線索，該次案件根據證言製作了類比畫像，第二，興盛村案件是至今唯一一次發現存在與汪寧威有直接關聯的證據，王梓一家被殺的動機至今不明，檔案中關於王梓一家情報你們務必要留意，你們出發前再多加瞭解一下，如能解明作案動機，很可能會幫助解釋他多年的恐怖活動以及預測其明天的可能動向。」謝瑞稻的眼中不知爲何閃爍出回憶的柔光，繼而說道「興盛村事件並不是唯一的線索，在半年前，他的蹤跡曾再次出現——二〇二〇年十二月，遠洋國際的創始人卓向榮，被發現暈倒在溪城莊河縣的一家破爛的小酒館的衛生間中，卓向榮在救護車抵達前死亡。後經屍檢確認，致死原因爲VX神經毒素中毒。當天被害人是獨自出現，沒有其他人陪同，這起案件未找到任何可能的嫌疑人。不過，警方當天便在死者的癱倒的地方，發現了一張卡片。」

咔噠，按鍵按下的聲音從謝瑞稻的指縫間幽幽的傳出。遲緩的，仿若懷舊電影一樣的照片，頂替掉興盛村滅門案的照片。破敗的衛生間照片中，位於非常顯眼的位置，一眼便能瞧見一張邊角乾淨，一塵不染的一張象牙色卡片。這卡片是一張名片底板，還未刻上個人資訊，但作爲代替的，上面有另一個東西——

一個緋色的殘缺V。

「請看，這個名片上面，像是用小毛筆寫下的V字。雖然大小差了很多，但從運筆的力道、筆劃的停頓、字形特徵，都和興盛村發現的一致，兩個V字具有相同的動力定型，出自同一人之手。」

「唔恩，總之……」謝瑞稻快速的在文件上掃了幾眼，抬起頭「到此為止，諸位行動前必須知道的關於汪寧威本人的三件最重要的事實便講完了。那就是一、汪寧威的背景以及興盛村、莊河縣事件與汪寧威極可能有關；二、如早前委託方所述，汪寧威已於半年前結束流亡，返回了溪城，本次任務並非空穴來風；三、他在興盛村事件中受傷，很可能留下了可辨識疤痕。這些都是對任務有利的重要情報──好，關於剛才這一部分，有什麼問題嗎？」

黃明翰雙眉一鎖，問：「剛才提到的恐怖活動，都包括什麼？怎麼確認和汪寧威有關的？」

「集中在南疆一帶，從簡單的漢人屠殺，到衝擊政府機構，基本都來自當地軍警聽到的傳聞，有一小批恐怖分子的首領曾經是兒童將軍，沒有確鑿證據的。」

「主任，我也有問題。」段奧娟立刻舉起手。

「哦？奧娟？請講。」

「對張力的目擊者詢問之後製作的畫像不可靠嗎？明天我們為什麼不能用類比畫像來辨別目標？」

「畫像品質很高，問題在於其他方面，至於具體是什麼……那就要說到我剛才提到的大量人員資訊了。」

謝瑞稻忽地像是在索求什麼意見似的看向黃明翰，同時用手指抓了抓面頰。

「簡單地說，一言以蔽之……我們已經掌握了明天所有將要參會人士的名字與長相，出席者中沒有與之容貌相符的人。」

2.

五月十一日，8點37分。

直達峰頂的吊箱式索道車，正緩緩的向上爬升。康澮坐在廂內，身邊放著一隻手提箱，出神的瞭望遠方。愈接近山川之頂，景色愈趨壯麗，千里風光盡攬眼下。山巒矗立，雄樹深紮，百鳥麇集翱翔於山尖，蔥郁的植被伴隨著山脊的起伏而上下震盪。就和許多現代的年輕人一樣，總龜縮在自我圈養的城市中的康澮，很久沒有到過此般視野遼闊的山野了。遠方的溪城城區幾乎全部囊括在視界內，遠眺過去就像是看一座無比精細的模型，細緻到靠近山麓的每條街上的車子和每棟樓的窗戶都能觀察到。即便很多時候他們都只是一個快要分辨不出形狀的點。

黃明翰的目光只在外面的景色上停留少刻便收回來，只幾秒，隨後又馬上瞧回去，目光遊移不定，來回睇眄，最後乾脆離開窗前，在廂內不安的來回踱步。

「計畫有太多不確定了。」黃明翰聲音裡透露著緊張「以前也有過碰運氣的打法，但這一次……需要的運氣未免太多。」

「倉促時間，倉促計畫。」康澮也同意黃明翰的觀點「隨機應變把，我們四個人配合好，總有辦法的。」

「隨機應變說的是計畫的執行上，我說的不確定不是在計畫上，而是在意圖上。計畫這種東西，誰說一定要成功，我們不過是一些收錢辦事的家犬，家犬見到熊也會逃跑，做不到的讓它失敗又怎樣，但是人的意圖……」黃明翰很不滿的歪了歪嘴「這次行動……能感受的上頭的壓力，不管委託方是誰……我從未見過如此強硬的態度——在金井可是經常跟權貴打交道，相信我，我們面對過太多強硬的甲方了，金井領導層基本都能應付，但沒有過如此蠻橫，如此讓上頭進退失據的……我總能感覺到……某種執念……」

黃明翰轉身背朝著康澹，康澹看不清他的臉，但從他微微顫抖的聲調中，不難想像他現在的表情。

苦澀和惶惑。

「唉，你我都清楚，委託方到底和汪寧威之間有什麼糾葛，上頭是懶得知會我們的。聊點經驗之談，改變不了的事情和缺乏關鍵情報的疑問，都根本沒有去糾結的必要，想多了除了傷神什麼益處也沒有。」康澹從懷中掏出一瓶魔爪，悠然的打開「不過任務方面我跟你一個想法，點到爲止，沒必要太出力。」

康澹狡黠一笑，脖一仰貪婪的連飲數秒，只一口就咕咚幾聲喝掉了大半罐。

「決策者對下屬有所隱瞞是慣常，但這一次……隱瞞的未免太多了……就是這種隱瞞，讓我不安心，被隱瞞的事情中指不定哪一件就會致命。你也感到了吧，昨晚會議開了整夜，結果聽了越多卻發現的知道越少——喊，個人在集體前太弱小了，底層員工的成功屬於公司和集體，失敗都是個人責任，頻繁的體能耗竭更似乎只是個人理所應當承擔的」黃明翰覆哼了一聲「總有一天這種勞累對身體與精神造成不可挽回的傷害，我看很多人身上這種損害早就發生了，只不過公司不在乎，而個人更多的是無力改變。」

「反正就小心一點囉，自己照顧好自己，就像每次委託那樣，就像在這個吃人社會裡每天那樣。作爲唯一的絕對不可避免成本時間就是一切，今天越快的找出汪寧威或者是他並不在場的證據，我們就可以越早的離開這裡，就有越小的概率出岔子，相反，拖得時間越長，向不可控方向發展的可能性就越大。」

康澹喝光最後一口，將空瓶朝著窗外扔出去，用了全力，看能扔出多遠。

「唔……」黃明翰不置可否的嗯了一聲，陷入沉思。

說著，索道車已經接近目的地。置於山頂，在陽光下輕微反光的別墅出現在視界中。雖然還有段距離，但已經能聽到潺潺流水聲，那是別墅自帶的濾水系統，以及室外大面積的附屬花園裡的裝飾用噴泉共同發出的聲響。這就是本次分享會借用的場地，汪寧威將要出現的場所，宋陽君的私人別墅。

說是私人別墅，其實更像一個巨大的水晶堡壘。

那別墅整體大致爲圓柱形，攢尖頂，四層高，每層均使用全規格的落地窗玻璃作外牆，不管哪個方向都能通透的看到外面的景色。室內淨高大，單層淨高約4.5m，建築體總高近30米，加上庭院，總占地超4500平方米。別墅有自己獨占的發電機和造水系統，自帶直升機停機場和花園。別墅建在峰尖，四周的山坡幾乎是陡直的，進出只有兩條途徑，直升機和專用索道車。

該建築是山東生物製藥集團副總裁宋陽君的個人財產，傳言宋陽君有雙向障礙和精神分裂症，避世傾向強烈，荒郊之所建造住處包含了精神療養方面的需求。

這位宋陽君還是激進環境保護主義者，積極參與各類環境活動，是環人保的大金主，上周宋陽君離開溪城，前往法國參加法當局召開的生物醫藥創新先峰會，要外出一個月左右，把自己的住宅免費借給環人保使用。

旋翼轟鳴，一架直升機從頭頂飛過，朝著峰巔方向駛去。康澹瞄了眼呼嘯而過的直升機，輕聲道：「明翰，我們到了。」

黃明翰走到面朝別墅的那扇窗戶前，像是一個頭次和心上人約會的緊張的小夥一樣，整理了一下髮型和衣領：「從現在開始，就是程雨辰了，有爲。」

湯有爲淡淡一笑。

幾分鐘後，湯有爲拎著手提箱和程雨辰從索道車上下來，見到能同時停放至少三架直升機的偌大停機坪上，一架中航AC310羽量級直升機，旋動的槳葉在最後一點慣性耗盡後慢慢的停轉。扶著艙門，段奧娟像是想要瞄準並踩死地上的蟑螂一樣，單腳步出直升機，重重落地。她佇立於直升機前，用遠超一個普通與會者的警惕左右打量周圍，當她昂首仰視的目光停在巍然的玻璃堡壘上時，李彤身形輕快的在其背側下機。

兩人向別墅走去，別墅正門門口站著一個穿西裝套裙的接待女士，身旁擺著一座雙面海報架，上繪環人保的宣傳圖片。緊挨著海報架的是一張不大的小桌，桌後側緊挨落地窗的位置放了一座最大容量七支長傘的傘架，現在四把梅色的雨傘放在上面。小桌上放著登記簿，一摞裝飾卡片，還有一個放滿袖珍編織手環的珐瑯盤，後兩者想必都是爲來客準備的小禮品。桌後面一位男性伏案而坐，來了人也不抬頭，在一張小紙條上不知道寫著什麼。

李彤上前和接待女士聊了兩句，便在她熱情笑容的陪伴下進入了主建築，段奧娟緊隨其後。他們一開始交談，桌後的男性便馬上拿起登記簿，快速的於其上寫寫畫畫。兩人進去後，接待女士再次出來時，立刻看向那男子，男子當卽痛快的朝她點了點頭，接待女士隨卽安心的返回正門口原位，端正的站好，等待著下一位客人的蒞臨。

湯有爲透過玻璃窗，不經意看向已進入屋內的段奧娟兩人，忽地察覺到，段的移動的步調，隱匿著和程雨辰一樣十分緊張的情緒。

——女性和男性諸多不同的地方之一是，女性總體上，或說平均水準上，有更強的掩飾傾向，以緊張爲例，在同樣的情緒強度下，男性的首選多是化解或是壓抑緊張，而女性則傾向於想辦法不讓別人看出自己緊張，比如故意做出一些看似輕鬆的動作，或者突然熱切的談論無關話題。段奧娟剛剛走起路來，步子格外的大，竭力想營造出一股子天不怕地不怕的氣勢，然而不大自然，和她之前心境平和時，小步幅自然走路的樣子不同——她正在刻意僞裝，氣勢是裝出來的。

說到不安湯有爲也不遑多讓，心中有一把摸不清規律的小銼子，是動是靜全部看它自己，不受控制，肆意妄爲，不動則已，一動起來便麻癢難耐。

索道車緩緩停下，湯、程兩人一前一後走出，最後互相看了一眼，默契的向正門走去。還未到門前，左手邊，有人從西邊花園漫步出來，到得門口，向接待女士頷首示意一下，便自然而然的進屋內去了。看向那人來的方向，只有一條通路，路上擺著四五個交通錐，錐尖以鐵鍊相連，象徵性的封住了向西去的路。

「您好，歡迎參加環境與人文保護協會舉辦的經驗交流與未來展望分享會。」

兩人才到門口，招待女士卽刻綻放出熱情的笑容，一字卡頓沒有，口齒淸晰的用一長串有心雕琢過得辭藻，朝兩人打招呼。湯有爲留意到她領邊別著的胸徽，其上紅底金字寫著她的姓名，王淑萍。桌後的人帶著員工卡一樣的胸牌，胸牌正中是二寸照，照下面用填空底線一樣標註著三個字，李本財。招待女士詢問兩人姓名，簡快的報上湯有位和程雨辰兩個名字。旁邊的李本財一聽，立刻抬起頭，一雙賊眼毫不留情在兩人的五官上掃蕩。

王淑萍幾乎是條件反射的用閃電般的速度瞥了李本財一眼，想和他說什麼，但顯然王女士比李本財善於管理自己的表情多了，她瞬間收回視線，保持著禮貌得體的正視，然後強調什麼似的，重新笑了一遍，唇瀞畫出恰到好處的弧形，恭敬的對兩人說：「會場在二樓，您兩位是最早的人之一，交流會於十點開始，還有許多人沒到，還請稍候，開始前請在樓內隨意參觀。」

湯、程謝過接待，穿過玻璃大門，進到別墅內，背後響起嘁嘁喳喳的悄悄說話聲——

「快通知馬賀，他們來了。」

程雨辰肩頸不動的瞄了一眼身後，佯裝觀光的向一樓深處走去。

「聽到了嗎？人家不僅對我們起疑了，還改了開始時間。」

「畢竟是昨天深夜臨時聯繫環人保工作人員要求添加的嘛，傻瓜也會懷疑。不過這個開會時間，不一定和我們有關吧？」

「不知道。」程雨辰聳聳肩，乾脆的答道。

「……」

湯不知該說些什麼，收回目光，隨即不自覺的意識到，建築內部的景色也和它的外觀一樣，獨樹一幟。豪宅的每一層都是圓形的，每一層都是幾乎360度不間斷的環型落地窗，只有正北一片占地範圍不大的外牆，讓連環落地窗沒能形成一個完整的圓。儘管如此這些圓弧狀的落地窗上，全都沒有一點多餘的弧度，沒有一點曲線上的不足，整個建築就是現代精密工程測量學的結晶，充滿了尖端氣息。

一、二層是生活的場所，廚房，起居室，餐廳，會客室，書房，辦公室，家庭影院，雜物倉儲區，生活物品收納區都在這兩層，各占一小塊區域。說是房與室，但實際上每個區域都互相能見，因爲所有房間之間是沒有牆的——一面內牆也沒有。

這樣完全沒有牆及門的設計，也讓別墅室內有種不亞於野外的開闊感，完全不覺得擁擠。可以說每層的整個樓層就是一個大房間，只不過包含了許多不同的功能區。房間區與區之間有一定距離，在室內移動，感覺就猶如從停車場一端走到了另一端。舉例來講，位於一樓西北的螺旋樓梯後側是置有兩架藏書滿當的書架和一套書桌的辦公區，右邊則是幾組會客桌椅，從會客區往南走八九步便是擺有成套的沙發茶几的起居室——區域之間相隔不過幾米，界線全靠傢俱擺設來識別。

段奧娟和李彤進門後被一位興致高漲的男子攔住交談起來，遠遠就能聽到他自我介紹，他是豪宅主人的侄子，名叫梁繼軍。湯有爲和程雨辰從幾人身邊繞過，繼續漫步前行——

這房子純粹是主人爲了滿足自己喜好造的，根本沒打算考慮便利或是實用與否，他人的審美更是未曾多想。建築內正東正西，有兩根貫穿整樓的直徑四米的圓柱，東側圓柱上有房門，裡面是洗手間。西側圓柱內部沒有房間，但能看到類似配電箱、光交箱的小鐵門，想來裡面應當是裝置了管道和纜線。兩側圓柱皆在表層架設了螺旋階梯，樓梯直通頂樓。

快走完一圈時，來到大宅極北，發現這裡居然有一座電梯。之前沒有發現，是因爲電梯同樣承載了主人對開闊空間的愛好。

——整座電梯竟然只是一個圓盤。

這電梯沒有開闔門，沒有轎廂，也沒有鋼筋吊繩，只有腳底一塊打磨極致到能看出自己倒影的，厚實而邊緣銳利的仿若來自科幻小說的金屬盤。電梯背後的牆上有重型導軌，金屬盤末端嵌合在導軌上，電梯運作時，金屬盤會受導軌曳引而載人上下。導軌和金屬盤的接合處都是暴露的，一旦被絞進去，不丟條命也得缺上一肢，開放至極以至於頗爲危險。不僅如此，更爲怪異的是，電梯導軌所在的牆上還有一個人頭大的，滾圓的透明玻璃做裝飾，格外的意味不明。

「呦，這電梯，活像臺壓機，看著還眞有點滲得慌，總有些莫名的擔心腳趾。」

「我看像斷頭臺——話說做成極簡風的電梯倒也不是不可以……爲什麼不在外面放一層像是商場電梯的那種玻璃防護罩呢，視覺效果不一樣麼，還更安全。」

湯有爲左右端詳一番，看著那片牆上的玻璃道：「你發現了嗎，沒有按鈕。」

程雨辰眉毛一挑，突然發現，沒有轎廂讓這電梯失去了設置操控按鈕的地方。

「可能需要遙控器或者手機控制吧。」

程雨辰話音剛落，突然聽到身後一個陌生的聲音，說到：「哎，您明鑒，這電梯是必須得有授權APP才能使用的。」

兩人轉過身，見到一個八字眉，腫眼皮，臉盤發圓，五官緊湊的男人。

五官緊湊本來不該是個貶義詞，然而面貌和世界萬物一樣，最適宜的的永遠都是平衡與協調，緊湊放在小臉上定然好看，可面前這人大臉蛋，五官卻全都拘泥在中心位置，周圍看起來像是畫家作畫時沒掌握好布局，留白留了太多，顯得不太美觀，容貌只能算中等偏下。

「你好，我是馬賀，這次活動的負責人。」非常和善的口吻，帶著一股身爲領導的自若。

馬賀說著伸出手，湯有爲立刻和他握了握：「你好，敝姓湯，名叫有爲，身後這位是程雨辰，程先生。」

「你好，你好，歡迎歡迎。這座電梯我們剛來時候也研究了一會兒呢，不過聽房主說故障了，現在無法使用。即便如此，這建築眞不得了，欸？像這電梯一樣的奇異配置到處都是。我聽說啊，別墅的主人宋陽君甚至成立了一個七千萬美元的信託基金，專門管理這座龐然大物。」

程：「嘆爲觀止，驚爲天人。」

湯細起眼掃了馬賀一下，心裡有一件事明鏡——馬賀不是來寒暄的，而是來審問的，但對方想多繞一會兒，那就陪他玩玩也罷。

他嘴角一咧，道：「牢山是一族大山脈，不登山的話，走再近都察覺不到它的存在。媒體也從來沒報導過宋家別墅，要不是環人保發起了這麼一次活動，我都不會有幸到還樣的豪宅裡轉上一圈，今兒也算是長見識了。」

馬：「哈哈哈，這位眼神銳利的仁兄，看你氣質不凡，但顯然閱歷尚淺。宋總不是藝人，也不是政治家，和媒體歷來疏遠。像是這類事情，都是私密的，別說媒體，恐怕除了本人和承包商，宋總身邊也很少有人知道。能得到宋總的大力支持，我們也很榮幸。」

程：「說的對，建別墅的人多了，只是初建的時候，媒體也不會每個都報導，待到建完顯露出與衆不同時，熱度也大都很快便消散，如果沒有特別的事件和建築聯繫起來的話，建築本身很難引發人們的長久關注。」

——比如兇殺案。

這句話在湯有爲腦子裡一閃而過。

湯有爲神經過敏的望向一邊，好像哪裡會突然蹦出什麼猛獸。

「對對對！最後賦予地點價值的，還是人！」

馬賀像是說了什麼特別好笑的話一樣，沒來由的忽然過分開懷的大笑起來。就這麼保持著滿面笑容，馬賀話鋒一挑，轉了向，語氣刺探的問道：「昨天晚上突然接到電話說要臨時參加的四人裡……就有兩位吧？」他間不容髮的繼續道「我記得兩位是……明遠燈具的銷售總監和杏園香的財務主任？……」

湯有爲感到一絲不快，動了下眉毛，沒有感情的答道：「正是。」

「嘿，嚇一跳，凌晨十二點突然接到副主席的電話，幸虧我們員工昨天睡得也晚。我們這些活動啊，都是需要提前安排，提前報名的，原則上不讓這麼隨便臨時參加，我們也有我們的困難，但是畢竟……」

「哎喲，眞是不好意思，給您添麻煩了。」程雨辰倏地燃起某種熱情了，臉上堆滿了笑容，搶著賠不是，一拍大腿「我們一開始哪想會這樣，也是臨時得了信，倉皇決定的！太不好意思了！」

「哈哈！沒事沒事！大家都是忙人，貴人多忘事，我馬賀理解各位，能幫上忙的那我肯定義不容辭。我昨天也是趕緊聯繫了領導，打了六七通電話，總算趕在天亮前辦下來的。」

「馬經理辛苦，我們都明白，這種突發事件最考驗人了。」

「瞧您說的，不辛苦，都是爲了環人保這個大家庭，爲了我們的每一個家人嘛——就是，昨天晚上領導有個問題一直問我，我就始終答不上來，咱們……有什麼非來不可的理由嗎？」

馬賀說著說著壓低了聲音，轉動手腕舞動食、中兩指，這個意味不明的動作像是要撥開簾子，又像是要攪開水面上的浮苔，在短瞬間非常快速的重複了幾次。湯瞄了眼程雨辰，程雨辰想起什麼似的，雙眼猛一眨，弓下腰，貼到馬賀身前：「哎，今天來參會的王睿崎，你可知他是什麼人……」

「您這話問的……」馬賀賠笑得雙眼都瞇成線了「我們會員那麼多，我上哪兒知道那麼詳盡去啊。」

程雨辰煞有介事的說道：「他是遠洋國際的總經理。」

馬賀做出很迷茫的樣子哦了一聲，帶著詢問的目光看向程。

「溪城最近在南平區有個拆遷專案你知道嗎……？是個企業徵收拆遷案，被拆遷人就是遠洋國際。」

程雨辰看了眼馬賀仍舊不明白的表情，訝異道：「你不知道嗎，市政府要回收遠洋國際當倉庫用的那塊地，賣給房地產造樓。」

「還建樓啊，光咱們溪城，據我聽說售賣中的87%都是期房，其中六成都還沒賣出去呢，還建啊？中央不是提倡……」

「中央懂個屁，不賣地地方財政收入從哪來？每年上頭分發下來的財政收入指標那麼高，誰能完成！不賣地，商品房不流通，社融數據誰來撐？房產稅和土地增值稅哪來？我問你，除了房地產哪個實體經濟幹出成績了？都半死不活的，財政從哪弄錢？地賣出去了就完，至少能賺個地錢。房子賣不賣得出去，那是開發商的事兒。」

「您說得有理……」

「有個大老闆——你別問誰，對這片兒地的交付有興趣，他聽說王睿崎今天要來，但他不是環人保的會員，特意求我做個中間人，跟串串線兒。」

「啊，啊，那你也」馬賀豁然開悟了似的，長大了眼睛，轉向湯有位。

湯有位尷尬笑著點點頭：「……我們算是個雜牌外交使團，我倆和那兩人也不熟。」

「哎呀，哎呀呀」馬賀露出充滿活力的笑臉「你看，我這多問了不該問的，這是我這種身分的人兒該知道的事兒嗎，您說說——」

哪裡哪裡，程雨辰也非常客氣的綻放出笑容。

「哎對了，您是叫湯有爲是嗎，我一直覺得湯先生的名字聽起來怎麼這麼耳熟，湯都郡是——」

「湯都郡是我叔父。」

「哦，可是那位偵破了831爆炸案的大偵探？」

「對，就是那位。」

「他的事蹟常有耳聞，久仰久仰！」

馬賀二度過來和湯有爲握手，握的很是用力，對湯都郡讚口不絕，湯有爲覺得有義務回應對方的熱情，結果又是一陣沒完沒了的互相吹捧。

「兩位果然都是各界的精英，怨我眼拙沒早看出來，咱們以後一定多聯繫，常走動！」

湯連連說好，最後四隻手都要黏成球了，才總算完了這場交際舞。

與馬賀分別後，程雨辰和湯有爲起身回到螺旋梯前，跟著入口地板上的方向標識箭頭貼紙，上到二樓去。走不幾級臺階，上頭便傳來情緒積極，氣勢澎湃的背景音樂。

「應付這種傢伙給你累壞了吧，我看著都累。」

「不累，有什麼啊，多好玩。」程雨辰言不由衷的說道，跟著他一眨眼，指向裡面「啊，會場就在二樓。」

於第二層家庭影院所在區域，移開了原本放在那裡的沙發，添置了三排天鵝絨靠椅整齊的對著銀幕，能看出來是要做會場用。所有椅子簇新，款式統一，有的還連著價格簽，看來是爲了這次活動特意購置的椅子。大銀幕不遠處，擺著一張方桌。這桌子和這一片的裝飾不搭，色調不協調，破壞了隱匿在環境中的設計感，多半是從別處搬來的，而非本處原裝修。桌子上放著筆記本和話筒，是用作簡易講臺了。稍遠處有兩架零食推車，一架上層擺著幾罐氣泡水飲料和一壺咖啡，下層是兩盤深紅的鮮牛肉，一架是各式西餅，以及插著牙籤旗的迷你小糕點和果盤。一人正在擺弄講臺上的筆記型電腦，電腦上數條纜線聯接在螢幕前頭的播放機和音箱上，二層回蕩著的音樂，顯然就是來自這裡。

講臺後的人心情似乎很好，容光煥發，帶著自然的微笑。他已經察覺到有人來了，並且想給人留下好的印象，避免失禮，有意識的在暗中管理自己的一舉一動，手腳姿勢都略顯拘謹和克制。臺下，一個舉手投足透著可愛的未成年女生，在逐個把宣傳小冊子放到每把椅子的坐墊上面，將凳子擺正。這兩人脖子上都掛著胸牌，名字分別是丁永茂和紀豔榮。

「最後肯定還要回來這層，先上樓吧。」

恩，湯有爲點點頭說，上去提前探查一下，免得一會兒沒機會。

繼續向樓上邁步而行，才登上樓梯，玻璃堡壘上方一架噴氣機割裂著空氣在天空中高速掠過，隨著它由遠而近又到最後遠去，嘈雜的引擎聲也自尖細轉爲厚重。湯有爲瞄了一眼，沒怎麼在意，收回目光繼續移步樓上。

來到三層，兩人看到眼前的景象，一愣，不自覺的轉眼瞧向對方。

——任誰一上到這一層，恐怕都會露出多多少少訝異的表情。

不爲別的，只因爲這一層雖說是主臥室，但居然一整層都是。床放在整個樓層的正中央，呈環點符狀，觀感強烈，仿若金輪位於太陽系的中心。

三樓的地面高度分三級，級級增高，每一級都是以本層中心的床爲圓點的完美圓，每一級比之前高二十公分。離開樓梯後落腳的地面是最矮的第一級，地面上放著換鞋櫃，和一座乳白色的抽象鋼雕塑擺件。走不多遠便要抬腳登上第二級，第二級西側有一套桌椅，南側是半身高的雕花圍欄，精美典雅。圍欄往西有張矮茶几，放著些許生活雜物，水杯、藥瓶、充電器什麼的。東北邊放著一座有按摩功能的迷你沙發，最東南角，擺設著一副辦公書桌，桌面有翡翠綠燈罩的檯燈，一些紙筆和口罩。最高的第三級圓的南側半周邊緣上，布滿了色彩繽紛的花燈。緊挨著床北側是一座長達五米的，半人高的扇形的鞋衣兩用櫃，從形狀看可能是訂製品。圓的正中是一張寬綽的柚木雙人床，床下墊著一領毛氈。

床本身普普通通，並無奇異之處，但就是透露某種揮之不去的隆重感和儀式感，甚至還有一些神祕感。湯有爲走上前，發現不管是門口的換鞋櫃，還是深處的衣鞋櫃，裡面的拖鞋、皮鞋、衣服上都是灰，拿起衣掛，掛鉤曾經與掛衣杆所接觸的位置出現一道淺色的印跡——它們全都很久沒移動過了。

他撚掉手指上的灰塵，瞇起雙眼囁嚅道：「這層不像住宅的一部分，倒像一個禮神的祭壇。」

程雨辰眉頭緊蹙，完全同意。

3.

五月十一日，深夜2點01分。

段奧娟眉梢一挑望了謝瑞稻片刻。

「欸？這麼快？所有人？我們都有了？」

謝瑞稻捏住投屏遙控器的一端，像指尖陀螺一樣轉起遙控器來。

「因爲時間緊迫……今天動用了一些非常規手段，倒也不是什麼不得了的手法——」

謝瑞稻的臉上流露出剎那的躑躅，自言自語般說道：「這個問題本來是想稍後再講……不過既然問到了……恩，也好，提前講解名單情報，方便一會兒講我們爲何以及如何採取行動。」

他對著黃明翰揮手：「明翰，你來吧。」

黃明翰一拱腰，兩手一按雙膝躍然而起，精神高漲的健步來到投影幕前。他抬手對四人做了一個稍等的手勢，拿出手機，用HDMI轉C口視頻線接在手機和播放機上。投影幕瞬間暗下，又復而亮起，顯示出Samsung dex的標記，之後黃明翰手機桌面以windows的樣式出現，手機螢幕則變成了觸控板，黃像握持遙控器一樣單手抓握著手機，開始操作起來。

「先看一個五官對比識別的成功案例。」

投影幕上出現的來自黃明翰呈上第一張圖，是臭名昭彰金正恩年輕時與現今面容的對比圖。

「左邊這一張金正恩一九九五年於瑞士利波菲爾德高中入泮時的照片，旁邊這一張大家都認得，時事新聞裡常見，是其現在的樣子。」

平行放置的兩個人像圖上，繁密的標注了顴點、下頜角點、眉間點、眼內外角點、耳上下點、耳屏中點、鼻根點、鼻頂點、前鼻棘點、左右鼻翼點等等。這些點之間互相以虛線連接，形狀的虛線線條共同組成一個不規則的蝴蝶狀幾何虛線圖。左右兩張人臉上蝴蝶的每條線之間的比例幾乎完全一致。通過對比這兩張無數點線形成的標記圖，不需要專業技術也能一眼瞧出來，左右兩個不同年齡的人具有相同的骨骼基底。

「這個基於人體測量學的頭面部測量對比圖，能充分體現面部骨骼框架具有的跨時間一致性。然後這是我們今天進行的所有對比——」

圖片切換，黃左邊變成了青少年時期的汪寧威和用模擬畫像建制的3D人臉模型，旁側則是身分不明的成年人。和之前相同的測量標記圖，但左右幾何圖形的各角角度、虛線長短、傾斜度、長度比例，皆不相同。

「左邊不必說就是我們的小將軍，然後右邊，是所有天亮後即將參會人員的正面像。」

黃說著立刻點了一下觸控板，右側人臉變化，換成了另一個人，另一副面孔以及另一套幾何圖，也不一致，再換，仍差異顯著。黃明翰手上越點越快，右側人像越切越頻，最後速度如同跑馬燈的閃過十幾組面部匹配後，黃一聳肩，露出看到小孩子們終於猜出謎題的謎底一樣的笑容。

「——一個符合的也沒有。」

他無聲地的小幅度深呼吸一口，語氣輕快的道：「我們在19點左右完成了這一系列的面部對比工作，據我和老謝猜測，假如委託方情報不失準，汪寧威如果真的到場了。那麼有很高可能，他要麼是帶著面部僞裝，要麼是爲了躲避多年的強制機關追蹤，做過矯容手術。所以，最直接的面容判斷這一次行動是不可取了。」

康澮舉起手，黃明翰小臂前伸，朝上攤手，用半個請的姿勢指了康澮一下，道：「請講。」

「這些面部資料是從哪來的？是線人提供的嗎？」

黃明翰扭頭看了一眼謝瑞稻，謝立刻低頭看了眼手錶，對黃明翰說時間還充足，可以給你二十分鐘。黃點點頭，再次面向會議桌四周的三人。

「李哥、段姐，咱們三個來自不同的班組，之前互相都聽說過，一直期望能合作一次。去年……不，何止，近幾年的內部交流會，上頭其實一直想讓我們班分享一些辦案方法上的經驗，但是因爲這裡的某些具體做法涉及到灰色地帶，游走於法律邊緣，呃……具有爭議性……所以幾年來每次交流會最後都擱置了這一項。今天乘此機會，我們各班組都有代表在，康澮同志和我們社長期合作不少年了，沒有外人，我就簡單解釋說明一下。」

他關掉面部對比照，打開了瀏覽器，頓了頓：「由於剛才提到的原因，所有待會將要說到的具體細節，請萬勿不要外傳，容易成爲監管部門詬病我們的把柄。」

黃明翰嚴肅的目光在三人臉上一一跳過，康澮能感受到視線停留他身上的時間要更久一些，好像被無聲的點名了。

「接下來要講的，並不是來自委託方，而是今晚在各位趕來之前的時間裡，負責值勤的我們三班用了短短2個小時完成的情報搜集作業。」

他一點手機，這一次螢幕上出現的是環境與人文保護協會的官方網站。

首頁最上方是橫穿頁面的長條LOGO，LOGO爲蜜黃色的單色漸變，除了寫有環人保的全稱大名，最前頭還放有環人保的徽章——外框爲無頂圓，底部有緞帶，中央是鏤刻風格紋飾，下端是個帶橫杠，像東正教十字的小型字母P。往下一點是首頁導航，有首頁、機構介紹、國際交流、公益事業、走近環人保幾個選項。在往下，首頁中心位置，便是滾展圖。黃明翰剛打開時，滾展板塊停留在「第十屆國際青少年交流營」的活動宣傳圖上，現在已經變成了「關注女性心理健康」。

「我們現在看到的是環人保的官網，就是明天活動舉辦方的網站，只要打開瀏覽器隨便一搜就能找到，能看到一些環人保的基本動態。」

康澮也在臺下拿出手機，打開了同樣的頁面，康澮的手指在該頁面上凌空轉了兩圈，點進了機構介紹。進入到子頁面，頁面左側出現的是機構章程、機構設置、機構沿革等等項目，最右側是小欄目「機構動態」爲滾動資訊欄。該頁面的中間，則分出了幾個間隔規則的無邊框小區域，標注著「領導成員」和「理事成員」等。

再繼續點進去，進入領導成員和理事成員後，顯示對應的董事和領導小組成員的細目表，像什麼主席李建業，副主席難波香樹、理事宋玉玲等等，這些人不時會出現在網頁各個板塊的照片中。

——這裡其實體現了一個內隱的隱私觀，隱私這個概念誰都知道，但這個概念囊括的範圍，每個人都不一樣。而像NPO這種追求表現的團體，尤其是環人保這種急著獲得成就打出名聲的小團體，對隱私概念的界定的往往要更窄一些，自我展現更多一些。

——這也就讓他們成爲容易攻擊的目標。

黃明翰的滑鼠活躍的快速點開幾張網頁，講解語速漸發增快：「我們去簡單的篩查近幾個月的活動事項，打開具體宣傳活動頁面，稍加瀏覽和整理，很快就會發現幾個會反覆出現的面孔。或是在不同活動開始儀式的角落，或是在結束時的集體留念站成兩三排的末排，或是講臺附近，或是場內矮身工作中，或是現場的活動臺旁邊，他們會不同於大領導近距離正面照的，以側臉或是遠距離正面反覆出現在各種照片中。這些人卽是該公司的常駐一般員工，實際業務骨幹，是我們下一步的候選目標群體。」

對於切入目標的選擇，取決於實際需求，比如獲取公司許可權會盡量挑選新入職員工，肉身滲透會選擇外包工、臨時工，但是本次的目標是內部情報，就要選擇困難難度的核心圈員工，黃明翰補充道。

「下一步是去搜索，使用搜圖軟體搜索我們從宣傳照中採集的這些頭像，並留意涉及社交媒體的搜索結果。以此來定位目標正在使用的社交媒體軟體極其帳號，確認這些活動照片內出現的人的眞實身分，只要他在網路上留下過自己的面孔，卽便最初搜出的匹配圖片會很多，稍加篩選，也肯定能找到。比如這位王淑萍，她可留下了太多的自拍動態了。」

黃打開了用戶名爲「王淑萍」的擁有黃V認證的微博號，找到一條日期爲二〇一九年七月三十日的PO文，是王在一個夜晚中帶著棉布口罩的自拍，王淑萍在黑暗中強烈的閃光燈照射下，兩個瞳孔中都被照出明亮的光圈，文章內容爲：

「晚上七點才到，坐了一天車大家都很疲憊，但一想到明天就能見到孩子們了，心裡的勞累立刻一掃而空！爲了孩子們，加油！」

「我們看一下王淑萍的照片，王自拍的位置是一輛嶄新的銀色麵包的車側門不遠，看不到號牌，但其他細節並不少——車輪上繫有紅布條，應該是『喜紅』，車內有一個名鹿牌的牛津紡單肩旅行包，車位排氣管末端懸掛有黑色靜電帶，帶底端鐳雕有閃電符號，嫩黃色的『出入平安』四字寫於帶身。再看一下環人保官網，二〇一九年八月一日活動的這幾張照片。」

其中一張照片中，一大群人忙著布置戶外會場，做準備工作的現場照片，不少人帶著袖箍在忙活。幾張照片和王淑萍自拍那張背景一樣，都是黃土地，會場似乎靠近公路，位於三岔口處有一個道路凸透鏡，鏡上照映出的也是一輛銀色麵包車。

「注意看這張的凸鏡，從這枚凸面反光鏡上能清楚看到現場有一輛同樣的銀色麵包車，車前同樣的紅色布條，布條的大小、色彩、褶皺完全一致，車內同樣能看到相同款式的背包，只不過扁了一些，上面能看到很小的名鹿品牌的標籤，車後的靜電拖地帶，字、符號、顏色也都一致，足以判斷是同一輛載具——王淑萍就是反覆出現在這些宣傳照中的，環人保員工之一。」

黃明翰不慌不忙打開一個新的資料夾。

「搜不到人像，還可以搜索地理特徵圖、特殊物品圖和關鍵字，比如環人保每次活動的正式名稱，互動中發生的特殊事件，像是受傷、極端天氣、特定富辨識性來賓，都可以作爲搜索關鍵字，成爲由目標團體卽環人保向目標個人社交媒體過渡的航標。我們用類似的方法篩查與搜索匹配後，找出了六名能夠確認身分，也是據推測最有可能出現在明天活動現場的幾個環人保工作人員。」

打開資料夾中的圖片，螢幕上展示出一張拼貼版一樣的演示圖，上面有六張從活動宣傳圖上截取下的，標記著不同姓名的頭像照。緊挨著頭像照的，是這些頭像所截取自的全身集體照。

「他們分別是馬賀、易志偉、丁永茂、李本財、熊拓和王淑萍。」

黃明翰將掌中的手機掂了掂，手機小幅飛升又墜下，發出啪啪兩下輕微的響動，他用手機像講鞭似的向康澹指過去：「來，小哥你說說，假如讓你來選，應該挑哪個。」

恩？挑哪個做什麼？康澹眉毛一揚，心中疑問，但想到剛才聽聞的關鍵字，攻擊、目標、滲透等等，他還是當卽有了推斷——「選防範心最弱的……？」

「對」黃明翰詭魅一笑「到這裡，問題就在於怎麼判斷最易得手的目標的，我們一個一個人來看——」

滑鼠一指螢幕上的人臉，按住其中一個圖片的邊角，拖拽著迅速放大了其中一個頭像。

「這名是熊拓，環人保的員工之一。我們現在嘗試從他的面相，來推測他的人格——這人年齡在30以下22以上，梳寸頭、細眼、薄耳、眼眶深、眉額高、瘦長鼻、嘴唇圓潤、上下頜骨前突。他雙眼微張，略超出自然睜開大小，唇瓣閉合但拉長，證明拍照時有張嘴的欲望，但是挺過去了。眼睛與嘴巴的形態都表明此人有發問欲望，這意味著對現狀的不清楚，瞭解不透徹，可能有些幼稚，但必然涉世不深，缺乏穩固的世界觀和價值觀。

他的臉上有紅斑，這是毛細血管充血導致，說明喚醒水準高於常規，鑒於拍照事件是閉幕式，現場氣氛應當較弱，那麼可以推斷熊拓屬於敏感型人，敏銳且易激。這人眼光敏銳，頭向前傾，銳利的眼光也支持了同樣的結論，可能還多一些低社會化成分在裡面，隱藏有更透徹獨立的思維。頭向前傾表明融入欲望、尋求歸屬感、願意妥協、準備好遷就他人。那麼——」

黃明翰看起來沒有最初的那種亢奮了，眼中光芒變弱，這麼晚了恐怕也是靠著咖啡在工作，咖啡因的耗竭反噬階段也許已經到門檻了。

「不用問也知道，這個人不合適，至少不是最佳目標。他的涉世未深特徵，會讓他輕信熟人，但對不瞭解的人更具有防備心，潛在可能存在的敏銳感知和思維能力，也會迫使以我們當前身分進行的社會工程學攻擊破產，所以，不行，我們再來看其他人。」

——聽了這麼久，果然是這麼回事，聽著開頭就多少猜到是要搞社工那一套了。直到現在康澮每次去大學聽類似講座時，都能聽到下面大一的IT學生們，竊竊私語的互相說笑道：「這不就是詐騙嘛。」

確實如此。

康澮看向周圍人，謝瑞稻看起來全無睡意，甚至完全不想坐下，李彤最為專注，看不透心思，段奧娟則半眯著眼，身體有些搖晃了。當康澮看向她時，她突然無聲的倒吸一口冷氣，睜大了雙眼，刷的一下反射性的看向康澮，在目光交接的瞬間卻又馬上做賊心虛嗖得撤走目光，敢情她剛才恍神了，不，說不定甚至是睜著眼睡著了……

「……」

康澹默默移走視線，避免段奧娟的進一步尷尬，他仍能感到段的飛速的又撇了他兩眼。

同時黃已經手明眼快的點擊了撤回操作鍵，熊拓的照片大小一復原，他卽刻拉長拉大了另一張。

「再看其他人，這一個是易志偉。雙眉微皺，下巴內收，目光警覺、嘴巴緊閉、面部僵硬，這些跡象，尤其是下巴微動作，都是社交回避信號。此人應該屬於黏液質氣質類型，高概率爲壓力型人格，疑心重、反應慢、不靈活、宜人性低、精神質高，繼時型認知風格，非常有可能感知細膩並拘泥細節。恩，肯定不行，他們缺少動力，多不主動，但退縮也最大化了防禦，他們這類人要麼迷信，對某些人與事完全敞開，要麼完全封閉，被陌生人詐騙概率無限接近於零。」

「下一個，馬賀，嗷，終於有一個正面迎人的了。」黃明翰爲自己不怎麼好笑的笑話笑著說「大家看，這個人和前兩個不同，最直觀的不同就是目視人的角度。」又稍一停頓，黃用手掌橫在眉前，轉動手掌的傾斜角度，做了個示範「前兩人都是微微上揚視角看人，唯獨這個馬賀是完全水準的。詳細的看下這個人，他穿西服——恐怕總穿西裝——衣服纖塵不染。眼帶輕視，目光附有隔閡感，臉上是練習性笑容。這種不和諧的組合意味著，試圖隱瞞的攻擊性、其實內心目中無人，笑裡藏刀，多半長期帶有不必要而且過高的競爭意識，重視成績目標大於掌握目標。天生的政治型人，在意自我形象，自尊，自我中心，低道德水準，對利弊得失敏感，會頻繁的衡量損益以及自己決策後果的損益，非常在乎自己地位的黜陟。過於頻繁的斟酌有對犯錯行爲的預防效果，不夠精妙的局，不夠豐厚的餌，對這種人是不起作用的，也不合適作爲攻擊對象。」

黃明翰飛快的抬眼瞄了下牆上的錶，活動了幾下抓著手機已經有些發脹發僵的手指：「終於來到最後這幾位了，請看——」

看過去，名為李本財的人的照片被換上，他也是細小眼，幾乎看不到眼白，但高顴骨，臉長且幾乎沒有皺紋。卷劉海，毛髮乾枯打結，圓頭，窄額，鬢角凌亂，唇微張有半毫米的縫隙。襯衫的第一個扣子開著，衣領歪扭起皺，肩膀上有不少頭屑。

「眼神無光，眼角鬆懈，嘴角有輕蔑式微笑，再加上衣著邋遢——我們可以推測，此人焦慮度低，惰怠，被動，態度散漫，很可能缺少責任心，情緒適應性差，情緒理解與運用能力低，同時缺乏自我經營和管理的意識，也缺乏生活的維護運營意識。」

他轉過頭，有些累了，拿起手機拍打著另一隻手的手心。

「當然了，我們的揣摩都是對象短期狀態，人格指的本來也是短時間內較穩定的心理特徵。人會變，而且總在變，無論是什麼造成了這位……李先生近期的懈怠狀態……都促使他成為我們目前最合適的人選之一——如果猜的沒錯，此人不會太多的去預測自己選擇的後果，攻擊非常容易成功。」

黃明翰鬆口氣。

「就講這四個例子吧，大家肯定也體會到我想表達的重點了……就不一一解讀每個人的微表情，揣測對方的心理狀態了。這還是早期準備工作，接下來還會有預行動階段準備工作，準備工作永遠做不完，準備的越徹底，知道的越多，能做到的就越多，成功的可能就越大。社工永遠在賭，永遠在準備，成功率永遠不是

100%，但我們可以無限的向100%接近，接近一點就比一點強，哎呀，說多了——好，我們繼續——」

似乎是想要給自己清醒一下，李定坤換了個坐姿，伸直手腕用五指在桌上敲了一下，發出咚的一聲，黃的講述再度開始。

「選定好目標後，下一階段是進一步獲取個人資訊。因爲這次我們三班一開始的目標就是他可能擁有的環人保內部情報，所以我們組本次的最優先目標，是李本財的個人手機號和郵箱帳號密碼。

獲取個人手機號是到現在爲止最困難，但也是最具有創造性的階段，方法肯定有而且非常多。很多時候你可以直接買到這些個人資訊，個資買賣黑產不能直接搜索到，但確實存在，隱蔽低調的存在於網路中的小圈子小角落內。你甚至可以自己創造途徑，比如去找一個快遞員、一個保險銷售員、一個運營商內部員工，他能頂得住一個手機號售賣一千元，他未必頂得住一萬元兩萬元，或是更高的報價。不用多想大家肯定也知道，買賣是會留下犯罪痕跡的，最安全的方法還是靠自己，下面我就來講一下我們組今晚的做法。」

謝瑞稻看了一眼錶，2點13分，已經過了十多分鐘，他不怎麼著急的找了個靠近講臺的位置，無聲坐下。

「這裡步驟不少，不過涉及技術含量不多，不必擔心，主要就是講個原理理念，我就稍微加快一下速度來講——我們回到李本財的微博個人主頁，他的主頁幾乎沒填寫什麼資訊，只寫了兩項，一個是現居住地，西安，一個是畢業院校，西安師範學院。

然後我們搜索一下這個高校——高校經常會公布一些名單和照片，比如優秀畢業生名單啊，專升本名單啊，國家競賽獲獎名單啊，喜歡公布這些俗話叫長臉的、爭光的，面子上有光彩的事情。畢業院校也有自己的公眾號和微博，上面有一些畢業典禮新聞，月度動態之類的，也能找到很多情報。

查詢這些東西，我們發現李本財這屆的幾個同學中，有個叫張海倫的女生在網上非常活躍。她有一個運營中叫『海倫兒』的小紅書號，此號發表有一篇閱讀量比較高的文章，是關於性侵犯學生的老師被捕的事件。文章主要內容當然是的對不義的譴責和申訴，對受害者遭遇的關懷與憤慨。這篇文章的留言區很火熱，海倫兒留了一個聲援受害者的微信群號在討論區。我們加進去，不出意外的發現，群主就是李本財的同學張海倫。」

段奧娟看起來對這段特別有興趣，脖子挺的直直的。

「張海倫是個非常有表現欲望的女孩，加上張海倫的微信好友後，發現她的朋友圈發布頻繁且是全部可見的。都是五光十色的生活照，她看起來似乎經常旅行，總在吃美食。在她的朋友圈，我們搜到一條非常有用的線索。那條朋友圈的內容是一段文字配一張圖片。

文字很簡單，只有一行，寫的是：「幫忙轉一條大學同學的轉租資訊~（星）」。

圖片則是一個名爲thebestjopp的微信用戶的朋友圈截圖。

「轉租解放大街與長海中路交匯泰安花園公寓臥室一間，90坪，兩室一廳一衛，兩人共租，轉租臥室面東朝陽，14坪，詳情聯繫李先生189XXXX7735。」

黃明翰突然嘿的一樂：「我們立刻查了一下，發現，張海倫那一屆只有兩個姓李的，一個在廣東，但這個朋友圈中提到的地址在西安，而在西安的，就是李本財。

——到此，李本財的私人手機號碼和微信號，我們就都順利弄到手了。」

一次成功的入門級人肉至此基本完成，康澹在腦子裡默默說道。

「獲取手機號是各階段中最具有突破性的，一旦獲得了手機號，之後可供選擇的行動激增，你甚至可以直接去網上社工庫查詢，當然，我還是要強調一句，這些都是違法的，使用的時候一定要注意。」

段奧娟似乎想到了什麼，用拳頭碰了碰李彤，隨後兩人小聲說起話。

「我們得到手機號後，加大了一點人肉力度。還是利用社交媒體，縱覽李本財在微博的轉推，會發現有一兩個經常出現的主題，一個就是明星李元玲，一個是旅遊。再次搜索，這次搜索的內容包括，李本財手機號碼的後幾位，李本財在微博和微信使用的頭像，以及李本財在兩個社交媒體上使用的用戶昵稱，並關注搜索結果中與旅遊以及李元玲有關的相關論壇、網站。

結果我們迅速找到了下一次突破，一個使用與李本財微信相同名稱thebestjopp的用戶，在百度貼吧非常活躍，此用戶雖然沒關注李元玲吧，但經常逛影視類和旅遊類的貼吧。

百度貼吧點進用戶後，可以看到對應用戶關注的吧以外，還能看到他參與過的歷史貼文。而在瀏覽這位使用者的貼文紀錄包括——於二〇二一年討論房地產巨頭恒大暴雷的社會問題上，和其他人有過激烈的爭吵，互相回覆超四十條，並提到自己是NPO類社會機構的內部人士，以提升自己話語的可信度。於二〇二〇年的某天，在一天內連續參與了十幾篇地獄笑話吧的討論，幾乎每篇都是關於『地域黑』，在其中某次討論中聲稱其是西安人。於二〇一八年的某個聲稱免費分發當時熱門電影偷跑視頻資源的帖中，他留下了自己的郵箱以向摟主索要資源，所留郵箱全稱爲sivoxxxx@189.cn。

這個用戶，有高概率是李本財。」

謝瑞稻抬頭望向掛錶，現在是兩點十九分。

「接著我們立刻制定了攻擊方案，決定給他發送詐騙連結。

要想詐騙成功，其一，一定要詳盡的瞭解對方的郵箱使用習慣，他使用郵箱的傾向。每個人使用方式其實有顯著不同，比如有的只喜歡用電腦端，有的是手機端，有的人常用郵箱註冊各種軟體平臺，有的只使用郵箱的單一通訊功能。有喜歡個人郵箱的，有喜歡使用企業郵箱的，等等，不同的習慣有不同應對方式。

其二，一定要詳盡的瞭解郵箱本身的特徵，每家運營公司提供的郵箱都不同，會有各類細節上的差異，都需要特殊對待。首先就體現在安全級別的不同，有的郵箱會頻繁的提示新設備、異地登陸，有的卻不會，有的可以和瀏覽器或手機設備綁定，有的則不能。個人習慣和對應軟體的特性瞭解越多，越可能成功。

一般而言，防範等級越高，要多做的工作就越多。我們有這麼個內部笑話。」黃的臉上綻放笑容「就是對方防範的越好，社工想要得的手路上要違反的法條就越多。」

有車從窗口邊駛過，昏黃的燈光在深夜中凸顯出一股刺眼的慵懶，並將其拖拽著掃過整個房間。

「那麼好。」

黃明翰再次看向窗外的時候，只剩荒野一樣安靜的馬路。

「我們當時立刻發送一封廣告郵件到對方sivo打頭的189郵箱中，發現發送成功，這個189郵箱沒有被註銷。然後我們立刻研究了一下這個郵箱的官方頁面，並將以前使用過的詐騙網站，我們就管它叫騙站A，進行面貌改造，一比一、百分百的復刻成189官方網站的模樣。之後第一件事，就是向李本財轉帳。」

通過支付寶搜索李本財的電話號後，由金井七年前註冊的，一直在使用的皮包公司，賽天藍科技公司的對公帳戶，在支付寶平臺上向李本財轉帳25元，同時發送短信聲稱賽天藍公司新出品APP蟬聯寶，為一周後的新品上線預熱，進行每日限量抽獎活動。

他中獎了。

這個環節還可以買通他的同事，比如先轉王淑萍或者張海倫百元，要求其在朋友圈掛蟬聯寶的詐騙網站24小時，掛完再向李本財轉百元之類的方式，進行心理補強，黃明翰說道，也就是借李本財周圍的人來強化詐騙的可信度。

「不過這次比較輕鬆，發送短信後，大概半個小時，我們的釣魚網站便察覺到李本財進入了，這個網站姑且稱為騙站B吧。

騙站B網站的頁面，是浮誇的抽獎頁面，有輪盤，有不斷滾動的中獎名單，當然這些都是假的。

李本財進入後，很快會彈窗，提示只要用郵箱註冊登陸，就會立刻再返現25元。這時他點擊註冊後，我們的網站會直接彈出189郵箱的登錄頁面，並告知其此網站與電信189合作，有對方的授權，建議使用189郵箱登陸——這裡有分支，如果李本財登陸了189郵箱，那麼就使用我們偽造的騙站A來繼續，否則直接採集輸入的字元，回頭用來撞庫。

這次的情況是李本財選擇了用手機驗證碼的方式來登陸189郵箱。

這是完全沒問題的，之前說過了騙站A是官網的完全複製，他平常使用的每個功能都有，就和平時一樣。只不過騙站A接通的是我們的伺服器。根據他的輸入，樓內的電腦嚴謹的跟蹤每一步，並將操作複寫在由我們樓內掛套著VPN的電腦打開的官方網頁上，這就是騙站A存在的意義。當李在家中點擊進入189郵箱時，我們的電腦也同步進入，當李點擊發送驗證碼時，我們的電腦也請求發送。

由此李本財手機中得到的驗證碼，會是百分百純粹來自血統純正的官方驗證碼短信，不會暴露一點倪端。而一旦李本財在我們的網站上輸入驗證碼，我們的網站會假裝彈出一個授權中或是否授權的介面，並最後跳轉回騙站B。只不過這時，右上角的使用者狀態，會變成了已登錄。而我們面前的電腦，則在VPN的保護下，登陸了他的郵箱。結論而言，這一次僅用50元人民幣，便攻破了李本財的通信安全防線。」

黃明翰打開手機，給所有人展示了另一個頁面，那是李本財的郵箱，隨便活動的滑鼠背後是移動過去便有反應的郵箱功能條目。

——這郵箱目前仍在登錄狀態。

「VPN是爲了防止運營公司通知目標存在異地登錄，就像我剛才所說，我們登陸後也確實的再轉了25元給他，以防止對方起疑。他接下來的轉輪盤抽獎都是預設好的空殼，當然也都不會中，不會給他繼續待在騙站B的理由，他很快就會灰溜溜的關掉網頁。」

黃隨便點開了幾封已讀郵件，幾封郵件顯示，他正在使用一張招商銀行的信用卡，上個月出賬帳單是2674.35元人民幣，下個月蘋果TV的訂閱就要到期，最近在eBay上參與過競拍，而最新一次出價是在4月28

日。還有一封淘寶購買的保健品的回訪郵件，表明李曾經花167元購買過補腎藥。

——大量個人隱私暴露的一覽無遺。

同一頁面，幾乎是最上面的地方，有一封五月九日的來自馬賀的郵件——

裡面便是明日卽將出席環人保交流會人員的名單。

4.

五月十一日，9點12分。

湯有爲再次環顧三層，和下兩層一樣半扇牆沒有。這玻璃堡壘整體都大而空，第三層額外如此，因爲除了床以外幾乎就沒有其他大型傢俱，在這一層可以直接從極東看到極西，一點遮擋視線的東西也沒有。也就是幸虧還有個頂，不然眞的就和露天祭壇一模一樣了。

「這別墅可眞夠隨心所欲的。」程雨辰喃喃自語。

湯有爲來到窗邊，向下眺望。這層視野已然比在下面寬闊了許多，能看到豪宅西北側的私人花園。花園位處別墅西南，海拔低於別墅，由一道素混凝土澆築的緩坡連接。混凝土路上，不少專爲鳥類棲息而設的人造歪脖樹放在各處，現在就有五彩斑斕的鳥兒停在上面，嘰嘰喳喳。花園內有一條人工河和一汪池塘，池塘中央則是座噴泉，噴泉周圍有幾椿長滿青苔的石柱，從石柱中也在不斷湧出水來。池塘周圍亦是人工鋪設的水泥地，沒有種植植物的條件。池塘周圍擺滿了，枯木根或是鐵絲紮成的盆狀器皿，裡面盛上土，以種植草木。卽便花園內是大面積的裸露水泥地，也仍讓人感到綠意盎然。

水泥路爲給運河讓道，於東南側中斷，取而代之的是一條三米長，沒有護欄的梔子色木板橋。橋的對面有一座建築物，依山而建，白色的牆壁和門窗，被大量植物的枝葉擋住，看不眞切。

「這層我看沒什麼值得注意的了，咱們接著向上？」湯有爲問。

「走罷。」程雨辰點點頭。

來到第四層，眼前觀感突變。和下三層到處都是的亮晶晶黑漆漆大理石迥然不同，這層大部分是木制裝修，軟裝硬裝都換成了暖色調的，氣氛因爲裝修材料的不同而爲之一變，整體比其他三層更加吸睛。這一層四處是度假式折疊躺椅、曲木傢俱、單腳小桌，有的桌面中央還豎著圓柱形的魚缸，有小銀魚和金魚遊弋其中。該層最吸引人的當屬這一層的室內泳池和圓錐形的棚頂。

踩著木地板，從滿層的柚木和橡木製品中穿過，來到北牆，抬頭望去，天花板的結構一目了然——天花板是嵌套結構，一個扁圓錐外罩，罩在中間微微高聳的尖圓錐上，天花板內外兩層牆壁之間，有不大的三角空間，形態非常別致。棚頂不管是中央圓錐還是牆壁上，都裝滿了黃光燈，不難想像房主試圖營造的海邊落日氛圍。

泳池在四樓南端，占據本層三分之一的空間，其形如調色盤，文藝而優雅，池水清瑩透徹，池底燈光通明。泳池旁邊有幾個暴露的淋浴，蓮蓬頭像路燈一樣站在地板上，完全沒有任何如毛玻璃或是屏風遮擋。

四層外面有木陽臺，陽臺上面沒有圍欄。說是陽臺，實際上更像是大型的環繞整個四層的木頭挑簷，只不過上頭比較平，允許人搬過去椅子坐在上面。陽臺上有兩對太陽躺椅，每對躺椅之間都有一個方形矮桌。因爲毫無保護，現在躺椅上面沾了不少污點，看起來有些髒。這樣的陽臺二層也有，兩層的陽臺基本一個模樣。

頂層亦是所有樓層裡燈最多的，除了泳池子下安著的水下燈，圓錐棚頂內嵌著的棚燈，天花板上還懸著無數藝術感十足的小吊燈，桌面上還擺著五花八門的彩燈，陽臺上藏著地燈，北面的牆上鑲著壁燈，傢俱上鑲著LED櫃燈。等到了晚上，要是全都一同打開，眞難以想像頂層的屋子裡會閃耀成什麼樣子。

「切換自家與度假聖地，只需要登個幾十級臺階。」

此話不假，頂樓鐵定是照著度假村風格建造的。

「這宅子最初設計的時候，只考慮自己了，甚至沒有考慮過有孩子的情況。」湯有爲說「小孩子可怎麼在這種地方生活，整個建築都太危險了。」

程雨辰也說是，又說他覺得這豪宅，其實就跟小孩子的祕密基地差不多一個性質，未必在這常住，但可以時不時的來放鬆一下。這地方就是個避風港，不管老婆孩子，只有狐朋狗友。

「哈哈……不過話說回來，發現了嗎，上下四層唯一的隱蔽空間，就只有每層東側圓柱內的洗手間。」

「啊，的確。」

程、湯兩人又聊了幾句，覺得初步偵查大致可以到此爲止，欲返回二樓等待活動開始。走下旋梯，沒兩步湯有爲忽地被程雨辰一把攔住，湯順著程的目光一瞧，看到三層東南的承重柱下，兩個頭一次見到的人，正氣勢洶洶的面對面而立。一邊是以鄙夷爲主的豐富神情，一邊是尖酸滿滿的油腔滑調，兩人對話像尋常的聊天一樣平和，並沒有大小聲，甚至還摻著些許恭敬的口氣，雖說那恭敬背後的刻意暴露無遺。他們的臉上、手勢、語調上，潛藏著誰都能看出來的惡意。

「陳總近來眞是春風得意啊，聽說又拿下了一個大專案，光政府補貼就能吃上幾年。」

「過譽了，蒙王總抬舉，都不是我一個人的功勞，多虧了全公司人的辛勞。」

「下屬付出苦勞是當然，只要有對等的回報就好，怕只怕不定哪天又被隨手拋棄了。」

「呵」姓陳的一聲冷笑「及時止損這樣最基本的經營策略也不懂，公司怎麼運作，要想幹誠實的活，賺不誠實的錢，也得條件允許不是？」

王譏誚道：「誠實，哈，出自一個背後捅刀子的人嘴裡——一邊搞著合法詐騙一邊宣揚誠實，世道可真是扭曲吶。」

「不敢不敢，您可捧殺我了。再怎麼說，合法的就是合法的，總好過在灰色地帶不停創造low life的公司，哎喲，不曉得您知道不知道，那種公司要我說整個兒就是下水道，論低賤可是當仁不讓。」

姓王的眼中有殺意閃過，和氣的開口道：「向社會排污水這種事兒我看也是彼此彼此，您那培訓基地出來的傢伙，有幾個又不是走在犯罪的路上呢？流膿野人……先生？」

陳珂仍在笑，但笑容僵硬了一些，眼中光芒明顯黯下了一些，包裹不住惱意開始隱現於外：「王睿崎……踩雷的功夫還是你高啊，你多少年前就知道我最厭惡這名號了——我當年就該一口氣把你踩瓷實了，變賣所有資產仍負債一百三十萬的情況下還能東山再起，眞是我這輩子算計最大的失誤。」

王睿崎嫌惡的凝視著陳，充滿敵意的動了動鼻翼：「很多時候我都想不明白，我爲何還要和你這種人渣廢話，我早就失去跟你和平對話的耐心了——爲了接來下一天的心情，我看我們還是就此別過吧，再見。」

說完他異常果斷的立刻抬腳，健步走向樓梯，要下樓，那陳珂眼神一凶，從背後搶上前去，從背後一撞王睿崎的後肘，越到身前去，以近似跑的快步飛速下樓了，留下王睿崎咬牙切齒的對著陳珂的背影怒目而視。王睿崎眼光要殺人似的整了整領帶，站了不久，隨著重重呼吸兩口，他的臉上漸漸恢復了常態，用了半分鐘便平復好心情，也移步樓下。

湯有爲和程雨辰就這麼在上邊兒看完了這場互相攻訐的短話劇，耐心等兩人離開後，湯有位轉向程，對著他聳聳肩，也下到二樓去，程挑了挑眉，尾隨其後。

兩人一到二樓，便能看到王睿崎和陳珂已經在會場左右兩極坐下，像是同級磁鐵一樣互相排斥到最遠的距離，同時又仿若怕髒眼睛一樣，各自的目光有意不在對方身上聚焦和停留，一旦視線碰到了對方，便立刻移走。

馬賀察覺到兩人身上攜帶的不諧氣息，悄悄的左右窺探著陳珂和王睿崎。有位看起來年過六十的老人，一臉蠻橫的把腿伸得老長，將一雙油光鋥亮的皮鞋放在前面無人的椅子上，康澹甚至能看到他原本被褲腳遮住的，潔白無瑕的襪子。最末排座位上，剛才發手冊的女生已然落座，正和另一位中年女性相狎互依，兩人頭挨著頭，同看一部手機上的視頻，全然沒有察覺到外界的變化，打發著時間等待著開始。湯有爲和程雨辰找了個角落入座，湯有爲向外面看過去，看到穿著園丁裝的人拿著鏟子，伴著一人走進來，進了一樓，並未上來，一樓隱約傳來對話聲。一旁，李彤和段奧娟從一樓上來，瞄了會場一眼後，上去了三樓。

「發現了嗎？」湯有爲壓低聲音對程雨辰道。

「啊，名單以外的人，可不止一兩個，這下有意思了。」

看看錶，距開場還剩二十分鐘，大部分人已經提前如約抵達，空著的位置所剩無幾。這時，一人走來，在湯有爲身邊不遠的座位坐下，湯有爲不自主的看過去，目光相接，那人對著他微微一笑。湯有爲沒想到對方會微笑致意，呆呆的眨了下眼，用了這一眨眼的功夫才反應過來，帶著若有若無的笑容問候式的朝對方點了頭。

湯有爲沒多想，收回目光，卻正巧見到一個穿了西裝卻沒繫領帶，領口鬆垮，嘴邊全是潦草胡渣的男子，從左前方走來。那人像是脖子上掛著什麼過於沉重的枷鎖似的，深低著頭，一腦袋以男性來說略顯過長的頭髮，蓋住了兩眉。明明身上、臉上透著一股對什麼都沒有激情的惰氣，卻在觀察外界上注入了百分之一百二的精力，一雙眼睛閒不住的看來看去，運轉的速度又凌厲又迅速，瞬間就從一個注視點，跳躍到另一個點上。那副頹唐的面容上，鑲著的簡直像是別人的眼睛。他緊閉著嘴，就這麼好像外星人初來乍到，正忙著觀察異世界一樣，只有眼珠旋轉的，不住左右打量著走過來。

如之前所述，這地方到處通透，沒個牆沒個障，怎麼都能穿行，他從座位區正對面直穿過來，第一個抵達的就是設爲會場講臺的區域。觀眾席已經坐下的人們對其動向看得一清二楚，在場的人一瞬間都以爲他是員工之一，但卽刻，在他過於接近講臺時，剛才那幾個忙碌的員工都直愣愣瞧向這位不速之客後，下面的人才意識到，他並不是。

在周遭幾個環人保員工帶著疑問的凝視下，那人絲毫不以爲意且不退縮的看回去，目光之直，看的幾個員工臉上都有了怵意，也不說句話，不解釋半句，那人便不客氣的踏過講臺，從一眾環人保員工之中穿過，經由銀幕旁側向觀眾席走去。坐席第二排右極坐著陳珂，那人走過來，忽地緊挨著陳珂停住，不語的轉而盯著他看。只盯了兩秒，便很快弄得陳珂臉色變得難看起來。坐著的陳珂恍然意識到是沒有足夠的空間夠他過去，忙赧然站起來。一站起來，那傢伙隨即一聲不吭，腳下生風的擦著陳珂的褲腿穿過，選了最正中央的位置呼騰坐下。

這下環人保的員工們才敢確信他也是參會的，幾個人一來沒預料到會遇到這樣的事兒，二來本著得恭敬對待金主的準則，不方便吐露半句非議，一片啞然。無比尷尬的氣氛持續了幾秒，好一會兒，講臺背後的丁永茂才拿起話筒，忙用擴音器打圓場道：「我們的講會馬上就要開始了，晚來的客人也儘快入座哈。」

如同坐下後就失去了對周圍的興趣一般，那人後背一貼到椅背，隨之刷的抽出手機，指尖開始劃來劃去。這一幕讓他一下子和尋常人沒什麼區別了，會場內的人，包括面色通紅的陳珂，漸漸從他身上回收了注意力。

小插曲完後，半晌無事，坐在重新恢復平靜心情的來客中，湯有為看向錶，9點49分，快到時間了。

李彤兩人返回二樓，沒有直接向會場走過來，觀光似的，繞著二樓邊緣的落地窗信步而行。一路走走停停，最後來到樓層北端，站在電梯那圓形的空洞前，半彎著腰，探頭透過圓洞看向一樓，低聲議論半歇，隨後兩人走向座位區，在末尾的地方坐下了。

不知何時梁繼軍已經上樓來，伴著一個看起來五十多歲的端莊女性，和她誇誇其談。這位年長女士胸前別著長條狀的石灰色胸徽，上寫祁鳳二字。

不知悉剛才發生了什麼的梁繼軍，未能察覺到現場氣氛殘留的尷尬，梁領著那女士走向講臺，到了地方，又和環人保的員工非常自來熟的勾肩搭背。過於親密的舉動，弄得環人保員工工作不順暢，短短幾分鐘第二次陷入尷尬。梁再遲鈍，也開始發現周圍人身上散發出的彆扭，不想立刻放棄顯得沒面子，又不能繼續傻站在這兒，甩下兩句有什麼事儘管找他，說外面還需要我，我得趕快去忙活了之類下臺階的話，留下祁鳳，又兀自溜下樓去了。

平靜再次降臨，持續不多久，驀地，背景音樂停了下來，磅礡的開場曲響起，暖場視頻出現於銀幕之上。隆重到誇張的配樂後，一系列環人保的光榮事蹟播放出來，中間接洽以些略環人保的簡史，末尾以兩三句高昂的口號和宣傳語結束，三分鐘的視頻很快放完。之後祁鳳走上前，開始進一步講說。演講始終離不開環人保如何好這一個主題，這一系列自我吹捧程式前後大概花掉了半個多小時，才終於說到本次分享會的主要內容。環人保把實際工作中的經驗困難講述出來，並且向最資深的在場的十幾位高級會員，徵求意見和建議，像在舉辦一個與會者沒有實際決定權的股東大會。這期間丁永茂站在一旁，笑容滿面。演講的不是他，卻從他身上感受到了仿若他就在站在講臺上的激動和欣快。

祁鳳十分專注的爲在場的人回顧了環人保這個僅有三歲的組織這三年來的風雨歷程，隨後清了清嗓子，用中氣十足的洪亮聲音說道：「NPO是指非盈利法人，覆蓋面其實非常廣，包括各種宗教、學術、藝術、慈善機構。從近三年的工作展開情況來看，大家也能立刻明白，不止是環人保，所有我們一類的NPO其實，都永遠面對兩個最大的難題。一是資金來源，二是政府審批。」

組織要活著每天都要燒錢，組織不可能指著政府承諾了都未必能實現的補貼的，何況幾乎不存在來自政府的資助，不像各類基金，作爲公益法人的環人保本身能進行的商業與諮詢活動亦十分有限，捐款是僅有的可靠資金來源。

「第二個問題就是審批問題，一個活動，從策劃到實地勘察到協調各方，需要走太長的流程。一次簡單的活動，要在政府的多個部門之間重複的多次報備不說，還要申請大量的許可，政府部門與部門間溝通閉塞，經常出現一個部門審批了，另一個卻不同意的情況，一個活動卻經常涉及多個部門的權力領域。最令人頭疼的是，這些權力領域模糊。活動因為各種受限，需要面對經常的變動。比如政府部門臨時增加要求之類的情況，我們有時候推進推進著，便發現之前的許可不能用了，或者本已經通過準備妥當馬上開始了，卻又被指責行為越界，緊急叫停。」

這些事情發生太多，實在非常勞心，祁鳳的聲音變得低沉。

「正好現在……正值疫情全國封禁時期，環人保近期展開不了新活動，聯絡了諸位有空能來參加的本地高級會員，組織了這次分享會。我們希望，能從您們作為環人保大家庭最有話語權的成員裡，汲取些建議。並希望大家能進一步提供更多，非貨幣形式的援助。」

隨後祁鳳霍然話鋒一轉「當然除了這些困難以外，我們最後還會討論一下有些家人關注的，會員和高級會員的制度辦法的有關問題，嘛……」祁鳳看了眼附近的馬賀，猶豫了片刻，馬賀點了點頭，她又繼續道「因為這個問題比較簡單，需要討論的時間比較短，我就先稍微說一下吧，剩下的時間我們可以集中花在對目前面臨問題的商討上，好麼。」

沒人出聲，祁鳳於是開始大致描述環人保預先準備的方案，祁鳳所述總結起來，意思大概是：

出資肯定不能白出，環人保過去就會把自己的活動，比方說環境治理啊，動物救助啊，文物保護啊等等的活動進程，都報告給出資人。大份額出資人會出現在環人保的工作牆和媒體平臺上，出資少的人的名字只會出現在臺賬和總表彰名單上。環人保最近想引入些沒用過的新辦法，讓出資最多的人，名字以更加衆目昭彰的形式留下。比如刻在文物儲存地新立的石碑上，或是以其名字命名某塊地方，某次活動，形式可以是多種多樣的，以此來突出大金主的地位，鼓勵更多人更慷慨的掏錢。這些活動不乏會使用冠冕堂皇名頭，高潔的噱頭等等，本質上就是慫恿和營造特權感與崇高感，就像熱忱的宗教制式的榮耀名號。

除了精神上的表彰與褒獎，還有一些兩者兼具的「促銷辦法」。比如說，環人保還會爲出資人設立等級，製造團體階梯，或者說天梯式的登記制度。地位和捐贈掛鉤，出資越多，等級越高，最低爲五品「泛愛」，最高一品「頂行」，根據品級不同，會發不同表彰飾物，最低級是裝飾用玉圓盤，往上分別爲銀腰帶、金護腕與各式項鍊，最高則是寶石戒指，地位越高越精緻。

這就更有宗教意味了，想像一下天主教集會的時候，一群信徒之中，戴著戒指、持權杖、戴主教冠的權貴，如出一轍。但其實也都是些用爛了的套路，這些中世紀玩剩的東西，如今在手遊裡比比皆是，現代人早就見怪不怪了。

「這都只是爲了表達我們的感激之情，高尚的德行本來就值得誇耀不是麼，不得不利用浮誇的東西來吸引出資人，我們其實也是事出無奈。」

程雨辰低聲耳語道：「一點不眞誠，我不信。」

湯有爲不置可否用喉嚨唔了一聲，道，生意罷了。

對於這些激勵機制大家似乎沒什麼太多想法，很快便交流結束，討論返回最初的主題。

「關於環人保的成就與困難……不如由我來先講幾件代表性的例子吧，這樣大家對情況能有更清晰直觀的感受。」祁鳳說完，喝了口水潤喉，隨卽開始講述二〇一九年經歷的幾次有代表性的活動，具體詳細的向眾人講述遇到的困境，最後仍不忘提了兩嘴起到的成效——用她的話來講，這都是排除了千難萬阻達成的偉大成績。

交流會進行大半，室內的光亮逐漸變得陰暗起來，地磚似乎逐漸轉成了啞光的，空中的烏雲不斷增多，太陽消失在視野外。有人站起來走到稍遠的落地窗邊，打起電話。從身後傳來有椅子移動和皮鞋的聲音，康澹沒有去看是誰。

程雨辰感到差不多是時間準備執行計畫了。他轉過頭，正看到斜後方的李彤也在看他，程默默的對李彤點了點頭，隨後轉頭對湯有爲輕聲道：「一會兒我會按照事先計畫的順序行動，你保持在和我別太遠別太近的距離，如果需要你打掩護我第一時間聯繫你，你最快速度趕過來。」

湯有爲雙眸一亮，點頭稱是，程雨辰說了聲好，旋卽起身朝洗手間走去，他悄無聲息的打開門，側身沒入門後。

又過了三四分鐘，李彤和段奧娟也站起來，似乎要離開的樣子，向樓梯口走去，臺上仍在演講的祁鳳看到了，沒有多問，沒停下她的講說。王淑萍不知道什麼時候從樓下上來了，正守在樓梯口，李本財也在樓上遠處避光的陰暗角落坐著。李、段兩人跟王淑萍說了兩句，從她身邊穿過，下了樓。湯有爲從自己的位置往窗外望去，看不到樓下，但如果一切順利，依照計畫他們會去花園，找一個安全隱蔽的地方把段奧娟藏起來，藏到衆人有足夠的時間淋濕爲止。那個地方，預計是花園儲物庫。

也許十多分，也許二十多分，湯有爲腦子裡一直在反芻計畫的各個環節，忘了時間。一會該做什麼，該注意什麼，出了什麼情況應如何應對。這一步結束之後，下一步又該做什麼。腦子裡像制動失靈的車子一般停不下來。湯有爲患有輕度的強迫性思維，是一種淺度心理疾病。平常這病會讓他顯得心不在焉，導致人誤會他冷漠與目中無人，也會讓他睡不好覺，不過至少在工作的期間，這頑疾帶來的益處要比壞處多。

把他找回現實的，是外面突變激烈的澌澌水聲。

一抬首，大雨轉眼傾盆，遮天蔽日，天空黯然不可見。

那暴雨所預示的事情只有一件——

任務，開始了。

5.

五月十一日凌晨2點23分。

「這次比較簡單」黃明翰拿起桌上的咖啡喝了一口「上次攻擊一個使用穀歌郵箱的可眞是費了我們好大勁。中國科技公司的防範水準在世界上尤其差，採用社會工程學攻擊一個大陸人，往往要比攻擊一個美國人簡單得多。言歸正傳，這就是我們早先拿到的資料——」

時隔半小時，黃明翰終於點開了那魂牽夢迴的名單。名單內容比康澹想像的還要豐富，居然包含了環人保所有溪城本地會員的名字，共計34人，其中有5人被標注出來，是已經預報名確定明天將要參會的部分高級會員。他們分別叫低士馬、王睿崎、陳珂、莫依然、鞠晉宇。

「我們得到名單後，立刻調查了未報名參加的溪城本地會員，正好找出四名，或是從未公開露臉，或是年齡性別樣貌和我們中某位相近的。這也就是爲何三位會來的原因，這是我們組建本次小隊的一大依據。

我們已經在晚上十點左右聯繫過環人保的副總難波先生，他……欠我們金井一個人情，我們請求他幫忙臨時將我們四個人加到名單中去，剛才一點左右已經辦妥，明天我們小隊四人的僞裝身分分別對應爲：李彤，民祥診所的主治大夫李定坤，段奧娟，恒永中學語文教師廉月，康澹，不用說，是你在溪城的朋友，明遠燈具的銷售總監湯有爲，我則是……杏園香的財務主任程雨辰。」

李彤唰的舉起手，黃明翰一頷首：「李哥。」

「盜用身分是嘛？盜用的風險評估情況如何。」

「四個人都是老百姓，不會涉足敏感領域。環人保舉行的這種需要會員出面的活動平均一年只有一次，環人保喜歡遊走式的在國內各地舉辦活動，等下次被我們盜用身分的再去參會，也是一兩年之後了，被盜用方很難發現。環人保總部在南方，員工也都不是溪城本地人，而此次交流會是環人保首次在溪城展開活動，這些人之前和環人保員工未有過照面，有私交的可能性也很低。至於難波那邊，對我們的辦事方式早就有所瞭解，其實在睜一隻眼閉一隻眼，有需要也會幫我們打掩護，所以……總體而言，低。」

李彤很滿意的點點頭，說好，明白了。

「那說到底我們要幹什麼呢？」段奧娟歪著頭，問道。

黃明翰看向謝瑞稻，黃剛準備要說什麼，謝瑞稻已經三兩步走上來。

「帶著測序儀，封鎖現場，檢測每一個人，直到得到匹配的結果，揭露汪寧威的僞裝。」

黃明翰和謝瑞稻交換一下眼神，謝朝其點點頭，黃明翰動作俐落的拔掉自己的手機，收好線材，輕快的坐回了會議桌旁。

「封鎖？」段奧娟眼睛微微瞪大「眞的？怎麼個封鎖法……？」

「我的提議是，分爲兩級展開，第一級，是物理上的封鎖，斬斷出路，限制所有人的人身行動。第二級是，通訊上的封鎖，滅掉所有人可能離開的最後一點希望，直到任務完成。」

「欸？這是不是……有點太費時費力了，我們肯定有更簡單快捷的辦法吧？」

「別的方法肯定有，但和此方案一樣可靠的辦法，沒有了。」

段奧娟啞然失聲，李彤看看黃又看看康澹，若有所思，一言不發。謝瑞稻飛速的查看了一下三個人臉上的神色，康澹三人第一次認識到這次的任務，或許比起初想像的更加嚴肅。

謝瑞稻忽然慢慢俯下身，用雙手支著會議桌，像一隻俯身觀察下方的鷹類：「目標的特殊性你們剛才也瞭解到了。根據我們掌控的情報，沒法足夠好的收攏和控制局面。最省力的方式當然不是封鎖，是先取樣後找人。但本次任務我們其實沒法確定只有會員五人中的某人是汪寧威，別墅內的傭人、環人保員工都有可能。算上所有到場的，恐怕總計有十五六人，如果先取樣，過後回溯找人，超出我們能力範圍，我們沒那個能力同時在全國範圍內密切追蹤監視十幾個人。我們也沒有許可權和手段直接把參會的人都抓走，到安全的地方慢慢挨個檢驗。我們能做的，就只有借用會議現場，盡可能不著痕跡的僞造意外狀況，當場約束當場檢驗當場抓人——」

這也是委託方的意思，委託方同樣認爲封鎖是最好的選項，委託方要求這次的任務必須成功，汪寧威對他們來說事關重大——聽到了嗎？必須成功……不接受任何形式的失敗。」

「就在這種模糊的線索下？要是眞那麼希望我們成功，至少讓我們和線人直接對話吧，到最後連線人的聯繫方式也不肯給我們。」李彤眉宇緊皺，義正言辭道。

「李彤，你也是老員工了，你難道想不到嗎……？」

李彤眉頭的川字更緊了，他目光仍筆直的看向謝瑞稻，沒有分毫的退縮，他喃喃道：

「想到了……」他嘆口氣「敏感身分、或是涉身其間型線人……」。

謝瑞稻慢慢閉上眼，又緩緩睜開，像是故意讓所有人看到他的上眼瞼似的，他徐徐道：「假如，只是假如，線人是某位政治家，那麼他的敏感身分，會讓他連和我們打個電話也隱埋巨大風險。我知道他可以用各種方法來規避身分暴露，比如變聲器，預付費手機。但只要有風險，我們就不能替他人決定該不該承擔，不管風險多大，只要對方不願，我們就不該強迫。

偵探行業？在百姓眼中是灰色領域，在政治家眼中，就是黑產。

這一點我希望大家能再次想起來，我們的身分地位，從來都不是穩固的，從來不存在萬全。」

謝瑞稻目光一瞬間飄忽，接著快速收回，他深吸口氣，看著會議室最末端無人的牆壁，道：「正好我也一直在找機會，準備告知你們這次任務的報酬……我也不旁敲側擊，就直白的說了吧。

委託方的出價是，147萬，每人。你們早上出發前就會領到40，拿下汪寧威，再添100。」

康澹自認是個鎮靜的人，但他不自覺的發現，他挺直了腰杆，張大了雙眼。

「多少？」李彤倒吸一口冷氣。

「眞的假的……？已經拿出現金了？就在現在？」段奧娟呼吸變得急促起來。

謝瑞稻滿是花白鬍子的下巴像在克制激動似的蠕動幾下：「眞的，委託方的態度非常堅決，錢的問題上非常乾脆。委託已經接下了，我們就必須得把事情辦妥。這麼說吧，委託方的勢位，不是我們的立場能拒絕的。」

「從最開始……就一直在用委託方這個說法，雖然有點冒昧，不過我想問……委託這次任務的不是個人，是組織，是嗎？」康澮平靜的問道。

謝瑞稻猛地想起什麼似的眨眼，帶著什麼心結或顧慮似的，凝視康澮片刻，隨之緩緩轉過頭，溫吞道：

「不錯……正是。」

段奧娟眼珠圓瞪的看向康澮，似乎想從康澮的腦子裡挖出什麼知識來，目光停滯片刻，轉向謝瑞稻：

「看來委託方的身分情報，是不可能更多的透露給我們了？」

「這點一開始我也說過了，其實更多的原因是因爲這些情報不是你們實地任務須知的。」

謝瑞稻看向段奧娟，示意她安心，段十分平和淡定的接受了，點頭予以回應。

「天亮後，九點開始會議活動，你們最晚7點就得出發，出發之前還要去庫房搜羅裝備，帶好必備物品換上合適的服裝。所以天亮之前的四個小時內，你們要充分捋順的這次計畫的行動方針，即將實行的策略，具體執行應注意的細節。所以……委託方的事情就暫告一段落，可以嗎？」

李彤點點頭，說回到正題吧，我們相信你。

「好，那麼就像剛才所說的，這次的計畫是，封鎖。」謝瑞稻整了整袖口，道「——你們……有關注政府最新的公告麼？氣象局計畫人工增雨，時間是10日16時至上午11日10時，牢山包括在降雨範圍內。

牢山陡峭，山尖一帶更是如此。雨水灌頂的時候，四周根本沒法下山，我們正好可以利用起來。上下山的途徑只剩兩個，一個是索道車，一個是直升機。我們同時派人破壞掉索道車和直升機，物理的封鎖就達成了。」

康澹掏出手機，果然在市政府的公開通知欄看到了這條公告，寫著：「請作業點及落區附近的相關單位和人員做好安全防範工作，不要在作業點附近逗留和圍觀，如果發現故障彈、撿拾到廢棄彈殼，請聯繫當地氣象部門，即刻上交。」

他看著手機，聽到耳邊有人問怎麼破壞，謝瑞稻回答說，索道車方面不用擔心，本次任務除了你們四人作為前線隊伍，還會有後勤B小隊，索道車在山下就能動手腳，B小隊會負責破壞索道車，至於山頂上的直升機——「發揮創造力嘛，口香糖塞進鑰匙孔，油箱灌糖，捅穿油箱等等的，不都可以——不過，為了明天在確認目標後方便帶走，也方便一旦出了岔子及時撤離，我們明天也會分配一架直升機給你們。李彤，直升機由你來駕駛。」

李彤拿出一根菸咬著，用嘴角說道，沒問題。

謝瑞稻圍著桌子，開始緩步而行：「理想情況是第一級封鎖，24小時內你們就結束任務。明天的人工降雨和索道車破壞，應該能迫使他們在別墅駐留一晚，這一宿是你們最好的機會。我們的便攜測序儀單次基因測序是4個小時，24小時的時間很充足。我的想法是，一旦、萬一觸了霉頭，24小時內無法完成任務，根據你們實地任務進展情形，再考慮是否繼續拖延時間，上升封鎖到第二級。」

李彤嗞嚓一聲用打火機點燃的香菸。

「這些遮罩器——」謝瑞稻指向會議室角落的那疊器材「你們要找機會設置在豪宅周圍，遮罩在場人員的信號，讓他們沒法呼叫援助，迫使他們繼續留在別墅裡。一個機器的有效範圍是50米，但穿牆能力有限，所以你們要在每兩棲層要設置一個。我們的技術人員已經提前分析過別墅的構造，把最適合配置的點標記了出來。」謝瑞稻拿出幾張平面圖的影本，上面標記有紅點，分發給幾人。

「你們開啟遮罩前聯繫B小隊，B小隊同樣會在山下破壞線纜來搗毀有線網，如此二級封鎖就完成了。不過我的想法還是盡量停留在一級封閉，越快完成任務越好，我們也不想弄得人們太焦躁。等封閉成功，你們就可以安心穩妥的用便攜測序儀，檢測可能是汪寧威的人的基因，如果基因匹配，確定身分了，自然就可捕獲目標。」

「放置點包括野外吧，這些設備在雨天沒問題？」

「是我們目前最好的設備，防水防震，放心吧。」

「封鎖之後呢？說是測序，怎麼個步驟。」

「第一步自然是不著痕跡的採集基因檢材。」

「呃……老謝，你說到我知識盲區了，做基因檢測需要的最低限度的材料是？」

「體液或組織細胞，具體而言，頭髮、唾液、血液之類的。」

「唔嗯……？」

「唾液本身能作爲測序樣本使用，是因爲唾液常含口腔上皮細胞，可用來測序。頭髮屬於分泌物，頭髮可做樣本的情況，是必須附有毛囊，毛囊細胞內有基因，是測序時實際有效的那部分。血液絕對可以，包含太多細胞，血絕對是最佳的基因檢測樣本。」

「頭髮要多少呢？」

「七八根吧。」

「太、太多了……」康澹尷尬的咧咧嘴「我們沒機會拔這麼多頭髮的。」

沒人能薅那麼多人的頭髮不被發現，用頭髮測試，恐怕一個人也檢測不成，康澹輕輕感嘆道。

「最少也得三根，但是不穩妥，容易出現部分毛髮無法利用的情況，結果導致測序樣本量不足，所以，確實，我也同意拔頭髮不適合我們此次行動。」

段奧娟遮著嘴，盡量不出聲的打了個哈欠，滿臉倦意，昏昏欲睡：「血液、唾液需要多少呢，老謝。」

「血液一滴就夠，唾液也差不多量，像是嚼過的口香糖、吸過的菸蒂，都可以，長期使用過的牙刷也行。」

謝瑞稻一口氣說得太多，短促的一停頓，喘口氣，繼續道：「其實指甲也可以，當前技術水準，剪下幾片指甲游離緣也能滿足基因檢測需要。不過可惜，我們的測序儀畢竟是便攜的，功能上有閹割，處理不了指甲DNA。」

「你的意思是指甲裡也存在基因？」康澹大大感嘆「我還以爲指甲也是類似角質的東西。」

「乾掉的血能行麼？」李彤撫著下唇，問。

「完全可以。」

「那麼採集到材料之後呢，這個測序儀怎麼用？」

「用試劑管，測序儀有配套的試劑管。不管你們找到什麼材料，只要能塞進試劑管，讓管內溶液和檢材充分混合，再把試劑管插到測序儀上就可以了，就這麼簡單。」

「行吧，大致明白了，這個採集過程，估計也要我們『發揮創造力』？」

「這兒」謝瑞稻手腳俐落的打開一直放在桌上的小手提箱，打開來，露出一箱雜亂的用自封袋包好的針管、棉簽、口香糖和白色藥片。

「這個手提箱裡的東西不多，但能幫你們不少忙。口香糖給你們懷疑的目標，在他嚼完後回收，其上黏著的唾液就能用來測序，棉簽是同樣用途。針管則可以抽血，白色藥片是安眠藥，這兩個道具要怎麼幫到你們……對，就要你們發揮創意了。」

「OK……」黃明翰撚起一根針管放到眼前，針尖寒芒閃閃。

「我再梳理一下」段奧娟張開雙手放在額頭左右，頭疼似的捏了捏頭「反正就是……我們需要先大致確定誰是目標，然後採集他的基因樣本，我們需要的血、唾液或者毛囊做檢測，不匹配就換下一個，直到最後揭露汪寧威本人，這一切在全封鎖下進行，是嗎。」

「對。」

「那我們最大的問題果然還是怎麼縮小目標範圍。」

謝瑞稻看向段奧娟的眼光中流露一絲欣賞，機械的重複了一句「對」緊跟著說道「這就是我們今天出發前要討論的最後一個問題，今晚的最後一個環節了……在那之前先來見見老朋友——」

謝瑞稻從講臺附近拿起一件不大不小的筆記本挎包，從中掏出一些零件一樣的東西，放到了桌面上。

「這是，針孔攝影機？」黃明翰一眼認出了它們。

「沒錯，既然目標明天要破天荒的打破藏匿，出席這次集會，那他一定有什麼私人的祕密目標，把這些安裝到房間的每個角落，不要放過任何私密空間，他們會成爲幫助你們搜集他人可疑行徑的有力助手。」

「可是……」黃明翰搔搔頭「我剛才上網查了一下明天出任務的地點哈，貌似是個玻璃城堡，沒什麼機會放攝影機吧。」

李彤用力的吸口菸：「弄點鬧劇，正好放置遮罩器也需要創造時機，不如我就弄點騷動出來，然後你們抓住機會把攝影機和遮罩器都一口氣裝好。」

眉毛一挑，謝瑞稻露出一個「問題解決了」的笑容，問「還有什麼問題嗎？」

黃明翰看看段奧娟，李彤用餘光瞧瞧康澹，無人發聲。

「那好，作戰會議就向最後一項推進。」謝瑞稻的聲音逐漸發啞，他嘶啞的喉嚨在告訴所有人，他已經說得太多了，但是他不能停，沒有時間歇息。

「接下來我將盡可能詳細的解讀明天參會的五名人員的身分背景，從他們身上解剖出可能與任務牽絲攀藤的一切，爭取在預選階段將測序目標命中率的最大化。」

6.

這是……

微弱的激動？

行動馬上就要開始，康澹不自覺的發現自己有些躍躍欲試了，他開始感到自己的心中像風拂過的水面一樣輕輕激蕩。

左右掃了眼周圍，會場還像剛才一樣繼續著討論會，眾人的目光都集中在講臺後的祁鳳身上，對即將要發生的事情渾然不覺。

康澹想起剛才有人去窗邊打電話，忽然沒來由的冒出一股想要探明是誰的欲望。一扭頭，發現剛才在窗邊的人已經不見了。雖然一共有多少人康澹也沒特意去數，但再度左右一瞧，只是憑直覺的他卻意外非常肯定少了一個人。看向右手邊時，康澹突然發現，那個消失不見的，就是剛才向自己微笑的那人。

他去了哪裡？

康澹沒做什麼大的動作，不動聲色的繼續用雙眼在室內搜索，二樓內並沒有看到剛才坐在附近的那人的身影。再望向樓梯口，接待王淑萍仍端莊的佇立在那裡，不知道剛才那個人有沒有經過她，是否下了樓。王女士注意到了康澹的視線，對他露出了大大的，很是暖人的笑容。

——只是營業慣用的微笑，康澮愉悅笑著回應，心裡卻默默提醒自己。對方沒有別的意思，務必別想多了。

那人去了哪裡？他會不會撞到外面的段奧娟二人？他不會是已經要下山了？不知道現在B組開始動手了沒有，索道車是不是已經破壞掉了。康澮現在立刻就想行動起來，但還太早，還沒到時候。他按捺住騷動心情，站起來，走向窗前，佯裝觀看外面景色的樣子，試圖從什麼地方獲得一點線索。

霍然，康澮在北邊的小路上看到了他，那個「神祕微笑者」。他從建築東北側的視野盲區中出來，往別墅西北處的觀景臺而去，隨後向南一轉進入一條東西延伸的狹長甬道上。那甬道太窄，道兩側茂密樹枝葉擋住了太多視線，行人一進到裡面，從樓上俯瞰下去只能看到斑駁破碎的背影。要不是在那人進入林蔭道前就在視覺上捕捉到了，再晚點恐怕就要漏掉了他。那人沒有撐傘，在大雨中步子明快的穿行於林中，須臾間便消失在極西，不能再看見。

他去了外面？在這剛好開始下雨的節骨眼上？連傘也不帶？

雨越來越大，已然有傾盆之勢，開始影響視線，甚至產生了一種那人被雨吞掉的錯覺。康澮皺緊眉頭，暗暗留了個神，耐著性子回到座位。

又等了不久，那接待女士的臉色突然變了，略帶些許驚怕的看向樓梯下方，康澮立刻猜到，是李彤回來了。

咚咚咚，激烈的腳步聲響徹，渾身濕透的李彤甩著不斷從髮梢流下的水珠，慌張地奔上樓來。

「不好了！」

他在樓梯口，朝著會場這邊慌張大叫。講師與席中眾人皆是一驚，紛紛轉向這突然大呼的男子。

「不好了！我的同伴不見了！」

王淑萍雋秀的大眼驚愕的睜的滾圓，高跟鞋響亮的嗒嗒幾聲快步走到李跟前，壓低了聲音：「這位先生有什麼能幫你的麼？能不能跟我說一說？」

「你的同伴……？是剛才那個一起的女性麼？」觀眾席中，一位不怎麼顯眼的，勉強一米七的小個頭男性在幾列人頭之間抻長了脖子，聲音不大的問。

「就是她！」王淑萍的輕聲細語沒有傳給李彤，李忽視掉她，依舊大聲嚷道「剛才我們一起去花園看風景，我們只是分開了一會兒，她就不見了！」

竊語四起，會場騷然。王睿崎站起來，身姿挺拔，用不大關心的口氣，冷峻道：「周圍你有好好找過麼。」

「找過了，都沒看到——這山這麼陡，我就怕……她要是一失足，從哪裡跌下去了，可怎麼辦吶！」

早就沖著李彤快步走來的馬賀，此刻已經到了附近「大家請不要擔心，祁老師你繼續推進，咱們後面還有一些活動環節呢。」他說著，和王淑萍快速的交換了一下眼神，來到李彤一側，不容置疑的一把伸手環住李的脊背往角落推，用著和王淑萍一樣密謀似的聲音道：「這位客人，你先別吵，我知道你很著急，咱們去那邊詳談好嗎。」他同時迅速的看了眼身後，投影幕前各界精英們，全都在看向樓梯口的幾人「不管你有什麼需求，我們工作人員一定都能幫你解決，咱們都是環人保大家庭的一員，現在先盡量避免影響交流會的正常進行，好不好？」

祁鳳乾脆俐落的清了一下嗓子「不好意思影響到各位了，大家還是看向我這裡啊，小插曲，大家不用擔心，交給我們的工作人員吧，我們的工作人員都是有著豐富臨場經驗的，保證能妥善處理……」

祁鳳還沒說完，馬賀又伸出左手，去抓李彤的左臂，如此一手從前拉一手由後推，要將李帶離現場，李彤連剎那的考慮都不需要，絲毫的猶豫沒有，不僅沒順著馬賀的力道移動，反而後退半步，登時將自己的左臂拉直了，吼道：「我擔心啊！我太擔心了！這山頂這麼高，連一個圍欄、護欄都沒有。雨天路又滑，要真是不小心踩空了，肯定是九死一生啊！」

的確，這別墅園林的設計風格，就是與大自然深度融合，互為一體。像南邊的花園，脫離甬路再往南不多遠，都保留了大山本身天然的坡度。這一塊兒拍個照，不把甬路拍進去的話，看起來就跟野外拍攝的纖毫不差。

下邊丁永茂看著馬賀一個人平息不了，快步走上來：「不會吧，別那麼悲觀，你看你這一身水，先擦擦，有打過電話麼，那邊沒接？」

「打過了！根本沒人接，雨聲太大了，也沒聽到哪裡有鈴聲在響。」李彤語氣沉重如泰山壓身，神情惶惶如深陷泥沼。

這一會兒的這一出，情緒把控的有丁點過分激動了，多少有些容易被看穿是演出來，不過很難做到更好了，康澹端著看戲的心態，不慌不忙的想。

「我從西頭找到東頭，又從東頭找回去，一直沒找到她，我也不知道漏掉了哪裡！」

「總不會在樓裡吧？你是不找錯地方了。」

「不可能！我們剛才一起出去的屋子，是在外面半路走散的。」

「走在一起還能走散了……？外面也不是很大……」

「外面林蔭道視線狹窄得很！雨也大！我能騙你麼，只一轉彎，回頭就找不見人了！」

講師連續兩次被打斷，乾脆也不講了，也豎起耳朵聽，她嘴邊的麥克一停，在場所有人耳邊就僅剩乒乓的雨點碰撞聲。所有人的目光，除了一個人，都聚焦在李彤身上，只除了之前惜字如金的那位沒有——他用狐疑的目視凝視著窗外灌頂的大雨，整個建築都在雨中微微振動，他彷佛正從震顫中在感知著什麼。然而他表情貧瘠的臉上沒法看出任何思維過程，半晌過去，他表情上唯一能夠辨識的，只有面目之中稍稍淡去了一點的疑竇。不知他曾經疑惑什麼，又停下疑惑了什麼。

一瞬間沒人搭茬，事件突然發生，弄得所有人都有些猝不及防。李彤見狀，知道時機到了，將早就準備好的提議，突擊式的拋到眾人眼前：「拜託了！幫幫我，我們一起出去找一找她吧，在場的男性一起的話，應該很快就能找到的！我朋友的命全在各位手裡了！」

一聽李彤這麼說，所有人臉上都又產生了些許新的變化，各不相同，有不情願和抵觸，也有恍然大悟。紛雜的反應中，突然有人道：「也對，人越多找得越快，越快找到越好。」定睛一看，說話的還是那位小個兒男性。

男的話音未落，梁繼軍帶著兩個人由一樓走上來，問：「發生什麼事了？」

原來他們三人始終待在一樓，剛看到了疾奔上來的李彤。坐了一會兒，沒聽到交流會繼續進行的聲音，坐不住了，一同上來看看情況。

馬賀則把事情快速的跟梁繼軍講述遍，梁繼軍一聽，立刻說他們三人在下面的時候，確實只見李彤兩人出去，沒看到李彤以外任何人回屋。康澹下意識的朝窗外看去，只看到傾瀉而下，似乎沒有止境的雨水。

一旁，望了馬賀半晌，思考少時的梁繼軍，忽地眼球一轉，雙眸一亮，察覺到是表現自己的好機會，豪氣的說道：「欸！怎麼能讓客人受傷！這不是丟我家東道主面子，我這就去找！剛下了雨，路滑，保不齊是在哪裡滑到了。袁哥、小董，走，咱們出去找找。」

梁繼軍展臂一揮，立刻往樓下走去，被稱作袁哥的緊隨其後，非常配合的聲援梁繼軍道：「這大山頂這麼高，一幫老爺們不去，難道等山下來人麼。人或許本來沒事兒，拖著拖著反倒要出事兒，快走吧。」

「馬哥，怎麼辦？」丁永茂跑到馬賀身邊，問。

馬賀若有所思的看了他一眼，轉頭走到祁鳳身邊，兩人咬耳朵道：「雖然可能性不大，但要真有人出點什麼事兒，咱們臉上也不好看，要不祁老師，交流會就先等等……」

「先停一會兒吧，人命關天，照片拍的差不多了吧？」王淑萍也走上前到。

「早夠了。」丁點點頭。

「那就陪陪他們吧，要是運氣好，沒準回頭還能發個『環人保勇救人』之類的新聞，百利無一害……」

馬賀和丁永茂兩人嗯嗯、對對的，又連連點頭說了幾句，馬賀和祁鳳交代了兩句，祁鳳隨後拿起麥克，用正式且克制的口吻道

「欸……大家也聽到了，那位…女士……很可能摔倒在外面某處了，我們也非常惦念這位女士的安危，人命關天，我們決定暫停分享會，全體環人保員工會一同外出尋找這位女士，各位稍事休息一下，有意願的可以同來。」

祁鳳語畢，朝馬賀點點頭，馬賀招呼著李本財、丁永茂、王淑萍，聚到一塊兒，商量了些什麼，隨即也下樓了。

同時間，王睿崎和小個兒也從椅子上站起來，抬腳往樓梯走去，小個兒邊走邊說道：「哎呀，自始至終就沒有什麼好考慮的嘛。」隨後陳珂和康澹也站起來，會場中、兩人身後傳來一些支持的聲音，氣氛也熱烈起來，某種熱忱的情緒開始互相感染，陸續有人下樓去，三分之二的人陸續離席。

進行的如計畫般順利，伴著前後不認識的人們下樓時，康澹默默放緩腳步，走到隊伍的末端。到得一樓，康澹悄無聲躡腳溜到西北承重柱的暗面，看周圍沒人了，拿出手機，立刻給程雨辰發去短信。

叮鈴的一聲，二樓洗手間內，程雨辰放在馬桶蓋上的手機響起。但程雨辰並沒有查看手機的空閒，他正一手握著袖珍螺絲刀，一手捏著掀起的電源插座。他聚精會神把插座的螺絲重新擰上，擰完三個，程雨辰收手後退兩步。他看了看第四個空著的螺絲孔，轉身看了看身後的空間，拿起手機，打開監控軟體，程雨辰自己的身

影和所在洗手間的牆壁一同出現手機上，他回頭看向電源插座，畫面上的人也跟著回頭看向他。

很好，針孔攝影機安置的沒有問題。

程雨辰下劃手機屏，看到了來自康澹的資訊。他立刻收起螺絲刀，把手裡攥著的螺絲和包裝紙擱進口袋，從洗手間出來，腳步不停的飛速來到沒人的坐席間，手一伸迅捷的拎起康澹座位上的手提箱，麻利的掏出兩隻捆著線材的信號遮罩器，鉗在手中。他瞥了眼遠處成一圈，不知在討論什麼的三四人，他輕聲將之丟回座位，放低抓握遮罩器的手，緊貼在大腿上以避人耳目。隨卽挑一條隱蔽的路線，腳步無聲的貼著各類障礙物行進，一路來到廚房區所在。

他早在初次抵達玻璃堡壘二樓的時候就留意到，廚房區埋有暗線。宋陽君家的廚房是大U型設計，廚房的視覺中心是一座巨大的島臺，檯面上有許多帶平推滑蓋的插座。火區、操作區、廚具架和小廚電在中島，中島對面的U型區是用水區和電器區以及大型置物櫃，擺著很多類似烤箱、消毒櫃和冰箱這些大廚電。不管是中島之下的碗筷櫃，還是電器區下方的收納櫃都必然有走線，能在給遮罩設備在供給電力的同時由廚房傢俱提供隱蔽。附帶一提，這間廚房也很有宋氏特色，無牆，僅有極少的視野遮蔽——冰箱是半腰高的橫向冰箱，油煙機則是內置在天花板內的一對眼睛一樣的兩朵大風扇。

程雨辰矮身來到廚房地櫃前，那是一件龐大的五門櫃，中間爲三抽屜櫃，左右兩抽。一整排櫃子的所有櫃門上，都沒有把手，平整如同牆面。抽屜上也是隱式的內斜切把手，非常含蓄。程想也沒想，抬手推了一下其中一個櫃門，門立刻無聲且沉穩的小幅彈開，是使用的反彈器。

連開了兩個櫃門，裡面分別滿滿當當的擺放著洗滌用品和大型廚具，從寬達40公分的鑄鐵鍋、半米寬的大蒸籠到球釜膽狀深砂鍋，從管道疏通劑、洗滌劑到不銹鋼清潔膏，數量與種類紛雜到嚇人。每一件廚具都新的像剛從超市的貨架子上拿下來，所有的洗化用品一瓶開封的也沒有。

程雨辰眯了眯雙眼，關上了櫃門——這兩個櫃子內沒發現任何纜線。

關上的櫃門傳來阻尼鉸鏈中，液壓對推力的緩衝和疏解，讓關門這一動作格外安靜和柔和。程雨辰又拉開中間的抽屜櫃，抽屜使用的靜音導軌，抽屜拉出時，手感如同在拉某種磁懸浮物體。

五門櫃中央是兩個毗鄰的三抽櫃，一個全部內置了EVA內模，成套的備用刀具和勺筷擺放在與之形狀一一對應的凹槽中。另一櫃的三個抽屜內部則是不銹鋼碗碟籃，功能和實際用途如其名，放的是形色各異的陶瓷碗盤。

兩套三聯抽屜背後都沒看到電線，程雨辰遲疑片刻，想到了什麼。

他再次打開剛才關上的大廚具櫃門，撥開靠邊的廚具，在這個抽屜櫃和單門櫃之間的夾板上，發現了有一條細縫，和其他所有櫃子使用的整塊隔板不同，這是塊拼接夾板。

程用兩指按壓夾板細縫內側狹小的那塊，板子被按壓隨即輕微凹陷——夾板內部是中空的。程雨辰眼睛一眨，用手指按住夾板向上推，毫不吃力的，小塊木板立刻向上滑動，其底端，露出的，是預留在大理石地板上的插座——捆成捆的數個粗大電源線的末端插頭插在下方一排25孔的插座上，仍有兩個五孔座上面是空著的。

程雨辰冷冷看了一眼新發現，像是預備上吊繩一樣，煞有介事的一把扯散了遮罩器上的線材，幾乎抻成一字。

他再度迅速環顧左右，那一小撮人仍未散，他們細聲談論的話語傳不到這裡，整個二樓安靜的好像只有他一個人。確認安全，他將手中的遮罩器接上電源，遮罩器上綠色指示燈隨即亮起。打開藍牙，遙控軟體上立刻識別到遮罩器已上線，試著開啟遮罩功能，不出幾秒，手機立刻顯示服務區外。

看來沒問題了，程雨辰將信號干擾功能復位，又把廚具挪回原位，遮住遮罩器。關上櫃門，背對著那幾人，程雨辰將另一隻遮罩器緊貼腹部，拉上外套，用外衣擋住，同時另一隻手放入上衣兜，透過口袋內裡在外套下面托著辭典一般大的遮罩器，以盡可能快的速度上樓去了。

一樓，梁繼軍一夥以及志願搜救的會員們，正聚在大門口，梁繼軍鄭重的肅立於門前，道：「我先給大家簡單的介紹了一下身邊的兩位吧，年輕的這位是我們家傭人董慧君，看起來就非常可靠的這位是我們這兒的全才，從統領保安小隊、索道車維護到航空管制都歸他管的袁一杉大哥，現在家裡除了我就這兩位最熟，一會兒搜救期間，有什麼需要，第一時間找我或者這兩位都行。」

袁一衫聲音洪亮的說：「要是哪兒路不好走，有些危險，您各位不方便去，儘管找我，我可以去看。缺什麼藥品、營養劑，常見的我這兒也都備了。不用客氣，啊，能幫上忙的我肯定不含糊。這是我的手機號碼，人家可以記一下。」

董慧君也照葫蘆畫瓢，說了些幾乎一模一樣的話。

「行，那咱麼也儘快出發吧，別耽誤救援的黃金時間，呃……」梁繼軍扭頭看向門旁的傘架「哎，四把……不夠這麼多人分吶……」

幾乎是同一剎那，馬賀立刻一招手，對著丁永茂道：「快，你去把我們的人帶來的傘都拿過來。」

「啊，對了，董子」梁繼軍道「你們宿舍是不還有傘具，趕快把能用的都拿來。」

董慧君「欸」的諾了一聲，立刻忙不迭抽出一支傘，啪嘰啪嘰地踩著水，去外頭了。正門被打開，冰冷的涼風吹入室內，倏地聽到李本財很沒禮貌的，小聲的貼在馬賀耳邊低語道：「嗨喲，還雇了專門的保安，這些有錢人可眞是有夠嬌氣的。」

本來是乘著風聲遮蔽，偷偷在背後說點閒話，卻很不幸被梁繼軍聽到了，那姓梁的也眞完全不留情面，嚴厲的首一昂，眉一蹙，眼帶渺視斜睇李本財，一本正經道：「叔父原來也沒打算雇什麼保安，但是叔叔一家住進了沒多久，就發生了山下村民擅闖宅子的事件。嚇壞了一家人，從那以後才開始爲大宅配備安保人員，才把袁一杉他們這些老雇傭兵請進家裡來。」

有人挑眉，有人啞然，有人唏噓，李本財知道這話是針對自己，瞬間漲紅了臉，用小到幾乎聽不見的聲音說了句「我嘴賤——」

馬賀好像李本財不存在，什麼都沒聽見似的望向梁，表情平和的如嘮家常般問：「還有這種事？當時家裡有人受傷麼？丟什麼東西了沒有？」

「萬幸，沒有，那人就是上到了山頂上，進了院子。發現的時候，正趴在落地窗上，一副呆相的死死的往裡面瞅。沒進到屋內。」

陳珂：「怎麼跑上來的？」

「肯定不是用索道車，索道車在晚上已經停了，索道車主控室的人都下班了，根本沒供電，不知道他從哪面坡爬上來的。不過那傢伙倒是進過索道車裡，還在車廂裡撒了尿，焦黃一灘，真夠噁心的，那索道車都沒法待了。」

「誰啊這麼缺德，後來怎麼處置了？」

「就是普通村民，不是什麼特別的角。被叔給轟走了，這地方叫警察肯定來不及，離市區太遠啦。」

梁繼軍頓了頓，繼續道：「當時這別墅建了沒幾天，雇來的人手不多，也沒裝監控，他闖進院子的時候天也黑了，沒看清臉。跑了後也沒再抓到過，不知道是哪個村的。」

康澮一抬頭，看著光禿禿的天花板，眉毛一挑：「宋陽君現在也沒有裝監控。」

似乎對直呼其名有些不高興，梁繼軍面露嫌棄，忍住沒有發作，壓住不滿，盡可能語調保持平穩的說道：「家嬸也提議裝監控，不過後來被叔父否決了，他覺得自己家還裝這些東西，會感覺不舒服。家都沒有家的氣息了，不自在——我也同意，有雇傭兵就夠了，他們可都是荷槍實彈的。」

袁一杉帶著像是被強迫返場的演員似的笑容看了梁一眼，然後很自滿的從懷裡掏出一把手槍，那是一把九毫米款的M1911，在美軍服役超七十年的傳奇手槍，軍事迷圈內戲稱美軍傳家寶，1911系列至今依舊魅力十足，實用性拔尖。

「哇，快收起來快收起來！走火可就糟了！」王淑萍誠惶誠恐作出推手動作說道。

小個兒興奮著開口：「哎呀這可有意思了，我能摸摸麼！」

梁繼軍忙說不能亂碰，這是袁一杉的槍，必須袁一杉獨自保管。每把槍都有序號的，這把登記在袁名下的槍，如若出了事，袁和他所屬的安保公司是要擔責任的，袁一杉於公於私都不能隨便交給他人。

這邊一眾人並沒注意到身邊李本財還沒從剛才的「恥辱」中走出來，臉紅到了脖子和耳根，他一甩手，嘟囔一聲我不去了，摔摔打打轉身便走，在一樓擺放著一大堆零食水果的長桌前的沙發上一屁股坐下。李本財聲響不大，大家也沒聽見，只有他身邊的馬賀癟癟嘴，不悅的看著他走掉，沒多說什麼。另一邊，捧著一摞雨傘的丁永茂已經從樓上返回，居高臨下的第一眼便看到孤身遠離人群的李本財。丁臉上沒什麼情緒的眨了眨眼，也沒多說什麼。

馬賀看起來不太耐煩了，把跑遠的話題扯回來：「咱快走把，別等了，那位女士還泡在雨中等著我們呢。」

「呃，她叫什麼？」馬賀問，他說就這麼女士女士的稱呼總有些麻煩。

「廉月。」李彤說道「她叫廉月。」

「然後您是……？」

「我叫李定坤。」

這時馬賀回頭瞅見丁永茂正從樓上下來，適度抬高了嗓門，有意讓所有人聽到，道：「正好，永茂回來了。」

「咱們一共帶了五把傘，就這麼多了。」丁永茂衝眾人點點頭，將擎在雙手上的三長兩短五把傘傾倒在門前的小桌上。幾乎前後不過一分鐘，董慧君也帶著另外兩套雨衣和兩把傘從外面歸來。

「唔嗯……那一共就是13個，怎麼分？……」

康澹向人群走近，忽然聽到腳步聲，一看，王睿崎、老者以及很親昵的兩個女性，四人正一同從二樓下來。

梁繼軍看起來像是條件反射的看向那個年輕的女生，忽然有些心不在焉的說道：

「……就讓女性同胞門在家等著，我們其他人去，這些傘男士們分還是夠的。」

之前和小姑娘一起看手機的女士，現在正牽著那女孩的手，兩人並肩站著，也道：「對嘛，你們男子漢去吧，我和紀豔榮不如去準備迎接你們凱旋的犒勞品，弄點熱水什麼的。祁老師對這應該不熟，年歲又大了，行動不方便，你們去吧。」

「恩，我也是這麼想的趙姐。」梁繼軍道「熱水就拜託你們啦。」

祁鳳點點頭：「我老骨頭了，出去走的又慢，這種事還是交給你們年輕人。」

被稱爲趙姐旁邊名叫紀豔榮的女生，珍珠白的半身裙，暖咖色長袖衫，系一條石灰色裝飾板扣腰帶，一雙彎眼瑩澈如泉，一隻駝峰鼻小巧玲瓏，面孔清秀，神氣清靈。她始終沒有出聲，雙唇緊抿一語不發，同時表現出對趙姐的百依百順，說什麼似乎都沒有異論，只是不停的眨眼。倒是王淑萍情緒高漲的一定要加入搜救隊，梁繼軍拗不過，給了她一把長傘。

「裝備到了，快走吧，現在不是聊天的時候，得趕快出去尋人了。」馬賀提醒道。

這一說，衆人恍然意識到已經在這乾站了幾分鐘了，忙分發雨具。梁繼軍倒是手快，一把抽走了一件雨衣，隨卽倉猝的道一聲先走了，身先士卒搶先踏進雨中。剩下的人，該撐傘撐傘，該穿雨衣穿雨衣，又八人，紛遝出門了。

7.

五月十一日，凌晨2點49分。

「那麼好」謝瑞稻突然輕咳兩聲，道「這五個人的就從可能性最低的人開始吧……第一位，是鞠晉宇——」

鞠晉宇的二寸照登上銀幕，不用多解釋，康澹立刻就從這張葡萄乾一樣的長相上看出來爲什麼說他是可能性最低的人了——他在電視上見過此人，這位年近70的鞠晉宇，是本地家喻戶曉的公衆人物。

「鞠晉宇……我聽過這個名字。」段奧娟抱起雙臂，小聲嘟囔著「斂節區的區委書記吧。」

「對的。」謝瑞稻又弄出來幾張鞠晉宇開會講話的圖片。

「此人堪稱裙帶關係的化身，走後門的代表。自小沒什麼過人之處，唯獨生的出挑——官二代，他的父親、兒子，都是體制內官員。鞠從小在北京子弟學校八一中學念書，小初連讀，高考時只考上一所專科院校，上學第一年報考專升本，卻接近滿分考過。後來又通過社會招聘，而非公務員考試進入了政府。以非編制內身分破格提拔，在工作單位中幾乎是一路保送到了現在的位置。」

「每一步背後都有人在操線。」黃明翰故作姿態的用手擋住嘴，朝康澹貼過來說道，康澹喉音含糊的淡然一笑。

「說來好巧不巧，我們不同班組的很多次委託都涉及過這位鞠書記。他和我們之前接過的房地產債權糾紛案、非法採礦案、違規出讓土地案，都有些說不清道不明的關係，他一直在這些案件的邊緣地帶徘徊。結果在翻找舊資料的時候，我們發現了一件非常有意思的事情——

這個鞠晉宇好酒，溪城市內有一家他格外喜歡去的酒樓，叫永昌賓館。永昌賓館的四層這一整層樓經常專門給鞠晉宇和他的酒友們設宴。鞠晉宇和赴宴的人，由地下停車場電梯直達四樓，完全不會在外露面，隱蔽性非常好。

和鞠晉宇同時進出『專屬酒店』的，經常是一些私營企業老闆，而其中一個，就有明天要參會的另一個高級會員，莫依然。」

李彤往前躥了躥椅子，重新坐正，神色嚴肅看向螢幕。一張顯然是抓拍時機非常緊迫情況下拍的，拖影嚴重的照片換上螢幕。一輛拖到走形的大眾轎車正在駛入永昌賓館的地下停車場，後座坐著一位戴黑色漁夫帽、赤色口罩、粗框平光鏡的男子。

臉上寫滿了做壞事的打算。

「本次環人保的分享會於三月份布告，直到五月截止報名的前一周，莫依然才突然捐贈了十五萬成爲高級會員，並參加了這次分享會，非常可疑。

這個莫依然是遼寧人，七年前進入商界，建立溪城長波集團，是其實際掌權人。長波集團旗下有長波物流、長波汽貿、長波物業等等，近兩年迅速成長。但是他們幹得可不止這些，長波集團還參與高利轉貸、非法開設賭場等活動，在溪城內囂張撥扈，盤踞一方。

經長期跟蹤調查，大概三年前我們發現莫依然自從二〇一五年，幾乎是開始創業的同一天，便首次作客了永昌酒樓。之後每年穩定輸送一大筆資金至位於深圳的一家名叫Deeq的小科技公司。該企業官網上也有擺上幾臺自稱是他們研發的筆記型電腦、儲存介質，但是相信我，這些商品你在正規平臺上根本看不到有在售賣。」

「皮包公司啦。」段奧娟耷拉著眼皮，打了個哈欠。

「這家公司每次收到錢後，都會保留7%，並立刻去銀行以現金的形式取出剩下的錢。」

「好處費啦。」段奧娟拄著下巴，手快要陷進臉裡了。

「嗯，沒錯，事實證明確實如此——也不知道是這家公司人手太少，還是單純款傲自負懶得謹慎」謝瑞稻有些戲謔的笑著咧咧嘴「每次取錢的都是一個人，結果讓我們很輕鬆的追蹤到了這幾筆錢的下落。」

像是來自犯罪資料庫一樣的正面大頭照現於投影屏，那是一個只有側邊與後半有頭髮的C型禿子，也是一個薄唇厚鼻，目光卑微，前額滿是皺紋的中年人。

哢噠一點，螢幕上播出一個剪輯好的合集視頻，分別是不同日子那人出現在同一個車站的錄影。

「這人叫胡彥平，他每年在收到錢的一周內，都會由溪城東火車站出發，前往雲南。而這一位，就是我們三年前調查時，發現他每年碰頭的人——」

螢幕上播放下一個視頻，這次是手機偷拍，能看到無毛額頭將一直厚重的編織布袋，交給一個穿綠色軍褲，白色套頭衫，剃平頭的男人。

「這人是耿馬縣軍人服務社的員工，現役軍人彭福水。」

一點也不意外，康澮心想，中國軍隊的腐敗程度只能用可怕形容，軍隊內只認錢不認人，高位軍官死死盤踞利益食槽，明碼標價買官賣官都是公開的祕密，利益輸送比如婚禮喪葬，經常是千萬級別的。在軍隊裡過什麼樣的生活，全看你願意拿多少錢「交朋友」，升遷之路錢鋪就。對於沒錢和「不善於利用錢元」的人，軍內霸凌、冷暴力和變相體罰司空見慣，是軍人心理畸形的一大肇因。二十年前軍隊腐敗是風氣問題，現如今已經內化到軍隊的每根神經裡，早就浸潤骨髓了。

將軍們都很繁忙，忙到自顧不暇，但忙在酒桌上，而不是書桌和操場。

「關於此二人，這就是我們查到的所有可能和本次任務有關東西了——」謝瑞稻看向四人「莫依然為什麼要向邊境的軍隊輸送資金，鞠晉宇在這個暗中交易中扮演的是多重要的角色，我們到現在也未搞清。我們最開始的懷疑是走私，但並沒有任何貨物經過莫依然的手，沒有痕跡鞠晉宇獲得了什麼利益，即便如此，背地裡一定暗潮洶湧著什麼——這些情報帶來的問題多於答案，但說不定能成為推斷汪寧威時隔多年再次出現原因的線索，希望能對你們明天的任務有所幫助——好了，那麼下一個人。」謝瑞稻輕輕深呼吸。

「……今天將要參會的五個人中，我們社未曾接觸過的有三人，分別是王睿崎、陳珂、低士馬，三人都是今日臨時調查了一下，所獲不多。三人之中的王睿崎……其實是非汪寧威可能第二高的人，你們來看這張環人保登記的會員照片——」

這是一張拍攝於居民社區內部的正面照，王睿崎肩寬胸闊，嘴唇緊抿著，目光凜然有光。他站在花壇前，腳跟靠著花壇，手握一隻VIVO手機。

「手機型號是X50，機身長度15.9釐米，他腳邊的通體磚規格是4.5x9.5釐米，依據這兩個參照的哪一個來推算都可以。手機形體頎長，他卻僅憑單手抓住了機身的三分之二，磚的高度，則只到了他內踝下點約一半——這傢伙是個巨人，身高至少一米九。根據汪寧威失蹤前，15歲的身高是168釐米來看……他是不可能長到這種程度的。」

偽裝面容很簡單，但是偽裝軀幹骨骼，基本等於不可能。

「這個人我們瞭解到了不少，但都是沒什麼用的情報——他是河北人，未婚，前國營企業人力部門主任，業餘UFC運動員……唯獨有一點，讓這個王睿崎不容忽視，那就是他目前的身分——他是遠洋國際的總經理。」

李彤的眉宇瞬時緊蹙：「遠洋國際？是被汪寧威毒殺的卓向榮成立的那個遠洋國際？」

「啊，沒錯。」

「三人之間的關係是……？」

「王、卓是單純的合夥人，汪寧威和兩人的關係未知。」

「遠洋國際到底是個什麼公司？」黃明翰往背後一靠，雙腿一迭，翹起二郎腿。

「從事遠洋捕撈的，主要作業地點……在西非迦納。遠洋國際牽扯過很多的醜聞，包括員工虐待、合同欺詐、非法捕撈、非法轉運和過度捕撈。」

「迦納？那個國家我記得是不許外國捕魚？」

「遠洋國際以5～10%的分紅租用當地有行船執照或是工業捕撈資格的船作爲假旗，實際運營、控制、執行人，仍是中國人。」

「那麼遠地方不可能和我們的案子有關係吧？」

「未必，利益的鏈條不受地理限制，有利益就有牽連。」

「說到底，關鍵還是縷清汪寧威的動機，如果能從這些活動與關係中推測出他的動機，一切都明白了，他的行動也好，身分也好……」康澹交叉十指，眉頭緊皺。

「是這麼說沒錯，可遠洋非法捕撈，和軍隊受賄之間有什麼關係呢？他們的共同點是什麼？」黃明翰攤開左手，歪了歪頭。

不知道，沒人能說得上來。

「哈哈哈……沒想到這次會議弄得大家好像疑惑更多了。」

「老謝啊，你這相當於一口氣傾倒出來好幾個案子。」段奧娟將雙臂放在扶手上，展開胸膛，語速舒緩的道「每個都需要詳細調查的。這一會兒如此短促的時間裡，大家當然只能猜，肯定只會滋長疑問嘛。」

「哎呀，也不是不能理解老謝」黃明翰咂咂嘴「這些僅有的情報，老謝是覺得我們知道總比不知道強，是吧，萬一用上了呢。」

「多一點就比少一點強，你們也不用太往心裡去，等明天其他社員上班了，我會讓他們加緊調查，你們只管搜集測序樣本，檢測到場人DNA，這些情報終究是輔助，你們的實地工作才是最重要的。」

「啊，三點了」謝瑞稻啞著嗓子，邊說著瞄了眼投影屏右下角的系統時間「最後兩個人，我儘快講完，你們也抓緊準備，差不多快到出發的時間了。欸——本次的五人中，眞實身分是汪寧威嫌疑最大的，與之體貌最相近的兩人，一個是剛才說到的莫依然，另一個就是這位低士馬。」

「剛才就想問了，這個低士馬的名字是怎麼回事，中國有這麼個姓兒嗎？」李彤在菸灰缸中一把按滅菸屁股，接著立刻抽出另一根，一手攏在打火機上，剝的一聲點燃了。

「要我說是外文音譯的名字。」

「外文名不應該是低士馬．王，低士馬．李之類的嗎？」李彤長長的吸口菸，吐出大片白霧「他老爸也姓低？」

「你可問住我了，目前對這個人出身的瞭解只知道他是黑龍江人，六年前來到溪城，進入山東生物製藥工作，之前爲黑龍江省漠河市公路事業發展中心的生產股股長。至於他的父母，我們還沒來得及調查。」

「嗨呀，我知道，名單到手才不過幾個小時。我就是問著玩呢，老謝你不用這麼認眞的回答。」李彤用鼻腔哼哼的笑了兩聲，再用力吸了一口，新點的菸只幾十秒便抽要見尾了。

「啊，還沒說到和這次任務有關的部分——這個低士馬目前所就職的山東生物製藥……剛才看你們對這個詞都沒反應，想來你們是還不知道，明天舉辦場所，牢山峰頂別墅的主人宋陽君，就是山東生物製藥的高層之一。」

黃明翰眉毛高高挑起：「低士馬也是高管？」

「接近吧，他是首席運營官COO黎國紅的貼身祕書，從六年前開始擔任。」

謝瑞稻等了黃明翰須臾，看他沒有繼續提問，於是接著講解道：「這位低士馬很少在公開場合露面，在公司內部也幾乎是職場隱士的狀態。」咔嚓，一張某酒店內部的慶祝活動的諜照出現在螢幕上，謝瑞稻指著其中一個穿西服的人道「這個留著像《你的名字》男主一樣邋遢髮型的傢伙，就是低士馬。」

諜照不清晰，但足夠看清五官輪廓了。這個低士馬長臉，面頰凹陷，顴骨和眼球卻突出，方下巴，高額頭，樣貌詭譎。

「今天短暫的調查倒是也發現了點有意思的事情——低士馬和宋陽君交集極少，在前一陣子，卻突然被召見，原因是低士馬私下批量會見了公司的四位大股東，這件事兒在山東製藥內部貌似引發了不小的波瀾。」

「哦？」黃明翰發出輕佻的聲音「事關董事席位了，宋陽君肯定要著急，不過低士馬背後是黎國紅啊，爲什麼不私下會見黎國紅呢，這裡頭的事情肯定不簡單。」

「能確定就爲了這件事被召見的嗎？」

「不好說，等白天社員到齊了，我讓他們再追查看看，有什麼進一步消息第一時間通知你們。」

好，李彤彈力彈袖口上的菸灰道。

「好了，終於快結束了，我知道你們也累了，再堅持一下。」謝瑞稻轉向黃明翰，走近來「明翰，陳珂的調查也是你們三班做的吧？」

「啊，都在這兒呢。」

黃明翰遞上一本文件夾，謝瑞稻嘩啦一聲翻開，掃了兩眼，喃喃道，喔，原來如此。又翻了兩頁，正在康澹以為謝瑞稻就要返回講臺的時候，他突然眼神一凜，瞪起雙眼，眼白猛然突出，顯露出這夜才剛新生的紅色血絲。

「不講了。」一改輕快的語氣，謝瑞稻霎時間如臨大敵，捏著文件夾的手指在用力下發白「這個人……太危險……碰不得。」

康澹眼皮一跳，反射的看向黃明翰，並發現其他兩個人也在看他，黃明翰迅速的掃過三人發問的神情，聳聳肩，做了個「我也不知道什麼情況」的表情。

啪的一聲厲響，謝瑞稻狠狠的合上夾子，斬釘截鐵道：「陳珂的事情不要繼續調查了，深挖下去不僅是在座的你我，整個金井都會被消失。他跟宋陽君也好，跟汪寧威也好，肯定沒有關係，不影響白天的任務，你們聽明白了嗎。」

「到底……」段奧娟有些惶惶不知所措「真有那麼嚴重嗎？」

李彤眼神變得深邃，彷若在看某種光線無法穿透的濃重迷霧：「你這麼說，我可是只能想到一個答案了。」

「哎？什麼答案？」黃明翰忙問。

康澹左看看右看看，一頭霧水。

「都別問了，你們既然不知道是最好的，知道的越少對你們越好，小命就越能多保住一天。」

「可是，這人沒什麼奇怪的啊，他不就是在……哦哦哦哦！——」黃明翰倏地像是恍然大悟想通了什麼，猛張成了O型嘴，驚道：「合法人口販運！」

8.

雨聲匡啷如飛礫襲窗，水窪喧嘩勝浪花濤濤。

成功通過故意拖遝而留下後，直到女士們返回二樓，沒人往外走了，湯有爲察覺身邊仍有兩人也未出發。

不苟言笑的那位就是其中一個。

湯有爲想了想，走過去問他：「你不打算一起麼，這位……？」

「低士馬，名字是低士馬。」

湯有爲眉毛一拋，心中一亮——就是他，最可疑的兩人之一。

「你不一起去找人麼，低……先生？」

「我才不想把鞋弄濕了。」他目不斜視的說道，目光看著遠方不特定的某個點，不知道在看什麼。

湯有爲感到有趣，想多攛掇攛掇這傢伙，於是說道：「多一個人多一份力量，能多節省一點時間找到失蹤的人，說不定你就親手拯救了一條生命呢。」

低士馬用餘光一斜湯：「才不過十幾分鐘，要死早死了，不死，就這一會兒也死不了。」

「如果是你摔倒在哪了，你不希望別人早點來救你麼。」

「我是不會犯那種愚蠢的低級錯誤。」

唷，激發罪惡感這招兒沒好使，湯有爲不自覺的看向另外一個沒打算動彈的人——這位就沒有低士馬那麼那麼坦蕩了，目光一瞄向他，他立刻就刷的一下轉開臉，咬牙切齒，面色怫然，不用想，是李本財。

「萬一呢，萬一就差這麼幾分鐘，人在外面死去了怎麼辦？」

「死掉？有什麼不好？人這種東西作爲這個世界的一部分，就和所有的花草動物有什麼區別。萬物都要死去，爲什麼就人那麼死不得？」

「呀，這還眞是……」

低士馬昏昏欲睡的半睜的雙眸驀地轉向湯有爲，他注視了湯俄頃，突然道了聲「您請便吧。」一抹頭便返身向二樓走去。

湯有爲眨眨眼，他才感到對低士馬這個人有了些瞭解，就被對方跑掉了。對方顯然不想在他身上花時間，望著低士馬的背景漸漸不見，聳聳肩，也撐起傘出門去了。

一進入雨中，不過幾秒，在地面彈起快到膝蓋高的水珠就躍上小腿，打濕了褲腳，鞋子幾乎轉瞬間變得沉重起來。

「哇，好冷。」

另一邊，四樓。

程雨辰正用指尖把遮罩器一點點推進，屋頂棚燈下方的凹槽裡，推到極限距離，直到指尖徹底碰不到遮罩器了，他從椅子上輕聲跳下來，拉開距離，昂首望過去，確信沒露出馬腳，立卽手腳麻利的將椅子放回原位。

他又找到淋浴對角方位的一個桌子，將桌上的一個碎花玻璃彩燈拆開來，在內骨架上，用膠布黏上下一枚針孔攝影機，攝影機對準了彩燈上動物圖案的眼睛的位置。檢測時發現，因爲透著一層彩玻璃，拍下來的畫面色調略有偏差，略發昏黃，但仍然足夠清晰，視角廣度基本全面的囊括整個四層。

完成這一切，程雨辰往樓下走去，準備去室外和三人會合，來到三樓，忽然察覺到低士馬脊樑直挺挺的站在三層的中心環中，雙手插在兜裡，像在審視某種罪證一樣看著環點符中央的雙人床。

程雨辰不自覺的感到心中稍稍一緊——他在這裡做什麼？他聽到自己在上面搬動椅子的動靜了嗎？沒法確定。

他略感不安的瞥視低士馬，低士馬一動不動，也許是沒注意到他，也許是壓根沒想搭理他，只是佇在原地。

程雨辰暫時也不理睬他，下到二樓。瞧見兩位女士在忙著燒開水，小姑娘紀豔榮在遠處的櫃子前，往外抽毯子。程雨辰趁幾人各自忙活，沒有注意到他，麻利的返回自己座位，從皮箱中拿出剩餘的遮罩器和一把折疊傘，下了樓。

到了一樓，程雨辰皺著眉頭忽略掉像房主一樣坐在整層的正中的李本財，卽刻出了門，在雨簷下借著水聲的掩蔽，用膠帶將遮罩器黏在打底衫上。

豪宅正面出來，左手邊是花園的方向，花園以東是停機坪，緊挨著索道端站和主控室，東南方位有一片不大的平地。平日這塊空地是個觀賞景色的好去處。因爲這裡是字面意義的峰頂，左右又沒有遮蔽視野的樹木草叢，站在這裡會有種被晴空籠罩的壯闊錯覺。這塊空地因爲一眼就能看清有無人在，所以尋找廉月的衆人皆沒有在此停留。

但這裡是預定需要安放遮罩器的位置之一。

多半由於是私人領地又遠離人煙，整座別墅周圍，既沒有安全指示牌，也沒有適當的保護措施。此處空地邊緣都如李定坤所言，半個護欄也沒有，走幾步前方的路是被刀削一樣的峭壁，腳下山體之陡，走近了不免讓人有些緊張。

程雨辰來到空地邊緣在大雨中蹲下，卻發現即便伸直了手臂也碰不到最近的草叢，峭壁近處只有裸露的岩石。他猶豫片刻，左右張望兩眼，轉身來到了索道主控室，他試著推了推門，門是鎖的，進不去。從門窗看進去能看見帶有各種儀錶的主控櫃、開關櫃，室內無人，只有配電櫃微弱的電流嗡嗡聲。

程雨辰有那麼一瞬間感到煩惱，但幾乎也是瞬間便有了主意。

他沿著主控室來到東南側崖邊，放下傘，頂著幾乎讓人睜不開眼的雨勢，站在了主控室朝向懸崖那面，牆下僅有五公分左右寬的小道上。

一點點的挪向深處，只兩步，程雨辰就感到必須點著腳，不然半隻腳掌都將被迫懸在空中，反倒無法站穩，著實讓人膽顫。程雨辰反手扣在外牆角，背貼著主控室的牆壁，感受著雨水激烈的從領口滲入，鑽進內襯。

再兩步，緊扣牆角的手感到快伸直了，程雨辰點著雙腳，緩慢的、緩慢的蹲下，就像不能繼續加速了的起重機，一點點的降低自己的高度。

每下降幾釐米，大腿都會傳來更強烈的吃力感，豎脊肌和股直肌以閃電般的速度充血，不過幾十秒，程雨辰已經開始感到輕微的麻意和不容忽視的壓力感。

蹲在這個淩駕一切的巔峰，群山俱袒露在程的眼前，匍匐於其腳底，他簡直感到自己是在騰空翱翔。

然而是驚恐不已的翱翔。

程雨辰一秒也不再耽擱，鬆開勾牆的手，嘶啦一聲解開上衣，拿出遮罩器，一手端著，一手抽下電池槽裡的絕緣墊片，就這麼直接用黏打底衫的膠帶，將遮罩器豎向黏在主控室下方的牆壁上。

豁然，程雨辰感到大腿肌肉自發的跳動了一下，膝關節一剎那不穩，從高空墜落的幻想在腦中一閃而過，程雨辰忙向後仰，更加用力貼近牆壁，赫然呼吸加速，喘息連連。

他幾乎是發了狠的，一把按下了遮罩器的開機鍵，拿出手機，一看到水珠不停衝擊下的螢幕上顯示幕蔽器已上線，他立刻一用力站起來，匆匆折返。

一接近外牆角，程雨辰當即奮力一躍，肩膀碰撞著牆體，從懸崖邊跳了回來，噗通一聲跪倒，帶著滿腦袋的充血暈眩感翻滾於地，氣喘不已。

「哈……哈……」

程雨辰擔心被看到，連忙抓起傘，一撐地站起來，邊不停喘著邊抄左邊小道一頭鑽進林內。他再次打開手機查看時間，10點21分——遮罩器電池的待機時間爲48個小時，全功率運作可以運行六個小時左右，等什麼時候開機了，得注意電池損耗，在電量用光前更換電池。

他在心中想著這些壓驚，沿小路向西奔去。

程雨辰並不知道，僅在三十多米外，空地向北方不遠，湯有爲也在兇險的崖邊探索。

就在神祕微笑者憑空出現的位置。

出門往建築西北走，很快要下坡，到了西北隅樓基，面前就是峭崖。湯有爲左右觀摩了一番，西邊是觀景臺，從這裡到觀景臺都是石磚路，沒有留下腳印，曾經或許有些輕微的痕跡，也被大雨沖刷掉了。

他環繞牆壁信步而行，在牆壁上隨機地按一按，推一推，不時抬腳在下邊踢兩下，並沒有發現任何機關。

湯有爲疑惑的咕噥了一聲，轉身環顧四周，看到西北角有一無頂的堆砌矮臺。那矮臺四邊玉白色圍欄，單東側開口，有一個五級的石階。一披雨衣之人站在那矮臺一角，正往南邊張望。

那人很快覺察到有人，轉身看到了湯有爲，他立刻友善的高舉手臂向這頭兒招手，湯有爲隔著磅礴的雨幕，聽著自己頭頂乒乓的雨點密集的碰撞聲，只能勉強看到一抹人影。心中一下躑躅，湯有爲還是朝對方走了過去。

少頃到了面前，原來是才剛的小個兒，他用在大雨中顯得有些多餘的彬彬有禮的姿態和語氣，伸出手，恭敬地道：「你好、你好，在下莫依然，在本市做些物流行業的營生。」

「啊，你好，我是……湯有爲。」

「怎麼樣，搜救進展的還順利嗎。」

——古怪，湯有位感到莫依然的問法有些古怪，但又說不上來。

「呃……我這晚了點，才出來，剛在東頭瞧了一圈，你呢，你怎麼沒跟上大部隊？」

「嗨，我看這邊沒人來過，他們又特別心齊的就盯準了那一個方向走，鬧鬨哄的也沒人聽見我，我就自己過來看看。結果這附近確實沒什麼好找的呢，哈哈。」

莫依然說著就走下臺階，示意湯有爲大部隊去了花園那邊，湯有爲快步跟上。

由緩坡上行，走了一兩分鐘，左手邊出現一個三岔口，三岔口向西方延伸的小路左右有兩座長條狀的平房。一座順南北方向安置，長的一面朝向別墅，一座垂直於南北方向放置，短的一面與別墅相向。

「這是傭人舍，對面的是保安舍。」莫依然指著路左邊的那座平房說道「剛才我就是在這兒和他們分開的，不知道他們搜索完花園沒有。」

三岔口向南延伸的道路卽是通向花園的路，花園所在的位置，是在豪宅水平線之下，地勢較低。下了坡，隨卽是條回轉彎道，道邊全是高大的林木。轉過180度，會看到一個大池塘，上有噴泉，塘下管道中發出水流的烈響，卽便在大雨中也能聽到。池塘對岸能看見第三座，外形彷彿是工地臨時膠板宿舍房的長方形平房。

有人影出現在那平房周圍，不止一個人，在到處撥動草叢，搜索查看各處隱蔽的角落。湯有爲瞇起眼試圖看清對岸是誰，倏地感到被視線刺痛，條件反射的一轉頭，正看見莫依然面無表情的直勾勾的盯著自己。

莫依然的五官全部變成了石膏一樣，完全失去了生氣，而唯獨雙目有光，幾欲將湯洞穿，實在是一副不常見的弔詭面容。

某種指向不明的威懾力布滿了整張臉。

湯有爲一怔，匆忙移開視線假裝看風景，居然還眞看到池塘邊的假山山洞裡面，七八隻鳥正在避雨，鳥兒們看到人來，張著撲閃的大眼睛觀察著人類。

心中的彆扭感在幾秒內變的更加蕪雜，他再次看向莫依然，莫的顱面肌肉忽然又動了起來，笑著說：「唷，我看見他們了，大部隊就在前頭呢。」

湯有爲尷尬的嗯了兩聲，說咱們快走吧，兩人隨之繼續結伴前行，但不知爲何從並肩變成了一前一後。莫依然似乎有意走在後邊，這樣被監視的行進順位讓康澹格外不舒服，幸好，僅走了一小段路，眼前的草木便開始減少，說話聲也從各個方向傳來，前邊有人。

「再找找，如果我們接近了，肯定能聽到手機鈴聲的。」

「根本沒聽見，找了多少遍了也沒聽見，八成是不在這附近了。」

丁永茂在花園盡頭崖邊，以很危險的姿勢探出半邊身子，使勁的俯瞰下方：「不行，果然看不到有什麼草木被壓倒的痕跡，看不出來廉月女士有沒有從這邊摔下去。」

馬賀用手捋順髮型，道：「永茂，救援隊聯繫上了嗎？咱們可務必小心點，別救人沒救上，先把自己搭進去。」

「救援隊的電話早就打過了，他們說必須等雨再小一點才能行動，現在只能靠我們自己。」

梁繼軍東張西望，試圖讓話音大過雨水聲，嚷道：「花園地方就這麼大，花園裡的醫務室和倉庫也都去看過了，肯定不在這片兒了，再往西頭走走看吧。」

前頭一夥人正說著，湯、莫兩人已然到了衆人面前，一瞧，馬賀、丁永茂、王睿崎、袁一衫、李定坤散站在雨中，梁繼軍躲在花園正南方位的倉庫簷下避雨，共六人在場。

「怎麼樣，你們倆有什麼發現嗎？」李定坤問。

莫依然搖搖頭，說觀景臺他看過了，那一帶沒有人。

「走吧，這山頂就差西翼沒去過了，要是那也沒有……」

梁繼軍沒有繼續說下去，但大家都知道他要說什麼。

一道原路歸返，回到三岔口，一衆人越過攔路的交通錐，向西而行。康澹不斷調整步速，終於走在了莫的左後方位，脫離了無法捕捉莫依然眼動的窘境，但莫依然只是在看要去的方向而已，根本沒多半點注意在康澹身上，就好像剛才什麼也沒發生過。

走過保安舍，道路很快變成更加狹窄的羊腸小路，這條路上的樹木長勢最好，枝繁葉茂，綠意蓋頂，穿行其中，肩膀和頭頂不時能感到掉落水珠帶來的涼意，路左右樹木上的枝丫搭在彼此的肩膀，擋住了相當量的雨水和原本就昏暗不已的陽光，讓小路更加靜謐也更加幽暗，仿若高挑的洞窟。

又是約略百米的路程後，前方豁然開朗，出現大片的空地。南方是懸崖，西北角則是高聳陡峭的岩壁，岩壁西南是一塊建立在斷崖邊緣上的展望臺，非常讓人在意的是，此處的展望臺邊緣設有全峰頂唯一的安全護欄，那木質的護欄沒有絲毫缺損，完好如初。

以展望臺爲參照，其內側緊緊依附圍欄環形種植著一片規整的花圃，在開闊的山峰上一點掩護沒有的，遭受著狂風暴雨全力的蹂躪。

康澹能看到四個人，三年輕一老，背朝著這頭，圍在岩壁前。

「哎，那幾個人原來在這兒呢。」

「等下，你別說話、先別吵——」王睿崎突然一抬手豎立手掌，做了個停的手勢，聲如迅雷道「你們聽見了嗎？」

被打斷的好像不止是丁永茂，而是語言這個概念，乍然周圍只剩雨聲。莫依然的神色陡然專注起來，豎著的耳朵抽動起來。

「注意聽，聽到嗎，有音樂聲。」

某種背景音樂，微弱如蚊，一夥人立刻意識到，是廉月的手機鈴聲。

激奮遽然在迸發在幾人心中，四五個人飛速的扭動腦袋，掃視周圍，尋找歌聲的來源。

「是那四個人的方向！」

梁繼軍指著西北方向大喊，一霎，衆人像感覺不到累的，紛紛抬起腳，連走帶跑的向歌聲傳來的方向疾走。倏忽間，一群人仿佛怕說話聲打破了什麼一般，沒有人言語半句，又像是在追趕著什麼似的，頂著大雨帶來的重重阻力，在雨中奮進。

幾乎是一夥人開始跑動的瞬間，湯有爲感到身後有聲響，心中一猶豫，沒有跟上大部隊。他轉頭一瞧，卻見程雨辰迅捷的從灌木叢後翻出來，朝反方向東邊快步離開。

程雨辰亦察覺到湯有爲，機敏的松鼠一樣迅速回頭望了他一樣，邊跑邊向湯有爲立了個大拇指——這條羊腸小路上屬於最西端的遮罩器放置點，程雨辰馬上就要全部設置完了。

湯有爲衝他點點頭，旋踵跟上前頭的王睿崎一行——

越向西行，越能明晰的聽出漸大的音樂聲，很快，幾人總算隔著雨點碰撞的聲音也能淸楚的分辨聲源方位，位置無疑就在四人附近。

聽到背後一行人紛亂的踩水聲，四人拗頭來看向衆人，在兩夥人碰面的瞬間，陳珂手指一動，掛掉了手中手機的來電，王一行追蹤的鈴聲立刻消弭不見。

「這是……？」

「我們找到了廉月的手機啦，也是剛才剛剛發現的，才開始響鈴就看到你們從那頭小道出來了。」

「那廉月人——？」

「不在喲，只有她的手機，不過我們倒是發現了點別的有意思的東西……」

梁繼軍按捺不住性子的逼問道：「這時候還什麼有不有意思的東西，先找人啊，那人肯定不能走遠了啊，你們沒找找附近？」

「你先瞧瞧這附近再問吧」陳珂不屑的說道「全是空地，還用找麼，這塊兒就沒個藏人的地方。」

「手機在哪找到的？」

就這石壁下面，陳珂一甩手，幾滴泥水從他指縫間甩飛，話中帶著輕蔑的說。

「不應該啊……既然手機在附近，那人……」

突然，李定坤開口道：「嗯？你們看這裡，有腳印。」他說著露出很意外的驚異表情。

走近去，丁永茂卽刻明白是什麼讓李定坤驚訝。

腳印竟通向岩壁的背後，消失在山岩底下。

「怎麼了？」馬賀抻直了脖子問。

董慧君很不自信的說：「……腳印……好像進裡面了？……」

「不是旁邊的草叢或者別的地方，就是這石頭裡面。」

異樣感，連同名爲疑惑的情感像是水面的波紋一般，泛向每個人的心中。絲絲的不安與不詳，像是積壓乾柴堆下的火星，看不到閃光，卻聽到預料之外的畢剝聲，看到飄出的一縷細弱的黑煙。

暴雨中一剎那間靜的猶若一人不在，剛剛快步疾走導致的喘息聲，是對這一命題虛假性僅有的駁辯。

王睿崎看了看左右，前進兩步，低下頭，仔細的打量面前的岩壁，忽地，卻見一旁丁永茂突然矮下身，蹲伏在巨石下面，扒開土壤，驚道：「這裡有條纜線！」

果然，一條粗大的黑色橡膠管線由岩壁下插入土壤，只露出一指寬的一小截，非常不顯眼，但怎麼看都是百分百是人造物。

順著纜線向上看，走線方向的岩壁上面，能發現一小片兒，比周圍石頭更光滑，石間縫隙積灰更少岩面。

「你們看……這塊兒是不是剛好手掌大小……」

王睿崎說著一推，那塊石頭旋轉起來，內裡翻轉向外，露出一個小面板，上面是指紋識模組和一個紅色的按鈕。

看著指紋識別愁眉不展，王睿崎肯定沒法解鎖，但到了這一步又不想輕易放棄，他回過頭看看衆人，十多人也是沒有主意的看向他。

再次看向那面板，王睿崎一瞬的猶豫，不抱任何期望的按了下按鈕。誰知彈指間，掌下的巨石猝然而動，隆隆的自移開來。

衆人齊退，石頭背後的岩壁，隱現出一張黑魆魆的洞口。

梁繼軍應激似的，突然躍起，槍先一步衝進裡面，他一進洞，裡面的感應燈立刻亮起，光明驟然降臨。背後的人本想緊隨其後，卻在燈光出現之後和梁繼軍一同傻在了洞口。

「我的天啊……」

燈光下閃耀的，是裝滿了四個三米多高貨架的寶石鑽玉。黃鑽、紫鑽、芬達石、鴿血紅、帝王翡翠、帕拉伊巴，湛藍的、乳白的、濃綠的、榴紅的、漆黑的、虹彩的，心形的，滾圓的、菱形的、墊型的、水滴狀的、橄欖型的，閃著光的、透著彩的、穿成鏈的、雕著紋的、嵌著金邊的，觸目皆是，至少數以千計，不可估量。

所有人的目光都如被磁鐵吸住一樣，死死的鎖定在那密密麻麻的寶石之上。

從未有人見過如此多的絢彩寶石。

也沒人在這一刻注意到，廉月就倒在階梯盡頭附近的地面，披頭散髮遮住了面頰，不知是死是活。

9.

「廉月！」李定坤衝下臺階，急忙扶起廉月的肩膀，擔心的喊道：「沒事吧！」

廉月沒有反應，嘴唇上沒有血色，僅脖頸在微弱的起伏。

「沒事兒吧……？」馬賀小跑下來，直視著李定坤問「她……怎麼會在這種地方……？」

「有沒有受傷？」丁永茂緊隨其後。

「女士？能聽見我們說話嗎？」

李定坤憂心的撓撓耳根：「不行啊，沒有反應。」

談話間莫依然也趕過來，身上的雨衣發出塑膠獨特的摩擦聲：「別光瞅了，地上多涼啊，就讓人躺在那兒不是辦法，先把她弄回別墅去。」莫依然彎腰探頭的說著，眼睛卻死死的盯在顏色絢爛的寶石上。

董慧君和袁一杉也接連步入洞窟中，董站在袁一衫身後，彷彿懼怕什麼似的遠遠的觀望著，嘟囔道：「這什麼地方……」

李定坤嚴肅的看向馬賀，開口道：「這倉庫又陰又冷的，沒病也得烙下病來，不能讓她繼續躺在這兒了，有什麼問題，人沒事兒了再問。」

馬賀立刻主持工作似的語氣說道：「對！永茂，你快和王淑萍一起把這位客人送回大宅去，好不容易聚個會，再給客人弄病了怎麼成。王淑萍？王淑萍你人呢!?」

吆喝了沒兩聲，王立刻從已經被人站滿的洞口擠過，有些失神的邊說著來了，邊跑到馬的身邊，仍用著沒太搞懂情況的目光，沒有特定目標的四下搜尋。

「你幫著丁永茂，別傷著人家。」馬賀再度叮囑了王淑萍兩句。

「來吧，咱們先吧她抬回大宅。」李定坤托著廉月兩腋說道，其他四人立刻不約而同的行動起來——丁永茂抬起雙膝，王淑萍端著腰，康澹和莫依然撐傘遮雨，一夥人步調笨重吃力的，趔趔趄趄的上了石階。

站在洞口的王睿崎面色冷靜，若有所思，他前方的梁繼軍卻宛若被強烈燈光懾住的鹿一樣，在雨中大張著嘴，瞠目結舌的望著一貨架又一貨架的寶石，癡癡道：「我的乖乖……」

五人抬起雙眼緊閉的廉月從梁繼軍身邊經過的時，他忽然反應過來，想起到此來的目的，他從煜煜生輝的寶石上回過神，不住的扭頭看向他們，欲言又止。梁繼軍的表情內卻隱藏著某種微弱的不耐煩和焦躁，好像有人在不停的催促他，迫使他的視線頻頻的在廉月和寶石上來回跳躍。

到了洞口，馬賀拍了拍丁永茂肩膀道：「去把，我看著點兒這頭，你們先回去，有什麼事電話聯繫。」

「對，你們先趕快送她回屋吧。」梁繼軍忙跟著說道。

沒人理會梁繼軍，丁永茂對馬賀點點頭，五人卽刻加緊腳步，很快消失在林蔭中。

五人一走，梁繼軍好像立刻獲得了某種解脫一樣，迫不及待的一步三個臺階奔入洞內，跑到貨架前，抓起來一枚寶石，瞪大雙眼仿佛要用目光把它舔遍似的看。在他不知覺中，越看拿的越近，拿起不過少頃，距離寶石貼在他的鼻樑上已經只剩一指的寬度。

梁繼軍如此不顧周圍人眼光，直接跑到貨架邊把玩寶石，其他人一見，也都好似得到了許可一般，相繼來到顏色各異的石玉前面，肆無忌憚且貪婪的在五光十色之間迷離神遊。鞠晉宇也好，陳珂也好，根本掩飾不了對廉月的不在乎和對突然出現的寶石的神迷，眼中只有這些閃著光芒的石頭，沉醉其中不能自拔。一時間，洞裡譙、呵、嘖、唷，驚異之聲，感嘆之聲，亢奮之聲，此起彼伏，交錯不息。

王睿崎有些看不起的瞇起雙眼，仍默默的立在眾人背後的洞口臺階上，冷淡的看著洞內的景象。

不遠處，程雨辰繞過傭人舍，向花園走去，一抬頭，透過雨幕看見五人像搬運大型食物的螞蟻一樣，互相聚成一團，急急忙忙目不斜視的衝向大宅。

他細了細雙眸，沒多想，一轉身腳步俐落的輕聲躍過路邊灌木叢，撥開更深處的一叢密集的高草，在靠近花園倉庫的草莽中，安置下了室外的最後一枚遮罩器。

最後一步依舊是打開手機查看設備的連線情況，這一次螢幕上擠滿了不住波動的參數和指示燈圖示——全部五臺遮罩器一切功能正常。

他滿意的點點頭，將草聚攏復原，蓋住遮罩器的每一寸。快速的回頭查看四周，目睹這一切的，只有樹枝上被雨水淋濕的灰背鶇。

程三兩步回到人行道上，轉身用腳抹平剛剛踩出的腳印，扶正壓彎的枝丫，撣掉褲腳上沾到的細枝碎葉，腳底無聲的踏上回程的路。

推開門，在大宅一樓內能看到十一人，祁鳳和李本財坐在客廳區的座位上喝茶，另有呼哧帶喘的五位男士，以及三個相對平靜的女性，共八人圍在一樓的沙發前，沙發上躺著的則是身上被淋的濕一片乾一片的廉月。她雙眼緊閉，一隻手搭在腹上，一手壓在自己臀下，額角頂在沙發靠背上，頭過度軟歪，和肩膀的夾角不過50度，像一隻剛從包裝箱裡拿出來的，體形豐腴的等身大人偶。

「別放在這，你們幾個再多辛苦一點，搬樓上去吧，這門一開一關，風太大，廉月保準要受風。」趙越創邊說，便把一條橙白兩色格紋毯裹在廉月身上，她非常仔細的將毯子兩邊都掖到廉月身下。

「趙姐說的對」王淑萍說：「抬到樓上也方便照顧病號。」她領口蹭著粉底，重塗過口紅的雙唇，顯得過分亮麗到刺眼，看來是補過妝。

「女士們有道理」莫依然認真說道「咱們再最後加把勁。」

於是四人又把廉月抬起來，手忙腳亂的送上二樓。

「來，先去衛生間。」趙越創在前頭引著，走過餐廳區時，她果斷一把抓起皮椅上的花俏靠墊，最後墊在了洗手間內的浴缸裡。

「放在這兒吧，你們小夥子們就可以先出去了。」她溫暖的笑著說。

丁永茂一夥小心的把廉月放入浴缸，先後退出來，取而代之的是湊上來的王淑萍、趙越創、紀豔榮三位女性。且聽裡面嘩啦的一下拉上浴簾聲，三人開始一趟又一趟的進進出出，又是給廉月檢查傷口，又是擦身子，又是給她換衣服，折騰了好一陣子，一時間好不熱鬧。

五人也互相客氣的寒暄一會兒後，各自找地方坐下休息，有人留在二樓，有人去了一樓。康澹則獨自回到家庭影院區，才坐下須臾，忽然聽到手機叮鈴一聲響起，是任務群。

「報告當前任務進度。」打開一看，群內用戶名爲「存在」的人發來了消息，是李定坤。

名爲「鬥爭」的用戶立刻回覆道：「所有遮罩器我都安置好了，接下來該採集測序樣本了。」

康澹飛快的用手機輸入了一行消息，發送出去，名爲「批判」的用戶在群中說道：「我去採集『庇護』的吧，我剛才和他接觸過了。」

「庇護」是小隊爲莫依然起的代號。

「好，那『孤獨』就交給鬥爭你了，沒問題吧。」

「當然。」鬥爭說完緊跟著立刻發出另一條消息「話說回來那寶石庫是怎麼回事？她怎麼進去的？」

「我們發現那個倉庫的時候，指紋識別功能就是關閉的，只要按下開門鍵就能進入。之前我們也沒注意到還有這麼個地方，我們想找一個要麼能進入後反鎖門，讓人輕易進不來的地方，要麼輕易找不到的隱蔽地方，好多給你們一些時間。哪想整個山頂要麼是鎖死了的根本進不去平房，要麼就是坦蕩的空地，寶石庫是唯一符合條件的地方了。」

「那些寶石是——」

「管他是走私還是藏品，這些人反正也要和我們關一天，正好給他們些談資，等他們發現走不了的時候，能分散分散懷疑方向和注意力，有助於我們接下來拖延時間。」

目前爲止，任務群中只有一個用戶沒有發言，其代號爲「經驗」。

「經驗在參加這次行動前，才剛完成一椿緊急的案子，前天晚上也在熬夜，已經連續三天兩夜沒有休息好了，我們進入寶石庫時候她還好好的，昏倒在地上也是我考慮不周了。」

群內短暫沉默了兩秒後，存在繼續道：「總之，還是繼續按計劃進行，你們現在開始採集測序樣本，我會去找安全的地方組裝和安置便攜測序儀。有什麼需要立刻聯繫我，一切順利的話，11點20在花園倉庫後側集合。」

現在是10點41分，還有半個小時多，康澹看了下時間，又抬眼掃掠一圈周圍，確認沒有人偷瞄他的手機後，低頭一看，鬥爭正在群內告知存在廚房中島是個放測序儀的合適位置，他沒有繼續和小隊聊天，而是迅速退出了聊天軟體，倏地站起身。

——他看到莫依然正在朝樓下走去。

康澹緊忙快步尾隨其後，來到樓梯口時，莫依然已經到了正門，康澹不自覺的加快步伐，眼看莫悄然變快的步調要轉爲小跑，卻見李定坤不知從哪冒出來，在一樓叫住了莫依然。

「哎，這位，您這是要去哪兒？」

「已經十一點了，該回去了。」莫依然捏住吸飽水分的一撮頭髮，捏出幾溜水，溫和有禮的講道「家裡還是事，我先走一會兒。」

李定坤帶著誠摯的歉意道：「你就這樣回去啊，看你褲腳和袖子濕的，路上要走那麼久，少說半小時車程，會感冒的，大雨天的也不安全，再待會兒，衣服烘乾了再走唄。」

莫依然笑了：「嗨呀，都是小事兒，不就是濕冷一點嗎，比這苦多了的也經歷過，這才哪到哪，不礙事。」

「你說都怪我們把你害成得這麼狼狽，連個補償你的機會也沒有，多不好意思——」

「沒事、沒事！人嘛，就是得互相幫助，我幫了你你才會幫我嘛。廉月女士能健健康康的比什麼都重要，不必放在心上。」

李定坤突然眼珠一跳，用餘光看到了正在緩緩走下樓梯的康澮，他突然一改了似乎還要客氣很久的腔調：「實在是不好意思，那我就不送了。」

莫依然還準備再說兩句，誰知李定坤拍了拍他的肩膀，轉身便離開了。莫依然對著李定坤的背影眨了眨眼，猶豫少頃，還是推開門，撐起傘邁入雨中。

最大幅度展開的玻璃門在莫依然身後悄然反彈迴旋，在門閉合前的瞬間，康澮用手擋住了玻璃門。康澮沒有推門，側身用僅有的空隙從門後鑽出，輕聲的打開傘，觀察並配合著前面莫依然的步速，每一步都保持著穩定的距離跟在其後。

走過不遠，尾隨了十幾秒，發現莫依然果然要向纜車去，在莫依然快進入換乘站的雨簷下時，康澮自然的加快步調，在莫依然回身收傘的剎那，正好進入車站，出現在他的面前。

「喲，這是已經準備要走啦？」

莫依然一抬頭，一愣，露出非常意外的表情，莫的眼神非常平和，但康澮能深切的感受到那雙眼中若隱若現的警覺。

「啊，家裡還有事。」

康澮故作和善、略有些刻意的微微一笑，掏出一條口香糖：「吃嗎？」

莫依然瞄了眼口香糖，立刻把視線挪回來鎖定在康澮的臉上：「不了。」

那好吧，康澮說著聳聳肩，撕開包裝，把口香糖丟進了自己嘴裡。

「……」

索道車沒停在山頂站，莫依然按下喚車按鈕，隨後便默默地開始等待。康澮和莫依然無聲的並肩站了頃刻，僅這一會兒，空氣便開始沉悶起來。康澮能感到莫依然在打量自己，但好像有什麼讓莫依然厭倦了似的，他的眼光比之前更加疲憊，無神了許多。

「剛才我聽到有人在討論你，你所說的物流公司，可不是小物流啊，長波集團……您可是大老闆吶。」

「呵」莫依然像是聽到什麼冷笑話似的，哼哧一笑「什麼大老闆啊，就是個做買賣的——你看我的精神面貌有什麼過人之處嘛」他突然接著說道「沒有吧——那些吹捧我的都只看到了帳目表上的數字，沒看到背後的眞實。」

頓了頓，扭過頭，莫依然正視著康澮的雙眼問道：「你是……做什麼工作的？」他的眼神依舊倦怠，但眼光看起來和善了許多。

「就是個上班族。」

莫依然毫不懷疑，全不追問的立刻連連點了點頭，他移開視線，看著遠方索道鋼繩消失不見的坡頂：「挺好，有個工作就好好幹吧，操心的少，自己的時間能多些，多有些自己的生活。別像我，光想著掙錢，挺大個產業，跟肥皂泡似的，朝不保夕，說沒就沒。」

他的雙眸散發出寒意與冷漠，挑挑眉，他帶著苦中作樂的味道笑了笑：「眞的，你當我在說笑話？指不定，說不準，或許明天，或許後天，我這些什麼公司啊、集團啊、產業啊，就都沒了，眞的。」

「聽說過市場不景氣，有這麼嚴重麼？」

莫忽然用力一扇而後的空氣，做了個「別提了」的手勢：「何止嚴重，中國經濟已經傷了元氣了，只是還沒表現出來而已，就像千米之外爆炸的衝擊波要在聲波抵達幾秒之後才會出現眼前一樣，現在還之只有徵兆。而且體量越大，崩潰那一刻來的就越慢，崩潰的瞬間就越震耳欲聾。但其實大家都知道，人樓的地基早就空了，每個人都清楚樓要塌，只是沒人有補救的辦法，沒人能說準究竟什麼時候。」

康澮悄悄地瞥了莫依然一眼，驚奇的發現他對莫有了某些改觀，他擦了擦額頭上的水珠道：

「這是多少年來，整個中國從政府到企業，每個領域都在透支式發展的結果。」

「哎！對啊！不就是那麼回事兒嘛！」莫依然嗟嘆「尤其那些搞房地產的，你都想像不到，他們杠杆有多高。危機最早發生於在〇八年，當年過度依賴出口的中國經濟受到重創，莽撞提升內需，四萬億帶來了全國範圍的房產泡沫和貨幣貶值，一三年時政府決定打壓金融業，爲實體經濟減負，方向是對的但是搞得太急躁，太大包大攬一刀切了，造成當時極度流動緊缺，以至於一五年爆發股災。股災發生後，為了拯救經濟，仍選擇了大力扶持房地產，通過賣房，將大量的政府、企業杠杆轉嫁到居民部門。這之後又是長達六年的房地產末日狂歡，到了今天，民眾負債率已經從二〇一五年的40%升到了72%，房地產存量嚴重超標，爛尾樓數不勝數。在這種時候出臺三道紅線這樣的政策，哼，是生怕房地產不暴雷。本就是高負債高周轉的房地產貸不到錢了，陸續都得出問題。你等著吧，這政策就像13年的金融治理一樣，沒兩天又得反悔撤銷。」房地產當然要管控，但應當是循序漸進的，而不是這樣一風吹，急調頭，莫依然如此道。

「別說，還真保不齊，中國這個治大國如烙大餅的尿性，什麼都有可能——沒人對政府有信心了，尤其是有見識的高產階級，有能力的都在往外逃，帶著親友帶著資產，全社會已經陷進了整個國家級別的死海效應。」

莫依然忽然沒了之前的文靜勁兒，擠眉瞪眼的：「其實啊，不只是中國，這個時代所有政府面臨的財政空虛，所有企業面臨的高額負債問題，都可以通過調整高層的薪酬和金融機構來解決——就他們那些，這個部長那個部長，這個董事那個董事，這銀行那保險，對整個企業、整個國家的經營有什麼作用啊？太少！他們本不該拿那麼多的工資，他們的貢獻單純的沒有那麼多。讓讓利，銀行少收百分之二、三的貸款利息，領導少拿個百分之五、六的工資，讓這些錢流到正地方去，分給一般員工和百姓，就什麼問題都解決了。」

哎喲，這倒是新奇，康澹不自覺的思考起來，忽然意識到這是一個基層與領導層的關係問題，他想了想，越思考剛才莫依然的話，越發現有東西可挖：

「這個……確實有道理，金融機構不必說了，是純粹的血蛭集團。而現代人對於薪資的問題存在一種慣性思維，就是越高崗位一定要對應越高的薪酬，這其實並不合理。高崗位不意味著高作用，長期以領導自居的人，會因爲工作內容脫離業務實踐而導致智慧、智識的退行，脫離追責而導致行爲的肆意。高崗位其實有更高的可能性創造組織廢人，並且由於所在位者決策權的提升，對整個組織的毒害也遠超其位於基層時。」

康澹不禁飛速的轉動眼珠：「企業和政府的運作其實非常相似，都涉及兩大方面，決策和執行。一個再精妙的計畫，具體實施永遠在基層，員工能被優待，自然會想方設法的搞好每件事。相反，高層的能力再天才，天才再多，計畫交到帶著抵觸情緒的員工手中，也會不停地出現各種差錯，不管是有意還是無意的。更不用說實際日常需要的決策非常少，必須由天才才能判明的決策幾乎不存在，關鍵性決策也不需要天才，大部分人智商正常的人都能做出合理決斷，對組織健康影響更多的是整個組織能否有條不紊的完成每日工作。到頭來，重擔還是落在無數基層員工身上。」

康澹帶著醍醐灌頂的表情，看向滿面欣喜的莫依然，感到胸口發抖的說道：

「簡言之，當代人忽視了天才和領導都需要他人才能發揮作用，大量基層群體卻不需要天才和領導也能靠慣性的維繫一個組織的活力的事實。基層員工的作用、重要性以及付出的價值都被大大低估了，這也尤其體現在薪酬的巨大差異上。人才應該留在基層，薪資也一樣，這才是團體組織能長久存活的至理。」

「對！對、對、對！以前就老有傳記講什麼工業時代誰誰誰某個偉人，建造了哪個城市，哪個工程，放他媽的狗屁，他一個人能建起個蛋。偉大工程不是他造的，設計也不是他一個人做的，他或者只是參與了一部分，或者只是用了他的錢。沒有無數的工人出力，什麼也造不出來。那些個功勞，給他三成，都是給高了！」

莫依然豎起食指，連連點在空中「你剛才所說的，其實和『彼得原理』的結論不謀而合，你聽過『彼得原理』嘛，它說的是『每一個職工由於在原有職位上表現好，就將被提升到更高一級職位。其後，如果繼續勝任則將進一步被提升，直至到達他所不能勝任的職位。因此，每一個職位最終都將被一個不能勝任其工作的職工所占據』。

哈哈哈！這話什麼意思？每個人的上司，都有大概率是個死皮賴臉抱著高薪不放的豬頭！哈哈哈哈哈！」

康澮立刻噗哧一聲笑出來，跟著哈哈直樂，他邊笑著心裡邊想的卻是，你不也是高管嗎，你豈不是在罵自己——當然他終究沒說出口。

高層崗位確實為害蟲誕生製造了條件，但每個領域都有一部分正直的人在努力維持的事情在正道上，高管層面也一樣，到最後區分一切的，還是心。康澮覺得這些話太肉麻了，猶豫頃刻，也沒說出口，好半天，笑夠了，只說出一句：「哈哈……這原理還眞是頭一回聽說……」。

莫依然也笑得差不多了，看著不繼續接茬的康澮半晌，稍平靜了一些道：「你剛才說的我也同意，現代企業、政府強調管理層的價值其實就和古代強調君權神授一樣，是詐騙，是少數人為了盜取集體利益而精心設計的謊言。公司、國家都是集體的，是多人共有的，集體並不擁有個人，實際是無數個人共同擁有集體的資產。即便是創立者、出資者，也無權擁有整個公司，因為隨著時間跨度的拉長，創立者出的第一筆資金對公司存在的作用比例會不斷減小，對公司存在發揮作用的是無數人夜以繼日的勞動。創立者擁有的是時間起點的那個小規模公司，而不是當下規模的。應當知道公司的存續從來不需要特定的某個人，而是需要一定數量的人。眞實的付出和回報比例，也不是我們當前正在使用的，差異過高的薪資分配比例。要我說這個問題也很好解決，設上限。比如，創始者最多只能獲得公司30%的資產，比如，高層最多只能獲得12倍的基層員工工資。想繼續給自己多發工資？可以啊，一同提高員工工資就行了。上一設限，政府、企業自然而然的就能實現扁平化，不公、資本冷漠、道德淪喪、公司效率等等問題，一口氣的全都迎刃而解了。

政府的責任是保障的是人民的充實生活，而不是奢侈生活，爲高官、高管設收入上限，對於政府這個規則制定者來說，是完全名正言順的。」

像是在孩子面前想起來了殘酷的陳年往事一樣，莫依然突然搖搖頭，揮揮手：「唉，罷了，不談那些了，太遙遠，過於超前，我們那代人年輕時提出的改革，到今天都沒實現呢，就別說這些異想天開的了……」言畢，他換了聊家常的口吻，又問道：「你……也是準備要回啦？」

「嘿，正等您問吶，並非如此，我是特意來找您的，我有事想求您。」——時機到了，康澮看著莫依然，在心中默默的想。

「噢？」莫依然不解。

「其實……我們在執行一個任務。」

「恩？」

「不知道你有沒有注意到，我和我的戰友從剛才就在偷偷調查，我們其實是司法部門的公務人員，來追查一宗兇殺案。」

莫依然眉宇一皺，變成了淺淺的川字，他眼中閃現出初中生之間戲謔玩笑的俏皮光芒：「此話當眞，你不是在騙我？」他同時瞄向一旁，彷彿希望此刻能出現第三個人，幫忙驗證康澹發言的眞僞。

康澹用鎮靜、溫和但正式的口吻回道：「是眞的，今天參會人中有一個叫低士馬的人，他和一宗連殺三人凶案的重大嫌疑犯有牽連。」

「那……你們怎麼還不去把這個低什麼馬帶走……？」

「警方人馬此刻就把守在山下，正在布防，隨時準備行動。我們獲得消息，犯人很可能會在今天與低士馬見面，犯人出現之前我們不能輕舉妄動。」

「那就是說犯人到現在還沒出現？」莫依然撫了撫光溜溜的下巴「可整個山頂我們都走遍了啊。你的意思是……山上有藏人的地方，殺人犯還藏在山頂某處？」

「對，你想想看寶石庫，這樣的隱藏房間在山頂恐怕不止一個。」

莫依然的雙眼一亮：「啊，眞的，差點把那兒給忘了，這地方確實不簡單……」

趁熱打鐵，康澹隨後把昨夜會議上聽到的興盛村殺人案的細節，悉數和莫依然說了，唯獨沒有講出汪寧威的眞名和身分。聽罷，莫依然眼神變得嚴肅起來，一種聰明人特有的精打細算也浮現在他的臉上，他收起笑容，正色道：「那你需要我……？哎，等會兒，你有證件嗎？」

「當然。」

康澮從口袋中掏出平時打探消息常用的假員警證拿出來，給莫依然看了兩眼，莫依然隨之不好意思的陪笑著說：「就是確認一下，小心駛得萬年船嘛。」

「理解。」康澮收起假證件「換誰也不會輕信空口無憑的傢伙。」

「我能幫上什麼忙？我這都馬上要離場的人了。」

「我想向你瞭解一下低士馬的情況，你們都是環人保的高級會員，你們有什麼交集嗎？」

「哪有啊，我參加環人保屈指可數的那幾次會議裡，大家也都是圍在一起看預定好的各種節目，互動都是和舉辦方之間的，我到現在也就認識那麼一兩個同爲環人保高級會員的人」莫依然眞誠的微笑著道「認識的人裡，沒有這位低士馬，我也是今天頭一回聽說這個名字。」

「我明白了……」

「這個人什麼來路？」莫依然很有興致的問「和那個殺人犯的關係是公是私？怎麼認識的？」

「嗯？」康澮眉毛一挑「啊、他是……一家藥企的員工，私交。」

「藥企啊，是那種自己有實驗室和科研團隊的，還是專搞仿製藥的，或者只是做代理的？要是搞仿製藥的那種……我有認識人和那個圈子的人接觸的多……要不讓他幫忙打聽打聽那個低士馬？」

「呃……那、那再好不過了，情報再怎麼也不嫌多啊。」

莫依然爽快的回答說沒問題，我這就打電話聯繫他。康澮拿出手機，把聯繫方式給了莫依然，並將五年前殺人案留下的畫像呈給莫依然看，告訴他這個人就是兇手。

「喔……確實今天還沒見到過這個人呢……」莫依然再度重重的點點頭「放心吧，我這人還挺敏銳的，不管是我朋友那，還是山上，有什麼發現，一定最快通知你。」

「感謝你的積極配合。」

康澹感到一陣反胃——扮演警察真的太膩人了，總感覺把自己套進了某個發霉的範本裡，真想趕快結束這無聊的反串，他在心中嘆口氣，盡量不讓不耐煩暴露在語氣中繼續說道：「咱們在這兒待的有點久了，恐引人懷疑，我這就回去吧，有什麼發現，您儘快和我聯繫。」

「好——咦？」莫依然驚異的朝索道鋼繩的方向看過去，一股微弱的惶惑的不安蔓上他的臉。

「纜車——怎麼還沒來……」

康澹一抬頭，不禁哎呀一聲叫出來：「呀，你看那個輪盤，是驅動輪吧，壓根就沒轉啊，鋼繩都沒動。」

「眞的」莫依然望向遠處的山頂上，塔柱左右的幾條鋼繩都像死掉後出現屍僵的八爪魚一樣，看不到一點動靜。莫依然將傘挪到身側，好像它阻擋到觀察索道車了似的，同時抓了抓握傘的手腕：「奇了怪了，剛才過來的時候在轉啊，什麼時候停的？索道車故障了？」

康澹瞇起雙眼：「咱們去問問梁繼軍吧，讓他家的維護師傅看看。」

「嗯，也對，沒見到他們折返，看來還在寶石庫那。」

「走吧，我陪你一起去。」

「哈，那事不宜遲，咱們走吧。」

兩人撐開傘從車站出來，一進入雨中，康澮又一次從口袋裡掏出口香糖，看似漫不經心地剝開一個，剛要塞進自己嘴裡，突然想起什麼似的，拿著那已經剝開的口香糖再一次朝莫依然伸出手。「來個？」

二度遞上時，兩人之間的空氣遠比之前柔和了許多。

莫依然看了看口香糖，看了看康澮。

「嗳，行，來個吧。」他接過來，把口香糖扔進了嘴裡。

10.

11點5分，寶石倉庫內。

仿若在超市貨架前挑選商品的客人，七八個人仍分散在光芒煜爍、星彩各異的不同寶石架前，陳珂左右張望兩眼，確定沒人在看他，做賊一樣偷摸來到梁繼軍身側，壓低了聲音：「喲，真不愧是大戶人家啊，岩洞之下還藏著這麼多的寶貝，這些寶貝價比金山吶，您這大豪門，太闊了。」

一腔密謀什麼的調調，弄得梁繼軍也是一愣，他放下一枚貓眼，又立刻拿起一顆尖晶，道：「我也不懂寶石，你問我我也難說究竟值多少錢。」

「對對，令叔愛好廣泛，也不是我等所能輕易涉獵的。」

梁繼軍忍不住瞟了他一眼：「那有什麼能不能，有錢就買唄，還能有什麼能不能。」

「呃……」陳珂被懟的一陣語塞，想了想還是不繞了，直插正題：「不過話說回來，看樣，梁總您也是第一次進到這庫房裡來？」

「啊？唔——嗯…」

「難不成，您以前不知道有這麼個地兒？」

梁咂了下嘴：「我是常來山上，但也不是那麼常來啊，是吧，這又不是我家。」

陳珂感到了對方的不耐，忙安撫道：「那是那是，誰還沒有個壓箱底的私房錢，不過就是宋先生為人氣度豪邁，比我們壓箱的寶貝厚重一些就是了。」

梁繼軍徹底煩了，心說這有一搭沒一搭的，話不成話，交流未免太不順暢，真不痛快。

倒是這一嘮，讓梁繼軍驀地意識到自己正在一個本應私密的場所裡，滿面都是一副貪婪小人的模樣，霍然感到不適。回過神來，思前想後都覺不妥。他撇開身旁的陳珂，風風火火的趕場似的走到洞口，大聲道：

「抱歉了諸位，這些家叔的私藏品，是不對外人開放的。咱們歪打正著進了來，本就多有冒犯，又未經同意，擅自把玩，太過僭越了。本次責任全在我，回頭我會向家叔致歉，現在咱們早些返回吧，免得落人口舌。」

主人發了話，客不能不從，一夥人明白梁繼軍下逐客令了，接連挪步洞外。

梁繼軍看似非常盡職盡責的特意去每個人會在的位置，察看寶石是不是規規矩矩的放回了原位。人走的差不多，忽地瞧見董慧君還在一個貨架後面打電話，他不耐煩的衝董慧君吼道：「快走，出去再打，人都走了，就差你了。」

董慧君忙匆促的講了兩句收好電話，點頭哈腰的將身子縮得像個花骨朵一樣，弓著腰小跑了出去。

梁繼軍看洞內已然沒人，悄無聲兒的摸起一顆黃鑽，手往兜裡一插，五指一鬆，讓鑽石隨重力自然地滑進口袋裡。最後一個出來的他，按下按鈕，巨石重新隆隆的返至原位。待一切恢復如初，卻見莫依然和康澹兩人，逆著人流衝著他來了。

「哎，梁先生，我們有事找你。」

「怎麼？」梁繼軍毫無避諱的在莫、康兩人臉上打量了幾個來回，縮著脖子賊頭賊腦的問。

「索道車，好像出了點故障。」

「這位莫經理剛才想下山，叫索道車，直沒來。」

「哦」梁繼軍刷地抬起頭，目光一下變得自然多了「那不能啊，纜車從來沒壞過，沒事兒，我讓袁兄看看，就算出了什麼故障，他也會修。」

梁繼軍這麼乾脆的答應了，自然最好不過，兩人也沒有什麼好說得了，伴著風雨抓緊回返。

一路無話，七八分鐘，走上羊腸小路，行進的人群順其自然的變成一條長隊。康澹勉強和莫依然保持並肩，他最後用力的咀嚼了兩下口香糖，把面巾紙攤開在掌心，將口香糖吐在手中。全程故意在莫依然面前完成，做給他看。

接著他似乎想起來莫依然似的，哎呀一聲道：「這附近沒有垃圾桶啊，你也吐給我吧，正好我這有紙。」

莫依然忙推辭，說一會進屋再吐就好，康澹也不退讓，說進了屋還不是要找衛生紙，多麻煩。墊著紙又不髒，吐我手裡就好。莫不好意思繼續拉扯，只好照辦，把黏濕的一團嫩粉吐在康澹手裡。

康澹小心地包好，放進了自己口袋。

不多久走到別墅入口處，前頭的人先後進了屋，梁繼軍則筆直來到換乘站簷下。他抬眼看了看驅動輪，二話不說便撥通了給袁一衫的電話，且看一隻虎背熊腰的背影從開開合合的玻璃大門後擠出來。

「車故障了？」袁一衫向三人確認道，但不等回答他就繼續說道「剛才我就老遠聽著聲音不對，沒有正常工作時候的那個軋軋聲，正準備過來看看呢——唔，確實不動了，說不定是轉子卡住了，行，沒事，都別急，我先瞅瞅，估計不會有什麼大問題。」

袁一衫攜著一副沉穩、可靠的神態，說出這一番話著實令人安心。

「好」梁繼軍完全信任的點點頭，說道「我和袁哥在這看看，你們先回屋休息吧，等修好了我再去找你們。」

莫依然乖乖聽從了指示，準備離開，康澮則說自己準備再在外面待一陣子，和莫分開了，獨自向花園走去。

在途徑三岔口，轉向下坡的時候，康澮下意識的一回頭，見到梁繼軍在直勾勾的盯著他，兩人視線相撞的一瞬間，梁繼軍收回了目光，假裝在看一旁蹲伏於地查看器械的袁一衫。

康澮對梁繼軍的視線毫不意外——梁應該是擔憂康澮偷偷重返寶石庫，在監視他。

他不以爲意的繼續前行，來到花園倉庫附近，跨過灌木叢，一轉，很快看到程雨辰和李定坤兩人支著傘站在一棵大樹的濃密枝葉下，安靜的如同背景的一部分。

「喲，你來了。」

這裡的雨更小，雨聲也沒那麼嘈雜，程雨辰用正常的音量問道。他頭髮濕透的像剛洗過澡，身上的衣服全部換掉了，穿的是之前在三樓衣櫃內看到的衣服。

「宋總的衣服還挺合身呀。」康澹調侃道。

「切，別提了」程雨辰擺擺手道。

「你那邊情況怎麼樣？」

「目標庇護現在就想離開，但是索道車沒工作，是我們的人動的手腳嗎？」

李定坤忽然看向他，眼神嚴肅：

「不是，指揮部和B小隊還在等著我們決定什麼時候開始封鎖呢，我以為庇護是被你攔住了才沒走掉。」

「是我們一去就發現索道車停運了……」

眉頭一皺，李定坤神色凜然：「奇怪，總不會是我們正好碰上了自然故障？——無所謂了，這個問題一會我再向總部諮詢，我才剛剛聯繫過老謝，B小隊那邊一切正常。」

康澹默默的望了眼身後如綠海般的連綿山巒，花園外視野遼闊，空中索道看的一清二楚，倒是不用擔心一旦在開會期間車廂正常運作了，會漏掉從山頂離開的人。

「先報告情況吧，怎麼樣了，拿到測序樣本了嘛。」

「拿到了。」

「我也拿到了。」

康澹掏出裹著口香糖的紙團，程雨辰則拿出了一個用溶液泡著棉簽頭的一次性圓底試管。

「用棉簽刮了孤獨喝過的水杯口。」程解釋道。

「口香糖嗎……？這樣的話……我把你需要的採樣工具拿給你，一會兒你到洗手間去處理，記得萬勿避免雜質污染樣本。」李定坤指了指放在倚牆放置的手提箱。

康濬點點頭，李定坤拿出一指大的小鑰匙，打開手提箱鎖，將箱子橫放展開。下半箱子內部是開模的海綿填充物，原本放著組裝測序儀的各個部件。如今剩下一些樣式不同的試管、一小袋工具和兩三個螺口刻度瓶，一一放在對應形狀的專用凹槽中。箱子上半，用固定帶捆著三把黃色槍身黑色握把的，塑膠材質手槍以及兩個震撼彈，槍名就鐫刻在槍口下方——

TASER 7，泰瑟7，由Axon出品的最新款電休克槍。

泰瑟7單次填裝可射擊兩次，允許一次性更換兩枚彈藥，兩次射擊的電鏢卽可單獨生效，也能夠互相形成電回路。電鏢動能充足，能夠衝破超7cm的厚衣物，最大射程約6.7米。槍支配備警告功能，槍身有led燈，槍內附微型晶片，會自動聯網，記錄每次開槍的日期時間，若身邊有配套的攝影機，還會在每次開槍時啟動，拍攝開槍時現場的發生事件的全部經過。

李彎膝蹲下，單手打開工具袋，康濬發現裡面的每個工具都有其單獨的塑封袋。李從中取出一支鑷子、一支微量轉液器和一個裝有半滿透明溶液的刻度瓶，分別交給康濬。

「就像我們昨晚的戰前會議所說的，我們社目前可以調用的電擊槍共三把，其他的或是在維修或是由其他班組借用中，置換的彈藥也沒有，省著點用吧——早上我還在猶豫該怎麼分，正好廉月今天身體不適，就我們三個一人一把，讓廉月多做些輔助支援型的工作，其他的高危高壓的工作我們三個分擔一下。」

「我的那把給廉月吧，支援工作也很危險」程雨辰幾乎是立刻說道「我自有防身的把式。」

程雨辰自驕的一掀衣擺，露出別在腰帶上整齊的一排鋒刃，如鱗般前後相疊。起初康澮看在眼裡卻分不清所視何物，盯著看了幾秒才反應過來，那是數枚菱形的小體型刀片。

是脫手鏢。

「你那東西，管用嗎？」李定坤眉頭微蹙「之前就聽說過三班有你這麼個會武術的，你們三班可眞是人才濟濟……不是我嘴不留情啊，別弄那些花裡胡哨的了，要我說你還是乖乖用槍。」

「嘖，這就你不懂了。」程雨辰眉毛高挑，一砸嘴「我演示給你看——看著那邊樹上的樹眼了嗎，看仔細了啊。」

程雨辰從腰上拔下一枚飛鏢，夾於兩指，收肩屈臂，手置於身前，漸漸放慢呼吸，接著猛地一甩手，肌力爆發，脫手鏢如橫劈的閃電般破空。飛刀錚的一聲釘在了十米外的樹上，正中樹眼中心。

李定坤看起來不太感興趣的看了眼錶：「行了，我知道了，反正我繼續說什麼不實用、實戰沒時間給你擺架勢之類的，你也聽不進去。時間不多了，就按你的意思。電擊槍、飛鏢什麼的，今天都用不到才好。」

程雨辰癟著嘴，聳聳肩。

「這把槍還是你拿著，一會兒你交給廉月。」

李定坤掏出一把槍，邊遞給程雨辰邊說道，又分給康澮一把，問：「我聽說你也會格鬥術？」

康澮意外的一眨眼，道：「啊，最開始入行的時候爲了提高體能學的拳擊，後來順勢就學了些防身術，到現在爲止有幾次街頭格鬥的經驗。」

「恩，好，你們這些新生代都年輕有爲，未來可期。」

一頓，李定坤帶著叮囑的口吻，正色道：

「行，咱們不多說廢話了，槍械拿到手裡之後一定要愼重再愼重，仍然是之前的那套準則，不到逼不得已，不要使用。首先電擊槍彈藥有限，只夠我們應對少數關鍵時刻，其次，最重要的，是防暴器械一旦出現，我們的身分和目的也就都會暴露，保持隱祕才能保持優勢，聽明白了嗎。」

兩人立刻回答說明白，李定坤像一個訓完話的性情剛正的教官似的滿意的點點頭，繼續道：「好，那麼接下來我說一下我的情況，我已經組裝和放置好了測序儀，就在程雨辰發現的那個位置——那確實是個極其合適的隱蔽位置，程雨辰這一點發現值得誇獎。」

程雨辰正在走向紮著飛刀的那顆大樹，聽到這話回頭看了兩人一眼，張了張眼眶。

「剛才我和總部通過話，總部今天派一班去繼續深入調查最終目標V等人的相關情報。」

V指的當然是汪寧威，這個代號算是汪寧威送給大夥的。

「得到了一些消息——之所以被判叛國罪，是因爲V在15歲那年，擅自穿越邊境。」

李定坤的目光變得銳利起來，他說話時嘴唇就如機器人，或是數位類比人，嘴型上一點多餘的動作也沒有

「其實他穿越邊境的目的是……逃亡。V曾經通過黑龍江進入了俄羅斯，被俄軍邊防抓獲，看押了兩個月後，俄軍沒有將其交給解放軍，而是於黑龍江一帶釋放，此後V以黑戶的形式在當地農村居住了一年，後來又

試圖從香港逃離中國，於香港的美國大使館門前被捕，時年16歲。」

「為什麼不是偷越國邊境罪？」程雨辰問。

「我猜，一來是因為他敏感的特殊身分，V也是知道相當多內部機密的人，有傳言說偷越邊境前V已經先泄了密。二來應該是檢方，或者不管在背後操縱檢方的什麼人，認定或者懷疑他和敵對組織有勾結吧。三來俄軍的行為也很可疑……」

「唔嗯……情報不多，希望未來能派上用場吧」李定坤正視向兩人「總之，一班今天分出了三隊人馬，正在全力以赴的推進調查，一隊上午已經查到了V在世的親人，目前正在接觸，一隊在繼續追查胡彥平和彭福水，最後一隊目標是宋陽君的管理層，任何一隊有進一步的消息都會立刻聯繫我們，我們還是繼續照計畫行動。」

李定坤用餘光看了康澮一眼，忽然問：

「你從剛才開始就格外安靜啊，沒有什麼想問的麼？」

康澮十分正式的鄭重眨了眨雙眼：「就是睏，實在是太睏了。」

程雨辰把飛鏢拔下來，小心翼翼擦掉上面的泥汀，說他也是，腦子都脹脹的。

李搖搖頭：「……堅持一下吧。」

「最後一個問題」李矮下身，闔上手提箱，將之重新上鎖「投票——最具嫌疑的兩人的基因樣本你們都搞到了，該投票從誰開始進行第一輪測序了。審慎選擇，決定好之後的四個小時裡，我們就只能等著開獎了。」

「我選孤獨。」康澹片刻踟躕也沒有的立刻回答。

「決定了？」

康澹點點頭，李定坤說聲好：「我選庇護，那就是一比一，看來決定權交到你的手裡了呢，雨辰。」

「欸？欸!?」程雨辰拉高了聲音，尖的像個姑娘「哇靠你們太狡猾了，先斬後奏，先發制人地就都投完了，剩我做這艱難決定。」

康澹忽然有些擔心程雨辰會引來其他人，側身望向花園內，不過並沒有看到人影。

「怎麼會，反正大不了就是再多等四個小時，最多等八小時而已。」

「啊不是你這合著是在說萬一選岔劈了，延期了全怪我唄。」

「沒有，你儘管選，這倆人實在是差不多，真的，誰也拿捏不準，我選庇護就是只有50%的確定。」

「哈啊？那你選庇護的原因是？」

「只有一個原因，就是生理年齡以及體型最接近V。」

程雨辰諧謔的態度收斂了些許，他搔了搔頸部，問：「那他的身分和來歷什麼的……？」

「我們對之瞭解的都是他離開黑龍江之後的情報，可能與V有關的情報應當在他離開黑龍江之前，目前沒法判斷這些情報是否和V有關，所以不予考慮。」

「喔……那你呢，有爲？」

「和庇護接觸後，我感到他的性格和V不符。相對應的，我能從孤獨那兒感受到一股毀滅傾向——孤獨在二樓入場時候的場景你們看到了嗎？他……不在乎。他人的眼光、社交禮節、自己的形象以及現場的氣氛，對這些人際層面事物的不在乎，是V更可能擁有的性格。」

「唔……是這樣嗎？」程雨辰拉長的尾音，不是很信服「孤獨雖然對他人視若不見，但他也沒有掩蓋的意圖，完全在率性而爲，我預期中的V不該是此種性格，而是答辯症候群那樣的——在說謊的時候也會故意混進去眞實，故意營造氣定神閒的印象以迷惑他人，並且他一定程度上接受自我欺騙，使用眞假參半的行爲模式，讓撒謊成爲自己日常習慣的一部分，自然而然的發生。」

程雨辰歇口氣，幽幽道：「你不覺得我剛才的這段形容……特別像庇護嗎？」

「啊！」康澮一愣，不知該如何回答，想了想，半晌回道：

「對，莫依然很可能是在僞裝？」

「不要說出目標的名字。」李定坤反應迅速的打斷了康澮。

康澮吃到苦東西似的一皺眉，擺出推手動作道歉：「不好意思，一不注意——這個問題你可難住我了，我也沒有更好的線索和證據來分辨庇護是否是在裝樣子，我眞答不上來。」

「那你……」

「投過的票還是不改了，情報有限，改也是瞎改。」

「明白了。」

程雨辰點點頭，看看康澮又看看李定坤。

「我投孤獨。」

「願意講講爲何嗎？」

「孤獨和宋有瓜葛，V則是和王睿崎有關係，這些背後存在某種目的性，而且就在這次集會中，他所欲不軌。」

「你說的是候選與當前事件可能存在的聯繫，我問的是V可能與候選存在的聯繫，你搞錯了。」

「呃……你不也說了嗎，關鍵是V消失那段時間的經歷，那段經歷我們現在查不到，就只能就近猜測了囉。」

「哼……好吧，那就這麼定了……本次投票就算二比一。」李定坤扭動一直撐傘的那側手臂的肩膀關節，把傘交到自己的另一個手裡，又看了一次錶「11點40，我們已經在這待了一刻鐘，該回去了，再拖延下去容易惹人起疑。我們就先行解散，你們回去立馬開始首次測序，以孤獨爲第一順序。下一次情況跟進會，就設定在第一次測序結果出來的時候吧，我們到時再重審任務進展，決定那之後的進一步行動。」

是，程、康兩人幾乎同時應道。

11.

瓢潑大雨勢頭不減，颯颯水聲，悠悠不息，花園各處一個人影也沒有，除了枝丫上鳥兒突然跳動著的撲騰聲，感受不到一點生氣，依舊寂寥的和三人來時一轍。

李定坤先邁步離開，剩下兩人故意多逗留了片刻，隨後也從倉庫後側走出。程雨辰走在前頭左轉向三岔口走去，康澹則立刻回身，向醫務室方向而去。康澹以觀光閒逛的步調信步走了少時，感到程雨辰差不多該上坡道了，才穿過林蔭道，也回身向花園的出口走去。

三人就這樣分批次地離開了花園深處。

上了三岔道口，康澹忽然察覺通向西面的小路上，多了些交通錐，這些一抬腿就能翻過的小玩意所攔堵的路更長了些，快要橫跨整條小路了。

康澹聽到傭人舍傳來門開啟的聲音，他當卽意識到現在轉身走是來不及走出來者的視野範圍的，乾脆原地站定，正面面朝著那排交通錐。

果然，隨卽看到梁繼軍拎著另外兩個路錐，從房後轉出來，看到康澹的一瞬，梁一警覺，隨之嚴肅的告誡道：「禁止通行，老弟，不好意思，這條路徹底不許走了，我會一直派人在這裡守著的，還請留步。」

「我就是溜達到這兒了，我明白，這就返程。」

梁繼軍把手裡的交通錐在路邊放下，彎腰拉動鐵鍊，把它們串上：「喲，要是大家都能像你這樣機靈就好了——快回去吧，你們那交流會要結束了。」

康澹笑了笑沒再多嘴，轉身向大宅走去。

穿過林蔭道，來到正門前，能看到袁一衫仍蹲在索道車開放式換乘站的簷下，正緊緊捏著手機，對話中滿是疑惑「哈？你那邊也沒問題？那怎麼會不動呢？……你說電機啊……？也不是沒有可能……你去看看吧……鑰匙？動力室鑰匙沒在你們山下的主控室的鑰匙架上嗎？你問我我上哪——」

康澹沒有步下甬道，就這麼繼續衝大宅走去，遠遠的，他就看到不少人輻輳在一樓的客廳，一衆人十五六，都在看向站在他們身前的祁鳳和馬賀。推門進屋遂聽到馬賀拿著個話筒，已經在說結束語了。

「今天這場集會雖然略有波折，但我們達成了一件遠比集會更有意義的事情，我們挽救了一個生命。」馬賀故意停頓一下，下面會意的響起稍顯熱烈的掌聲，完了，他又繼續道：「這都是在場個人每個人的功勞，是我們環人保這個大家庭的功勞，環人保因爲有你們而分外精彩，世界因你們而不同！——在這裡我宣布，環境與人文保護協會春季交流會圓滿落幕！感謝各位！謝謝！」

隨後一陣總體稀稀拉拉的掌聲之中，混著一兩個孤零的熱切掌聲，聲響不協，頗爲混雜。馬賀在這不大隆重的氣氛下，榮光滿面的走到人群中，熱情的拍了拍幾個肩膀，順道握了兩個手。一旁丁永茂拾起麥克，用女性般溫柔的安撫語氣說道：「哎……就像剛才馬主任通知的……索道車遇到了些故障，很快就會修好，期間請各位到二樓休息靜候，我們在二樓準備了熱水……交流會的會後宴也將在一小時後開始，我們衷心的期盼大家都能留下參加……」

康濸進屋後直奔二樓，沿著樓梯彎曲的弧形向上，還未走下樓梯就發現大廳的人群基本已經散了，背後有相當多數量的人緊隨其後，都欲上二樓去。他默默地加快速度，跟身後步步緊逼的人潮拉開距離。在二樓，康濸看到程雨辰正抓著試管在朝廚房區走去，他乾脆跑起來，衝到程的面前

「我身後人可有點多，你快行動。」趕上時，程雨辰已經在廚房中島後站定，兩人一見，康急忙對程說道。

「唷，他們上來了？你替我把好風啊。」

嗯了一聲，程雨辰迅速蹲下去，打開下櫃門，嗖的一下把半隻身子鑽了進去。

回頭一瞅，丁永茂走在隊伍前頭，前後約略十幾人，全從樓梯口冒出來。

康濸隨即感到丁永茂的眼神有些疑惑，而且是疑惑的盯著他，康濸這才感到不對，一低頭，忽然發現廚房中島臺上擺著兩個水壺和一大包剛開封的一次性紙杯。

他驟然意識到不妙，自己可能站在了環人保分發熱水的地方。

康濸臉上的表情沒有變化，但他能感到大腦裡的每個細胞都產生了壓力，精神濾爾緊繃。對面眾人越走越近，丁永茂臉上的疑問也愈發明顯。

他動作有些僵硬，但神情自若的拿起水壺，往紙杯裡倒水，看到從水壺中傾灑出來的確是冒著滾滾蒸汽的熱水，讓康濸有信心了一些——熱水印證了自己對丁永茂疑惑來源的猜測。他迅速轉身打開上櫥櫃，找到一罐

未開封的蜂蜜和一塊完整的生薑，大大咧咧的拆掉封口的熱縮膜，擰開蓋子，又把生薑放在了菜板上。接著他蹲下來，裝作找不到所尋之物的樣子，多蹲伏頃刻，並不斷的翻找各個下櫃。

「快走，人來了。」

「馬上！」

程雨辰又往櫃子裡一拱，整個人都快塞進去了，接著刷地抽身出來，像個彈飛的紅酒木塞，坐倒於地。康澹一手攥著廚刀，一手撚著小勺快速起身，側向一挪腳，來到島臺邊緣，用身體遮擋住臺下的程雨辰，同時他麻利的將幾個杯子和菜板移到身前。

他拿起廚刀開始給生薑切片，飛速的瞥了眼左側，領頭的丁永茂已經到了只有四五米的位置，餘光看向右側，程雨辰伏在地上縮著頭，四腳倥傯的爬躥到拐角，一轉消失於廚牆後。

「您這是……」

丁永茂停在康澹面前，康澹不語的將薄薑片往一杯熱水中一扔，舀出珍珠大的一滴蜂蜜插進水杯中一攪，迷你湯勺上的蜂蜜全不見時，康澹才抬起頭，好似頭一回注意到有人過來般看向丁永茂。

「來，蜂蜜姜水，驅驅寒。」

「呃……」丁永茂有些顧慮康澹該不該這麼隨意的動主人家的東西，但似乎終究沒有吐露微詞。

「謝謝，我來吧，怎麼麻煩你。」

「不會不會，現在這都走不成了，我還不是乾呆著，閒著也是閒著。你我沒準要一起相處好長時間呢，也別分什麼主客了，搞得人疲憊，咱都別客氣。」

說著，康澮感到背後有視線，一回頭，看到程雨辰正在二樓的窗戶前假裝看風景，不時的扭頭偷看這邊，康澮這次下徹底放心了，拿起刀，再次切片的動作驀地輕快起來。

「眞是不好意思，還是讓我們員工來吧，您多休息。」

謙讓一會，最後丁也弄了組工具，兩人一起製作和分發起蜂蜜姜水來，轉眼屋內便人手一杯，滿屋熱氣騰騰的，立時暖和了幾度。

程雨辰姍姍來遲的出現在二樓中央，似乎猶豫著要不要過來。

「嗯？」忽地，丁永茂發出一聲驚疑，不怎麼自信的看向康澮「你聽沒聽見什麼聲音？」

且說著，便聽到腳下嗡嗡然，猶如洗衣機甩乾衣服的聲音越來越響。

「欸？好像就在咱們腳邊？」

丁永茂詫異的低頭搜尋，很快把目光鎖定在了放測序儀的櫥櫃中。

「呃……可能是地板裡的管道吧。」

「管道怎麼會有機器聲音，像馬達似的？」

程雨辰在望向這邊，瞇著眼，奇怪康、丁兩人的表情爲何變得不自然。

「中繼水泵。」

一句聲調精悍的話語由右側傳來，一瞧，是李定坤不知何時來了，側腰憑靠在廚房島臺上

「高山上送水壓力是很大的，對水泵馬力要求高，加上這個建築的特異結構，水路不暢，需要在一些節點安置微型水泵來保證水流動力。」

他手在檯面上將紙杯往前一推：「麻煩再來一杯，謝謝。」

「啊……好的……」

丁永茂似信非信的眨眨眼，眼珠狐疑的左右轉了轉，眼中的戒備仍在，但並沒有繼續追究。一旁程雨辰看到場面緩和下來了，遂安心收回了目光，找了個椅子入座，開始低頭擺弄起手機。

康澮琢磨自己也裝的差不多了，就放下刀和勺，說自己也準備去休息一會，丁永茂立刻著急趕他走似的，連連說您快去吧。

擔心丁永茂會低頭去翻看櫥櫃，康澮在距離廚房最近的餐廳區找了個位置坐下，李定坤也在此就座。

「你剛才說的都是眞的？這樓裡眞有中繼泵？」

「當然都是編的。」

「這……」康澮尷尬的看向仍在切姜片的丁永茂，道「對方要是懂行怎麼辦。」

「那就堅定立場，阻止對方拿到證據，只要他不去翻櫃子，沒證據，隨便我怎麼說。」

康澮揚揚眉，努著嘴做了個「也對啦」的表情。

餐廳區緊挨著洗手間，坐了兩三分鐘光景，康澮霍然發現洗手間的門敞開了，王淑萍和紀豔榮先後走出來，倚在門的兩邊向裡面張望，臉上溢著紅光，熱切的聊著天，從房門空隙隱約能看到趙越創的背影沒了起初的匆忙，動作舒緩了許多。

沒多久趙越創也走出來，她擦擦額頭的汗，聲音不大的喚道：「那個，馬主任？——」

馬賀騰然從座位上彈起，像產房外的父親一樣急匆匆的來到趙面前。

「怎麼樣？」

「啊，剛才不就說人沒事的很嘛，你急什麼——」

李定坤也走上前來，鎮定的像個局外人。

「她沒傷沒病，暈倒就是累的，氣色不好，有點貧血，沒有大礙。剛才有些發燒，我給她用酒精搓了搓後背，現在好多了。我們給她清理乾淨了，衣服也給吹乾了，廉月中途醒過來了一次，我們說明了情況，她太睏，就又睡著了，讓她多睡會吧，能走了再叫她。」

康澹也湊上來，伸脖一看，浴缸裡用床被和大量的墊子塞滿，廉月身後墊的老高，身上每個關節都自然放鬆，看起來躺得比星級酒店還舒服。廉月身上的水漬都被擦乾淨了，頭髮乾爽，還多綁了一條之前沒有的杏仁色緞帶。腹部以下蓋著毯子，額頭敷著熱毛巾，臉上的眼線重畫過了，又新補了粉，妝容彷若是從王淑萍那兒複製黏貼來的。她雙眼在昏睡中輕閉，面部表情平和，臉頰帶著紅潤的血色，應該確實是無恙了。

「行，這邊總算可以放心了，那我就去找淑萍和永茂了，我們得趕快準備宴席了。」

「哎，眞是辛苦你了趙姐。」

「沒事兒沒事兒，忙點好，忙起來什麼煩心事都想不起來啦。」

忽然，身後傳來像鬧市商販似的吆喝——

「老少爺們兒！出來吧！索道車修好了！」

卻見袁一衫昂首闊步的走上樓梯，進入二樓來，吆喝聲正來自於他。

康澮清楚的看到陳珂哼哧一聲冷冷一擠眼，似乎不太喜歡袁一衫大大咧咧的作風，但其他人那裡只有聽到好消息的欣喜。根本無需多言，早就想離開的莫依然立刻起身，他身後六七亦人情緒歡暢的抬步往一樓而去，轉眼間熱鬧的如同春遊隊伍。

「我現在就聯繫總部，讓B小隊開始行動。」

李定坤冷靜的拿出手機，動作沉穩地一邊撥號一邊說道。

「現在來得及嗎？是不是有點倉促？」康澮瞄向窗外，問。

「老謝說只需要提前一分鐘聯繫他，他們就能立即搞定，他們既然這麼有信心，那我們也沒必要多慮。」

「那還眞是可靠。」

康澮站起來，說他跟著去看看，即時跟進現場情況，李定坤把手機放在耳邊聽著嘟嘟的撥號聲，同意了。

咬住春遊隊伍的尾巴，康澮再度來到室外，一眼便能看到索道車站的驅動輪在順暢的轉動著，發出有節奏的隆隆聲。

「各位，在下就不奉陪了哈，家裡眞有急事，咱們改天再聚。」

臉上帶著大大的笑容，莫依然對身後的環人保一衆說道。

「我們還會多舉辦活動的，咱們一定常聚。」

「那是那是，當然當然！」

馬賀和莫依然熱情的互握雙手，不管是兩人之中誰，也都想不到，他們燦爛的笑臉並沒能持續多久，很快便彷彿被激流沖刷過的水墨畫一樣潰散。

「怎麼……還沒來……？」

發動機的轟鳴不容置疑，轉輪和鋼繩也在不敢懈怠的全力運作，但幾分鐘過去，車廂就是遲遲不肯出現。

「哎？不對，有東西——那個鋼繩上面……那是……？」

李本財指著前方，語氣中的狐疑所包裹著的是濃黑沉甸的不詳預感。

康澹眯起眼，嘗試從李本財指著的方位看出什麼，但他依舊只看得到裸露光禿的鋼繩，滯澀的氣氛中他反倒感到某種更加壓抑的氣息從背後傳來，轉睛一瞧，李定坤不知何時也到了換乘站裡，面色土灰的緊盯著自己的手機。

不對勁……

不安如被風吹掀飛滾的晦色沙塵，席捲翻騰在康澹左右，拍打著他身上的每一寸肌膚。

似乎才察覺到近在咫尺的康澹，李定坤猛的一眨眼，惶惶然：「電話打不通……」

「恩？你什麼意思……」

「你們看！你們看到了嗎!?」李本財不顧形象的大喊，雙眼牛瞪。

鋼繩上有什麼東西越來越近，非常小，遠比載人廂小太多。隨著不斷接近，眾人這次確實捕捉到了，那彷佛惡兆化身之物——

鋼繩上，原本應當掛著車廂的地方，只剩光禿禿的抱索器。

脫離了載人轎廂單獨存在的抱索器，即突兀又冷硬，像某種工業崇拜的圖騰，像祭祀儀式上的禮器。

一個接著一個，保持著固定間距的抱索器排著隊有序的進入車站，它們是那麼的按部就班，從容不迫，好似車廂就在那裡，只不過人看不到而已。

「喂！這是怎麼回事，你不是說纜車已經修好了嗎？」梁繼軍感到臉上無光，沒好氣的衝袁一衫吼道。

「不應該啊……車廂怎麼會不在上面……我…我這就打電話，問問山下那邊，車庫在山下，平時都是他們管……別急！——」

幾乎是同時，康澹也在詢問李定坤。

「你說打不通？」

「恩。」李定坤無比嚴肅和沉重的點了點頭。

「啊？」袁一聲驚疑，囈語道：「這怎麼回事兒……」

「又怎麼了你。」梁繼軍眉頭緊皺，嗔道。

袁一衫滿臉疑惑的把手機呈給梁繼軍，話筒裡傳出來的，是嘟嘟的陣陣忙音。

「不會是你手機出問題了吧，你那手機也該換了。」

梁繼軍白了袁一眼，將自己手機拿出來，解鎖的一瞬間，他的表情就因驚詫而僵住，他眼神發直的看著自己的手機螢幕，倉皇的撥了個號碼，裡面傳出機械平板的合成女聲：「抱歉您的手機不在服務區內，請稍後再撥……」

仿若聽到了某種號召，幾乎所有人都匆忙拿出自己的手機，打開來查看，康澹亦是如此。他的手機還停留在遮罩器控制頁面，統計參數顯示今天遮罩器開啟過的次數爲零。但右上角的四格信號已經被一個無情的紅叉所取締。

「遮罩器……不是我們開的……？」

「恩」李定坤牙關緊閉，眉目凌洌「索道車也不是，我還沒有通知總部。」

不詳感化身爲螞蟻爬上了頭皮和肌膚並試圖鑽入，弄得康澹麻癢難耐。他的呼吸也困難起來，好像被一隻手死死扼住。

「喂！這麼回事!?我也沒有信號了！」陳珂愀然不快。

「怎麼了這是？出什麼事了？」莫依然左顧右盼，不知向誰求助。

「電話、電話打不通……網也上不去……」王淑萍飛快的操作手機，高速的打開一個個軟體，又一個個關上，軟體彈窗在她的手機上接連快閃，全都顯示無法聯接網路。

「這怎麼可能，我們可是離市中心只有不到二十公里啊，最近的鐵塔肉眼就能看到，不可能會沒信號的。」李本財像是挨打卻被對方先告狀的初中生一樣，憤懣不已的說道。

「董子！你快去，趕快回屋裡看看有線網通不通！」

董慧君立馬拔腿往屋內跑，傘也不打開，一頭衝進雨中。

馬賀低下頭，眉宇不展，話裡摻雜著一半僥倖與一半希望，低聲問道：「我也……我是電信的，你們有沒有別的，聯通、移動的有信號嗎。」

王睿崎：「不行。」

李本財：「哎我去，我移動的，眞是一點信號都沒有。」

「所有人都沒有信號……？一個也沒有!?」梁繼軍不甘心的大聲問道，但無人回答。

砰的一聲別墅大門被撞開，董慧君居然只用了三十秒就從大宅中衝了回來：

「梁哥！袁哥！電腦上也沒有網！」

不祥，不安，以及不解，終於有人帶著難以置信的聲音說道：

「我們……不會是被困住了吧……？」

「不。」

李定坤否定的話語清楚的說出口，卻仿若是在告訴自己答案一樣，他用小到只有他一人能夠聽見的聲音說道。如洪水蓋頂的壓迫感，亦同時從李定坤凜然的雙眸中傳來：

「我們是被囚禁了。」

12.

大雨圍困的索道站內，人們像失去了指揮的蟻群一樣彷徨，漲紅了臉互相張望，不知所措。

樓上，看不到諸人面孔的趙、紀、丁、祁全然未察覺到任何異樣，心境輕鬆的帶著微笑，料理著手中的食材。一旁，彷彿躲藏在草叢後盯著獵物的蛇一樣，低士馬於避光處，陰險的側目觀察著樓層內的每個人。

他拿起一隻壺身透明，壺嘴及上圍茶綠色的水壺，去了衛生間。

同在二樓，但始終站於落地窗邊，觀望一樓眾人的某人，卻注意到了悍然衝進一樓內，又瘋牛般衝出去的董慧君。他意識到了事態弔詭，抓抓頭，開始煩躁地左右踱步，眼珠不安的左右亂轉，過度緊張到不合理的露出咬牙切齒的表情。末了一跺腳，他下了什麼決心似的，氣沖沖的奔下階梯。

「到底怎麼回事，你倒是說句話啊。」陳珂審犯人般對梁說道。

梁愣愣的看了他兩秒，眼中滿是對陳珂短短一小時前後態度變化之大的不敢相信，嘟嘟囔囔說不出個一二。

「難不成是雨太大，附近的鐵塔失靈了？」王淑萍弱勢的問。

「也有可能嘛。」馬賀忙試圖緩和氣氛，安撫眾人「索道車……就是還沒修好嘛，我們可能就是運氣不太好，屋漏偏風雨，正好又碰上了運營商故障，大家都稍安勿躁，山下的人們肯定都在搶修呢，我們等等就好了。」

這一番話很有作用，緊張的空氣立刻放鬆了不少。誰知場面剛有平靜的趨勢，一塊巨石就激起了浪濤。

「怎麼回事!?你們這是怎麼回事!?」

一個面部無毛的老人，吊著雙眼，口沫橫飛的嘶吼著從宅子裡撞門而出。

「呃……」梁繼軍愕然看向那老頭，更發語塞。

那老者幾步進了月臺，馬賀瞄了梁一眼，忙打圓場道：「哎，這位老爹，別激動，就是不走運遇到了點機器故障。」

老人一看微微擺盪的抱索器，登時雙眼外突，大聲斥道：「喂!你看到了吧，纜車呢?!纜車跑哪裡去了!?我們這麼一大群人可要怎麼下山？趕快修好它啊！」

「那還用你說麼！」梁繼軍耐不住了，變顏暴怒「你這老傢伙眞是煩人的很！」

那老者翻出手機，帶著一股衝勁兒撥號出去，未幾，又氣惱的把手機從耳邊拿開：「嘖，媽的！無法接通！」他把雨傘往地上一扔，啪嗒一聲，直愣愣的喝道：「這個別墅沒有負責維修的人麼！幹什麼吃的!?」

「你是誰啊，在這吆五喝六的！」此人凡一開口，總能精準的撥中梁繼軍的怒弦，梁繼軍腦袋發熱，也不管那些場面客套了，甩著臉子到他面前，忿然道。

「我!?」老者鼻孔一仰，牛氣的說道「我是溪城斂節區委書記，你們在座的可能有人認得我。我父親是副國級幹部人大常委鞠常委，兒子任貴州省省發改委處長，家族三代從政。你們把我這種政府要員囚禁在這，知道該當何罪嗎?!」

「你是什麼官兒關我屁事！誰要囚禁你，我他媽的囚禁你有什麼好處!?」

「別別」馬賀屁顛屁顛的小跑過來，一手推在梁繼軍的胸口「兄弟，話不能這麼說——咱們都冷靜冷靜，有話好好說。」

「我沒時間跟你們廢話，趕快把我們放出去！沒有纜車沒有別的通路嗎？直升機不行麼!?」

「啊這……」袁一衫拉長了他那富有磁性的男低音，徐徐道「宋總出差的時候把直升機駕走了，現在這個停機坪上，就只有今天客人開來的那架。」

王淑萍立刻嗖的一下看向李定坤，引得其他人亦不自覺的也看過去。康澮也緊張的看向李定坤，他莫名的感到十分擔心李定坤會怎麼回答。李定坤陰著臉，用眼角左右斜睇看向他的諸人，心煩意亂的試圖舒緩凝重的表情，他緊蹙著眉頭用力的閉了一下雙眼，道

「至少得等雨停了，這種暴雨，直升機太難駕駛，搞不好就是機毀人亡。」

話音甫落，猛然見得一道驚雷劃破天空，兩秒之隔，轟隆聲滾滾而來，這雨看起來還要再下上許久。

李定坤昂首的望向天空，眉間仍然緊繃著，目光沉重：「雷雨天就更不必說了……太危險。」

「那暫時就是走不了了囉……？」王淑萍仍舊弱勢的問。

「嗯。」

康澮思緒雜亂的眼珠左右動了幾下，沒有多言。

「他媽的」鞠晉宇啐上一口「沒別的路子了？我不信，你們就沒弄個逃生通道什麼的？」

「瞎扯什麼王八蛋——」

梁繼軍一張嘴，恰遇風起，雨水斜灑，潲進篷下來，進了梁繼軍的嘴裡，他哇啦哇啦的攪了兩下舌頭，呸呸的吐了幾口唾沫，剛穩定一點的情緒霎時再度躁動起來：

「你把我這兒當什麼地方呢！又不是演間諜劇！哪來的暗道！」

鞠晉宇忽然耷拉下眼皮，若有所思的看向梁繼軍，神情猶如乍然彈跳蹦起翻面的硬幣，驟然鎮定下來，破天荒的沒有進一步發作，只是哼了一聲。梁繼軍意外的皺起眉，鼓動兩腮，對方沒有如預想的繼續與之針鋒相對，倒讓他不知該怎麼反應好了。

馬賀也感到出乎意料，左看看右望望，忽地肆意的一笑：「哎呀，出路不還是有的嘛，看給兩位急的。雨很快就會停，是吧，到時我們乘直升機離開不就好了。」他對兩人高高揚起眉峰，仿佛在問「是不是」。

「我們又什麼事兒都沒有，又沒什麼危險的，沒啥好緊張的啦，大家都安心。」

旁邊，自始至終冷靜的如同石頭一樣的王睿崎，走上前抱著雙臂，用首肯某人彙報一般的語氣說道：「他說的有道理，雨停也好，維修完畢也好，不管哪邊實現了，都能解決我們的困境。雨總會停，故障肯定有人在修，現在著急還太早了，還是再耐心的等待一陣。」

「欸，諸位，我可冷了，我要回屋，我勸各位也別傻站了，都去暫歇一下吧，時間到了，問題自然就解決了。」陳珂帶著股冷嘲熱諷的味道說完，扭頭便走。

「就是就是！大夥快回吧，多冷的天兒啊。都別急，啊。」王淑萍忙跟著說道。

「不是什麼大事，你瞧這給弄得大傢伙疑神疑鬼的」馬賀熟稔的展露出公式化的笑容說

「一開始不過想辦場分享會，沒想到我們一起經歷了這麼多。大家都別急，我們共同努力，肯定能共克難關。等未來回過頭，再次想起的時候，必定是一次難忘的經歷，一定會感到無比美好的。」

他邊說著邊故作感慨的看向眾人，但完全沒人搭茬，連環人保的員工也不接話，不禁有些尷尬，忙接著說道：「啊，總之大家也都別上火了，樓上的宴席也快準備好了，正好大家就都用過餐了再走，好不好？用過飯，雨也就該停了，到時一切問題就能批隙導窾，迎刃而解啦，是不是，大家何苦現在弄得自己那麼心煩呢，來來，都快回樓裡去吧。」

再一次竭力緩和僵硬的氣氛，雖然馬賀話說的眀磨叨又程式化，像是更換了措辭的範本，但他安撫人們心情的用心，現場的各人還是感受到了，加之一直在外頭站著也不是辦法，十幾個人絡續回了屋子。

前腳才跨入門廳，就能聽到悉悉索索的耳語——

莫依然：「這麼一會兒時間裡，壞了又壞的……」

王睿崎：「哼，等著瞧吧，不管有什麼陰謀，很快就會見分曉。」

李本財：「好好的那麼多個纜車，怎麼就那麼巧，就都一起壞掉了……？緊跟著又手機也不好使了……？總感覺，這裡藏著一股故意……好像有誰的意志藏在裡面……」

王淑萍：「不會吧……」

馬賀：「噓……別說了……」

丁永茂：「通訊怕不是沒了，是被阻斷了……信號不會是被誰遮罩了吧？」

馬賀：「都叫你們別說了，到此爲止。」

董慧君：「車廂哪去了呢，掉山底下去了嗎？爲什麼一點響動都沒聽見？」

梁繼軍：「瞎尋思什麼，這山這麼大當然聽不見——不對，不說那個，我倒想問，把索道車弄壞了，對誰有好處？」

董慧君：「哥，長這麼大我就沒見過纜車這麼壞的，萬一……」

袁一衫：「董子的懷疑也不是空穴來風，不得不說，確實挺詭異……」

梁繼軍含糊的用喉頭咕噥了一聲。

傭人們也好，環人保的人們也好，來客們也好，偷偷的交流意見，妄圖通過幾句竊語，判斷眼前的狀況到底意味著什麼。

就像是期待著落腳在扎實的地面，著陸之後腳底下卻微微下沉了一樣。

衆人猛然間發現正踩在軟泥地上，內心克制不住的生出一縷縷強烈的不安，不敢去猜測這地面到底會下降多少，會不會將他們囫圇吞沒。

確信的只有對未來無法確信。

進了一樓，莫依然不停的拍打沾著水珠的雙臂，陳珂不怎麼暢懷的用力磕了下鞋底，震落鞋上附著的雨水。鞠晉宇似乎苛責的話說的過癮了，泄夠了憤，抱著手臂，昂著下巴，獨自坐倒辦公區的老闆椅上，用蔑視一切的神情，細著雙目，不住地左右打量。王淑萍不打招呼自己便默默離隊，走到窗邊拿出電子菸來要抽，一口嘬下去，指示燈閃爍發紅。門口的袁一衫胡亂的抹了把臉和額頭，頭髮還是濕漉漉的。他左近，董慧君似乎很冷，鎖著肩膀，不住的踮腳。康澮試著看向李定坤，想要嘗試從他的表情或者目光中找到一絲半星線索，但那空洞不帶一絲表情的臉上，只有虛無。

馬賀突然露出了極度疲憊的表情，他望了望周圍的人，一言不發的朝二樓走去。梁繼軍三人和李定坤、康澮兩人也尾隨其後上了樓。

「幾位！還不知道呢吧，我們被困在這啦！」董慧君一上樓便吵嚷道。

「沒準兒的事兒呢，別亂說！」梁罵道。

「怎麼回事？」

祁鳳一驚趕忙走上前追問，丁永茂、紀豔榮一同看向趙越創，趙忙亂的關掉正在沸騰的鍋，倉促的擦了擦滿手的油，也快步來到梁身前。程雨辰見狀，也慢吞吞的圍過去。梁繼軍最後瞪了董慧君一眼，不得不向幾個人解釋剛剛外面發生的事情。

而另一邊，如同公園長椅上發現了一個醉漢，康澮才進到二樓，就發現廉月眼神迷離的坐在沙發上。

馬賀也察覺到了廉月，他來到與廉月五六米開外的位置，帶著一股刻意的關心，心猿意馬的囁嚅了一句：

「噢，醒了啊，身體還好？」

廉月剛笑了笑，說了句沒事，馬賀立刻回了那就好，多休息吧，隨即便目光閃躲、一臉心事重重的走開了，找了個人少的角落面朝著室內坐下。

隨後莫依然和王淑萍也過來問候廉月，詢問她身體如何，但也都心不在焉的，注意力不太集中，草草走過場式的結束了。這便是所有來看望廉月的人，大家似乎都沒有更多精力花在廉月身上了。

康澮默默的等著，見不再有人過來了，繞過餐廳區，兜了個大圈來到廉月所在的沙發。

「出事了。」

「嗯，察覺到了，一個個看起來都神思凝重的——現在什麼情況？」

視線放在焦躁的向幾人解釋的梁繼軍身上，廉月乾脆俐落的問。

「索道車被破壞了，信號也被遮罩了，但不是我們幹的。」

「當眞？」

廉月陡地轉頭正視康澮，愕然失色。

「當眞。」

她立刻接受了狀況，神情一厲，但無比鎮定的說：「有頭緒嗎，可能是誰在搞鬼？」

「我們原計劃的部署活動才剛結束，我們剛剛開始第一順位樣本的測序，哪有什麼頭緒——」康澮抬眼看向在西北側窗前來回踱步的李定坤「我覺得隊長可能有些想法，他……比我預期的更加緊張。」

耳邊邊聽著康澮的話，廉月邊拿出手機，確認手機信號格上的紅叉後，她不死心地打開聊天軟體，隨便發送了一個圖片，發送出的對話泡前開始轉圈，遲遲沒有發送完成，最後，圈變成了紅色的嘆號。

眼眸冷靜左右轉了轉，廉月思忖片刻，吐字清晰的說道：「無妨，反正我們現在也不打算走，暫時等一等。那就打起精神，步步爲營的前進吧——你聽好，現在既然手機用不了，那隊內溝通只能面對面交流了，我有個發現，現在就告訴你，你回頭傳達給其他人。」

康澹一眨眼，說沒問題。

「你看這個。」

廉月打開自己手機的相冊，調轉螢幕朝向康澹並將之平放，螢幕上是一張庫房一樣的照片。這張照片在電子相冊的最上方幾排中，顯然是新近拍攝的。

定睛一看，照片內所拍攝的地方白光通明，照片中所有物件上都沒有陰影，牆面在強光下泛著輝光，貨架上則滿是繁星——這個照片中的地方，就是不久前才發現的山中的寶石倉庫。

「這不是寶石庫嗎？」

「恩，注意看倉庫的西北角。」

再度觀察一番，康澹仍未看出什麼特別的地方。兩個貨架，一面牆，幾百顆亮晶晶的石頭，照片所拍攝的都是寶石庫理所當然的樣子。

「我該看什麼？寶石嗎？」

「怪我了，這張圖拍的角度不好」廉月語調平直的說「如果身處現場會更容易看出端倪——因爲是拍攝角度受限的緣故，視覺參考面積太窄，你看這張照片的時候，會自動帶入視覺透視加工，這樣，你看這裡——」

她指向左側角落的貨架：「這個照片其實是水平拍攝的，但是你看，本在同一水平線上的左右兩個貨架，左邊只能看到貨架第二層底板，右邊的卻可以看到第二層以及二層上面的寶石們。」

「這是——」康澹短促的倒抽一口氣，隨後試探的問「存在高低差？……」

「對，沒有錯，地面不是平的。」

「有什麼特殊意義嗎？有的房間地面不是會故意弄出點坡度？比如衛浴。」

「衛浴的地面略帶坡度，是爲了在最低點設置下水槽，坡有聚水的作用，那樣做利於排水。但這個坡度比那大太多了，再說，這裡也沒有排水孔。」

「那是……怎麼回事？」

「我也很奇怪，當時正好一個人在寶石庫內無事可做，我又進一步調查了一下——再看這張。」

這一次是一張俯瞰視角的牆角照片。

「發現了嗎，牆角附近的地磚縫膠，比其他地方要更新，縫膠發白，有光澤，更水潤，倉庫其他地方的瓷磚縫膠相比之下，則要更加暗沉、乾燥。」

仔細看過去，靠牆的兩三塊地磚上，還有微小劃痕，凌亂而細密，這都是其他瓷磚上沒有的。恍然間，仿若開竅了一般，康澹的腦中忽然跳出了一個猜想。

「這個位置……在初次施工結束後還額外改造過？……」

「對，不僅如此，唯獨這個牆角的縫隙沒有做美縫，而是一條裸露的水泥。」

「難道是……」

「暗門。」廉月把她的圓臉蛋轉向康澹，鄭重的看著他道「這個倉庫曾經多批次施工，爲得就是隱瞞工程的眞實目的。」

康澹眉頭一皺，說一定是這樣，宋陽君將一個工程分給數波人，施工是分批執行，多次轉包完成的，這樣就誰也不知道到底要建什麼。因爲前後銜接不良，就會造成這種微小的瑕疵。

「密門是打開的。」廉月神色嚴肅「密門的電子鎖並沒有工作，就像寶石庫的正面一樣，這是我進到裡面後拍攝的照片，一組大概七八張，你翻著看吧。」

廉月把手機交到康澹手中，康低著頭，脖頸前伸，剛要細看，突然背後傳來麥克特有的電噪音蜂鳴聲，嚇得康澹肩頸一緊，頓覺心驚肉跳。

「哎，不好意思，打擾一下大家。首先，暴雨天眞是辛苦各位了，對於本次交流會的招待不周我們眞是深感抱歉。」

一聽，原來環人保的人又玩上音響了，馬賀似乎重整了精神，他在觀影區仰首擴胸的拿著麥克，他那再次變得熱情的聲音從喇叭傳出，在別墅內來回震盪。

「我們已經燒好洗澡水，並且在每層的浴室內備置了所有洗浴用品，請各位不要客氣，可以儘管去任意樓層的衛生間內洗漱，一點點心意，希望能洗刷掉您身上的雨水，溫暖您的心靈。」

馬賀仍在說什麼，但康澮已經完全不去聽了，二度收束注意力，集中在廉月手機的螢幕上——

第三張照片展現的空間要比寶石庫裡晦暗許多，到處都是裸露的岩石，大片的岩石上帶著綠色細紋，角落長著滇濕苔，地面平滑發潮，頭頂尖石骨立。僅兩條白熾燈吊在支棱的突岩間，對於過於空曠的空間，光線仍不夠充足，洞隅背光處，一灘漆黑。

——這分明是個洞穴。

洞穴極南，一塊嶄新到發亮的墓碑面北而立，石碑所閃耀的高光澤，訴說著石碑質地的高端。碑上無志，無生卒年，僅見碑上銘刻一串名字。

Opal.E.Sanches

一隻小熊玩偶倚靠於碑側，墓前一張託盤，放著兩三束枯萎的百合花。墓後是一座石棺，石棺棱角犀利如刀削一般，邊線內嵌著軌道燈，現在並沒有亮起。

前面更遠一點，有兩個霞色坐墊和一張折疊桌。桌離碑太遠，能推定出不是供桌，是某人在這裡逗留時使用的。桌上兩隻小盅，另有一張照片，照片內是個八九歲小女孩。桌旁以及桌後面橫豎著些許空酒瓶。

「呼……」康澮喃喃道「都是烈酒……」

這就是全部了，一組照片看到頭，看似有用的資訊便共是這些。

寶石倉庫之下，爲什麼會這種地方？又是用來做什麼的？如果只是一般的墳塚爲何要特意藏起來？Opal是誰？爲何墓碑之上只刻名字，還不是中文名？

「陰晦之所，必有隱情。」康微微皺眉道「有什麼想法麼？」

「有人逝世這一點毋庸置疑，從酒瓶就能看出來，來悼念的人很傷心。加上墓前的貢品還有照片，這個Opal八成是個小女孩，不知道是不是宋陽君爲去世女兒造的墓。」

沒聽過類似的新聞，康澮搔了搔下巴說，要真是他女兒，宋陽君爲何不像其他有錢人那樣買他個千畝墓，把孩子厚葬了，卻要弄到這黑魆魆的地方來。

「這就是我們要探究的了。」

「你覺得這地方和我們的任務能有關係麼。」

「難說。」

「……」

廉月眼睛警戒著周圍揣好手機：「這次任務宋陽君這個名字出現太多次了，我看老謝說不定向我們隱瞞了什麼，務必多留個心眼，做好心理準備……」她頓了頓，像是在避諱什麼似的，有些不情願的接著說「什麼都有可能發生。」

嗯了一聲，康澮突然感到視線，轉睛一看，霍地和不遠處的莫依然四目相對。

「人多眼雜，我得先走了。」

康澮說著對廉月做出一個社交性微笑，仿佛在告別。

「恩，去吧，把隊長叫來，我和他報告一下，程雨辰那邊你講給他。」

「好的。」

說著康澹站起身，環二樓東側向北走去，剛起身，便見到鞠晉宇從西邊走來，從康澹身邊穿過，進了洗手間，嚓的一聲將之反鎖。

走開沒多大功夫，康澹能感身後有人接近，一看玻璃上的反射的鏡像，莫依然正匆匆的由背後追了上來。他心知躲不過，在北側電梯附近停下。一回身，康莫一照面，彼此腳步都是一斂，緊接著莫依然急忙走上前來，一把抓住了康澹的臂肘。

「同志！這是怎麼了啊？」

莫依然焦急的追問換來的，卻是康澹看似困惑的雙眼和一言不發。

「你看這先是索道車，又是斷信號的，這些事兒……跟追查殺人兇手的事情有關係嗎？」

「實話說了吧，我也不知道。」

「這……怎麼會這樣呢？」他的瞳仁亂轉，想了想，又問：

「這些事怎麼發生的，因爲什麼原因，通過什麼手段——？」

「我都不知道。」

倏地，莫笑了，笑得如同陪酒的小妹，聳眉弄眼的：「別這樣嘛，你總得知道些什麼。我知道同志您這有保密義務，你就挑點不涉密的，跟我說一些唄，你之前都和我說了那麼多了。」

康澹嘆口氣：「你希望我和你說什麼呢？我比你多的不過是山下的支援，現在通訊阻斷了，我也聯繫不上外界，也沒有人會告訴我更多情報，給我更多引導和支援。如今我和你一樣，我們誰也不比誰多任何優勢，都是一視同仁的被困在了這裡，僅此而已。」

這話一聽，莫依然的臉色頹然變差了很多，有那麼一瞬面露不快，但立刻扼制住了，剎那換成一張全無表情的撲克臉，像個專業賭徒，隨後他又尷尬的眨眨眼，道：「好吧，是我死纏爛打，沒想透徹就瞎問了。」

「不，是我們不爭氣，什麼幫助都提供不了，我也很抱歉。」

莫依然又笑了，似乎很開心，拍拍康澮的肩膀說等有什麼消息了，你可得立刻通知我，咱們現在算是患難兄弟了。康一樂，說好。莫依然又插科打諢兩句，不太釋然的走了，康澮再次嘆口氣，挪步繼續西行。

先找到李定坤，告知他廉月要向他彙報，隨後再往二層西北走了不遠，康澮見到程雨辰站在窗邊垂著頭，在用手機。

走到程雨辰身後兩米時，他忽然一抬頭，肩膀以微弱到僅有半毫米的幅度縮緊了一下，接著點了一下手機，回過身來。

「喲，是你啊。」

程雨辰側身面朝著康澮，口氣隨意的打招呼道。他手中拿著的手機螢幕仍亮著，可螢幕上的亮度變了——程雨辰剛才在看別的什麼，他悄悄換掉了某個軟體。

康澮不自覺的細了一下雙眼，但沒有聲張。

「你這是在？」

「啊，針孔攝影機緩存的監控畫面。我剛才就想啊，V身上不是有傷疤嗎，他們正好有人去洗澡了，我監視一下，看看萬一誰身上的關節發現了傷疤呢，指不定就幫我們進一步縮小懷疑範圍了吶。」

「那麼小的傷疤？話說現在不是沒信號嗎，你怎麼連的設備。」

「藍牙呀」程一揚眉「藍牙雖然也是被遮罩的波段，但是只要兩個設備距離夠近，遮罩器也發揮不了作用。再者，遮罩器這種東西對外界通訊的遮罩能力當然非常可靠，不過室內穿牆能力的有限，鑒於我現在和室內的兩個設備之間仍可以互相傳輸資料，這別墅裡設置的遮罩信號源應該不多，沒有挨個樓層放置上一件，是寡源布局。很可能只用了一個單個兒的，大號的遮罩器。」

哦，原來如此，康澮頷首回道。

「嗯？你快看。」

程忽然指著螢幕分成七塊畫面的上右上角的那塊，這其實是僅有畫面的兩塊之一，其他六個分別標注著一、三、四樓的樓內和衛生間，並提示無法接收到信號。康澮俯身看過去，螢幕右上角畫面中的鞠晉宇，正鬼鬼祟祟的在衛生間內翻來翻去。他先是打開了鏡櫃，又翻了翻擺著各類洗化用品的壁架，最後打開了馬桶的水箱，一臉圖謀不軌的樣子往裡面窺探。

「這是……鞠晉宇？他不可能是目標吧。」

「嗨呀，我勸你可別太想當然，萬一他脫下衣服一看，是光滑的青壯年肌膚呢，除非親眼所見，我現在可誰都不相信。」

「唔……也不是沒有可能……」

畫面中的鞠晉宇左右掃視了一圈衛生間，最後來到臂架前，拿起上頭裝飾用的盆栽綠植，抓住根部慢慢的將其拔起，一坨圓柱形的土壤被完整的從花盆中拔出來。他用手指捏掉了底部的一部分土，接著將手伸進口袋，拿出三顆粉色、晶亮的寶石。

「這，粉鑽？我肏你看到了嗎？這老傢伙把寶石偷出來了？」

程雨辰亢奮的看向康澹，康澹也吃了一驚，道：「了不得，這幾枚粉鑽夠判他二十年。」

「呵，帶勁吶，你看我，我就完全沒有偷的欲望，因爲我根本就不曉得這一顆鑽石多少錢。」

程雨辰不正經的開上了玩笑，畫面中的鞠晉宇則全然不覺，因爲得逞的興奮而漲紅了臉，正小心翼翼的把石頭放入花盆的底部，接著將綠植復原——連土帶草原位放回花盆內，又拍了拍上面的土，讓那盆栽看起來原樣未變。

「這傢伙，算是落到我們手裡了，看我怎麼敲打他。」

又觀察了一會兒，鞠晉宇忽然開始脫衣服了——沒有任何惡意，不帶丁點主觀偏見，只是闡述事實的講，老年人的身體實在不怎麼好看，太過乾癟，也太多褶皺。鞠晉宇關節突出，四肢乾瘦，手肘看起來就像胳膊上多了塊尖棱的鈍器，肌膚好似被打濕揉爛，又曬乾的紙。拋開沒用的枝梢末節不談，結論而言，兩人很快發現他身上並沒有刀疤。

康澹厭惡地咧咧嘴，轉頭對程雨辰說，行了不用看了，說正事——他來主要是爲了告訴程關於廉月的發現，關於寶石庫之下還有隱祕房間的事。程雨辰一聽，立刻嚴肅了許多。隨後康澮稍加解釋，很快說明了地下墓穴和Opal的存在。程表示知悉，一定多關注宋陽君這個人的相關事情，有值得注意的第一時間相互報告。

完了，康澮有些捺不住性子的匆忙走遠，他穿過觀影區已經開始熱鬧閒聊的人們，從睽睽眾目中走出，由西北來到西南的承重柱後，他面朝著柱子，確定所有人都看不到他後，拿出手機，調出監視攝影機管控軟體。

二樓所使用的針孔攝影機，插在家庭影院區的回音壁後側的USB插口上，那攝影機形似無線藍牙適配器，看起來像是回音壁本來就有的一部分。它拍攝的範圍，囊括了才剛把弄手機的程雨辰。

讀取到幾分鐘前的錄影，程雨辰的背影果然拍入了鏡頭中，他的後背擋住了手裡手機的螢幕，但他頭頂漆黑鋥亮的大理石映射有一小片白芒的光斑。

康澮選取那塊光斑並放大，隨著細膩畫面變成巨大的像素塊，程雨辰手機螢幕上的內容，就像懸在頭頂上的湖面上的倒影一樣，朦朧的浮現於其上。

那是一個不知名的通訊軟體，邊緣字跡十分模糊，但有一條占據了螢幕中央絕大部分的消息能夠看清——

「真不敢相信宋陽君居然打算接受那傢伙的意見！我們這麼多人，分出的這麼多派，持那個意見的可只有他一個人啊！他要執行那個人提供的方案!?難以置信！不可理喻！！我看宋陽君果真是瘋了！腦瓜子早就迂了！這種關鍵決策不適合交給他來決定！」

收信的時間是12點27分，13分鐘前。

康澮熄滅手機，環視四周。

丁永茂正在二層中央，將兩張方桌拼成一張大桌。蒸騰的熱氣不斷的從廚房湧出，紀豔榮不住的將菜肴端上。已然熟悉的人們相處融洽的，面對面娓娓而談，一片熙攘。十幾分鐘前換乘站簷下的爭吵如同破碎的泡沫般消失的無影無蹤。人們再次對苦難別開視線，將自己交托給對希望的渴求。

一片平穩的表面之下，康澮心中冉起淡淡的不安，略有吵鬧的氛圍下，他卻空感到了一片荒原般的寂寥。有什麼阻塞了話語聲，橫亙在康澮與人群之間。它像空氣一樣稀薄不可見，卻厚密仿佛石壁，不可穿透，無法推倒。一種冰冷的感情在康澮心中慢慢升騰，彌漫在他的腦中，其——

乃名爲不信任之情愫。

13.

從廚房島臺上塑膠包裝袋中，層疊的一次性紙杯塔底部拿下一隻紙杯，擎著杯底，康澮腳步平穩的走進衛生間，後腳鞋跟一碰到滿是橫豎紋絡的防水地磚，康澮立刻鎖上了身後的房門。

來到盥洗盆前，小心將紙杯在盆上平坦、乾燥的位置放好，又拿出兩三張衛生紙，同樣在盆邊捋順攤平。由兜內翻出裝著溶液的刻度瓶，打開瓶蓋將裡面的DNA提取緩衝液倒入紙杯。又掏出包著口香糖的紙團，展開來。紙團並沒有將口香糖完全包緊，口香糖的下半部分被裹住，上頭則只是被罩住。打開紙巾後，形如一朵以中央口香糖爲粉色花蕊的白花。

再從塑封袋揀出鑷子，小心避免觸碰鑷尖的撚在手裡。之後一手端著花，一手用鑷子去夾花蕊。鑷子銳利的尖端，將已經頗爲乾燥的口香糖的頂端剪切下來。康澮謹慎的用鑷子尖捏著那一小塊被鉸成橢圓形的口香糖，依舊回避觸碰所有雜物的，放入了緩衝液。接著，保持手指力氣不鬆懈，他開始勻速的在裡面攪拌，慢慢的，有條不紊的，不激起任何水波的攪拌。

大概六秒，康澮捏著口香糖的鑷子從紙杯裡拿出，放在衛生紙上。最後，用微量轉液器，把紙杯內的溶液抽取並注入到試管中。康澮一共帶了四個試管，都注入了四分之三容量的溶液。DNA分型鑒定一般一個試管就夠，多準備幾個以防萬一。

擰緊試管口，並將四支一次性圓底試管收入標注好名字的塑封袋內，共同丟入兜中。康澮把刻度瓶和剩餘的口香糖也擱在放著鑷子的衛生紙上，用雙手攥成一個奇形怪狀的紙團。將那紙團胡亂的塞進還盛著不多溶液的紙杯，五指在杯口一握，紙杯也成了棱角分明的團。

康澮打開衛生間的通風窗，棒球投手似的，一把將那一團亂七八糟從窗口扔了出去，簌的一聲墜入重重林海，半點痕跡也不剩下。

他無聲的用鼻子大大的嘆了口氣，喀嚓一聲解開門鎖，打開門，不遠處是熱鬧的圍坐在香氣四溢的餐桌周圍的衆人。他們臉上帶著笑容，手上歡快的互相遞送碟筷，充滿了人間氣息。

餐桌上擺好了六七道熱菜，兩大瓶蘋果汁，一壺醪糟小湯圓。大餐桌餘了一個空位，是給康澮留的。還未入座，康澮就發現坐滿後人數也不齊，共十八個人，袁一衫和董慧君沒有在，猜測是在一樓某處擺了個小桌。

落座一瞧，會員們都在自己同側，左手邊是王睿崎，右手邊是低士馬，王睿崎胸膛展開脊樑堅挺，雙臂搭在兩個扶手上，占據了很大的視覺空間，看起來卽自信又不容忽視，低士馬眼神如刀，蠟像一樣繃緊了面部的每一寸肌肉。左右兩人都散發著一股當仁不讓的犀利氣場，眞是讓人放鬆不下來。

王淑萍說了什麼，康澮沒有聽，但桌上衆人發出了陣陣笑聲，康澮此時意識到環人保們的暖場致辭結束，人們已經開始閒聊了——還好，康澮慶倖自己挑了一個不錯的時機去洗手間處理檢材，馬賀的檯面話他今天已經聽夠了。

餐桌上王女士面頰通紅，與衆人交談顯得有些用力過猛，相較於對話，更像是在宣洩。

「對啊對啊！今天成熟、明天稚嫩，人家那個臉蛋說變就變，收放自如！怎麼會有這麼乖的人呢！」

嗯？在說什麼？

「喲，那個臉細膩的，你說怎麼長的呢。」

「嗯啊，你也是唐家人？」

「我可是七年的老唐粉啦，啊哈哈哈哈～」

康澹遲鈍的看過去，才發現是王淑萍在哆笑著和趙越創在聊天，接著他感到面前人影一晃，一看，是一碗香噴噴的米飯擺在了自己面前，紀豔榮正歡脫的像小鹿一樣，一蹦一跳地沿桌分發主食。

「唐老闆眞是太帥啦。有時候白天工作疲憊了，我回去躺床上，就去Tangbar看他的演唱會，看著看著整個人都治癒了，第二天醒了腦子裡第一個想到的就是他昨晚的表演，特別幸福！」

「可不是嘛，愛奇藝的特別節目都預告了好幾個月了，我都等不及了！」

「對對，節目組也不趕快點，哎！你看我買的這個限量版糖心硬糖，好看吧！」

「唐粉……你們說的是唐雲貞？」梁繼軍邊嚼著嘴裡的煎肉邊說。

丁永茂眨眨眼：「那人不是人設崩塌了嗎，好像就是前兩天的事兒？他不是——」

還沒說完，王淑萍就紅顏不悅的搶著道：「還沒人設崩塌呢！人就是出個軌，又不是犯什麼法了，男女之間有些糾纏不是很正常嗎，何況是唐雲貞那麼受歡迎的人，身邊肯定總有糾纏不休的！」

「對對對，唐雲貞就是把自己懷孕的妻子甩了，也沒幹什麼大的壞事。」李本財冷嘲熱諷道。

「那是她自己要分手的呀，可不是唐雲貞主動提出來了。」

梁繼軍：「不可能吧，會有女方在懷孕期間自己提出分手？」

「嗯？」丁永茂眉毛一拋「本財剛才說妻子？兩人兒結婚了嗎？」

「結了啊。」

「還是婚內出軌？還是孕期出軌？」

王淑萍一咋舌：「他現任妻子就是個打工的空姐，一看就沒打算長期生活，就是用來過渡的女朋友，現在遇見更好的了，換了有什麼錯，人本來有這個資本，誰還沒有追求更好生活的權力了？」

好幾人不約而同的看向王淑萍，其中王睿崎最先反應過來，並冷靜無比的說道：「過渡女友這個詞或者情況，無論出於什麼原因，囿於什麼條件，都不應該出現在人類社會裡。」

李本財帶著邪惡的笑容：「嘿，她還沒說孩子已經流產了的事呢。」

「流產也是因爲出軌吧，追求美好生活沒錯，難道不應該建立在對現任負責的基礎上麼。」

「那種前任也得值得負責啊。」

看向王淑萍的幾縷視線中，更添了一股不可思議。

「孩子是無辜的，就算不對女方負責，也得對孩子負責啊。」

「那孩子說不定本來就是女人爲了留住對方才故意懷孕的，誰讓她配不上人還非那麼高攀。」王淑萍下巴一揚，白了丁永茂一眼。

「我本來有些想問你那孩子幾個月，但我現在有些不敢問了……」丁永茂長大雙眼道。

「你別問了，唐雲貞你瞭解嗎？你壓根就沒關注過人家，什麼都不瞭解就在那信口雌黃，你知道人有多勤勞嗎？人家都是按分鐘賺錢，一年少說賺幾百萬美元你知道嗎？人唱歌跳舞樣樣精通，你行麼，不比他麼你強啊？」

匡啷，陳珂蠻橫的把手和筷子往桌上一摔，夾著的三文魚刺身上沾著的醬油濺到桌布上，噴出一杆惱怒的鼻息：「聽不下去了。」

神采飛舞的王淑萍在一剎僵住，灰溜溜的縮起肩膀，她意識到自己有些放肆了，轉瞬間止了話題，收斂了一切表情。

一整屋的視線都唰然射向陳珂，他視而不見且不快的垂眼看著自己的碗碟，目露凶光，好像受了莫大的冒犯。

「孩子們的一點小消遣嘛……」祁鳳左右看了看王淑萍和趙越創，開口道「我記得我年輕時候，看見陣列整齊身著戎裝的軍隊，從村口擲地有聲的穿過時，我當時也是怦然心動，我們那個年代啊——」

「你們這些人。」

祁鳳還沒說完，陳珂悍然將之打斷，唐突的插話進來：「我真是無法理解。消費習慣多奇怪的我也見過，但我到現在也習慣不了你們這些追星的私生飯。不理智的我也見多了，你們這些人對明星的態度，尤其不理智。」

馬賀息事寧人的哎了一聲，露出慣常的商業性笑容，笑容下面，隱約帶著一層焦灼不安的意味。

「人家追星追得肯定也有數啦，我相信王淑萍她心裡——」

「一個平均一兩周出現在家門口一次的陌生路人，這就是明星的本質。」陳珂第三次打斷他人的發言，自顧自的說道：「怎麼會有人相信這樣的傢伙？只要他願意，在這僅有的短促的露面時間內，用漂亮的外表來把自己僞裝成全然不同的另一個人簡直太輕而易舉了，他的性格缺陷，人格弱點，全都藏的嚴嚴實實。這些過度包裝的目的，只有賺錢，然後你們還眞就雙手供奉的把自己和自己家人的錢送上去——他對你們來說是偶像，你們對他來說就是待採的礦，蠢貨。」

餐桌上沒有人說話，沒有人出聲，場面一下子冷了下來，空氣冰冷的像冬日淸晨，沒人知道該怎麼辦，到底該若無其事的繼續吃飯，還是該制止他的發言。

「明星們只是被塑造的討喜，並不一定實際如此。你們連自己家隔壁每週見上兩三次的鄰居尙不信任，卻無端相信和一廂情願的往好的方向認知一個只能透過電子螢幕和濾鏡見到的明星？就因爲他們長得好看？因爲接收認知的管道是媒體？荒謬，長得好看不等於才德高尙，媒體的背後也是人，只要是人創造的資訊都具有主觀性，都會撒謊，都是利益驅動的。

實話說了吧，你們就是一些適應不良的小鬼，和身邊的人相處不好，對自己的肉身或自己的處境不滿，生活中充滿的厭惡，又必須愛點什麼，不然會對自我和自己的人生感到焦躁不安，對生活感到痛苦，所以選擇了偶像崇拜這樣愚昧的道路，在一個虛無的標誌上尋求超脫感。」

咳咳，莫依然咳嗽了兩聲，用某種非常遺憾的語氣說道：「呃……那個……其實陳先生說的也對，呃……章金萊也好、趙薇也好、吳亦凡也好，都是極佳的例子嘛，是吧。不是這些人出道了這麼多年後從良善變惡質了，單純的是這麼多年過去，終於有足夠的時間讓他們把眞實的自己展露出來了。僞裝的太久，本人也慢慢鬆懈了，也就終於給了人們看到了他們眞實面目的機會了而已，是吧。個人崇拜這種事情，從來都沒有好結果的。」

喔，出現了，用一定程度上的同意對方想法的話語，來達到制止無禮者進一步口吐不遜的公開場合社交策略。

「對啊」馬賀大聲贊同著「那幫人出現在螢光燈下的時間多短吶，那幫人的美不過都是表面的，是包裝好的，是虛假的。看到外表還不錯，就認定對方是好人，這樣的行爲無非短視。漂亮的衣服誰都可以穿，內心醜惡的人穿上漂亮衣服，內心也不會變美好。

嘿，要我說這也是一種合法欺詐，因爲每個人都有權利美化自己，管理形象，而法律不會規定不許誰出於自我吹捧美化形象的目的而表演和撒謊。明星也不過是在利益的驅使下，更大肆、不著邊際的粉飾自己，以此吸金嘛，你們說是不是！」

「恩，大家說的都有道理……那些狂熱追星的人是挺可怕的，哈哈……」

王淑萍如此說著乾巴巴的笑了笑，那笑容有些飄忽，但她仍然堅持笑了下去，語氣中帶著造作的，非自然的，強塞進去的輕快。

王睿崎不太關心的說道：「別太看重這些明星，他們創造的都不是足夠有深度的產物，意味著他們都可輕易被取締。會唱歌跳舞對社會沒什麼太大益處，不能眞正的造福社會。金錢本來就偏好流動，今天它們聚集向戲子，並不是戲子的價値，而是人們有無窮無盡地消費享樂欲望。如果他們全都消失了，資本一樣會流向其他娛樂，以其他的形式促進經濟。」

「和很多沒有遠見的娛樂一樣，追星是純粹的浪費時間。」口氣像是葬禮上主持人的結束語一樣，祁鳳簡短有力的作了個總結。

莫依然瞅準了陳珂帶著滿臉的戾氣地往前一坐，又準備要說什麼的瞬間，搶著說道：「欸！不說那些了，嘮嗑嘛，何必嘮的這麼緊張，搞得都差點了忘了今天咱們不是沖著環人保這個大家庭來的嘛！來，我敬你們環人保一杯，今天沒有酒，就以飲料代酒了，感謝你們的辛苦付出，能不顧個人利益，替大家做出那麼多有益於社會，有益於人類的事，辛苦了！」

李本財哼哧一笑，笑得很響，讓衆人以爲他有什麼意見要說什麼，李卻什麼也沒說，只是樂。

「我可不是開玩笑的啊，慈善這個事情，我從很多年以前就想幹了，眞的，現在卽便參與了也不是我一個人的功勞。」莫依然看了眼李本財，沒向之流露任何感情，而是對著所有人坦蕩的說道：

「社會國家是靠什麼在運轉，無數的勞動人民啊。什麼是國家，國家是無數安居樂業的人。這個國家如果政府沒了一半的人也能依照慣性完好的運作，但如果沒了一半的底層勞動人民，那國家立刻就會衰敗。」莫依然昂起下巴，他自己的話語開始讓他自己變得激奮起來「沒有人能單獨的創造他生活所需的所有產品，沒有人能依靠自己存活在這個宇宙裡，我們都需要與他人合作和交換，而這套交換系統的根基，就是辛勤的底層勞動人民。中國的底層勞動人民太苦啦，他們沒有得到應有的待遇，他們承受著最重的工作，拿著最低的薪水，只爲了給這個社會營造出一個人人都富足的宏觀假像。交換本該是一種合作，是共贏，但現代不道德的資本風氣破壞了這一點，每個人都想要不勞而獲，最後基層人辛苦勞動的成果不能留給自己，卻由他人享用，由我們這些辦公桌後面的傢伙享用！」

莫依然露出你們怎麼會不知道的激動神情。

「這個國家是建立在工人手掌的水泡上，農民乾裂的皮膚上，貨車司機扭曲的脊椎上，服務員勞損的腰肌上！我們每個人都是消費著底層勞動人生命的剝削者和掠奪者！——所以我一直想做慈善，我想幫助這些人。讓他們應得的，回到他們的手中。」

他力圖平復心情，咽了咽顫抖的喉嚨。

「但是每次這個想法冒出來，我緊隨其後的想法都是『最近有什麼事太緊急，等我處理好自己的什麼事，我就去』，『要是我什麼什麼事情上能再穩定一些，事業能再更成功一些，我就更有能力去做慈善了，我再去』——這類想法太多了，結果一年又一年過去，什麼也沒做成。」

莫依然沉重的閉上眼睛又睜開。

「我最終終於意識到，不把他人放在第一位，慈善永遠都不會發生。自己生活上的麻煩是永遠都清不乾淨的，解決再多麻煩，明天總有更多的等在前頭。我實際是在是否要著手處理他人事情上選擇了等待，選擇等待意味著我把自己的事情放在先於他人的地位，卽便，我個人事情的緊迫程度遠低於他人，卽便我個人的事務實際根本無關痛癢。這卽是不作爲，是我痛恨的曾經的自己。」

紀豔榮瞪大了晶瑩透亮的雙眼，跟不上情況、不明所以的看向滿桌表情嚴肅的大人們，欲言又止。

「所以我眞的非常感謝你們，感謝所有無論我參與過沒參與過的，傾力於人權和民權、環境和文化、公平和救助的團體組織。是你們促進我的改變，是你們在不斷鼓勵著我們這些不願作爲，活在他人恩惠中的利己主義者，成爲更好的自我。」

丁永茂立刻鼓掌，馬賀走神中的發空的雙眼猛地一眨，恍然回過神，忙跟著一起鼓掌，掌聲突然熱烈起來，融掉了冷硬的氣氛。沒鼓掌的三人之一的陳珂，用眼角看了莫依然一眼，厭惡且不屑的哼了一聲。

「聽莫先生一番話，我今天也感覺成長了不少，哈哈哈，向您學習——大家都快吃飯吧，別停筷子，啊，咱們說歸說吃歸吃，各位都別拘束。」馬賀笑容可掬的說著，給身邊隔著趙越創而坐的紀豔榮夾了塊甜食。

丁永茂寬厚的笑了笑，說他其實眞的很喜歡自己的工作：「我們活躍在全國各地，我們帶回的文物，恢復的河流，救助的動物，幫扶的孩子，都是天然的獎盃。就算我不刻意去回想，他們也會出現在我的面前，提醒我，我們以前給予過什麼，幫助過什麼。環人保的工作給人們帶來笑容，帶來希望。如果是這個世界是病態的，那我們環人保可以是這個病態世界的解藥……我由衷的如此以爲……」

那雙眼睛閃著眞摯的光芒，兩邊面頰害羞似的變得紅潤。

這時董慧君從樓上走上來，看起來急匆匆的，他低著頭眼光避開聚餐的衆人，環二層周邊向東而去。康澹剛好把一筷子米飯放進嘴裡，他慢慢咀嚼著，用雙眼盯著董慧君的一舉一動。

琅琅幾聲，是陶瓷碗和桌面摩擦的聲響，且看是陳珂將飯碗向前推遠，道了聲吃飽了，便沒好氣的站起身，離桌下一樓去了。

「我從一個志願者性質的兼職工作者，到成爲正式員工，至今已經三年了。我能斷言，我從環人保這個大家庭找到了生命的價值。」

丁永茂拿出手機，給在座的人展示他最初來到環人保時，接手的第一份工作，他救助了一隻流浪狗。

「它一直在我家社區裡垃圾桶找吃的，社區裡的老太太說擔心孩子會受傷，報了警要趕它走。流浪狗被抓到動物收容所的話，很快就會安樂死，因爲收容所花不起錢養著所有的流浪動物，無休止的給動物們提供吃喝以及庇護，於是我們就把他接到環人保來了。」

丁永茂綻開了如同沒有戒心的孩子一樣的笑容，另一頭康澹眉頭緊皺，他看不到董慧君去了哪裡，傢俱和雜物擋住了視線。

丁向衆人展示了幾張照片，前面的照片中流浪狗骯髒，毛髮打結兒汙黑，沾滿泥水，眼中滿是警惕和恐懼。而在其後的照片中，變成了乾淨整潔的樣子，雙眸和身上的毛髮一樣變得明亮，閃著歡欣的光芒。他傳遞手機給他人，裡面有超四五十張，皆是類似的成組照片，這些流浪貓狗被收養前後的樣子對比鮮明。

在桌的人邊看邊問他貓狗的事情，他臉上洋溢出暖意以及滿足，那是猶如慈祥教師，看到杏壇裡的孩子出人頭地般，或是仁醫見到患者痊癒之後，發自內心、由內而外的溫柔的笑。

李定坤接到手裡，隨意的翻了兩下，額頭一動，不甚真心的說道：「看你將三十未三十的年紀，上班年頭也不少了，像你這樣進入社會幾年了還能這麼古道熱腸的人，不多見了。」

「哪裡哪裡……謬贊了。不過是做點力所能及的小事，真正該感謝的還是願意出資幫助環人保的各位，謝謝你們，有你們環人保才能持續的發光發熱。」

李定坤用喉嚨咕噥了一聲，拿起綠色水壺給自己倒了一杯醪糟湯圓，像喝啤酒一樣咕咚一口喝了個一乾二淨。

同時間，康澮的頭皮好似被一點點拉直的絲帛，樣繃緊起來——董慧君的半隻腦袋突然露在廚房中島的水平線以上，他正在廚房下櫃翻找著什麼。

康澮眉頭緊皺，豎起耳朵試圖聽從廚房方向傳來的聲音。如果能聽到什麼物品在響，他就能推測董慧君是否在翻找放著測序儀的大廚具櫃，但大家已然打開了話匣子，餐桌上的喧嚷讓他一點動靜也聽不到。董慧君緊張兮兮的，一會弓腰一會蹲下。突然，他察覺到什麼，瞥向這邊，霎時和康澮目光碰撞，兩雙眸子遙遙對視。

董慧君立即警覺起來，仿佛身體被凍僵了似的定在那兒，康澮臉上表情毫無波動的盯著他，片刻，還是錯開了視線。

「莫總這個人，一眼就能看出來，有非常高尚的金錢觀，佩服，來，我也敬你一杯。」

一直悶頭吃飯的鞠晉宇，突然如此說道，莫依然忙恭敬的拿起飲料，兩人各乾了一杯。

「過獎了，鞠書記。哪有什麼高尚不高尚的，我高尚個什麼啊，都是普通人，金錢觀這個東西，只分正確不正確。人生眞不能以錢爲目標，生活方式太僵化，邊際遞減效應產生的太快，獲得同樣快樂需要的付出提升的太快，最後幾乎只感到痛苦。適量的錢會帶來安全感，但一旦過多了，反而會感覺不安全，一下子所有的事情好像都能傷害你的財富。而且過量金錢會嚴重損害人際關係，你會發現沒人能和你對等交往，這就導致沒人能夠完全信賴，身邊圍繞的都是別有用心的人，每個熟人都期待著從你這裡獲利，每個人敵人都在等著你跌倒。你面前的每個人都緊張兮兮的不敢放鬆，搞到你自己也放鬆不下來。這些問題都導致一個結果，就是那種融洽坦蕩的將心比心的朋友關係再也找不到。身邊的人再多也感到孤獨，格外的孤獨。」

忽地，康澹感到左手邊有衣袖窸窸窣窣的聲響，低士馬突然動了，他緩緩地，如同機械通電一樣慢條斯理的轉動脖頸，瞇著眼看向莫依然，用令人不快的藐然目光直視著他，語氣生硬的道：「在那得了便宜還賣乖的扯什麼淡呢，強調錢過量時的痛苦，簡直就好像吃飽飯了的人在對苟延殘喘的餓殍說教飯吃多了會腹脹。

你只說了弊端，卻對你享受這些金錢的那無數個時刻閉口不談，即便所有那些時刻都是暫時的狀態，仿佛一次次幻覺，一個個泡沫，短暫、孱弱、極易破滅且迅速消逝。但那就是生命的眞實面貌，人生的本質就是不知疲倦的追求那些短暫易逝的喜悅，是在每次轉瞬即逝的喜樂之後便重回苦海，用短暫的愉悅遺忘痛苦的西西弗斯式的人生。」低士馬從口袋中拿出一個寫著「阿法骨化醇膠囊」的藥盒，倒出三粒來，扔進嘴裡，喉嚨一咽，操動譏諷的語氣繼續道：「不同個體的人生之間的差別無非就是能否有那些遺忘痛苦的機會，你光是能夠獲得數量和頻率遠高於常人的快樂時刻，就該知足了，少說那些惱人的屁話。」

莫依然百分百確信自己剛才說的全都是恰當體統的發言，包含著完全正確的價值觀，低士馬的反感，對他來說卽突然又奇怪，怔了片刻他才明白過來：「噢，我懂了，你認爲我背地裡快樂大於痛苦，只是過度的放大了部分痛苦。眞不是，我能理解你不同意我對金錢的看法，因爲金錢的效價不同。但效價就是一個相對的事物啊，對不擁有的人價値高，對擁有的人價値低。我沒有絕對否決對金錢的追求，我剛才的意思就是，追求金錢要適度，沒有意義無窮盡的追求金錢。不能將追求金錢放在人生目標的最高地位。」

低士馬沉重的搖搖頭，將目光放在莫依然的臉上，卻沒有看他，目光缺乏聚焦地說：「哼，理想主義發言——你說的倒是天花亂墜，但究竟有多少務實？我們有那麼多自由選擇人生目標的餘裕嗎？根本沒有，人生更多的是被迫。不是我或者我們誰想要把金錢當做首要日標，而是被迫去如此對待金錢。」

「……」莫依然語塞俄頃，快速而混亂地眨了眨眼「我覺得我不太贊同你的說法……」

不自覺盯著低士馬的康澮，倏地感到脖頸一瞬刺痛，反射性的回過頭，看到程雨辰在擠眉瞪眼的示意康澮看向東南方向。康澮猛地想起什麼，一轉頭，只見董慧君雙眸瞳孔放大的看著島臺下櫃，他腳邊是從裡面移出的大廚具。

康澮刹那間感到大腦和脖頸也如同剛跑了一圈一樣發熱，手心也冒出汗來——

測序儀被發現了。

慢吞吞的像是出水怕冷似的，董慧君的腦袋一點一點的從島臺下露出來，他不安生的不住的用餘光瞥向餐桌，蠢蠢欲動。

同時，餐桌這邊，低士馬歪起脖子，忽然挪開流露著不屑的雙眼，完全不去看莫依然了，而是在藐視什麼一樣，直視著遠處其他的什麼東西，目光既輕蔑又抗拒。

「你不同意，卻也反駁不了。你如果能，在我第一次提出西西弗斯式生活的時候，就早反駁了。」

莫的瞳仁中罕見的射出鋒芒，冷著臉：「那你倒是說說，怎麼個西西弗斯法。」

一揚嘴角，低士馬迅如閃電的雙眼一轉，目光在莫依然身上一點，語速陡然加快，全無懼意地道：「快樂是一種純粹的主觀體驗，快樂僅存在於個體的腦中，因爲必然是人腦中的，所以快樂感至少存在以下四大特點。

一、快樂的需求是無限的，但快樂只能短時間維續，腦中的歡愉感非常容易消亡；二、快樂總是只有當下的感知最眞實，記憶中的快樂模糊，快樂感的強度薄弱；三、快樂感雖是精神世界的內部活動，但絕大多數情況只能攫取自外界，自己爲自己激發快樂幾乎不可行，自行激發的快樂也非常脆弱，易受干擾，容易被破壞。四、越易得事物產生的快樂越弱，越頻繁體驗到的，再現時的快樂越弱。易得快樂源和頻繁快樂源經常需要新的刺激、新的強度、新的變式，只爲了獲得和上次相同的快樂強度。

快樂感本性上脆弱易逝，人卻又對快樂存在無限需求，必然導致人在追尋快樂的頻率和爲之付出的程度上不斷增高的同時，實際獲得快樂感卻持續性降低，不免使得個體越來越更容易對生活感到不滿，進而致使投入的又一步提升，急切的強迫自己去追尋下一次的快樂重現，讓不平衡的杠杆更加失控，陷入惡性循環。如此反覆，遭遇失望和挫折的可能性驟升，痛苦便會一次又一次的加速降臨。即，痛苦因追求快樂而被激發，且越來越容易激發。到最後，追求快樂只會讓痛苦變成生活的主旋律。」

莫依然嘴巴微張，不滿的瞇起眼，面對著咄咄逼人的低士馬，反而開始謹慎的組織語言和籌備辭藻了，並沒有立刻說什麼。

二層的南邊，重新將廚具復位的董慧君關好櫃門，沒動裡面的測序儀，也沒有聲張，而是倉皇向西走去。

程雨辰和康澹關注的盯著董慧君的行程，在他接近梁繼軍的時候短促的感到一陣緊張，但他沒有接觸梁，而是繼續樓梯走去，程雨辰一猶豫，站起來，匆匆幾步趕上，在樓梯口攔住了董慧君，董一臉震驚。

「如果把整個生命週期的5200周拆分看，所有喜悅的事只夠占整個人生的30%，剩下的都是痛苦與苦惱、惆悵與苦悶。

痛苦總潛伏在某處，等待著向你突襲。因爲痛苦是無盡的，自發的，是無時無地不在的，快樂卻有限稀少，必須付出無數努力，通過尋找才能得到並且脆弱易逝。更不必說快樂總是面臨著阻礙，甚至不時需要扭曲他者的意志。

生命不過是一個頑固的幻覺，是一場令人失望的騙局，是一個殘酷的玩笑，是一次次跌倒爬起的輪迴。它反反覆覆空洞不已，就像西西弗斯與他的巨石，不存在固有意義，不存在預先計畫，不存在標準價值，不存在正確方向，不存在明確目的——金錢，至少能讓這些亦逝的快樂出現的更頻繁。」

「不對。」

鏗鏘有力，擲地有聲的兩個字，懾地在座衆人一驚，隨即他們赫然發現，那聲音來自餐桌邊緣的一位女性。

廉月在桌下用肘拄著大腿，肩膀快要碰到桌沿，她向上仰視的眼中滿是堅韌。

「批評莫依然只說支持自己的證據，你還不是只挑自己的贊同的部分在那宣揚。」

低士馬貌似提不起興致的扭臉朝向廉月，廉月不等低士馬言語，聲如利劍出鞘般說道：「人的確是矛盾的生物，非常容易陷入索求快樂的掙扎，但那是人生的階段，而不是人生終點。你忽略了人的自控力、適應力以及最重要的反省能力，當個人飽受風霜，回顧自身，反省自我的時候，就能夠意識到這種毒性生活方式，自然會主動的去消解欲望，學會去珍視已有。個體也許不可避免的都要經歷這一階段，但這個敗壞的階段可以很短暫。成長固然痛苦，但成長總是會發生，此即人之所以爲人。」

廉月緩緩直起身，像一尊被慢慢架起的佛像。

「生活確實是一團充滿了痛苦的亂麻，但生活不是單純的痛苦容器，生活實際更加複雜，猶如養護傷口，是複雜的愛憎交織。在這個不斷綻開新傷的需要同時處理愛憎的養護過程中，平靜是可以創造並長久的持續下去的。

就拿金錢欲望來講，適當的金錢欲望是正當的，因爲錢和幸福的眞實關係是，金錢並不一定帶來快樂，但沒有金錢必然會削減幸福。常人之所以努力工作，追求金錢，不是因爲喜歡金錢，而是出於對不幸的預防。過度的金錢欲望將金錢作爲第一追求，存在一個根本性錯誤，在於將快樂重心放在了精神以外的物質上，而金錢是沒辦法內化的。長久的快樂，或說快樂的心境取決於內心對外界刺激的消化方式，快樂本質上具有內在性，終究要來自於精神內部，來自學會滿足、珍視和包容的心靈。」

康澹試圖用餘光去察看程雨辰的進展，但置物櫃擋住了程和董慧君的大半身影，他只能看到程雨辰的腳後跟。

「消解欲望？說得簡單。不期待快樂的心境，對人類來說是無法想像的。我們天生被如此設計，我們生來如此。人類被迫出生在這個無理的世界，被迫帶著一個擁有各種渴望的大腦而活，我們的絕大多數行動都源自純粹物質需求的驅使，膨脹的欲望如果能用一句話就消滅掉，那恐怕資本主義壓根就不會誕生並且統治人類了。死心吧，人這種東西，註定活在不斷體味痛苦並不斷企圖擺脫痛苦的無止境的苦勞輪環之中。」

「能不能消除過多欲望，不該由你我來回答，而是整個人類種群。已然做到的個體典範多如繁星，不願去關注他們，不願意去吸取他們高尚的精神和經驗，那是你個人的問題。」

低士馬冷峻的望著眼神堅定的廉月，半晌，目光落寂的看向外頭，仿若對什麼很失望，徹底失去了興趣似的，陰鬱頹唐的說道：「要真是如此，你那群繁星怎麼在普羅大眾中一個也沒看見？說到這一步，終究還是各說各話、各執一詞。多說無益，咱們就拭目以待，看看人類社會最終到底會變成什麼樣子吧。」

廉月臉上凝固著決絕，毅然道：「哼，那你可記得要好好活下去。」

14.

交談了也有幾分鐘，程雨辰放過了董慧君，董脫兔般逃下樓去，不見了蹤影。程來到康澮身邊，貼著康澮的耳朵說：「不必擔心，董慧君沒發現測序儀。」

突然沒來由的響起一串穿牆透壁的爽朗笑聲，馬賀朗聲贊道：「沒想到我們這位廉女士還是位女中豪傑，不可小覷，啊哈哈哈哈！」

程雨辰對康澮眨了一下左眼，坐回了原位。同時，丁永茂故作吃驚的模樣道：「人不可貌相，咱們今天來會的，眞是臥虎藏龍。」

趙越創深深的倒吸一口氣：「你們可眞厲害，我差點都沒跟上。」

祁鳳無精打采的眨眨眼，張動乾裂的嘴唇，不耐煩的用低啞的聲音說道：「呵……滔滔華辭……有什麼好爭辯的呢，到頭來還不是白費口舌。」

廉月面容沒有剛才那麼淩厲了，她氣息均勻，面色平靜，但仍緊盯著低士馬，對耳邊所有這些話語全部置若罔聞。少時，看低士馬沒有再回上半句，老實不語，才默默的收回了鋒利的目光。

王睿崎的視線像警戒中的探照燈一樣，徐徐掃蕩一桌的人，莫依然心事重重的望著虛空，雙眼渾濁，看起來思緒繁重而雜亂，有些心神不寧。李本財從十多分鐘前，就在低聲細語的和王淑萍密切交談，他長長的向前探著身子，王淑萍忽然面露難色的做了個制止的手勢，又想起什麼似的忽然站起，拿起一個託盤，擎著果汁和小湯圓壺，挨個添水添食，背後的李本財一臉獐頭鼠目，仍不依不饒的賊溜溜的盯著王淑萍的身後看。

王淑萍面部肌肉僵硬，她咬肌緊繃，雙眼發紅而呆滯，臉上掛著如同死肉上的笑容。水送到梁繼軍時，被梁謝絕了，他起身離桌，斜穿二樓，繞過兩盆擋在二層正中心位置的大型盆栽，在盆栽附近的桌上拾起一臺對講機，隨後去到西南邊盡頭的落地窗邊。梁繼軍一站起來，李本財就好像得到了某種信號一樣，也起身離桌而去，目標明確的直奔旋轉樓梯走去，舉步下行，消失不見。

窗前，梁繼軍拿起對講機，遠眺著下方，道：「袁哥，能聽到麼。」

傭人舍窗後一個靠坐在牆邊的，穿藏青色格紋衫的人影，拿起對講機放到耳邊，袁一衫中氣十足的大嗓門隨即從對講機話筒中傳出來：「收到，請講。」

「袁哥，你那邊怎麼樣，一切還順利吧？」

梁繼軍衝傭人舍方向揮揮手，下面傭人舍窗後的人影向前一探身子，看見二樓的梁繼軍，也回衝他一揮。

「哎，不用擔心。有兩個人想過，讓我攔下了，他們也沒敢多說什麼。」

「這路攔對了，我就說得有賊心不死的還想去，幸虧預防的早。」

「哎喲，你看剛說完，又有人來了，呵，今天可眞忙碌。」

梁目光一斜，果然看到穿著紅色外套，體型乾瘦的人，剛上了西行的主道，向三岔口走去——這衣著和體型，一看就是李本財。不到一分鐘，李就遠遠地被傭人舍窗後的人影攔住，李接著往前走，待站到傭人舍窗戶前，兩人已然爭執起來，揮膀甩手，比比劃劃。

約略半分鐘，李本財終究沒能過了袁一杉那關，他瞪了對方一眼，折返回來，沒有回屋，而是走向下坡，踢踏著泥淖，往位處東南的花園去了。

「嘿，這個也沒過去。我這邊你儘管放心，肯定出不了么蛾子。」

對講機再次響起，袁一衫自信的說道。梁繼軍聽罷點點頭，按著通話鍵：「嗯，我信得過你。不過……話說……」他深吸口氣，頓了頓「今天宋叔聯繫過你嗎？」

那邊沒有立即回應，近十秒過去，仍然了無音訊，梁繼軍心裡一空，催道：「喂？袁哥，你聽到嗎？……」

「啊、聽到了，聽到了，那個，你剛才問什麼來著？」

緩緩皺起眉毛，梁複述了一遍問題。

「沒有！早上我們互相沒聯繫過，這沒信號之後也用不了手機了，我想找他也找不著了啊！」

「嗯……我知道了。」

梁繼軍收了對講機，別在褲腰上，若有所思的俯瞰寶石庫方向，片刻，想起什麼似的一昂頭，雙眼一眨，梁舉步下樓，從二層離去。

轉眼間，餐桌上的人已然寥寥無幾，但桌上的聊天輕鬆了很多。

程雨辰用力的點點頭：「快樂眞是個不錯的話題，不瞞你們說，這個我也有點研究，你們知道嗎，快樂或者說幸福的因素非常多，但絕大多數都是次要的，核心要素就兩個，人格特質和人際關係」程忽然想到什麼似的一眨眼，頓了頓，道：「你猜怎麼著，廉月和莫依然說的是對的，追求金錢不能賜予人幸福，那是一條虛假的幸福進路。因爲首先金錢就改變不了你的人格，是人格塑造的次要因素。其次靠金錢而得來的擁躉亦不是人際關係，而是場面態度，眞正的人際關係應當是相對穩定的，內心與表現的一致，場面態度則是表演式的，既不穩定，易變化，內在態度和表現態度也不一致。」

王淑萍轉過一圈餐桌，面色好了一些，坐回原位，到：「這麼說有的人天生就不容易快樂？」

「可以這麼說，比如說容易憂慮易焦躁的人、或者完美主義、眼光過高的人，不管身家多優渥也很難快樂——這幾類人對缺憾太過敏感，小缺憾也會有大波動。」

趙越創伸長脖子：「哎，那人際關係和人格特質相比……哪個對幸福感更有決定性？」

「人際關係。」

「哈？可是人再多聚在一起，沒錢也快樂不起來啊。」

「快樂和幸福不能簡單的當作一個東西看待，幸福卽是快樂也不是快樂，幸福是高度綜合的快樂，是快樂的昇華，是綿密的，重在數量而非強度的無數快樂共同作用的結果，最終表現爲持久性滿足的心境，幸福分解之後基本元素還是快樂，但源自快樂而超越快樂——剛才不就說了嗎，金錢是預防不幸，金錢就算是次要因素，太缺乏當然也幸福不起來。總結就是一句話，有良好人際沒錢肯定快樂但不一定幸福，有錢沒人際可能快樂但一定不幸福。」

「哎喲，你們嗑兒嘮的可越來越專業了，我們這些一月幾千工資的人，連不幸都沒防衛成功呢，想那些可太好高騖遠啦。」馬賀說完被自己逗得咯咯直樂。

餐桌上恢復了活潑的氣氛，未離開的人你一言我一句的閒聊，唯獨李定坤木訥的坐在桌邊，面皮微紅，好像喝了酒。趙越創聊著聊著，一拽手肘，肘尖不經意碰到了李定坤的胳膊，李突然一抖，差點從椅子上跳起來，嚇了趙一跳。

「呀，你沒事吧。」

李定坤飛快的轉動恍惚的雙眼，良久才反應過來是哪個方向的誰在和他說話，乾啞倉促的回了句沒事，走神了而已。

「哎喲，你這麼個大男人還能被我嚇到，咋了，是快樂話題太深刻，激起你對人生的反思啦？哈哈哈哈哈！」

趙越創打趣的說道，李定坤好像眼珠很乾澀的擠了擠眼，眼睛盯著桌面，許久沒有回應，搞得趙越創有些尷尬，李定坤意識到氣氛僵硬下來，忙沒頭沒腦的回了一句。

「嗯、嗯……我有點熱…可能是吃多了……」

發覺李定坤狀態不對的康澮，瞥了李定坤一眼，心底萌生些微的不安——董慧君沒發現測序儀，那會是在廚房翻找什麼呢？他的情緒太緊張了，在心虛什麼？他離開有一陣子了，又去了哪裡？李定坤又開始變得怪怪的——不行，必須要調查一下。董慧君才被程雨辰攔下過，立刻去有些太可疑了，不管對於董慧君還是二樓的眾人而言，還是稍等再去找董，順便花時間觀察一下李定坤的情況。

康澹耐著性子，在餐桌上多坐了一會，又盡了一碗米飯。

剛吃完，俄而，康澹感到身後有動靜，一回頭，見到身後梁繼軍不知什麼時候已經回來了，他有些煩躁的進了二樓，一口氣走到在東南角落，在遠離人群的位置坐下。

收回目光，卻見從辯論後始終一聲不吭的半睜著雙眼，眼神呆滯的一眨不眨的直視著前方的低士馬，突然站起身，走到鞠晉宇身邊，貼著鞠的耳邊說了些什麼，鞠晉宇登時瞠然，無聲的展露出滿面驚愕，褶皺的老臉漲紅，隨卽露出了恨不得把的低士馬生吞活剝了的表情。低士馬盯著他，皮笑肉不笑的咧咧嘴，鞠晉宇的胸膛開始劇烈起伏。兩人又悄悄的說了什麼，隨後低士馬便回身走開，悠哉的到二樓客廳區去了。鞠晉宇像是要碾碎嘴裡什麼似的，鼓著臉，大幅度的轉動著下頜關節咀嚼空空如也的口腔，他又狠狠地，像是要刮掉什麼可恨之物一樣，捲動舌頭去舔側牙和腮幫子之間的空隙，接著騰地站起來，氣衝衝的進了二樓的洗手間，砰的一聲關上門，喀嚓一下把自己鎖在裡面。

人們還在閒聊，有的人沒有注意到鞠晉宇的異樣，有的人則沒有聲張——康澹是後者之一，他瞇了瞇雙眼，再看向李定坤，見他沒有進一步惡化，放了心，於是喝杯茶水，再歇了約莫三四分鐘光景，站起來，到程雨辰身邊，跟他交代了句看好測序儀，正準備離開，鞠晉宇卻火車頭似的，從洗手間出來穿過二樓，面帶不快的朝樓梯走去，轉身下了樓。

康澹疑惑的眨眨眼，程雨辰也一聳肩，沒繼續多說什麼，康澹收斂自己的腳步聲，像是避免驚動什麼似的，悄悄地朝一樓走去。

到得一樓左右張望，中央被承重柱和室內盆栽擋住了小半，視野不佳，沒有見到董慧君的蹤影。他疾步饒了整個樓層半圈，快速簡短的又用目光搜索了一遍，仍未找到董慧君，整個一層只有陳珂一個人，鞠晉宇也不在這裡。

康澹望向西方繁密林葉之間的幽深甬路，心想許是出去了？擺著一張臭臉的陳珂則孤身坐在距離自己僅幾米外的沙發上看手機。踟躕少頃，康澹走上前，不帶什麼期望的問：「董慧君……你看到了他去哪了嗎？」

「沒有。」一秒的思索也沒有，陳珂連眼也不抬，一點感情沒有的即刻答道。

不出所料的反應，康澹嗯了一聲，轉身剛要走，但倏地腦子裡響起一個聲音，打住了他的動作。他再次看向陳珂，思忖須臾，試探的問道：「宋陽君……這個人你有所瞭解嗎？」

陳珂的眼珠忽然停住，接著向右緩緩的一轉又回到正位，他慢慢回首面向康澹，不動聲色的反問：「你打聽宋陽君又是有什麼目的呢。」

「我們今天用的是他的房子，吃的他的飯，在這裡困了這麼久，對這棟奇異的建築開始有興趣了，自然也就開始對宋陽君這個人開始有所好奇了。」

「你是什麼人。」

「我？我就是一屆庶民。」

「幹什麼的。」

「上班族而已。」

「上班族？會這麼到處打探？你這傢伙一上午都在行蹤不定的到處亂竄，巡查一樣的偷摸監視他人，你以爲我沒發現？湯都郡的侄子是吧？我看你不是什麼上班族，和你叔父一樣，是上不得檯面的灰色偵探。」

「……」

陳珂很得意的對著空氣抛動雙眉「偵探，哼，僅次於會計的我們最親密的盟友。怎麼，是你也有窺陰的怪癖，還是什麼都想打探的職業癮又犯了嗯？莫非在這兒待久了，你也嗅到什麼了？」

「情報就是我的武器，我現在感知到了一點危險。」

「哼，說話也像個標準化的偵探。」陳珂似乎很沒趣的一翻白眼，接著他突然目光一緊，話音陡止，眸中閃過一絲不經意的銳意：「你總不會……不……現在還太早……」

陳珂舔了舔牙花，用餘光看向康澹，問：「你叫什麼名字。」

「湯有爲。」

他打開手機，不知瀏覽起什麼來，目中無人的說道：「問吧，我且看看你要問些什麼。」

看著如此戲多的陳珂，康澹也不由端詳起對方，思忖了一下，開口道：「宋陽君家裡孩子的情況，你知道嗎？」

依舊是脖子不動的，用餘光閃電般的看了眼康澹，隨卽轉回原位，眼睛裡多了些指向不明的揣測，同時陳珂答道：「以前有一個，死了。」

「孩子早夭了？夭折的歲數是？」

「八九歲吧，不甚瞭解，不過記得當年上過新聞。」陳甩起疑問的語調，回憶道：「風言風語不少，宋陽君雖然表明風光，但家庭不睦是公開的祕密。他自己婚前婚後一直和年輕女生往來，家裡人清楚，是非不斷。他明媒正娶的老婆則是個特別虛榮的人，成天帶著孩子參加各種才藝班，什麼童星班、儀態培訓班的。我記得後來還加入了一個叫Skzo的童星偶像團，沒什麼人氣，沒多久就不了了之了。總之就是忙，都忙，忙到最後乾脆各過各的，互不干預。」

「喔……？那孩子的死因是……？」

「自殺。」

「自殺？怎麼會自殺了呢？原因是……？」

「抑鬱和高壓囉，生活在充滿衝突和交際冷落的家庭本就是無休止的精神折磨，那些各式各樣孩子本人根本沒有興趣的才藝班也是心靈鈍銼刀，加之小孩子還要兼顧學業。別人是成長在生活壁壘中，她是成長在生活鐵處女中，自我了斷了也沒什麼稀奇的。」

冰冷，室溫沒有下降，但康澹感到不可遏制的冰冷爬上後頸和指尖，心肺也跟著結了霜。

「該是他老婆命不好，孩子死了隔年就出了車禍，也去世了。宋陽君之後再沒續弦，更沒要過孩子，就一直這樣煢煢孑立，形單影隻的一個人生活。」

雖然有些難以置信，但康澹從陳珂輕薄的口氣中聽到了同情憐憫。

「約略二〇一五年開始一個人過之後，宋陽君的精神狀態就不好，得了精神分裂，遇見壞事苦笑，開心時候還是苦笑。興趣也變得怪異，上次見面的時候還在跟我聊什麼《失樂園》聊《末世論形而上學》……哼，我看這貨是徹底壞掉了。」

康澹悲憫的看著虛空，胸口微微顫抖的說道：「應該是對生活的預期變了，開始追求破滅的意象。」他想了想，又問「孩子的名字是？」

「叫宋鈺，英文名Opal。」陳珂好似突然不耐煩了，一撇嘴，應付了事的答道。

哦，康澹點點頭，不出所料。

陳將腳踝放在對側大腿上，換成一個更爲恣肆的坐姿，惰怠的盯著前方，目不斜視的張口說道：「總感覺你要幹出些什麼不妥當的事情，勸你一句別瞎搞，你就老老實實的待著，等著事情結束，什麼都別捅咕，這樣對你我都好。」

有個叫施蒂什麼的說的那段話怎麼形容的來著，沒有什麼東西是如此獨立，以至於人必須通過愛它而活著，沒有什麼東西是如此神聖，以至於人必須爲它獻出自己——他說的對，如果我們已經不存在了，那後世蕃昌還是破敗和我們又有哪怕一丁點的關係。

所謂人生，就是在充滿了礁石和漩渦的苦難之海中掙扎，萬分小心緊張地躲避著它們，苦苦的維持，然而即使自己使出渾身解數，仍要被傷害的體無完膚，傷痕累累的末路，等待著的是，完全絕對的、不可避免、不可挽回的空虛的死亡。這便是整趟短暫而充滿辛勞的航程的最終目的地，僅此而已。

人不過是一個行走的影子，一個在舞臺上拙劣表演的伶人。在乎那麼多，只會讓自己更加淒苦，讓這趟遲早終結的旅途更加煎熬。」

陳珂突然充滿敵意的瞪視著康澮，不容分辯的說道：「享樂也是一生，苦痛也是一生，勸你不要亂折騰，想辦法款待款待自己，讓自己此生走著一遭走得舒坦一點比什麼都強。你聽明白了嗎，老弟？」

康澮沒有感情的俯視著陳珂，風輕雲淡道：「不勞您操心，人生不過是一次錨定，人亦有其極限，諒我多大能耐，也折騰不出什麼花活，我會好自爲之的。」

也懶得再繼續把陳珂裝在自己的視界中，康澮甩下一句我走了，抹頭邁步向門外走去。身後的陳珂亦一擺手，不甚在乎的說了聲請便，若無其事的繼續瀏覽自己手裡的電子屏。

室外的雨仍在下，水滴不斷地衝擊著飛簷和陽臺，在木板的縫隙間碰撞破碎，最終匯流於排水渠，在陽臺的排水口形成幾道淩空水柱，於巍然山前泄入深谷。

康澮抽一把傘，推門出來，加快步伐往西邊走去。才走了一分多鐘，忽然發現董慧君由保安舍出來，看起來思緒重重，心神不寧。還沒來得及喚他，他先一頭紮進南邊，走上了通向花園的路。康澮一瞧，腳不點地的無聲快跑跟上，緊隨其後。

董慧君先是勻速而行，但定力在可見的飛速耗盡，他的步速在一分一秒的變快。六七分鐘裡，他一會兒到花園倉庫後面轉上兩圈，一會兒繞著噴泉走上一個來回，到了小橋附近突然開始加速，奔著醫務室衝過去，然而剛到能看清醫務室窗戶的位置，他就猛地轉身，撩腿便往回跑。康澮一看董慧君回頭，趕忙踩著綠茵躲進林中。董慧君連看也沒看那身後不自然搖擺的枝葉一眼，便啪嗒啪嗒的掀起泥水，飛速跑開。

康澮再度追上去，兩三分鐘且看董慧君到了三岔口處，距傭人舍幾碼的地方，在那一排錐形桶旁邊突然怔住，在原地定了幾秒後倏然加速，他一把將門推開，闖進了屋子，消失在康澮的視線外。

眉宇一皺，康澮盡最快速度爬上坡，以大概三十秒的時間差，與董慧君先後進入了傭人舍內。康澮一跨過門檻，正遇到要向外面奔逃的董慧君，差點撞個滿懷。

董慧君看到康澮，臉上立時溢出了驚恐的神色。

下意識飛速掃視了一圈屋子，康澮卻立刻發現傭人舍裡透著寒意，感到不到一點人的氣息，四下一片闃然。

逾過董那雙圓瞪的眼睛和亂蓬蓬的髒發，康澮能看到他身後不遠，屋內的地上躺著被赤紅覆蓋的袁一杉。袁的雙眼被銳器刺穿，一對眼仁變成了兩個血洞，洞中流出的血痕布滿整張臉。他脖子上的皮與肉，像是有一個地鼠從裡面拱出來過似的豁開。以其脖子上的豁口爲中心，血呈流注狀，形成一個緋色的扇形。

怎麼看，那都是一具屍體。

15.

傭人用宿舍整個屋子的布局配置，神似東京十平米的一室一廳公寓，不過大小是其三倍左右。方正的長方形平房內，小小的廚房和衛生間以及臥室，壓縮在一起。這屋子繼承了財產所有人對牆的厭惡，除了衛生間以外，沒有什麼封閉空間，總體通透，各種廳室齊全，但內部設計就和他的外觀一樣，像臨時居住用的塑膠板房，是一塊大面積分成幾個小面積功能區。

一進門，是餐廳、客廳、廚房混用的起居室，三個部分各占了同一塊區域的不同側面。正門對過，牆下側是固定式的瓦斯灶具、烤箱、洗菜池、操作臺，上邊有油煙機和收納櫃，最左是一臺冰箱。門右手邊是衛生間，衛生間的房門刻意隱瞞著什麼似的，嚴實的關著，不遺一點縫隙。衛生間左側放著一套桌椅，對面一趟是置物架。往內，緊挨著便是兩張床，窗裡側放著一個床頭櫃和檯燈，最右邊是窗戶，衛生間和櫃子之間，窗戶與床之間都是狹窄的小過道，剛剛夠成人通暢的來回走動。

康澮比董慧君高出六七公分，他居高臨下的斜睨董慧君驚恐的神色，想要從他的臉上看出些什麼來，卻見到了出乎意料的結果。董慧君如同被抓到做了壞事的小鬼，表情漸趨愧疚，焦躁不安。接著，毫無徵兆的，他突然擠一邊的眉眼，魚尾紋劇烈的突起，連眨個不停，另一邊眼珠卻維持瞪大的樣子，在那眉毛持續緊皺、跳動的同時，嘴向右咧開，咧出一道銳利的溝壑，露出淡黃的齒尖。

他的臉上就好像集聚了三個、甚至來自更多不同精神主體的表情，拼接在一起。怪異的表情持續不休，康澮看著他，看得自己心緒不寧。

「你剛才去了保安舍？你去之前見到過袁一衫嗎？他那時候還活著？」

問完，沒有回答。康澮再試著問了董慧君兩個問題，但他只是不停的做著詭異的表情，安靜的滲人，忽然之間董慧君好像變成了一個不能說話的物件，豎立在那兒的只是形爲董慧君的肉身軀殼，房間內一個能回應的靈魂也沒有。

康澮的目光變得睥睨，厭惡忍不住的湧上來。心知現在是問不出什麼了，他挪開視線，推開仍像屏風一樣擋在身前的董慧君，朝深處走去。康澮一走開，董慧君的緊張神情隨卽像坍塌的沙堡一樣，瞬息間褪去。他仿佛剛做經歷了一場生死決鬥、逃過一劫般，垂著頭，無聲的大口喘息，胸膛劇烈的上下起伏著。康澮這才意識到，他對董慧君的凝視，也是造成他過激反應的因素之一。

試圖從董慧君處移走注意力卻不能，康澮克制不住的留意著他——有多大可能是董慧君殺了袁一衫？爲什麼？使用的是什麼兇器？雜思不斷的康澮，帶著戒備，心有餘悸的在袁的屍身前蹲下，將視線轉移到紋絲不動的袁一衫身上，開始仔細檢查屍體，想要從這一片死寂中發掘出什麼來。

屍體躺在臥室與廚房的過道中，緊挨著衛生間，屍體身上還蓋著一席浴簾，浴簾還帶著掛環，上頭有腳印，浴簾下面就如同翻倒了紅墨水瓶一樣，衣服上浸漬有不少血。袁一衫的雙眼和靠近脖子附近一片赤紅，成水珠狀的，部分未乾涸的血滴在仍在順著浴簾形成的緩坡龜速下滑。

袁一衫頭髮濡濕，額頭有淤青，鼻頭輕微破損，雙眼被紮穿。眼部傷口爲菱形截面，3×0.5釐米左右大小，創口緣平整的驚人，假如有一塊肉平鋪於砧板，把刀刃直直的慢慢的插進去，就一下，然後俐落的拔出來，形成的傷口便會和袁一衫雙眼上的一模一樣，傷口幾乎完全保留了刀刃形狀的所有特徵。顯而易見，刀刃插入的時候，被害者已經不能反應了。刺穿雙眼的期間，兇手非常有把握且動作極爲穩健，是鎮靜的、不慌不忙的行動的。

拉開衣領，袁一衫脖子正面上的傷口一目了然。最外層是一條延順人體矢狀面方向的，大面積開放性銳器切割創。創緣大體平整，創口兩側存在外翻傾向，左側組織變形尤其嚴重，創口總體呈豆莢形。大的創口內側另有幾道小切口在深層，也都在受害人屍體喉骨偏左的位置。深層的幾道切口層層遞進，一個深過一個。越深的創壁越不規整，有片狀黏連肉屑，說明加害者曾經對同一位置反覆下刀，做切削動作。喉骨左側有指甲大的甲狀軟骨和椎骨暴露在視野中，上頭能看到細微的刀刃刮擦痕，左胸鎖乳突肌被完全切斷，肩胛舌骨肌被部分切斷。氣管被由左向右割穿，喉管外層左上被割破。上段喉管屬最深層刀口的所在，喉道後側組織光滑完整，沒有傷痕。

這一連串的創口，先從喉嚨中間開始，開始向左，到了氣管附近卻太左，割到了肩胛舌骨肌，又轉回來向較中央的方位切割。不管是左右方向的搖擺不定，還是最初切口位置和最終目的地的偏差，都證明施害者不具備人體解剖學知識，對人體組織分布沒有概念，行動沒有精確的預先計畫。仍然，現有痕跡能夠表明操作者心中的目標是明確的，這些創傷形態都指向了一個結論，那就是兇手要、並已然從食道中取出什麼東西。

——有什麼東西在死者生前被吞咽了。

沒擰緊的水龍頭滴下了一滴水珠，發出湛然的一聲「叮」。下一滴開始出現在水龍頭口，一秒一秒的逐漸變大，一點一點，默默無聲的，積蓄著下一次墜落必需的力量。

康澹轉動眼珠，看董慧君仍魂不守舍的站在那，面色發青，惶惶不知所措。雖然他看起來仍像一臺宕機的老電腦，不肯發聲，但在康澹蹲下之後他並有任何突然行動，多少讓康澹放心了一些。移動視線，康澹開始觀察屍首的整體情況。

屍體穿灰色格紋上衣，下穿大碼休閒牛仔褲，衣服很完整，沒有破損的地方，手臂上沒有防衛傷，身上沒有爭鬥痕跡。康澹站起來找了個完整囊括屍體的角度拍了幾張照，再次蹲下，伸手扯動浴簾，將之移走。抓著浴簾的手指不經意觸摸到地磚，涼意在指尖肆虐。

移開障礙後，康澹開始摸索屍體口袋，查看死者生前的攜帶物。屍體前胸的口袋中，有一員工卡。拈在指間，由觸感就能感受出來，這卡不是單純的員工資訊卡，也是門禁卡，因爲較厚。純粹塑膠員工卡很薄，約1-2毫米，這張則要在2-3毫米，多出的是一份磁片的厚度，不清楚這卡能打開哪裡的門。

右跨槍套中的槍不見了，但並沒有激起康澹的緊張感，因爲那把槍就掉在康澹右手不遠的桌子下面，斜眼一瞟就能看到。拿起手槍，康澹發現彈倉內沒有子彈。

屍體左邊褲子口袋有長方形鼓起，是一部手機。他用兩指撚著手機一角將其拉出來。一按手機開關，居然直接進入了主介面，手機竟然是沒有密碼鎖的，這倒是稍稍讓康澹感到了些驚奇。手機完好，沒有任何磕碰，功能正常。

迅速打開社交軟體，最早的消息是十七個小時以前，談論的對象也是遠方親屬，沒有和案件有關的內容。打開檔管理，康澹準備查看最近的錄影或照片，但他隨卽發現最新的多媒體檔竟然是一則錄音，而且時間節點極其近，是在五十多分鐘前，13點17分。康澹看了眼現在時間，14點9分，進屋也有幾分鐘了，屍體的第一發現時間大致是14點整。

手機的價值不言自明，說不定未來還能找到更多有用的東西，但此刻沒時間細看了。緩緩站直身，康澹將死者的手機、員工卡和沒子彈的手槍收入了自己的口袋，回過頭，他的目光越過肩膀鎖定在門邊的董慧君的身上，開始悄無聲息的搜尋，試圖從董慧君的身上找到血跡。

此般幾乎沒有轉動脖子，僅靠餘光發動的搜索的功效，或許沒有那麼理想。搜查一番，從董慧君的正面並沒有發現類似紅色的印跡。康澹裝出勘察現場的姿態，慢步向董慧君走去，試圖查看他的背後。董慧君猛然間意識到什麼，突然轉身，把後背轉向康澹看不到的地方。他癲癇似的痙攣著一抬眼，碰到康澹的目光，接著又好像康澹的視線帶電，灼傷了他似的，立刻一扭頭，面色土灰的瞪著地板，驀地，他聲音發抖的說道：

「門、門不是我開的……」

「嗯？」康澹一愣，旋卽發現自己一個字也沒聽懂：「你說什麼？」

「圈門……豬不是……我……」

「什麼門？什麼豬？」

董慧君唐突說了什麼，但是盡是咕噥之語，糊塗如鑽入窗縫之風聲，聽不真切。康澮才要追問，卻陡然聽得洗手間傳出沙啦一聲細蚊般微弱的脆響。

「！」

康澮一驚，疑惑瞬間被驚詫攪蕩，剎那的混亂中，康澮迅速看向洗手間，只見洗手間的房門不知什麼時候小幅敞開了，一隻眼睛躲在門後，直勾勾向外窺探。他猛地頭皮一栗，容不得遲疑，立刻三兩步衝到門前，邊走邊吼：「是誰?!」

那眼珠一驚，彈指間瞪得滾圓，唰的一下消失到門後暗處。

康澮眉頭一皺，卯足力氣猛的一拉門，只見急忙中後撤的李本財，像一個被逼到死角的兔子，登山似的，一隻腳在地面一隻腳踩在浴缸，一手抓著沒掛浴簾的簾竿，一手扶著積水的洗手池，整張後背都貼在瓷磚牆上。李本財披著雨衣，劉海濕透，鼻尖微紅，沒有穿鞋，但鞋就在這個屋子裡，整齊放在洗手池下方。

最無法忽視的，是他的面門上，還掛著幾縷被水沖淡的血痕。

「你是……你什麼時候……你在這裡做什麼?!」

「嘿……嘿嘿……」

李本財露出尷尬且愚鈍的笑，眼珠卻沒有看康澮，往左右轉悠。

不能給對方太多的時間思考，康澮加緊追問。

「你什麼時候來的？你怎麼會在這種地方？」

「我——我——」

李本財想說什麼，但話到嘴邊又咽了回去，看起來根本無心回話，不住的左顧右盼。

「回答我。」

李本財牙縫裡擠出一聲切，突然腳跟略抬，前腳繃起，脊樑稍弓。康澹彈指間就意識到對方要跑，雙眼一利，手掌無聲握拳，準備應對衝突。

哪知迅雷不及掩耳之間，聽到門外咚的一聲巨響，緊接著是泥水被踩踏飛濺，連續的快節拍的啪嘰聲。

「糟！」

李本財還沒跑，外面的董慧君竟然先跑了。康澹來不及思考，也拔腿飛奔出去。他一個急轉彎，衝出盥洗室，果然見到房門敞開著。

繞過桌椅穿過廚房，康澹一頭鑽進雨中，看到受驚動物一樣的董慧君，發了癲似的狂奔。

董慧君一步一趔趄，跑的像個不倒翁。他雖不倒，重心卻不穩，身姿左搖右擺，跑得用力至極，卻並不算快。幾乎沒用上半分鐘，康澹剛開始感到心率加快的時候已經追上了董，他一把薅住董慧君的後領，阻力實打實的施加在董慧君的脖子上，他卻仍然發狂似的窮盡力氣的往前拉扯身體，本以爲能拽住董慧君的康澹差點向前一傾，俯倒在地。

「停下！」

康澹一喝，手不鬆，左腳前探，腳跟往地上一蹬，雙腿成三角狀。康澹想借此等姿勢帶來的阻抗力，拉住董慧君。可如今雨未止，地面濕滑泥濘，康澹只拉住他一秒，立刻感到左腳前滑，本應結實的三角結構轉瞬崩解。

這下眞的要磕個狗嗆屎了，康澹慌不得已，喊了一聲，右腳一個箭步槍到董面前，緊接著順應前傾的重力，一個俐落的旋身，左腿勁力十足一掃，正中董慧君小腿，掃的董慧君撲通一聲趴到在甬路旁邊的泥坑裡，泥漿四濺。

康澹立刻縱身一下用膝蓋頂住董的後背，伸手按住董的右腕。

董慧君趴倒的瞬間，就像一個被重物壓扁的尖叫雞，撕破喉嚨的嚎叫起來：「啊啊啊啊啊啊啊啊啊啊啊啊啊啊啊啊啊！！！！呃啊啊啊啊啊啊啊啊啊！呃呃呃呃呃啊啊啊啊啊啊啊啊啊啊啊！！」

其之尖叫，淒厲的不像人發出的動靜，康澹嫌惡的別開些頭，仍然死死的按住他。他能感到董慧君的掙扎越來越激烈，腦袋在泥水中猛烈的顫動，泥漿被拍打的躍起幾寸高，迸進董的大張的嘴裡和目光發直的眼中，也濺到康澹的身上與臉上。康澹不得不竭盡全力才能按住他。

「冷靜點！」

大宅門口站著三個人，從剛才就看到外頭不對勁，其中一個人指著康澹兩人，三人交頭接耳說了些什麼。大門被唰的一聲，被飛速推開。三人匆忙出來，康澹咬著牙一抬頭，是莫依然、程雨辰和陳珂。

「這、這是怎麼了？」

三人迅速圍上來，詫異寫在每個人的臉上，連陳珂也不例外。

莫依然：「你這是在幹什麼？快放他起來，惡…泥都黏在角膜上了。」

程雨辰：「他……他怎麼你了嗎？」

康澮呼吸急促，話不成語的說這傢伙發瘋了。

「你快放開他吧，萬勿傷了他……我們都被圍困在這兒，這種時候傷了人過後可不好分辨。」莫依然擔憂的說道。

「別急」陳珂瞇著眼「他哪會樂意這麼一直費神費力的壓著他，就董慧君這股子瘋勁兒，一旦掙脫了指不定會幹出什麼事，甭管是爲了誰好，先壓到他鎮靜下來再說。」

「先不說那些沒邊兒的事兒，倒是因爲什麼他變得這麼癲狂，總得有個理由吧。」

膝蓋下的董慧君還在掙扎，不過力氣正在逐漸耗盡，抗爭的力度越來越小。

康澮聽到程雨辰的問題，下意識的拗頭看向袁一杉屍體所在的傭人舍，哪知卻瞧見鞠晉宇從寶石庫方向而來，剛走到一排交通錐所在之處，正要側身避開那些錐形桶。鞠晉宇發現了康澮一夥人的目光，忽的一愣站住，隨卽露出被冒犯的表情，抬起雙腳，踩著不愉快的步伐走向衆人。

「那是……？鞠老頭？他去寶石庫了？」程雨辰最先察覺康澮的視線，問道。

「梁繼軍不是告訴大家不許過去嗎。」

「呵，顯然不是所有人都嚴肅的看待群體規範。」

這時，紀豔榮從二樓落地窗前經過，一眼發現了外面紮堆的人群，她看過來，同時慢下腳步，驚訝站定望了片刻，忙回頭招呼裡面的人，很快又有兩三人來到窗前。康澮倏地感到視線由上方刺來，一仰頭，看到王睿崎、低士馬和丁永茂站在紀豔榮身邊，幾乎都神色凝重的盯著他。更有人從二樓下來，正匆匆的趕往現場。

身下的董慧君成了一坨死肉，不再動彈了，康澮總算能鬆口氣，一看董慧君，大睜著眼睛，只是喘，吹的鼻下的淺泥灘波紋連連。

康澮感到耗盡了力氣，在無可奈何中，虛弱的站起來，隨卽快速在董慧君身上拍打搜索了一番，但董慧君身上除了手機什麼也沒帶。

「你在找什麼？」

「兇器。」

「咦？兇器？？你的意思是……？」

他邊感受著頭頂不斷澆下的雨水，邊沉重的點點頭。馬賀和梁繼軍從正門出來，大聲詢問發生了什麼事，但幾人都處於震驚中，面面相覷，無人回答。

身後忽地傳來匆匆的腳步聲，那絕不是鞠晉宇，他是沒有這樣迅捷的步速的，那麼最有可能的就是……

「欸？李本財你也在？這是怎麼一回事？」才剛抵達的馬賀滿肚狐疑的問。

康澮感到十分窘迫。

一來是因爲他不得不用暴力來制止董慧君，二來，則是李本財的腳步變得輕鬆了許多——在康澮不在現場的期間，李本財很可能動了什麼手腳，而這種干擾已成定局，是康澮無能挽回的。要說什麼能讓康澮如此確信——

「怎麼，你不逃跑了？」康澮回過身，面對著李本財。

李本財一樂，露出一抹諂笑：「就這麼大地方，又不能插翅飛了，還跑什麼啊。這可是殺人案吶，不找出兇手怎麼行，嘿嘿。」

——那就是他佻薄可惡的態度了。

16.

馬賀被李本財嘴裡冒出的殺人案三個字弄得魂不守舍，窮追猛打的問個不停，但康澮要等召集所有人後一起解釋，馬賀只好強自忍耐。幾人先是試著抬起董慧君，一抬高，董身下就如同下小雨似的，泥水嘩啦啦的直從他的衣服下流出來。他在地上趴的太久，雨水都在他的衣服內匯成了水囊。董隨即又是蹬腿又是慘叫，活像一頭送宰的豬。不得已，程、康兩人只能讓董半身落在地上，一人抓著一隻手往屋子裡拖。程雨辰拖著董慧君的左臂拖的很吃力，結果弄得自己重心偏斜，用肩膀推門的時候來不及收力，跟衝城錘似的一下將門撞開，砰的一聲烈響，展至極限的玻璃門顫了好幾顫，引得屋內人盡皆側目。

兩人折騰不過，拖進來草草的將董慧君擱在西南承重柱旁。察覺到外面出事兒的梁繼軍，連忙走近，看到丟了魂兒，活屍一樣的董慧君，一驚，忙問這怎麼了，他邊問邊伸手要去碰董，董慧君頓時像條擱淺的魚一樣，上肢亂舞雙腳撲騰，口裡含糊不清卻又激動的哀嚎，嚇得梁繼軍慌亂退避。

緊接著梁繼軍像是想到了什麼，疑竇轉眼不見，表情一下平和下來，他虛睜著眼，似看未看的望著董慧君，淡淡喔了一聲，漠然道：「終究還是犯病了。」

「什麼病？你知道他這是怎麼回事？」馬賀追問。

「他以前也犯過麼。」康澮從風衣中拿出手帕擦著頭上的涼水，也冷靜的問。

梁繼軍左右看了看他倆，猶豫了下，用指甲抓了抓掌心。

「以前倒是沒這樣過……不過吧……有不少徵兆，他來這幾年，時不時會突然幹一些怪異的事情……我記得去年還抓到他在吃泥……」

「你們這怎麼招了這樣的人來。」

梁繼軍喉嚨裡咕嚕一聲，答道：「董慧君是宋叔參加某次以工代賑救濟項目的結果，他家是特困戶，在成為特別貧困戶前……他們家發生過一些悲劇，在當地也算挺出名的。」

二樓的人聽到喧鬧，陸續從上頭下來了，一樓聚集的人越來越多，所有人或近或遠的圍承重柱四周，形成了一個若隱若現的圈。

「出名是因為……董慧君還是小孩子的時候，他有個還在繈褓中的嬰兒弟弟……」梁繼軍最後一次環視在場的每個人，艱難的說道：「被豬吃掉了。」

風聲澌澌，雨聲潺潺。屋內的梁繼軍突然噤了聲，接著像是被傳染一樣，很快所有人都安靜下來，幾秒鐘的分別，人群驀然寂靜的像在等待出殯儀式前的殯葬隊伍。

「當時董慧君可能只有六歲，或者七歲，十幾年光景了。那個歲數董還沒上學，所在農村偏遠，沒什麼幼稚園的概念，不上山玩就待在家裡幫忙務農。

結果雖然駭人，但發生的過程稀鬆平常，根本沒什麼戲劇性的橋段。就是有那麼一天，男方在餵豬的時候和女的吵了架，男的沒關豬圈們就去追賭氣出逃的女的，兩人都不在家。直到夜裡了也沒人回來，小董慧君晚上一人餓了，去鄰居家討吃的，房門沒關嚴，風一吹便開了。等到他回來的時候，正見到放在土炕上的嬰兒已經被拽到地上。小董慧君在黑夜中，看著地上影影倬倬的豬和失去了人形的嬰兒，聽著含糊的肉骨嚼碎聲，怔住了。站了半晌，兩個大人也回來了，大人們進屋開了燈的時候，豬還在吃呢。」

祁鳳倒吸口冷氣：「老天爺呀。」

王淑萍眼圈紅了，右顎肌肉抽搐起來，欲哭又止。

廉月感到嗓子裡被某種分泌物黏住了，發不出聲，只含糊的清了清嗓子。

低士馬站在旋梯上，憑在扶手上，目中帶著淡然，表情空洞的俯視著自己下方什麼都沒有的空白，沒有看向梁繼軍的方向，你知道他在聽，卽便看起來像是在出神。

「那今天刺激他發病的……就是屍體了吧？」

李定坤說話的語調很鎮定，但不知爲何他的左手死死的扣著自己的右手腕。他臉色也不好，面皮發白沒有血色，眼下生黑，嘴唇像被冰霜侵襲過一樣紫紺。

「嗯」梁繼軍癟癟嘴，說「我看是。」

「屍體？嗯？什麼屍體？」趙越創愕然，慌亂的在康、程幾人臉上來回掃蕩。

康澮表露出深深的遺憾，正視趙越創的雙眼，帶著無可奈何回道：「發生命案了，在傭人宿舍裡發現了屍體。」

趙越創駭然語塞，馬賀安撫的說，大家都別急，我們先詳細聽聽康澮都看到了什麼。康澮點點頭，循序依次把剛才看到的經歷過的，從察覺董慧君不正常，到跟隨董去傭人屋，發現袁一衫的屍體，最後到覺察躲在洗手間的李本財，一字不漏、巨細靡遺的傾吐出來。

講到現場發現李本財的時候，李本財哼哧一笑，眼裡滿是蔑視，但雙目卻不敢直視任何人，左右閃躲，飄忽不定，斜著眼看人，一會兒歪脖一會偏起腦袋，小動作不斷。

康澹權當他不存在，只管講：「李本財被我發現後想逃，想從我身邊硬闖過去。哪知董慧君先逃了，董慧君精神狀態始終不對，我更擔心董慧君那邊，緊急之中先去追了董慧君，接下來就是你們就都看到了。」

講解用了五分鐘，五分鐘過去，大部分人還沒能接受康澹嘴裡說出的發生兇殺案的這個事實，仍處在殺人發生的驚異中，在場人們的臉上，或蘊著焦慮，或帶著擔憂，或冷若冰霜，或噤若寒蟬，或神色僵硬，唯獨陳珂眼裡散發著興奮的光。

莫依然靠近被圍在中心的兩人，壓低了聲音道：「無論怎麼說……李本財、湯有爲，我還是想和你們最後再確認一下，你們……眞的、的的確確看到屍體了？人眞的死了？」

「嗯……」康澹點點頭，簡略的形容了一下喉嚨傷口的具體形態，並把手機拿出交給衆人傳看現場拍攝的照片，此般模樣，不需要醫學知識，任何看了照片的人都能夠一眼斷言，人已經沒救了。

莫依然看過照片，驀然緊張起來，他快速的看了眼康澹，又有些惶惶然的想扭頭去看其他人的眼色，但向右扭頭的同時眼睛卻在左轉，莫依然頭轉到一半又停住，停頓了一下眼看要回去，卻再次半途中停下來。他目光先蜻蜓點水般掠過程雨辰，又快速的鎖定在康澹身上，腦袋先是面朝著董慧君，卻最終停在李本財的方向，就好像他腦殼中有兩個意見不統一的腦子同時在操控一個身體似的，頭和眼珠的轉動連續幾次不同步，眼珠竟跟不上頭部的動作。

「糟了，這下糟了……太糟了……」

莫依然雙眼連眨著，頭疼似的閉上眼，肩膀沉重的耷下去。

「喂喂！不會吧，那就是說李本財是兇手!?你們就讓兇手這麼大搖大擺的站在這？」

「呿，別亂說，我就不能是第一發現人嗎！」

「你當時不是要跑嗎，要沒做虧心事，你跑什麼啊？」

「老兄你這麼說就不對了吧，」李本財急了，突然抬高了音量，唱山歌似的嚷道：「湯有爲那老夥計突然闖進來我嚇了一跳，緊張那肯定的啊。你不能看我緊張就說我想逃跑是吧，說的誰好像做賊心虛似的。」李本財邊說邊不住的左右看別人，徵求身邊人的支持。康澹對李本財惡形於色，嫌惡的咬牙咧嘴，沒好氣道：

「你把鞋放在洗手間裡不穿，是爲了不留下腳印，你如果不是別有用心，爲什麼要掩蓋自己的行跡。」

「哈？血口噴人！你當是太緊張看錯了吧！這麼冷的天我脫什麼鞋！我一直好好的穿著呢！」

「是嗎，那我們要不要現在去看看現場的腳印，我敢保證最多只能找到你離開洗手間的泥腳印，但沒有進去的。」

李本財一愣，唰的一下雙眼之間的皮膚，紅成一片，支支吾吾道：「呃……那個……那是……那是因爲我鞋底乾淨！」

答非所問，全是遁詞，看來李本財是想狡辯到底了，康澮也懶得在繼續跟他胡攪蠻纏，抿上嘴，白了他一眼，別開視線。這短暫的空檔立刻被馬賀抓住，他肚子早憋了成山的疑問，當即發難道：

「無論如何你在現場這一點沒錯吧，你去幹什麼了？」

「我……反正我進去時候袁哥已經死了，這點我肯定保證。」李本財突然坐得筆直，煞有介事的眨了下雙眼「屍體突然出現在那，沒法視而不見啊，我那不是想走近了瞧個透徹嘛。」

王睿崎像是預防什麼髒東西進入眼睛裡似的，半睜著雙眼，問：「你進去的時候董慧君在裡面嗎？」

「沒有，我進去時候袁哥……都仙逝了，啊，除去屍體半個人影也沒看著，絕對眞話，我發誓，我就是聽見董慧君進來的動靜我才貓進廁所的——我那不怕你們懷疑我嗎。」

祁鳳斜了眼李：「你說死了就死了，我們怎麼知道你不是殺完人躲進廁所的。」

「有為，你發現他的時候他身上有沒有血跡。」

「我很確定當時我在他的臉上看到了淡淡的血，但現在一點痕跡也沒留下來，如果有魯米諾試劑的話……」

「等一下，如果他是兇手的話，那他應該是剛動手不久你們就到現場了，不然他早就跑了」王睿崎說著看了眼不像能回答問題樣子的董慧君，道「湯有為你應該有所察覺吧？他實際到達現場多久？」

「啊——」康澮一眨眼，忽然想起來，說當時傭人舍內安靜的不得了，他在三岔口確實能透過窗戶遠遠的看到室內，兩次經過都沒看到有人，他是什麼時候進入的呢？

「恩？對啊——」梁繼軍眼珠一轉，問「你這貨什麼時候進的現場？」

李本財雞賊的一笑：「也就董先生進去前一兩分鐘吧，哈、哈哈哈……」

——噴，撒謊。

突然，李定坤像是腸胃哪裡絞痛似的皺著五官站起來，焦躁的在幾人身邊踱步，痛苦的捂著嘴：「別跟他廢話了，先給他綁起來，等員警來了，讓員警收拾他。」

王淑萍臉色發青的低聲道：「兇手如果不是他呢？」

「那還能……哦——」

一個幽暗的念頭，就像墜落在宣紙上的墨滴，慢慢但確實的，一點一點暈染開，在每個人的心中緩緩破土而出。

——殺人犯或許正隱匿於我們之中。

又好似霎地發現了蛋殼上的一線破縫，不過是前後瞬間的分別，這一刻，突然之間，所有人都沒法確定蛋殼裡面到底還是不是新鮮的營養了。

——忽然沒法確信，身邊的人還能不能夠繼續信任下去。

王淑萍一副擔驚受怕的模樣，噤聲縮首，垂著頭上翻眼睛觀察每個人，仿佛誰都在暗中圖謀害她。鞠晉宇看起來比平時更生氣了，背著手，昂著下巴。王睿崎手撫著嘴，遮住了鼻子以下的面部，一雙銳眼仔細思索著什麼。廉月脊背挺直的坐著，沒有膽怯的意思，明快的轉動雙眼，審視每一個人。紀豔榮不甚理解情況的緊抓著趙越創的胳膊，迷惑的弓著身子，臉上露出稚嫩的迷惘。低士馬渾身散發著一股子置身事外的超然，全不在意的趴在旋梯的護欄上，繼續向下張望。一串紫水晶吊墜掛在他的腕上，任意的憑空擺盪。

他手腕一收，向上一摜，吊墜飛速的在手腕繞上幾圈，纏成一條手串，他在護欄上換了個姿勢，依舊悠閒自在。

墜落的雨點不再如最初那樣密集，衝擊拍打碰撞之聲漸發稀疏，雲朵也一同散去，世界變得光亮。相較上午烏雲密布的天氣，窗外陽光變得明亮了不少，景色楚楚動人，但雨勢減小，跟隨著明亮的天日一同到來的，卻是人們陰暗下來的心靈。陰暗的氣息氤氳在房間內每個人的心裡。十幾個人皆如深陷濃重的迷霧中，辨不明方向，看不清未來。

沉寂了五秒，也許十秒，卻漫長的恍如隔日。李定坤不停的走來走去，頭低垂，夢囈似的說道

「不……不對、不用……綁住李本財就算了，沒有必要。我們現在要做的，就是團結在一起，耐心的等待。接下來的時間，大家都不要隨便走動了，聚在一起，自然能互相監視，兇手倘若有繼續犯案的意圖，也沒法如意。相反，要是把他綁起來，還得額外分配人手照顧他，反倒影響群體監視發揮作用。」

他說著，好幾個人抬起頭來，有人贊同道：「他說的對啊，雨也快停了，失聯也有兩小時了，山下的人肯定已經在找我們了，我們只要再堅持一下，等找我們的人一上山，殺人的事情，交給警察處理就好了。」

「我也同意」趙越創咽了口口水，說道「何必我們費神費力的猜兇手，現在胡亂揣測有什麼意義，回頭還不是要交給警察。再說咱們得講證據。亂猜冤枉了好人可就不妙了，調查這些事兒，交給專業的來唄。」

梁繼軍抱起雙臂：「就是嘛，我們在這亂搞有什麼用，不如放鬆一點。」

「等一下……雨眞的小了不少啊，那直升機……現在能不能用？」

李定坤呼吸急促，嗓音沙啞的說道：「不……不行……我身體不適……咳！——」

遽爾，李猛地捂住口鼻，指縫間傳出肺子劇烈震盪的咳嗽聲。連咳幾下，力氣大的感覺血都要咯出來了，衆人被嚇一跳，李定坤又咳了兩下，竭力止住了，忙揮揮手說：「我沒事——」

趙越創擔憂的問：「怎麼了這是，你哪裡不舒服？」

李定坤捂著嘴閉著眼，不出聲，只是擺手。

「你快坐下——」

李定坤搖搖頭，不僅不坐，再次開始煩躁的來回踱步。

同時，一旁的鞠晉宇愁眉不展，面有慍色：「李定坤這狀態是開不了了，其他人還有懂直升機的嗎？」

老頭問完，鴉雀無聲，他洩氣的一甩手，臭著臉道，我看一時半會咱們是都走不成了。

紀豔榮面帶不解的看向趙越創，問：「大傢伙要離開？那爲什麼不用——」

趙越創立刻抬手做了個停的動作，示意她不要再說了，紀豔榮立即閉上了嘴，但眼角的迷惑絲毫未減。

人群中忽然傳來幾聲陰鬱的低語，斷續且破碎。

「嗯，你說什麼？」

「纜車……」

「你大點聲。」定睛一看，梁繼軍才意識到說話的是李本財。

李本財赫然提高音量，聲尖如刀的說道：「纜車！纜車啊！早上的纜車！切斷纜車的人，遮罩了我們的信號！肯定是同一個人啊！」

「哈？」

「他這麼做就是要殺人！我們來這從頭到尾就是一個陷阱！」

馬賀兩步奪到李本財面前，反手給了李本財一個耳光。

「瞎說什麼呢！你怎麼知道是有人遮罩了信號，怎麼可能！」

「你們好好想想」李本財捂著通紅的臉，連退三步，喊叫著「哪有三個運營商同時突發故障的！我們離市區這麼近，信號鐵塔和服務機房多著呢！它們三家一起壞掉的概率是天文數字！還有這兇殺案，正好趕上沒信號之後才發生，鐵定不是巧合，都是設計好的啊！」

「你！……」

即便只是空想，是不夠扎實的憑空揣測，可一旦將這幾個事件聯繫到一起，幾乎所有人立刻意識到問題的嚴重性。

形勢的性質就大不一樣了。

陳珂毫不擔心的竊笑著：「怎麼，是有人故意將我們關在這裡？爲了什麼？將我們所有人趕盡殺絕？」

有如平地一聲雷，最後一點安全感也被轟碎。沒人還能平靜的坐在這裡，沒人還能對當前處境保持樂觀。

無形的屏障和猜疑開始在每個人的身邊形成，每個人之間的距離開始以肉眼無法觀測的形式拉遠。

那是突然之間腦細胞群的震懾，猛然之間思緒的昏懵，恍惚之間心靈的空白。每個人都自發的緊張起來，在他們的意識仍不能言表之時，無意識已然明確了答案。這一瞬間的感覺，就好像一個本來知道，但是忘記了的東西被猛然回想起來一般——

他們知道李本財未必完全是錯的。

倏地康澹感到身邊人影一晃，條件反射的側過身，見到始終在不停走來走去的李定坤，突然膝蓋一彎，要直挺挺的軟倒。康澹一驚，倉皇矮身去接——

——一次不幸的意外，搖身一變，成了一個不可述說的預謀。

惡意，陷阱、圈套、囚禁、牢籠。

陰謀暗湧的背後，是誰在推波助瀾？

潛藏於暗處之人，最終目的爲何？——

倒下的速度太快，康澹必須不斷地降低自身與手臂的高度才能跟上，待康澹半跪餘地，接到李定坤的脊背，他已經轟然倒下，腦袋全無緩衝的撞擊在地磚上。

——人們只敢往最糟糕的情況猜測。

17.

猶若巨石墜地激起塵埃一樣，頹然倒下的李定坤激起一片嘈雜。紛擾中，低士馬從超然的神情，變幻回了一如既往的冷漠，冷漠中多了份厭倦，似乎相似的劇看得太多，橋段展開鮮有新意，早已膩了，卻又換不了頻道，只能耐著性子繼續看下去。

「哎呀！這位先生怎麼啦！」紀豔榮吃驚的小聲問道，聲音不起眼的宛若遠方銀幕中的背景音，仿若林中深處小鳥嘰喳，大多數人都未聽見，聽到的人，又哪裡回答的上來。

康澮單膝跪下，一手托著李定坤的後背，另一邊膝蓋撐住李定坤的脊骨，且看來李定坤雙眼緊閉，面色煞白，呼吸頻率驟然放緩，宛然被鬼卒招引走了三魂七魄，徒留一副空殼。

丁永茂抻長了脖子，關切的問廉月，李定坤是否有什麼頑疾舊症，廉月也只是搖頭。

「起初剛至山頂時還好好的，怎麼才幾個小時就成了這副樣子。」

「別說那些了，還不先快扶他起來。」

程雨辰忙蹲下身，去和康澮一同抬李，李定坤像一個沒有骨頭的布偶任人擺布。

「他受傷了嗎？」

「不應該……李哥，你哪裡不舒服？李哥，你能聽見我說話麼？」

兩人將李定坤送到客廳區的沙發上放下，廉月緊跟其後，飛速的捋了把鬢角，在一旁神情跼蹐的問。李定坤雙眼不睜地囁嚅著回道：「……我腦袋好亂，我好困、我好想睡……」其音之弱，氣若遊絲，連近在咫尺的康澹幾乎都聽不得。

鞠晉宇來到沙發旁，不耐煩的瞄了眼呼吸孱弱的李定坤，掄眉豎眼的無禮喊道：「這屋子裡有沒有個會醫的嗎？趕緊過來給看看啊！」

祁鳳站起身來，冷淡的說道：「我的話，多少懂一些。」

「還有其他人嗎？沒有？好，很好，那勞煩你來一趟吧，麻溜的。」帶著沒來由的尖酸，鞠晉宇懈怠的揮手指了指李。

祁講師過來了，臉陰森森的，雙眼因爲乾燥而發紅，帶著血絲，嘴角挑著一縷焦躁，情緒陰鬱不寧。看來當前的困境已經開始對她造成衝擊了，她的精神力已經走在耗竭的半途。

既然都來了，廉月也不再客氣，遂開口道

「祁老師，你懂治病那一套？」

「治病說不上，久病成醫罷了，保健和醫療知識多少知道點。」

「行，現在也沒別人了，有就比沒有強。」

「我可以醫醫看，不敢保證治好，只管盡力而爲。」

「這就夠了。」廉月十分感激的說。

鞠晉宇忽地齜了下牙嘴，正了正領帶，突然毫無徵兆的一腳踩在身旁的單座沙發上，不顧一邊圍著李定坤忙活的四人，登高似的上到烤漆桌上，他在桌上岔開雙腳，鄭重其事的站好，背朝東南面對人群，在四人頭頂高喊：「安靜一下，大家聽我說！」

大堂方向眾人的驚奇不亞於鞠晉宇身下的四人，紛紛仰首看向他，他立刻挑高了蒼老沙啞的嗓門道：「本人原是不想聲張眞實身分，但時勢所迫，不忍坐視眾生荼毒，混亂的魚兒們需要引導方向的洋流，現在、此時正是危機關鍵時刻，需要強有力的領導人，把所有人組織起來！沒有比管理經驗豐富的我，這個現任的區委書記，更合適的領導人選了！」

程雨辰兩條眉毛擰成一股：「他這是幹什麼？」

康澮嘴巴微張，迷茫的看著站在自己頭上的鞠晉宇，露出無法理解的表情。

「別管他，人要緊。」廉月瞪了鞠老頭一眼，用手背去試李定坤額頭的溫度「祁老師，有點燙。」

祁鳳將手指搭在李的脖動脈上，眼睛不時的看向鞠老頭，疑惑道：「唔……？脈搏弱而急促，呼吸卻慢，不對勁……」

她拿出手機調出手電功能，扒開李定坤的眼皮，打光在鼻骨山根處，之後又分別直照兩個瞳仁，查看瞳孔反射。光直射在不同側瞳孔中央上時，兩側瞳孔皆會縮小，但縮小幅度不大。撤走光源後瞳孔則猶如失去彈性的彈力球，一點一點的恢復了光照前的大小。

「對光反射遲鈍……而且原始瞳孔大小偏小。」

啪，燈光澌滅於祁鳳的掌心，她抬起頭，臉上浮現公務人員預備要通告壞消息時的那種拘謹和克制。

「怎麼樣？」

一邊鞠晉宇剛剛大聲的講述完自己的政治背景，強調自己的權威性，把三代從政的那些話又說了一遍，又開始了動員式的講話：「好的組織是目標達成的基礎！每個人擅自行動只會造成混亂！只有得到統一命令，大家協調一致的行動，才能最有效的保障每個個體的權益——不誇張的說，諸位生存幾率的大小，都取決於能否團結。畢竟，我們之中可是存在著一個不介意掠奪他人生命的傢伙，能殺人，那什麼更加過分的事情他也都幹得出來！此種極惡之前，你們更需要明智的領導！」

祁鳳意味不明的又一次看向鞠晉宇，然後回過頭正視著廉月，操起公事公辦的腔調開口道：

「我也不清楚，不過從他現在的症狀來看，低燒，神志不清，還很可能有低血壓，這些不是自然病的症狀。」她頓了頓，眼珠飛速的瞥了眼周圍，才說道：「像是中毒。」

「中毒？」程雨辰驚詫道「中什麼毒？」

猶若眼中進了沙子，祁鳳快速頻繁的眨了幾下眼：「不知道，僅僅從這些表面症狀我實在確定不了具體中了什麼毒。你看到他倒下前不安的走動了吧，那應該是神經功能紊亂導致的錐體外系反應，他……多半是中了某種神經毒素。」

「還有救嗎？至少找些什麼辦法緩解——」

「我眞不知道，之前也說了我是久病成醫那種，你要問我怎麼養氣血補脾胃，治療急性腸炎之類的我能手把手的教你，神經毒素這種東西，我眞的是猜測大於推理，就更別說治療手段了。」

她隨卽自言自語似的說道，況且毒藥與解藥這種東西就像鑰匙與鎖，要知道他是中的什麼毒，才能對症用藥，吃不對症，不光白費力氣還可能導致病情惡化。

「在場的大家都是什麼人啊！是社會頂級精英！外面的人這麼長時間聯繫不上我們，肯定已經在搜尋我們了，用不了多久，救援是一定會到的！」

程雨辰煩躁地搔了搔耳朵，瞥了眼強聒不舍的鞠晉宇，突然感到視線，一扭頭瞧見趙越創在緊盯著這邊看。兩人四目相撞俄頃，趙越創才略顯遲疑的移走了目光，程雨辰眨眨眼，不知所以。

「怎麼會中毒呢？難道他被投毒了？誰會做這種事情？？」康澮眉頭不展的說道。

「不好說……李定坤單獨行動的時候也不少……」

驀地，廉月嚴肅的板起臉，叮囑道：「現在好不容易有要穩定下來的趨勢，要是現在告訴大家，只會重新製造恐慌，暫時不要讓衆人知道李定坤的眞實情況爲妙。」

她雙眉一蹙，威嚴的說道：「程雨辰，你來幫我回推一下李哥前段時間的行蹤，看看能不能找到他是在何時何地中的毒。祁老師和有爲拜託你們去翻翻書架，找找毒理學的出版物，問問誰手機裡有沒有醫學類的電子書，爭取確定病因。我先留在這兒給李哥催吐，盡量幫他排除一些毒素。」

在每人臉上看了一眼，廉月幹練的問道：「諸位，都沒問題吧？」

祁鳳低頭看了看地面，沒什麼幹勁兒的說好，她這就去。康澮和程雨辰則立刻同意了。

鞠晉宇聽見身邊始終在小聲嘀咕，但聽不清楚，眼帶不滿瞥了眼四人，繼續大聲道：

「所以，我們現在最要緊的，就是團結起來，在救援來臨之前保持住穩定的局面，保證互相的安全。我提議！從現在開始，兩人一組到正門和樓梯處守著，所有人不許進出一樓！我們所有人守在一樓靜靜的等待救援，互相盯梢！如果有人就是有什麼不方便非要出去，那就在簿子上登記，一旦出事，責任自負，若有嫌疑，當場綁縛！有什麼不明白向我請示，由我決定後行動！」

「你的意思是……封城？」

「對！沒錯！」

不管這鞠晉宇是個庸才還是天才，至少確實是在卯足了力氣在撐場面。即便是盲目自信，但潛藏在其中的積極的方向性，還是讓不安定的氣氛減弱許多，人們不再像剛才那麼惶然。

「……」丁永茂嚴肅起來，默默的看了鞠晉宇片刻，轉向馬賀「老馬，雖然這人咱們不熟……但他這個主意有戲，我看行得通……」

馬賀眼珠一轉：「封城戰術啊……欸……也好，暫時聽從他一會也無妨，反正等什麼時候他的決定咱們不同意了，咱們到時候該怎麼辦還怎麼辦，他也攔不住咱們。」

他對周圍幾位環人保的員工如此說道，王淑萍、趙越創沒太多猶豫，也陸續點頭同意。

王睿崎默默的走到桌邊，拿起一杯晶瑩剔透到好似取自冰泉的清水，抿了一口，緩緩道：「好，我相信你，既然你都曝出了自己的身分，那你一定做好了非成功不可的覺悟——名聲，對於官老爺來說……是不小的賭注。」

「有人主持局面就不錯啦。」趙越創說，安撫的摸了摸紀豔榮的胳膊「就讓他來吧，老爺子也有經驗不是。」

鞠晉宇像只高冠大公雞，昂著頭挨個掃過沒有表態的人，未聽到任何異議。

李本財像個過街的耗子一樣東張西望，不知該說什麼。梁繼軍也很拿不定主意，左瞧瞧，又看看，最後把手插進褲兜，終究無語。

「你們呢？」鞠晉宇最後低頭看向身邊的4+1組合，咄咄逼人的問道。

程雨辰立刻去看康廉兩人的臉色，廉月凝視著面色蒼白雙目緊閉的李定坤，不轉頭的輕聲道：「我沒意見。」

「隨你便吧。」康濟不甚在乎的說。

程雨辰一瞧，也沒說出什麼反對的話，祁鳳則把自然垂放在兩側的手，換成了端著手的姿勢站著，沒有多言。

「好，那麼從現在這一刻起，所有人就都不準出去了——馬賀和梁繼軍，還有那個發現屍體的，你們給我過來一趟。」

康濟指著自己，意外的挑了挑眉毛。

「對，馬上來！」

鞠晉宇說著抬腳便走，直衝一樓的辦公區走去，三個人互相看了眼，像跟班兒似的跟在鞠晉宇屁股後面。到得辦公區，鞠大大咧咧的往書桌後的老闆椅上一坐，後腦貼在靠枕上，撅起一張頤氣指使的老臉。

「馬賀和梁繼軍，你們兩個去準備紙筆，規劃一套排班表出來。啊，兩人一組，每組中的兩人分別守在上樓的樓梯和正門處，監視管制出入人員。上樓的樓梯緊挨著正門，兩人能輕易互動，足以互相照應。每組監視半小時，輪流值班，直到救援來臨，解除封城為止，不複雜吧，聽明白了嗎？」

「呃，明白。」

「做出來，然後貼在門口附近的柱子上，公開展示給所有人看，去吧，現在就行動起來。」

兩人領了命，夾著尾巴灰溜溜的走掉了。

鞠晉宇轉動椅子，兩掌合握放在胸前，故弄玄虛的直視著，康澮所不在的面前方向沉默不言半晌，突然開口，掐著一股太監味，拿腔弄調的說道：「聽說，你是湯都郡的外甥？」

「沒錯。」

「探案的東西，你會點吧？」

「耳濡目染的多了，略懂一些。」

「那就好，我要你辦件事兒，不是別的，就是查出來兇手是誰，而且要光明正大的查，讓別人都知道你在查，知道你是遵我的意思在查。」

康澮本來也要去，沒有多說，點頭稱是。

「你果然能辦？好，很好。你要知道，現在咱們都被困在這兒，此刻你看都還正常，那是囚禁的時間還太短了，這種被困的無力感，能把人耗瘋。給他們點目標，讓他們有點期待，能把目光從悲苦的現狀轉移開些，他們才能捱的更久些，晚點瘋。去吧，去大張旗鼓的調查眞相，要能把犯人揪出來，就更好不過了。」

語畢鞠晉宇深吸口氣，大有一副英雄歸鄉的架勢，雄赳赳的翹起了二郎腿，挺直了脖子，一手拄著扶手，屁股快要從椅子上飛起來了。他自滿的笑著，還沒來得及沉浸下去，一斜眼卻見康澮還在那站著，笑容不見了，不高興的問：「你怎麼還在這？」

「您不是叫我去查案嗎。」

「不然呢，你倒是去啊。」

康澮單用一隻手，輕鬆的薅起一把椅子，輕盈的放在身邊，泰然自若的坐下，也迭起二郎腿，上身依靠椅背端正的坐著，雙手交搭，語速平緩的說道：「這個案子，就從這兒開始。」

鞠晉宇面露鄙夷，雙眉擠成一個尖峰。

「屍體發現前夕出過大宅，到達兇殺現場附近的人不多，你就是其中之一。你爲什麼要離開主樓去那邊，什麼時候去的，停留了多久？」

鞠晉宇不和善的，甚至似乎帶著莫名的仇恨審視康澮半晌，動了動嘴唇，沒有出聲，但康澮可以從他的嘴型確定是髒話。鞠又一咂嘴，屈服於現狀了似的，不屑道：「你是想查我？呵，從我這開始查起？我看，我就算想不回答也不行了吧？」

「——你去過凶案現場沒關係，但要是我把你去過卻不肯透露實情的事實散播出去，這幫人可就不會甘願讓你領導了。他們需要從領導者那感受到基本的可信任感，即便這個信任是錯覺。」

「哼，少廢話。我就告訴你吧，我就是去看看環境，觀察下這個地方的細節，以後自己也弄一個這樣的別墅。」

「錯誤答案——你在撒謊。」

鞠晉宇暴怒，兩邊腮幫因爲咬牙而鼓起，瞪大了通紅的雙眼唾沫橫飛的斥道：「什麼撒謊！撒什麼謊?!你怎麼知道我在撒謊?!我這都是實話！事實就是這樣，除此之外都是你的臆測！你再問我也說不出來什麼了！」

有人聽到爭執聲，看向這邊，鞠晉宇慌忙收了戾氣，強自按下惡狠狠的表情，一雙細眼仍憤然的轉來轉去。

「要是你眞想自己也建個類似的別墅，你大可以找個梁繼軍一夥的某人，帶著你來參觀隨途解說，提供最全面的資訊。你沒有通知任何人，故意脫離人群，獨自行動。」

「我喜歡安靜不行麼！再說我也是散步半途一時起意，來之前也沒產生這個念想。」

「去看一個明明先前已經去過，被主人明令禁止不許再去的，派了人在那攔截，而且除了山石什麼也都沒有的地方？」

「他攔阻的是你們這些外人！況且我去的時候人已經不在了！誰知道他是不是又放開了！」

「喔……？」康澮下顎一歪，齜出上頜尖牙，忍住了想要用審犯人的語氣嗆他的衝動，鎮定但有力的說道：

「實話跟你說了吧，我早就懷疑這個集會有問題了。環人保有的是地方可以選，偏偏非要來這麼一個深山老林。你身為一個幹部，一個政治公眾人物，也本不該在疫情時期參加不必要活動。這種沒有實際生產，只是為了聚會而聚會的人際型集會，不是這裡有什麼特殊的、格外有潛在利益價值的人吸引你，就是集會本身就有隱藏的目的。」

康澹死盯著鞠晉宇，鞠晉宇亦毫不示弱的回視他：「依我看，你，就是特意來見某個人的，你有個骯髒的小密會。」

鞠晉宇的眼神中沒有閃現慌張，但眼球飛速的向旁邊一轉，轉速極快，遠超平時自然眼動的速率。

——說明說中了，康澹默默確認道。

「難不成……」康澹放慢語氣「你來見的，是一個被通緝十多年的逃犯？」

鞠晉宇眨了下眼睛，眨眼動作沒有包含任何的慌亂，神情意外，眉毛微皺，瞳孔稍縮，嘴巴和鼻翼極小幅度的動了一下，五官一同協調的做出了輕度吃驚的表情。

「你說什麼呢。」

嘖，沒說中。

微表情告訴康澹，鞠晉宇流露的是真實感情，他確實不是來見「逃犯」的。也許鞠晉宇和汪寧威沒關係？

康澹望著鞠晉宇想——不，未必，可能鞠晉宇內腦對汪寧威的認知不是「通緝十年的逃犯」，如果汪寧威給鞠晉宇的印象和認識，只是一個普通人，鞠晉宇對他沒有逃犯身分層面的認識的話，那驚詫也是理所當然的。

「勸你不要把別的案子瞎胡亂地往我身上聯想，」鞠晉宇仰著鼻孔，高傲的說：「說出口的話，可是要承擔後果的。」

康澮目不斜視的看著鞠晉宇：「那好，問點不那麼抽象空洞的問題——你什麼時候發現袁一衫不在傭人舍守著警戒線。」

鞠晉宇突然側目看了康澮一眼，用拇指在食指旁側摩挲了兩下，意味不明的沉默少頃，含糊的說道：「記不清了，反正肯定是在董慧君回傭人舍待著以前。」

康澮心說廢話，稍事思忖，突然腦中一激靈，心想不對，董慧君第一次返回傭人舍時，是在梁繼軍和袁一衫通話前，當時袁尚未離開，而第二次康澮跟蹤董的時候，返回即發現屍體，董慧君可沒在傭人舍裡，待住，而是僅僅幾分鐘就發瘋了——，有什麼地方不確定，難道說……

「董慧君在發現屍體的那一次之前離開並返回過傭人舍兩次？他實際在我們吃飯的那段時間往返了高達三次之多？」

鞠晉宇突然瞳孔張大，一雙滿是多疑與審視細眼直轉悠。

「董慧君第二次去往現場是什麼時候？」

「不知道……」鞠晉宇很勉強的動了動嘴唇道。

「你通過警戒線的時候，董慧君已經是第二次返回了？」

鞠晉宇垮下臉，面露慍色，嘴巴幾乎不動的，鼻孔出氣道：「不清楚。」

又問了幾句，皆是如此，最後乾脆不答了，前後只十多秒之差，鞠晉宇的嘴緊閉的好像蓋嚴的井蓋。

站起來，厭薄的俯視著鞠晉宇：「欲抵抗到最後一刻的態度，我算是已經領略到了，也罷，等調查到證據，答案自然會水落石出。我會去調查的，這就去——」

在鞠晉宇幾欲穿透他的惡狠眼神下，康澮無畏的說道：「謹遵您的意願。」

18.

梁繼軍和馬賀去正門口登記處弄了套紙筆，就具體實施辦法討論起來。

「咱們一共多少人？」

「十九個，減去死者，十八個。」

「唔嗯……董慧君肯定不行了……再減去那邊倒下的李定坤，剩十六個，鞠書記肯定不能排進來吧，這事兒我們就包了，不勞煩他。那就是十五個人，變成奇數了，多一個人。」

「把李本財去掉如何。」

「哦，黑羊啊……」梁繼軍略一思忖「還是去掉紀豔榮吧。」

「怎麼？」

「年紀太小啦，我們正好把年齡最老最小的剃掉——至於李本財這方面嘛，讓他守門也誤不了互相監視這個初衷，不礙事。反倒是紀豔榮不懂事，容易出紕漏，不如把她換下去。」

「…也好，那就是十四人，可以排七組。」

「咱們就開始吧，哎……那邊的女的她叫什麼來著？王淑萍？哪個淑？淑女的淑？好……讓他和丁永茂一組吧，咱們把女性竄開，避免兩個女的一組——然後剩下的還有……」

辦公區赫然傳來一聲怒吼，馬、梁兩人一驚，看到面紅耳赤鞠晉宇正對康澹怒目相視，盯了兩秒見衝突沒有升級，又撤走了視線。

「把我放第一組吧，我先來。」

「行，王睿崎、莫依然……恩，還有誰來著，啊，那個叫低什麼的。你看看是不齊活了，正好七組。」

看了眼名單，馬賀點點頭：「我看就這樣吧，先貼出去，反正一會兒還得這個有意見那個不滿意的，咱們就先這麼定了，有需要隨機應變。」

一番商討完了，馬賀躬身伏在登記處的桌上，找一張海報翻轉過來，在其背面空白，把暫定的輪班表用更工整更大的字體抄寫好，隨後前去公共收納區搬了只椅子過來，置於樓梯口，梁繼軍則直接從客廳區尋了個單座沙發，轟隆隆的一路推到了大門出口前。

準備工作還沒完，卻遇到來找他的祁鳳，問他手機裡有沒有電子版的醫學類或是毒理類書籍，馬賀奇怪的回答沒有，回答過才豁然反應過來，這是在想法子醫李定坤呢。祁鳳謝過，轉身又去詢問梁繼軍。

馬賀拿排班表準備去給鞠晉宇過目，卻見陳珂不知何時到了鞠晉宇身邊，陳珂的嘴上是大大諂笑，眼中是銳利的鋒芒，他雙手交疊，含著雙臂把手呈向鞠晉宇，手掌一展，顯出一張銀黑發亮的磨砂卡片，卡片一隅寫著「久沐陽光會所」幾個字，中央印著兩個大大的「尊享」。鞠晉宇瞄一眼，就立刻曉得這是高級店家量產的定制會員卡，哪須多想，鼠目左右一瞥，手如青蛙飛舌，一伸一收，陳珂手裡的卡片便不見了。

鞠晉宇用食指和小指卡住卡片，令其像是一張貼紙似的緊貼在掌心，如同在看手心一樣把卡片貼近雙眼鞠晉宇才看清上頭寫著的預存金額，首位數字之後還有高達五個零。

「美芹之獻，不足掛齒。」

雖說鞠晉宇沒聽出來此四個讀音是具體是哪四個字，沒聽明白美芹之獻是什麼意思，但好歹不足掛齒四個字是明白的，於是把前四個字和不足掛齒聯繫起來理解，把這句話理解成「不知道自誇還是自貶，反正在你面前都是小意思」。

一頷首，鞠晉宇喜上眉梢：「好！」

「溪城的巨源達陣教育，是不才經營的公司，有些事兒還勞煩您——」

「詳細講來聽聽。」

「城南老城區的老樓，你知道嗎⋯⋯？哎，對對，就是董子楠他家的那棟⋯⋯董子楠跟他妹妹關係特別好，他小舅子就在斂節區市場監督管理局⋯⋯」

瑣碎私話漸化耳語，只剩窸窸窣窣無法分辨的片音，外人聽不眞切了。

馬賀老早就看出事態走向的端倪，放緩了步調，果不其然，看到了熟悉的一幕，他知趣的退了幾步，找了個遠點兒的地方，耐心的等待。未過多久，陳珂心滿意足的離開了，馬賀才裝成初來乍到的走至辦公區的寫字臺前。

輪班表交到鞠晉宇手裡，鞠幾乎是眼睛沾了一下紙面立即就說沒問題。於是他拿去貼在了西南的承重柱上，並招呼所有人來看。

「各位，這就是咱們馬上要執行的封城方案，有疑請向我反應，我再向鞠書記請示。」

廉月在人群中冷笑一聲，哼，中國的奴才們，唯獨這種時候腦子清醒，做事明白。

——程式性的東西捋順的比誰都精曉，官本位的思想無孔不入。

「這麼幾個人還得兩步走請示啊……？」

一瞧是紀豔榮在不起眼的角落念叨，這就是整個人群全部的反應了。

祁鳳在紀豔榮身邊和趙越創交談，她手指屏在上唇，像是在掩飾什麼，神神祕祕的，接著倏地很坦然的兩人一同笑起來，又掛著笑容聊了兩句，也笑夠了，祁鳳漸漸收了笑靨走開。

右走幾步，祁鳳發現傻站在一旁的康澮，於是走上前，對之說道：「剛鞠書記把你叫走的時候，那邊書架上我都查看過了，沒找到有用的書。」

「啊，行動好快啊祁老師，那我去問問其他人電子書方面的事情。」

「交給你了，我這今天站的有些久了，我這膝蓋和腳跟都不太行了，我得休息一會。梁繼軍和馬賀，還有莫依然我都問過了，剩下的人不多，你辦吧。」

好了沒問題，康澮立刻回答道，祁鳳也不多客氣，去客廳附近落了座。

康澮左右打量，正琢磨從誰問起，忽然發現王淑萍並沒有跟大部分人一樣聚集在承重柱附近查看排班表，而是不安歪著嘴，翹著二郎腿，沒禮貌的不停甩動疊在上面的小腿。一見到康澮來了，立馬停住腿，收住所有小動作，僵住腰板，緊閉雙唇，面露嫌惡，那樣子弄得康澮都懷疑自己是不是什麼時候不經意間得罪了王淑萍。

「你來幹什麼。」

她不是眞的在提問，不過是表達對康澹出現這一事實的不悅。

「奉旨詢問不在場證明。」

「鞠書記指派你的？」

「是啊。」

王淑萍矛盾地癟著嘴，表情稍稍緩和了一些。她把雙腿平放改成正坐姿勢，一手搭在另一隻手手心，擱在小腹上，望向雨水沖刷下山勢嶄然的山峰，眼中流露出一陣意興闌珊，隨後帶著絲絲的煩躁說道：「那你快問吧。」

「呃……你在案發之前一直沒有離開過二樓，我知道你有不在場證明，主要想問你有沒有看到誰去過傭人舍方向。」

「恩……恩……」王淑萍像一個焦慮的發電機，機械平板重複的恩了幾聲「吃飯的時候看到董慧君去了。」

「什麼時間？」

「13點30左右吧，我記得是因爲廉月和低士馬那時候吵的正兇。」

哦，那就是說他一發現測序儀就去了傭人舍。

「有見到他返回的時間嗎，在我們追逐之前，很可能單獨回來過一次。」

「沒有，我之後就沒太觀察過外面了。」

「喲，聊什麼呢。」

背後傳來暢爽的打招呼聲，一見是趙越創和紀豔榮兩人，趙的心情似乎很好。

「怎麼了這是，怎麼愁眉苦臉的。」

王懈倦委屈的撒嬌道：「哎呀，趙姐，我今天的搶購趕不上了！」

康澮兩邊眉毛徐徐升高，張開雙眼。

「五年就發一次的限量款，今天下午三點就開搶了，我這到現在連個網都沒有！」

拉著長長的尾音，哆聲哆氣的衝著趙越創吐苦水。

「轉念想想不也挺好嗎，你就當省錢了，哈哈。」

「不行！人家都等了三個月了，就要買這款！搶到肯定要升值的！搶不到就是虧！」

「姐姐，啥東西啊這麼好？」紀豔榮像貓一樣眨了眨眼，問道。

「J'lore的鞋，這是時隔五年以來，限定款唯一的一次公開發售。」

「那得挺貴吧。」

「不貴，七千多，上次發行都漲到三萬了。」

「噢噢噢……那、那都能買現在的四雙啦。」紀豔榮帶著假裝的驚訝說道。

見到紀豔榮爲了逢迎王淑萍而作出的表情，康澹很確定紀豔榮對三萬或是七千塊錢根本沒有概念——看向三個女性，康澹開始鄭重的考慮是要等下去還是現在打斷他們。

「對呀，不止是價格，這鞋子是身分的象徵！穿出去是滿大街也找不到一樣的一雙的！」王淑萍表演氣惱的模樣一挺脖子，頭一仰「啊！千載難逢的機會就要這麼過去了！」

也就五載難逢吧，康澹癟癟嘴，在心中調侃道。

「哎呀——！怎麼這樣！偏偏今天搞活動！還偏偏選在山上！」

「呃……我很確定現在有比購物更緊急的事情。」又聽了了王淑萍十幾秒抱怨，康澹還是決定打斷了她，隨之立刻換來了美女接待的冷眼相視。

「怎麼了，不就是死了個人嘛，人這種東西不是每天都在死，今天不就是死得近了一些麼。快死吧，都死吧！省得每個人都在搶每個人的營生，每個人都被迫去幹那些薪資更低的工作。我幹著最累的活，拿著低的要死的工資，錢都是我含辛茹苦省吃儉用攢下來的，我就是想買！現在就想買！你管不著！」

「話不能這麼說——」趙越創吃驚的小聲道。

「花錢我管不了，不打算指點你怎麼花錢……我想說的是當前的兇殺危機……」

「趙姐，你快別護著這幫臭男人了！還有你，什麼危機不危機，殺人不殺人的，我早就活夠了！我們女人，每天拿著低於男性，有時僅有男性三分之一的工資，被迫屈居於沒有前途的服務和人事類崗位，就算身居重要的職位，也躲不過工作內陪侍和酒局陪侍，一點尊嚴都沒有的被迫要求坐在男人身邊賠笑臉！稍微有點姿色，什麼樣的貓狗禽獸就都來了，整天像蒼蠅一樣騷擾，這個走了那個來，沒完沒了的煩煞人了！企業政府全都不喜歡招聘女性員工，孩子歲數小和剛懷孕的女性都會在裁員發生時優先被辭，明明最佳生育年齡是20到30歲，卻不得不爲了能在社會上站穩腳跟而全部犧牲掉，換來的只有對青春餘額日漸稀少的困苦！爲了在夾縫中生存，我們每天都要做小伏低不說，還得裝聾作啞，委曲求全，要麼什麼不滿都不讓說，要麼說了沒人在乎，在男性社會裡不僅一點發言權和地位沒有，連正當的權利都不許追求。天天裝成乖巧無害的小綿羊，不止要裝的像男人的寵物一樣乖，連僅有的生育資源還要被覬覦，時時刻刻不得不盯防著身邊的所有男人。就算結婚了生子了，男方也絕對會因爲工作忙碌整日不在，深夜才像個宿客一樣回次家，女性不得不單方面的犧牲自己的事業，誰也無法依靠的孤獨照顧孩子，因爲掙不來錢，最後搞到又精疲力盡又落寞又地位低下！憑什麼我們要這麼糟踐自己給你們男的生孩子！這個畸形的社會裡我們女性就是被你們掠奪的物件！你們男人每天只想著用最低限度的代價從我們這裡拿走最大程度的資源！你們根本就看不起我們！這種生活活的眞夠憋屈的！到如今連吃個飯買個東西也要被你們管，你們是我老媽嗎？眞他媽煩死了！不裝了，我裝不下去了！」

紀豔榮抬起純眞的臉：「趙姐，他們又吵起來啦。」

趙越創苦著一張臉，想了想從口袋中拿出手機，調出遊戲，交到紀豔榮手裡：「喏，我這手機還有電，你去那邊玩去，快去。」

紀豔榮一步三回頭的走向了客廳區，但在廉月附近坐下後，很快鑽進電子遊戲裡。

「王女士我尊重你的意見，社會上的不公確實存在，而且身處腐朽儒家文化濫用的亞洲文化圈，你可能比西方女性更能顯著的體會到這種不公……但改變需要時間嘛，尤其是當前社會中歧視女性的群體太大，轉型體量大，需要的時間也更長。父權社會的嬗替也不在朝夕，我們得先從這樣的表露開始，我贊同你作類似的發聲。」

「啊喲，你又開始展露高風亮節啦！」王抓起兩邊上衣衣角往身上一拉罩住自己，順便抱住上臂，鼻孔出氣的憤懣道「你知道這種話我聽過多少嘛!?你知道我第一次聽到現在都多久了嘛!?全都是一套話術，全都是同一副嘴臉。你們男人說得再誠懇，也是爲了一時的安撫，你們就是想息事寧人唄！根本沒有長期打算！口頭回饋我可是聽了太多了，嘴吧唧的可一個比一個利溜，空話說完一個實際行動的也沒有！一次實際問題也沒解決過！我問你，你今天聽我發聲完了，準備去做什麼嗎？你明個兒會有什麼行動嗎？怎麼？你要大發慈悲發個推？哦，然後剩卜的人就豪氣的點個贊，轉個發，大家都自我感覺良好一下，就什麼問題都解決了唄？」

「啊、暫時……沒什麼……做不了……」康澹赧然。

「看吧！我就說男人都是一個樣！心裡只想著自己！」

「小王，人說的也有道理，帶著情緒對解決問題一點幫助也沒有，況且你提的問題太大了，不是我們在場一兩個人能處理的，需要的是整個社會的參與。所以說啊，那都是出去的事兒，咱們當下最緊急的，還是怎麼離開這地方。」

「嗐呀怕什麼啊，我們以前去過一次陝西深山裡也被這麼困住過，也是沒有信號，手機都用不了。等了三十個小時，還不是來人把我們全接走了。還有那次去山東的一個村子，我們去的三天前剛殺完人，還是情殺，去時候殺人犯還在村裡閒逛呢，有什麼啊，什麼世面我們環人保的沒見過。」王淑萍臉一黑，忽地帶著哭腔悼嘆一聲，悲從中來的說「反正我就是沒生對地方，你也好我也好都算什麼啊？永遠也比不過從小在北京這樣大城市裡長大的本地土著，一出生就什麼都有了，看看人家那生活，那個級別，再看看我們，呵……」

「……怎麼能這麼說，一個人的價值在於創造了什麼，不在於享受和擁有了什麼啊，政府畸形的福利與轉移支付政策不應該是你自卑的原因，你不能讓這些畸形歪曲了你的人生觀啊……」康澮眨眨眼，同情並含著些許傷感的說道，王淑萍已經在抹眼淚了，抽噎著，康澮很難確定自己說的話她聽進了幾個字，他無奈轉向趙越創：「趙姐，從我們開始用餐到發現屍體前…你發現什麼人出入傭人舍了嗎……？」

「沒有……」

「……嗯……那行，女性之間的事兒，還是你們女性同胞聊吧，我就別自找沒趣了，我這就送自己走——」

康澮咽了下口水，剛抬起腳跟又放下：「哎對了，趙姐，你的手機裡，有醫學類的電子書嗎？」

趙越創稍微有些驚訝的看了康澮一眼，頃刻的躑躅，道：「有倒是有……怎麼了？」

「眞有？那太好了，李定坤不是身體不好嘛，我們想找點參考書。」

「嗯……就在紀豔榮拿的那個手機裡……走吧我和你去。」

「要不麻煩你就給祁鳳祁講師送去，我拿到了也是送給她看。」

「好——小王你也別生氣了，我知道環人保工資壓得低，大家都過得不容易，但是咱們還得從長計議，啊。」

康澹看向圍在柱子前的人們，正陸續悄然散開，不再多言，康澹壓抑著被攪亂的心情，擇路而逃。

從桌椅盆景之間穿過，康澹很快發現向東走的陳珂，他加快腳步，幾步追上攔在陳珂面前。陳只止步一瞬，只花一秒瞥了眼康澹，就像個機敏的掃地機器人一樣，方向一轉由康澹身側繞過，繼續快捷的前行。

「陳先生，咱們的孽緣看來還沒完啊。」康澹跟在陳珂左後側，緊緊咬住他的速度。

「我和你已經沒有什麼好說的了。」

「那倒不盡然，我受了鞠晉宇之托，來調查案件，有必要問問你這位少數幾個離開過二樓人的不在場證明——咱們之前的『融洽交談中』可沒聊到這些吧。」

陳珂欻的收住腳步，剎那間立定，眸中帶著彷如嵌在虹膜上的幾粒灰塵一般，微弱到幾乎不可見的欣賞，睥睨著康澹說到：「响……？你和鞠晉宇聯手了？我還以爲你是冥頑不化的類型，究竟是朽木可雕，就算是你沒準也有幾分前途呢。」

「您的高見就免了，我需要的是你就事論事的回答——發現屍體前夕你去過傭人舍嗎，你在一樓見沒見過任何人出門前往那個方向？」

路過客廳陳珂的腳步仍不停，但目的地已然明確了，他要去的是極東衛生間。

「我出去過，但很快就回來了。」

「去了哪裡？」

「直升機坪附近。」陳珂傲慢的回道「沒幹什麼可疑的事兒，就是出去呼吸呼吸新鮮空氣。」

「你沒走遠？」

「當然沒有。」陳珂推門進入衛生間，長驅直入，沒有關上身後的門「大山裡的景有什麼好看的，我才懶得，只在門口附近停留了頃刻。」

康澹在入口猶豫了一下，沒有進去，且看陳珂停在了洗手池前，賞花一樣觀賞著鏡子裡的自己，拿出一個小瓶髮膠噴霧，邊整理髮型邊找準角度噴塗髮膠。

「至於出去的人，我記得很清楚。」陳珂抬起下巴，察看短而彎曲緊貼在下頜骨上的鬍鬚，搖了搖瓶子，準備開始第二輪噴塗

「話說回來，倒是你，有預想過你這樣做的結果嗎？還是只是憑著感覺在行動。」

「這樣做？你說查案子？當然是找出兇手，讓所有人都安心的等待救援到來。」

「安心？」陳珂的喉嚨咕嚕了一聲，他噴夠了髮膠，回過身，臀部靠坐在洗手池上，頭一次正視康澹。

「中間環節跳過的有些多，探案能夠激發的可不止如此，你所說的不過是最理想的結局，我明白了——」陳珂把五指張開，翻轉著察看手的正反兩面「你是腦袋空空的在憑著直覺辦事。危險，委實危險。」

「……」

康澹默不作聲的看著陳珂，驟然感到後頸一涼，回過頭，什麼也沒有。

「你之前也說過，對本次聚會的性質心存疑惑，而你卻又不知爲何，你對這次集聚山頂衆人的意圖一無所

知。讓你來查案，等於丟一滴清水進入一鍋沸油中，你能想像出來我要表達的意思嗎？」

「你想說還不等找到兇手，半途就會出許多岔子，搞出許多大家不想見到的亂子。」

陳珂哼的一聲笑了：「沒錯，所以說，我的意思是，你可以去查，但不用盡查，做做樣子，擺擺譜子，給鞠晉宇長長臉，讓眾人知道我們已經樹立起來了某種秩序機制和某種決策架構，讓眾人認為我們在行動就夠了，只要給他們一點期待，穩妥的度過這次籠城便綽綽有餘。不要用你的鼻子去碰不該碰的東西，嗅你不需要知道的。聰明人，知道什麼時候適可而止——」

陳珂輕蔑的伸直脖子，微微昂起頭：「我覺得我已經沒法說得更透徹了，我再最後問你一遍，你聽明白了嗎？」

康澮胸口一起一落，無聲的嘆口氣：「那咱們閒話少敘，您的那些供詞，總算，可以給我了吧？」

「……」陳珂默默地盯著康澮兩秒，鼻子一吸氣「不明確回答，採取了半示弱半逃避的方式，試圖蒙混過關，僅有的表達忠心換取信任的機會就這樣捨棄了。愚鈍，何等愚鈍，我還以為你會更機敏一些，我看人的眼光說不定也退步了呢——

無妨，我就告訴你吧，你和那個僕人『嬉鬧』著回來以前，僕人董慧君獨自往返過兩次，梁繼軍出去過一次，鞠晉宇和莫依然出去過一次，出去的順序正如我剛才所提到名字的順序——別問我什麼具體時間，我不是你們的看門保安，我沒有義務去留心這些事情，我也不會對寶貴的手機電量作不必要的浪費，進出個人就看一次手機，只為了確認時間。」

「早說不就好了，倒浪費你我兩人這麼多時間，面對你和鞠晉宇這種小聯盟，愚鈍一點兒或許就足夠了。」

陳珂立刻顯露出殺人的眼神，話還不及出口，忽然有人從身後抓住了康澹的手肘，訝異的一扭頭，竟是梁繼軍。

「原來你在這兒，我說怎麼在大廳沒找到你，嗯？陳珂你也在這？」

好似故意踩著樂點的兩個四拍，陳珂富有節奏的腰一直，腳一點，從洗手臺上下來，重新站直，戾形於色：「釜底游魚，尚未意識到自己已經是個活死人，眞不知道是幸運還是悲哀。」

陳珂如蛇般嘶嘶著，走出衛生間，仿佛沒看到梁繼軍，視若不見的拔足而去。

梁繼軍莫名其妙的看著陳珂走開，良久轉過頭，問：「你就是湯有爲吧，我是不是沒找錯人。」

「啊，是我。」康澹亦最後望了眼陳珂走遠的背影，回道。

「我跟你一起去調查案子，鞠晉宇的指示。」

哦，原來如此，才剛惹惱鞠晉宇，於是派人報復性監視來了——康澹無聲的看向梁繼軍，立刻明白了情況。

「那敢情好，省去我滿屋找你，再單獨向你說明情況和提問的麻煩了，咱們走吧，邊走邊說。」

「去哪？」

「去調查犯罪現場。」

「別忘了我啊，不是說好出門的時候叫著我一起嗎。」

一陣遊刃有餘的腳步聲，從身後疊韻而至，循聲側目，來的人竟是低士馬。

「他派你們兩個去？」梁繼軍意外的問。

「對。」低士馬帶著一抹笑容，底氣十足的一口咬定。

19.

康澮毫不客氣的直勾勾的盯著的低士馬，低只裝沒看見，繼續道：「他是偵探湯都郡的侄子，我以前在私企的調查部門幹過，就讓我們去操辦了。」

梁繼軍快速的但不太相信的點點頭：「他怎麼沒跟我說……只說了讓我去找湯有爲——」

「湯有爲是隊長，我不過是個副手，傳達命令的時候沒說那麼仔細而已，不信你去問鞠書記。」

低士馬語氣之輕快，言語之暢爽，和之前沉悶陰鬱的他，判若兩人。

梁繼軍若有所思的遠遠望了辦公區的方向一眼，幽幽道：「算了……就算是你在撒謊，估計多你一個也無所謂，你們兩個幹什麼我都會好好看著的。」他說著啪的一聲解開掛在腰帶上的對講機套的金屬扣，向兩人展示對講機那長長的天線「我已經給了鞠書記一臺對講機，我會隨時報告，你們千萬別妄想對我不利，我要是出事了，你們都得遭殃。」

行行，我們依著你就是了，低士馬粲然笑著，做了個推手的動作。

康澮瞄了眼居心叵測的低士馬，心下稍一揣度，想道，無論低士馬在打什麼鬼算盤，都意味著他將要在康澮身旁展開行動，當那一刻到來時，康澮輒會有相當之概率逮到他的狐狸尾巴。

——危機與機遇並存，帶著他也算一次合理的賭注。

再考慮到天很快就要黑了，他本能的不想在夜幕降臨後還遊蕩在大宅外，不想再繼續耽擱寶貴的時間了，順勢點了頭，認同了低士馬的說辭。

這麼說定了，三人來到門口，找到守門的馬賀，說明情況，知會他三人需要離開一會兒。

馬賀聽罷，來了爲人師表的勁兒，拿著架子，仿若他才是定奪大事兒的領導似的，一本正經的叮嚀了一番才放梁繼軍三人出了門。其後不忘拿出本子，記上了一筆：「14點27分，低士馬、湯有爲、梁繼軍，外出。」

外面雨已然完全停了，太陽從厚厚的雲層後嶄露頭角。走在兩邊蔥郁草木投下的陰翳中，三人腳踩在濕答答的地上，激起吧唧吧唧的水聲。

「正好你跟我們一起，我本來也要想找你聊聊，有些問題要問你。」康澹直視著前方，目不轉睛的說。

「我麼？聊什麼？」

「和袁一杉走的最近的就是你，他死之前的時間裡，都幹了什麼，在哪裡，你知道多少？」

梁繼軍本就沒什麼熱情的臉，霎地愈發冷卻了，似乎他都忘記了死者是袁一杉這個事實，臉色變白又轉青，語調恍然陰暗下來：「他……我……不瞞你說，他死之前我見過他。」

他頓了頓，繼續道：「最後一次見他是在……13點15左右吧，大概在我們發現纜車沒了之後——這不上午發現了宋叔的藏寶庫嘛，我都不知道還有這麼個地方，我一開始沒反應過來，後來一想我這沒準也算是闖禍了。我就想，都已經發現了不該發現的了，也不能挽回了，至少不能再讓人隨便過去添亂了，就在那邊設個路障，命令袁一杉去守崗，要有誰想越界，就攔住他。這你都知道，我設卡的時候你都看見了。」

說著他一揚下巴示意前方，交通錐錐尖在林木後隱約可見。康澹點了點頭，嗯了一聲，梁繼軍又接著說。

「我們開飯前他就去了，一直在那邊，再聽說他的情況，就是你和董慧君起衝突之後了。」

「你在宴席期間出去過吧。」

梁繼軍眼神閃躲的眨了兩下：「啊，確實。」

「去過什麼地方。」

「呃……這個……」稍一躑躅，帶著拿捏不定的語氣「去過保安舍」

他突然尷尬的一笑，打哈哈道：「我去那就是辦點私事兒，可沒去過傭人舍，沒碰過袁一衫，你可別懷疑我啊——」

康澹冰冷道：「你把事實全盤托出，自然就不懷疑了。」

梁繼軍露出備受冒犯卻又不好顯山露水的窘迫表情，像是在吃苦東西，咬肌起而目光飄忽面色漲紅。他消化了兩三秒，先咽一下口水，又迅速的乾咳一聲，道：「眞的，宋叔不是不在家嗎，不少工作需要我幫忙操持，那些個重要的貨單都在保安舍裡放著。」

「爲什麼不放在大宅裡？」

「因爲運送貨物也是需要保安們經手的嘛，單子都是最先到保安的手裡。」

「你們別墅的私人保安還要接手貨物？」

「對……像寶石之類的，都是送上來存放著，只有最尊貴的客人才允許上山來挑選購買。」

「但你之前明明說是首次得知寶石庫的存在。」

「我……我確實是第一次實際看到，以前只是聽說，展出售賣的時候和貯藏也不只一個地方嘛——他們那些個保安其實比我知道的多，參與度也比我高……我還遠不是核心圈的人。」

說著三人已經走到那排錐形桶前面，三人或跨或繞，越過那排交通錐。

「你說沒去過傭人舍？」

「沒。」

「你什麼時間去和回的，期間袁一衫是什麼狀態？」

「應該是13點40到的保安舍，進去拿了單子我就走了，之後也沒急事了，慢悠悠的從主道北側的觀景臺散步回來的，差不多13點55左右重回大宅，我回屋不久你就出來了。」

「對於董慧君的動向你瞭解嗎？」

「不瞭解，他一直和袁一衫走得比較近。」

三人已經到了傭人舍門前，梁繼軍突然加快步伐，想要第一個走上前去開門，在走到和康澮並肩位置瞬間卻猶豫了，他盯著半掩的房門，嘟囔道：「屋子不一樣了……飄著一股血腥味。」

此言不虛，屍體的生肉味和血液的鐵元素味，在門外就聞到了。

「單子能給我看看麼？」

康澮如此一問，梁繼軍恍然回過神來，說：「啊，就在我兜裡。」

梁繼軍拿出一張矢車菊藍的複寫紙，上面記了一系列常見物品的條目——罩衣、毛絨鞋、兒童餐具、髮夾、布偶、濕巾等等，物品列表長的驚人，足有四五十項。在這清單前面的每項都是同樣的筆跡，字碼大小相同，規整成列如表格，最後一條卻用了更大更潦草的字跡，可以看出來最末一項系後添。清單末尾寫的是，衛生巾。

「你剛才不是說這是寶石的送貨單嗎？」

「代號啊代號，直接寫不安全，這都是些置換詞，我記得、呃……罩衣指的應該是瑪瑙，髮夾指貓眼石，最後一條是鴿血紅寶石，以此類推，大概都是這樣子。」

康澮皺皺眉，把單子折好收進自己的口袋，梁繼軍看著自己的貨單被拿走，並沒有說什麼。康澮和低士馬先後跨進門，梁繼軍忽然倒吸一口冷氣，詫絕不已：「臥槽，我從來沒想過他會變成這副樣子……」

屍體仍躺在那兒，脖子與臉上的三個血窟窿，仍然那麼搶眼。看到屍體的這副模樣，不難理解梁繼軍為何會有如此反應。

「嚯……這傷口……怎麼弄出來的……」

來現場就是為什麼為了搞明白這種問題，康澮道。

在屍體前單膝跪下，康欲延續上一次進入現場時，被突發事件打斷了的調查——捏著浴簾一角，掀開來。用兩指指背貼在屍體手臂外露的皮膚上，皮膚回彈正常，未出現屍斑，仍能感受到絲微的餘溫，死亡時間和首次目擊到屍體的時間相差不大，確切死亡時間應該在康澮見到屍體前的一小時以內。

忽然，康澮的視線在順著屍體的手臂向上看的時候，在左肩膀附近看到了什麼，集聚注意力看過去，發現是一個燒焦的孔洞。他猛地想到什麼，立刻傾斜上身，去看屍體的側面，隨即在位於屍體後腰的位置，找到了另一個一模一樣的焦洞，焦洞口徑小而且中間有少量外翻的皮肉——這是電擊槍造成的，有人電擊被害者後拔掉了電鏢。

窒息感——

肺部突然被阻塞，呼吸無法順暢的進行——

擁有電擊槍的人，首先想到的，當然是任務小隊的其他三名成員。

他下意識的把左手放在腰間，隔著厚厚的大衣去抓握自己所攜帶的那把電擊槍的槍身

——首當其衝，最讓康澮懷疑的，當然是程雨辰。

——還有他的那條意義不明的訊息……

程雨辰知道些什麼？他又做了什麼？

難道程是兇手？可他在案發前夕沒有離過席，直到發現屍體，程雨辰也在大宅中，到底……

康澮站起身飛速掠視左右，未能發現作爲兇器的電擊槍，看來需要擴大搜索範圍，康澮決定還是先集中注意力在屍體上。

他環屍體向右挪動了兩步，腳底下印出兩個月牙形的血跡——嘖，康澮一砸嘴，踩到血了。

「哦呀？是被電倒後殺死的？那倒解釋了爲何屋內這麼規整，沒有打鬥痕跡，死前的爭鬥並不激烈。」一低

士馬湊過來，沒有表情，眼神淡定的說。

「遭到電擊，從失去了抵抗能力的瞬間算起，約有30秒完全無法行動，肌肉緊繃，呈立木狀」低士馬接著說道「從目前肢體高度蜷曲的程度來看，要麼兇手殺人的時候使用的不是刀子一類立即見效的殺人方式，再要麼……就是遭受電擊的時候，被害人是坐姿。」

康澹下意識的看了眼低士馬，猶豫片刻，發現自己一點能補充的也沒有了，同意道：「確實如此。」

俯瞰的視角望下去，康澹發現袁一衫的腦後還有磕碰傷，右手的中指指甲有一片破損，領口附近的外套上竄，衣服肩角高架，領子幾欲頂到喉嚨，說明被害人當時有抬手的防衛性動作。後腦上被血沾紅，但明顯要比正面血跡的風乾程度更高，說明發生的更早，應該不是致命傷。

康澹想了想，轉向梁繼軍問：「你們這兒的保安，難不會佩戴泰瑟槍之類的東西吧？」

「沒有的，宋叔那統一配給的就是真槍配合非致命彈藥。不過這些保安，喜好各類防暴的小玩意，有人自己買來用也說不準吶——不一定是袁一衫的，我們這保安有兩個人，另一個休假了。」

點點頭，康澹接著說道：「找找兇器吧。」

康面前是緊挨著屍體的餐桌，桌左側放著個茶杯和一盤簡易午餐，就在緊挨著餐桌附近的廚臺上，還有一張陶瓷盤子和一瓶藍莓醬，盤子上盛著抹有果醬、夾著燻腸的麵包片，咬了一口沒有吃完。桌面中央擺著拆解開的手槍，以及一把十字弩，一塊兒粗面抹布搭在弩上，他死之前還在這裡保養武器。

整個屋子內的地面很髒，桌下也好，屍體所在的位置也好，積滿了往日來回走動留下的細碎黑色泥灰，滿是已經凝固了的印漬，接近門口的位置各類瘢痕印記則仍是濕的，有塗抹狀的泥水。地上腳印大都難以分辨，其中兩串比較清楚的，一串是中挖空，外緣深U形，上下面橫紋樣的鞋印，和袁一衫屍體當下所穿鞋上的相同，一串是整面的小格紋穿插三個大X形花紋的鞋印，和拖曳董慧君時康澮在其腳底看到的紋絡相契。

餐桌在屍體以北，距離大概二三十公分，西臨廚房櫥櫃八九釐米。餐桌桌面擺的東西雖多，但很乾淨，沒沾上任何污漬，桌腿也一樣。廚房灶臺上的牆上，有一刀具掛架，掛著一套廚刀，由小到大依次排放，少了最小的那把。看向廚房垃圾桶，立刻看到了一些不正常的，赤紅之物。

——在兇殺現場看到赤色，如何能不留神。

他蹲下來，掏出那紅色的東西，一看，是沾著血的衛生紙，被浸透的面積極大，都是鮮豔的紅色。血乾了不久，時間肯定不會超過一個小時。衛生紙下面都是食物垃圾和零食包裝袋，一晃動垃圾桶，一隻蒼蠅從底下飛出來，滑落的垃圾下，出現一個老舊的抹布。拎起來，能看見那抹布上沾滿了新鮮的泥土和草葉碎末。

「恩？」

疑惑的聲音從衛生間內傳出，康澮無需移位就能瞅見衛生間內部的全貌，只見梁繼軍背對著盥洗池，以四指併攏的姿勢將一個彈簧攢在手裡。他背後的洗漱鏡被打開了，鏡子後面的空間裡儲備了一些牙刷牙膏香皂備用手巾之類的洗漱用具，它們前頭，有一把精緻的信紙刀與之平行放置。

梁繼軍不經意一抬頭，看見康澮，忙說：「好奇怪啊，不知道爲什麼……有個彈簧和一把刀放在鏡櫃裡。」

扔回抹布，康澹起身走上前，察看一番，發現這是一條很長的彈簧，彈簧絲粗，有效圈數多而密集，一看就是某種重要零件。

「這不是普通的彈簧哦，是槍裡面的複進簧。」

低士馬只瞄了一眼，立刻說道，他臉上仍帶著微笑，那笑容穩固的像是面具一樣，許久不變，而且似乎以後也不會消失。

「怎麼看出來的？」

「經驗，這種粗細和長度的彈簧，正是M1911採用的規格。」

康澹雙眼一眨，把夾在腰帶上的手槍拔出來，問：「難不成就是這把？」

一把接過去，他只是拿起槍，就輕笑了一聲，道了聲果然，隨之麻利的抽出彈匣，一扭槍口前鐵片，把槍一傾，金屬頂頭就從裡面坐滑梯一樣溜了出來，嗆鎯一聲掉在洗手池裡。他扳下擊槌，單手按住一側，手法嫻熟的從另一側抽出掛機柄，掌握槍管套再向前一滑，罩在槍座上的東西也拆下來，槍管內轉眼間一覽無遺。

「看到嗎，這裡少了根彈簧。」

「沒有複進簧會怎樣？」梁繼軍好奇的問。

「鑒於複進簧塡彈的功能……」低士馬眼珠一轉「這槍應該會變得開一次槍就卡住，因爲槍身不復位，不能馬上擊發第二槍，變成一把一次性的『燧發槍』。」

「唔嗯……」康澹思索頃刻「啊，就是說槍管在開火瞬間會後退，複進簧負責再次推栓，爲下一次擊發做準備是吧。」

「恩，是這麼個原理。」

「那不是可以手動推栓嗎。」

「可以啊，但是使用者仍會大感意外，在打出第一槍的瞬間呆住吧，畢竟使用的時候本以爲是把自動手槍。」

「原來如此……」

問題是誰拆掉了槍內的複進簧呢……？目的又是什麼？

這間屋子裡到底發生過什麼？

放任被拆解成零件的槍躺在洗手臺上，康澹略費心神左右環顧衛生間，在這個沒什麼遮掩的狹窄空間內，只一掃，立刻搜索到幾點線索——洗手池的下水槽水口有淡到幾乎看不到的幾縷緋赤，也就一兩毫米，淡的馬上要消失掉。馬桶邊的垃圾桶裡，只有兩團衛生紙，衛生紙上面什麼也沒有，全然只是被水濕濕後揉成的團。

有人在這裡洗過什麼沾血的東西，然後用衛生紙擦乾淨了上面的水。

無需多想，康澹當卽騰挪兩步，側身伸手越過梁繼軍的肩膀，從他身後的鏡櫃內拿出那柄信紙刀。

——那信刀全長二十公分上下，刀刃飽滿，線條流暢，把手的末端有細碎雕花，凌亂中隱含著規律，彰顯出一股自然美。握把和刀刃基本爲一比一等長，握把中間鐫刻一行英文，Noblesse Oblige。

「這是……這是之前宋叔送給我的，怎麼會跑到這裡來……」

梁繼軍迅速且不安的瞄了眼康澹的表情：「我有幾個月沒找到它了，還以為丟了，我朋友還和我說保不齊是讓家裡哪個傭人偷了……今天不來都不敢信——」

康澹看了看，翻個面，再次仔細的瞧了瞧，突然毫無徵兆的開口道：「這是破壞屍體眼部的兇器。」

「哈啊？」

梁繼軍一怔，不太確信的轉了一下眼睛，問：「這……不一定吧，是不是有點武斷？」

「這個信紙刀是雙面開刃，刃寬3釐米，厚0.5釐米，和屍體眼部刀口的大小完全一致。」

康澹觀摩了那信紙刀一番，返回廚房，打開櫃子，從碗筷架上摸來一跟筷子，將筷子頂在刀柄的釘孔上，豎在臺上。攥緊刀柄末端，對準握把莖啪的一砸，梆的一聲一支目釘從握把上冒出半截，再一砸，目釘彈射，飛落在地上。組成握把的左右兩片包夾刀條的鐵片滑落，依靠僅剩的另一枚目釘連在上面，鐵片滑落露出未開刃的那部分金屬上，是指甲片大的，淺淺的渾濁血跡。

「刀子結構固然緊湊，但未必能緊湊到阻止液體滲入，刀柄內的血，就是它涉案最好的證據——恭喜啊梁子，你發現了其中一把作案工具。」

「啊……哦……」

「哎，你們快過來，我又有新發現了。」

低士馬的聲音忽地臥室區傳出來，康澹帶著疑惑看過去，瞧見他正注視著臥室第二張床挨著的那面牆，那牆被洗手間突出的陽角遮擋，隱藏在逆光的陰暗區。

「德古熱之殤是什麼意思？」低士馬面對著那暗區，不對特定人的問道。

「恩？你說什麼？」

康瀹奇怪的問，低士馬說的頭五個字他一個也沒聽懂。光靠發音判斷，聽起來就像五個毫無關聯的字拼到了一起。

「啊，在這邊的牆上。」低士馬答道。

拿出手機對染血的信紙刀柄拍了張照，康瀹把刀重新裝好，放在桌上，轉身朝臥室走去。梁繼軍滿臉心思、猶豫不決的又盯著那刀看了兩眼，躑躅須臾還是舉步向南，前往兩人所在。

進到臥室區，康瀹才第一次發現，原來深處西面的那堵牆上，有用血紅寫下的兩行字——

德古熱之殤Sorrow of Female

這些猩紅的字跡之前沒有，梁繼軍面無表情的盯著這些新冒出來的東西，囁嚅道。

「這是什麼意思？」康瀹歪起頭問。

「不知道。」

「我也不知道。」低士馬如此說完，頓了頓，緊接著又說道「下面那行英文倒是很簡單，中學級別的英語，漢意是女性之悲傷。」

「德古熱和一般女性四個字是同義詞？」

「管他是什麼，和殺人有啥關係啊？」

「等一下我看看我的離線詞典裡能不能找到這個詞……啊，有的——」

康澹對著自己的手機螢幕讀起來，一會兒，眼珠仍盯著手機說道：「這個人……這個德古熱是個人名，一位法國女性。這詞怪不得這麼奇怪，是機械音譯自法語名的中文詞。呃……這個德古熱……全名奧蘭普 ·德古熱，是一位十八世紀的女權先驅，曾於法國大革命時期仿《人權宣言》寫了《女權宣言》，攻擊當時政府，而被送上了斷頭臺……唔……大革命結束於一七九四年，德古熱則是歿於一七九三年。」

「喔，那我就明白了」梁繼軍頗感沒勁移開視線道「不管寫這些的傢伙是誰，他是把德古熱當女性代表，嗨呀，我還當是怎麼一回事。」

低士馬背靠著牆，從口袋中掏出一件小塑膠瓶，倒出白花花的藥片，接著頭往後一仰，後腦勺搭在牆面上，同時他鞋跟一抬，點在牆上，發出清脆的一聲響，一口氣將五六片乾咽了下去。康澹瞥了眼低士馬拿的藥瓶，是阿莫西林。

吃完，他深呼吸一口，吸進滿鼻子的潮濕水汽味和血味道：「解釋了不少，其實什麼也沒解釋，袁一衫的死跟女權能有什麼關係。」

「呿」梁繼軍對著牆白了一眼「誰知道作案的人腦殼裡裝的都是什麼瘋念想。」

康澹走近那寫著紅字的牆壁，字跡流暢而工整，說明寫的時刻情緒穩定，寫字的工具便用。視線下移，在牆下發現了兩個物品，一個是紅色油性筆，拾起來，拿下筆帽聞了聞，牆上的字和油性筆發出同樣的化學製品的味道。另一個是一角染紅，未封口的信封，信封上用秀麗的手寫體寫著「致宋總經理」。同樣聞了一下，信封上的紅色，散發則的是血的味道——

平靜的看著那小片血色，康澹從信封內扯出一張同樣被血浸染過的信紙，信紙條格之間，書有和信封上一樣字體的漂亮鋼筆字，每個字之間都有穩定的空隙，整齊無瑕到像印刷體。

梁繼軍站到近得呼吸都吹到了康澹耳後的距離，越肩看康澹手裡的東西。看著，梁繼軍和康澹的臉上都流露出了困惑的神情。

「這又是什麼？——我的天我就跟進了平行世界似的，屋子裡全是我沒見過的東西，我今天早上才來過！」

「你們看到什麼了，都這副樣子了？」

「這……還眞不太好形容，你自己看吧。」康澹精明的眼睛渾濁起來，進了砂子一樣頻頻眨動。

低士馬走近，從康澹手裡接過信紙，短短的幾行字，不過幾秒便讀完，紙上寫著——

「追隨Opal.E.Sanches的步伐，

其乃彰顯眞實的關鍵，

她會在21年11月14日15時，

爲迷茫之子指引方向，

向著深淵前行，

勇敢墮入其中，

浮沉交替變幻，
眞相終將揭曉。」

低士馬並未察覺到，在一行行讀下去的不知不覺中，那疑惑，也爬上了他的臉上。

梁繼軍五官一齊扭起來，迷惑不解道：「這啥，謎語嗎？喊，小孩子似的。」

「你們有人看懂講了些什麼嗎。」低士馬咯咯笑了兩聲，問

梁繼軍白眼一翻：「呵，這兇手還挺有情調，殺完人還不忘整個謎語出來——誰知道他講的什麼。」

翻動那頁信紙，書頁除了被標記的字以外，還用同樣紅色的筆跡寫著：

「時間已至，Opal在善惡樹下守候。」

字的色澤太純了，不是血在紙頁上呈現的那種渾濁且深淺不一的朱紅。貼近了聞一聞，還有股微弱的樹脂味，和牆上的字一樣是紅油墨。

「Opal是誰？」低士馬語氣不甚關心的問，早些時間廉月所呈現的墓碑照片，登時浮現在康澮腦中。

「呿，不知道也不想知道。」梁繼軍抱起雙臂。

——Opal.E.Sanches，寶石倉庫下面的地下空洞內，墓碑上所鐫刻的名字，與信中謎語上的，完全一致。

爲什麼會出現在這種地方？

他抑制住險要變得粗重的呼吸，努力避免在兩人面前露出情緒波動的跡象，迅速拍下照片，快速轉身直面

梁繼軍道：「信紙上面寫的宋陽君收，你知道些什麼嗎？」

梁繼軍先搖搖頭，說無可奉告，但緊跟著忽地撓撓頭，眼睛一眨：「啊，說來，外面郵遞進來的信、快遞之類的，都是山下纜車站代收，經常是袁一衫統一幫我們帶上山來，這封估計是最近一陣子收到的吧。」

康澹意味模糊的頷首，轉動手腕前後端量手裡的信紙，這是一張嫩葉綠的橫格信紙，紙上沒有商標，看不出生產商，也沒有什麼特殊標識，從紙張本身似乎找不到什麼線索。

「怎麼問這個，你想到什麼了嗎。」低士馬問。

「就是覺得歐泊可能和宋陽君以及案件有關係而已，沒什麼。」

低士馬打量康澹少頃，決定放過這個話題，問：「接下來怎麼辦，你看我們還需要調查調查哪裡？」

康澹轉動腦筋，想了想，說兇器仍未確定，除了致死的刀刃，至少還應該找到電擊倒死者的泰瑟槍，還有應該存在而未被發現的線索，說完，便走到床頭櫃前，拉開抽屜，試圖找到一些有用的證據。梁繼軍見狀，也有樣學樣的，在周圍隨機的翻翻這翻翻那，低士馬則去翻看廚櫃、冰箱，最後停在廚臺附近，擺弄放在上面的一臺對講機。

床頭櫃的抽屜裡找到了幾張收據，一盒針線套組，一瓶漱口水，一個嶄新的半字未寫的香檳色外皮筆記本。床頭櫃上放著一個手機托架，一臺座機電話，話筒虛搭在掛機鍵上。康澹拿起話筒，重按下掛機鍵，撥了個號碼，盲音，又改撥110，還是盲音。

一無所獲。

挺直腰身，瞻顧整個傭人舍，康澹思索還漏掉了哪裡，需要再勘採下哪裡，隨卽發現，傭人舍朝南，也就是臥室的窗戶下，有殘留的淺色水滴狀印跡。

來到窗前，打開窗戶，能在窗戶下的外牆上，看到多到不自然的泥點，再往外，蒙茸的草叢悉數被踩趴下了，印在上頭的腳印就像母模型腔一樣分明。

——看來這裡就是李本財進屋現場的通道了。

他應該是由外側行至窗前，打開窗，攀上來，在窗欄上脫下鞋，進入現場後並作案。

依照慣例，康澹拿出手機拍下腳印的照片，順帶看了眼剩餘電量，還有百分之四十一，差不多該充電了。

轉頭看向窗外那深邃的山溝，他自然的想到一個不容忽視的可能——信紙刀以外的兇器，恐怕早被仍下山，無處可尋了。

——如此天然且唾手可及的兇器處理機，怎能不利用起來。

梁繼軍煩躁的哼唧了一聲，咂咂嘴：「什麼也沒找到啊，我們這一趟收獲挺可觀了，我看寶貝差不多淘乾淨了，咱們走吧。」

「再等等……」康澹眼睛看著窗戶右方放置的衣櫃，說道。

——這就是整個屋子最後的未被探查的角落了。

打開窗戶旁邊的衣櫃，裡面掛滿了衣服，櫃底放著三四雙登山鞋，兩雙便鞋，一個仿布紋行李箱。櫃上的儲物空間中，整齊疊放著幾個備用的浴巾和毛巾，還有一個折疊整齊的備用浴簾。所有的衣服鞋子以及行李箱都很乾淨，最近沒被穿過，沒有被雨水打濕過，清爽乾燥。稍作思忖，康澹先打開了行李箱，裡面工整放著幾件折疊整齊的夏衣，箱內襯上縫著一個名簽，所屬人袁一衫，行李箱內並沒有血跡或是兇器。

「翻夠了嗎？」

低士馬仍然溫和的笑著，像看管小孩的大哥哥一樣，微笑著說道。康澹看看已經感到無聊的兩人，又看了看空氣凝滯的屋子：「走吧，下一個地點。」

「要出去嗎，別急啊，天又陰了，外面在吹風，你們冷不冷？」

低士馬或許是掛那面癱式的笑容也掛累了，收了嘴角，表情平靜的，沒來由的突然問道，康澹和梁繼軍都奇怪的看向他，好像在看一個突然上前搭訕的陌生人。

「那邊就有件皮衣，你不如穿上防風。」低士馬又對著梁繼軍說道。

梁先直視低士馬，忽然脖頸肌肉不動的眼珠一轉，欲蓋彌彰地飛速瞥了屍體一眼，瞳孔突然放大，鼻孔一抽氣，嘀咕道：「別說，我剛才就覺得腳心一直涼颼颼的……」

小幅扭動脖子，梁繼軍看到衣櫃內掛著的皮衣，他嘿嘿的尷尬的笑了一聲，面朝者康澹，螃蟹一樣側方位挪了一步，到得衣櫃前，保持著這詭異的站位和姿勢不變，伸手從衣架上摘下一件皮衣夾克，並立刻往身上套。邊穿邊打了個哆嗦，嘶啦一聲拉上了拉鍊，完了不忘說上一句，下雨天就是冷啊……

康澹瞇起眼，很確定自己看了一出臨時起意的表演，梁繼軍像木偶一樣接受了來自低士馬提線的撥挑扭擒。一剎那的猶豫，康澹決定且充個傻子，權當不知，暫時按下，遂說了句快走吧，領頭推開房門，向外面走去。

20.

一刻鐘前，別墅主宅內。

祁鳳好像被嚴重的冒犯了，她用刻薄的眼光，死死的盯著某處——她目光的落點，是拖著一身濕答答的衣服，仍陰鬱的坐地面上的董慧君。

他一聲不響的坐著，紋絲不動形同木雕，渾身感覺不到一點生氣。董慧君的褲管口像年久失修擰不緊的水龍頭，忽然掉下一滴水珠，隨著時間推移，水漸漸的聚集在尖處，接著，又是一滴。

只見董目光呆滯的望著下方，手倏然像是脫離了控制一樣，在後臂固定不動的情況下，前臂變成一條有自我意識的長蟲，自己動起來，緩緩的，爬到在大腿上，接著指尖一瞬的痙攣，開始用指肚在大腿上擦拭。一遍接著一遍，一次又是一次的擦拭什麼也沒有的褲子。速度慢如龜，卻全然沒有停下來的意思，如同上演了一場詭譎的單人默劇。

祁鳳的目光中帶著困惑和厭惡，突然，她不抬屁股往遠離董慧君的方向挪了挪椅子，拽得皮椅椅腳摩擦出尖厲的吱聲。

莫依然也看到董慧君的詭異行徑，前往衛生間，拿來一條毛巾，把毛巾往董慧君不住擦拭的手下塞過去。

董慧君的那只手，忽然又變成一匹病懨懨的老狼，吃力費勁的張開口，緩慢的咬住了那毛巾，拖著毛巾上下劃動，漸漸地從手的附帶品，轉變成手的一部分。毛巾隨著手腕運動的韻律來回擦拭，發出節奏遲緩的沙沙聲，好像老工匠在踐行一個歷史悠久的工藝，不肯放棄，沒有盡頭。

風雨瀟瀟，天日隱隱。暖陽在短暫的露面後，重新隱匿於烏雲，淅瀝的綿綿細雨再次下起。自然的變化在眾人眼中如若無物，幾乎每個人都低著頭，活在新世代的精神圍牆中。資訊革命縮短了地理的隔閡，卻拉遠了人心的距離。這精神圍牆是每個人自己搭建起來的，用心靈之壁將他人隔在外面。人們雖然面對面的看著對方，心思卻永遠在惦記那一小塊半導體，惦念著那些沒有意義的娛樂，只有談資作用的逸聞，和永遠不可能結識的偶像。

雨聲風聲不入耳，唯睹電屏激精神。

莫依然看著滿屋子沒網都能鑽進手機裡拔不出來的傢伙們，心下反感。

距離康澮三人出門已有十多分鐘，鞠晉宇幾乎是看到三人出門，就立刻把所有人召集起來，聒噪不舍的又大肆宣揚了一番已經派人出發前去調查的功績，好像這三個人是天降的正義使者，而他自己便是使者們侍候的天神。莫依然在鞠晉宇的宣傳過後沒什麼事幹，溜達一圈看到董慧君，於心不忍，但憂心拉他起來又會弄得他亂叫不止，徒出洋相，給了條毛巾便走掉了。他返回餐廳區，在王睿崎附近落座。

——圍城的人們開始形成各種小聚落，人們選擇和自己熟悉、喜歡或利害一致的他人待在一起，這些小圈子、小群體，占據一小片地方，分散在一樓各處。除去站崗的馬賀與趙越創，包括紀豔榮、丁永茂和祁鳳在內的環人保一衆，皆簇擁在北側的公共收納區，鞠晉宇、陳珂兩人孤傲的守在西北方位的辦公區，金井組的程雨辰和廉月，集聚於一樓東南角，分坐在李定坤所躺沙發旁。除了這些自然融合在一起的，額外總有那麼一兩個或是歸屬不入任何小團體，或是慢那麼一拍，搞不清狀況的人——就比如說李本財。

解散後，李本財轉身便直愣愣往南邊走去，在面朝窗外的陽椅上坐下，像個享受閒暇的成功人士，沐浴在灰暗天光中，欣賞著無盡的蒼灰穹頂。未幾，李本財霍然發現環人保一夥都齊聚一起，只有他不在，他一瞧見，想也沒想便站起來，若無其事的想返回同事身邊，也向北邊走去。

環人保是唯一一群正在交談的人，但都不是特別放開，聊天的聲音喊喊喳喳的，像是農村屋外不停流動的溪水聲。

然而，李本財的出現，立刻打斷了這一切——才到眾人前，李本財驚異的發現王淑萍在看到他的瞬間息聲，突然站起來，故意後退了幾步，在場的四個人亦霎時間全都不說話了。

祁鳳和丁永茂同時看向坐在門口一帶的馬賀，李本財看了看退後的王淑萍，一呆，也看向馬賀。見到這一幕的馬賀，似乎很頭疼的低著頭用拇指抹了一下眉間印堂穴，壓著聲音清了下嗓子，站起身快步走過來：「唷，回來啦，小李子。」

李本財沒答話，耿耿於懷的把目光對準警惕的王淑萍：「瞧你那個樣子，我還能吃了你嗎？」

王淑萍唇片緊抿，白了他一眼，氣鼓鼓的沒有答話，馬賀的聲音倒從身後傳來：「身體怎麼樣，沒傷著吧？」

李把目光抽回來，轉向馬賀，按捺著不快道：「能有什麼事兒啊，我好得很呢。」

「那就好、那就好。」馬賀乾笑兩聲，陪著笑臉繼而又道「也別站著了，快休息下吧，這一天這麼累人。」

李本財倒想往前邁步，但連動都不用動，便感到一股阻力，一種攔阻的氣氛和意志，形成一堵無形之牆。馬賀舔了下牙床，手搭在李本財後背上，推著李朝遠離公共收納區的方向走。手雖搭著，但只浮貼在李本財後背的衣服上，沒有搭瓷實，掌心僅碰到布片沒碰到脊背肉。

「我知道你心裡不痛快，但現在人心惶惶，你又身懷嫌疑……」

「你們覺得我殺的人？哎我——我就是進了有屍體的屋子，我又沒——！」

「沒有、哪能啊，關鍵你不是有嫌疑嘛，是吧」馬賀臉上堆著粲然的笑容「我們不在意，別人也在意啊，你說你跟咱們單位的人混一起，別人怎麼看，咱們的工作也不好做啊——你委屈委屈，暫時一個人待一會，好不好。我們正準備想辦法配合鞠晉宇平定局勢呢，好歹也是咱們環人保支的場子，咱們得維護下去啊。現在真沒時間處理你的那些……困擾。」

「咱們都認識多久了，我連這點信譽——」

「那不好說吧……信譽這個東西……不是光靠時間就能積累的啊……」馬賀意味深長的看著他

「這話我本來不想說出口的，你平常有沒有忙什麼副業我們也不知道，不過……你有沒有惹上什麼人什麼事兒……大家可多多少少都聽說了些……前些天找上咱們辦公樓要債的人，是來找你的吧？」

「我！我都跟你們說過了是那些人不講理！他們擅自更改利率——」李本財臉綠了，語氣衝起來，但還沒說個一二，再一回被馬賀打斷。

「我相信你，我相信你，關鍵是，別人不一定啊。那些事你都不用說了，山下的事，咱們山下再說。我要表達的重點是，這些不都讓人懷疑你嗎？我們內部人尚且不敢盡信你，何況是他們呢……？」

馬賀用眼角瞥了瞥南面，不知道具體在指哪夥他們。

「所以嘛，咱們保持距離，別互相忙幫不上還彼此拖累牽連了——這也是爲了你好，可別一錯再錯下去，到時可眞就積重難返啦。」

李本財見馬賀發難，想要抗議，但隨卽意識到自己現在的處境，沒有反抗的資本。李本財頭一甩，臂膀一扭，打掉馬賀的手，用鼻子哼了一聲，道了句不用再說了，轉身憤懣的走開。馬賀凝視著李本財，確定李本財一路怏怏返回了最南邊後，才蠕動了一下乾而發黏的舌頭和喉嚨，轉身最後用餘光斜睇了李本財的背影一眼，回入口處看門的崗位上去了。

東邊不遠，程雨辰從椅子上起身，沒和廉月多說什麼，來到辦公區，直奔鞠晉宇而去。他小聲的向鞠晉宇請示，表示自己需要上趟樓。

鞠不悅的斥道：「你們這些人不限行時候不出去，一搞封禁了全都往外跑。」

程雨辰笑了一下，貼近了，弓著腰，和聲和氣的說了些什麼，鞠晉宇大驚，接著眼珠麻利的一轉，急切道：「當眞？」

「絕無虛言。」

陳珂懶惰的瞄了程雨辰一眼便緩緩收回目光，繼續翻看手機，似乎全然不感興趣。

「就上趟樓，不走遠，出不了這玻璃塔。」程雨辰補充道。

鞠晉宇面色愼重地考量了一番，重重的點點頭：「去把，快去快回。」

「得了。」

舉步到達入口附近，能看到懶洋洋的馬賀和走神的趙越創分別的坐在門前與樓梯前。馬賀一見程雨辰，當即表現出毫無遮攔的不滿。不僅因爲人們頻繁離開，也因爲程雨辰跨級請示。好說歹說，程使盡社交解數，連溜須帶講理，馬賀總算放了他出去，拿出本子記上一筆，「14點59分，程雨辰，上樓。」

謝過馬賀，程雨辰踏上樓梯，步向大宅上層，直取四樓。不出片刻，度假村風格的裝修映入程雨辰的眼簾。程雨辰本次不是爲了別的，就是爲了調查頂層天花板間的隔層。

早在初至四樓安置遮罩器的時候，他就察覺到這個建築的頂端有相當大的空間，如果哪裡會藏其他人的遮罩器，這裡會是相當理想的設置位置。

程雨辰拖過來一條主體框架由欅木製作，全身抛光並噴塗了一層保護用清漆的藤椅，椅子就和別墅裡所有的物品一樣，渾身透著一股高級品特有的氣質，最棒的是，不易留下腳印。

他踩到上面時，就和上次一樣，只能勉強夠到牆頂邊緣。於是，不得已，程雨辰又像上次一樣拖來另外一張桌子，搭成個塔。高度夠了，卻也晃悠的厲害。

他踩著椅塔，先把手臂卡在牆上緣，隨後往上撐，卯足力氣把大腿跨上來，好不容易才顫顫悠悠地爬上去，鑽進了牆和頂之間的狹小三角空間中，並勉強蹲起身。

環顧一圈，看到自己放置的那臺小遮罩器，仍安然放在原位，不禁多看了兩眼，隨後，程雨辰望向中央的那塊屹然的巨大水泥圓錐——那裡面有燈，說明至少有一定空間，能夠隱藏些什麼在其中。程雨辰如此想著，在狹窄逼仄的空間裡像個侏儒一樣吃力踩著碎步挪動。轉了小半圈，果然看到一個方形的半平米大暗門，門的右上角是圓形的鑰匙孔。

還好不是電子鎖，程雨辰暗自慶幸。

掏出鐵絲，抻直了身體和手臂，小心翼翼的將鐵絲送進鎖孔。那暗門距離他六七十公分的距離，這個空間大小，他沒法站起來，但蹲著又碰不著，只有這樣竭力伸長上半身，搞得下肢壓力又大，身體又不穩。程雨辰好幾次重心不穩，像個風鈴一樣在牆邊緣亂晃，差點摔下去，總算在墜傷事件發生前，程雨辰撬開了鎖。他趕忙打開，帶著酸了的腰和麻了的腳，以及滿頭大汗，鑽了進去。

他站直的時候，自己的胸和腦袋能穿過方門，於是他雙手按著內牆，脛骨卡在箱門邊上，三處作爲著力點，一使勁，像個被充氣升起的柱形氣球人似的，從那方形孔升了上去，落在了裡邊。

躺在那，程雨辰甚至不需要多麼費力去觀察，只是一抬眼，就能看到，一個足足有四米寬一米高，形若五子棋中的白子或者說巨大菌蓋樣遮罩器，擺在他的眼前。

看來就是這個「大喇叭」堵塞了周邊的一切信號了。

程雨辰得意的擦把汗，把雙腳抽上來，在內牆中站起身。棚頂內空間比程雨辰想像的還大，大約有六七十平米，中央附近內高足夠成人輕鬆站直。錐頂上方有燈和通風口，從通風口傳來了油漆味與淡淡的燒焦味和女士香水混合的奇妙的味道，不知來自何處。這個奇異的隱藏閣樓內有一套桌椅，一張床，一座小冰箱，一個工具架，還有原裝的抽水馬桶和筆記型電腦。可能有人時常來此處生活，而且條件允許他長期蝸居於此。程雨辰先環繞這碩大之物跬步走了一圈，這光滑扁圓的遮罩器上，只有一條中縫，沒找到任何按鈕和蓋子，還眞不太好下手。

忽然，程雨辰發現有一排五個形似未裝水龍頭的裸露小管子，錯落有致的排放在北角，移動到某個特定角度的時候，他發覺這些管子在反光。帶著好奇心走近，隨卽見到這些管子上有橡膠罩，罩內是有圖像的透鏡。隨便選了其中一個把眼睛靠上去，看到的是二樓室內的清晰的場景，視界下方邊緣能看到地面上留給電梯的那空空的地板洞——這是一個是類似潛望鏡的裝置，管子內裝的是光學透鏡。

原來如此，電梯的背後牆上的玻璃並非裝飾，而是待在閣樓的傢伙監視所有人的手段，純粹無電化，完全依賴精緻的透鏡工藝實現的監視手段。

換另一個透鏡，這次看到的是室外的樣貌。一邊看著，疑惑一邊在心中萌生——爲什麼不使用常見的電子監控系統呢？電子監控難道不是更可靠更便利嗎？是什麼原因驅使宋陽君選擇了這套昂貴卻不實用的設備？

程雨辰在心裡琢磨著，來到那套桌椅前，他發現筆記本旁邊還放著一只遙控器。拿起來，盯著它瞅了少頃，按下其中一個標注爲紅色的，由禁止符和無線符號疊加組成圖形的按鍵。

再看手機時，手機右上角的信號強度標識，就像擺脫了沉甸露水的草葉一般，緩慢而有節奏的抬高了頭。

21.

從傭人舍離開，稍作商量後，康梁低三人皆認為應該順道踏勘一下其他的地方，花園、花園工具間、保安宿舍都可能藏匿著更多線索，不能輕易放過了，於是三人一同向最近保安宿舍走去。

保安宿舍形似傭人舍，也是長方形的輪廓，但是內部配置略有不同。保安舍距離傭人舍不到二十步遠，兩個房舍中間是條小路。相較膠板房一樣的傭人舍，保安舍就更像是給人住的地方了——兩室一廳，有牆有門。進門就能看到正對著臺電視櫃放置的沙發，中間茶几，玄關處鞋架衣架也都齊全。左手邊一條狹長走廊，走廊快到頭的地方有一四五節短樓梯，頭頂的天花板也是斜面的，這主要是因為傭人舍建在坡道上，客廳一側的地面較西邊幾個房間更高一些。沿走廊兩邊是廚房和洗手間，廚房和洗手間在同一水平高度上，最裡面、樓梯下方是並列的兩間臥室，都很小，約七八平米，床鋪基本占用了整個屋子，這點和傭人舍倒是很像。

門沒鎖，三人很輕鬆的進到屋內來。

「難得啊，我都快忘了有牆的房子長什麼樣了。」

低士馬像是學校裡，為了融入惡霸團夥而故意模仿和裝出刻薄態度初中生一樣，撐場面的如此說道，梁繼軍看起來有些注意力渙散，出發前的幹勁似乎已經被剛才漫長的調查消磨得所剩無幾了，沒有反應的望著客廳。

「這間屋子怎麼和別的地方裝修不一樣？」

聽到康澹問他，梁繼軍軟塌塌的歪起下巴，沒多想，回道：「這裡是老房子了，還沒建別墅樓的時候，山頂就已經有這棟房子了。你看那個牆——」梁動作機械而僵硬一指「牆角都黑了，牆根兒那一帶全是綠毛和苔蘚。平時故意用傢俱擋住免得看著噁心，其實已經爛的不行了。這房子比我歲數都大，得40多年了。」

「之前的房主……多半不是宋陽軍吧？」

「呵！」梁繼軍好像聽了什麼很可笑的話一樣，嘴一咧鼻一哼「我上哪兒知道去啊，主宅別墅初建那陣兒我還上學呢，我平均一年才和宋叔說一次話。有人知道這房子是易過手還是祖上留下的還是怎的，但肯定不是我。」

好吧，我明白了，康澹回答道，隨即步入西行的廊道：「咱們到處看看——兩位請跟緊，鞠晉宇書記肯定不希望我在沒人看管的地方，偷偷的一個人幹些見不得人的卑鄙勾當。」

梁繼軍做了個隨便吧的表情，似乎懶得搭話，倒是毫無感情波動的，猶如一個失望的觀光客，左看看右望望，沒有目的開始亂逛。

走在前頭一路穿過整個保安舍，每路過一個房間，便打開門，粗簡的觀察一番，是否存在較明顯的痕跡，但直到走入最後一間屋子，也沒有發現。這房子看起來，似乎比傭人舍乾淨多了，好像放學校門口群架中成功避免了惹事上身的優等生。

先去的是房子西端靠左的那間臥室，三人陸續進去後，屋內顯得無比擁擠——任何一個人同時伸展開手臂，都能同時碰到一面牆和屋內的另一個人。
梁繼軍像個宿醉沒有動力上班的中年人一樣，手腳拖遝的蹲下身，慢且遲鈍的開始翻看臥室內的東西——明明沒人去指揮和要求他做這些事，他似乎認爲自己有這樣的義務。
感到對封閉擁擠空間的厭惡，康澮乾脆也不進去翻查了，而是退兩步站在門口的廊道上，對低士馬問道：「低先生，你不會以爲我把你忘了吧，你可別想置身事外。你的不在場證明，說說看吧。」
「唷，看把您忙的，又得查現場又得訊問嫌疑人的，都穿插不開了。」
康澮臉上一點表情波瀾也沒有，少刻過後五官肌肉依舊紋絲不動，沒精力和低士馬插科打諢的意思昭然若揭。低士馬一見，擺出某種深感沒趣的表情，略一回想，乾脆的說道：「案發時，我沒到過別的地方。」
「你和鞠晉宇說了什麼吧，說了什麼？」
「生意。」
「什麼生意？」
「商業機密，政商勾結那些事兒，您肯定比我熟悉。」
望了低士馬刻許，康澮又問：「你一直在二樓？」
「在一二層上下過，陳珂能作證，沒出過主宅，大部分時間只是靜靜的坐著——噯，別說我還眞看到了一些奇怪的事情。」
「什麼事？」

「董慧君的行動一直挺詭異的。」

刷拉一聲屋內傳來梁繼軍大力拉出抽屜的聲音，康澹迅速一掃，一眼看清抽屜內的所有東西，只這一瞬，他就記住了那抽屜裡都放置著什麼，並知道和案件相關的證據大概率一個也沒有。

「他具體做過什麼嗎？」

「在我出門之前……他在拿著一個針管向一袋梅干兒內注射液體。」

「什麼!?」梁繼軍大驚失色，呼啦一聲站起來，完全沒有意識到自己將身邊的櫃子撞到轟隆作響。

康澹嚴正的看向低士馬：「你親眼目睹的……？」

「是也不是，吃飯時候我看到他口袋裡裝著一個鹽瓶從一樓上來，看到鹽瓶我覺得奇怪，便暗中觀察他了一下。結果發現他從客廳桌子上的零食籃裡悄悄拿走了一袋梅干，隨後便去蹲在出發島臺後面，不知在搞什麼鬼。我理所當然愈發感到奇怪，趁他下樓後，去了廚房區，果然在廚房的雜物抽屜裡發現了那袋梅干。那袋零食使用的是背封袋，我在後背中央突起的封邊所掩蓋的下方的封口線上，找到了一個不大的針孔——他偷偷向裡面注射了什麼。」

「你怎麼不早說!?」

「當時還沒發生殺人案，我也不確定董慧君在做什麼。」

「那袋零食——？」

「還在原位放著呢。」

還沒問完，低士馬就一副早就想到你要問什麼了的表情，言簡意賅，語速飛快且神情淡然的答道。

「哈啊!?你！——我、我得趕緊聯繫大宅！」梁繼軍匆忙拿起對講機，幾乎是用吼的對著話筒嚷到「鞠書記！鞠書記你收到嗎！」

康澮冷靜的端詳著的低士馬，忽然不知道該繼續問什麼。低士馬則像一塊石頭，不慌不忙的佇在那兒。

「誰啊，梁子嗎？——收到了，請講。」

「鞠書記！你聽我所！出大事了！記得放在二樓桌子上的一個零食籃嗎？……對、對，就是駝色的那個！和那裡面一樣包裝的一袋零食有蹊蹺，在廚房的抽屜裡面！」

「呃……你還看到更多嗎？董慧君之後——？」

「他做完這些就下樓，再也沒回過二層，你應該都清楚。」

「找到了嗎！你看下包裝——後背上有針孔?!就是那袋了！恩、恩，我明白——說的是啊！不知道董慧君這孫子在搞什麼！今後吃東西務必小心了！」

「唔……」康澮點點頭，再看梁繼軍那邊，已經用那一通無比急躁的通話交代完了，紅著臉喘著粗氣，粗暴地把對講器往保護套裡塞，並火急火燎的對兩人說道「找到了，確實有那麼一袋梅干，鞠書記懷疑董慧君下了毒，李定坤說不定就這麼中招的，他們現在去看看能不能在董慧君身上找到注射器，過會兒再和我們聯繫。」

他說這一長串的時候始終只進氣不出氣，最後臉憋的越發漲紅，聯繫兩字說完像是無氧潛水到了極限突出水面一樣，狠狠的喘息了兩口，好不容易接上氣了，梁又鬧彆扭似的大喊。

「你們查吧，我不行了，我去歇會！累了累了！這一天過得未免太鬧心！」

說完，梁繼軍便疾步衝出臥室，面帶慍色的一屁股坐在短樓梯上，憤然將雙臂摔在兩膝上，坐在那兒大口出氣。

就在這時，康澹忽然看到一個小本子的一角，露在衣櫃上邊——有人把它放在了衣櫃頂端，平時正常站立的高度完全看不到它的存在，遮蔽效果好的就如同埋在土裡。想來是剛才被梁繼軍撞到，將這本子震的位移到了櫃頂邊緣，康澹伸出手，將那薄本拿在手裡，隨便翻開一頁，發現筆記本裡大部分都是空的，筆記本中央有撕掉過紙頁的痕跡，缺了一頁。未被撕掉的部分裡，只有那麼三頁寫了東西，上面密密麻麻的寫了很多不規則的字母序列。

比如其中的打首的四組爲：

GQIE ZZIHNAYZYZ

DLEZ DJJKLUVWX

LXZE ZKHYISOOHN

WEE CWERTOUSKE

之後的幾十組字母組合，皆是如此，滿滿當當的寫了兩頁左右，像是某種密文或者暗語。

這三頁字母的筆劃重且深，字跡無比工整。執筆者書寫的時候，非常嚴肅。

「喲，你又發現了什麼好東西。」

回身轉向低士馬，剛想說什麼，康澹忽地感到褲袋方位大腿震癢，他在腦中第一瞬間否定了來電話的可能，但仍然習慣性的抬起手臂，察看手錶上的提示，打眼一瞄，眼睛都瞪圓了。

手錶上顯示著，正在接收來電中。

康澹頹然一驚——有信號了!?遮罩已經解除了?!

他不自覺的迅速把手錶螢幕翻轉，調頭旋至低士馬看不見的方向，同時看了低一眼，道：「日程表提示響了，我都忘了今天還有重要的預訂，這下全耽擱了。」

康澹沒給他反應的時間，一伸手將本子遞給低，問：「你能看懂這些字母意思嗎？」

「我看看，上面寫了什麼？」

趁著低士馬低頭的空當，康澹假裝要換個寬敞點地方站著的，往左走了兩步，同時敏捷的調出和打開了語音轉文字功能，接通了電話。

「有為，是我。」

短短一行字立刻出現在電子手錶螢幕上，康澹把手錶摘下握在手心裡，沒有回應。

「有為，你在嗎？」

康澹繼續向遠離低士馬的方向走了兩步，來到T形走廊的左盡，裝作看著窗外認真思考的樣子問：「這間臥室是誰的？」

「就是袁一衫的。」梁繼軍等了好一會才勉爲其難，不假顏色的答道。

「呵」低士馬倏然發笑，輕蔑的看著那筆記本，喃喃道「梁繼軍不是說出謎語的人小孩子一樣嗎，你猜怎麼著——我現在還眞同意他的說法。」

康澮飛速的掃了眼手錶，上面寫道：「如果你現在不方便回覆，請敲擊三下。」

將手塞進口袋，康對著手機話筒的位置用指節敲了三下，在敲第一下時便開口對低士馬問道：

「你已經看出名堂了？」

手錶上立刻開始飛速的刷新文字：「好，那我現在有些情況要和你講，你仔細聽好。你肯定也猜到，遮罩器被我解除了，我剛剛找到了遮罩器的位置和開關方法。最重要的是，遮罩解除之後，我立刻給指揮去了電話。」

文字還沒完，仍在不停的出現，康澮看到一半便不看了，翻轉手腕讓亮光的手錶螢幕朝下，避免低士馬和梁繼軍的注意。

低的目光始終鎖定在那本子上，眼中帶著得意的光芒：「欸，對，不是什麼大不了的東西，小鬼級別的把戲。」

「筆記本上寫了什麼？」康澮離開窗前，又走近來，佯作很關心的，與低士馬肩並肩的查看那筆記本。

盯著看了一會兒，康澮還是沒找到任何規律，沒看出來任何破綻，默默的將手錶也揣進兜裡，問：「有那麼簡單嗎？」

「你先看每組的數量比例。」低士馬指著每組前後兩部分字母序列「前面固定是四個字母，後面的數量則全在九和十之間波動。

然後你在再看前面部分，每四個字母裡，必然有一個E。」

「嗯，的確。」

康澮細起眼——他第一眼也便瞧出這些東西來，都爲兩段，都是前段有E，後段量近似，但對於原因沒想出任何的假設，沒想到有何理論能將這幾個跡象聯繫起來。

「第三點，就是最關鍵的一點了——你看E的位置，是不是永遠在第三或者第四位，而E位於第三位時，後半段一定是九位，位於第四位時，後半部分一定爲十位。」

康澮恍然感到大腦中某個位置被點亮了，潛意識已經得到了某種答案，但不會說話的潛意識無法將之表達出來。

「那就是說後面的字母數量其實是隨著E的順序變化的——？」他雙眼一下睜大，低聲道「……雖然E位置始終在變，但E後面的數字數量其實是保持固定的……」

康澮猛然想通了什麼，接到了潛意識傳遞而來的資訊，大聲道：「E和前面的組合是掩飾，中間的空位是在故意在誘導和隱瞞E與之後文字的眞正關係，E字母其實是後段的一部分。」

「沒錯！」低士馬突然高亢起來，看著康澮的眼中閃著光芒，興奮的說道「E其實是從後面移補位上來的，一旦發現E和後段的數量關係，你就會進一步意識到，E和後面的字母組合在一起，始終是十一位，而E

前面是2或3位——我問你，什麼數字是11位的？而且都有共同的開頭，又有什麼東西是2和3位的？」

「電話……11位的是電話號碼！行動電話的號碼開頭都是1，E代表的是數字1。長度爲2位和3位的……是姓名縮寫！」

康澮胸膛起伏，激動的感到呼吸稍有不暢。

「這份列表，是通訊名單！」

概念之間斷開的結構，被接合上了。康澮不禁用難以置信的眼光看向低士馬，低士馬臉上帶著掩不住的笑意。忽然，他感到和低士馬的距離更近了一些的同時卻又更遠了。他感到自己更瞭解他，並且欽佩他的智力，但這種欽佩，卻讓他有了一種在仰視低士馬的幻覺。

對槍械的熟悉，高智商，古怪性格——

低士馬絕對就是汪寧威。

不可能有其他人。

康澮心中最後的一點不確定也消失了，只剩下篤信。

他盯著低士馬，思緒開始亂飛，那他爲什麼要殺掉高薇茜一家呢？對汪寧威有什麼好處？他今天來到這裡最初的目的又是爲了什麼？他是被囚禁者，還是囚禁他人者？

「E肯定轉換自1，國內所有個人手機號碼都是1打頭，寫這個名單的人，必定是先把電話號碼轉換成字母，然後又用字母變換加密，把它們轉換成了不同的字母組合。不過這幾串英文具體代表什麼資訊，還要逆轉換之後才能知道。」

低士馬得意且瞧不起的瞄了兩眼那本子，少頃沒有說話，似乎在等待什麼，他突然轉向康澹，破有深意的打量了康澹兩眼，又道：「你可知道……凱撒密碼和波利比烏斯密碼麼？」

「凱撒密碼？……」康澹疑惑道「是某種古典加密？」

「呼，很高興你知道些基礎知識。要不我還要多費不少口舌解釋」他頓了頓「凱撒密碼和波利比烏斯都是英語世界的古代加密法。通過擺弄英語字母間的數位關係，來達到加密的目的。」

他搖了搖手頭的加密名單：「凱撒加密的辦法，就是賦予明文字母偏移量，比如所有字母位移4位，用A代表數字1的話，加密後的1的密文，就寫作E——就如我們現在看到的，這個名單使用的很可能凱撒加密。」

低士馬把名單遞給康澹，在床邊坐下，高傲的翹起二郎腿。

「但是凱撒加密法實在是太低級，太簡單了，唯密文就能破解，也就小學生才會用。如果讓我使用古典加密法的話，嗯，我大概會用斐波那契數列做偏移量吧，還要加上陰陽輪迴，也就是每八個字母的偏移量爲，+1-1+2-3+5-8+13-21，然後重複。這樣的話明文的ABCDE，加密後就是……唔嗯……BAEAJ，啊，很好，這樣就很難破解了。這樣，也大致算是完成了從凱撒密碼向維熱納爾加密的進化。」

低士馬似乎沉浸在了自我的世界裡，一下子自顧自的言語一通。康澹不禁皺起眉頭，短時間聽了太多不瞭解的詞，消化起來有些吃力，只聽懂了一半，俄而，只有含糊的發了一聲唔的喉音，姑且表示一下自己在聽。

康澹撫摸著下巴，試著破解一下密文——1是A移動了4的話，那ZZ也是？Z-4=V=22……嗯？這不一下就溢出了麼，照這個規律翻譯下去，數字肯定要超過十一位。也許開頭有區號？不不不，那E規律不就被打破了麼。看來和低士馬說的一樣，這個密碼用的是有規律的偏移量，不是單一重複的偏移量。要解明這份名單，看來還需要一個安靜的環境，集中精神花些時間才能解開。康澹抽回思緒，對低士馬如此說，低也點頭同意。

「波利比烏斯也是類似的加密，只不過它是棋盤式的，是棋盤格式下，二維關係的英語字母之間的轉換。」

康澹想了想又問：「棋盤式是指……？」

低士馬目光中卻透著足足的自滿，愉悅的說道：「波氏密碼你也不知道？沒辦法，我就給你講講吧。」

「你看，凱撒密碼也好，波利比烏斯密碼也好，都是映射式的，每個密文有其單一對應的明文。但凱撒密碼的關係簡單，映射關係是單一、僵硬、不靈通的，就如同主效應顯著的因果關係，是A=a。但如果適當複雜化了，加入仲介變數之後，此時A在b存在時=a，A在c存在時=e，這樣一來固定的、簡單的線性變化就表達不了兩者的關係了，而需要坐標系一樣的二維表達。假如密文x，仲介金鑰y，取f（x）爲明文，棋盤類密碼就屬於這種數量關係的二維的密碼。」

康澹挑了下眉毛，心說解釋的眞夠麻煩的，前面一大堆鋪墊基本都是廢話，直接說二維矩陣式的密碼，誰都能聽懂，這傢伙就是想買弄學識，顯擺顯擺自己的科學思維。康默默點點頭，轉了轉眼珠，道：

「就是說棋盤密碼，像函數的坐標系一樣，在二維情景下做文章。明文通過金鑰化爲密文，這個過程就猶如函數方程的變換。」

「對，沒有錯，理解很快嘛。」

「那波利比烏斯密碼的具體用法是……？」

「把26個英文字母，擠在5*5的二維矩陣裡，用座標表示對應字母。」

說著，低士馬拿出手機，打開繪圖，畫一個矩陣出來——那是一隻最新款的手機，上市不過一個月，街邊都是它的廣告。

「那不是只有25格嘛，多餘的那個字母……？」

「隨便你把兩個相鄰的字母放一起都可以，這裡可以定制化、或者說個人特異化——比如說，我把I和J都放在（2，4）位置。那麼我的明文是Jinx的話，密文就是24423353。」

原來如此，我明白了，康澹說道，也拿出手機，打開便簽軟體，在自己的手機上畫了一個5x5網格。

突然他想到什麼：「哎，等一下，那如果是波利比烏斯密碼的話……這個時間不剛好可以用麼？21年11日14時15分，21111415，對應的不就是棋盤上的……」

Fade

「啊，是fade，果然出現了規整的單詞。」

低士馬也笑了：「說不定fade就是我們需要的謎底呢。」他說著望向康澹「那這個fade用在那裡呢？」

康澮一卡巴眼，想了想，躊躇片刻，說現在他也不清楚。接著又凝神想了俄頃，慢條斯理的說道：「總之先拍個照吧，這份名單也好，之前的謎語也好，遲早會派上用場。」

用手機拍完照，康澮詳盡了問古典密碼的相關知識，低士馬熱情的講解了半晌，感到瞭解的差不多了，兩人又重新開始調查現場。康澮檢查了床下，簡略的看了眼周圍，只床下發現兩個鞋盒，鞋盒裡面也沒有任何有用的東西。隔壁臥室更像是從未住過人似的，除了陳舊的雜物什麼有用的證據也沒發現。

從臥室離開，上了臺階，從梁繼軍身旁穿過，康澮說了句需要使用洗手間，便獨自進去了，反鎖了門。他拿出手機，轉換出的文字已經布滿了螢幕——

「指揮說了，纜車就是B小隊動的手腳。至於山頂遮罩器的問題他們正在調查，無需緊張，指揮要求我們繼續任務，救援隊隨時待命，如果再發生意外，我會立刻通知B小隊，B小隊會第一時間到達並保證我們的安全。」

還有第三個對話泡，與上一個相隔十幾秒後出現，其內寫著：「鑒於現在仍不能允許在場人士離開，爲保證不出現進一步動亂，我也會再次啟動遮罩器。第一次基因測序馬上就要結束了，到時再做打算。」

瞄了眼右上角螢幕，果然遮罩器已經再次開啟了，手機現在已經還原了無信號狀態，程雨辰也早就掛斷了通話。

時間是15點13分，距離第一次測序結束還有約45分鐘。

很快——

康澹深深的吸入一口冰冷潮濕的空氣。

——一切都要結束了。

22.

冷寂的衛生間裡開著窗，寒風穿過排風扇和窗戶，死氣沉沉的低鳴著，淅淅瀝瀝的雨水不斷的從視窗傾灑進入屋內，寂寥無聲的墜落在地面後，一點點向排水口彙聚。無視掉眼前冰冷的景象，康澮來到洗手池前，打開水龍頭，水聲譁然入耳。他的腦子依舊在想著那一條條的暗文，今天經歷的種種，思緒飄忽無法集中。他眼睛睜著，雙手映入在自己的瞳孔中，卻感到兩手如同不是自己的一般，自己在動，仿若在觀看他人洗涮雙手。

恍然回過神，康澮感到雙眼發熱且乾燥，捧一把水，沖刷臉頰，溫度下降了不少，清爽多了。額外花些精力擦乾了眉毛上的水，看著鏡子裡的自己，康澮卻在鏡中自己的脖子處看到了形同袁一衫的傷口。

他拿出袁一衫的手機，稍一思索，在程式搜索功能欄查看最近使用的軟體，立刻發現，袁一衫死前最後使用的，是錄音功能。有三條錄音，分別爲21秒，50秒和7秒。

「我可能要死了。」

第一條錄音的第一句話，好像在討論登山天氣不好一樣，袁一衫用一種對艱難保持樂觀的語氣說道。

「陷入僵局太久了，每個人都很焦慮，作爲局內人，這可能也是我不可避免的最終歸宿。到了這一步，我們每個人都難辭其咎，我們每個人都有責任，但沒人肯讓步。」背景音傳來翻找物品的聲音，之後是一大堆文件抓在手中的嘩啦聲「總得有人邁出第一步，做出改變，由我一屆區區保安來做，我自己也始料未及，從來沒想到過。」

錄音結束，時間節點是13點01分，第二則錄音是13點03分開始。

「萬一我死了，爲了能讓這些話被聽到，我特意解除了手機鎖。我也不知道該說多少，未來誰會撿到這部手機，說不定誰也聽不到，但終歸得試試吧。呵……我未必足夠瞭解我的盟友……但我太瞭解我的敵人了，我知道我惹的是些什麼人，我知道他們有多重視這宗買賣，爲了這份利益能做出多麼極端的事。」錄音突然噤聲，取而代之的是腳步拖遝的行走聲，接下來是房門開關的聲音，但並沒有鎖門的響動。

「我不想死，不死的前提是破局。老闆向我保證了，就算我今天成功不了，我們離不了局，我的老媽孩子也能殷實的過上一輩子。走了狗屎運離了局，我就能滿載而歸，和老媽孩子一起富足的過一輩子——去他媽的人爲財死，我只是單純的沒有退路了。」錄音中最先傳來的，是嚓的一下，打火機點燃的聲音，緊跟著是紙頁燃燒的劈啪聲「昨天就開始出現兆頭了，有什麼地方出了大岔子，事態無時不刻在向糟糕的方向發展——昨晚後門和藏寶庫的指紋鎖被破壞，守衛後門的張凝也被打死。有人滲透進了我們基地，有什麼來路不明的人，很可能直到現在還潛伏在我們之中。今天早晨我才修好了後門，收拾好張凝的屍體，還在發愁藏寶庫的鎖該怎麼辦，藏寶庫就被發現了，實在不像是巧合。」

錄音再次中止，最後一條錄音錄製於13分27分。

「我想明白了，我眞正想說的是……萬一我出事了，你們這些混蛋一定得去四樓——」

砰的一聲傳門被撞開的聲響，接著是某個並非袁一衫的第二人在錯愕中，倒吸冷氣的聲音，錄音就此戛然而止。

有什麼東西，倏地在湯有爲心底激起了波瀾。他能感到自主神經系統擅自撥動了感情，情緒在體內激蕩，他不是這份情緒的主人，感情的發生與否不受其控制，無須經過他本人的同意便擅自產生。他只是情緒監視者，是後續程式的調控者，他能做的，只有放任或壓抑已經產生了的情緒。

那是……感慨與感嘆。

感慨人生如此的不能自主，感嘆生命如此之脆弱和虛幻。

再次檢查袁一衫的手機，找到了不少空有場景，沒有人物沒有標識的，意義不明的照片。聊天軟體內的所有好友都沒有聊天記錄，電話簿裡沒有連絡人，撥號中沒有今天以外的通話記錄。袁一衫顯然有主動保密傾向，慣例性的清除手機內容。

看來這些照片也得回頭慢慢分析了，心想著，剛準備離開，才舉步忽聽腳下啪嗒一聲，腳下傳來踩到液體的觸感。不自覺一低頭，驀然發現洗手池旁邊的排水孔周圍，積了一灘水窪。水窪沒有一秒秒縮小的趨勢，而似乎和地板上不斷注入的水達成了某種平衡，不增不減的保持著原來的體積。

「……」

不知道是受到什麼驅使，康澮慢慢的蹲下去，手指一勾排水孔蓋，撬開上蓋。他透過彷佛固定在排水口上端的那灘積水，望向黑咕隆咚的水管入口，除了深邃又一成不變的黑暗外，什麼也看不到。

思索片刻，他把手指伸進去，很快半隻手浸溺在水中，貼著冰冷尖銳濡濕的金屬外壁，緩緩地擦過半圈。

拿上來，帶著金屬環壓痕的濕漉漉的手指肚上，是炭黑色的粉末。

攢動拇指，用兩指碾了碾，隨著粉末被磨碎，一股微弱且潮濕的燒焦味從指肚間飄出來。

——有人在這裡燒毀了什麼，並且用水沖走了，或許還因此堵住了泄水孔。

——恐怕就是袁一衫。

「唔……」

再度站起的康澮，要比蹲下時迷糊的狀態，警覺水準高了不止一兩個度。他立刻集中注意，在洗手間內搜查——蓮蓬頭的孔洞上有水珠，最近被使用過，浴簾杆上只有掛環沒有浴簾，馬桶池的內沿沾著、水池內飄著許多和泄水孔處相似的黑色殘渣，但沒有發現一點血跡或者打鬥痕跡。

又轉了兩圈，找不到更多端緒了。康澮也擔心待的太久門外人起疑，喀嚓一聲解開鎖，步出門外，走廊中沒有低士馬或是梁繼軍的身影，靜悄悄的。

帶著掛慮，有些心神不寧的快步來到客廳，看到梁繼軍和低士馬悠閒安靜的坐在沙發上歇息，看到康澮到來，兩人沒有起來的意思。

「兩位，都累了？咱們稍微抓點緊吧，最後一點工作了，儘快查完咱們回去，就都可以徹底地好好休息了。」

梁繼軍直勾勾的看向康澮，一臉沒聽清，好像在等著對方複述的表情。低士馬則一笑，配合的說道：「我們這不是等你嗎，準備等你來了我們就接著幹活。」

客廳裡尷尬的安靜了半歇，梁繼軍忽地站起來，兩步停在電視櫃抽屜前，隨後動作散漫的拉出抽屜，翻弄起來，像一個被逼打掃衛生的小學生。康澹在心裡嘆口氣，就地一蹲，翻查茶几櫃，在找到幾顆電池，一卷透明膠，幾把鑰匙，還有只戰鬥匕首和兩罐啤酒。

「哎，這個是鎖的，這裡面……好像有東西。」

一瞧，低士馬指著西北牆壁上，一個沒有背板和底板，緊貼於牆的罩狀遮擋櫃，那櫃子側面有延伸出來的管道，一眼就能看出來是暖氣片櫃，現如今北方新建房子早就不用暖氣片這種陳舊的取暖方式了，多爲地熱，要到這種特別古老的房子裡，才能看到此般模樣的暖氣櫃。

康澹走過去，抬手用手指一撥櫃門上沿，發現遮擋櫃固定住了，死死的釘在了牆上，櫃門沒有把手，也鎖得很緊。再打量一圈，沒看到鎖孔，乍一看中間縫好像不過是裝飾，這個櫃子本身就沒有櫃門與置物能力一樣。但康澹還是從右側管道進入的空隙中，看到櫃內底部放著幾沓文件。

康澹左右亂跳的眼動被梁繼軍瞧見了，一下就被猜出了心思，他對這邊說道：「記不記得我跟你說他們保安喜歡琢磨安全防暴方面的小玩意兒，我猜這櫃門是換了電子鎖，得用遙控器。」

哦了一聲，康澹低下頭，把眼睛貼在櫃門縫上，果然見到裡面有一閃一閃的紅色光點。康澹立刻直起腰，麻利的拿出袁一衫的手機。

「不知道這裡有沒有……」

滑動螢幕，在手機主介面翻動，除去遊戲影音閱讀這類休閒、文娛軟體，和出行、金融、消費這些生活軟體，其餘值得在意的就只有《野外打獵技巧指南》，《槍械俱樂部》和《Nevis智家》三個App。

點開智家，手機蹦出軟體彈窗，展示一個漂亮的載入動畫，漸變色滾動的光滑球體上，轉動出Nevis的品牌，隨後進入主介面。康澹快速的點開一些功能框，顯示連接線上的建築是大宅，包括大宅內的燈、電梯、各層的各類電器等等，但系統提示離得太遠，現在在有效範圍外，不能遙控。

——下意識的留意了一下電梯，電梯提示可以用手機操控在四樓和一層之間移動，最後一次連線是12點40。

梁繼軍湊熱鬧的走過來，康澹對他說手機是操縱大宅的，沒有保安舍的遙控功能，梁繼軍也只能聳聳肩，說那就得找遙控器了，像電視遙控器的那種。

「不用找，那個力氣我就給你們省了。」

低步子爽快的來到櫃子前，不知從哪掏出一個小玩意，看起來就像是一個折疊自拍杆上面，接了一條蚊香狀鐵絲。

「這是？」梁的目光立刻被吸引。

「變戲法的小道具。」低士馬挑著尾音道。

看出了康眸中的疑問，低搖一搖手裡的東西，往櫃子的電子鎖可能所在的中間縫位置一貼，1、2，兩秒一過，啪的一下櫃子向外一彈，開了。

「以特斯拉線圈爲基底的小型EMP吧？」康澹問。

「哈，沒錯，電子鎖的工作原理清一色爲通電、斷電開鎖，所以不少電子鎖產品設定是重置後自動解鎖，而高電磁脈衝能導致電子鎖重置。現在像是房門一類安全性要求高的，電磁輻射防護房門做的比較好，開鎖的身分驗證方式也更複雜、步驟更多，保護措施更完善一些，能防得住電磁脈衝。不過量他在這種安全規格要求較低的小櫃子鎖上，也不會用什麼高級貨，這小東西就夠用。」

「你怎麼會有這種東西？」康澮毫不留情的問。

「如你所見，我是個好奇心旺盛的人，熱衷於……自由探索。」

彷彿是在留下什麼懸念似的，低士馬將重音輕輕地，卻實在的扣在最後四個字上。

「嗨呀，誰沒點小愛好，管那個幹嘛啊。」

梁繼軍不甚在乎的走上前，有些迫不及待地一把撥開了櫃門。

櫃子裡果不其然是一座暖氣片，暖氣片肚並非緊挨著地面，其下方有腳，藏在暖氣片下方空間內的是一摞各式各樣的文件。梁繼軍忽然動作慢下來，像是怕被花莖上不起眼的刺紮到似的，慎重的將文件拿起，端到面前。

康澮立刻發現，暖氣片下方那沓文件所倚靠的牆壁是一片方方正正的工整的白色，而其他位置皆是灰黑色的，不僅如此，那片白色痕跡橫向和文件等長，高度卻是其幾倍——這裡曾經長期放置過更多檔，他們最近才被拿走了，只留下了如今找到的這些。

「乘車的票據、貨運合約單、運輸合約，還有……野外生存用品的購物收據？唔……」

梁繼軍欻啦欻啦的攙換著幾張紙票，對這擦檔表現出奇妙的興趣：「年份跨度眞長啊，最早二〇一四年，最晚不過三個月前。」

幾步蹭到梁繼軍旁邊，康澮伸手索要票據，拿到手一看，果然如其所述，最早的二〇一四年的票據是一些野外露營用品，隨後二〇一七年有爲期三年的運輸合約，從本市船塢向泰國所在沿海地帶海上運輸的合約，運輸貨物是一系列紡織品和塑膠製品，最晚的則在今年，是幾輛高級客運車的租用合約。

「這——」

發現寶藏了——

合約雙方的名稱、約定的金額、參與該項目的車輛型號、簽署人的姓名，全都是無價之寶，它們無一不是有潛力拆散整個兒毛球的線頭。康澮雙眼亮著，把所有檔挨個拍照，心滿意足且心情澎湃的把它們好好的保存在了手機裡。

另一邊，大宅內，半小時前。

康澮方面良久沒有回應，但程雨辰很確定他已經收到了所有情報，再不濟也可以等他回來再通知一遍，於是掛了電話，再次啟動遮罩器。正準備下樓，程雨辰忽然聽到腳步聲匆匆而至，略一遲疑，程雨辰躲在東北邊的承重柱後，屏息凝神不再出聲。

只聽鞠晉宇富有辨別度的聲音從樓梯口傳來：

「幸虧你眼明手快，要不然董慧君再發起瘋來，我可受不了，這一天折騰的我快要神經衰竭了！」

有人哼了一聲，那聲音雄厚且富有磁性，是王睿崎的聲音：

「關鍵就是不要膽怯，意志不堅定了，動作就會不俐落。」

王總說的是，鞠晉宇一句奉承完，又賣力的捧了王睿崎兩句，隨後，兩人的腳步聲和對話聲皆停了下來，似乎站定在了什麼地方，接著便是蔔的一聲，緊跟著是什麼東西觸碰到玻璃的嘎啦聲。程雨辰心下奇怪的偷偷伸頭看過去，兩人竟停在了最靠近樓梯的，位於四樓西側的一個桌子前，鞠晉宇剛把那桌上圓柱形魚缸的蓋子拿下來，放在了桌面上。

「是騾子是馬牽出來遛遛吧……」

鞠晉宇略有些緊張的拿著一個針管，那針管裡裝著幾毫升褐色的糖漿一樣的濃稠液體。

「要不交給我來？千萬別沾到了。」

不了，鞠晉宇喉嚨發乾的小聲說了一句，將針尖對準魚缸，拇指一用力，一口氣把所有的褐色液體注入到魚缸中的水裡。水中先出現幾團褐色，並於彈指間迅速彌散，將魚缸染成棕色，伴隨而來的，是缸內的魚兒一隻接一隻的變得僵硬，若空中紙片一樣，緩慢的，肚皮朝上的墜落到缸底。程雨辰心中一緊，忙躲回暗處。

「他媽的……這幫狗娘養的……」

「不出所料，就猜它是毒。」

鞠晉宇眼珠轉了兩轉，自言自語道：「這幫王八蛋……一個個的…我看是好日子都過夠了啊。你知道這意味著什麼嗎王總？戰爭啊，有人想開戰。」

「我們還是先確定誰下的毒，又想毒誰。」

「還想什麼，我心裡現在就有數了」鞠晉宇說著，腳步有些急促的向樓梯走去「得想想應對辦法啦，王總。」

疾行的腳步聲很快消失在樓梯方向，程雨辰再次探頭看過去，正見到王睿崎邁著鎮定自若的步調下樓去，鞠晉宇則已然不見。收回頭，又等了幾分鐘，程才獨自離開。

23.

距離上樓至今，不過一時之隔，程雨辰從樓上返回時，能聽到一層的小聲交談已經變成了吵嚷一片。因爲沒有牆，混雜的聲音輕易的融合在樓內，聲音互相交迭變得嘈雜，讓本來寬闊的房間似乎都擁擠起來，人與人之間的關係似乎變得比平時更加緊密，整個一層半個清靜之域也沒有，氤氳在一股燥熱甚至有些歡脫的氣氛中，仿若中學二年級活動課的教室。

大廳東北角，莫依然和陳珂不知道什麼時候與王淑萍坐在了一起，三人紅光滿面的大聲討論著，聲音高亢的好像在KTV。王淑萍臉上是掩飾不住的狂喜，跟此二人聊天，對她而言似乎是件極有面子的事情，她笑容璀璨如獲得大人稱讚的孩子。緊挨著他們三人，一桌之遙，趙越創、丁永茂、馬賀、還有紀豔榮和祁鳳圍成圈，祁鳳臉老漲的緋紅，激情似火的講著她以前的經歷，聊起來細節又豐富，話題又跳躍，一件事而說不到一半就能聯想另兩件，口沫橫飛，滔滔不絕。她說的如此激情，就好像要把什麼壓抑許久的全部一口氣釋放出來。如同一個深夜就要死去的人，對著黃昏癲狂詠嘆。

現在門口值班的已經換成了王睿崎和廉月，樓梯口的王睿崎聽到背後有動靜，知道是程雨辰下來了，抽出本子，在上面程雨辰外出的那條記錄後面備註上一行，「15點19分，已歸」。程雨辰路過王睿崎時打了個招呼，換來的是王刻板無聲的嚴厲的盯視。程像上課後遲到的學生一樣，灰溜溜的匆匆找了個位置坐下，只爲了擺脫王睿崎的視線。

「我手機剛才來信號了！」

王淑萍握著手機激動的說，她身邊的陳珂一聽，一下子就不高興了，好像對方說了什麼不禮貌的話，陳珂冷冷的看了她一眼：「眞的假的？」

「眞的呀！……它、現在又沒有了——」

莫依然拿出手機，翻了幾個軟體：「我這始終都是沒訊號，可能是虛的吧，手機偶爾抽風顯示的假信號。」

「是、是嗎……？」

陳珂也拿出來，說根本沒有網，還是哪都連不上。王淑萍眉頭愁雲不散，十分不甘的飛速滑了幾下手機，最終只得怏怏作罷。

一樓西北辦公區附近，鞠晉宇坐在靠窗處棱角尖銳的鋼鐵靠椅上，雙眼沉重的凝視著遠方的山巒，小腿筆直，兩手交握雙臂擱在扶手上，四肢以分毫不差的幅度，左右對稱的放著，整個人體態像是一副嚴密按壓而成的揭墨畫，周身散發著一股讓人笑不出來的氣氛，刻板嚴肅莊重，不容一絲空隙。

——即便這種莊嚴不過是表演出來的僞裝。

裝花崗石裝夠了，鞠晉宇突然衝破凝固了的空氣，起身三兩步走到人群集聚處，幾乎是一把將丁永茂從椅子上薅起：「跟我走。」

「欸，我？」

鞠晉宇鬆開丁永茂：「對，我有任務分配給你。」

丁永茂不明所以的哦了一聲，接著兩人站在二樓中央，衆目睽睽下交頭接耳半晌，隨後，一同向孤伶伶的李本財走去——董慧軍和李本財兩人就像兩個白洞，形成一個以自己爲中心的氣場，把所有人都遠遠推開，誰也不願意接近，李本財仍隻身一人待在一樓南側。

兩人貼上來，給李本財嚇了一跳。丁永茂站在近到，大腿已經碰到了李本財所坐椅子的扶手的位置，帶著商業式的熱情說要和李本財交談。丁永茂樣子誠懇，鞠晉宇的表情就複雜的多了，有一成的不耐煩，一成的輕蔑，一成的審視，一成的不信任，還有六成商人式的權衡利弊。所有這一切背後是一種竭力進行的評價，鞠晉宇在評價李本財這個人，評價他以及他所可能提供的情報，是對他有好處還是壞處。三個人也不知道在說什麼，但看得出來話題難以深入，兩人連問帶勸。從丁永茂漸漸發褪去的熱情，和鞠晉宇愈發嚴肅的神情線索上能推測出來，交流的多半不順暢，很可能威脅也用上了。熱情只是單方面的，熱情沒有促成密切的交談。李本財要麼不配合的無動於衷的苦笑，要麼直搖頭。威脅了五分鐘，鞠晉宇徹底沒耐心了，甩頭便走。丁永茂似乎挽留鞠晉宇了幾句，但是鞠離開的速度只增不減。丁永茂像是擔心學生誤入歧途的慈師，最後叮嚀了李本財兩句，也轉身離去。

程雨辰將事件全過程看在了眼裡，站起來，邊信步移動左右張望。他本想找個地方，安靜的思考一下，考慮考慮下一步的行動，重新評估一下當前形勢。任務就像是被大風之下的木棚，已然吹掀了半個棚蓋，吹動了幾根立柱，原計劃已經偏離到幾乎一無所剩，只不知未來風還會吹得多大，這棚子最後殘存的，還有沒有得救。

他需要思考，重新制定策略。

就在這時，程雨辰卻發現剛才的小鬧劇並沒有結束——

且看鞠晉宇沒有回到座位，而是去了入口，靠在站崗的王睿崎的耳邊不知說了些什麼，王睿崎有些不耐煩的皺起眉：「你別搞錯了，我可不聽你指揮，只此一次——也是最後一次，這一次是你欠我的。」

鞠晉宇連連點頭稱是，全部同意。接著，王睿崎猛地站起來，步子鏗鏘凌厲的朝李本財走過去，下一刻，事情朝著始料未及的方向發展起來。

李本財正兀自望著窗外出神，當他再次察覺到有人，剛態度冷淡的要抬起頭，看看又是哪個煩人精時，卻見王睿崎動車頭一樣衝上去，手臂猛的一伸，扼住李本財的喉嚨，李本財騰然被迫仰起頭來，全身向上一提，嗓子裡榨出一聲嘶啞的喉音。

「嚇！」

王睿崎身材壯實，但平時看起來也只是圓潤飽滿的壯，哪想這一用力，整個手臂肌肉暴起，大臂上的線條驟時明朗起來，形成一道道溝壑與小山。李本財因爲寒冷而發白的臉瞬間有了血色，程雨辰錯愕的連忙扭頭去看周圍的人，發現大多數人還沒意識到一層南端的衝突。

「敬酒不吃——剛才兩個人來好聲好氣的問你，你好像完全沒有說的意思啊？」

使出吃奶的力氣，李本財才好不容易從王睿崎緊緊壓縮的掌下擠出幾個字：「嘿……那、那是……他們嘴太笨了……」

「你去現場幹了什麼？誰指使你的!?說！」

李本財脖頸上的手愈掐愈緊，程雨辰能看到李本財正慢慢的被王睿崎拔起來，李本財的屁股緩緩的脫離椅子，從坐在椅，變成在椅座上方一公分高的位置懸著。李本財本能的把兩隻手扣在王睿崎的手腕上，但王睿崎似乎什麼也沒感覺到，扼住李本財的那一隻手連晃也沒晃一下。

李本財哼哧一聲，強作自在的笑了：「你這麼掐著我……我想說……也說不出來啊——」

正想該不該阻止王睿崎，卻見他一鬆手，李本財還沒落下，他便踩實了地面，腳跟發力，掄圓了胳膊，大幅度扭腰旋身，以山崩之勢給了李本財一巴掌。其動作之完整有力，好像王睿崎身上有一條看不見的軸線，全身嚴格以軸線爲中心旋轉，形同剛猛投擲棒球的投球手。李本財和臀下的椅子，猶若被大錘擊倒的積木，樓宇坍塌般一同滾到地上，摔的連連匡當作響。

這下衆人可察覺到了，先是幾個人看見，沒多久所有人爭先恐後的瞅向這頭。

「嗯？怎麼了？你們幹什麼呢？」

馬賀沒骨頭似的搖頭晃腦的探出頭，越過傢俱和他人的肩膀，想看是什麼倒地上了。

「沒什麼，不過是把早就該做的事兒做了而已。」王睿崎目不斜視，篤定的答道。

李本財自暴自棄的側臥在地，發出一聲歇斯底里的破音笑聲，高速地連喘幾聲，猶如剛才發生了同學之間的惡作劇似的，調侃道：「我說老兄，你可打錯好人了。」

「你如果是犯人的話，要受的可比這狠多了，我已經很手下留情了。」

「我他媽不是犯人你審我什麼!?」

李本財嘶吼著，舌頭在上下唇內刮了一圈，一歪嘴，粗魯的吐出一口血痰。

「那你有什麼好隱瞞的，把你知道的都說出來——難不成，你在包庇兇手？」

李本財嘶聲而笑：「我他麼都不知道是誰我包庇他幹什麼!?」

一旁鞠晉宇耷拉著眼皮，散步似的越走越近，轉瞬的猶豫，正了下衣領，清了清嗓子，扒開擋在前面的人，從人牆後鑽出：「吵什麼呢，吵什麼呢？怎麼回事兒啊這是？」

王睿崎示威的按響手指關節，目露凶光，慢慢的靠近李。

「喊！」李本財雙手拄著地板，屁股蹭著地面，連連後退。

「沒聽見我說話麼——」鞠晉宇操著不怎麼嚴肅的口氣，走到一個不近不遠的位置，露出好像看到天氣變了這樣讓人失望的小事兒的神情，悠哉的說道「這是幹什麼呢？不管你們在幹什麼，總之先給我住手，啊，不許打架。」

「那就得看地上這位閣下怎麼說了。」

「本財，把你知道說出來吧！」丁永茂站出來，大聲道「何必難爲自己又難爲大家呢？」

丁永茂不說話的時候李本財臉上已經有了怯懦退縮之意，一聽其言，李本財勃然發怒，面容猙獰，憎恨形於色的看向丁。

「你早坦白了，我們才能幫你啊，別再執迷不悟啦！」

一言落地，李本財猛然爆發，對丁吼道：「我他麼輪得到你說麼!?你他麼以爲別人都是傻子！就你知道該幹什麼不該幹什麼!?？以爲別人不想和你一樣，天天同光和塵、怡然自得的活著!?你丁永茂能明白我這種人不知道哪天就要被開除，不知道哪天就會破產，那種無依無靠的感覺麼？啊!?那種每天都像是在走鋼絲一樣的感覺你懂麼?!」

丁永茂無助的笑了笑，求饒似的說道：「李哥你怎麼突然說這些……說的太誇張啦……」

「誇張個屁！你們這些正式員工，天天干體面活，輕鬆愉快的拿高工資。我們呢！我們這些非正式雇傭，就是二等公民！只能幹那些髒活累活，單位順遂時借不到光，出了事就得跟船一起沉，頭一個被裁員！憑什麼啊!?」

「你快先站起來吧，躺在地上像個什麼樣子。」馬賀到了，鄙夷的說。

「你們這些環人保的傻子……倘若眞有些悟性，能獨立思考，早應該看出來上頭的虛僞了，這個組織早就不只是作秀的級別了……而是徹頭徹尾的詐騙！」

「別說了，閉嘴。」馬賀悦然神色一緊，用不容置辯的語氣斥道。

「你這又是在說什麼……」丁永茂滿臉的不明就裡。

「嘿……你還不明白嗎高材生。」李本財伏在地上，面容上泛起陰險的笑意「環人保治理河流，從來不選擇那些長期受汙，當地廣為人知的髒河，選的都是些不知名的。環人保搞的無數次動物救助活動的時間跨度明細，每一次從收容動物，到動物被領養都沒有超過兩周的時間。出國回購文物，從來沒遇到過困難，每次都只需要幾天就能順利完成。為什麼？動動你那聰明的腦瓜好好想想，這都是為什麼啊？恩？？」

丁永茂歪起腦袋，像是在努力扭動腦袋裡面某個生銹的齒輪。

「造假啊！河是我們倒的染料！是自導自演！流浪動物洗過澡拍過照片就集中處理了！根本沒人來領養！文物是他麼是人造的塑膠空殼，出國就是幌子！假的！都他麼是假的！」

「我說了你閉嘴你沒聽到嗎！」馬賀徹底急了，紅著眼罵道「你他麼能不能少說兩句！」

「我不！憑什麼讓我閉嘴！你們不想聽我說嗎，我就好好說！反正也不一定有明天了，不如就今天說個痛快！！」

馬賀瞪圓了眼，卻見王睿崎抱起雙臂，向馬賀走了兩步，其巨碩身形遮擋光線而產生的陰影投在馬賀身上，王帶著一雙充滿壓迫力的眸子看向馬賀道。

「讓他說。」

威壓之下，馬賀瞠然啞火，瞬間滅了氣焰，收著下巴，兩邊耳根通紅，不甘心的目光在地上亂轉。

「你在環人保都三年了，早該發現蹊蹺了，但是不，因為你們這些高貴的大學生，每天只盯著自己電腦裡的報告、文案和企劃，圈在自己的辦公室裡就是你們全部的工作，你們從來不知道我們這些藍領外勤每天都在幹什麼。」

丁永茂混亂的看著他，不知所措。

「知道爲什麼麼？因爲你們從來都瞧不起我們，你內心深處裡其實只把我們看成低人一等的下人！」

「沒有的事……怎麼會……」

「不會？你再回憶回憶，你……你們、總是匆匆的從我們身邊走過，你們哪怕有過一次和我們這些外勤部門中的，任何一個人對話超過三分鐘過嗎？和王淑萍，和我，有嗎?!」

丁永茂喘不過氣似的胸膛沉重的起伏了一下，暈眩似的的站不穩當，身形一晃。他用餘光看向馬賀，馬賀眼睛盯著地面，沒有說話的意思，牙齒咬得嘎吱作響。

李本財終於站起來，惡狠狠地啐道：「不需要你承認，我們早就知道，我們這些只能拿到你們三分之一薪水的人，對你和單位而言，不過是兩足牲口，只有工具性的價值。」

王淑萍如啜泣似的悲涼的苦笑了一聲，引得丁永茂看過去，臉上愈發愁窘。

鞠晉宇一臉像在看隔壁家小孩之間吵架鬧彆扭的表情，兩三次試圖插嘴，一直沒插進來，這時看場面悶下來，總算有說話的機會了，忙道：「知道了，快說重點吧，環人保的事跟你今天有什麼關係，你今天到底幹什麼了，啊？」

李本財沉著臉，齜著兩側尖牙，喉嚨裡發出好似食肉動物攻擊前警告的咕嚕聲：「我太早之前就受夠這種沒有未來日復一日的困頓人生了……什麼結婚生子，什麼豪宅香車，跟我一個連自己都要靠貸款負債來養活的人來說，遙遠的連他媽獵戶座都比不上！……今天的寶石，是我的唯一的生路！這千載難逢的機會我不發點財，我以後還能有機會嗎!?我沒有機會了啊！我的人生已經沒有機會了啊！」

「所以說，你就是去寶石庫偷寶石了？就這麼點兒事？」

「沒有。」李本財的臉色越來越黯，頭顱逐漸變重了似的，緩緩的不往下垂。

王睿崎眉頭一挑，眼露銳芒：「難道……？」

「我被攔住後，一直想找機會找辦法繞過傭人舍，但我遊蕩一圈返回後，卻發現傭人舍已經沒人站崗了，反倒是蓋著浴簾的袁一衫的屍體，躺在地面上。他的雙眼不見了，喉嚨卻鼓起著——」

祁鳳倒抽一口冷氣，震驚的問道：「那喉嚨裡的難不成是?!你不會……？」

「寶石不是從倉庫裡偷出來的……」李本財結結巴巴的從牙縫裡擠出這句話來「而是從袁一衫的喉嚨裡。」

話一脫口，李本財悍然撕開大衣上襟，一個隻比手機尺寸大不多的，貼身斜跨帆布包暴露在眾人眼前。李奮力一扯，將挎包扯下來，隨即四五顆如若被血洗過，沾滿了赤黑液漬的粉鑽從腰包裡蹦出來，叮噹的接連墜至地上翻滾。這一刻，天上既沒有打個閃，地上也沒有震個動，沒人驚呼，沒人大叫，一切天氣還是平淡如常，只是多了某種黏稠的靜謐。人群內有人交流了下眼神，有人露出一副看到死耗子的表情，有人不動聲色的竊竊私語，有人默默的抓緊了自己的挎包。舞臺中央的李本財也好，聚光燈下的觀眾們也好，皆了無聲響，各自花了點時間來消化這一刻的意義。

「脖子上肉體的觸感，是那麼的眞實……我又心急又不敢太快，等我一層層的把他切開……才剛把鑽石拿到，門就已然被拉開了，窗戶離得太遠，我來不及趕到，只能躲在衛生間裡……」

鞠晉宇像禽類一樣，大幅搖動脖子地點點頭：「可算講點我們關心的了——就是說袁一杉的脖子上那個醜了吧唧的大洞是你挖的唄？什麼時候開始挖的？」

端著審訊的口氣，王睿崎也問道：「你用的是什麼，刀麼？作案工具又在哪裡？」

「我剖開袁一杉喉嚨的工具，就是廚房的刀……後來湯有爲追逐董慧君的時候，已經被我扔下山了……時……時間是13點53分，因爲當時頭一次看到屍體……很震驚，立刻就看了眼牆表……」

馬賀忿忿的竊聲道：「切！就因爲這點原因，我們的事情都——！」他以仇視的目光看向李本財，念咒般咬牙切齒的低語道「你完了……你等著吧……等出去了後果一切由你負責！你他媽攤上大事了！……」

鞠晉宇也厭棄的鄙視李本財一眼，半點留戀沒有地轉身便走：「哼，沒勁，激動成這樣我還當背後藏了多大的事兒，敢情不過是毀個屍。現在的年輕人，未免也太玻璃心了。」他揚起手往身後一揮「無聊，散了吧，沒什麼好看的了。」

趙越創挽著紀豔榮：「惡劣小偷，甭管他了，員警來了自有分說。」

人群多少再看了李本財兩眼，各自散去，人們回到座位上，或多或少都挪了挪椅子，轉了轉朝向，保持在一個隨時都監視到李本財的角度。程雨辰想進一步訊問，但人人都在離開的情勢下，總有種他必須也得這麼做的奇妙感覺。於是暗自說服自己李本財估計也沒有更多可以提供的了，跟著人流回到了座位上。

李本財渾渾噩噩的立在那，竟獨自無聲抽泣起來，頗有份哀毀骨立的苦楚。接著，頹然跪倒在地，深垂著腦袋哭訴道：「我已經回不去了──」

最後僅剩丁永茂一人還在，他哀傷的看著李本財，默默走過去，想要扶他起來，被李本財一把甩開，丁永茂在跪著的李本財身前木然站立了少頃，悻悻而去。

24.

玻璃大門被推開，從外面調查結束回來的康澮三人才進門，便見到有人跪在地上，三人一驚，忙問門口附近的兩人怎麼回事。聽廉月和莫依然你一嘴我一言的解釋完，才知道剛剛發生了什麼。

康澮獨自向李本財走去，途中他能覺察到遠處好幾個人在偷看，但沒人大聲說話，眾人的舌頭好像拴著什麼沉甸甸的重物，無法靈活自然的發聲，嚷不出動靜，話語都成了低低的迴響。空氣中幽然的飄著忐忑與惶惶之味，人們臉上帶著不同程度的緊張和焦慮。壓力，正在隨時間慢慢的積累，每一秒都變得更加沉重。

撿起附近矮腳凳上的蓋巾墊在手中，康澮將地上那幾枚晶瑩剔透的粉鑽悉數撿起。斜睇李本財幾眼，看到他臉上帶著淚痕。即便沒親眼目睹剛才的鬧劇，多少也能想像一二。左右環顧，在附近桌上發現了一個用作裝飾擺件的瓷碗，大小正合適，輒把裹在蓋巾內的鑽石放入其中。放下後忽地發現食指不小心碰到了一顆寶石，指尖上黏的全是血紋。康澮不太在乎的用拇指一抹，權當乾淨了，旋踵來到李本財面前。

李本財嘴微張著，像董慧君但不一樣，康澮至少能從他的眼睛裡看到微弱波瀾，這是董沒有的，董慧君就好像徹底把自己的靈魂鎖在了閣樓之中，完全屏絕了外界，眼睛如同貼在牆上的海報一樣平板空洞，李本財現在至少還在從視窗向外窺探。

「喂！幹什麼呢你！快過來彙報工作！」

來自梁繼軍的呼喚由辦公區響起，鞠晉宇的桌前圍著低士馬、陳珂、梁繼軍和馬賀，每個人都面帶不善的在等他。康澹忙放下手裡的東西，向之走去。抵達前的剎那，他卻被突然冒出的另一個人搶在前頭——是祁鳳。祁講師氣衝衝的來到衆人面前，厲聲道：「李本財剛才說的都是眞的嗎，環人保對外宣傳的活動都是假的？」

馬賀的臉猛然間的比青岡石還要青，忙扶著祁鳳從這一夥人身邊走開。

「哎喲，您可小點聲……」

「那這次會議也是一次詐騙活動？你給我的檔都是僞造的？」

「怎麼能呢！」

「撒謊！——你們這些混蛋！你們怎麼敢把我也給連累進來！」祁鳳大怒，臉上皺紋顫抖著，聲音哆索著用責備的目光死死的盯著馬賀「我這一個學者跟騙子團夥狼狽爲奸，傳出去算怎麼一回事！以後我要是沒事就算了，我的聲譽要是受損了，我鐵定要告你們！」

「一定不會，一定不會……」馬賀口乾舌燥，看起來無奈至極的求饒道。

「這種規模的詐騙，你們知道是什麼後果麼!?那是要蹲大牢的！」

馬賀連連點頭稱是，祁鳳說什麼是什麼，完全不敢還嘴，祁鳳嚷夠了，擱下一句咱們沒完，揚塵而去，留下面如死灰的馬賀獨自鬱悶。

梁繼軍的注意力始終在馬賀身上，鞠晉宇見狀，對梁翻了個白眼：「別看了，別看了，這破房子，有點什麼芝麻大的事兒互相都能看著，光看熱鬧去了，淨耽誤正事。」

說著，康澮走到了桌邊來，梁繼軍立刻衝他一砸舌頭：「幹什麼呢，磨磨蹭蹭的。」

「沒想到你們這麼快就要彙報，我還準備要去樓上再調查一下。」

「那不還有階段性彙報麼，少廢話！」

康澮聳聳肩，沒有再多說什麼。

一旁馬賀滿臉通紅的默默返回，找了個離每個人都有兩三米距離的位置孤零零坐下。

「目前調查的結果，全都說出來，說詳細點。」陳珂用下巴指指外出回來的三人說道。

「呃……我們先仔細調查了傭人舍、保安舍，後來又重新返回寶石庫，去了花園，能搜查的地方都搜查過了，哎……我們現在傭人舍發現的有——」

彙報正式開始，陳珂拿出紙筆，開始將所有線索證據記錄成清單。——不遠處馬賀惱火的從口袋裡拿出手機，擺弄了也就半分鐘就心緒不寧的放下，翻出旁邊桌上的雜誌，眼睛卻停不住，不斷的看向周圍，仿佛生怕身邊誰會突然暴起，臉上、眼中、舉手投足間，滿是焦躁。

八九分鐘，三人把證據線索報告完畢，鞠晉宇眼珠轉了兩轉，問：「姓湯那個，你剛才說，你要上樓繼續調查？」

「正是。」

「爲何？」

「Opal的謎語，我想到了些什麼，可能在樓上找到線索。其次，發生案件前下樓時忽略了很多東西，現如今發生兇殺案了，很多東西的意義不一樣了，有重新調查的必要。」

鞠晉宇努著下顎，把下唇擠壓成月牙形，挑起著一側眉梢聽完，想了想，慢吞吞的說道：「喔……竟是此般？……那……你這次反正也不出門了，一個人是不是就足夠？」

某種察覺到陰謀詭計的直感一閃而過，康澮一瞬間的遲疑，仍然立刻答道：「足夠了，一個人更俐落。」

「好，我相信你，相信你能應付得了，那你去吧，準了。」

緘默突降，梁繼軍看看康澮又看看鞠晉宇，馬賀偷偷借餘光瞄了眼身側辦公區的幾人，陳珂抬眼與康澮四目相對一霎。目光與視線在瞬息間交錯跳轉，須臾的無聲後，康澮輕快的點點頭，道了聲，那好，時間緊迫，我這就出發了。語畢便信步離開，朝通向二樓的階梯走去，幾十秒後，便消失於衆人頭頂。

深呼吸一口，鞠晉宇莊嚴的從桌後站起身，帶著一種走向祭壇一樣充滿儀式感的步子，走到收納區，他從櫃中拿出一隻羊角錘，大步流星的折返回來。

剎在辦公桌前，接著恍如斷了電的機器一樣鞠晉宇倏地沉默，瞬間的停息之後猛地揚起榔頭，照那桌面錘了下去。

「咚！咚！咚！」

突然如雷霆的連續幾下震耳欲聾，凡有耳的無人可能聽漏，驚得一樓中迅即鴉雀無聲。

除了雙眼緊閉的李定坤，所有人都於驚詫中回首看向鞠晉宇。連一直失智了似的董慧君，也像是被潑了冷水的貓一樣，脊樑忽然一抖，動作滯塞僵硬的拗頭看向辦公區，只不過一雙眼瞼下面，眸子又空光芒又暗，僅眼眶睜大了，露出大面積的眼白。

「咳咳！」

同樣是衆日睽睽下的鞠晉宇，同樣是隆重的清了清嗓子，既視感一樣的場景，只不過聚光燈下的鞠晉宇手中這次多了把羊角錘。

「剛才！外出前往現場取證的調查員們已經返回！經我們臨時管理委員會合議，在無數的證據下，眞相已然觸手可及！現在請大家以我爲中心圍坐在一起，我們將展開公開聽證會，由幾位調查員解釋答疑——」鞠晉宇重重的用鼻子吸口氣，突然壓低了音調「並確定兇手身分！」

「已、已經能夠確定兇手了?!」莫依然瞪大了雙眼。

「沒錯，大家請放心，今天由我在此主持正義，定要將那歹徒繩之以法，囚以縲絏！而且爲了保證最終結論能夠服衆，每個人都能心服口服，我們還要今天在場的所有人共同參加，公開公正的展開聽證會！」

「眞能確定兇手身分了!?」祁鳳面露忌諱地環顧左右「你還要我們坐一起，等最終指明兇手時，他豈不要在我們之中暴起傷人！」

「怕什麼！怕什麼！我們這麼多人呢！還怕兇手孤身一人!?」

「萬一他有武器——」

「行了行了！我自有安排！」鞠晉宇屈臂一掄，將羊角錘像扛攝影機一樣搭在肩上「梁繼軍、低士馬，你們過來！」

鞠晉宇用空著的那只手摟著梁繼軍的肩頭，按著他哈下腰，又對低士馬一使眼色，喚他過去。三人圍成小圈，臉埋在陰影裡低頭嘁嘁喳喳了俄頃，梁繼軍和低士馬隨即出門去了。

「兩位出門做下準備，啊，咱們也都別閒著，來吧，把桌椅挪一挪，這邊放聽眾席，主持人席旁邊，再專門給兩位調查員搬個桌子……」

看著鞠晉宇指手畫腳起來，眾人稍一躊躇，還是乖乖聽話，開始照其要求，搬挪桌椅。

廉月額上愁雲不解的看了眼時間，三點四十了，該換班了。她從門口登記臺後舉步離開，叫著王睿崎一同到辦公區向鞠晉宇報告後，又獨自逆人群向李定坤所在的客廳區走去。到了跟前兒，只見紀豔榮正學模學樣的扒拉開李定坤的眼皮，用手機照明燈往裡照。一看是廉月來了，紀豔榮唰的臉一紅，兩手抓著手機飛速藏到了背後，害羞的大睜眼睛。

看向李定坤，廉月溫和的問：「他情況怎麼樣？」

紀豔榮倥傯的背著手，亂轉了兩下眼睛，急急忙忙的回道：「呃、恩、那個……挺涼的！」

廉月抓起李定坤無力的手腕，發現他體溫確實有些低，脈搏略急且孱弱。隨後廉月發現他後領濕透了，捏著衣領將之拉開，看到李定坤身下全是冷汗，濕透的襯衫黏糊糊的貼在後背上。

倏地傳出一聲手機的報警音，紀豔榮把還開著手電筒的手機拿到眼前，同時張大雙眼，倒吸一口冷氣

「呀，沒電了！」

廉月愛憐的瞄了眼紀豔榮，目光仍回到李定坤身上。她一籌莫展的站在形同死人的李定坤身旁，感到深深地無力。

——湯有爲和程雨辰都我行我素，各自爲政，隊伍徹底散了，救援遲遲不來，等待仍舊遙遙無期。

廉月感到喉嚨炙熱，頭腦混沌，小腿發軟，植物神經和內臟挑撥著丘腦細胞，額頭一陣陣的跳痛告訴她還應該再休息一會兒，但她實在一點休息的心情也沒有了。看著李定坤的模樣，廉月開始感到煩躁。

——必須行動起來了，可究竟該怎麼辦呢？

廉月想不到更好的方法，總之先去找程雨辰商量商量吧——邁開步子往辦公區走去，路上卻見馬賀帶著像是剛盜完墓，活見了鬼似的一臉陰晦的表情，深垂著頭朝南邊走去。

他那猶如塗了鉛似的神情，在見到李本財的瞬間，唰然掃蕩得一乾二淨。馬賀親密的拍了拍李本財的肩膀，衝著李欣然一點頭，臉上拋出個充滿約束感的笑容：「怎麼還在地上，不硌得慌麼，快起來。」

李本財陰鬱的瞟了馬賀一樣，咽了咽黏稠的口水：「你又要怎樣……」

「噯！我一回去坐下，就後悔啦！我後悔剛才話說得太重了！你是二〇一八年來我們環人保的吧，咱們也是三年多的同事了……咱們也一起經歷不少了，咱們之間，也是有情誼的嘛——你看我什麼時候虧待過你？沒有吧，是不是沒有？我剛才啊，那說得都是氣話，你別往心裡去，啊！」

李本財好像才想起來自己剛才受過的委屈，似哭非哭的抽噎兩下，劇烈的看起來他都要乾嘔了，帶著顫音道：「我……總是我……被人看不起，沒人把我放在眼裡……」

扶著李的肩膀，馬賀霸道的把他從地上拉起來：「我明白！今天這個社會，太高壓了，不是你們個人的錯。」

馬賀一手擎著李本財的右肘，一手托著李的左側後腰，像運送一個沒綁嚴實的水袋似的，兩步一提，三步一推的，阻擋著李本財自然下墜的趨勢，強行將其送到辦公區附近。

此刻聽衆席已經擺設的差不多，馬賀隨便找了個末尾的，也不知是誰搬來的座位，把李本財放下，自己亦傍坐其身邊。

「年輕人都急，急著一步登天，我理解，年輕時候是各方面需求最強烈的時候，是最缺資金最缺生活經驗最缺社會關係最缺伴侶，卻最需要這些的時候。現代社會因爲資本主義形式的原因，占據了既有利益源的前人和他們的後代成了年輕人發展的障礙，他們爲了自己和自己身邊的人塑造了利益壁壘，有意無意的促成階層固化，要求年輕人在需求最強烈的時候抑制這些需求，強迫個人去消化這些激烈的矛盾。年輕人很多時候要面臨與這種極具優勢的前人家族、利益集團的不公競爭，結果年輕人淪爲奴隸或體面的奴隸，成爲先行搶占空缺後，不肯放棄吸血之家族與集團的消耗品。

年輕人走上歪道，還不是因爲這個被利益驅逐的時代，每個人都被迫活在時限和週期裡，過著過度快節奏而緊張的生活。疲於奔命的人們，忙著擠入利益圈，盲目競爭，社會紐帶斷裂，前人對後人指導不足，支持不足，對後人負有的社會責任，或是忽視、冷漠處理，或是直接拋棄，讓大量正直的年輕人在這個吸血鬼們坐享其成的時代裡，除了重複父母被剝削、不得不參與不公平且高壓競爭的老路以外，只有犯罪和放棄可選。現在各國生育率低下，就和經濟危機一樣，那都是資本主義的本質惡，只要資本主義存在，經濟危機和低生育就會發生。」

馬賀這下可開了話匣子，好像在爭搶什麼似的，專注的瞪著眼的說個不停，越說越起勁，越說氣勢越變得赳赳然，脊樑挺直，下巴抬高。李本財像是剛熬完夜，眼圈紅腫的看著地面，視線沒有明確目標的緩速遊動。

「咱們回去還好好的工作，啊，環人保的業務你都最精通了。知道你們工資低業務重，不過，工資的事兒咱們可以商量，我回去就找領導，給你提，好吧。」

李本財很用力的眨下眼，似乎有些興味索然的，對什麼都失去了興致的，眼神呆滯的動了動嘴角：

「哼……我不信……劉哥上次在工作群裡批評過這些事情，當時也說漲薪，不過到最後劉哥什麼下場大家都有目共睹。我上網查過了，這叫什麼塔西佗陷阱，你們早就沒有公信力了，你現在說這些，我也不信……你不用替我們年輕人說話，我們什麼屌樣自己最清楚，心浮氣躁，好逸惡勞，懈於積累，挑三揀四，蠅營狗苟，總是這山看著那山高，總有僥倖心理，總想投機倒把一步登天，總在賭。偷東西的是我不是你，是我沒認清局勢，用不著你擔責任……你放過我吧，力有不逮，環人保這活我幹不了了，等出去……我就辭職……」

馬賀陡然得焦躁不安，好像有人呵斥他似的突然坐直目視前方，並不停的嘬著牙花子，時不時斜眼瞥李本財一眼，接著又開始一個勁兒的變換坐姿，後背一會兒靠在後面一會弓起來。

「那……那我們環人保的事兒……你、可不能亂說出去啊……」馬賀呼吸加快，黑著臉道。

「等辭職了……我換個工資低一些，工作量也更低一些的，大不了降低些生活品質唄，不買房，車也賣了他，每月少下幾次館子，也比現在加班到下半夜還被人吆來喝去，明明朝不保夕卻還天天正當化苦難，灌輸虛假的勤勞致富觀要強……」

我已經受夠這種蒙著雙眼，盯著吊在眼前的蘿蔔那種謀虛逐妄的生活了，李本財乞求似的說道。

「是，你說的都對……咱們環人保的事兒……那都是內部的事情……你……」

「晚了。」

「欸？」

「我身邊的朋友都知道我早就想辭職了，也知道爲什麼。」

話語如槍，戳到了馬賀的痛點，他忽然勾起眉毛，一咧嘴哼地冷笑一聲，連連點頭，咬牙切齒的說道：

「好哇……好哇……」

之後馬賀又咬住嘴角，像是輕度癲癇一樣，晃動起上身。三五秒功夫，他離開椅子，疾步來到辦公桌後，趁著鞠晉宇正在和他人交代工作的時機，他無聲的拉開抽屜，從裡面拿出什麼，又趕快將那抽屜復原，鬼鬼祟祟的左右看了兩眼，剛往回走了兩步，又折轉方向，去了二樓。一頓折騰，片刻後再返回時，手頭捧著的是一筐零食籃。

「瞧瞧你給自己弄得這麼筋疲力盡，累了吧，話說這麼多嗓子也啞了吧，來吃點零食，來袋梅干。」馬賀不容分說的撕開零食藍最上頭的一袋，往李本財手裡硬塞。

「我不吃……」

李本財煩悶的一接到手就要放回籃子內，馬賀觸電似的立馬緊張的抓住李本財的手，制止他：

「見什麼外啊，一袋零食而已！吃吧，生津固澀，吃了能好受不少。」

缺乏聚焦的雙眼先是不解的轉向馬賀，隨後惆悵的看著那袋梅干，像是看著親人的屍體，像是看著自己過去人生失敗的影片合集，李本財垂著眼瞼，呆滯的視線沒有氣力的擱在上面，看不出腦中思緒。

馬賀局促的盯著李，焦躁的在李的臉和敞開封口的梅干間看來看去，他咽了下喉嚨，抬起手想要催促李本財，又倉忙放下，張口想說點什麼，又窘迫閉上。活像一個還未準備好赴死，上吊繩卻已經掛在眼前的死囚。

不多久，聽得外面灰喜鵲叫了三聲後，馬賀等不下去了，剛欲打破眼前的僵局，雙唇才半開，來不及多想，來不及反應，卻見玻璃門外氣勢洶洶的飛步進來一人，不是別人，正是梁繼軍。

他雙手端著碩大的十字弩，腰間別著把匕首，背上背著箭袋，衝進屋來，情緒高漲、精神亢奮的喊道：

「——這下！大家就安全了！」

25.

梁繼軍身後跟著低士馬，低的口袋鼓鼓的，似乎也藏了什麼武器。

「你這拿的是什麼？」祁鳳厲聲問。

「武器啊，還能是什麼。」

「我們還看不出來是武器？你倆人擅自跑出去，拿這麼一堆危險的東西回來，這算哪門子居心。」

「嗨，祁老師，你剛才不也說了嘛，這馬上要點名了，萬一還在逍遙自在的兇手到時發難，我們要是沒有武器，想反抗，也反抗不了啊。裡外裡命也賭上了，咱們好歹得賭的保險一點不是。」

他說著，掂量一下手裡的弩，又說道，不管兇手是什麼武裝，這弩也足夠抗衡了。

祁鳳嫌麻煩的用鼻腔嘆口氣：「放回去，太危險了。」

「確實太短視了」程雨辰小聲和身邊的廉月說道「客觀環境本身存在暗示性，而武器是一種強烈的攻擊暗示，只會誘發更多騷亂與衝突。兇手定然是潛在的威脅，但武器不會改善這一境況，反倒會不斷的提醒大家意識到這個令人緊張的潛伏中的危機，提醒大家攻擊他人也是可選項之一。最後讓本來高壓的衆人，精神上更加不堪重負。」

廉月點點頭說有道理，我們本可以繼續靠人數震懾眞凶。

程雨辰猛地一眨眼，想起什麼似的左右看看，問廉月道：「哎，怎麼沒看到湯有爲？」

「剛才上樓去了。」

「噢……」程雨辰所有所思的應了一聲。

「你什麼意思，那難道我們就束手就擒麼。」

另一邊，爭論才剛開始，而李本財放下了手裡的梅干，注意力被爭論吸引，馬賀也只能心煩意亂的等下去。

「人多就是力量，兇手只有一個，就算他有槍我們也有能力對付，不需要這些武器。」莫依然力挺祁鳳道。

「誰能斷定兇手只有一個？」

梁繼軍毫不示弱的直視對方的眼睛，好像賽場上開戰前的拳擊手，莫眉頭緊皺，一時反應不過來，無力反駁。此言一出，辦公區的王淑萍和丁永茂兩人倏地都屏住呼吸，像是從梁繼軍身上嗅到什麼危險一樣，定住不動，不安的四下張望。

「你有兇手不止一個的線索麼？」趙越創惴惴然。

「我只是說有這個可能。」

「拜託了，這些話不要隨便說出口」莫依然苦澀道「你得考慮考慮在場人的感受，他們已經快被壓垮了，我們最優先考慮的不應該是怎麼穩住局面麼？」

「不，他說的沒有錯，我們早就該正視這些問題了。」

說話的是王睿崎，他昂首闊步過來，用威棱逼人的氣勢，肅正的體態說道：

「救援仍未抵達，只要他們一秒沒出現，我們也就一秒還身處在危險之中，殺人犯就在身邊的事實也不會改變。我們需要點更進一步的措施來保證我們自己的安全，努力撐到救援到來。」

廉月走近，語氣嚴正，毫不示弱的對王睿崎道：「你想怎樣，難道留著這些武器麼？」

「讓它們用在正確的人手裡，就能發揮正確的作用。」

「呵，什麼樣的人是正確的人？我警告你，你這是在賦予特權，劃分階級，製造派系，撕裂這個脆弱的小群體。」

沒有暴力作爲靠山的權力，不過是鏡花水月，鞠晉宇雖然當權，但處於隨時可以被推翻的境況，目前大致是平等民主的，是管理者被民衆管理的狀態——但武器的出現，等同于增加軍權，若分給鞠晉宇的圈子，便是過度集權，是向專制獨裁轉化。不給他則等於在製造多個互相對抗的派別，不利於團結合作，增高衝突可能——實質是，無論怎樣分發武器都避免不了對所有人平等地位的踐踏，對衆人合理權力的剝奪，以及糾紛發生時深度對話這一選項的權重的貶低。

王睿崎目露藐視，向下斜視著廉月：「——女人，你擔心的太多了，這都是些沒邊的胡思亂想。只要兇手還在，我們自然就會凝聚起來。」

「得到武器的人如果不願意團結呢？」

「我早就要說了，你以爲我連這點最基本的都沒想到麼？要不是你一直在打岔——就因爲這些互相掣肘的原因，因爲無處不在的政治的複雜性，人事將決定未來一切，人事選用是這一刻最舉足輕重的決策。我們需要的是最客觀的，最能保持原則行動的人來掌握這些武器。讓不在乎政治，能實事求是不偏不倚的人運用這些武器。人選我也早就想好了，那就是丁永茂、祁鳳還有趙越創。」

話音一落，立刻譁然一片，論不上哀鴻遍野，也相差無幾了，反對聲浪一波接著一波。

梁繼軍手裡的武器抓的更緊了：「喂喂！不是吧，丁永茂可信？那我也可信！」

低士馬咧嘴一笑：「我呢？你不考慮一下我麼，我也一直很老實嘛。」

王淑萍：「我不合格嗎？我爲什麼不合格？我差在哪？」

一句接著一句此起彼伏，叫苦不迭，許久不見聲音有消停的意思，王睿崎聽得煩了，大喝一聲好了，爭吵才陸續消退下來。

鞠晉宇咂咂嘴，捏著一板一眼的語調問王睿崎道：「你爲什麼覺得是這三個人？」

「首先三人都是案發時未離開過二樓的人，其次，丁永茂屬於與犯罪最無關的人格類型，據我這一整天觀察，他屬於學者型人格，有較開放的心態、較高的相宜性和低神經質，意味著不喜歡政治且攻擊傾向很弱。祁鳳刻板而且過度重視規矩，對違規行爲有很高的抵觸情緒。趙越創則骨子裡是個仁慈的女性，單純善良，能周全的考慮他人——」

鞠晉宇嗯了一聲，搖頭晃腦的好像一個耐著性子聽人講道理的劫匪，同時間，程能發現就這一段話，讓少許人眼中開始萌生對王睿崎的信任，說明至少對於他的論斷，這些人還算比較同意。

人們交頭接耳起來，嘰嘰喳喳的小聲議論，能聽到有人對他突然拋出來心理分析的調侃，也有對三人是否眞的符合條件的爭辯。

他左右看了看這群彷彿在等待自己命運被裁判的人們的臉，目光凌厲的問道：「還有其他問題麼？」

沒人說話，這場裁定似乎可以暫時告一段落。

一派無聲與迷惘中，祁鳳昂首擴胸的逕自來到門口低士馬和梁繼軍身前，眼中蘊含著警戒一切的隔絕，伸出手，暢然說道：「剛才不是要分武器給我麼，快給吧。」

看到祁鳳這副事不關己的樣子，梁繼軍不知該作何反應，看了看低士馬，低士馬也只是聳肩。

他搔搔頭：「你別急。」

說著往鞠晉宇處走去，行至面前，問：「鞠書記，你看……」

「無妨，分給他們三個吧。」

答案得到的如此乾脆以至於讓梁繼軍感到驚訝，他一時很不甘心的望了鞠晉宇兩秒，才說喔，那好吧。

梁繼軍把丁永茂和趙越創也叫來，約定的三人到齊了，將三件武器，短刃，弩，和一把戰鬥匕首，依次分發給三人。

祁鳳端著弩臂，弩托頂在下腹，十分笨拙的在弩上摸索，擺弄的不怎麼明白。她死死盯著弩，欲用目光舔舐遍這十字弩似的，雙眼牢牢鎖定在弩身上，一會兒摸摸弦，一會撫撫弓，待她的手放在鉤牙上時，梁繼軍有點緊張了。

「不打算射人的時候，您可千萬別把他對著人。」

祁鳳又拿起箭袋，往裡一看發現只有寒磣的三支箭，加弩上正裝載的一共才四支，她咧咧嘴，還是把箭袋背上。玩夠了，心滿意足的喘口氣，轉頭對梁繼軍說道：「用得著你說麼，你以爲我是三歲毛孩？我玩三八大蓋兒的時候，你還沒出生呢。」

「那就好……」

梁繼軍屈服而尷尬的點點頭，要把戰鬥匕首遞給丁永茂，不知從哪冒出來程雨辰一把抓住那匕首，拿至身前，嗖嗖的揮了兩下，右手腕一挑，匕首凌空翻轉，左手掌心一翻，穩穩接住，匕首彈指間在雙手間切換，他凝視著磷化處理過的墨黑刀鋒，露出中意的笑容：「不錯的玩具。」

說罷，把匕首一把丟給丁永茂，丁永茂手忙腳亂的矮身雙手接住。

程雨辰來到書案前，雙手拄在桌邊，彎下腰：「鞠書記，我還得上樓一趟。」

「還是那件事？」鞠晉宇瞇著眼，小聲問。

「恩。」

鞠晉宇點點頭，靠回椅背上，醞釀少傾，突然提高音量，擠眉弄眼地說道：「是吧!?所以說能不大動干戈就盡量不要——咱們都強調了多少遍了，守在一起守在一起，你們老是一點小事兒就想往外跑，我真的是很難辦啊！出去了，出了事兒，怎麼交代？」

頓了頓，隨即用囑咐的語氣道：「最後一次，聽到了沒有，再出去可就不允許了！」

程雨辰一笑，謝過領導，匆匆跬步行上樓去了。

鞠晉宇嫌麻煩的癟癟嘴，剛要發言，不遠處的祁鳳唐突道：

「我要出去試試弩。」

辦公區附近的幾個人都看向她。

「這……」

「我得試試，練習一下，現在不試試手感，到時候慌了怎麼辦？」

「我們盡量不要隨意走動的好，好不容易維持的圍城，又要被打破了，這樣不安全。」丁勸道。

「那我總不能在屋裡試吧，傷了人算誰的？」

祁鳳咄咄逼人的盯著丁永茂，擺出一副在問「你負責？」的令人生厭的眼神。

「救援保準快到了，不會遇到需要使用的時候啦，你拿著起個威懾作用就得了。」

「快到了、快到了的，一直說快到了！太陽都馬上落山了，救援在哪呢？得了，我看你們也作不了主，我去找鞠晉宇！」

隻言片語毫不客氣，話裡話外全不留面子，祁鳳語畢無情的一轉身，我行我素的衝大辦公桌去了。

鞠晉宇不耐煩的看著衝過來的祁鳳，卻像一個優秀的演員一樣，在祁鳳停下的瞬間，戴上了一張布滿笑容的面具。

「祁老師，我都聽見了，你稍安勿躁。」

「我就是出去試試弩，馬上就回來，那個湯有爲和程雨辰不也都出去了嗎。」

「恩，他們是去辦案子，稽查眞凶的問題上，仍留了一些小尾巴未解決乾淨……我們馬上要召開聽證會了，已經拖的夠久了，你先等一等，我們開完會，你再去好不好。到時兩人也該回來了，咱們還是避免同時出去太多人。離群最容易出事，咱們得牢牢的團結在一起才安全，是吧祁老師。」

鞠晉宇陰陽怪氣的重讀老師兩個字，祁鳳也懶得和他拌嘴，頷首說那可以。鞠晉宇嘍得一聲揚起手裡的羊角錘，往桌面上又是一砸，一聲雷霆後，嚷道：「大家都各就各位，聽證會馬上開始了——祁老師你就坐在我身邊就好——別用弩尖指著我，不用的時候記得頭朝下。」

祁鳳哼了一聲，轉動十字弩，練習預演似的做了個瞄準的動作，試著將手臂肩膀都設置在恰當的位置，旁邊的梁繼軍連忙一個側步，閃開箭尖瞄準的方向，投降般緊張地一擺手。

見爭論塵埃落定，馬賀突然親昵的一拍李本財後背：「你看你這個見外的樣子！來，我陪你喝一杯！」

猶若一隻繁忙的蜜蜂，馬賀再度起身，去往門口登記處堆著環人保攜帶來的行李的地方，拉開包袱，從裡面找出兩個易開罐啤酒來。然後，他又從每個人都已經坐下的觀衆席之間，作爲整個兒一樓中唯一一個站著的人，在無意的招搖中的捏著那兩罐酒返回。臺上臺下，所有人都看得清楚，不管是馬賀暴躁的面孔，還是他手裡些許變形的易開罐。

陳珂和鞠晉宇並排坐在辦公桌後，另一張來自客廳的方形小茶几被搬到了平行於大辦公桌西側的一米遠處，沿茶几桌邊坐著低士馬和梁繼軍。兩邊桌面上，擱著三角臺牌，裡面的紙換掉了，分別手寫著調查員和主持人字樣。

鞠晉宇細起眼瞅著馬賀，決定不做反應。依舊把羊角錘當法槌的，拎起錘子隨意的敲了兩下桌面，音量削減不少，能接受多了，敲完，陳珂正了正西服，語調機械委惰的說道：「好，我現在正式宣布，爲了維持住當前局勢，平緩大家緊張的神經，最終達到保護好每個人，安全渡過封困難關的目的。我們決定，於此刻對本日早些時間發生的袁一衫被殺一案，展開公開聽證會議。本次聽證會將有現場勘查的調查員，對全部證據進行說明和解讀，會上不得隨意發言，不要隨意走動，有任何需要任何問題請舉手請示，以上。接下來，有請鞠晉宇鞠書記。」

上頭陳珂講著，下邊馬賀竊聲道：「單位你也不會在露面了吧！反正你也要走了，咱們爺倆兒最後喝點兒！來，這點面子都不給嗎！」語畢，呀的兩聲，起開了兩罐酒。

即便壓低了聲音，在這人數不多的房間內，仍舊清晰的刺耳，更不用說啤酒細碎而高密度的泡沫破裂聲，如同接觸不良的播放音樂的耳機中，不時傳來的電雜音，無法忽視。

李本財氣餒，不理解馬賀爲何如此不依不饒，再用餘光瞥去，發現上頭的梁繼軍和鞠晉宇都在看他，他略感窘困，實在半句話也不想再說，只想和其他人一樣閉嚴實嘴巴，免得更得多人用更銳利的視線看向他。於是推辭不過，李本財拿起酒，咕嚕喝了一口。

——或許是酒精刺激了食欲，或許是剛才鬧累了，李本財確實開始感到有些饑餓——

俄而，李本財拿起那袋已然被打開的梅干，倒出一顆吃了下去。

馬賀的眼眶和瞳仁，一同徐徐放大。

他飛速的連續喘息了兩口，霍然眉開眼笑，笑得整張臉像個擰緊的抹布，滿是褶皺。

「怎麼樣？味道如何？」

「……唔，梅干……有點苦……」

馬賀笑得更厲害了，可能有些太厲害，以至於笑的雙眼都瞇成了兩個沒開口的核桃。

26.

整個世界空無一人，康澮孤獨的存在於世。

一樓斷續傳來的聲響，就像是老舊電視機裡含糊不清的對白，你知道有人在說什麼，但不能確定究竟在說什麼，只能靠語氣揣測劇情的內容和情緒，卽遙遠又不眞實。

二樓保留著曾經有人的痕跡，擺件七扭八歪，水杯上沾著口紅，座墊上殘留著人體形狀的印痕，假如上一秒生活在這裡的人瞬息間憑空蒸發了，大致也就是這副模樣吧。

現在時間是15點42分，封城策略仍在執行，康澮沒有心思閒逛，卽刻往東南翼走去，其之目的地，當然是廚房所在。

打開廚房中島最底下的櫃子，一大堆鍋碗盤碟之中，能聽到低微的蜂鳴。把外面兩層鍋盆推開，黑暗中忽然輝映出一縷螢光，在儲物櫃的深處，靜靜的閃爍著。那星彩當然來自可攜式的基因檢測設備的指示燈。橙黃色的燈像在呼吸般富有韻律的一亮一滅，它仍在工作中，顯示面板表示設備運作正常，當前檢驗將於十一分鐘後結束。

再過不久，首次測序的比對就會出結果，就算猜錯了低士馬，活著的還需比對的就只剩王睿崎和莫依然。最晚半夜之前也能全部比對結束，總能找到汪寧威。任務一達成，最快凌晨時分大家就可以離開這裡。

總算，還有點什麼在順利的推進著。

十分鐘的時間，動作快的話足夠上去完成調查再返回了，乾等惟恐太過漫長，康澹邊在心中忖度道，邊從口袋中拿出放著試劑管的塑封袋放到櫥櫃裡面。關好櫃門後，遂卽步履穩健的踏上弧梯，轉眼到達了頂層。

空氣中透著涼意，天空再次飄起冰冷的毛毛雨，讓一切籠罩在朦朧中。樹葉細微的沙沙聲，颯颯的雨聲，彷佛有柔順的毛刷在外牆上不停摩挲，不絕於耳。空蕩無人的四樓，總覺得溫度比平時低上幾度，肅殺而冰冷，滅絕了生氣，讓人想打哆嗦。

在哪裡呢……？這個頂樓一定有什麼特別之處，但特別在哪裡，以至於讓它出現在袁一衫的死前遺言之中。

從小圓桌叢中，漫無目的的穿行而過，他自然看到了其中一個變黃充滿死魚的魚缸，但沒多看，只一瞥他就明白了緣由、並不甚在意。來到北面室內唯一的牆前，左右觀摩，牆上牆架的置物隔板上並沒有擱置很多東西，大都是假日風格的裝飾品，其中陶瓷罐、花瓶居多，還有些立式相框，隔板架並沒有占據整牆，而是集聚在中央，其左右零散安裝了不少單個的六角形木網格置物架，亦非常好看。

牆架上所有相框裡的照片，都是抽象畫或者靜物圖，一個人相也沒有，沒有任何的人像照，找不到一個家庭成員的面孔。

他到處翻了翻，拿起相框看看下面，歪倒罐子看看裡面，沒找到什麼不自然的東西。

也許得找更具有標識度，或者較獨特意義的地方？袁一衫的祕密可能藏在哪裡？祕密會是何種形態？康澹東一撇西一捺的思考著，不覺間到了泳池近，正欲繼續調查，忽然想起什麼，一扭頭，看到西側桌子上的動物彩燈。

他眼珠一轉，想到，也許可以通過監視錄影發現些什麼眉目。倘若這頂樓內眞藏匿著什麼，那麼某個知情的人曾經與之互動的痕跡很有可能被錄了下來。

康澮朝藏著攝影機的桌子走去，驀然感到心中有什麼在緩緩繃緊——這一次，可能眞的會發現什麼決定性的，顚覆性的證據，如此念頭一出，一種謎底似乎近在咫尺，觸手可及的錯覺，充盈了整個大腦。

來到桌前，康澮拿出手機解鎖螢幕，使用藍牙連接監控設備，等待圖示轉了兩圈，沒有搜到設備。康澮把燈罩摘下，將攝影機拿出來，貼在手機背側，用一手同時握住，攝影機像貼片一樣被緊緊按在手機殼上，重新搜索藍牙設備，又轉了幾圈——

識別到了。

還好，康澮稍感舒心，再不行就得抽攝影機的記憶體卡了。現在的智慧手機大多不支持拓展卡，要是抽記憶體還得找電腦才能看裡面儲存內容，就實在有點麻煩了。

——咦？

說起來……這偌大的宅子裡爲何一臺電腦也沒見到過？……

當代生活必需品的缺失……

最初發現遭到遮罩時，董慧君不也立刻測試過固網，確定了有線網路也不可用嗎？他當時使用什麼檢測的？屋內wifi嗎？——總感覺有什麼地方合不上牙，但卻怎麼也說不清道不明……

就像一層迷霧氤氳在眼前，擋住了遠處的光煜，沒法判斷那是燈塔，是月光，還是獵人誘捕的餌芒。

手中機器資料傳輸的速度很慢，這個世代還會有幾十kb每秒的速度，已然很少見了，不得不說遮罩器還蠻有效。兩三分鐘後傳輸完畢，四樓的畫面出現在螢幕中，然而錄影播放了不一會兒，才拉了幾下進度條，螢幕陡然變暗，讀取圈再次蒞臨，又是一次心癢難耐的等待，隨後，可算，黑屏上以略顯粗糙的低解析度畫質播放。

繼續拖動手指，拉動進度條，快進視頻，畫面中的動態景物開始以高頻率運動。連續幾個小時，頂樓都空無一人，除了泳池的水在無風的屋內泛起波紋外，只有窗外蔥郁茂密的枝葉在左右擺盪。

突然，程雨辰的孤單的身影出現，他飛速的在屋內轉了一圈，爬上了屋頂。緊接著，唐突間，畫面一閃，一個黑影出現在畫面中心。猶如時隔很久的裸露地表上長出了草一樣，四樓的地板上突然萌生一團黑泥。

「欸？」

那一團黑色仿佛要努力掙扎脫出黝黑卵殼的鳥類幼崽一樣，在地板上蠕動。

康澮緊忙拉回來，匆忙改用正常速度播放，黑塊的動作變慢。定睛一看，石板上躺著的，是卷成一團的黑黝黝的西服。

是人。

他感到肌肉陡然繃緊，用僵硬的手指觸碰螢幕，回拉進度條，精準的停在黑團出現的前一秒，才看清了剛才一閃的眞面目——那團黑色西服，是從上面墜下來的。黑團瞬間從上而下的在空中劃過，在快進時觀感酷似螢幕閃爍。康澹下意識的抬頭看了眼，從這裡看過去，頭頂只能看到嵌入式的頂燈，看起來一切正常無虞，他根本不明白人是從哪裡墜落的。

康澹感到一陣不詳，某種陰暗在他的心中盤亙回轉，他低著頭邊看錄影，邊匆匆走向那人墜落的位置。

那人在地上趴著，整個人是合撲而落，掉下來時候臉衝著下方，背朝攝影機，西服的肩領也擩到了後腦勺上，故瞧不清面孔，讓他在螢幕中看起來就像是一個曲線不順暢的詭譎的球團。

西服團似乎受了傷，很痛苦的在地上顫抖和蠕動。視頻是沒有聲音的，針孔攝影機的錄音功能十分有限，這個距離已經捕捉不到聲波了。康澹沒法確定他是否在呻吟，亦或是在說什麼。那人如此躺了好一會兒，至少十幾秒，他發著抖，頗有些悲壯的，開始向前爬動。

他的前方什麼也沒有，這爬動沒有目的性，只是單純的掙扎。

康澹看著視頻，腦皮層感到某種奇異的刺痛，一邊看著，他已經步至那人跌落的地方，他一斜眼，立刻看到黑團著陸處，有點滴血跡。血污早就乾了，和深黑色的大理石顏色很貼近，不太容易察覺。

他緊張的匆忙收回視線，視頻中的人還在拼盡全力的爬動，下一刻，康澹心中的預感，以最糟糕也是最預料之內的情況成眞——

從樓頂的空間，程雨辰一躍而下，穩穩的落地。

康澹開始感到呼吸不暢。

程雨辰三步並兩步，來到西服男的身側，口中念念有詞，唇瓣有韻律的開閉，不知道在說什麼，但似乎激怒了地上的人，那人仍在爬動，聽到程雨辰的話後卻昂起頭，滿面怨懟。程毫不留情的薅起那人的後領，拖著他向東北隅的落地窗走去，一被拽起來，那人更是發瘋般的掙扎，雙腳在地上瘋狂踢踹。

康澹捧著手機，火速來到四樓東北，在一片被桌子擋住，之前看不到的地面上，此刻仔細觀察，忽地見到好幾道鞋尖留下的淺淺的劃痕。

接著，錄影中程雨辰拉開了落地窗，生拖硬拽的將那人拉扯向房檐邊緣。

之後的事件超出了鏡頭範圍，再看不到了，俄頃之後，由落地窗出現返回的人影，只有程雨辰一人。

康澹面如死灰的一隻手死死攥著手機，疾步到得程雨辰最後去過的落地窗前，猛地拉開窗，凜冽的冷風霎時刮在臉上。同時開窗的掌心裡發生了奇妙的觸感，康澹感到有什麼涼涼的東西在手中冰釋。一看，剛才摸到的窗緣上，有紅色的血手印，那手印形狀的血，分給了他一點。

他瞇起眼，邁過玻璃窗下的門檻，踏上雨簷狀的陽臺，蹲下身向下望去，除了繁盛的大森林，什麼也看不到。這樹林太茂密，以至於已經可以做到如同汪洋雄川般的效果——任何東西沉進去，都會被吞沒，一點曾經有東西掉進過的端倪都不會留下。

康澹昂頭看向上方，天空就像是一張倒置的畫板，而塔柱樣的別墅輒如不倒的陀螺一樣，用它錐形的底端杵在畫板的中心，他很快感到一陣微弱的眩暈。

沿著雨簷，盯著下方少說幾十米的高低差走了須臾，陡地瞧見一條不自然的磨痕，就在腳下木條的末端。

他小心翼翼的矮下身，發現同一根木條靠內的位置，也有幾道劃痕。大起膽子把手伸過去，摸那些劃痕，能摸到細膩的凹陷手感。劃痕非常的新，且切割角度平行於木條，是某種金屬物橫向移動時留下的。

一陣疾風吹來，康澮衣襟飛舞。

就在這幾道劃痕附近，立刻有東西吸引到了他的視線，引入了他的眼眸——那是一片乳白色的碎片，他忙撿起來，拿到眼前，卻立刻感到捏著那碎片的指尖傳來一陣令人生嘔的電流——

手上捏的，是人類的指甲斷片。

剎那間，康澮感到銳利的視線紮得後頸生疼，他猛地轉過身，只見剛才還在朝他後背無聲走來的傢伙猛地止住了腳步，踩在四樓地面那若隱若現的乾涸血跡上。

那人站定了，安之若素的用若無其事的口吻說道：

「快把窗戶關上吧，剛下完雨外面多冷啊。」

康澮透過玻璃窗看著泰然自若的程雨辰，默默地咬緊牙關。

27.

幾乎是懸空蹲伏於山尖的康澮，神經高速運作，精神飛速緊張起來，他雙眼一眨不眨的，連半秒鬆懈也不肯的，死死的鎖定著程雨辰，愼重的緩緩站起。

不過是直起身，寒風陡然變得更加凜冽，直入骨髓。

康澮的小腿不聽使喚，沒有任何膽怯或是顫慄，而是猶如水泥般乾涸凝固了，又好似被看不見的絲線纏住，邁不開，走不動——因為康澮幾乎所有的精力都集中在對程雨辰的盯視上，自身的任何一點動作，都可能換來程雨辰的暴起，臨崖的地勢意味著這種情況一旦發生，康澮只有百分百的劣勢，這讓他的每一步前進，都必須愼重如行走於泥沼中。

但落地窗內的程雨辰並沒有行動，倒像是維也納金色大廳的侍者，老早看到了客人，不催不急，淡然平和的等著你到該去的地方。

「看來遮罩器……就是在這裡被你解除的。你發現的遮罩器在樓頂的空間中，當時，隱藏遮罩器的房間內，並非只有你一個人，不是麼……？」

程雨辰佯裝不經意的掃了一眼康澮，注視點最終固定在康澮手捏著的手機與針孔攝影機上，有些無奈地微微一笑

「是嘛，你果然還是看到了啊，這裡發生的一切。」

康澹繼續向室內走過去，笨重、遲緩，同樣的沉重的，還有康澹的追問：

「——躲藏在屋頂隱祕處，穿著西服的人……是誰？」

程雨辰歪了歪頭，彷彿在說你眞的不知道嗎。

「本來還想和你再玩會兒裝傻遊戲，上來的路上心想說不定你不會去查看錄影——遮罩器開著，沒人能遠端提取錄影，我也不想在任務結束前，過早去動攝影機打草驚蛇，未曾想你還是在我處理那錄影之前，察覺到了四樓的異樣呢。不錯嘛，作爲調查員你也姑且算是合格了。」他露出莫名的欣喜笑容，繼續說道「至於這個自始至終未曾露面，未知的第二十人的身分……你……難道想不到麼？」

嗒的一聲落地，康澹的前腳終於踩在落地窗滑軌前咫尺處。

「不是想不到，而是有多個猜測，存在複數皆可能正確的答案。」

「那你覺得概率最大的那個呢？是誰？來吧，說出來。」

他用警惕的、幾乎要戳穿程雨辰的目光望著對方，心一橫，說出了那個名字。

「宋陽君」康澹重重的吸口氣又吐出來「藏在閣樓，從未露面，在我們安置遮罩器之後，還未付諸行動，便先我們一步暗中隔絕了通信的人，最有可能的，就是這個大宅的主人，宋陽君。而你……殺了他。」

「嘿……」程雨辰的目光也開始鎖定在康澹的臉上，像兩隻準備拼殺的獅子，互相盯著對方不敢放開。

「先進來吧，有話我們慢慢說，殺人的指控我們先放一邊不談，我現在只有一個請求，那就是希望你能相信我。」

康澮眉頭一蹙，飛速的躍進在室內，在大理石地板上腳不沾地的連走幾步才停下，然而懸著的心卻一點也未放鬆，危機感半點也沒有消散。

「相信你？我剛剛發現你殺了人，你心知證據確鑿到你連狡辯的餘地都沒有，乾脆閉口不談，就要我相信你？」

「說來話長了。」程雨辰突然瞳仁向左上．轉，背起手說道。

「為什麼要殺人？為什麼是宋陽君？你今天來的目的，從一開始就和我不一樣？金井社知道你的行動麼？你行動的背後是個人動機……還是說……你們三個人本來就是……？」

這個念頭還眞是讓人厭惡、不悅和惶恐。

「抱歉了，康澮，這些話，牽扯到太多，不是我這個身分能隨便說的。」

「那你要我怎麼相信你！我連你是什麼身分都不知道！」

程雨辰冷漠而沒有幹勁的望著康澮，片刻的沉默後，溫吞的說道：

「好吧，我只能告訴你概括性的情報，太具體的我不能說，包括名字和地點一類。走到這一步也是我失算，我從沒計畫與你以及金井的人為敵。你剛才看到的都是我個人行為，和李彤、段奧娟無關。這麼說吧……我，搞到了一個，日進斗金的肥差。」

程雨辰保持著與康澮的距離，邁開步子，以漫步的速度，勻速環其移動。

「你知道這個時代的問題嗎？」一頓，續道「那就是無數個人都過分的在乎自我的每一點滴的微薄私利，而每個人都在傷害每個人。」

康澹也走起來，兩人像環繞看不見黑洞運轉的雙星系統，在同一個圓周上運動。

「這是一個物質充沛而精神枯竭的時代，一個被無窮無盡消費欲望吞噬而失去方向的時代。合作才能每個人都最高程度的獲利，但人總是會過分在乎那一點私利，或是無法看清長期的利益，爲了自己既得利益和短期利益而去維護畸形的體系，拒絕合作、進步和改變，爲了一點蠅頭小利而花費更多的去攻擊別人，讓整個社會都變成一個巨大的囚徒困境。」

這連貪婪都算不上，僅僅是鄙賤，程雨辰狠狠道。

「在這個畸形的時代，畸形的社會，在眞正的改變到來前，我也只能委曲求全的，在異化不發生的情況下，盡可能把畸形壓制在最低限度下去保護每個人。」

程雨辰忽然如惡鬼一樣紅著眼，瞪著康澹，說道：「我的差事在傷害著某些人，但也因此他們擺脫了悲慘的出身，得到了一輩子也不可能得到的財富以及充分的庇護，他們不需要經歷這個殘酷骯髒的世界。而我們這些運營，也能夠卑微的分一杯羹。」

「所以你們在搞踐踏和蔑視刑法的買賣，是在利用某些人盈利，早就想到了。哼，說下去，你爲什麼來這，你的同夥也在這山尖囚籠中嗎？」

「在，但我不知道他們是誰。」

程雨辰深呼吸一口，說：「這是一項極其困難和隱祕的活動，因爲難度大，牽扯到的都是各路有頭有臉的人物，是留不起案底，曝不起光的角色。所以我們之間從來沒有交流，互不溝通，只直接向宋陽君報告，由其個人獨立直接管轄所有成員，爲每個人配給不同的任務職責，由其獨立調控分工，借此保證隱蔽性。」

「唷，合著殺的還是你們的總統領。」

程雨辰忽然有些態度不端的嗤嗤一笑，但轉瞬就冷下來，咬了咬牙，道：「啊，沒錯，我們已經不需要他了。我們集團最近遇到了巨大分歧，面臨關鍵轉捩點，這是唯一一次，宋陽君召集了我們參加的會議，是破天荒的。我們——至少我，不認得任何人。宋陽君爲了給各位成員打掩護，找來了環人保做活動，做運營團體集會這一眞正目的的面具。但剛開始就出了岔子——我猜，不止是我，有其他成員早就厭膩了宋陽君當權，欲除之而後快。這就是爲什麼金井偵探社會接到這份神祕委託的原因。」

康澮能夠感到熱血上頭，呼吸粗重：「就是說你不知道委託人或者線人的身分，你在準備出發的前一天發現自己工作的單位接到了委託，和你原本的行程重疊了，你當時也很意外。」

「沒錯，我們這一團體的收入，是你無法想像的天價。礙於收入的非法性，我們必須洗錢，洗錢的途徑自然就是寶石庫那些亮晶晶的石頭們。」

寶石的價格是何等高企，想想它們就能想像出來，宋陽君一夥的贓款收入是多麼的高不可及了。

「寶石的藏處是祕密，本來是宋陽君用於要脅和管控手下的，今天的暴露，意味著集團內的人能夠自行轉移走其曾經許諾的報酬，脫離宋陽君的控制。這就是爲何宋陽君會決絕的切斷山頂與外界聯繫，限制所有人行動的原因。他本來打算在今天之內採取措施，解決分歧源頭，重新掌控局勢，寶石庫被發現，嚴重衝擊了他的這一最初計畫。」

喔……原來如此，犯罪團體的分崩離析，對宋陽君來說是滅頂之災，每個同夥都成了掌握其把柄，能搬倒他的潛在威脅，宋陽君只有祭出封鎖此種極端方法，孤注一擲。

「這就是我能說的全部了，說的太多了，只會引禍上身，咱們最好還是在無法收拾前打住。」

程雨辰停住腳步，康澮也轉瞬站定。程看似困頓無聊說著，打了個哈欠，擠了擠濕潤的雙眼：「測序也該結束了，要是精準的猜中了汪寧威，你回去複你的命，我回去搞我的買賣，咱們兩不相犯，安穩的共同度過這次危機，可好？」

「有意思，我身邊剛有一個人被毒，兩個或許三個人被殺，然後一個認識了不到二十個小時剛殺過人的傢伙希望我全當什麼都不知道，真難做決定呀。」

「慎重，機會可只有一次。」程雨辰冷酷道。

「呵……我怎麼知道你不會也對我偷偷下毒，或者在下山前的某個時間除掉我，反正你們這麼大能耐，像我這種小魚，你們怕是從來都不當回事吧。」

「毒不是我下的，我也不清楚是誰的手段，殺你只會增加更多麻煩，我能給你的只有口頭保證。」

「明白了，就像是魷魚和蝦的區別，你都愛吃，但扒蝦太麻煩了，所以你一頓飯只吃魷魚就夠。」

不快，從雙眼開始，蔓延到程雨辰的整張臉上。

康澹一聲冷笑：「要我說你們這種情況，還是趕快都坦白了身分，大家坐在一起透徹的聊一聊才能解決問題。」

「不可能，別妄想了，提前暴露身分，等於向其他成員暴露弱點，新的領袖可能是任何人，也就意味著任何人都是敵人——也別想著我們能提前放你們走，整個集團的命運就在此一舉，在意見達成一致，野狗們都再次拴上鏈子以前，誰都不許離開，包括你們這些局外人。」

「即便有些人打算把你們所有異議者趕盡殺絕，即便不久之後你們就要開始互相廝殺到最後一人？」

程雨辰忽然像看到蟑螂一樣，脖頸不動的雙眸垂視，目光飛速的在地上掃動兩下：「與你無關。」

「我可不這麼想，等你的同夥知道了你告訴我的這些不得了的事情，他們恐怕也未必會同意你要放我一馬的意見。」

「哼，那些不需要你擔心——我一直在努力表達真誠，到頭來你只在那冷嘲熱諷，結果還是白白浪費了口舌……這就是你的最終答案？」程雨辰緩緩的從懷中掏出一隻遙控器形狀的東西，慢條斯理的用遺憾的語氣說道「你不要誤會了，我回答你的問題，不是出於畏懼，而是出於憐憫——憐憫一個無辜、且行將就木之人。」

程雨辰話音甫落，猛然一甩手，康澹什麼實物也沒看到，只見眼前寒光一閃，條件反射的趕忙矮身，那寒光穿過打開的窗戶，筆直的飛出。康澹跪在地上，扶住身旁的桌子才沒倒下，回頭一看依然什麼也沒瞧見，回過頭，卻見程雨辰的，指尖拈著兩枚菱形的小體型刀刃。

剛才衝著面門直挺挺飛過來的就是這東西。

「嘁……！」
康澹匆忙站起來，立刻抽出電擊槍，才舉起，彈指之差，又一枚飛鏢破風而來，一聲脆響，勢如破竹的捌入槍口，插在槍口的電鏢霎時如暴風下的小樹一樣歪倒破裂，迸濺炸開的電流同烈風一併擊打在指尖，寒意與痛意直鑽指縫。
「呃！」
條件反射的一甩手，將不能再用的電擊槍拋開，來不及反應，卻見下一枚黃昏中的流星，已經凌空掠過桌椅，迅猛的飛來。康澹忙抬手去格，脫手鏢刺入前臂，讓康澹身形不穩的撞在身後的盆栽上，發出登的一聲劇響。他忙一轉身，衝到承重柱背後，並一把拔出飛鏢，朝旁側一扔，任其在空中連翻著跟頭落向地面。
同時程雨辰不緊不慢的按下了遙控器，只聽耳邊軋軋作響，緊接著四周的光線迅速變弱。探頭一看，才發現整個樓層八方落地窗的頂端和樓道口，全都出現了折疊式防護鋼板，它們不急不慢，徐徐的，一層層展開。前後不過幾秒，防護板完全打開，嚴絲合縫、滴水不漏的封住了整個四層，消滅了投在程雨辰手中脫手鏢上的最後一縷光芒，將兩人籠罩在黑霧中。
那頭，黑霧開口了，他說道：
「我已經嘗試過拯救你了，但沒人能救不想被救的人。」

28.

「你就死在這裡吧，別想著叫人，相信我，隔著這些防護板，你撕破喉嚨他們也聽不到的。」

疾風驟雨般連續三下飛鏢攻擊，皆是毫不留情，衝著康澮的性命而來，康澮不禁握緊了拳頭，拿著手機的那只手裡的攝影機，都快被捏變形了。

「你沒有帶電擊槍……殺死袁一衫的那把，看來就是來自你了。」

「老兄，事到如今你還在糾結這種問題？再不專心點，你可連一分鐘都撐不上了。」

「哈！幾分鐘前還口口聲聲說著保證我的安全！我就知道對於你們來說，圈外的人不過都是腹背之毛，我也好其他人也好，這種施捨性的承諾，過後還不是一念之差，輕易就會更弦易轍！你們的承諾，一分錢也不值！」

康澮眼前一抹黑，眼睛尚未適應黑暗，幾乎目不視物，近在咫尺的桌椅連輪廓也只能勉強看清。他辨不清方向，像被逼近死胡同的老鼠一樣，除了亂叫什麼也做不了。

程雨辰哼哧一聲笑了：「你就盡情譴責吧，在你生命最後的時間裡。」

聲音的方位，能確切的感到比剛才更近了，康澮心知不妙，忙把手機揣進口袋，思考對策未果，卻只聽打水漂似的，柱子後面腳步在地上連點，名爲程雨辰的黑影瞬間出現在眼前。康澮倒吸一口冷氣，想也不想側步一閃，程雨辰一刀削過來，砍了個空。

看不見——

這一刀從何處來，砍向何處，根本看不見，眼前只有黏稠的黑被攪地天翻地覆。

一刀完，毫無停頓的，程雨辰搶上半步，借著剛才削擊動作，肩膀一裹，刀刃上旋，搶占位勢，其刃以居高臨崖之姿，斜劈而下。

程雨辰這兩步速度極快，康澮因慌忙間的閃躲而雙腳騰空，下盤空虛之際，刀刃已經蓋頂而至。康澮絕對沒有再次拉開距離的空隙，眼看刀刃即中，千鈞一髮之刻，康澮於空中極小幅度的一扭身，讓刀刃豎向從肘與胸腔之間的縫隙中切過。

下個瞬間康澮落地，他瞬間繃緊大腿，只感到膝蓋一痛，是下肢肌肉沒有跟上上身的運動，僅能勉強用腳跟撐住身體，好算沒有被自己半空扭動的慣力帶的人仰馬翻。也是同一剎，康澮攥緊拳頭，衝著程雨辰手臂關節後半厘處，卯足力氣，斜上勾打過去，正中程雨辰手臂肘節麻筋，程雨辰手上尺神經放電，瞬間麻的他抖了三抖，慌忙後退，手指發軟差點丟了手裡的飛刀。

兩刀躲得頗爲兇險，這一來一回不過發生在一呼一吸之間。兩人分開來，康澮才感到鼻子發癢，豁然發現被割掉了半縷劉海，幾根毛發掉在鼻尖，幾根還在空中慢慢飄落。但凡程雨辰距離再近一點，剛才兩刀切下的就是康澮的額頭和胸口肉。

康澮胸口劇烈起伏，他感到兩目已經開始適應黑暗，漸漸能夠看清程雨辰的眞面貌。康澮盯著程雨辰，邊用眼睛直勾勾的鎖住他，邊兩隻手都緊緊的握成拳。

話語已然失去用武之地，兇手就在眼前，現在的任務只有一個，就是在來襲的殺意中活下去。

咬牙切齒看著康澮，程用幾乎聽不見的聲音嘟囔道：「不會有第二次了……」

話音一落，程雨辰隨即暴起，一躍拉近距離，對準康澮斜下方就是一刺。

乾淨俐落的一下，但偏離康澮身體核心很多，這一擊，距離遠，來路清晰，很輕鬆便被康澮躲開。閃避的一刻，康澮見程雨辰坎門大開，想也不想，含拳蓄力便要反擊，哪知出拳的刹那，程雨辰手腕一翻，手中刀刃一轉，反手握刀變爲正握，刀口在轉瞬間再次朝向康澮，還來不及看清翻轉的動作便見一刀補上，反向刺回，寒刃不偏不倚的穿透康澮的皮膚。

「唔！——」

佯攻，康澮在驚詫中意識到，第一刀是故意刺歪，以爲之後能切實擊中鋪路。

驚詫連同被刺中的疼痛感，讓他失去力量，本該招呼在程雨辰臉上的拳頭變成爪，無意義的抓在程雨辰的肩膀上。

幾乎同時，程雨辰在刺中康澮後，一甩膀子，驅動還在康澮體內的刀刃，猛地一撩，刀子緊貼著康澮的身體，霎時割出一道長長的創口。

——血，猩紅的血，撒鹽潑水一般，飛濺了一地。

這一瞬間，康澮比冷風打在身上的時候，清醒多了。

康澮不受控制的一轉身，朝後翻倒。半秒的時差後，刻骨銘心的劇痛，由顱頂傾盆而下。

「呃啊啊啊啊！！！！！」

康澮慌亂用雙肘拄起上身，倉皇轉身藏匿無法防禦的後背，坐倒於地，恐慌的手腳並用奮力後退。程雨辰連一秒的喘息時間也不給，三兩步走上來，一手拽住康澮右肩膀的衣服向上一提並一卷，讓康澮的右手蜷屈著沒入袖口，並被自己的衣服裹住而動彈不得，同時將康澮從地上拉起來，他另一手拿著鏢，半點猶豫也沒，乾淨俐落的向康澮的脖動脈戳過去，康澮驚恐抬起左手，立刻用整只手臂裹住了下巴與鎖骨之間的空隙，刀刃插中了後臂三頭肌，沒能得逞。程一瞇眼，立時拔出鏢刃，貫臂一刀捅向康澮的胸口，插出一個肉口子，緊跟著手一收，光一閃，又一刀紮中左肩。

恐懼。

被鱷魚死死咬住的斑鹿，死前最後的感情，恐怕就是這種幾乎要把意志壓垮的，滿溢的恐懼。

情勢急轉直下，眨眼間身上就新生了三個傷口。康澮在胸膛被刺中後立刻嘗試防禦，但一隻手被牽制，另一隻手則是目標本身，根本防無可防，整個人看起來就像是在無意義的抽搐。他忽然感到自己一點還手之力也沒有，任人魚肉，未來已然失去了哪怕星點大小的光輝，本以爲自己有一搏之機，那種「自以爲」在這一瞬間也只有幻覺一般的虛無感。

康澮大腦宕機，除了用手臂裹著自己，什麼也做不了。大概是單手拖拽康澮上身太累，程雨辰鬆開手，讓懸空的康澮自由落體式的撞到地上，一步跨過他，手如標槍般，精准的一把按住了康澮的左手腕，並身形一墜，單膝壓著康那仍擩成一團的右臂，騎坐在康澹的身上。他再次高高舉起鏢刃，瞄準康澹的脖子，志在必得的，狠狠的刺下去。

死亡從未如此之近，如此之眞切。

康澹生命只剩下最後的一瞬，他只有一瞬間的時間定奪。

他猛地縮首，大張嘴去咬那猛紮下來的菱形刀刃。

——斜刺的刀刃先是割穿毫米左右鼻翼，由上唇插入，自上而下的割穿了半釐米長的上顎，最後切破了下嘴唇，落在牙齒上。下頜迎接刀刃的側切牙牙尖，在衝擊下斷裂，牙齒斷片在康澹的口腔中彈飛，衝撞於小舌頭上。下方側切牙和上顎的中、側切牙縫隙，共同卡住了刀刃，刀刃被迫停在與舌尖毫釐之差的位置，康澹能夠嘗到鐵的味道。

這一剎那滿嘴鮮血，兇惡的露出尖牙的康澹，貌似惡鬼，程雨辰瞪大了眼睛竦然怔住，康澹連半秒的躊躇也不需要，猛然抽出手，直起食指中指，朝著程雨辰的左眼珠，用盡全力插了過去。

「！！！！」

指甲沒入程的眼眶一兩毫米，他猝然鬆了手上的刀子，腦袋就像是被擺錘打倒一樣，轟然向後跌倒，整個人在地上撕心裂肺的哀嚎著連連打滾。

痛，兩根手指關節就像要碎掉了一樣劇痛。

不消多想，這一下定然杵破了眼球，不僅康澹的指甲縫裡殘留著肉屑，他手上的每根感知神經上還都殘留著球狀體內壓外爆而遍流全掌的對衝力。

這種結果也是理所當然的。

這是拚上了性命的，不計任何後果的一擊，戳歪便是斷指，指斷便是送命。

——康澮現在已經失去了所有思考力，只有腎上腺素作用下，彷彿身置釜底的全身血液沸騰滾動的燥熱。

「我的眼睛……！你！——我！啊啊啊啊啊！！……我的眼睛！！！——」

程雨辰破口大罵，嘶吼著倉猝的從地上滾爬起來，康澮更是瞬息也不等的彈身站起，嘴裡的脫手鏢，自然的脫落，刮擦著他的嘴角墜至地面。鮮血也好，臉上的兵刃也好，康澮全不入眼，一躍起身，解開外套，刻不容緩的衝入黑暗。程血肉模糊的臉上滑下黏糊的含血混合液，他剛站穩立刻左右尋找康澮的所在，但沒有看到。他迅猛地轉動脖首左右環顧，接著遽然想起什麼似的，不自覺地往左一轉頭，頓時發現康澮已經到了眼前。

在被拳頭擊中前的一瞬間，他理所當然的明白過來，自己的視界已經比幾秒鐘前整整縮小了一半，視界中幾乎都是黑斑，康澮是瞅準了新創造的視野死角而來。

這一拳結實的打在下腹，程胃酸上湧，重心不穩的幾欲後仰，緊接著，康澮掄圓了臂膀，又是一記擺拳，不偏不倚的掄中程雨辰的下巴。終於再站不住，程重重的向後倒去，後腦親密的撞在桌子棱角分明的邊緣。

咚的一聲，震耳欲聾，其響欲裂，懾的康澮心裡一愣，只見桌上留下一抹血紅。

程雨辰在地上連連翻滾，捂著血肉模糊的後腦，痛苦嘶號。

康澮開始感到眼前的景象在搖晃，視野開始模糊，注意力愈發的難以集中。他突然意識到，是流血過多了，自己正在飛速失血。再看地上垂死的程雨辰，忽地沒了主意——該怎麼辦？現在…輕易就可以殺死他，但是……

「住手吧！你的傷勢還有救！把一切告訴大家，讓這場鬧劇結束！」

程雨辰趴在地上劇烈地喘息幾下，一揩臉上的血，忽然惡狠狠的一咬牙，瞪著血紅的雙眼，腳跟在地上一轉，大腿用力，動作猛烈從地面躥起。

漆黑的鬼霧撲面而來。

一切考量皆須拋至腦後，電光石火的生死之間，除了本能的防衛，什麼也沒時間考慮。

康澮心一橫，一步搶上前，卯足全身力氣，膝蓋一彎，挺直腰板，一記衝拳打過去。

這一下是衝著躍升而來的程雨辰的腮頰打出的，但黝黑之中看不清楚，又低估了程雨辰躥升的速度，竟打在了程雨辰的腰上。

程雨辰也是朝著康澮的喉嚨狠狠的攮過去，被擊中的一瞬間，才意識到，自己瞄準的是康澮頭頂的位置。程的臉上閃過一絲瞬息卽滅的動搖，他心底某處，惴惴不安的開始萌生對自己的視覺定位能力的質疑。

拳頭骨節上出傳來顆粒化爲粉末的粉碎感——這一拳居然還打在了程雨辰隨身攜帶的安眠藥上。

「咳！——」

程雨辰中心不穩的後退兩步，明明很重的打中側腰，他看起來似乎完全不痛，但面目猙獰，受傷給程精神上帶來的震撼遠大於肉體上的。

他發出野獸一樣的一聲喘嗚，嗖的一聲左手抽出一把短小的匕首，同時緊了緊右手中的鏢刃，一步一頓的朝康澮走來。康澮看著程雨辰被獻血覆蓋的模樣，呼吸更加緊湊起來。

一吸氣，程雨辰徐徐放低姿勢，身形下潛。一呼氣，他繃緊的大腿陡然發力，迅猛突進。

程雨辰勢如猛虎的掄動手臂，刀刃自下斜掠，攻擊範圍又大又廣，康澮忙收腰撤步，緊跟著瞄準程的臉就要一發勾拳打過去。還未出手，只見程雨辰立刻重心往前一送，低空劃過的飛燕一樣，貼身繞到康澮右近，縮肩含胸，眼看著是要揮刀。康澮沒法判斷自己的動作能不能快過程，只得作罷，扭正身子，準備再次後撤。

但是這兩下動作皆是迅猛無比步步緊逼，死死咬住了康澮的身位。康澮腿上肌肉還沒用上力，不及蹬動地面，程雨辰已然將左手中刀刃側鋒上挑，動作依舊極大，竭盡可能的拓展攻擊範圍。康澮憑直覺也知道，這個距離，若是切到了，非撕裂出來條半米長的傷口不可。趕忙雙掌交疊，揆的一聲格擋程上挑的手臂。

程雨辰旋即一轉肩，撥開康澮雙手，右手迅捷的掏出兩把飛鏢，連同原有的一併夾在拳縫，上身向前搖閃，一記寸拳打過來。康澮清楚的感受到刀刃組成的指虎，整齊的一同插進自己腸道半厘。一拳得手，瞬間抽出微調臂腕角度，拳中刃朝著康澮的眼眶打來。康澮甩著滿嘴的血，奮力移首拉開距離，同時側臂外搪，以腕抵腕，擋住了來拳。

時間幾乎分不出前後，康澮在防禦成功的瞬息，一咬牙，抬膝狠撞程下路，看不清黑暗中撞到了哪裡，從未瞄過，從未有過預期，只是撞，撞到哪算哪。且看程重心一矮，才知是撞中了膝蓋上緣。程雨辰吃痛，索性跪下去，團身一滾來到康澹身後，猛力一甩手，三隻鏢脫手而出，飛中康澹脊背。康澹心中烈火燎燎，腦中熱血沸騰，也不再管哪裡在疼，何處受了傷，猛側身，一記彈腿踢過去，似乎程早就預料到了康澹會有如此反應，早交屈好雙臂，交叉聯防，結結實實的承住康澹重重一腳，只蹬得程雨辰渾身一震。

程雨辰下盤何等扎實，半跪於地，上路受力，居然能頂住不倒。但礙於過分吃重，仍一時無法起。康澹踢完，穩住軀幹樞機旋過身，重整好姿勢，程雨辰才剛穩住，等康澹向後一蹬飛撲上來時，已經喪失了站立的機會，瞬間被撲倒在地，壓在身下。

程尾椎觸地，三度傾倒，瘋狂的竭力弓腰欲起。但不等繼續掙扎，康澹右手按住程雨辰握刀的左手，左直拳破風而至，程敏捷的一擰身，康澹的拳頭越肩穿過，指骨末梢傳來程雨辰耳朵軟骨暴力折斷的觸感。程伸展不開，手腕一轉將戰鬥匕首扔出，右手啪的一聲騰空抓住，隨即當仁不讓的捌開康澹的左臂，一有空間，刀子立刻直直的朝康的大腿內側紮過去，康澹迅速鬆開右手短促有力的一拍程小臂，刀路登時歪曲，鋒刃錯大腿上側而過，割出道淺淺血口。

乘此機會，程雨辰左手又掏出一枚脫手鏢，向康澹小腹刺去，康澹慌忙抓向其手腕，但慢了半步，刃鋒還是刺到了肌膚。康澹全力將之一掰，隨即猛地推向程的另一隻手臂上，按在上面，一下子程雨辰兩臂十字交疊，康澹妄圖單手同時壓制住程的左右上肢，但如何輕易按得住。在程的瘋狂掙扎下，康澹恐怕只控制住了他半秒，程雨辰下面的右臂便要掙脫，眼看就要再度抄起戰鬥匕首捅過來，康澹猛然間心一戾，大腦一空，四指併攏，拇指上橫，一擊貫拳結實的打在程雨辰左臂臂肘。臂帶腕，腕帶掌，掌帶刃。程雨辰自己手中緊握的鋒刃，瞬間沒入他的上舌骨肌。

就好像那銳利的鐵片一開始就長在他的喉嚨裡似的，程雨辰的手臂軟綿綿的滑落時，他的下頜表皮上除了留下一道乾淨細銳的血痕，什麼也沒有。

程雨辰半個音也沒發，一點多餘的動作也沒有的軟倒，雙肩和五指亦於心跳的一收一舒間鬆弛。他的匕首脫落，腦殼毫無保留的撞擊在大理石地面上。

康澹驚魂未定的看著那混黑的瞳仁，心有餘悸、爬也似的從程雨辰的口袋裡搜出遙控器，渾身脫力的向後一仰，倚靠桌腿席地而坐。他呼吸越來越不勻，有種劇烈的缺氧感，頭也跟著痛起來。腦子暈乎乎的，呼吸不能順暢，臉和身上熱的滾燙。

康澹感到注意力渙散，他拼命維持清醒，用最後的意識，找出遙控器上的按鈕按下，四周和樓道的防護板，開始溫吞的回收。

昏暗的光線，重新傾灑入室內。

康澹終於再沒法控制住自己的眼皮，無力的闔上，什麼也不知道了。

29.

「好，接下來介紹我們的調查員，這位低士馬……名字很奇特的低先生，曾經於私營企業裡下設的調查部門任職，擅長企業盡職調查，對情報搜集證據分析有相當的經驗。這位梁繼軍梁先生，則是我們今天指派隨行監管督查的特派員，負責輔助調查，下面將要出現的所有證據，就出自兩人之手。哎……梁繼軍，就由你來宣讀一下證據清單吧。」

「好的，鞠書記。」

梁繼軍老實的跟著鞠晉宇主持的指示，從陳珂那拿來剛新鮮出爐的證據清單，一板一眼，巨細靡遺的讀起來。臺下一眾在獲悉這些證據來自何地，意味著什麼前，先聽到了信紙刀、電擊傷、沾血的浴簾這些詞語。

紀豔榮用鎖骨貼著趙越創的後肩，雙手環著她的小臂，半邊下頷小鳥依人的搭在她的肩頸上面。紀似乎非常習慣於這種膩歪的姿勢，一點也不覺得哪裡不妥，簡直就像沒有個人空間一樣。趙越創亦像是一個忍耐自己子女的慈母，完全沒有拒絕的意思。

王淑萍在咬指甲，丁永茂在盯著手裡的小刀發呆，馬賀卻喜笑顏開的，正在因爲給李本財吃了苦東西而嬉皮笑臉賠不是的——哎呀，不好意思，眞不好意思，多半是零食放時間太長了，你再嘗嘗那個——馬賀忙不迭的又從零食籃裡掏出更多小玩意塞進李本財的手中，李本財又忙碌的原位放回，兩人悉悉索索安分不下來。

待宣讀完畢，鞠晉宇不悅的睇起眼，低下頭，繼續用他那沒有情緒的語調宣布道：

「好，非常感謝梁繼軍——接下來我們開始就這些證據、以及可能行兇之人進行討論」鞠晉宇一本正經的，面帶鈍顏的說道「那麼第一項，抵達過現場的人員排查。」

低士馬先生，請問，我們現在能否確定去過第一現場的人都有誰，鞠晉宇問。

「能的，根據陳珂、梁繼軍的證言以及我本人的目睹，離開過正門，可能去過現場的人，有陳珂、梁繼軍、董慧君、袁一衫、鞠晉宇、李本財和湯有爲。」

「能否將嫌疑人的範圍限定在這七人之內。」

「可以，因爲袁一衫死於近距離殺傷手法。」

「死者是否有可能死於他殺以外因素？」

「無，被害人死前曾被電擊過，電擊槍的有效攻擊距離是3至20米，射擊距離過短時，擊出的電鏢會因爲沒有足夠的距離加速，而無法刺入皮膚。電鏢擊發時兩電鏢大致是錐狀路線，本次兩電鏢命中位置分別在肩膀和後腰，相對距離較遠，也說明擊發距離不小，可能在5米左右。加上死亡時間與被電擊時間集中，也可以判斷被害並非死於自殺或者意外，電擊與死亡應具有直接關係。」

「明白了，所以犯人只可能爲其餘六人。」

「沒錯。」

「以上問題臺下聽衆是否有異議？」

臺下有換坐姿時椅子、鞋底的喀噠聲，但聽不到聲帶振動創造漢語發音的響動。

「好，那麼進行第二項，確定死亡時間及不在場證明。低士馬，這個問題可否也由你來回答。」

「沒問題——最後一次得知袁一衫還活著，是與梁繼軍其通話的時候，大致時間是13點20。根據湯有位爲的證詞，他尾隨董慧君，在傭人舍首次目擊到了死者遺體的時間，則是14點整。被害人的具體死亡時間最多不會超過這個範圍。」

「能否縮小時間範圍。」

「這一點要配合各人的不在場證明時間來推斷。」

鞠晉宇雙手和握放在下巴前，頷首示意他繼續講下去。

「這次的情況是，曾離開過大宅的人都是單獨行動，不在場證明都不算百分百可靠，但也可以分爲明確，相對明確，和完全不明確三個等級。明確等級的不在場證明，只有一個人，那就是陳珂。

梁繼軍於13點20分離開，目擊過陳珂在一樓，之後其於13點37分返回時，以及湯有爲大概於13點40分離開大宅時和其後於14點十分返回時，陳珂也都始終保持在原位未離開過。配合李本財的口供，他進入現場的時間是13點50多……啊，具體來說是53分。假如陳珂是兇手那麼他僅有的作案時間是在梁繼軍或者湯有位離開後出發，在其人返回前趕在前頭折回，不管是哪種情況都要規避梁、湯的目擊，實際能夠使用的時間只有約十分鐘，只夠用來往返，作案是絕對不夠用的。」

「好的，關於這部分各位有需要提問的嗎？——沒有，請繼續。」

「接下來相對明確不在場證明的有兩位，分別是梁繼軍和鞠晉宇。先從梁繼軍說起吧？」

鞠晉宇同意的點點頭，低士馬繼續說道：「梁繼軍的不在場證明有目擊者以及物證可以作證，先呈現物證。各位請看我手上的這臺對講機——」

低士馬從桌子內拿出兩臺像是老年機一樣大按鍵，帶著路由器一樣的天線的，裝有差不多兩寸大小顯示幕的對講機。

「這是兩臺型號爲摩托羅拉MTP850的對講機，使用的是806-870Mhz頻段的數位信號，在被遮罩器干擾的環境下也能使用，一般遮罩器被干擾的波段範圍爲870-4900MHz，其中3400-3600 MHz是聯通電信的5G，4800-4900 MHz是移動5G，870-960 是2G的GSM、CDMA，2000-2500 MHz是wifi和藍牙的波段。衆所周知頻率越低穿透力越強，傳播距離越遠，常規對講機都會低於遮罩器採用的數值，所以不受影響。像更常見的沒有螢幕的那種，使用類比信號的對講機，使用都是U段頻率，範圍在400-470MHz，就更能夠在遮罩環境下使用了。」

「咳咳——」

鞠晉宇突然咳嗽了兩聲，擠眉看向他。

「喔對，我只是爲了強調一下這件物品的可靠性，我們到底是不是被遮罩封鎖還不能確定，來——」低士馬站起來把兩臺對講機交到觀衆席第一排左手第一個人，祁鳳的手裡。

「這兩臺MTP850已經開啟了通話記錄功能，一臺是梁繼軍，一臺是死者袁一衫的，看最後的通訊記錄可以確定，兩人最後結束通話的時間，是在13點20。這其實也是剛才界定陳珂不在場時間的一大根據，進一步縮小梁繼軍的不在場時間範圍就需要我們的目擊證人，紀豔榮了。」

「哎？咦？我嗎？」

紀豔榮慌忙站起來，撲閃的眨著雙眸，忙碌的用眼睛在諸人臉上看來看去，試圖跟上話題。

「就和我剛才問你話時回答的那樣，請你重複一遍你對我說的話，你曾經在二樓看到了梁繼軍對嗎？」

「啊？對！對！」

「你看到他往返的時間是？」

「啊！——啊、是13點22和13點37。」

「你是如何確定的？」

「呃……因爲當時已經在飯桌上坐了很長時間，坐的腰都痛了……就已經很著急想離開，所以一直在不停的看手機上的時間，也在不停向外面張望，就看到他了——」

「恩，好的，所以自己清楚得確切看到了梁繼軍往返的時間，是嗎。」

紀豔榮背過手，在身後用一隻手抓著另一隻手的手指，乖巧的說是的。

「那麼，除此之外你還發現過其他值得注意的事件嗎？」

「啊呀，就你和我說的那個事唄。」

「恩，請注意措辭，是我同你交流時指出的值得在意的事實，不是我灌輸給你的。」

「啊、對對！」

突然兩邊都沒有繼續陳述，倏然安靜下來，低士馬鎮定的看了紀豔榮少焉，道：「我們剛才提到值得注意的事情——」

「哦！哎呀，就是那個……恩……我看到的，對，我看見梁哥直接從大宅離開在13點27左右進了保安舍，一直到13點33出來，期間門是虛掩的，梁哥出來才關上，所以……嗯……他應該是一直待在裡面。」

「好，不用緊張，你請坐。」

紀豔榮嗖的一下坐下，佝起腰，縮起脖，躲在前座人的腦袋後面。

「根據紀豔榮的供狀，梁繼軍去的是保安舍，而是兇殺現場的傭人舍。從保安舍當然可以翻窗出來，前往傭人舍。但保安舍所有的窗戶下都有茂密的綠植，實際現場調查的時候，並沒有發現任何一個窗下有踩踏過的痕跡。這是我用手機拍攝的照片，請大家過目。」

兩臺對講機一路傳下去，傳到的最後一人是李本財。短暫的休憩後，李本財看起來氣色好了不少，雖然目光仍呆滯，至少比剛才歇斯底里的時候，面容沒有那麼憔悴了——旁邊的馬賀端詳著李本財，浮現出困惑的面容。

梁繼軍主動站起來把低士馬的手機送下去再次傳遞，並將兩臺對講機回收。聽眾們對梁繼軍的不在場證明也沒有疑問，講解繼續進行。

「第二個相對確定的是鞠書記的不在場證明」低士馬稍一停頓「鞠書記離開一樓的時間，梁繼軍和陳珂都目擊到過，可以作證。」
說著低士馬的視線看向梁繼軍，梁展開肩膀，乾淨俐落的說道：「沒錯，我和陳珂當時在一層，看到了鞠書記出門，確切時間爲13點51分。呃，這也是爲什麼鞠書記在湯有爲追逐董慧君返回後才出現。結合李本財到達的時間來看，鞠書記到達時受害人已經死亡了。」
臺下的祁鳳舉起了手。
「祁講師，你有問題嗎？」
「我記得鞠晉宇是在湯有爲之前下的樓，我當時看到了。」
「啊，沒錯，但兩人間隔時間不長，而且他是在一樓逗留了一段時間才離開，是在湯有爲和陳珂對話後，陳先生又和鞠書記交流過，才出門。」
梁繼軍看向陳珂，陳珂同意的，彷彿是在施予某種準許似的點了一下頭。臺下的廉月眉頭一皺，感到有些不對勁，一扭頭，發現低士馬正帶著審視的目光看向她，她立刻產生一種自己在被一個人形的機器掃描的感覺，肉體似乎能感到自己的特徵與屬性正在被量化爲資料。
「……我明白了。」祁鳳轉了轉眼珠，緩緩放下手，如撫摸趴在腿上的貓後背一般，把手放在十字弩上。
「那個……這點我還是解釋一下吧……」鞠晉宇嗓子乾渴似的咽了咽，說道「第一次發現寶石庫有些突然，啊，這個，我也是和陳先生聊過之後，憶起作爲機關幹部，見到此般潛在的腐敗、行賄可能，有提交線索的義務，所以返回去取證了，拍過照片也就立刻回來了，就只是這樣。」

「鞠書記你不如把拍攝的照片也拿出來給大家看一下，眼見爲實。」

「噢、噢，好的好的。」

鞠晉宇從第一排右手開頭的丁永茂處開始傳遞自己的手機，上面果然有幾張寶石庫的照片，照片上有時間浮水印，時間恰是13點59分左右。

稍耐心花了些時間等待前面的三四人看過，低士馬像是在複述球場比分的播報員一樣說道：「由此，我調查隊認爲，梁繼軍、陳珂和鞠晉宇的作案幾率都極小，應納入嫌疑人的排除範圍。」

「也就是說犯人一定在董慧君、李本財和湯有爲三人之中？」

「對，沒有錯，關於這一點我們非常確信。」

廉月似乎感到後背癢癢的，不安的坐直，眉頭越皺越深。

「好的，非常感謝低士馬先生對無辜人士的排除，那麼我們也抓緊進度，繼續推進聽證會議程第三項，確定兇手身分，還是請低先生接著講解答疑。」

「不在場證明完全不確定的，共三人，分別爲湯有爲、董慧君和李本財，三人都只有自己的辯解，缺乏能相互印證的證據證詞。我們先從李本財說起——說到李本財的辯解，就不得不討論到屍體中發現的寶石問題。」低士馬好似要在面前展開一張無形的報紙一樣，挺直後背將雙手平放在桌上兩側，平視前方。

「寶石被黏液包裹，這一黏液是人體分泌物，寶石的確很可能進入過屍體的食管。而經過我和梁先生在現場的勘察發現，屍體嘴唇、牙齦、牙膛都未出現掙扎痕跡，沒有破口、無內外出血和咬痕，食道與咽喉也未因爲嘔吐反射而出現未消化的食物殘渣，這些痕跡的缺失證明了，吞石不是生前發生的。

這裡就存在一個矛盾點，如果李本財是兇手，那麼他不應當會殺死被害人，塞入寶石後又通過細緻的破壞屍體的喉嚨部位來取出，放入寶石前犯人應當有相當充分的時間思考，難以相信會有什麼因素導致兇手轉瞬改變了注意。」

「這個矛盾點無論怎麼思考都只會得出有利於李本財的結論呢」鞠晉宇說「我剛才跟陳先生合計的時候，他也說，或許兇手就是想暫時隱匿寶石，那樣的話……案發時間很可能就更早，至少早在李本財進入之前，那李這方面就更沒有嫌疑了。」

下面的人大都屏息凝神，馬賀的心情卻截然不同。他突然站起來，雙眼發紅的，像是幾夜沒睡好覺的失眠患者一樣，面容悴槁的去了洗手間。他座位前面的紀豔榮已然不再緊張了，橫在自己的椅子上，腰懸空，腦袋頂在趙越創的髖骨上，散漫的蕩悠著一條小腿，眼中儲著悠揚的光芒。

「抱歉打岔了，請低先生繼續說明。」

「好，那麼，最後就是董慧君和湯有爲——董慧君離開大宅的時間節點特別早，約於13點15離開，中途返回過大屋，也只停留了幾分鐘，他有大概40分鐘的時間裡始終在三岔一帶的兩舍之間駐留徘徊。作爲與袁一衫接觸最密集的董慧君，自然十分可疑，是最便利的懷疑對象，但同樣存在類似李本財的矛盾點。

董慧君因爲始終未曾遠離案發現場，理應有充足的時間處理兇器甚至是屍體，僞裝成一樁失蹤案，但事實是屍體明晃晃的留在了原地，不僅如此他還在短期內重返了現場。如果是他殺死被害人，並且藏匿了寶石，爲什麼不等到深夜之類更加安全的時間再去取走呢？」

廉月預感到了什麼，她的後頸發毛，半個字也不放過的，高度緊張的盯著低士馬。

「因此我們推斷，湯有為關於董慧君暫時離開過傭人舍，去往花園並隨後返回的供詞，應當是眞實的。董慧君對屍體的存在並不知情，而是再忙著自己的什麼事情。但相對應的，除卻陳珂目擊到湯有為在13點40離開以外，湯有為的全部行程皆為空白未知。他為什麼要離開，又出於什麼理由跟蹤漫無目的在花園走動的董慧君，都不可知，很可能，這些都是湯有為的謊言。

最可能的情況是，湯有為目擊董慧君離開後，乘機作案，隨後卻因為李本財和董慧君的依次出現，而被堵在三岔路以西無法返回。於是只好將計就計，假裝和董慧君同時抵達現場，偽裝成第一發現人。」

低士馬中氣十足，聲如洪鐘的宣判道：

「結論而言，經我們調查團判定，我們認為可能是兇手的，有且只有湯有為一人。」

30.

廉月騰地在剎那間站起，忿然嚷道：「我不同意！」

「有疑問和異議請舉手，啊，允許你發表意見，不要唐突的打斷議程，你先坐下。」鞠晉宇眼簾半展，用敷衍的語氣說。

廉月瞪了鞠晉宇一眼，凌冽的用餘光瞄了眼齊刷刷射來的七八對目光，踟躕半歇，心有不甘的抱著雙臂坐下。

「不好意思啊，低先生，把你的思路給打斷了。」

「沒什麼，鞠書記，不過聽衆有點小疑問，我正好也說完了，沒有特別需要補充的了。」

鞠晉宇沒睡醒似的，懶懶的嗯了一聲，看看左邊，又像被操控而轉動的攝影機一樣，不慌不忙，將頭勻速轉向右邊，幽幽的問：「對於眞凶身分的認定上，還有其他人有意見嗎？」

王淑萍唰的一下舉起手，待看到只有她一個人舉手後，忙降旗似的降下。或許是隨後又立刻意識到剛才大家都看到他舉手了，又往上抬了抬，最後只是欲收未收的舉在臉邊上下搖晃。陳珂用毒辣的眼神看過來，王淑萍趕忙藏尾巴似的，嗖的放下手，用對側手環住，蓋在下面。

鞠晉宇翻了翻眼珠，等了半刻，滿意的看到沒有第二個王淑萍冒出來，一聲訕笑：「廉月女士，看起來只有你一個人呀。你剛才肯定是一時激動，沒想清楚，現在冷靜下來了一些沒有？」

「我很冷靜。」廉月後腰挺直，峻切的說道。

鞠晉宇斂起笑容，默默的看著廉月俄頃，問道：「你還對調查隊的結論有異議嗎？」

「有。」

「你具體對哪個地方有異議。」

「仍需商榷的點太多了，至少對湯有爲離群的時間就有意見。他在樓上離開時，我也看到了。他離開後沒多久就和董慧君折返，離開的時間不應該是13點40分那麼早。」

「你能證明嗎？」

「這……」

「你有任何物證或者其他證人能夠證明嗎？」

「我……」

「其他人能證明麼？」

聽衆席一片死寂，沒有人出聲，或面面相覷，或眼光閃躲。馬賀從洗手間回來，看著噤若寒蟬的每個人，也屏住了呼吸，悄悄的返回座位。

像是很嫌麻煩的，鞠晉宇長長的吸了口氣，問：「還有其他疑問嗎？」

「有。」

莊嚴自重，毫不示弱的，廉月拉長了尾音，針鋒相對的將這單字擱在鞠晉宇的面前。

鞠彷彿被凍住，又好似第一次見到廉月，好似她全副武裝且不請自來的出現在鞠孤身寡人的家中，他渾身每一寸肌肉同時僵住，警惕的看向廉月，他意識到某種嚴肅的事態和意志，正在步步緊逼。

「你……說吧……」

「不能就這麼認定湯有爲是兇手，即便完全採信調查隊提供的證據，湯也只能算是最有可能的嫌疑人，但不是唯一的可能。」

「還有誰有嫌疑？」

「你，鞠晉宇。」

話語一出，人盡啞然，人群發出幾聲嘴邊的驚嘆聲和倒吸冷氣聲。最震驚的莫過於梁繼軍，他鼻翼擴張嘴角下墜，驚懼間眼一瞪，接著眉目愀然的一拍桌子，凶道：「瞎說什麼呢！」

「瞎說？我可是有理有據——我從剛才聽著就總感覺哪裡不對，心裡癢癢的，但一直拿不準該不該說，因爲我的確不清楚湯有爲離開的確切時間，現在你們圖窮匕見了，我也沒什麼理由繼續沉默下去——你明明是和湯有爲幾乎同時下樓，但湯有爲在報告發現屍體前自己的行動的時候，對本該存在于一樓的你隻字未提，怎麼？你當時在一樓洗手間，湯有爲沒看到你？可你在二樓的時候是從洗手間內出來立刻就下了樓吧，這些我們所有在二樓的人都應該看到了，你們好好想想，我說的是不是實話。」

廉月張開雙臂，扭腰正視左右，嚴正聲明道。好似小睡中被雷鳴驚醒的人，趙越創眼一眨，首一昂，想也不想立刻說：「對呀！確實有這麼回事！我想起來了，鞠晉宇是從洗手間氣衝衝的出來後，兩人前後腳下的二樓。」

「哦！你想起來了！你記性可眞好啊！我們沒了你的超級記憶可怎麼辦啊！」鞠晉宇雙眉豎立，粗魯的嚷道，檯面顏面都抛到了腦後，像是一個本就煩躁的殺人小丑撕下了薄面罩，一分鐘也裝不下去了。

「你怎麼這麼講話……」

「閉嘴！誰準許你說話了！沒問到你你就給我老實的閉上你那臭嘴！」

趙越創紅了眼，委屈的縮回椅子。

左側鼻翼抽搐了幾下，兇惡的望著廉月，小丑發話道：「廉女士，我都不用解釋什麼，因爲我是淸白的，解釋對我來說無關緊要！但你、你可要注意了，你這是誹謗，你在人身攻擊我，搞不好，是要付出代價的。」

一邊眞正被人身攻擊的趙越創赧然偏過頭，偸偸的抹了下眼淚。

「你說啊，我聽著呢。」

鞠晉宇的強烈警告，換來的只有廉月的不以爲然。

「好……好！」鞠晉宇粗重的呼吸著，鼻孔都要擴張成排氣管了，憤恨的拿起羊角錘，立著往桌面一砸，咚的一聲像短權杖一樣支在桌上。

「他沒提到我就是沒在!?你傻不成!?他就不能是覺得不重要所以略過了!?」

「原來是這樣嗎？那就假定湯有爲當時看到你了，並且在你之前出了宅門，你也眞的是13點51才離開，而以你的步力，最快3分鐘，最長5分鐘，也該走到三岔路口了，李本財供述他開始毀屍的時間是13點53，一直到董慧君出現把他堵在傭人舍之前，李本財就沒停下過，照說堵到李本財，成爲第一發現者的應該是你啊。你看到一個趴在死人身上的傢伙，就裝作什麼都沒看見，繼續趕路了？哼，所謂13點51分的行蹤的證言到底是不是眞的我看還是可疑。」

猶如聽到了什麼無忌童言，鞠晉宇哼哧一笑，轉向身邊的他人：

「哎喲，你們聽聽，小丫頭要控告我們互相包庇呢，哈哈哈哈哈。」

「哼，不知天高地厚，好大的膽子。」陳珂用冷漠的好似在評價劇中角色的語調說。

「怎麼？那你覺得，人是我殺的？」

雙眼半閉攏，五官繃緊，鞠晉宇努力克制著整張臉的表情，但不停震顫的左側嘴角讓這一努力功虧一簣。

「既然不能排除，那就有這個可能，所有可能都不應忽視。」

「胡說！」鞠大怒「我殺什麼人!?我幹嘛要殺人！殺人對我有什麼好處！血口噴人！」

「小姑娘，你還是趁早坐下，趁現在還有機會」陳珂冷靜的插嘴道「我和梁先生提供的供詞都是眞實的，你不用懷疑。」

「好哇，我也願意相信你們說的是眞實的，既然是客觀事實，那一定不怕驗證。湯有爲還不知道對他的指控，不如就趁現在他還不知情，取一下他的口供，看看他的供狀能否鞏固鞠書記的不在場證明——這不就是咱們大張旗鼓開聽證會的目的嗎？」

鞠晉宇不知所措的張大了雙眼，隨之惶惶的眼珠亂轉「聽證會的目的是你說的麼?!那是我們決定的！怎麼處理我們比你清楚！」說著說著，突然想到了什麼似的，硬氣不下去了，語氣一下就弱了半截「反了……反了！現在的人都無法無天，沒有規矩了！眞是和諧社會太久了，都不知道自己姓什麼了！」

廉月看透了鞠晉宇，徹底不怕了，嘲笑道：「怎麼，戳到你痛處了，以爲靠著手裡那點權術就能把自己幹的髒事都瞞過去，現在才知道遮羞布太短，著急啦？」

心急如焚的砰砰連敲客串驚堂木的羊角錘，實木的案臺慘被捶掉了幾片紙牌大的漆。像是犯了心臟病一樣，鞠晉宇胸口劇烈起伏的吼道：

「流放！流放！蔑視當局！煽動顚覆！誣告本官！衝擊會場！就這幾條罪名，給我把她流放！逐出大宅，不得往返！」

廉月從觀衆席走出來，找了個椅子腿拌不到腳的位置站住，無動於衷的瞅著鞠晉宇：

「憑什麼，你讓我走我就走？我偏不，我們叫你一聲鞠書記，是因爲我們知禮節，不是因爲你值得尊重。你那點官職，在這裡在這一刻，我們一點也不在乎，請你分辨明白了。」

鞠晉宇怒不可遏的站起來，好像身邊的桌子是廉月似的，掄起羊角錘打棒球一樣狠狠的砸過去，接著喝道：「趙越創，等什麼呢，快去！」

唐突間叫他，吼的她膽囊一抖，趙越創這股驚意，用目光和話語一同詢問鞠：「嗄？我嗎？」

「要不然發給你武器是幹什麼!?快把她趕出去！祁鳳、趙越創，去！都去！」

祁鳳抱著弩從椅子上起來，環顧左右，拿不定主意。

廉月默默的撥開快拔套的扣子，將手放在電擊槍的握柄上：「祁講師，咱們沒必要助紂爲虐，你什麼也不做，他也拿你不能怎樣，除了亂叫也只能亂叫。」

「抬起來，瞄向她！她現在敢和我對抗，一會就敢和你們對抗！如果被攻擊的是你們自己，你們還能這麼麻木不仁嗎！」

祁鳳仍舊很猶豫，但猶豫的把弩抬高了些，弩箭所指從地面變成了廉月的身側。

忽然，那弩如若幽浮起飛，突然升空，祁鳳錯愕中定睛看過去，才發現王睿崎不知道什麼何時到了身邊，從她手上奪走了十字弩——同時她還訝然的發現，馬賀，正從觀衆席後側起身離去，往洗手間的方向走。

——咦？他不是剛去過嗎，他和鞠晉宇……都怎么回事？

一片混亂倥偬之中，祁鳳哪裡說得出口，迷惑的眼睛在不同人身上跳來跳去，好不容易才反應過來：

「你、你幹什麼！」

王睿崎淡定的單手握著弩，迅速後仰著躲開祁鳳亂抓的手，兩步拉開距離：「我看這些危險的東西還是收回來的好，免得擦槍走火。」

「王總！你這是要做什麼!?」

「沒什麼，鞠書記，就是有點後悔分給她了，覺得應該收回來——況且……廉月的話也有些道理，依我看，不如我們也聽聽湯有爲的證詞，再做打算。」

王睿崎說的平靜且威嚴，廉月定睛一看他清晰的下巴線，遽然感到臉上發燙。

「這丫頭在這裡大放厥詞，你不管則罷了，還跟著一起和我作對，我對你太失望了！」

陳珂從臺上下來，到趙越創身邊，一手抓住趙手裡的匕首，一手霸道的將之推開，推的一瞬間突然傳來木頭與大理石撞擊的劇響，聲音之大，一下子把陳珂以外的所有人都嚇了一跳。

祁鳳和梁繼軍驚訝的在趙越創身上來回伺探，想要知道一個血肉之軀的人，一身濕件是怎麼發出這樣的動靜的，但毫秒之差，隨卽聽到瓷質物品接連破碎的聲音。兩人這才訝然的發現，聲音是來自一樓的東側。兩人轉過頭，卻見是董慧君不知什麼時候站起來，還發瘋衝到東邊的公共收納區，撞倒了一架百寶櫃，連人帶櫃頭下腳上的仰倒在地上，不知道的，還以爲是表演空翻特技失敗了撞到了櫃子上。

莫依然倉猝的站起來，慌張的朝東邊走去：「他什麼時候！……快來個人！」

趙越創也倉皇的尾隨其後，吵著我來幫你，逃也似的從陳珂身邊跑開。李本財站起來，卻沒什麼勇挑重擔的意向，顯得猶猶豫豫，但最終還是跑了過去，目光不知爲何不住的瞟向衛生間那頭。梁繼軍不太想參加，又覺得應當參加，遠遠的走了兩步又舉棋不定的停下，只是傻看。低士馬則壓根就沒有動的意思，身上的肌肉自然放鬆，悠然的坐在原位，像刻成微笑的雕藝一樣看著發生的一切。

陳珂自始至終直視著前方的王睿崎，來勢洶洶的越走越近。

王睿崎瞇起眼，把弩系在後背，抱起雙臂，看著最終停在身前的陳珂，不動聲色的默默評估局勢，懸揣來者意圖，調侃的說道：「唷，陳總竟然專門來找我，肯定是有要事囉？……驚天動地的那種。」

「哼，早知道你也是這個項目的一部分的話，我一定重新考慮。關鍵時刻壞事的習慣，您到現在也是沒改啊。」

「我看咱們都少說些廢話吧，你要怎樣。」

「那是我的問題，把弩還回去，造反的後果，您這種身分的人不需要我再提醒了吧。」

「像陳總這麼有文化的人說話就是難理解啊，怎麼能說是造反呢，我只是單純的同意廉月女士的意見而已。」

「所以你就挺身而出，呵！笑話，你什麼時候開始在乎別人的死活了？有異議可以，但不應當衝撞權威，你威脅鞠晉宇的權威，就是在威脅我的權威。」

「權威在哪？我怎麼沒看見。」王睿崎冷笑著，不敬的回道。

陳珂看向他的眼中燃起了火苗，那火，乃是激昂的侵略之火。

「好，你想聊案子，那我就跟你聊案子，鞠晉宇沒有作案時間，他實際離開大宅時，被害人已經死了，就這麼簡單，聽證會提到的都是真實的，沒有第二位備選能夠實行犯罪。」

「沒有？呵，我想想……真沒有麼？說不定，有個我們從未見過的未知的第X+1人呢？一直隱藏在暗處，偷偷摸摸的不敢示人，在幕後暗中操作，是不是也該把他揪出來了？」

陳珂緊了緊手裡的匕首，暗中下顎用力，咬牙道：「升級事態對你我都沒有好處。」

「那得看你怎麼定義好處。」

陳頭一歪朝著身邊飛速的翻了個白眼，乖戾的笑了。

「哈哈哈哈……你我之爭由來已久，你那些無謂的原則和追求，眞是讓我噁心想吐。統計表上的互相傷害我早就無法滿足了，我不止一次想像過，在筋骨血肉上傷害你，會是何等的快感。」

王睿崎猶如意欲狩獵狐狸的獵豹一樣，抿了抿乾裂的嘴唇，也笑起來，那笑聲仿佛是蓋在隨時即將爆發的，盛滿沸騰的暴力之壺上的蓋子，劇烈的癲顫著

「呵呵呵呵……來啊，那你倒是來試試看，看你那弱小的身體在被我殺死之前，能承受多大的損害。」

「呸！」陳珂狠狠的一口唾沫吐在地上，陡然立起手中的冷刃「不帶走你一顆眼珠子，算我賠本了！」

別看陳珂身形小，速度極快，二話不說錚的一聲就削過去，不見匕首，只見白光一閃。王睿崎立馬一歪上身，刀鋒劃破衣領。王睿崎腳跟一抬，重心浮起，以腳尖承重，一個刺步躍近，啪的一聲抓住了馬上要揮刀過來的陳珂的右手。隨卽，拳如蜂刺，迅捷有力一記直拳刺出，撞鐘一般打在陳珂的面門上。

陳珂臉跟不是自己的似的，劇烈的甩出去。王睿崎這麼抓著他，是以不常用手抓住了對方的有利手，對方四開大敞毫無防備，自己右手卻隨便活動，打起來不是一般的方便，毫不留情的，連連又是兩拳，一拳擊中陳耳下頜骨，一拳打中他的太陽穴旁側蝶骨，陳珂被打的像風雨中的晴天娃娃一樣盪過來擺回去。

似乎是自己都不能承受住自己身體猛烈的擺盪了，陳珂乍然彎下了腰。梁繼軍和鞠晉宇看的心中大駭，還以爲陳珂是被打的直不起身了，卻不知他一彎下腰，立刻借著彎腰形成的隱蔽，右手順勢摸進側口袋，下一剎那，手中已經多了一個防身噴霧。鼻血滿臉的陳珂，最大限度的扭開頭，同時拇指一按，呲的一聲，大面積辣

椒素噴射而出，沖犯王睿崎的鼻腔眼瞼。

王睿崎慘叫一聲鬆開手，痛苦卻無比鎮靜的一個撤步拉開距離，他捂著臉閉著眼，卻保持重心穩定的快速後退，有意的和陳珂拉開距離。陳珂哪裡又會饒他，迎頭趕上。王睿崎不敢冒然加速後退，怕撞到東西，怎麼也快不過陳珂。退了幾步，王睿崎急忙想要睜眼卻又在劇痛中的本能的閉上，迎面而來的腳步聲讓他血管中的緊迫感急速上漲，終究撞到背後桌子，上面的擺件嘩啦啦的傾倒一片，接著只聽一聲破風，陳珂惡狠狠的朝著王睿崎的腹部一刀刺過去。

廉月一聲驚呼，忙衝上前想要制止，誰想到王睿崎的預判意識之犀利絲毫不遜鋼刃——王睿崎將左手五指打開，以掌相迎，赤紅血液迸濺的瞬間，王一把攥住了穿透手掌的刀刃——刺出的刀沒有命中王睿崎的臟器，反被他用手攔截，只在西服上刺破了一個小口。

不給陳珂時間反應，王睿崎的另一隻手立刻扼住了陳珂的脖子。

幾乎一碰到，手與首的肌膚之間仿若發生了某種化學反應，手背在剎那間青筋暴起，隨之而來的是陳珂整個腦袋以迅猛之速漲紅。

這下使足了一切能使的力氣，拼了命的想要置對方與死地。陳珂想要拔刀，往後抽刃，緊閉著雙眼的王睿崎，立刻憑著感覺往前推，一進一退，刀還插在王的手心裡。陳珂被迫昂著頭，看不到，也只憑觸感的再次趕忙往側方位拔，王睿崎臂一展，肘一旋，手掌上的熱血黏住了那短刃似的，又跟著一同完成了毫釐不差的位移，陳珂還是沒能拔出來。這一下刀刃在手心了小幅度的攪了一下，王睿崎吃痛，鼻翼緊皺，拉扯上唇，露出尖牙，卻仍一聲未發。陳珂脖子上的力道越來越緊，漸漸的手也軟了下來，鬆開了短刃。最後只見緊閉著雙眼的王睿崎，像是從水裡釣出的魚一樣，將陳珂懸在手心，陳珂臉越來越紅，一點點沒了進的氣。

「正面用刀刺向對方的時候，人總會下意識的優先選擇刺腹，因爲腹部沒有骨頭防禦，面積又比四肢大，命中率高，是最容易得手的位置，刺擊的最佳方案。但也就是因此，敵人的行動太好預測了。」

被牢牢鉗住的陳珂雙眼開始翻白，王睿崎說的半個字也聽不到，只是手胡亂的抓，兩腳用力的踢踹，但皆似吹過大樹的微風一樣，除了抓亂衣服，一點作用也起不到。

「夠了！放手！放手！！」

鞠晉宇倉皇的用前所未有的嚴厲口氣嗔責道，衝上前，慌亂的用皮膚布滿褶皺的老手，骨節暴突的抓在王睿崎的小臂上。王淑萍驚恐捂著嘴，接著兩手抓在胸口，聲音顫慄著嘶喊道：「他要死了，你看不出來麼！」

王睿崎總算睜開眼睛，斜了王淑萍一眼道：「要的就是他死。」

一旁紀豔榮，極度驚詫到已經意識不到自己現在是什麼表情了，像只獅虎按住的小鹿一樣膽怯的大睜著眼睛張著嘴，表情恰如大驚失色一詞所描繪。她左手像是在止血一樣，死死的捏著自己右手虎口，呆在原地。她身邊的廉月也慌起來，聲音發抖的說：

「王睿崎，夠了，住手，他死在這裡也解決不了問題。」

王睿崎緊皺著眉，半睜著通紅的雙眼，將目光轉向掌中的陳珂，他輕蔑和厭惡看了快要咽氣的陳珂小刻，還是不屑地鬆開了手。

隨著壓力的釋放，陳珂當即如獲大釋的發出風箱灌風一樣的猛烈吸氣聲，飛速墜落，碰的一聲瞬間觸地。

31.

幾分鐘前，收納區那邊。

董慧君卽便瘋了，在地上看見三個人圖謀不善的陸續趕來也心知不妙，更加慌張起來，窘迫間越發手忙腳亂，火急火燎想從碎陶片堆裡爬起，轉眼紮的雙手掌腕上遍布血斑。他坐在倒下的櫃上，慌忙用手抓向來者，莫依然一躲，跑到他身後，拉著他脖領，想把他從地上薅起。趙越創跑到瘋子身側，去拽他的左肘臂。被趙碰到身體，瘋子愈發緊張，竟一扭腰右手抓在趙越創的頭髮上，霎時聽到趙嗷嗷亂叫。李本財趕到，一看趙越創的頭皮都拉長了，慌了神，衝著董慧君一拳頭掄過去。一拳給董慧君揍了個人仰馬翻，滾了兩滾，從橫放的櫃架上摔倒於地。

李本財還在甩和董慧君臉親密接觸過，痛得不行的指關節，莫依然就已經衝過去就地按住董慧君的肩膀，梁繼軍匆忙趕來，跳上去按住董慧君的後腰，李反應過來，也趕快去幫忙。莫依然一把抽出自己的皮帶，試圖捆住董的雙手。紛亂之中董慧君不說話不叫嚷，呲著牙，無聲的全力反抗，竭盡力氣掙脫，肩膀被按住就使勁兒的揮舞手臂，手臂被扣住便胡亂的蹬腿，但皆是徒勞，被綁的結結實實不過是十幾秒之後的事情。

被縛上雙手後，董慧君立刻就老實了，他的肢體語言似乎在說，他已經什麼都不在乎了，卽便如此，他仍大睜著雙眼，表情像是目睹了什麼弔詭獵奇的異世界事物，凝視著眼前的空氣。

莫依然努了努嘴，蹲下去，用小到別人快要聽不見的聲音，對董慧君耳語道：「我們站起來好嘛，去別的地方坐。」

董慧君沒有反應，充耳不聞，腕上卻發出沙沙的聲音，一看，手指在不停的抓撓掌心。莫依然一手放在董慧君腋下，一手抓著董慧君的後領，想把他從地上拉起來。

「來，起來。」

但隨著他的用力，董慧君一點跟著動的意思也沒有，再一使勁兒剛把董慧君上身立起，他立刻又往對側一栽，翻了面側臥在地，莫依然頓時感到猶如在拎一隻大如人的死兔子。

「要不就讓他這麼躺著，反正剛才也在地上坐了那麼長時間。」

「別，這附近全是碎渣——放到洗手間附近去吧，也省得離太近了看著他心裡難受。」

連拉帶扯，梁繼軍和莫依然費了九牛二虎的力氣，才把董慧君一路刮擦著瓷磚拖到洗手間門邊兒，這十幾米弄得梁繼軍鼻尖汗都出來，呼哧帶喘。

莫依然鬆開董慧君的肩膀，像卸貨一樣騰楞放下，直身去擰衛生間的門把，喀嚓一聲，卻傳來了清脆的金屬撞擊門框的聲音。那是標誌著門閂插死，不許從外面打開的響動。

「門鎖了？」莫的聲音中沒有波瀾的自問道「剛才……是鎖著的麼？」

梁繼軍也用淡如清水的口吻回道：「裡面有人囉。」

「這個節骨眼？」莫依然說著，眉間出現一個川字。

他又推了下門，當然照舊推不開，於是他手握拳，反手叩了叩門，等了片刻，裡面沒有反應，再敲，仍是如此。

莫依然不覺嘴邊嘶溜一聲，疑惑起來，在轉頭，卻見陳珂正倒在地上滾爬，連咳帶喘的，旁邊是俯視著他的手掌在滴血的王睿崎。莫依然心下一詫，才知那頭也生了事端，匆匆返回辦公區一帶。

「冷靜，大家都冷靜。」廉月面有驚駭的看著眼前的一幕，毅然兩步上前，把王睿崎往後推「你快去處理一下傷口。」

鞠晉宇像是剛剛慢跑過似的，氣喘吁吁的來回踱步，背著手低著頭：「都亂了套了。」莫依然才到跟前鞠晉宇立馬攔住他「哎、你，你上樓去！把湯有為和程雨辰找回來，等不了了，就眞凶一事我要拿他是問！找到兩個人就馬上下來，誰都不能離開，再強調一次，誰也不許離開，聽到了嗎！」

莫依然還沒厘清情況，倉皇的一點頭，速卽衝上階梯，疾步上行。

在廉月的攙扶下，王睿崎解開身上的十字弩，剛在椅子上坐下，鞠晉宇旋卽搶上前，居高臨下的一把抓在王睿崎的肩膀上，氣呼呼道：「我敬你一聲王總，是因為我知道你有原則，但有時候你也未免太不知好歹了！我跟你說——」好似接下來的話太過可怕，連鞠晉宇自己也恐懼到說不出口一般，他突然閉上嘴，咽了咽喉嚨，才接著道「這事不會就這麼完了的！」

語畢，鞠晉宇煩躁的絕塵而去，到書桌後將羊角錘匡當朝桌上一扔，面目瞋恚的一屁股坐回老闆椅中。王睿崎看著鞠晉宇，一言未發，淡定的看著鞠晉宇的一切行動仿若在看潮水漲落。同時陳珂也從地上頂著一頭亂髮爬起來，他不斷揉搓脖子，彷彿王睿崎身上正在放出輻射一樣，對其避之若浼的，跌跌撞撞的逃向公共收納區，攤倒在一隻單座沙發上，像個鼓風囊一樣，全身一脹一癟的大口喘息著。

梁繼軍故意遲來，看各方銳氣滅的差不多了才上前，在辦公區附近沒有特定目標的幽幽的問：「噯，莫依然跟沒跟你們說洗手間門打不開的事情？」

「又怎麼了？」王淑萍心煩意亂的說道「又作什麼妖啊。」

「不道啊，反正門就打不開了。」

「那就是有人在裡面唄，有什麼好驚慌的。」廉月蹲在王睿崎身側，邊用力的捏著王睿崎的手腕爲其止血，邊說道。

「誰在裡面……馬賀沒在，他去洗手間了？」

「咦？丁永茂也不再？話說好一會兒沒看到他了，剛開聽證會時候不都在這兒麼。」

「不管裡面的人是誰，關鍵他不應門啊。」

眞的？廉月疑惑道，且說著，便見得紀豔棨拎著一個小醫藥箱來了，交給了趙越創，趙越創複帶著這醫藥箱垂著視線到了幾人跟前，嘴巴發出著黏糊糊的聲音說道：「廉月，交給我把，我給他包紮。」

祁鳳偷偷繞到群星簇擁的王睿崎的座位後，一把拿起弩，偷東西一樣轉身就走，王睿崎用餘光瞄了她一眼，依舊未言片語。

看沒人發作，她想了想，舉步來到南邊，端起那碩大的十字弩瞄準，噌楞一聲，將一隻箭羽射入沙發座墊中。

「我的天吶，一個省心的也沒有！」梁繼軍誇張的拍著脖子，跑到她身邊「我的姐姐哎，都這個樣子了，你就不能消停一會！沙發很貴的！」

「就是這個樣子了，才一時不能耽誤。」祁鳳專橫道「指不定一會兒又要打起來，到時候我還指著它防身呢，現在不用明白了怎麼行！就是這種時候才得抓緊！我們被困，宋陽君那傢伙也有責任，這沙發還不夠賠的呢！」

「行，行。」梁繼軍推手示弱，放低姿態道「我管不了你，你可悠著點，千萬別傷了人。」

她啐了句用你說，抬起來，又是一箭。

趙越創開始手法嫺熟的給王睿崎包紮，廉月看著王，心下過意不去「王哥，沒事吧…你這…要留下後遺症的。都是我連累了你……」

「嗯，以後可能會添點天然紋身，有一些屈伸不暢而已。無妨，我現在擔心的是比那更嚴肅的事」王睿崎仍在粗重的喘息，語調卻冷酷的猶如寒冬大雪後寂寥的峰巒「你不用多想，我不是爲了你，我早就擔憂鞠晉宇和陳珂過度攫權，並威偶勢，不想讓揭露他們的機會逃掉了而已。等湯有爲回來，再作分說。」

趙越創從藥瓶裡倒出兩個白色藥片，交給王：「來，吃了它，降血壓的。」

王睿崎斜視一眼那兩片藥，接過去順從的吃掉了。

「這點我也一樣，我們其實可以好好協作形成合力，一起對付他們，呃……你還是先好好休息一下，我去看看那邊怎麼回事。」

廉月捋了下鬢角，有些局促的走開了。她感到有些煩躁，完全沒有心情坐下，只想行動起來，手上只要有些事做，焦慮就能緩解不少。想著，目光不自主的看向不遠的洗手間。遲疑一下，她一通闊步匆匆的來到了洗手間門前，嘗試擰了下門把手，如梁繼軍所言，是鎖住的。

梁繼軍如閒散混混，晃晃悠悠的跟在廉月身後，走近了，吊兒郎當的說道：「咋樣，沒扒瞎吧。」

「這個門你們應該有鑰匙吧？不能打開它麼。」

「有哇，有萬能鑰匙，在保安舍呢——嗯，一般都是袁一衫拿著，我大概能知道放哪了，我去找找看吧。」

廉月當即點頭同意，梁繼軍再次趕往辦公區，彙報、請示不必細說，不必強調洗手間這一盲點，鞠晉宇也知曉萬能鑰匙的價值，催令梁繼軍在莫依然回來前趕回，準許他出門取鑰匙去了。

在緊閉的房門前孤獨的站了不過幾秒鐘，廉月卻突然感到一陣茫然，猛然間對自己所有曾經的選擇心生懷疑，對自我的判斷力失去自信，好像身處濃霧中辨不清方向不知所措，而這處境不過是咎由自取。恍惚間，好像在從高處俯瞰著自己，自我之迷霧囚籠外，八方盡頭所見皆是無底的深淵，自我的每一點滴言行都是那麼的無用，因爲絕境不會改變，結局已然寫好，如劇中配角，往哪個方向前行的結果都是一樣，末路只有絕望且根本無人關心。

頹喪的看向前方，她能感到類似的消極情緒正在鑽入每個人的肌膚——圍在王睿崎周圍的人正在緘默不語的逐一散開，原本和眾人坐的很近的趙越創和紀豔榮，搬起皮椅，在西南處找了個遠離人群的位置落座。王淑萍像是在擁抱自己一樣，手環著腹，縮緊著身子緊張的躲在西北承重柱後邊。辦公區的鞠晉宇旁，是置身度外，像對票價滿意的一樣，一直掛著意味不明的微笑，自始至終安靜的猶如背景般的低士馬。

廉月感到一陣厭惡，對低士馬，對這個世界，也對無能爲力的自己——

她意識渙散的驅動雙腿來到客廳，那裡只有獨自占據了七八十平方米空間的李定坤。

電影，經常用這樣一幕無語言的橋段來表現角色死亡。他表情平靜的躺在某處，或是一陣微風，或是地球母親那一點小小的重力，角色的手臂軟塌塌的摩擦著所躺之處的邊緣滑落下去，沙沙的幾聲後，好似藤蔓的手臂吊在或者床邊或是輪椅邊輕輕擺盪。由此你便知道，那個人死去了。

這就是廉月此刻看到的。

廉月感到心中毫無波瀾，一點激動的情緒也沒有。她輕聲走到附近，於臉色慘白的李定坤身邊坐下，那就像是期待觸碰到的雪是冰涼的一樣，她伸出手，對李定坤的脖子上沒有任何脈動的期待，毫不意外的成真了。

廉月收回手，面無表情的看向沙發上，會爲李定坤的那坨人形的肉塊。因爲一直不改變姿勢的擱置在沙發上，前後幾十分鐘裡，它始終在不住的下陷。本放在沙發矮扶手上的頭顱，被不斷自然下沉的軀體給拖了下來。加上死後咬肌鬆弛，下頜下垂，下巴已經搭在了鎖骨上。他就那麼以活人肯定不會舒服的姿勢，一動不動的卡在那兒。再過約莫一個半小時，翻看身體下側會看到屍斑。現在屍體已經開始有味道，但很淡，遠距離聞不到，等到浸潤期，屍體就會迅速變得惡臭，到時候絕對沒人會想和它共處一室。

把目光從屍骨上移開，再抬起眼，發現有人拿出手機卻根本沒有看螢幕，不停的在向這邊偷瞄，有人用後腦勺對著衆人，卻不時的扭頭用餘光窺探，有人坐在盆栽後面，透過枝葉的縫隙，直直的凝視鞠晉宇，一屋子的人，仿佛在互相監視。沒有人在閒聊，生怕漏掉一點聲音，沒有人在走神，唯恐死神偷偷的挨近。每個人都更加警覺了，整個環境的壓力愈發上升，一分一秒已然變得更加漫長，封城正在變成絕望的困守。

抽回目光，廉月失神的望向那洗手間門，仿佛一個不願死去的人，在直視著註定將會來臨的死亡。

猝然，她發覺一條涓涓細流，正從洗手間門下大理石地磚間的縫隙淌出——

那細流大都清明透徹，純潔的猶如上游山澗，然摻雜其中者，是幾縷優柔的紅絲。

32.

康澮猛地驚醒。

就像一直悶泡浸溺在海底，突然衝破了水面一樣，刹那間冰涼的空氣刺穿了呼吸道。

他幾近恐慌的睜開眼，迫切的想要確認目前的狀況，但即便眼睛已經睜到最大，卻除了黑暗什麼也看不到，目不視物中惶惑的想要站起來，身軀卻唐突的扽住，仿若有什麼磁場吸附住自己的軀體。越掙脫不了越惶恐，越心急如焚，發狂一般的連續掙扎幾下，遲鈍的觸感才將手臂吃力遠大於其他身體部位的情報遞交上來，這才令康澮意識到，雙手被某種硬物捆縛住了。

「冷靜！有爲！冷靜下來！」

康澮慌張的向聲源方向扭過頭，依舊只看到黑暗，氣喘吁吁之中，剛才昏迷時喪失的知覺，一點點的慢慢恢復過來。

旁邊的人又說了什麼，說話的聲音漸發變得能夠聽清，他分辨出來，是廉月。

「能聽到我說話麼，冷靜一下！」

康澮開始能憑觸覺感覺出腕上硬物的具體形狀，是繩。此外還有什麼緊緊的纏在雙掌上，裹緊了雙手的每一寸皮膚，並傳來稠密的黏著感，五指幾乎完全不可動。原來，還有某種束腰帶一樣的東西勒在雙目上，才致使他翻開眼皮依舊什麼都看不到。接著，姍姍來遲的，渾身傷口不約而同的紮心的痛起來。

「呃！——」

旁邊的、黑暗中的廉月，放慢了語速，安撫道：「傷口在疼了吧，不過放心，你身上的傷，傷口都很淺，沒有刺深，下肋巴的刀口長一些，但也沒有傷及器髒。我剛才給你止了血，縫了幾針，只要沒有大動作，你會沒事的。」

最後的最後，視覺恢復了，康澮開始能看到朦朧的紗狀紋理蓋在眼前，試著往左右看，隨著眼球移動，偶爾只有灰暗的光斑映入眼簾。康澮發現身上暖和不少，空氣並沒有之前搏鬥時那樣的陰冷滯澀。他伸手碰了下身底下，才反應過來，自己腰臀附近宣軟，後背硌的生疼——他正斜靠在床頭護欄上，雙手被捆綁牽連在鋁柵欄間。

「這是怎麼回事……」

康澮張嘴說話，一陣撕痛，喉嚨又刺又癢，發音歪扭到自己都差點沒聽清自己在說什麼。

「……」

身邊的廉月沉默了須臾，正色道：「我有話要問你。」

厊噠，康澮聽到鞋跟落地的聲音，還有身體從低到高升起時帶起的空氣摩擦聲，以及脫離椅背的咯吱聲。接著鞋底以有節奏的交錯，向遠處走去，不幾步旋即返回。

期間，廉月挪悅耳、自若的聲音說道：「樓上的程雨辰，是你殺的吧。」

樓上？我們此刻在四樓下方？四樓以下而且是有床的位置，那就是說我現在在三樓環點符的中心。康澮感到才剛呼吸過速弄得他腦袋都開始漲起來，他深呼吸一口，試著平緩喘息。

「勸你如實道來，說實話對你來說是最好的選擇。」一名為廉月的聲源由遠及近「來，把水喝了。」康澮能感到廉月就在身邊，他試探性的往前伸出頭，床內彈簧緩緩下壓。但摸不準該伸多長，怕碰到什麼，提前停下。停了不久，隨即感到弧形玻璃送到唇邊，之後水杯的傾斜度慢慢變高，康知道是對方在倒水了，忙一點點吸吮進嘴裡。

一杯簡簡單單再平常不過的水，卻甘之如飴，不啻仙釀。

費時費力無比隆重的喝下後，立刻感到清爽之意沁透了心脾。拋開嘴上，牙齦中剜骨的痛不說，康澮從未感到清水竟可以如此好喝。喝完，出乎意外的，唇邊又出現了某種毛絨布片，搵掉了嘴角的水，隨後左斜下方傳來杯子放下的聲音。

這個聲音的高度……那邊應當有座床頭櫃，康澮於心中暗暗記下。

「現場眞是慘不忍睹，你們似乎慘鬥了一番——為什麼？你為什麼要殺掉程雨辰？」

記憶如電流，大腦一激，血腥的畫面瞬間掠過腦海。康澮第一反應當然是把程雨辰殺人的事實說出來，但這一刻康澮倏地想到，金井叵信，廉月可能亦是如此。這宅子中的人，已經沒法確定誰值得相信誰不能相信了。

在確定是敵是友之前，最好不要隨便透露情報。康澮咕嚕一聲咽了下喉嚨，說道：「是他襲擊我，我沒有辦法只能自衛。」

「哦？……是這樣麼……？」

話音那頭突然沉默下來，好一會兒都沒有動靜。

康澮竭力看過去，除了陰翳與晦暗什麼也看不見，她現在是什麼表情？她又會在想些什麼？

「我…我被捆住了？爲什麼把我綁在這兒？」

康澮邊說邊拽動右手，傳來合成纖維與金屬摩挲的沙沙聲，綁住自己的，是條尼龍繩一類的繩索。同一根繩，由護欄間的空隙交錯穿過，繩的兩側末端分別綁在雙手上，讓兩手互相牽制。也不知道他們有多謹慎，除了繩子，康澮兩隻手還被透明膠帶纏住，五指猶如戴了密封的膠帶籠手。

「你離開一樓後，在上面幾層獨自待著的將近一個小時內，你都在做什麼？」

嘖，問題被避開了，廉月用提問推掉了提問。

「就是在尋找線索，僅此而已，恐怕也就找了十多分鐘，線索還沒找到，程雨辰就出現了，要我性命，我也沒有辦法，只好死戰。我離群了一個小時？那我昏迷多久了？」

「你說他襲擊你？怎麼襲擊，偷襲麼？」廉月懶得回答他的問題，訊問的語氣中帶著一股狐疑，仿佛在問偷襲你還能活下來？

康澮剛想言簡意賅的正面回答不是偷襲，喉嚨肌肉都動了，臨發聲前一秒陡然意識到，如此說就要必然不得不吐露和程撞面前怎麼已經先識破了他的敵意，提前預料到了他的威脅，得把看過錄影，亦卽隱蔽攝影機存在的情報說出來。

一個無比樸素的問題，對於具有犯罪知識的人，卻相當致命。

——廉月本來是知道攝影機存在的，但她完全避之不提，既然這麼想知道發生了什麼，爲何不直接去看監視錄影？太奇怪了，從剛才甦醒開始，就有什麼違和的東西縈繞在周圍，非比尋常，讓康澹無法放鬆，不敢肆意傾吐。

「你們不是同伴麼，你們這一上午來往甚密，如果你之前不知道他有歹心，他偷偷接近你，趁你不備發動襲擊，你會有反擊的機會？」

問到痛處了。

康澹想趕快回答完，結束這個不快的氛圍，但意識中有一部分自己在叮囑自己千萬小心。

忽然，他想到了什麼。

——和程雨辰認識，不過是一個假像，是爲了掩人耳目而披上的設定。康澹和參與本次任務的成員，見面到現在不過24小時，廉月是知道的。康澹和一起執行任務的三人的關係，充其量就是認得。熟悉眞實情況的廉月，爲什麼不使用意義更精確的詞來描述，卻刻意使用這個概念與定性模糊的說法，強調這份虛假的聯繫？

也許……我們現在所處的是不安全的情報環境，廉月也在竭力不洩露與任務有關的資訊。

難道是說……

「你……廉月……我們身邊有其他人在麼？」

忽地，廉月好似舌頭被凍住了一樣，不發出聲音。雖然什麼也看不到，康澮彷彿找到了什麼似的，轉頭向黝黑的四周看去。然而一點聲音也聽不到，就像黎明前的深夜一樣。本來廉月時不時走動而發出的衣服摩擦聲也不見了，定在原地。

「呿！」

突然有人打破了沉默，這忿恚不平的不是廉月，而是一個男人的聲音。

「我就說離得遠一點，你們靠的太近了，被他發現了吧！」

「喂！誰叫你說話的，他還沒發現呢，就是猜！這下好，徹底藏不住了！」

「離太近被聽到呼吸聲了吧，眼睛被遮住之後耳朵很靈的。」

「要我說，就沒什麼問的必要，就他一個人有作案的機會，除了他還有誰啊？還能有鬼詐屍了不成？趕緊逮起來得了！從頭到尾，都是他！」

「不好吧，萬一不是呢，眞凶要是還在豈不更危險。」

「還特意給安置床上了，殺人犯還給這待遇？哼。」

「傷口流了那多血，不得包紮麼，死了怎麼問話。」

一瞬間爆出無數個不同的聲音，音調響度各有不同，一浪接著一浪。康澮用鼻腔出了口粗氣，想必是大家都到齊了。他冷靜的聽著周圍的聲音，隨即趕到陣陣不安——照比離開一樓的時候，人數少了很多。

有好幾個聲音，並沒有出現。

「安靜，都給我安靜。」最近的方位傳來廉月壓抑又煩躁的聲音，康澮想像著她頭痛的模樣。「話還沒問完，都別吵！」廉月竭力控制著自己的情緒喊道：「我還有問題，你記不記得發現屍體前，先於你離開的人的順序。」

「這……？這有什麼好問的，所有離開過大宅的人，不都在我之前嗎？」

「別廢話，說具體時間。」

「董慧君和陳珂13點十，李本財15，梁繼軍20，鞠晉宇30，我45。」

「你1點45才下樓？」

「40下去45前離開。」

「期間看到鞠晉宇了嗎。」

「沒有，他從二樓洗手間出來後就下去了，我離開前都沒見過他，你問這些是要幹什麼……？」

沒人回答，康澮能感到人們在看不見的世界中互相交換眼神，有人急忙的比劃了幾個手勢。

「最後一個問題，你殺死程雨辰之前回過一樓麼——不管是從外面繞回去，還是其他什麼途徑。」

回一樓？調查沒結束就東窗事發了，怎麼可能來得及回一樓了，真回去了爲何又要回來？……還不及問，康澮腦子一轉，立刻想到什麼，問：「又有人死了，是嗎？」

廉月沒回答，嗓子眼裡擠出兩聲不滿。

「怪不得，你們是懷疑我，特意塑造只有廉月在場的假象套我的不在場證明。」

遠處有人在說悄悄話，竊竊私語，嘁嘁喳喳含混不清，廉月語氣則變得急躁起來：「到底回還是沒回？」

「沒有。」

「哼……」頓了頓，康澮聽得耳邊傳來廉月手指敲打桌木的聲音「看來你能提供的資訊也就只有這些了，我現在搜你身，你不要動。」

她二度從椅子上站起來，把手伸進康澮身上的口袋裡，拿走了複寫紙、信紙和袁一衫的員工卡，在摸索上衣口袋時，碰到了針孔攝影機，但她沒有反應，也沒有把攝影機拿出來，留在了原處。隨後廉月又找到了兩隻手機，她鎮靜的將它們挨個抽了出來。

「這信紙是怎麼回事。」

案發現場發現的，康澮疲憊的說，可能是犯人留下的。

「你的手機密碼。」

「2997792458。」

「你還有什麼要補充的麼，要坦白就趁現在。」

「知道的我都說了，我是自衛，我離開後就直奔四，到達後卽發生衝突並昏迷到現在，所有四樓以外發生的事和我半點關係沒有，眞凶不是我。」

「袁一杉那次也好，這次也好，你不在的時候就出事，都不過是碰巧了？」

「肯定的啊……」

「……哼，我們會商議決定怎麼處置你，在那之前你就好好呆在這吧。」

熟悉的鞋跟聲猝然響起，急速遠去，有人說道：「就這麼放過他了？不再問點問題？」

「你要有問題，可以儘管去問。」廉月滿不在乎的答。

說話的人消聲的半晌，或許是沒想出來什麼有價值的問題，或許是覺得自己沒有本事能撬開康澮的嘴。咕噥了兩句，也邁開腳遠去了。

同時，四周各處響起不同的鞋底發出的，振幅、音色各異的腳步聲，陸續向樓梯走去。有人在樓層東側，往西面的樓梯走去的時候，特意從康澮身邊路過，近到康澮能夠感受到身邊空氣的溫度短促上升，他忙喊

「你們要走了？喂，綁手的就無所謂了，至少把我的眼罩摘下來呀，啊呀！——」

說話有些用力過猛，嘴唇創口猛地一陣撕裂痛。

「眼罩你就戴著吧，免得你起歪主意。」

一陣紛雜的腳步聲後，人們先後走掉，沒人留步，皆對康澮接下來的抗議充耳不聞。

很快，世界再次安靜下來。

康澮試著冷靜了一下大腦，改了個姿勢，換一片兒後背肉倚在護欄上。

什麼都看不到，只有各樣的觸感彼此交錯重疊——指尖被單紋理的凹凸感，周身傷口上滾燙的痛感，衣服黏在肌膚上的黏連感，以及口袋裡的攝影機在衣內垂墜於大腿產生的壓觸感。這些觸感提示著他還活著，多少給了康澮一絲安心。

他默默的將剛才留意的腳步聲數量重新在腦中數了一遍——

九人。

來旁聽的人加上廉月，一共是九個人，除去不能行動的李彤和董慧君的話……

——少了足足四人。

33.

三刻鐘前。

天灰蒙了整日，雨水以及澌澌聲漸趨消弭，只剩下幾乎不能察覺的毛毛雨。烏雲終於散的無影無蹤，才將將要看到天際線，太陽卻又下山了。光線昏黃，低角度傾灑過來的陽光刺的人睜不開眼，大地被染的金燦，玫瑰色的花朵也變成了霞橙。

梁繼軍終究沒能在莫依然之前趕回，莫依然先一步從樓上下來，神情暗鬱不已。他緊張兮兮的跑去和鞠晉宇交頭接耳說了些什麼，本就煩躁的鞠晉宇的臉面更加漲紅，呼吸也變得急促，似乎失去了說話的能力一樣咬著嘴，眼中積蓄起層層不善的光芒。良久，他只是揮揮手，讓莫依然歇息去了。

又過了幾分鐘，梁繼軍不慌不忙的返回了，鞠晉宇立刻截住他，兩人第一時間趕往洗手間，待兩人到來，洗手間門下的流水已經溢成碗大的一灘，大到不可忽視了，兩人自然的捕捉到了異樣——

心體光明，暗室中有晴天，念頭暗昧，白日下有厲鬼。

零星的血絲，本不引人注目，但才發生的暴戾衝突還未落定，有人滾燙的鮮血還在順應著地心引力鑽入地磚間縫。封閉的、被緊鎖的洗手間裡，流出的、正不斷變得更加紺赤的絲線，其所預兆只可能是不詳，勾起的是更多的不安，以及內心中不可告人的陰晦。

「嘖……快開門。」

無需多言，梁繼軍拿出鑰匙，插入鎖孔。洗手間內的景象，廉月不需要走動，也能一眼瞧見。即使心理準備做得再足，當看到的那一瞬，仍能感到胃酸在翻湧。

凌亂的洗手間內，現代藝術一樣擺放著兩具，在淅瀝流血的屍體。

是丁永茂和馬賀。

馬賀四仰八叉的倒在水龍頭打開的浴缸中，左側胸膛被捅穿了，浴缸中半池深的水，被他流瀉出的、灌入浴缸的血染得通紅。屍體腦袋無力倚靠著水喉，手像在抓頭一樣，疑惑的搭在頭頂，雙腳停在浴缸邊上，與頭齊高。丁永茂翻倒在盥洗池與浴缸的空隙間，眼皮半睜著，已然沒氣。

浴缸中的水平線位置遠低於邊緣，但仍有不少水正在從浴缸裙邊流下，想必是搏鬥中迸濺出來的。兩具屍體的血在地面上匯成一潭，共同形成了湧出室外的摻血之流。

因為視距比較遠，廉月只能看清馬賀的狀態，並不能全面觀察到丁永茂。她喉嚨動了動，走近去，沒幾步便聽得梁繼軍壓低了聲音說道：「鞠書記，要瞞下來嗎？現在所有人承受壓力都到臨界點了，又冒出來這麼多屍體，非炸鍋了不可。」

「蠢貨，怎麼瞞，兩個人的去向怎麼解釋，瞞著不得把這門關上麼，洗手間門一直關著又怎麼解釋，說這兩個人消失了？然後正好衛生間門跟著一起壞了？用膝蓋像也能猜到這衛生間裡有貓膩啊。」

「總有辦法的嘛……要不我們想辦法把這兩個屍體運出去——」

鞠晉宇一嘬舌頭，噤聲著朝廉月揚了揚下巴，示意人都跟前了。梁繼軍條件反射的去關門，關了一半，突然意識到自己的行爲多麼傻，還是停下來，總算心裡明鏡，隱瞞已經是不可能的選項了。

廉月沒那麼多精力在意這兩個傢伙，到得附近速卽偏頭瞧過去，裡面的事物讓她下意識的捂住嘴臉。緊蹙著眉頭，她徐徐的用目光掃視現場——

馬賀指關節有破損，除去四肢末端的袖口、褲口，身上的衣服都被浸透了，腦後的牆壁上有一些含混的血跡。地面上，被鞋底塑形的泥印，在水的洇濕下，已經開始破散，像是浮在水面上。較清晰的鞋印只此一排，從浴缸所在方位起，延伸至衛生間右側丁永茂倒下的地方。丁永茂腰線以上的部分沾了不少水，下身只有零稀沾濕，黏血的匕首放在他的左手邊，他的額頭有淤青，左側的臉上有一道由眼角至頜支，約六釐米長的銳器割裂傷，同樣左側的上臂衣裳被劃破了，能看到淺淺割開的皮膚。

這是兩條長的，剩下的，都是又短又深的傷口，最長不過四五釐米，最短只有兩三釐米，而且數量多的驚人——在他的右肩、左前胸、腹右前鋸肌、右腿肱四頭肌，淩亂繁雜，創口足有十一二道之多。最後一個傷口，位於丁永茂的右臂，那是所有傷口中，最平穩規整的，它是一個橫鋪於腕上，橫向穿越了橈動脈的傷口，是地上血液的主要來源。因爲屍體背後就有一個排水孔，所以大部分都湧入其中，致使流出洗手間的水沒有紅的太過濃豔。

看著，身後莫依然和王淑萍不知何時也跟了過來，看到了同樣的東西，王詫愕的倒吸冷氣，莫依然的喉嚨發出了強烈的咕嚕聲。

這是一個密室麼？並不是，廉月立刻就能下結論。

光是站在這裡，就能聞到大自然特有的那種清新的草木香，這些味道來自洗手間內打開的通風口，它與戶外直接連通。

她抬起視線，不用特意尋找，就定位了通風口的位置。看到它的一瞬間，廉月卻對剛才自己的結論產生了一絲動搖——雖然透過通風口能看到戶外翠綠繁密的樹林，但通風口本身有一層紗窗，紗窗線徑極細，用目光隨便一掃甚至很容易看漏。仔細看過去才發現，那塊裸露的窗戶並非沒來由的光線更昏暗一些。

然而也就是又一個瞬間，廉月的情緒像是在浪中不斷起伏的小舟一樣，再次燃起希望。她在盥洗池邊緣上，看到了一個腳印，而盥洗池斜上方，就是通風窗。

或許有人成功從這裡出去過。

通風口所裝的是種捲簾式隱形紗窗，它有一個單側獨特的肥大邊框，不用的時候紗窗可以自動回卷。通風口很寬，足有二尺，上下高約四十公分，空間足夠一個成年人通過了。

「喂喂喂！又有人死了啊！」

耳邊傳來某人的抱怨聲，緊跟著身後接續以哀嘆。

「怎麼這樣……不是說我們只要好好的聚在一起就不會有事嗎?!結果還是這樣，你要怎麼負責！」

「啊呀……！你、連你也敢跟我這麼說話了！你們……！死了人關我什麼事！有人幫忙組織你們就應該感恩戴德了！怎麼敢叫我負責！」

「你未免組織的也太失敗了！到最後，哪怕有一分鐘所有人都聚在一起了嗎!?這個要出去，那個要離開的！」

「找兇手大家可是都同意的！你自己不想知道兇手是誰麼!?派人調查有什麼錯?!」

「你派湯有爲去調查，你怎麼不知道他是兇手!?他剛才不在吧？他！……說不定這兩個人就是湯有爲殺的！」

又開始了，廉月沒有參與的興致，在吵嚷中逕自走到洗手池前，鬆開捂著自己口鼻的手，關掉了浴缸水龍頭。低頭看了眼盥洗池上的踩痕，她避開那痕跡的，扶著牆壁踩到一旁的洗漱用品架上去。站在高處，近距離觀察通風口。視距拉近之後，比在下面看的清楚多了。仔細的一瞧，發現用來拉動紗窗的推拉杆上，布滿了灰塵，但有一小塊兒手指形狀大小的地方纖塵不染，看來是紗窗被拉開過，灰塵都被犯人的手指沾走了。

她試著拉了一下紗窗，很輕易便拉開了，拉開紗窗後，還能看到窗戶外框上面，有大量灰塵被帶走了，並且能發現另外半個鞋印。

到此廉月心中就有數了，她矮身移開各種洗髮露、沐浴露，在架頂上坐下，小心的一跳回到地面，這一上一下，吸引到了爭吵者們的注意。

「你這是在幹嘛？」梁繼軍問。

廉月還在想事情，思考這些痕跡的意義，遲遲才回答：「還能幹什麼，調查現場。」

梁繼軍癟了癟嘴，欲言又止，總感覺想要說些針鋒相對的話，但兀自忍住了，話到嘴邊又咽了回去，少頃後才再次說道：「找到什麼有用的了嗎？」

廉月沒有回應，而是我行我素的彎腰看了看丁永茂的鞋子，又走到馬賀的屍體旁，伸手撚著他得衣服，左右看了看，最後簡單翻看了一下兩人的口袋，馬賀身上沒有什麼值得在意的東西，倒是丁永茂的錢包裡，印著丁永茂頭像的身分證上，寫著的名字，卻是周永昌。審視那身分證刻許，她忽地感到耳邊清淨了，一扭頭，發現爭吵已然息止。可能是王淑萍和鞠晉宇已經吵夠了，可能是又有更多人到來，兩人沒臉再繼續吵下去，廉月倒是突然發現有不少人正在期盼的看向她。

「情況明確了，是丁永茂殺死了馬賀後自殺。」廉月最後試了一下兩人的脈搏，確定的確沒有生命體征了之後，答道。

「你這一句話信息量太大了，我都不知道該怎麼反應……」莫依然失魂的眨眨眼說。

「你是怎麼確定的？」王睿崎像準備上戰場的軍官一樣，繃著臉道。

「簡單，地上的鞋印只有一排且和丁永茂的一樣，加上鞋印是浮在水面上的，說明馬賀死前地上沒有溢水，死亡順序先於丁永茂。兇器又只有一個，丁永茂身上的傷口又全都那麼工整，又是死於流血過多，可以推斷是丁永茂殺了馬賀後，自行走開至洗手池下，坐在地上，割腕自殺了。」

「哈？丁永茂爲什麼要殺他？」

「我怎麼知道，我現在是在給你分析現場，不是給你通靈。」

「可是……爲什麼要自殺呢？我們又不知道他是……唉？等一下，丁永茂是兇手？」

「目前只能確定是這次殺人的兇手——不知道你們剛才有沒有注意到馬賀在會上連續兩次去往洗手間，而且我發現洗手池上和通風口上留有的鞋印，與馬賀的鞋底紋理一樣，馬賀的袖口上、手指上和褲腿上都有灰塵，應當就是來自這個通風口。」

調動擲地有聲的語氣，廉月嚴肅道：「我的看法是，馬賀提前來過一次踩點，特意測試了通風口是否能自由通過，爲實施某個打算後能逃離現場作準備。他隨後約丁永茂與他在洗手間內碰面，很可能就是爲了殺死他，但誰知失手被反殺，丁永茂或許是因爲對結果的接受不能，也許因爲馬賀和他說了什麼絕望的事情，他在殺人後，自殺了。」

聽到這，李本財突然屏住了呼吸。

「那麼多傷口是自殺？還是自衛成功後自殺了？這不合理吧？」

「你注意看，他是左利手，身上的傷口，都集中身體前面並且右半居多，肩、胸、大腿上都有，但小腿和後腰之類的地方卻沒有，配合右手上的割腕傷口來看……他和可能是自殺前後自殘過，這都能證明，我剛才提到的絕望心境……」

「扯淡！我不信！」梁繼軍五官歪扭的亂七八糟的問道「有理的人反倒自殺了，他怕什麼，爲什麼要自殺！肯定是僞裝成自殺的！其他人……對，樓上的湯有爲說不定下來過，殺人後從通風間逃跑了呢！」

趙越創無法相信的擠了擠眼：「他怎麼下來……？怎麼僞裝？」

「有點繩索之類的就可以啊！我們剛才亂成一團，沒人會注意到的。僞裝自殺就更簡單了！人打暈，替他割腕就好了——你看，屍體上不是有淤青麼。」

「我很確定那是和馬賀爭鬥期間造成的……那個位置，那種程度的衝擊力，人是暈不倒的。」

「不管，我不信！湯有爲絕對有嫌疑，必須得審問他！」

「莫依然剛才去叫過，現在也該回來了吧？他還要多久。」

鞠晉宇難得沒什麼自信，有些倦怠的唔了一聲，張口道：「呃……湯有爲來不了了，只能我們去一趟了……正好我也有東西給你們看，一起上趟樓吧。」

恩？來不了？這眞是一個…奇妙的說法。

「我要走了。」

突然，毫無徵兆的一句話，從廉月身邊的人嘴裡冒出來，唐突的打斷了廉月的思緒。轉睛而視，說話的是王淑萍。

「呃……你說什麼？」莫依然撓撓頭，一下子沒聽懂王是什麼意思，滿腹狐疑的問「你要走？走去哪裡？」

王淑萍頹然失去了剛才爭吵時的衝勁兒，她露出了像在沙漠中流浪了太久的旅者般的眼神，她的語氣羸弱卻堅定：「我要走……不去哪裡，我要離開這。」

「離開這山頂別墅？怎麼離開，纜車用不了，直升機動不了，你怎麼下山？」

「總…總有路可有走的…大山又不是泥沼，腳底下都是踩得住的土石，我步行下去……」王的嗓音便開始顫抖起來，眼裡噙著淚花，哽咽道。

「這麼陡的山你步行？周圍陡的都跟峭崖差不多了，你還穿著一雙高跟鞋，怎麼走啊。」

「我有帶用來換的運動鞋……那麼多樹，我扶著樹一點點下就好了…扶住一棵換一棵，一棵一棵的下，多花些時間總能下去……」

莫依然大愕，感到事態反戾，語速急促起來

「你就算下去了，這大山到處都是密林，你迷路了怎麼辦？」

「不會的……就算在山中，我們也不過是在市區邊緣，離城市近的很，只要下去一點，有信號了，立刻就能用手機聯絡到人……我手機還有電，半天……半天就夠了……只要半天內能走出遮罩區，就解脫了……我能走出去……就靠自己的雙腿……」王淑萍說著，啜泣起來，眼睛閃躲的看著地面，眼淚稀稀拉拉的往下掉，眼看著要哭的更加厲害的時候，她用小臂一抹雙眼，宛若按下了開關似的，哭泣隨即停止了，雖然一對瞳仁依舊通紅。

莫依然不能相信自己所聽到，一副晴天霹靂的表情毫不避諱的直愣愣的看向王淑萍，王淑萍一吸鼻子，那雙藏著恐懼與不安的紅腫雙眸，卻更加篤定了。

「太冒險了，這些事情說起來簡單，做起來可沒那麼容易，我懷疑你太小看這些困難了……」

「就是說啊！你怎麼知道能走出去，半天時間不夠怎麼辦？下去了聯繫上的人找不到你怎麼辦？太危險了，你會失聯在大山裡，死在密林中的！」

「那也比這裡強！」王淑萍大喊道，她猛地將飄忽的視線移回，直視著眾人的眼睛道

「再危險也好過這裡！森林再危險，能危險過跟一幫兇手困在一室麼！才幾個小時，死了一個又一個，我受不了了！」她呼哧呼哧的喘著粗氣，一揚手「不試試怎麼知道能不能出去！我待不下去了！面對不知道什麼時候能走到頭的森林，機會再杳渺，也比在黑暗中戰戰兢兢哆哆嗦嗦的不知道哪個方向會刺來刀子強太多了！」

她握緊拳頭，在空中揮舞：「不用再多說了，我現在就要走，你們別管我。」王淑萍哮喘似的沉重的呼吸了兩下，略微鎮靜一些了，多少放低了點聲音，平靜但下巴與脖頸肌肉顫抖的說道「……別攔我，我發誓，我會拼命反抗…你們也可以下山，但不要跟著我，否則我會把你們當兇手對待……」

語畢，王淑萍低著頭紅著臉去到門口，倔強的換上運動鞋，轟轟烈烈的推門而去。

「切！這傢伙……」莫依然嘟囔了一句，轉向鞠晉宇，想要爭取他的意見，但鞠晉宇竟走神一樣的，雙眼沒有焦點的看著角落。察覺到他人視線，一雙精明的鼠目倏地一翻

「走唄，讓她走，我要是腿腳好點我也翻下山去。」琢磨詭計似的左右轉了轉，攜著一股認輸卻不紆尊，藏匿著高傲態度的口吻又道「一個能派上用場的兵也沒有，剩下的，都是些指使不動的傢伙，量我、量哪個領導再能耐，也無可奈何。這封城，也算是到頭了，無疾而終囉。」

趙越創憂心的看著競走一樣忿然離去的王淑萍的背影，喃喃道：「我跟上去看看……看能不能勸勸她……紀豔榮就在這和大家在一起吧，人多安全……」

她說著看向鞠晉宇，鞠晉宇也看向她，好像是她沒說完，有義務繼續解釋似的，等著下文，俄頃，倒是王睿崎點頭授意，寬厚包容的說了句去吧，趙越創立卽感激的謝過，她緊緊的抓了抓紀豔榮纖細的手腕，最後不舍凝視了紀半晌，頹然轉身離開。她走的說不上快，但背影總有些逃匿的味道。

目送兩人先後離去，鑽入一片金黃中，廉月平靜的敦促道：「走吧，咱們也別耽擱了，不是要去找湯有爲嗎？」

鞠晉宇慵懶的哼了一聲，說了句走吧，帶頭走在前面，領著一夥人登上弧形階梯。

路過公共收納區時，廉月注意到李本財偏視一側，不自覺順著他目光看去，在視線的末端，瞅見了都快被她遺忘的陳珂。陳珂被汗打濕的頭髮，一縷一縷黏在一起，朝四面八方撅起著，凌亂不堪。他看起來眼窩深陷，狀態極差。卽便如此，他仍不斷用乖戾目光偷瞄向王睿崎。見一樓董慧君以外的所有人都一同行動起來了，陳珂還是從椅子上起身，跟在隊伍末端。

因爲人群步速快慢不一，樓梯又容不下衆人並行，上到二樓時，廉月突然感到身邊的氣氛變了，用眼角偷瞄，低士馬正走在她身後不遠。他的臉上綻放著笑容，與這個情景，這個團體是那麼的格格不入，廉月全身心的感到厭惡，猶如某人挑著一桶糞，過於貼近的走在她背後，她不禁加快了步伐。

又一分鐘，上到三樓，依舊不見一人，但是——

廉月動了動鼻翼，她聞到了什麼味道。

樓梯爬的太快，廉月的呼吸變得急促，氣味也濃烈起來，在她爬的足夠高，視線勉強能越過四層地板，看到上方的畫面時，她立刻就意識到味道的來源是什麼，本能反應的，呼吸變得更加急促了。

不過頃刻之後，他們腳下踩的，鼻中聞的，眼前見的——

滿滿當當皆是猩朱赤紅的鮮血。

34.

四樓東北承重柱左側，兩長一短三道血跡錯落有致的攤開於地，仿若半張的翅膀。翅根以東有一串滴痕更大的血跡，至此血液淋落的間距窄了不少，像是飛速掠過的鳥放慢了速度，從俯衝改爲滑行。那長串血跡盡頭往上一些，是灘巴掌大的橢圓形血漬，更旁側，地面上滿是衣服在大理石上摩擦產生的塗抹狀血跡，大塗痕中又混著少許細長的擦拭痕跡，是手指在地面上抓劃留下的。右近，還留下了一小塊，拇指根到腕部的那部分，殘缺但清晰的掌紋。隨後血液的痕跡突然擴大，地上出現相當多的血腳印，有的濃有的淡，有的是月牙形，有的是殘缺的餅狀，向東和東南擴散。東南三米左右的位置，有五六排間隔稀疏的滴落狀血跡和飛濺血跡，再向北——

便是程雨辰的屍體。

一副以血繪製的豔紅的潑墨畫末端，程雨辰的屍體倒在地面上，自己的右手搭在胸前。附近一張桌子的邊上能看到少量紅白相間的人體組織。程雨辰的後腦勺濡濕的黑紅一片，右眼微微凹陷，布滿血斑，左眼嚴重變形，像是被踩爛的肉丸，濃稠的深黑之血從其中流下，將左衣領染透。屍體嘴巴無力的微張，隱約能從張開的口中，看到垂直方向插入的鐵片。

不遠，渾身是血但看起來完整多了的康澹臥倒在地上，面色煞白。

「哎呀呀，這可眞是…不得了……」

「場面眞有夠慘烈的……恩？這人，還活著？」

「就是這只，胸口剛才起伏了啊，眞的還活著啊。」梁繼軍驚呼。

無視掉他採用的奇怪量詞，廉月走近了仔細觀察倒在那兒的兩人的面孔，訝然道「這是……湯有爲和……程雨辰？？」

「眞的是他們倆。」

「誰，眞是不得了。才死兩個，又死兩個。」祁鳳有些激動，重重喘口氣，聲音發抖，目光失焦的說道。

「都說了，這個還活著呢。」

匡啷啷的，不知從哪傳來玻璃瓶的碰撞聲，轉睛看過去，陳珂竟在一旁翻箱倒櫃，他很快搜到到一瓶啤酒，單手秉著瓶頸來到一張深色的，單腳煙熏橡木圓桌旁，把酒蓋卡在桌緣，另一手握拳拳頭在上頭一錘，錚的一下卡掉了瓶蓋，蓋子飛射出去，叮噹作響的掉落，好好的桌子留下幾個瓶蓋齒印。

他不屑一顧的低著頭，在桌邊坐下，往椅子裡一癱，腿神的老長。對著酒瓶咕咚咕咚的吹起來，黃色啤酒由嘴角外溢，淌進衣襟。一抹嘴，陳珂又滴溜溜的眼睛四處看過去，隨時準備用你管得著麼的眼神，把任何看向他的人的目光懟回去。

但旁人也只是看，沒人有更多的精力多說半句。

「失血過多了。」被突然打斷了幾秒鐘的情緒，再次由廉月嚴肅的話語接續上，她正色道說「得給他輸血才行。」

臉白成那樣，他恐怕堅持不了多久了，但沒人表現出關心，甚至好像沒人願意回應她。

莫依然憂心忡忡的四下打量，似乎想從周圍的環境中看出個所以然，推斷曾經發生過什麼。

「兩人搏鬥過——」僅僅觀察了片刻，他忽然道「這裡的血跡是兩人拼命廝殺造成的。」

「哦？何以見得？」低士馬慢吞吞的攤攤手，問。

「地上的那個，是刀刃吧……貌似是某種鏢刃……」王睿崎指著地上染血的脫手鏢道「程雨辰的腰帶上有相同的東西。」

「……這是戰術腰帶？」莫依然兔子一樣騰地跳過去，從程雨辰屍體鼓鼓囊囊的腰間，搜出一枚飛鏢，驚道「他怎麼會有這種東西？」

王睿崎將一枚帶血的飛鏢撿起，看著上面的尖頭，緩緩道：「湯有爲衣服和身上的裂口無一例外是小面積的淺細傷口，符合這些鏢刃特徵，程雨辰一定用它們攻擊過對方。然後你們再看程雨辰的眼睛周邊乾涸的血跡，和湯有爲右手指尖上的乾涸程度、夜漬渾濁度都相同，程雨辰的傷則是湯有爲造成的。」

幾個人紛紛靠近屍體和地上的湯有爲，觀察起來，祁鳳後知後覺的發出短瞬的驚呼。

「眞是這麼一回事。」

祁鳳端著弩，用弩臂撥開康澮，讓他保持下半身側臥的姿勢下，小幅度翻了個身，敞開了雙臂，上半身仰面朝天，一見到康澮的胸膛，她隨卽眼皮一顫：

「嘖，好多傷口。」

廉月一看，撥康澹的十字弩弓是拉滿的，箭支裝在弦上，祁鳳也眞不擔心一失手一走火，直接把康澹最後一口氣也給滅了。

「最後一點……地上這麼多血，早就把任何進入這層之人的鞋底黏滿了，地上隨處都是他兩人的血腳印，但沒有任何腳印離開過這個樓層，大致能夠推斷參與搏鬥的有且只有地上的兩個人。」他頓了頓，繼續道「恐怕，湯有爲險勝，殺死了程雨辰，隨之體力耗竭倒下了。」

「……」

屋內驀然安靜下來，似乎所有人都不約而同的忘記了如何呼吸，像是慢慢融化的冰塊，名爲靜默的冰水一點點漫沒在場每個人的心。

斯須，莫依然用教唆語氣說道：「不是我說……先別管那些了…你覺得他們死的時候，樓下那倆死沒死？…我的意思是……」

「你還想接著探究湯有爲是不是兇手的問題。」

有人的雙眼突然警惕的亮起來，某處傳來扳扭指關節的啰吧聲和鞋底在地面不安挪動的尖厲擦碰聲，有人發出了短促的吸氣聲，接著便是喉嚨吞咽的含糊的咕嚕聲。

「我這也不是無理取鬧，對吧，太有可能了不是？」莫依然一掃周圍，指著東北那柱子道：「那邊還有個被飛鏢破壞的電擊槍，是湯有爲的吧，袁一衫身上的傷難不成……」

「我現在已經什麼都不知道了。」祁鳳搖搖頭。

王睿崎左右看看：「總之審問一下，先聽聽他有什麼好說的。」

「先給他處理一下傷口把，我剛兒也說了，快斷氣這位需要輸血，誰是O型血？」

「知道誰是O型血有什麼用啊，這地方還能有抽血儀嗎？又不是專業醫療機構——」

「有啊。」

一句安靜又湛然清澈的聲音，如天外之音，從背後傳來，扭頭看過去，意外的察覺到，說話的是紀豔榮。

廉月不自覺的凝視著紀，在她臉上看到的，是單純的希望能幫上忙的，純潔樸實的善意。

突然因爲自己的一句話弄得人們都不說話了，還盯著自己看，讓紀豔榮騰地緊張忐忑起來，像被掠食者發現的松鼠一樣，後背一顫，接著窘然紅了臉，她急忙想「彌補」事態，局促且有些忸怩的說道：「呃，我也正好是O型血，可以用我的血。」

「這家裡還備了抽血設備？你怎麼知道？」

「我見過啊，我們體檢的時候就在花園的醫療室裡，當時醫生和我聊天的時候，跟我說那裡有個儀器就是抽血用的。」

恩……？哪裡不對勁……

廉月的表情稍稍僵硬了一些，陰雲出現在腦中——有什麼擋住了思緒，讓一個本來可以輕易推斷出來的表象，被遮掩其後，看不清面目。

「你之前就來過？也是趙姐帶著你一起來的麼？」

「是呀。」

「呃……」忽然，梁繼軍嘴上銜著某種打圓場的語氣說「她當時來看場地，正好趕上我們員工年度體檢，就邀請她倆一起了，我和趙越創也算認識，就是覺得沒必要昭告天下嘛，就沒說，是不是，紀豔榮？」

「哦、嗯。」

紀豔榮神色有些迷亂的瞳仁亂跳了幾下，還是同意了梁繼軍的話。

「萬能鑰匙也在我著，我帶著紀豔榮去吧——」

像是爲了撒了謊逃避追問的騙子，梁繼軍匆忙推進話題，不給人思考的機會，招呼著紀豔榮就要走。

「我跟你們一起去。」斬釘截鐵的，廉月發聲道。

不經意的梁繼軍一抬眼和廉月目光相撞，立刻移開，回避她的視線，梁繼軍酷似一個被巡察審問的貪官一樣，深點頭高揚手，動作誇張的表達出配合的態度說：「行行、來吧、來吧。」

鞠晉宇細起眼，看著，欲言又止，似乎在琢磨什麼，並且琢磨出了什麼，最終卻什麼也沒說。

梁繼軍迫不及待的走在前面，紀豔榮雞崽一樣緊緊的跟在身後，廉月則打獵似的，上身半傾，快步追上去。在廉月下到三樓時，四樓的對話聲已經變成咬耳朵般的細聲碎語，模糊如收信不好的播放機了。

拖著狹長的影子，三人一言不發的出了別墅，向三岔口走去。即便有暖陽罩在身上，她還是打了個哆嗦，高海拔的地方實在是冷。隨著夜幕降臨，氣溫更是會在轉眼間驟降。

——溫度越低的空氣中含氧量越高，大腦喜歡冷空氣。但是相對的，高海拔空氣又更加稀薄，現在到底對腦袋是好是壞，廉月也不清楚，她只不過是止不住這些不著邊際在胡思亂想。

大腦亂轉著，她不著痕跡的偷偷觀察紀豔榮和梁繼軍二人，幾分鐘過去，兩人臉上的表情仍和在宅內時相差無幾。廉月加快步調，與紀豔榮並肩而行，用盡可能柔和的語氣問

「你和趙越創是什麼關係？」

「她是我阿姨啊。」紀豔榮蘊著童真的大眼睛撲閃著，毫無顧忌的直視廉月。

「你媽媽呢？」

紀豔榮突然猶豫了，眼珠往左上額角方向轉了一下，嘴唇輕輕一下蠕動，慢吞吞道：「我沒見過我媽媽……從小就是幾個阿姨帶著我，有時候在這個阿姨家裡，過幾天又去別的阿姨家住了……」

孤兒？——廉月突然感到喉頭湧上一陣苦澀，她這一天以來，還以為不過是臨時家長忙，讓親友忙帶一天孩子，沒想到情況陰鬱得多，她不忍的看著紀豔榮，默默的平復了一下心情，又問：「趙越創照顧你多久了？」

紀豔榮剛想回答，卻不知為何邊偷瞄了梁繼軍一眼，隨後瞳孔倏然變得深邃，露出了回憶太多，而被往事淹沒的表情。

「三四年吧……」

那表情應出現在一個閱歷豐富的中老年人的臉上，而不是一個孩子該有。

「趙越創這幾年一直在忙環人保的事情嗎，期間也一直帶著你？」

紀豔榮再次看向梁繼軍，有些倦怠的將目光挪向地面：「嗯⋯沒有，就是最近⋯⋯」

「那些事情，小孩子怎麼知道嘛」梁繼軍在前頭嚷道「她都分不出來哪些和環人保是有關的，她都不知道趙越創都帶她去過的是什麼場合。」

不滿的盯著的梁繼軍背影，廉月接著問道：「面前這位叔叔你熟悉麼？你跟他、趙姐跟他是什麼關係？」

「不熟悉，我今天是第二回見到這個叔叔。呃、呃⋯⋯趙阿姨⋯⋯每次看到他都有點緊張，我也有點緊張。」

廉月皺皺眉頭，沒有繼續問下去——不必多想，就像今天的很多人一樣，梁繼軍肯定在隱瞞什麼，耐人尋味的是趙越創還屈服於這混帳，他似乎對趙、紀兩人又某種奇妙的影響力。在他的掩護下，從紀豔榮山中問出什麼，難度不算大，但必須謹慎，未成年人是會事後遭到監護人長期報復或連累的，最好有的放矢的詢問。

——現在的感覺不是陷入瓶頸，而更像是掉進了膠液。你伸手，困境也跟著伸展，你蹬腳，窘迫也跟著攤開。不管怎麼抗爭，永遠都被包裹著，被黏著著，被堵住了所有孔竅。有力氣卻使不出，有話語卻發不出聲，有憤怒更除了自己無人能知。

前頭的梁繼軍慢下來，腳步邋遢的下了坡道，行了半分鐘，突然，一聲呼喊，打斷了廉月神遊的壞習慣，瞬間收攏了她散碎的雜思。

「呀，廉月，是你嗎?!」

趙越創神色惶遽的從花園深處奔來，因爲太過慌亂而完全沒有看路，前一腳還踩在甬路上，下一腳就踏出了路沿石，踩在泥濘的裸露地面上，泥水濺的老高，一臉驚慌以至於恍有幾分喪魂落魄之意。才不見不到十多分鐘，怎地突然如此大變化。心中雖有疑問，但廉月潛意識裡已然有了某種模糊的確信。

「怎麼辦啊！怎麼辦啊！」

「幹什麼這麼慌張。」梁繼軍忙問。

「王淑萍！從山上掉下去了！！」

果然，不出廉月所料。

廉月和紀豔榮在梁繼軍身旁停下，廉神色鎮靜地問：「掉下去了？在哪？怎麼掉下去的？」

「就在花園南邊那塊兒！」趙越創哈著腰急速的喘息兩口，緊忙接著說「你們兩個快來看看！」

紀豔榮看到趙越創想打招呼，還沒找到插話的時機，趙越創又忙亂的跑掉了，只好匆匆的緊跟其後，轉眼幾人到了花園倉庫後側。

「我一路勸，她一句也聽不見去，我追著她到了這兒，她突然說這個地方就行，就要下去。我又說剛下過雨，太滑了，山還這麼陡，太危險了。她就跟我講什麼，下面全是密林，樹和樹之間距離那麼短，只要耐住性子，抱住一棵樹，穩住了，再向下去抱另一棵樹就好，這樣一點點的，一點點的下降，肯定能離開這裡。還說了一大堆，她語速太快了，我都沒記住！」

趙越創嚷著，伸手指向花園倉庫後面的崖邊的，緊挨著長成V型的兩棵樹，夾角方位有一隅被踩倒的草葉，廉月走近了，點腳向下窺闞，隨即見得繁茂到如牆壁般遮蔽視野的濃厚綠色，乍一看甚至分不出來哪片是近處的綠哪片是遠方的綠。

「就是在這地方？」

「呃……嗯……」趙越創的臉色灰黯下來，像是在回憶什麼創傷性事件，她看起來很不舒服「然後小王就真的開始往下山了……一開始還好，她穩穩的抓住了一棵大樹——就那棵——她跟個樹獺似的抱著那樹繼續伸腳試探，踩在什麼堅實的東西上，再往下撲，抓住下一棵樹，再換更下方的一棵，就這麼換了好幾棵樹。」

趙越創喉嚨發抖的咽了咽口水，眼睛開始發紅，濕潤了起來。

「可是每次都很兇險……坡那麼陡，她每次換樹就跟要跳崖了一樣，最後有一棵，那樹長的不正，而且山上不只是地滑，樹皮也滑。她撲過去，一下沒抓住，脫了手……整個人跌倒了，連打了好幾個滾……聲音可響了，撞在木頭上面……連撞了好幾下，我腳底下都有震感……後來我就找不到她了，根本看不見，她人全都沒在草叢裡，也看不見手看不見腳，叫她也沒反應……」

廉月走上前，鞋跟才碰到樹旁的土地，腳掌立刻感到坡度，僅僅只是半步的距離，地面斜度就有了顯著的差異。再往前幾公分，已然沒有能穩當踩實的地方，落腳點僅限根基深固的樹根。

沒有其他選擇，廉月只有抓著V型樹，一隻腳踩在地勢稍矮一些的樹根上，前傾身軀向下俯瞰。

這一刻明明是在地面，觸碰著樹根，卻有種身置樹頂高位的錯覺。被雨淋過的樹皮潮濕陰冷，那濕冷感從掌心和五指，飛速的導入身體，樹皮那尖銳的棱角也帶給她微弱，且不停息的連綿不絕的刺痛感。廉月想打哆嗦卻不敢，她擔心一點多餘動作便會讓自己滑下去——在這種情況下俯衝於樹木之間，不用親眼目擊，想想就感到心驚。

下面能看到許多腳印，一些和腳掌實際大小差不多。大部分鞋印較長，後側形狀細而尖銳，前側則像被推土機推過一樣，有足足三四釐米高的泥堆。是有人莽然下行造成的，泥濘的斜面上，腳前端吃了太多的力。和這些比一般腳印多出條「尾巴」的，卻依然只能算短腳印的相比，還有一條特別長的足印，長達六十釐米，最粗處十幾公分寬，像是泥土地面被碩大觸手拍打過形成的痕跡。

王淑萍肯定是在這裡摔倒的。

因爲那長條痕跡的三分二處，有一個大而橢圓的壓痕，是側臀摔倒在地面造成的，長腳印末端再往前二十釐米左右，好似一個嘆號般，有一個小而立體的圓形壓痕，緊挨著一個呈圓柱切面狀的長條壓痕，那是頭肩和地面衝擊形成的。最初摔倒的地方摔的最重，再往下，地表仍有許多印痕，但都沒有這麼清晰的形狀了，之後的壓痕數量更多，痕跡更加不規則，說明從這裡王淑萍開始翻滾，並且速度很快陡增。

痕跡找到不少，但如趙越創所述，廉月怎麼也沒看到王淑萍的人，她姑且在心中留意了一下鞋子的紋絡，確實是沒見過的，女士運動鞋印。

她再往前探頭，突然一個激靈——她在蔥蔥郁鬱之間看到了一個衣角，搭在矮木叢上。

那是件黑色的修身小西服，正是王淑萍最後離開時穿著的那件。

身子前探的太多，廉月猛然感到重心過於傾斜下垂，隨時都可能掉下去，淪爲下一個翻滾泥土痕跡的製造者。忽地，她意識到自己腰眼對著後面的三人，有那麼一瞬恍然擔心某人會從背後襲擊自己。這樣的姿勢，根本不需要用力，只輕輕一下，廉月即刻告別人間。

一剎那，廉月被一陣強烈的恐懼擊垮，她頭皮陡然全麻，無法克制的猛烈地轉回頭，嚇了離她最近的紀豔榮一跳。只見她根本沒有靠近，畏縮的站在遠離斜坡的安全距離，抻著脖子踮著腳，在朝這邊乾巴巴的瞅。瞪圓了眼睛，紀豔榮不禁倒吸一口冷氣：「怎麼了廉姐……？」

「沒、沒什麼……就是，突然想到了些事情……」

廉月隨口扯了個謊，糊弄了過去，她帶著剛才那股疑神疑鬼的餘悸，小心翼翼的回到上邊兒，她佯作不經意的瞥了梁、趙兩人一眼，不自然的收回視線，不知道該再說些什麼，於是乾脆閉上嘴裝作仍在查看下方。廉月又嘗試著從其他角度觀察，但不管在上頭怎麼斡旋，都看不清衣服的整體面貌，看不到衣服後面是否有人，到最後，除了那一小塊衣服外，廉月觀察不到任何更多決定性的線索。

35.

「怎麼樣，看到什麼了。」梁繼軍不太關心的問。

「不行，太陡了，障礙太多了，連人都看不到，根本不知道摔了多深，摔到了哪裡。」

「哼，早就警告過她了，有些人的腦子就不現實，誰也幫不了這種人。」

「你一個大男人，積點口德吧，你把鑰匙給我，這裡用不到你，我們現在就去抽血，你趕快去回去找人來救人，咱們兩邊都別耽誤。你回大屋內看能不能弄根繩子類的東西，用繩子栓樹上放下去，近距離再搜索一下，說不定還能救王淑萍一命。」

全程命令的口吻，似乎弄得梁繼軍很不爽，他毫不掩飾漫著敵意的雙眼，流裡流氣的看著廉月：「喊！她肯定死了！還救什麼啊，行行行，你清高，咱這些小人物也不能差了事，呵，我這就回去，咱至少把場面活都整到位了，恩！我走了！」

鑰匙一抛，廉月凌空接住，梁繼軍在廉月鄙夷的凝視下，抻頭駝背，摔摔打打的走了。廉月環起紀豔榮的肩膀，拉著她邊往東走邊對趙越創道：「先走吧趙姐，這裡暫時沒有什麼我們能做的。」

「哎喲，咱們就這麼走了啊？」

「需要被救的不止王淑萍一個，湯有為也快死了，需要輸血，這個至少能保證救得到，還是趕快得好。」

「哦，你們三個本來是要去醫務室？」聽到關於湯有爲情況的趙越創不怎麼意外，她像是悲傷的情愫已然耗盡了似的，沒有感情的望著廉月「那快走吧，得抓緊時間了。小王那邊……唉，等梁繼軍回來再說吧……」

短促有力的嗯了一聲，隨後，像是爲了甩掉沾在身上的髒東西，或者離開充滿臭氣的廁所一樣，廉月匆匆穿過噴泉和水塘，走過木板橋，拖得紀豔榮都快跑起來的，用步行能達到的最快速度來到了花園東側的診所。

插入鑰匙很順遂的解開門鎖，診所的單開門幽然敞開，室內的面貌出現在光線黯淡的，四周植被和建築恍若剪影的深邃黃昏中。

趙越創先一步進入屋子，不需停不需看，跨過門口卽刻右轉，同時手一抬，全屏感覺精準的按下門右手邊的燈控開關，打開了診療室的頂燈。打開頂燈後醫務室內仍有另外三個熄燈的房間，離門廳稍遠一點且拉著窗簾的地方黑不溜秋的像洞窟。但紀豔榮仍毫不懼怕的，熟門熟路的找到黑暗中一個像牙醫用的傾斜的水藍色醫療床，動作熟練的爬上去躺下。

廉月才進到屋內，關上身後的房門，立在燈光下，趙越創甚至已經從櫃中找到了水壺，灌滿了自來水，插上電，開始燒水了。

廉月不自覺的用像是在密謀什麼的調調，低聲說道：「趙姐……你對這間屋子，好像很熟悉啊……」

「是嗎。」趙用沒所謂的語氣回道，拿起一條毛巾返回廉月身邊，順手拉緊門簾，一扭把手將門反瑣，接著將毛巾擋在正門的亮窗上。

「你、紀豔榮和梁繼軍三個人之間奇妙曖昧的關係……你這一天對環人保業務參與度之低……還有紀豔榮那些奇怪的經歷……你……」廉月瞄了眼黑霧中的小女孩「你是這裡的護士？」

趙越創臉色沒什麼波動的來到紀豔榮身邊，熟練的給抽血儀插電開機並坐下，她對那椅子和設備的熟悉，就好似熟悉自己的手腳一樣。

「都被你識破了啊」她頓了頓，吸溜了一下鼻子「醫生，宋家顧的專職醫生就我一個人而已，沒有什麼護士。」

「紀豔榮這個女孩，和你也好、梁繼軍也好是什麼關係？她是什麼人？」

「……」趙越創看了她一眼，動作麻利輕捷將針管紮入紀豔榮的肘正中靜脈，眼皮卻沉重的耷拉下來「哪有在孩子面前這麼問孩子的事的。」

紀豔榮一雙清明的眸子滴溜溜的向這兩人臉上伺探，針頭紮進去卽不哭也不叫，乖巧的像是沒有靈魂的布偶。

只是這樣一個念頭，也會讓廉月感到心痛。

「抱歉，我不能告訴你，她的身分事關重大，說了你也做不了什麼。」

「趙姐咱們都是爲了孩子好，你顯然比你表現出來的知道的要更多，要不一會抽完血，咱們找個地方慢慢聊。」

「……不了，抽完血你們就走，我能說的就只有一切很快就會結束的，再用不了多久了，不需要多等，很快……」

「你這是什麼意思，你這樣把情報藏著掖著，不是單純的將這孩子拋在危險的環境中麼，爲什麼不把知道的告訴我，我們趕快打破現狀，好早點離開這？」

「事情沒有那麼簡單，但還是那句話，我可以十分確定，殺人事件很快就會結束，而且對我們……對你我的威脅有限。我知道的東西，和如今正在發生的殺人案關係不大，你現在只是被困籠內而身處險境，這個情況隨時間會解除。可如果知道更多，你連出去之後的安全也保證不了，逃出牢山也不會脫險——就是死在裡頭還是外邊兒的差別而已……」

「聽起來有點太誇張了……」

趙越創用認眞而沉穩，卻裹挾著慈悲的目光看向廉月：「相信我，相較於你得知紀豔榮的身分，死在山上會是個更美好的結局。」

廉月眉頭緊鎖。

「問些別的吧，我會盡可能的幫你，紀豔榮這塊兒，算我懇請你，不要提了。孩子都聽著呢，再說下去，對孩子也不好。」

抽血儀的嗡嗡聲持續著，就和這無法打破的僵局一樣，平板單調感受不到變化。

這女孩很重要是對宋陽君來說，還是對其他人？聽完剛才趙越創的話，廉月更加無法釋懷，望著趙越創沒有回答，暗自思索道。趙郎一口咬定紀豔榮事關重大，到頭來卻說什麼絕對不能告知她，恐怕——

紀豔榮是罪證。

房間另一頭水壺沸騰的翻滾聲和水泡不斷破裂的聲音交雜一起，趨於響烈和尖銳，不過短暫的幾秒又迅速平靜下來，白汽在其上空沆碭。

活體罪證，紀豔榮是某件罪惡無法抹去的證明。具體是什麼罪惡，就只有趙越創知道了。廉月心想著，看向身邊的兩人，她此刻沒法算向趙確認，這的確不是應該當著小孩子面聊的話題。

三個人突然變成了靜物畫中的水果與器皿，無人挪動，無人出聲，全都變得了無生氣。耐著性子又等了少頃，200cc的一袋血抽滿了，趙越創關掉機器，拔下針，起身去水壺旁，從規整的排放在盒子裡等著使用的七八包紅糖中抽出一個，在保溫杯中衝開。

廉月趕到其身邊，不由分說的按住趙越創，強迫其留在原位。

「你剛剛有說兇殺事件的威脅，不會波及到我們。說的就好像……你知道兇手是誰似的。」

趙越創立刻偷偷的往紀豔榮的方向瞄了眼，低聲道：「小點聲，別嚇著孩子。」

廉月一瞥，看見紀豔榮的目光在醫療屏風縫隙間嗖的一閃，藏進了黑暗。

「我……不知道兇手是誰，我知道的是兇殺的目的和動機，但基本猜不偏，犯人一系列活動背後的目的就要達到了，他們不會費多餘力氣去做更多沒有回報的事，達到目的就會收手，到時自然風平浪靜，你我只要放低姿態等待就好，一切……就要結束了……」

「看來我要是問你他們的動機是什麼你也不會說了。」

「不會，我…我還想活下去……」

廉月看了眼錶：「耽擱的時間太多了，我得把血送回去了，趙姐你還是好好想想，替我替你，也替孩子，我回頭再來找你的。」

剛轉身，趙越創忽然在背後求道：「把鑰匙留下，把紀豔榮帶走。」

「欸？」

那是一種懇求，是嗓音打顫的哀聲，是走投無路者拋棄尊嚴的請托。

廉月第一個瞬間是意外，她沒想到這種聲音和要求，會從趙越創的口中說出。

「你說什麼？」

「紀豔榮……你把她帶走吧……」

「啊？」

「我帶著？孩子你不管了？」廉月無比詫異「帶到什麼時候？在山上的時候也不是不行，可離開之後呢？我該把孩子交給誰？」

耷拉著腦袋，目光停留在地上，趙越創的喉嚨一動，或許是用力太弱，只發出一片嘶啞的斷音，她咽了下口水，再次張嘴才把話說出口：「如果你能活著離開山頂，你自然就知道該找誰交托這孩子。」

「這算什麼話……那你怎麼辦？」

「你把鑰匙給我……我就呆在這……把自己鎖在裡面，等救援來了再出來……」

「那讓孩子和你一起在這裡豈不是更安全……」

「不行！不行！——」趙越創像是眼睛辣痛似的，用力將雙眼擠成縫，漣漣淚水無聲的從她的眼角流下來「不行，他們會找上門來的，不知道是誰，但一定有人會來找她的！」

廉月不自覺的粗重的喘息了一下，忽然意識到一個事實，趙越創不是爲了小孩子著想而讓她領走，而是爲了自己不沾染禍端。

紀豔榮會招來危險，趙越創正在拋棄這個孩子。

她忽然感到腦子裡有什麼部位被緊緊的攥住了，她半張著嘴，動作僵硬的遲鈍的把鑰匙遞出去，不知道該說什麼。趙越創搶也似的拿走，硬將保溫杯塞進廉月手中，說是給紀豔榮喝的。兩手合握著那保溫杯，熱水的溫度非常有限，僅微微的溫暖了廉月冰冷的指肚。

在山下時，廉月從不會去問這個社會怎麼了這樣的問題，這一刻也是如此，因爲她從一開始就知道原因。當個體的基本的尊重、安全需求無法被滿足，長期感受到生存環境的高壓與不公時，對他者的遭遇只會冷血看待，有時甚至是將自己的不幸，發洩到他者身上，不論個體與此他者曾經有多麼緊密的情感紐帶——因爲那是他們僅能對之施加影響力的人——朋友可以割席，夫妻可以離異，親子可以斷交，現代人類種群就像是一個過於懦弱而畏懼改變和努力，於是生活糜爛，沉溺在菸酒藥中慢性自殺的人，種群也因爲貪圖享樂而忽視社會責任，因爲自私自利而擁護邪惡體制，因爲短視與害怕失去而對他人的不幸視而不見，於是人們不再團結，壓迫變得輕鬆，不幸的範圍在黑暗中不停地擴散，偷偷的吞噬掉越來越多不肯從自己身上挪開視線的個體，少數癌細胞理所當然的涸澤而漁的吸收著整個軀體的養分，讓其他所有的不能養活自我的細胞慢慢消亡，讓整個種群一點點的自我消滅。

關於被拋棄這一點，紀豔榮意識到了多少？廉月腦袋發木的收拾好輸液和包紮用具，一手拎著醫療箱，一手領著紀豔榮從醫務室走出來，始終不敢去看紀豔榮的表情，她怕看到太多的苦楚。

帶著些許永別的意味在門前道了聲珍重，廉月便牽著紀豔榮的手，邁步向大宅走去，紀豔榮邊走著邊不停地回過頭看向身後，她看見趙越創雙眼脹紅，神情低落哀傷、孤伶伶的止步於門檻。好像攥著的是自己的生命線一樣，緊緊的將那帶鋸齒的鐵片攥於雙手。

咕哧的踩著水，走過短橋，終於看不見趙越創那沒有尊嚴的表情了。紀豔榮依舊是沒有過激的情緒反應，不禁讓人懷疑她小小的年級已經經歷了多少次這樣的分別，但廉月除了將這混合著惱怒、悲涼、埋怨和困頓的複雜感情壓在臟器內之外，什麼也做不了。

廉月無比痛恨如此無能的自己。在這個男人主宰的世界裡，她時常感到無法保持自主與體面，這是每個女性每天都在面臨的問題。而像紀豔榮這樣的小孩，正在一步步走入這樣的世界，經歷每個女性都曾經歷過的那些困苦折磨。

廉月默默握拳，咬緊牙，憎惡溢出心池。

行動起來，廉月心中默默道，行動起來自然就沒心思去煩躁了——

再次經過花園倉庫，廉月很驚訝的發現，這裡空蕩蕩的，一個人影也沒多，並沒有她以爲會看到的那樣，幾個人忙碌著拯救墜落下方的王淑萍的場面，她忍不住帶著某種類似不甘的情緒多看了幾眼，才恢復先前的步速。

到一樓前庭，佇立在正門口，廉月莫名的對進入玻璃堡壘這一想法感到抵抗——即便是只飛出了鳥籠，仍被關在屋中的畫眉，鳥兒也不想再回籠中去了。

透過大片玻璃看進去，看到被綁縛於地的董慧君，感覺也好像在透著柵欄看籠子裡的觀賞用動物。她回頭看向紀豔榮，紀豔榮依舊是那副小貓咪般，什麼都不懂的模樣，睜大了眼睛，無論看什麼，眸子裡都載著霧濛濛的淡淡的迷惑。

進門後直接登上樓梯，二樓一個人影也沒有，物品還保留在原來的位置，空曠乾淨的像是暴雨沖刷過的海灘，但已然能從上方，隱約的能聽到話語聲。

「大家都得換位思考嘛！要是你掉下去了，你不希望有人來救你？」

是莫依然的聲音，他得聲音很急躁。

隨後王睿崎冷若冰霜的答道：「要下山是她自己的決定，遇險了也是她咎由自取。」

上到三樓，廉月得以看到裡面的情形——陳珂拖動混合著懈怠、消極與不屑的眼神，全無參與的意思，只是冷冷坐在一旁。鞠晉宇和王睿崎遠遠的看著搜尋繩索的莫依然，像是在看一個頑固不化，非要枉費力氣的迂人。

他好一番折騰，總算找到一個放滿健身器材的櫃子，裡面放著卷好的瑜伽墊，未充氣的瑜伽球，大小有序擺放的幾隻壺鈴，他從中揀出一條兩端帶索扣的彈力乳膠繩，還要爭論，王睿崎面無表情的先說道：「出事那不是根本不用多想，一開始就能預料到的必然麼。不過是本來就註定要發生的事情發生了，有什麼好驚訝的。

對於一開始就無法避免的結果，卻仍選擇執迷不悟的去嘗試的人，有什麼資格讓其他人擔上生命安全風險，來挽回他個人決策偏差的惡果呢。」

莫依然聽過王睿崎的話，就像是被按了暫停鍵一樣，靜止於原地。

「就是嘛，老弟，她既然掉下去了，多半已經死了，還浪費個什麼力氣。」鞠老頭擠眉弄眼道。

「同意……」梁繼軍語氣弱到好像遠處公放的手機中的視頻的聲音「我們也不是不想去救，救她……風險很大的……懸崖邊多危險啊，你又不是不知道。」

莫依然大張的嘴慢慢闔上，抓著乳膠繩的手，也像脫力似的，漸漸弛緩。轉目瞧過去，低士馬也正用輕蔑的眼光在看向他。他明白了什麼，沉默下來，眼神中的火光徐徐褪散不見。莫依然抓抓自己的耳根，麻木的眨了眨雙眼，囁嚅著說了句原來如此，有道理，是我淺見了。似乎在和所有人說，又好似沒在對任何人說。說著，眼光發直的在椅凳邊上半坐下去，拋棄了乳膠繩以及自己「愚蠢」的念頭。

「唷，廉月回來啦。」

「讓開，別礙著我。」

廉月誰也不看，誰也不想看，直赴床頭邊，著手為康澹縫合輸血，這一坐下就是一個鐘頭，紀豔蓉始終在旁邊幫忙遞水送紙，擦血擦汗。康澹死人一樣，一點反應沒有，圍觀的人則如同在觀看某種神聖的祭禮，一點動靜不發，一切就在一種奇妙的靜謐中進行並結束。

一個鐘頭過去，廉月總算能夠喘息一下，她拔掉針，將東西重新歸攏回醫療箱。

梁繼軍走到床頭，看了看這滿床的髒亂，張開油乎乎的手掌抹了把鼻尖的汗，用指肚刮擦著嘴唇和短鬍鬚道：「血也輸完了，這人一點醒的意思也沒有啊，怎麼辦？」

「才從鬼門關饒了一圈回來，哪有那麼容易醒。」

「你們一個個倒是挺悠閒啊，不得先把他捆上麼」祁鳳煩躁道「他可能是兇手啊我說，一會兒醒來要是逃跑、發狠，逞兇作惡什麼的，你們怎麼辦？」

「他都這個樣子了，能站穩就不錯了，有什麼好怕的？」

「不行！他能幹出殺人的事一次，就能幹出第二次，再出事誰負責！」

看祁鳳如此堅決，幾個男人商量一番，莫依然的腰帶已經用了，其他人又不願意交出腰帶，乾脆就用剛才搜到的乳膠繩，但因爲太粗且有彈性，直接繫在雙手上會有縫隙而無法繫緊，於是廉月換了個捆法——一面先在康澮左手腕上預先穿好，留好空隙不拉緊，接著將繩子從床頭護欄中間穿過去，在另一隻手腕上同樣用金屬環穿好繩扣，接著一緊繩子，兩端同時收緊，轉眼間在康澮左右手腕上同時繫上兩個死結。繫過死扣的繩子剩餘長度很短，正好不夠康澮的雙手在後面互相碰到，也不夠抬手觸碰他自己的上半身或是更遠的其他部位，雙手只能以半背的姿勢放在兩側後腰左右。

之後祁鳳仍覺得不夠，緊張兮兮地又弄來一卷透明膠帶和一個午睡用的鎳銀色眞絲眼罩，先用膠帶在他的手腕上纏了幾圈，又走到床頭護欄後面，給昏迷的康澮戴上眼罩，霸道的撕開透明膠，在康澮的眼罩上嘶啦啦的連纏兩圈。纏完，從自己的口袋中掏出斜口美甲刀，啪的一聲剪斷，手一拍，粗魯的抹平膠帶斷尾，將眼罩固定住，把這失去意識的傢伙的雙眼捂的嚴嚴實實。

尷尬停留了片刻，廉月走過去將康澮扶正，無力道：「行了，這下不用擔心了，他徹底逃不脫了。總之該問話了，一會兒就由我來吧，我確實有不少問題迫切的想要知道，至於叫醒他的法子……我也有點主意。」

語畢，廉月拿出手機，打開播放機，德彪西鋼琴曲《月光》空靈的韻律響起。將手機放到康澮的枕邊，她掃了眼手機剩餘電量，27%，已經低於30%，電池圖示儼然變黃了，廉月不禁感到一絲焦慮。

「你來問？呵……你身體那個虛弱勁兒，如此操勞沒問題麼。」

鞠晉宇像是在關心她似的，目光卻看著別處，語氣生硬的問道，廉月也毫不留情的用譏誚的調調回覆道

「哼，不勞您費心。」

祁鳳瞇著眼，想了想，道：「一會兒問話的時候，其他人都安靜，讓他以爲只有廉月一個人，這樣更容易問出實話來。」

衆人互相看了看對方，沒什麼異議，紛紛答應，在音樂播放了一兩分鐘後，廉月突然將其按停。

就在旋律中止的瞬間，康澮的手指陡然彈躍而動。

36.

——現在。

被倉促的審問後，康澹一個人消沉的獨自囚於三層。

他感到緊閉的雙目眼皮紅腫，鞏膜乾澀燥熱。用舌頭舔了舔牙膛，口腔和舌苔也黏稠不已，剛才的那杯水不夠，他還想喝。但他一點都不想喚人，光是想想自己蒙著眼，面前站著個連面容都看不清的人，就讓他覺得太過沒有安全感。

假如兇手應聲而來，站於面前，他也全然認不出來，對方做什麼，他恐怕都只能逆來順受，任人宰製。

「呵……」

康澹哼哧一聲笑出來，仿若自己說了個什麼有趣的笑話——之前兇手明晃晃的站在自己面前，不也不認得麼。不久前睜著眼的自己，和目不視物的現在又有何區別？康澹抿了下嘴唇，潤了下乾到起皮的嘴，心情沉重地用力吸一口氣，冷空氣灌進肺中，嗆得他直咳嗦。

「咳咳咳！！——咳……」

一下子自己的咳嗽聲在整個三層回蕩，咳嗽聲傳回來複而傳出去，散播的能量似乎將三樓偌大的空間都充滿了，將康澹整個腦瓜都籠罩在這聲波中。聲音快速消弭，令人不安的靜謐，像是一移走光芒就會立刻侵蝕回來的黑夜一樣，再次占據了每一寸空間，它似乎緊密的貼在皮膚上，隨時要滲透進來。

康澹靜靜的雕像似的待了幾分鐘，感到頭皮麻癢難耐，胡亂的轉了轉頸，碰倒了後腦附近床護欄上頭那鐵藝雕花的無數小小凸起。他又故意用力的嘆口氣，發出些響動，緩解一下這過於寂靜的壓抑感。可是沒有用，發出的每一絲聲響，都像投入大海的石子一樣，瞬間被吞沒，不管聲音曾經多麼響亮多麼熱烈，都會在轉瞬間重回沉寂，就好像這個闃黑的世界在靜靜的，一寸一寸的吞噬自己。

「……」

——康澹感到呼吸不暢，但又不知如何應對。

康澹開始擺弄自己的雙手，他憑感覺用右手去摸綁在對側手腕上之物，立刻摸到了透明膠帶傳來的，那軟中帶硬，擁擠而又扎手的黏稠觸感。繩末端的透明膠帶厚而密，在自己的雙手上纏了不知十幾圈，手都腫了一倍，肌肉上緊繃繃的，使不上力氣。眾人離開後，室溫漸降，身上已然有些微弱的寒意，擠在狹窄空間的雙手卻熱的像在低溫蒸籠裡一樣，雙手開始生出些汗津，膠帶籠手內逐漸積攢著熱氣。

關於手上的膠帶，康澹立刻有了想法。

他大幅的前傾，兩臂從身後向上撅，將聯結雙手手腕的膠帶緊貼在床護欄杆上，讓其跟隨著雙手一路上滑。越用力前傾身體，手臂繃的越直，手腕上膠帶籠手的末端就越吃力。猶如在進行某種靜力訓練，穩定而持續的將力量施加在其上，不多久，康澹就能感覺出來，手上腕處膠帶末端開始呈現出小幅的喇叭狀了。

他盡可能的傾斜上身，讓膠帶末端升至床護欄頂部，隨後勾在護欄的雕花上。用小小圓柱形突起勾住雙碗中間的那段膠帶，接著向前下拉，讓勾在突起上頭的膠帶盡可能的增多。最後，就是使出吃奶的力氣，使勁兒的往下扽。

一次又一次，掉了就重勾，碎了就更換位置，竭盡全力的破壞雙腕中間的膠帶。整個過程費力無比，格外消耗氣力，只幾分鐘，康澹便感到肩頸和後腰肌肉痛的像是正在強酸的腐蝕下融化一樣。

膠帶尚未斷掉，但膠帶材料很快疲勞，產生了大面積的走形，在不斷張握五指，不停囤積熱氣的膠帶籠手裡面，很快感到蛻皮一樣，感到膠帶失去黏性不再黏附於肌膚上。在知覺到冷風吹入的第一瞬間，康澹趕忙再次讓膠帶籠手勾住護欄，一把將左手從中抽了出來。

一股雄壯的膨脹感傳遍全身。

康澹屈展手臂，立刻去夠另一隻手。他很快發現由於還連著乳膠繩，兩邊上肢根本不能互碰。不得已，他將雙手一齊擱在腰眼左右，重現背手的姿勢。張開手指沿著手臂向上摸，很快摸到乳膠繩在腕上繫成的死扣，康澹忽然明白過來自己之前的樣子——兩隻手用繩連著，雙手還被纏成橢圓，整個人的雙腕弄得跟投石索似的。

這種反手附帶些許上勾的姿勢格外費力，他摸索半天不僅怎麼也弄不鬆那死扣，反倒很快感到喘息過速，手腕痠困不已。屈服於機體層面的痛楚和疲憊，他決定暫時休息一下，往後一仰如爛肉般倒在床欄杆上。這一次，任由安靜籠罩自己。

轉眼十幾分鐘過去，他動作僵硬的扭動頭顱，活動肩膀，忽地，即便看不見，但他卻驀然感到什麼，宛若腦中有電流閃過，某種不安的直覺一閃降臨。

——三樓內有其他人的氣息。

「誰？」康澮靠著護欄，轉頭對著感到異樣的方向，繃緊了神經一動不敢動，但那裡一點反應也沒有，倒傳來了細微如微風的沙沙聲。

「誰?!」康澮提高音量，又問了一次，同時忙悄悄的把左手插回收口大開的膠帶籠手中。

「叫什麼叫，別喊，小點聲！」遠處傳來的是蒼老女性特有的那種乾癟的聲音——是祁鳳。

「祁講師？唷，什麼風把您出來了？快坐快坐。」

「噓！別嘴貧。我有事要問你。」聲音從二三十幾米外無時不刻的縮短著與康澮的距離。

康澮想像著祁鳳那張醜陋的臉在敵意下變型，諾道：「好好，你看我這副模樣，渾身是傷，又蒙住了眼睛什麼也看不見的，您就儘管問吧，我還能跑了不成？」康澮曳了曳右手，乳膠繩刮擦著護欄，咿呀直響。

「你再多嘴，我一不耐煩，這指尖一抖，你的小命可就沒了。」

過了一會兒，祁鳳才張口如此說道，說這句話的時候，康澮從聲源能感到祁鳳已然到了床前不遠，然而卻有什麼東西擋住了她的呼息和聲波，康澮立刻分辨出那是她的身前的弩弓，她是正端著十字弩和自己說話。

倏地，康澮感到一絲緊張。

「又是我的嫌疑問題啊？第一次兇殺中我最後前往現場，程雨辰的死我被逼無奈，樓上沒有避人耳目下去的辦法，滿意了嗎？」康澮多少正經了一些，並沒有正經多少。

祁鳳那邊靜了不多不少剛好兩秒鐘，隨後操著乾啞的喉嚨說道：

「你和程雨辰是共犯，是不是？」

康澮眉毛一挑，意外道：「什麼共犯，你什麼意思？」

「此時此地還能是什麼意思？你覺得是什麼意思？就是連環殺人事件。之前的兇殺案，就是你們兩個共同犯下的！」

康澮忽地心臟發痛，這一整天身體都處在興奮狀態，又休息不足，心臟有些超負荷了。他感到後腰偏離了床護欄，要往下滑，他往後坐了坐，正了正坐姿，忍痛平和說道：「沒有，人不是我殺的。我和程雨辰也沒有聯手殺人，他自己有沒有動手那我不敢保證。」

「撒謊，每場殺人事件發生的時候，你們其中一個人都有不在場證明但是對方卻沒有，到了下一次這種情況又對調了——包括李定坤被毒殺在內！連續三次，都是如此！要不是你們互相幫助，怎麼可能順利殺死這麼多人?!」

咚的一聲劇響，二樓傳來什麼東西撞擊地磚的巨大響聲。康澮緊張的一轉頭，向聲源張望，但依舊只看到一面黑紗。

兩邊都屏住呼吸半晌，好半天，沒再聽到更多動靜，康澮才抽回本就只看到了黑暗的視線：「李定坤死了？」

卻聽祁鳳啐道：「哼，還用問嗎。」

這話的音波方向是朝後的，之前康澹兩邊耳朵聽到的祁鳳說話聲音響度相同，而現在右耳聽到的響度變小了——剛才祁鳳也被那衝擊聲驚到了，她正以在側身往左後方看的姿勢發聲。

「第一次，袁一杉死去的時候」祁鳳重新對著康澹被蒙住的臉厲聲道「你就缺少不在場證明，但是程雨辰有，第二次，李定坤死的時候，你和調查隊在一起，程雨辰卻又不見蹤影，不曉得去搞什麼鬼。結果最後你們在一樓有人死於洗手間的時候，你們卻同時出現在上層。要我說，唯一的解釋就是你們在互相打掩護，給對方創造機會，最後因爲某些原因不合，大動干戈，反目成仇！」

康澹感到唾沫星濺到臉上，他條件反射的別開臉，因不能用手擦掉口水而厭煩的嘆口氣。

「大姐，你這種，叫猜。純粹源自猜測的假設，論誰都能提出來一堆，但是提出的猜測再多再具體那也是猜測。不夠具體的叫臆測幻想，過於具體的，那就叫小說。」

「它們都是虛假的，」康澹接著說：「猜測就像一隻不停飛舞的蝴蝶，你能看清它的顏色，但捕捉不到它眞實的紋絡，只有行動起來，用名爲證據的蟲網將其捕獲，才能掐在手尖，仔細的看清眞相的容貌。」

祁鳳現在臉上的表情，是嫌惡吧，面對自己討厭之物的厭惡表情。康澹看不到，只能憑著對方忽如其來的安靜，如此猜測著。

「你管我有沒有證據！我怎麼沒有證據，你們的行動模式不也是證據嗎！還輪不到你來教育我！」

祁鳳站定少時，似乎在等康澹回嘴，氣勢洶洶的已經做好了全力反擊的準備，然而最後也沒聽到康澹的聲音，遂哼了一聲，放肆的罵道：「這是你最後的機會了，你還不清楚嗎!?還不趕快好好表現，徵求寬大處理，你還敢頂嘴?!你的抵抗都是白費力氣！」

啊啊，好好，多老掉牙的臺詞啊，把別人說過的東西用自己的嘴一點變化也沒有的複述出來，何其沒勁，康澮默默的在心中自言自語。

「你跟程雨辰一直偷偷摸摸的！之前就一起在花園偷偷見面吧！你以為我不知道！你們去商量什麼了，你們到底在密謀什麼，趕緊說！」

康澮倦怠的籲了口氣，耐著性子道：「祁鳳大姐，我指的是直接證據，這些你提再多，也說明不了什麼。我剛剛都說過了，問話要帶著證據，得帶著預先計畫問——你還不明白嗎，姐啊，我現在回答什麼，你都不會滿意的，因為你壓根沒有可參考的標準，來驗證和評判我話語的眞實性。你不管得到什麼結果，你的懷疑會無法徹底消除。我知道你規矩了一輩子，從來都活在框架裡，理解不了痞子思維，不知道該怎麼跟會撒謊的人打交道，但是我也勸你一句，別白費力氣了。」

「我！——你這小子！——」

眼前的大黑影手上的小黑影忽然升高，接著俯衝下來，啪的撞在康澮的額頭上。

康澮被祁鳳用弩托捶了，這倒是康澮沒預料到的。不過打的不痛，感覺好像走動時沒注意到門，輕輕的撞上了一樣，疼意都不足以讓康澮有任何想叫嚷的欲望。顯然對於暴力傷人這件事，祁鳳仍然沒能下定決心。對於一個一生以來最激烈紛爭也僅止於嘴仗的人來說，動手打人太陌生了。

祁鳳憤然的重重喘息兩聲：「好，你不說，你就儘管嘴硬吧！我看你就是不打算承認，那你也別想解縛了，你就好好綁在這兒吧！但凡誰想放開你，也得問問我手裡的弩讓不讓！要放你這廝，也得先過我這關！我走了！」

康澹聽到祁鳳腳底下發出扭轉身體時，腳尖在地面上旋轉摩擦發出的吱溜聲，接著是聲波繞射過她的頭顱，由反方向折射過來而帶著些回音的話音聲

「你就爛死在這吧！等著警察來收拾你！」

祁鳳吧嗒吧嗒的大聲踩著地板向樓梯走去，悍然離去，那盛氣凌人的腳步聲在三樓二級附近的時候，突然激發了小塊木頭和金屬尖同時與玻璃碰撞的砰的一聲，接著便是玻璃杯滾倒的軲轆聲，連續快速滾動聲的最後，則以它親吻地面時迸濺四射的嘩喇聲，劃下了樂章的終止符。

「喊！」

只靠聽覺推測，康澹大致能猜到，祁鳳尚不習慣別在胸口的弩，不習慣胸前外延的體積，加上最後邊走還在邊氣呼呼衝這邊喊叫，路過桌子的時候沒留意，弩尖碰到桌子上的杯子，將其打碎了。

倒好似碰掉杯子的祁鳳是受害者似的，她生氣的罵罵咧咧幾句，斥責別人不該把杯子放在這，罵夠了，且聽啪嘰一聲像是洩憤似的，祁鳳狠狠的關掉了三樓的燈，完後總算聽到她鞋跟踏上樓梯的聲音，終於走掉了。

康澹嘆口氣，周遭再次寂靜下來。外頭的風雨應當停了，康澹聽不到一點風吹樹葉聲響。鑒於剛才不愉快的經歷，他開始期望這種安靜能多保持一會兒，就這樣感受空靈，滌蕩內心也未嘗不錯，但可惜，並沒能如願。

僅僅幾分鐘，不同於祁鳳那種連進入樓層都有些猶豫不決，某種遊刃有餘，過度自信的，侃快的腳步聲，快捷的步入三樓。

康澮的第一個念頭是不存在符合這一人格畫像的人，心裡僥倖的那部分希翼這聲音是來自外面的人，封鎖已經被打破，但隨後出現的低士馬那哂笑摻和著壞笑的聲音，只讓他感到羞辱——

「你想要證據，我正好有證據給你。這個來自二樓廚房的小玩意，怎麼看都不是居家用品吧——哎呀，抱歉，忘了你看不到。」

匡的一聲，低士馬把測序儀放在桌上，腳下嘩啦啦的踩著打碎的杯子碎片，大張旗鼓的衝三樓中心走來。

「旁邊還放著一袋小試管呢」嗖的一聲，康澮感到什麼東西飛過來砸在身上，從它只會單向滾動和長長的觸感來看，是試管。

「上面有字呢，寫著庇護，這什麼庇護指的該不會是我們之中，牢山之巔裡的某個人吧？」

康澮擰起眉毛，對這誇張隆重的前戲感到煩膩：「你要怎樣？」

「沒什麼，好奇而已。」低士馬很快停下腳步，三十米的距離，他只用了十幾秒「好奇你們這些不該出現的傢伙爲什麼會出現。」

他的聲音在句子的最後變得陰險起來。

「一開始以爲你們不過是誤打誤撞進來參會的眞會員，然而開會帶著測序儀，還悄咪咪的搜集了參會人樣本當場測序的會員，今兒倒是頭一次聽說呢。」

「你們」，低士馬已經意識到他和廉李程三人的關係了。
「我去的時候，提示匹配度是98%呢，恭喜啊，測序成功啦——說來今天又不是尋親大會，你們爲什麼要測這種東西，測的是誰？我怎麼想不到今天有哪位會需要基因鑒定來核實身分的？」
康澮猛然間感到大腦有些發脹，嗓子愈發乾嗌。
「測序匹配……說明命中了……你……就是汪寧威。」
「我？」由口鼻發出呵哧一聲，低笑了「這麼多社會三階的精英在這，你們的目標居然是我，哼哼哼，眞是受寵若驚啊。」
「果然……和我推測的一樣，你就是我們在找的人。」
「誰在找我？」低士馬的語氣猛然下沉，儲著極端的殺意。
「不知道，我們這些下人是不會獲得上頭的情報的，和我一起行動的偵探社員工連委託人是誰都不知道，更何況我這個外包人員。我們的任務本該是確定你現在的身分後就撤退，沒人知道定位你的目的是什麼。」
身下突然傳來震盪和拍打鋁杆的聲音，低士馬把身體支在了床下端護欄上。
「等一下……」蛇發出了嘶嘶聲「你說現在的身分？你們忙叨一通，最後只爲了將汪寧威和現在的我聯繫起來？你們……知道這座宅邸的用處麼？」
「欸？」康澮瞬間發出了疑惑的聲音，不解難以自抑「不是宋陽君家麼？」
低士馬的問法讓康澮懷疑自己無論怎麼回答，結果都一定是錯的。

「呵……」低士馬像是看到小貓翻跟頭似的，輕快的樂了一聲「或許……你們真的和誤打誤撞參會的普通會員沒什麼差別呢……」

「好吧，那祝你們開心，儘管接著去忙你們關心的事情去把」話鋒轉向的速度堪比動車，對話氛圍和情緒的更改迅如石火，在康澮還在驚訝低士馬何其怪異之時，他已經一推床欄，重新直起身就要走了「看來你們較牢山之巓的核心還遠得很呢，繼續像無頭蒼蠅一樣無謂的枉費力氣下去吧，哼，簡直就是你們人生的全部寫照。」

「就這樣？你只問一個問題就能確定我知曉了多少眞相？一個問題？」

「這就夠了，如果你們之前對眞相哪怕有一點瞭解，就不會傻子一樣帶著測序儀來，如果你們在今天之內增進瞭解，就不會忙著窩裡鬥，對漩渦的核心無動於衷了——不瞞你說我也非常急著返回二樓呢，那群人的一舉一動必須得嚴密監視才行，他們可離不了我呀。」

「漩渦的核心？漩渦的核心是這棟房子？？你要監視誰？你的目的是什麼!?」

不理解，完全不能理解，但低士馬的腳步，卻已然開始漸行漸遠了。

「等等！」

幾米外腳步聲帶著十足的鄙薄緩然停下，隨時要揚長而去。

「等一下……！你——！你爲什麼要殺死卓向榮！」

問題脫口而出，慌張間康澮清楚的知道繼續追問今天的只會得到他不停遠去的腳步，他必須要問些什麼，這是他一秒鐘內能想到唯一的問題。

「呵，商業機密，恕在下不便透露。」低士馬調侃的嗤笑道，再次邁步。

「那王梓一家呢！王梓一家何罪之有！」

寂靜仿若簾幕徐徐落下，突然先消失了話語聲和腳步聲，隨後是康澮在床護欄上挪動的咿呀聲，最終，只剩下康澮的喘息聲。

可能幾秒鐘，可能十幾秒，失去了視覺的無意識腦一時間緊張起來，似乎在擔心聽覺也消失了。

「你有思考過價值嗎？……什麼是價值？又由誰來決定？」

康澮保持坐姿，像個動物一樣用耳朵朝向低士馬。

「是人啊，價值是人給予的，而不是物體本身本即擁有的，價值從最初開始就是一個主觀的事物。所有價值都是以人爲參照，是相對於人類而言的。一個再稀有的資源，如果對人類沒有實際用處，如果人類不太在乎它，那他也不會有太大的價值。」

「你爲什麼要講這個……」

「對於自然事物這一點很好確立，可對於人呢？個人的價值該由誰來決定？大衆？權威？大衆是愚昧的，權威是自私的，任何源於他們的定論，個體眞的應該接受嗎？說到底權威與權威之間，大衆與大衆之間，都時時刻刻存在著意見衝突，這些意志搖擺不定的集合體要怎麼去決定價值？人類囿於他們的感官，只能以間接而扭曲的方式認識世界。每一個體都擁有一套私人概念系統，永遠也絕對不存在兩個擁有相同的經驗或記憶的個體，人各有不同。實際上每個人都說著同樣發音的術語，卻都在賦予相同的術語不同的意義。」

低士馬的言語中衍生出某種狠意和恨意，康澮光是跟上就已然竭盡全力，在他間不容髮的傾吐中，半句也插不進去。

「價值的標杆，就像道德和理性判斷的標杆，會變動的，是被主觀制定的，只要人願意，標杆就可以重設，標準的標準並不存在。道德是相對的，道德無法被科學驗證，道德本身具有徹底的不可知性，基本道德兩難問題則有徹底不可決定性。最終決定的，只是個人口味的不同。道德、價值、理性的判斷本身都是虛無的，價值與道德的定位和賦予，本質上卽是喜歡黑色還是白色的區別。自己主觀偏好就認爲是形而上正確的，不過是傲慢和窄視。形而上正確與確實的價值從一開始就不存在。價值與道德的高低，到底只是某個個體的一廂情願，且不以另一個人的意志爲轉移。就像古代傳教士爲宣揚宗教而殉道對我們無意義，我們現在對自由的追求對軍國主義的士兵也毫無意義一樣。」

「你到底想說什麼……」

「所有關於眞理或意義模式與假設的聲明，最終都帶有任意性。理性是它在世界中發現自己的特殊語境和環境的人質，而非主人。人活在自己編織成的繭中，所謂價值不過是人認定的，允許進入繭中的那部分事物。——你……有想過自殺嗎？」

終於，有點康澮能夠立刻予以回饋的話題出現了，但這話題卻令人惴惴不安，心亂如麻。

「我有哦，不止一次兩次的想過。」低士馬強硬的繼續道「我就算把所有的眞實的想法告訴你，你也理解不了我爲什麼會有這樣的想法，因爲你對我瞭解太少了，即便你是個天才，有足夠的情報，共情能力傑出，你也永遠只能間接的推斷我看待世界的視角，而永遠沒法站在我的角度觀察一切。

——這麼說吧……我曾經被迫在王梓家暫住過……那是我生命中最落魄的時間……啊啊，痛苦的日子……我所同住的是這樣一個家庭……女的總被家暴，不肯反抗——你肯定見過那種女人吧，又對生活百分之二百的不滿，又逆來順受的什麼改變也不肯做出，天天只會抱怨，實際就只是等著生活自己變好——就那種女的，你肯定見過～」

康澹看不到低士馬的表情，但腦中浮現的每個表情都讓他渾身緊張起來，那是個，行走的，訕笑的野獸。

「她實在是讓我想起來我的母親，啊，倒不是說我的母親經常被家暴，我的母親可是國立腦科學研究院的院士，註定名留青史的人，被家暴的話非鬧個天翻地覆不可。」低諷刺的說道「但我的母親對於家庭生活與關係的無能，一遇到情感生活困難就把頭深埋進工作中，因爲不知如何處理而不敢面對，什麼努力都不肯付出的逃避到最角落，卻又暗地裡期盼著一切能自動變好的可悲且寒傖的應對機制，眞是和她一模一樣。

那段時間啊，天天聽那女的挨打時候哭嚎眞是煩煞人啦，每次結束看到她那副苦大仇深，忍辱負重，精神上強烈不甘行動上卻繼續俯仰由人的樣子……更是讓我想起母親，一想起母親我就更加煩躁……煩躁感一次更甚一次，煩躁的不行……有一天，我只是單純的受不了了。」

低士馬擲地有聲的朝康澹走來，這一次，他每一步之間的分別如此清楚，仿佛用後踵擊鼓的，洶洶而來。

「我突然悟透了，我們要怎麼制定賦予價值的規則？當然是根據知識經驗。然而，被我們依賴的所謂知識，並非一扇窗戶，開向這個世界可認識的品質和關係，而是一塊不透明的螢幕，它反映的是我們自己發明的概念和體系，是我們有限認知的輪回。我們所知道的，是被人解釋和推理的世界，而非現存的世界。物自體不一定超越了人能夠理解的程度，但它本質上定然根本不具有內在的可理解性。被封閉在我們自己大腦之中的我們，所賦予價值的價值，不過是一種虛妄。他們是虛無的，隨時都會消散殆盡的價值。

道德和價值沒有意義，理性判斷沒有根基，人生沒有目的。我們的生活建立在一片虛空之上，我們奉為準則的東西，毫無價值。聲稱善在惡之上，無異於說熱在冷之上，乾在濕之上，或者輕在重之上。

人與人之間的關係也是如此，即便具有再傑出的共情能力，也沒人能如其他人本人那樣，經歷過他們經歷的，體味到他們體味的，瞭解到他們認知的模式和思維結構。人心不可徹底探知，視角也存在絕對的隔閡，人與人絕對獨立，人絕對孤獨，人不能互相完全理解，背叛總會發生。自己所在意的，終究只有自己在意。人際交往的根本目的是自私，如果人際交往和自私相抵觸了，人際就失去了被維持的必要。

每個人都不過是曇花一現，和水波無異的沒有價值的現象，沒什麼比自己更重要的，也沒有什麼關係值得付出自我。

既如此，同樣作為現象的我卻要忍受另一個我不偏好之現象的煩擾呢？個人怎麼能允許自我受到他人如此壓迫和統治呢？

這些噁心的傢伙還活著，憑什麼被煩擾的我要煩惱到自殺去死？

我覺得曾靜女士非常應該學到這一點——」

低士馬用喉嚨與口舌發出的聲響中，除了惡毒，別無他物。

「接下來要說明的就很簡單了，我拿著沒子彈的槍，指著那個女的告訴他，『現在就用菜刀把他剁了，不然我就崩了你』——她要學著爲自己撐腰呀，要不怎麼能行——然後一切就發生了，很快，很迅速，猶豫寥寥無幾。我看她早就想這麼幹了吧，哈哈哈哈哈哈——」

他像是一個已經聽夠自己笑話的單口相聲演員一樣百無聊賴的吸口氣。

「男的被砍死後老太太就回來了，我當然不能讓她跑出去報警，混亂中那女的也開始襲擊我，唉，我就只好把他們都殺了。」

康澹好像又聽到了笑聲，魔鬼似乎在不張嘴的用喉嚨桀桀作笑，但他不太確定，因爲他腦中已經被想像的血腥獵奇擠滿了，他的手也在要把什麼東西捏碎一樣，狠狠的抓在乳膠繩上。

「瘋言亂語」康澹從牙縫裡啐出幾個字「看你一會講價値、一會講道德，一會講人際和理性，亂七八糟的混到一起不著邊際的哪個也沒講清楚，我就一併給你反駁了吧。

你所有的觀念，都用極端概括了全部，事實與現實是，世界上所有的東西都是連續不斷的過程，同樣的事物也存在90%和95%之差，這5%有時便足以產生根本的不同。你的極端就好像追求極致的天國，於是把現實的一切平價的快樂和美好都視爲糞土一樣。事物不應該因爲價値較低，而被降格爲完全沒有價値的，這不過是愚者過於蠻進襲取的割捨。爲追求極致的價値而否定和回絕的99%，遠比那1%更珍貴。

人心之壁存在，不意味著人只能孤立於世。人至少要有最基本的私心，那是保存個人的基礎前提，是正當的。沒有私心的人，會因爲永遠在奉獻而消耗並最終消亡自己，這種無私不可持續。雖然背叛總會發生，但背叛能被預防，也能被整治。因爲擔心背叛就選擇不再給予任何人信任，不過是過於害怕受傷的不成熟和懦弱。即便人總留有一定孤立，人一樣能相互融洽，聚集成爲團體，共同創造新的事物，因爲，人有能力將私心保持在合理的有限範圍內，達到自私與無私的最佳平衡。而道德，則擔負了劃定自私的底線的能力。

我們只要是仍在繼續以現在此般的種群形式生存，卽便只有兩三人，也會立刻誕生小型社會，只要有社會，就需要道德，道德就是有意義的。你搞錯了一件事，道德不決定個體價值，而是規範個體行爲，決定個體是否爲群體所接受，道德是人作爲群居動物的一種必然。

雖然眞正準確無誤的道德，是一條永遠無法被確定位置，永遠無法被觸碰到的絕對完美透明的線，這是和不確定原理一樣的必然，但道德固有的缺陷不會讓它無法勝任其存在的意義。我們有能力保持動態的平衡，不斷的朝著更完美的方向努力，不斷的修訂。卽便是1%的接近，也好於沒有進步。卽便進步成功的可能只有1%，也比小娃娃一樣坐在地上哭，不付諸行動，那連1%的可能都沒有要強。

我們的道德不需要完美，它只要比過去更加優秀就夠了，我們追求的應當是進步，是有限的動態的完美。

無論世界本貌如何，我們只生活在能感知到的世界範圍內，能認識分辨有限感知範圍內的世界便足以，如果我們沒有必須完全眞實的認知這個世界才能付諸的實踐，那我們爲什麼有必要完全徹底的認識這個世界呢？在有限的認知內，有限的能力內，自私與無私，理解和隔閡，珍貴與廉價，全都存在最佳的平衡點，它們對立但可以、也應當並能夠共存。被理性所賦予的價值也是一樣，它們是在這個動態對立不可知世界中的有效標籤，是受限於人類認知，但能夠滿足人類有限實踐的實用符號。因爲理性存在天然缺陷，就把所有人類社會的價值，把理性能夠有效界定那部分價值也全盤否定，把人本身的價值貶爲自然現象，就是極端。」

低士馬出奇的沉默了很久後，帶著強烈的倦怠，慢悠悠的答道：「無所謂，我早就懶得和你們任何一個人爭論了，爭論眞是一個無聊又無意義的事情，反正我說的再多你們也聽不進，你們說再多我也不認同，爭論有什麼必要呢？一切爭論的根源都是認知層級的不足，而之所以想要爭論，就是個體無法認清到自己的認知層級，結果便是爭論不可能有結果，相反如果所有個體都上升到同一認識高度，那麼爭論一開始便不會發生。」

低士馬吟詩般，對著虛空說道：

「反駁、辯倒我重要麼？」

「即重要之極，也根本無所謂。」

「你知道你說再多，也阻止不了我的行動吧。」

康澹反覆的張開和攥緊拳頭，擠壓自己的手指皮肉，猶若在捏自己掌中肉體組織形成的解壓球。

「那是之後的事情，駁倒你是堅定我自己的意志，或許在某些時候堅定其他人的意志，到阻止你的時候才能義無反顧。」

「大話說的倒是漂亮，你也眞不怕我現在手起刀落就收拾了你。」

「你大可試試。」

不可視的低士馬乖戾的狡詐一笑，似乎聽到了什麼特別吸引人的鬼點子，他帶著某種微妙的欣喜回道：

「有骨氣，不錯——就這樣吧，我該走了……咱們……回頭見。」

「極端、偏執、過度的否決，有時候我眞好奇，想看看你腦子裡藏了些什麼東西，才能形成這樣消極的價值觀和世界觀。」

低士馬拂袖轉身沒行幾米，頓然卻步，抹過頭，他用餘光銳利的衝著康澮，攜穿膛透骨人的語氣最後說道：「有趣……你說了句、我母親會說出口的臺詞……」

「哦？」康澮被蒙住的臉沒有表情，不動聲色的回道「你母親每天也被你那些鑽牛角尖理論，弄得頭疼腦熱麼。」

陰暗的低士馬猛地收回目光，眼中像是某處被點亮了似的，再次驀地一笑，話中藏著一股不清不楚的兇狠說道：「被弄得頭疼的只可能是我啊。」

37.

五月十一日，下午5點57分。

審問結束，衆人從3樓離開，走在最前頭的鞠晉宇移步二層內，跟在後面的人見狀，也尾隨其後，一幫人羊群似的在二樓的觀影區重新集結。

九人中，有的拽了椅子，有的椅矮櫃而立，無言的互相打量著對方一籌莫展的面容，渾身倦意的莫依然先人一步開口問道：「那湯有爲……怎麼樣，你們覺得是兇手嗎？」

廉：「一樓洗手間沒留下湯有爲的鞋印，湯的電擊器電池是滿的，沒開過槍，關於袁一衫和馬賀的死，目前沒有對他不利的證據。」

祁：「但也沒有對湯有利的證據吧，他還是有可能通過其他電擊槍攻擊袁一衫，通過某種不在場的方式參與馬賀、丁永茂的死亡事件。」

莫深深的嘆口氣：「所以找兇手這件事又沒下文了是嗎，接下來怎麼辦呀？天都沒黑透，死的死傷的傷，如今連最初的一半都不剩了。」

紀豔榮對廉月道：「對呀，咱們還找兇手嗎……？有爲哥哥說他不是壞人……」

祁：「傻麅子，他說你就信？」

鞠：「對，不能信，他這麼說肯定是爲了自保，他就是想暗示我們之中有兇手，干擾我們的思維，讓我們自亂陣腳，互相猜疑，裝作好像他掌握了什麼關鍵的情報似的，等著我們回頭還得求他。我看他純粹就是在拖延時間，離間我們呢。」

王：「我覺得你想多了，他就是單純的想擇清自己而已……」

梁：「哼，信不信的，有什麼所謂，反正他肯定嘴硬到底。我看我們也別瞎操心了，反正現在他已經綁嚴實了，我不知道你們，我是心滿意足了，等著唄——等著吧！」

李：「要是萬一……他說的是眞的，那程雨辰就是兇手吧，他剛才是說程雨辰先動的手吧，程雨辰又死了，那咱們豈不都已經安全啦？」

紀：「那我們果然已經安全了吧？是安全了嗎？我想洗澡……」

廉：「乖，再等等。」

祁繃著臉：「你這問題我們誰回答的上來，就得等等看，要是之後一直什麼事兒都不再出，我們都相安無事，那他就是兇手囉，眞相就大白囉。」

莫：「不是我說，你們一直都沒搞懂問題的重點啊，信不信湯有爲是一回事，重要的是萬一我們之中眞的還有其他兇手呢？」

「什麼意思？你什麼意思？」

「我是說共犯……或者其他，呃、平行犯人一類的。」

「分開的獨立犯罪？說那些有的沒的，你有證據麼？」鞠一哼，抖動小臂，讓手掌像個粗短的教鞭一樣對著莫依然的臉，高頻的上下揮舞，故意把祁鳳的臺詞又重複了一遍「拜託，你這種問題誰回答的上來啊，問了不也是白問麼，沒有證據光靠猜什麼時候能猜到頭。」

「不可檢驗的假設，沒有討論的意義，回答上來我們早就不在這裡坐牢了，莫先生。」

莫依然眼眶一睜，差點發作，怒衝衝道：「所以說！現在到底要怎麼辦!?」

一言罷，沒有接茬，二樓瞬間安靜下來，九人不約而同的被同一個問題困住，一同感受那內壓過高的痛楚，他們必須想辦法舒壓，平衡這份源自內部的張力。然而這種嘗試大都是徒勞。刺激源不消失，任何的努力，充其量只能暫時壓抑它。

處境是絕望的。

半晌，陳珂一點活力沒有，沉重的耷著眼皮，低沉的說道：

「你們這無聊討論終於結束啦？那容我說一句，我們只能等待救援，除此之外我們能做的有什麼呢？什麼也沒有。找不找到兇手從一開始就根本無所謂，找到了又不能當場斃了他，到頭來我們還是得等外界救援抵達，等著警察來下決定。在那之前，什麼行動他都不合適。等，只有等。」

空氣驟然沉悶起來，因爲大家都知道他說的是正確的。就算確定兇手，最大的問題還是想辦法從這個地方離開，相對應的，如果能早早離開這裡，那麼兇手不兇手，殺人案不殺人案，全都沒差了。

根本無所謂。

沒有意義，沒有區別，全不重要。

有人別開臉，有人茫然的看向別墅外的世界，有人苦悶的撫摸額頭。一籌莫展、充滿苦難的生命再一次讓所有人眞切的感受到，自己對自己的人生，是多麼的無能爲力，掌控本人的權力，總是落在個體之外。

衰退、秏竭、頽廢。

重比千鈞的無力感，幾乎要壓垮每個人。

「所以說到底，還是要繼續封城啊，到了這個地步……？」

抱怨一如既往的空洞，但這也是困頓無力之時唯一能做的事了。

「啊」沉甸甸的空氣中，像是從無比遙遠的島嶼上傳來一聲祁鳳的輕呼，她遮掩不住語氣中的擔憂，顫巍巍道：「馬上要天黑了。」

有人有氣無力的轉了轉眼珠，看向失去光線的天空和由暖棕變成了赭褐色的樹幹，凜冽寒風吹過，枝葉刮擦敲打木質飛簷，擊打的篤篤作響。低士馬揚起脖子，深邃空虛的雙眸，專心致志的望向天花板，即便這次也一如既往的，在那裡什麼也沒有。王睿崎目光沉重，竄動四指擠壓掌心，有韻律的鬆放，若有所思。鞠晉宇目空一切的望著遠方奸眉聳動，枯槁的嘴巴一張一合，心懷叵測。

俄頃，祁鳳咽了下喉嚨，嘬了嘬乾巴的牙膛繼續道：「本來期盼能早點離開的，現在看來得作在這過夜的準備了。到如今也麼什麼好謙讓的了，我就直說，我也不想和你們搶密閉空間，不過女生終究是不方便，總不能和你們一大幫男人過夜，我就和紀豔榮還有廉月到外頭的小屋，去保安舍住，保安舍讓給我們三，都沒意見吧？」

「去吧」王睿崎抱起雙臂「把門窗都鎖上的，天亮之前都別打開，我們也會儘早找個安全的地方休息。」

「祁講師，你帶著紀豔榮吧，我有些在意的東西想要去調查，應該很快能回來。」廉月解鎖了康澮的手機，邊察看著邊說。

「你不去？」

「我還放心不下這邊，會儘快去。」

「鞠書記，咱們也分一分？」

幾個人商量起來，莫依然卻突然不出聲了，他十分用力的擠了幾下雙眼，垂下頭，滿面漲的通紅。

「分？分到哪去，洗手間嗎？」

「要我說算了！放棄吧！別說有屍體的地方，剩下這些個房間，在哪能睡舒坦？我看都甭睡了，互相監視到天亮，人是少了點，那也是聚在一起最穩妥。」

「嗚嗚嗚嗚嗚嗚嗚嗚嗚嗚嗚嗚嗚嗚嗚嗚嗚嗚嗚嗚……！」

突然之間，什麼地方毫無徵兆的遽然傳來摩托引擎一樣的嗡嗚聲，未曾想，那聲音竟人發出的。

「嗚嗚嗚嗚嗚嗚！！！！！」

莫依然騰地一下站了起來，凳子匡當劇烈一震，被他撞得後竄了幾公分。剩下幾個嚇了一跳，心驚肉跳的反應過來剛才發出奇怪聲響的就是他，還來不及多說，莫依然胸口澎湃著，使勁的用舌尖舔了下嘴唇，嘯道：

「來吧！我們來玩骰子！！」

祁鳳被吼的膽囊一抖，氣呼呼的責備的看向莫依然，視線一掃身旁，衆人亦然被這突如其來沒頭沒腦的話弄得措手不及，一時沒人知道該怎麼反應，臉上各自占據著的迷惑迷失與迷茫。

愣了好久，鞠晉宇才確定自己沒聽錯，斥道：「嘖，瞎扯什麼淡，都什麼時候了，你還有心情玩骰子？」

莫依然眼神渾惑的猛地用兩掌掌根狠一拍自己顱頂，拍蒼蠅似的啪的一聲淸響，那力道之大，簡直好像打不是自己的頭似的，接著眼睛一瞪，眼神瞬間變得乾脆，他用討好的語調哎了一聲，吊著強作不經意的語氣說道：「玩嘛……越是不如意越該玩起來，時間永遠都合適，呵、呵呵……」

即便竭力表現出正常，但莫依然眼中布滿的某種歇斯底里昭然若揭，根本騙不過任何人。莫依然的咬肌在輕輕打戰，脖頸發硬，他的嘴像撮合不上似的微張著，眼珠無法自控似的抽動著跳轉。又仿若失去了聚焦能力一樣，目光沒有注視點，離散的視線只是不住的在視覺空間中到處漂移。

伴著憎惡，廉月心中升起一股淺薄的駭意——邪環境，邪乎人，殘破的人們已經越來越難維持穩定的精神狀態了。

無聲的站起身，廉月默默的開始後退，她本能想要遠離這個地方，厭惡背後誕生出了某種攻擊性的情緒，爲了壓抑這份怒意和厭惡不發，幾乎需要調動她現存的所有精力。這種內心傾向與當前情景的不匹配，更讓廉月煩躁不已。

——她感到必須做些什麼。

「祁鳳姐，紀豔榮就交給你了，你有武器她和你在一起也比較安全，我一定儘快回來，我過會兒就去保安舍找你。」

「……」祁鳳思緒沉重的看了看噤若寒蟬的衆人，吸口氣道「不了，那我也不去了，等你回來再說，我想到點什麼，還是先留在這比較好……趙越創呢？這孩子怎麼回事，改成你帶了？」

「她……不打算再加入我們了。」

廉月捨棄了平鋪直述，以避免紀豔榮過早的理解殘酷的現實，忙著旁敲側擊的暗示祁鳳關於趙越創的去向時，同時另一邊的男人們，也沒有閒著——

「你……」王睿崎看最先給出了肯定得反應「玩不是不行，你有傢伙麼？」

「有啊！那能沒有嘛！」莫依然倏地睜張大激動的雙目，興高采烈的說道「就在我包裡，就在我包裡呢——哎，我包呢！啊！在廚房那邊！」

莫依然立時登登登的躥出去，祁鳳驚愕的瞅著莫依然衝過去，莫依然則像失明了似的一陣風般穿過，匡啷一聲碰倒了廚房垃圾桶，衝到廚房東側的窗前座。前後只30秒，莫依然就衝過去又衝回來，手裡不僅多了六顆骰子，還帶回了件日式啞光磨砂瓷碗。

「哈……？誰帶骰子出門啊……」梁繼軍瞧他真去取傢伙了，不安的說道。

「來來來！」莫依然似乎沒聽到，展臂邀呼衆人過去「圍過來！圍過來！咱們好生玩一會兒！嘖嘖，一天沒碰了，手快癢死了！」

「屌啊……」陳珂戲謔的一樂，露出看怪咖的輕視眼神。

莫依然亢奮的不自然，興奮過度的好似攝入了安非他命，他招呼的再熱烈，也沒人動，互相打量的倒更厲害了。比方李本財，腦瓜子裡現在就被一句話紮了根——這人早就是瘋的，還是剛剛才瘋？

「媽了個蛋……行！不就是骰子嗎，誰不愛玩！來，我陪你！反正今天也走不了了，不如找點樂子打發時間！」鞠晉宇老氣橫秋的往桌前一坐，不知出於什麼考量，有何目的，仿佛在說還等什麼呢的一擺手，道「擺上吧。」

陳珂對著空氣浮誇的翻了個白眼，打了個酒嗝，餘光流出一絲狡詐，慵懶的走到鞠晉宇身邊兒：「正好喝酒喝得寂寞，才喝舒服了點，還不夠，給爺來點樂子，把樂呵的火給我拱旺他。」

王睿崎靜靜的走過來，表情輕快的拖來條椅子，乾淨俐落的往桌邊兒一放，話不多說，爽快的在賭桌旁坐下。

這下各有用心，各懷鬼胎的三家齊了，莫依然眼中帶著瘋意，齜牙一笑，在第四位入座。

王睿崎抱起雙臂，又看了梁繼軍一眼，梁繼軍表情很糾結，只能看出來十分拿不定主意，但看不出在想什麼。梁繼軍又等了頃刻，卻見低士馬和李本財走向了桌邊，立於一旁，沒有坐下的意思，貌似準備觀戰。

「真來啊？」他無比意外的睜大眼睛，頓了頓，道：「那我下去把那盆兒寶石拿上來……那東西可丟不得……」

沒人說話，梁繼軍乾咽一下，略顯張惶的也快步下到一樓，不多時，果然帶著用毛巾蓋住的瓷碗從一樓回來了。

「還好，還在，哈哈……」梁繼軍眼神飄忽的看了看，在場的眼光中似乎都藏著什麼不可言說之物的幾位，忙把碗放在不遠的沙發座上，為擺脫尷尬而催促道：「那咱快開始吧！」

「哈！還以為你找個藉口遁了！那好，我現在來簡單講一下規則。」

站在稍遠處的祁鳳用死板無神的一雙眼，像察看商販砧板上的死魚一樣端詳了紀豔榮少傾，終是對廉月點點頭，說她可以暫時看管他一會，隨後一手抱著弩，一手扶著紀豔榮在不遠外的沙發上坐下歇息去了。

道了句務必小心後，廉月剛欲離開，忽然在被打翻垃圾桶流出的一堆廚餘垃圾之中，看到一蛋殼白色的質地樸素謙抑的小瓶，分外醒目，立刻擄獲了廉月的注意力。

廉月警惕看著六人，彷彿在看某種不久就要爆破的炸彈，確定無人在注意自己，她快速幾步到得東南隅的廚房所在，目光挪至塑膠瓶本身，可以見到上面密密麻麻寫著一堆小字，正面用較大號的字體印著Stelazine，另有一行小於其字型大小的英文緊貼其下，寫著Trifluoperazine。廉月不確定這兩個詞是共同組成品名，還是下面的詞單獨擔任某種副標題或者附釋，但無論如何，這兩個單詞的她認得，他們含有相同的意思——

三氟拉嗪。

這是一種極其特殊的藥物。在中國患者手中是見不到的，外國醫師開這種處方也是慎之又慎，因為他的副作用就和他的效力一樣兇猛。三氟拉嗪是治療精神分裂症的藥物，一種中樞神經系統抑制劑。一般精神分裂患者不會選擇三氟拉嗪，而多是氯丙嗪，因為後者對身體傷害較小，即便其抗精神病效果只有三氟拉嗪的二十分之一，但危害性可能只有三氟拉嗪的百分之一。

三氟拉嗪不僅會造成紅疹，肝功損傷，高血糖，心跳過速，失眠，還會導致不能自主的躁動和陽痿。三氟拉嗪是一個有前景的藥，但絕不是當前時代推薦的藥。

沒人會主動挑選這種藥，醫生出於職業責任也不會給。他被使用都是一些特例，比如病人長期忍受精神分裂困擾，服用其他藥物多年以至於耐受性過高，一般精神病藥物已經不能起效，才可能會如此孤注一擲。

也就是說，它很多時候都是一種被逼到末路的，絕望至極的選擇。

等一下……心速過快、不能自主的躁動……？那不就是李定坤死前的症狀嗎？

拿起那小瓶扭開蓋子，內部塞著一團揉皺的口香糖包裝紙，打開後，裡面是一些細碎的白色齏粉，將紙揀到唇邊，能聞到淡淡的苦味。

移動目光，廚房島臺上的綠嘴水壺內，能看到沒吃完的少量醪糟小湯圓，李定坤進食時的表象出現在廉月腦中。她想了想，走過去，揭開蓋，竟然真的在湯中看到了一小片錫紙，用指尖將捏出來，展開攤平，能夠發現錫紙碎片上的鋸齒和藥瓶封口上的，嚴絲合縫，齒與齒之間一一對齊，下毒的途徑就在於此。

——原來如此……李定坤是被劇毒壓垮的猜測沒有錯，之前李定坤的坐立不安，躁動緊張不能自控，是攝入過量中毒後的錐體外系反應，下毒的人恐怕就在自己面前——

她再次看向賭桌旁的男人們，感到不寒而慄，脊背發涼。

忽然，廉月想起什麼，她矮身打開櫥櫃，裡面的測序儀早已完成了今天第一次也是唯一的一次測序，結果出現在顯示面板上，廉月看過，微微的皺了皺眉。

——必須得趕快行動起來了，時間已經不多了。

廉月下意識的輕聲關上櫃門，躡手躡腳的快速到達樓梯口，下了幾級階梯，她隔著護欄心情矛盾的最後瞄了一眼紀豔榮與祁鳳，去往已然成爲了陳屍專用區的一層。

身置一樓時，廉月不知道自己什麼時候屏住了呼吸，這一刻才意識到肺臟沒在進氣，頃刻間感到有些缺氧，深深的喘息了一口。

呼吸多少平復了些，廉月嘗試理清頭緒，想了想，頓時回憶起什麼。她忙摸出康澹的那張信紙，撚著紙緣展開，思維立即變得明晰起來——她剛才在審問康澹時，第一次看到的上面的謎題時，心裡就有了些許的想法，剛才被人牽著鼻子轉來轉去，忙的左支右絀，拿到手始終沒來得及靜下心來好好思考。

她快速的走向一樓辦公區北側的三個大書架中的第一個——如果她記得沒錯——廉月將手指搭在書脊上，一路撫掠過，在第十一本，翩然停下。手指觸碰的，是本約翰·彌爾頓著，鎖線訂的平裝英文版《失樂園》。

果然，她就記得有在書架旁閒逛時看到過這本書——善惡樹和失樂園⋯指的不是同一個主題麼？

抽出來，廉月拇指卡在書的後封皮，像是洗牌一樣快速翻動書頁，飛速瀏覽，沒翻幾頁就發現有被紅色底線所標注的一行字，鮮豔矚目的紅色立刻讓她停下。被標注的文段寫著——

Nor did they not perceive the evil plight In which they were, or the fierce pains not feel;

「他們沒有覺察到所處環境之至惡，也未感受到周遭痛楚之劇烈。」

未被察覺的邪惡與痛苦……一無所知而來……在不知不覺中隨波浮沉……

這簡直說的就是……抵達別墅的廉月一行人……

廉月頓時感到皮膚溫度下降，明明室內的溫度沒有變化，廉月卻感到寒意侵骨。

不，廉月搖搖頭，不要胡思亂想，只是自己嚇自己，標注底線的人不一定在隱指什麼，什麼都有可能，別過度解讀，擅自對號入座了。

廉月咽了一下乾巴巴的喉嚨，在這句話下面看到一行同樣用紅色油墨寫下的字——

「誰引發了劇烈的痛楚，塑造了至惡的環境，誰，是一切孽障、罪惡與墮落的根源？」

廉月眉頭緊鎖，這是？提示？關於什麼的……？

抬起視線，她忽然發現《失樂園》所在槽位內，躺著一個扁平的32開大長方形金屬盒。盒蓋緊扣，稍矮於盒口的方位，掛著一把四位的轉軸密碼鎖，鎖住了盒子。

拿起曾隱藏於書後的小盒，廉月試著掰開它，但嚴實而紋絲不動的蓋子否定了這一可能。

書中的提示大概就是關於這個密碼鎖的了——

四位字母……人名……

一切痛楚的肇因……難道是……

廉月放下書，不怎麼自信的，慎重的在轉軸鎖上輸入Opal四個字母。

吧嗒，盒子打開了。

忽然，廉月心裡某些孤立的點正在緩緩冉起，並互相聯結爲一體——她再次拿起那本書，發現剛才找到紅色底線標注的那部分，是書的第14頁第15行。而書所在位置第二座書架裡，第一排的第十一本——原來如此，21、11、14、15，信紙上的「時間已至」指的就是這幾組數位對於書內文字的定位。

「Opal在善惡樹下守候」，和廉月最初的直覺一樣，善惡樹卽伊甸聖樹與《失樂園》的伊甸主題一致，等候的「Opal」旣爲解鎖所需的密碼。

居然眞的有進展了……

渴望許久的突破接連出現，廉月卻感覺不到任何喜悅，只有不詳的感覺更加沉重了。

Opal是一切罪惡與墮落的根源……？什麼意思……？這句話背後的深意是什麼……？它在暗示什麼……？爲什麼Opal會是一切的源頭……罪惡又是什麼？罪惡的事情難道不只可能是正在發生的兇殺案麼？Opal不是早早夭折了麼？一個小孩子爲何會是殺人案的起因，她能催生什麼罪愆？

「引發了劇烈的痛楚」……

指的或許是Opal死亡，導致宋陽君遭受巨大痛苦，並患上精神分裂症的事情？如果是這樣的話，那塑造了至惡的環境又指的是什麼？

拋開這些不論，又到底是誰留下這謎語，謎語的終極目的爲何，是留給誰，又要將解謎人引向何處……？

廉月眉頭緊蹙，感到事態反戾，但除了繼續讓人牽著鼻子走，隨波逐流，可又如何想得到半點破局的辦法。

沉下目光，看見盒子裡用紙卷著一把鋁質地鑰匙，盒底墊子一樣的平放著另外兩張紙。先打開紙卷，發現裹著的鑰匙遠比尋常鑰匙長多了，鑰匙身長超一根手指，其柄、周身方方正正，尖棱尖角，是把科技感十足的鑰匙，打眼一看就知道它不普通。

而那卷紙，居然是一張罰款通知單，內書：「二〇一五年九月三十日，佳新苑社區六號樓二十一層四號門住戶宋陽君之女宋琳，高空拋物至人輕傷，因宋陽君賠償了被害人並獲得諒解，根據《民法典》第一千二百五十四條，予以17500元罰款，請於15日內至指定銀行繳納罰款。」

落款是博南區人民法院。

用指甲從盒底摳出另外兩張紙，一張是鏡面銅版紙制的活動傳單。背景是一片紅磚牆，磚牆上是四個街頭噴漆風格大字母SKZO。大字母前是四名年紀幼小的女生，面帶稚嫩的輕蔑，皆穿朋克風牛仔夾克，雙臂大開，上衣大敞的彎膝騰跳在半空。一張圖，將年輕的活力和年輕人對世界的不屑，同時融合在一起，塑造和迎合了青少年眼中「拽酷」的形象和概念。

這個童星團的贊助方是國際童裝品牌Skzo，那品牌當年一定對這童星團十分有信心，期待頗高，允許其直接採用了東家的大名作了團名，仔細看過去，四個女生身上穿的也基本Skzo牌子的衣服，傳單背面也是Skzo的官方廣告。

傳單的右下角用小字印著童星團成員的名字，以及演出活動時間，宋琳是成員之一，舉辦時間是二〇一三年六月一日——這是一張宋琳往年參加的童星團的宣傳單。

廉月眉頭一皺，感到混亂，忙打開最後一張紙，某種莫名和不詳撲面而來——

最後一張紙，格外與眾不同，那是一張褪色的黛色信紙，上面用粉紅彩墨筆，密密麻麻的寫了許多小字，是一封手書信。信裡的字跡，邊角銳利，筆劃長，字體小，字和字之間幾乎一點空隙也沒有。比如「有」字左延的撇，延伸到了左側「命」字的人字蓋下面，橫的右邊伸到了右側「盡」字尺的上邊，字與字之間的邊界非常模糊，互相侵占。說明寫字的人，認知深度不足，或者認知能力較低，沒有在形成自己穩定的認知結構，對事物——在這次的情境下是對文字符號，沒有形成穩定的區分辨識界限。加上小而尖銳的書寫風格，部分措辭的不夠精準，句式架構的單純、不嫻熟，句子前後語義銜接的不甚通順，大體能斷定，這封信確實是寫自小孩子之手，上書：

爸爸媽媽，請容我把最後的話用書面的形式告訴給你們，因為我充分整理後才能說明白。自從一年前得知生命有盡頭以後，這個念頭一直凝固在我的腦中揮之不去。

我還小，很多事情都不明白，但唯獨有一點我已經確定了，生活就是受苦。

我不明白為什麼要活著，因為生命總是要結束，而在結束之前，我們又要不停的受苦。我問了很多人很多死後的事情，可是大人們什麼都不知道，死對所有人都是完全未知的。大家都不知道死了會怎樣，但非常確信死亡不可避免。

我一直感到矛盾，這一整年也在努力的思考，我對死後的世界格外好奇，又有些害怕。但是思考的同時，我也一直在觀察，我看到身邊的人們都在遭受著各種痛苦，而且痛苦是取之不盡的，今天的痛苦解決了，明天又會有新的冒出來，而且比今天的更大，每天都是如此，痛苦原來是無止盡的。那之後我想到，人活的時間多長，受苦的時間就多長。於是我想，既然活著如此痛苦，終點又亙古不變，何不早一點到達終點呢。

放心吧爸爸媽媽，我沒有抑鬱，我就是想通了。

愛你們的，宋琳。

廉月還未看完，便感到眼睛一熱，喉嚨中有什麼苦澀的東西湧上來。她靜靜的咬住牙根，頭腦中不禁想像出這封信紙仍是嶄新的時候，放在高樓打開的窗戶旁邊的桌子上的畫面。

痛苦隨之排山倒海而來。

38.

想起來了，確實在二〇一五年十一月左右，傳出過山東省某企業家的女兒墜樓自殺的新聞，當時只占了新聞板塊角落的小篇幅，很快就被其他頭條和娛樂新聞淹沒的一乾二淨，只曾一眼掃過，現在想來就是宋陽君家。

脈絡很清晰了，宋琳、Opal和那樣任性的母親，不負責任的父親生活在一起，滿腔的痛苦無以宣洩，屢次強迫自己吞咽負面情緒導致了精神中毒，最終轉化爲行徑不良的外顯結果。

如此被自己心靈禁錮，浸泡在冷水裡一樣，無休無止的中毒，再多的宣洩不解決根源，除了傷害自己和周圍的人以外，別無他用。

那要把人肺臟堵塞到內出血的，如鉛般沉重的血液凝固感漲滿了廉月胸口的每一寸，她突然扔下手裡的東西，氣勢十足的衝向門口，像是抽出利劍似的呼啦一聲抽出一把傘，拿起傘她又立卽轉身奔向公共收納區。

飛也似的來到還綁縛於地的董慧君上方，廉月吐字迅捷的道：「起來，別裝了，我知道你沒瘋。」

被提問的董慧君面部僵硬如石膏，眼眶肌肉一丁點的跳動也沒有，董慧君好像今天再沒眨過般，眼神呆滯，僵直的看著前方。

但廉月不在他的前方。

「喂，我在問你話呢。」

廉月俯瞰著董慧君，嘴一歪，粗獷的撩起腳跟，飛起一腳踢過去，腳尖噗的一聲親密的吻在董的下腹，董慧君完全不受控制的，如氣球開口般，哼哧的從嘴裡噴出一杆兒氣。

哎喲一聲，董慧君本能的發出一聲慘叫，又反射性的扭過頭，瞪大了雙眼看向廉月。像個自動人偶，預設了這些動作，瞬間連貫的觸發，董慧君甚至在這些行動發生過後，才意識到自己作了這些反應，董慧君陡然慌張的看向廉月，眼中先是驚，接著轉爲惱，最後目光懦弱但慌亂四處掃蕩，拿不定主意的不知該不該回話。

「剛才我在書架前轉悠的時候就發現你在瞄我了，你給我聽好了，越來越多的人死了。我不管你是在害怕什麼，還是有什麼鬼點子才在這裡裝瘋賣傻，我要你的把知道的都說出來。」

廉月拿著傘照其後背一抽，接著如鷹掠地面似地兇猛的俯下身，用另一隻手一把扯住董慧君的衣領，董的下巴瞬時離地，被抬升十餘公分。

「聽到沒有！別讓我說第二次！」

他短促的哀嚎了一聲，癟癟嘴，用力轉過臉，竭力讓臉遠離廉月，惶惶然用眼角的斜視她，求饒道：「哎我草快別打了，我這一天讓你們這群人挨個揍，我可血虧了，哪有這麼對待精神病人的，你們這幫人也太冷血了！別打了！」

「別廢話！」廉月能聽見自己腦中劈啪一聲，那是一種柴火燃燒的爆裂聲，燒心怒火仍停留在腦門，廉月感到好像在被熾熱的細針紮刺腿股，胃酸跳躍，她的喉嚨裡想要伸出手一樣，脹滿了想要狠抽董慧君的衝動。

所有這些徵兆和信號都被董慧君捕捉到，他更加惶恐，眼皮倏地不自覺連跳幾下，接著畏縮的用力眨了一下發紅的雙眼，忙說：「哎呀！我知道什麼啊，你想讓我說什麼啊，我就是個怕死的膽小鬼！」

「袁一衫一死你就佯癲」廉月雙眼發燙，語氣嚴苛的囁嚅道「你要不是早知道了誰是兇手，怎麼會怕到用這麼麻煩的方式保命？」

「嗯？什麼？」

「我不知道！我根本不清楚誰是兇手！我就是怕梁繼軍！」

冷風衝擊在玻璃牆及閘上，發出柔和的匡當聲，廉月看著他感到過快心速的驟然放緩，腦袋的脹壓也減弱了，略感不解。

「我不知道袁一衫是不是梁繼軍殺的，但我知道我一不小心就要被他殺死了！」

「細說。」

「太多了，這怎麼說得完啊——」

「別磨嘰！揀重點，從頭開始說！」

「呃、呃——啊、我知道了！哪個、宋陽君自從宋琳死後，就一直活得渾渾噩噩的，完了才幾個月啊，他老婆又死了，他老婆死去的同一年，又把傭人全辭退了，換了我們這一批。這兩年梁繼軍待我們一直都挺嚴厲的，他、他脾氣特暴躁！今天要整死這個明天要整死那個的！他像今天情緒這麼穩定的樣子，我們這些人都好久沒見過了！我、我有一次和之前被辭退的兩個下人吃飯，他們就說，宋陽君夫人死的那天梁繼軍在場」董慧君心猿意馬的說著，眼睛眺望著遠方，慌亂看著只存在於腦海中的幻象「但是沒人知道，死時調查的員警，搶救的醫生全都不知道。知情的傭人們也什麼都不說，都被封了口。最奇怪的是，宋陽君從那以後就跟離不開了梁繼軍了似的，不管什麼事情都要過問這個小他兩旬什麼經驗都沒有的侄子。奇怪吧，太奇怪了！還有更弔詭的，我到現在想起來都膽寒——那一天和我吃飯的兩個人從和我說完這些就全消失了！」

董慧君瞪大了雙眼，緊縮著胸口，脖頸緊繃，喘息急躁的像一個被逼到死角的耗子，由胸至腹皆在起伏——通過他的每一寸肢體語言，每一毫釐的面部表情和眼神，駭懼之情洶湧的傳遞給廉月。

「我再也打不通他們兩個人的電話，他們的家人再也聯繫不上他們了，直到今天也沒人知道他們去了哪，我是唯一一個那晚餐桌上還在呼吸的人！」

董慧君像是畏懼被過去吸走似的，狠狠眨了兩下眼睛，一吸鼻子：「我不確定他今天殺沒殺人，但我知道他以前肯定殺過人，快放過我吧我求求你們了，我曉得你們這些大佬之間在密謀什麼，但和我沒關係我不想知道，就讓我在這躺著吧，我求你了！」

廉月感到鼻腔內熾熱的呼吸漸漸冷卻，腦中已然厘清了狀況：「所以你這麼作踐自己是擔心像之前的人一樣被捲進去，而梁繼軍這個人非常有作案的可能。」

「隨你怎麼說，你覺得對就對，與我無關！」

「袁一衫被殺那段時間呢，你又在幹什麼，你都看到了什麼？」

「呃……老大打電話讓我給零食下毒，我就去了！呃、呃……我看到廚房裡有不對勁的東西就去詢問袁哥，是不是他放置的，結果回去了他告訴我他有要事，需要我先回避，把我趕了出來，我在就去北邊觀景臺附近溜達，我特意等他聯繫我，結果20分鐘過去了也沒，我實在等不及了才回去，回去他就不見了。我知道他肯定沒回大宅啊，我就又開始保安舍啊、醫務室啊的挨個地方找，還是沒找著，我就準備往西邊去，路過傭人舍的時候，就看見不對勁了——」

「就這樣？你沒看到誰去過傭人舍？」

「沒有！我誰沒看見！我什麼也不知道！」

「噉。」廉月手一甩，棄如敝履的將董慧君扔到地上，傘也一併丟掉，砸在董慧君身上，給董嚇得忙緊閉上雙眼。廉月審視了董慧君半晌，沒有感情的說道：「假若這真的是你生命最後的時光，你真想就這樣爛肉一樣的度過？」

「我又誰都反抗不了，我能怎樣啊！你要我怎樣嘛！我這不是委曲求全，就求個不是生命最後的時光嗎！」

用喉嚨無所謂的唔了一聲，廉月輕蔑的最後瞧了他一眼，說如你所願，便旋踵離去。

再次來到書架前，顯得有些發愣的胡亂的把那鑰匙塞進兜內，氣夠了的廉月，恢復了原來的觀察力，她忽地發現那青黑的信紙背面，還有其他字跡——背後傳來抽鼻子的聲音，不知道是不是董慧君在啜泣。

相較遺書正文，背面的字體突變，字的力道變得很重，深深刻入紙頁，字體末梢尖銳，能感受這兩行字帶著與正文所未有的鋒銳意志，第一行是——

「牢山之頂乃神志破碎之人的自我圈養，以對世界的怨恚爲地基而建，曾經美好的回憶殘留於其中央那低矮的屋簷下，隨雨沐風刷日漸蒼白。」

第二行是——

「異化已至，Opal踏入棋盤之中。」

——低矮的屋簷，指的肯定不是別墅主宅了——

廉月看著猩紅的字跡，不消幾秒，遂發現撥弄紙頁的虎口和拇指也就像被割破了一樣赤紅，一瞬的猶疑，她衝公共收納區喊道：「喂！這山頂上的那個保安舍或者傭人舍，有什麼特別的嗎!?」

「呃！——呃呃！——」董慧君像是電腦開始高功率工作時機器風扇加速發出的高頻噪音般連呃了幾聲，才像隔江喊話似的應道「傭人舍就是跟著大宅一建起來的，倒是保安舍那地方是宋陽君以前的度假小屋，那個！他之所以在這修別墅，就是因爲以前經常和家人來這過週末！」

「明白了，先有保安舍，後有玻璃堡壘。」

廉月不怎麼領情的白了董慧君一眼，將紙收好，像被什麼驅趕著似的，略顯急匆的，從一樓推門而出。

重新回到甬路上，幾分鐘步程後，廉月在無月之夜裡的岔路口站定，看向右手邊，通向一洞黑暗，左手邊下行的坡道，則通向一片霧茫。

廉月猶豫片刻，屏息來到保安舍的房門前，有些緊張的心情，在進門打開了屋燈後，消解了不少。然而她隨即想到，在這麼黑暗的山頂開著燈無異於告訴每個人自己在這裡，要是有兇手在遊蕩，豈不是在引狼入室。

此般念頭一出，廉月又有些緊張的關上燈，在屋內摸黑查看，不多久，在推開了最後一扇房門後，廉月多少有些失望——幾乎什麼也沒找到，屋內沒有特殊腳印，門窗沒有被破壞，沒有兇器，沒有紅色的污漬，一概沒有。四周出奇的乾淨，整間房屋好像與這陰暗的事件毫無瓜葛。

回到客廳，她孤立於漆黑之中，試圖把注意力集中在沒有生命的靜物上，於周邊用視線搜尋了一圈，在茶几下看到一盒棋。

多半不會是它……

不抱什麼期待的，還是打開了那盒子，裡面除了已經磨掉漆的黑白棋子以外什麼也沒有，謎題指的肯定不是字面意義上的棋……

躍動腳跟走起來，不經意的拉開幾個抽屜，她猛地在電視櫃中發現了一個裝有梁繼軍與宋陽君合影照片的相框。

這兩人的照片爲什麼不在大宅裡，而是在傭人舍？說到底這地方如果那麼矜貴的話，宋陽君爲何要把他送給保安部門的下人用呢？

眞是奇也怪哉。

因爲光線昏暗，廉月將那個相框拿到眼前，才發現相框並非實木，而是塗有仿木紋漆的金屬製品。並且，框內的照片有些許因錯位而導致的脊狀突起——這照片相框要麼不是原配，要麼便是照片新近被移動過。

倏忽之間，廉月想到什麼——

異化，指的是非我，變質，偏離本位的變化，脫離原態或本體——

董慧君確實提到過宋陽君開始變得對梁繼軍唯唯諾諾，馬首是瞻，難道——

一調轉那相框，果然，廉月在相框下方看到了一個仿若電池槽上所用的那種小蓋。

掀開來，依舊是四位英文字母的密碼鎖。

看到那鎖的一瞬間，她幾乎立刻就有了點子，所謂棋盤，廉月是有些頭緒的，多半是波利比烏斯棋盤密碼。波氏古典密碼原理卽二維字母表，設數位爲密文，每兩位數對應橫縱坐標，座標指向二十六個字母，對應位置所取字母卽爲明文。

二位數一個座標，對應四個字母——

似乎和之前的四組數21.11.14.15相吻合，這幾個數字還能再用一次嗎。

舉例來講，abc的密文輒是11.12.13。那麼這次四組數對應的字母便是——

「我試試看。」

廉月自言語著輸入四位字母，咯嚓，簡單俐落，乾脆的一聲響，鎖開了。

——Fade——

21.11.14.15對應的是一個簡單的單詞。

消亡。

框體拆解開，露出一個半柱狀的珍寶盒一樣的東西，那盒子上面，還需要輸入四位密碼。

居然還有一道鎖。

將之取出，沒發現進一步的提示，意思是……之前的提示就足夠了？目前仍是第二道關卡的階段嗎？

廉月的目光鎖定在那四個等著填入字母的框框上，突然無意識的一個激靈，身體自己動了起來，飛速且警惕的左右看了看昏黑莫辨的屋子，再次確認夜幕中自己是隻身一人後，才放心下來，重新思考道——

第二個單詞，可還能是什麼呢？Opal使用過了，Fade也出現了，還有什麼？

Dead？廉月帶著試試看的心情輸入了單詞死亡，不出意料，盒子沒有打開。

還能是什麼？Pain？

嘎達，密碼鎖倔扭的拒絕了廉月。

嘖，不行，不能這麼胡亂的試。二度拿起紙條，又讀了一遍。

棋盤……踏入棋盤……

必然是一句意指抽象的措辭，是某種代指或概念。

棋盤怎麼會被人踏入呢？棋盤又不能等同於「局」，肯定不應該理解成入局吧，這句話指的不該是充滿陰謀意味的現狀吧？也許編寫謎語的人覺得這兩個詞可以畫等號？現在的山頂是一盤看不見的棋局，是在象徵性的描述現狀？可是這對解謎有什麼幫助？

不對，總感覺搞錯了思考方向。

踏入棋盤……

廉月摸索著後腦，頭髮被指尖摩擦的沙沙作響。

可能還要利用棋盤密碼來解謎？可字母表從現有座標能得出的結果只有fade了，難道要變換四個座標？

變換的依據是什麼？

異化……Opal……踏入棋盤……

啊，難道！——廉月忽然感到像繫成死扣的腦筋被解開一般，腦中一亮，某個邏輯鏈條突然形成，不再混亂糾纏，這展開連通的鏈條清晰的指向某個結論——謎題的焦點不在座標上，而是字母——既然結果是字母，那麼用作映射的原始基底，肯定也是字母。

誰說座標採集字母的基底非要是abc字母表，踏進棋盤，恐怕是把歐泊的名字放在棋盤式的二維表格中，用Opal英文名的字母排序，取締字母表，也就是Opal的異化。

廉月感到一陣激奮，迫不及待的，拿起櫃上的便簽紙，在其上塗鴉起來。

「如果把歐泊的全名，按照棋盤格式從左到右依次替代棋盤表中的字母……」

Opal.E.Sanches

Opal代替abcd，後面的字母依循此規則，雖然不能填滿25個格位，但之前的座標21.11.14.15對應的位置皆有字可取。曾經是fade四位字母所在的位置，映射在Opal.E.Sanches之上形成一個嶄新的單詞。

Sole

廉月忍不住想趕快嘗試一下結果，驗證自己的推理是否正確。她手腳敏捷的撥動鑲嵌在盒子內的密碼鎖滾輪，依次停在Sole的位置上，鎖芯欣然一躍，開啟了鎖盒。

「Sole……指不可替代嗎？……」廉月眉頭緊蹙，她能感到出題者在試圖傳達的東西，正在不斷拼湊的更加完整，漸顯其全貌。

一把和剛才那鑰匙形狀相仿的棱角分明的合金鑰匙出現在寸大的綢緞墊子上，這次鑰匙上卷著厚厚的兩片紙，積滿了盒內空間。

拿出一瞧，這把鑰匙，和第一把的大小相仿，外型幾乎完全一致。但廉月還是一眼就發現，這一把的造型，更加接近寶石庫下墓碑上面的鎖孔。

收好鑰匙，展開紙卷，是兩篇三流小報社的巴掌大剪報，第一篇是新記晚報於二〇一六年四月十七日的報導：「三月九日山東煙臺山海快速路，由於一輛第三車道行駛的白色比亞迪突然變道，引發碰撞事故，造成四車連撞，一人搶救無效死亡，六人受傷。當天既有當地媒體光速確認，引發事故的是溪城知名企業家宋陽君，而死亡的被害人，是與其同乘於副駕駛位的妻子姚怡妍。宋陽君本人亦表示自己為駕駛人，願意承擔全部責任。但一個月過去，警方卻遲遲沒有發布處理結果。今天，突然有人在網上曝光當日事故視頻錄影，有眼尖的網友發現，慘烈的現場中那輛白色比亞迪的車頭已然嚴重凹陷，本應是駕駛員的宋陽君雖然神情恍惚，但身上臉上沒有傷痕血跡，衣著完整，在下車時還是從後座離開。同時立刻有人在評論區爆料說，當日在現場看到駕駛位車門開啟過，並且有一穿灰色上衣，頭頂帶血男子從現場慌忙逃離。不僅如此，宋陽君駕駛車輛的副駕駛位車門也是打開著的，死者姚怡妍似乎在事故發生前打開車門探出身體，碰撞時半身懸掛於車外，肉身遭到嚴重擠壓，才於事故中不幸死亡。所有這些傳言引發了眾網友的猜測，事件的責任已然確定百分百由宋陽君承擔的話，為什麼會有人逃跑？其妻難道是在變道時試圖跳車？一起簡單的交通事故背後，竟然疑點重重。」

瞇起雙眼，廉月又去閱覽第二卷紙，第二篇是珠峰亭新聞二〇一六年七月二十日的報導：

宋之內任梁繼軍突然加入企業事務，獲得山東生物製藥溪城子公司8%的企業股份，此舉引起諸多質疑，在公司內部亦出現不同程度的異議，不禁讓人懷疑此前宋陽君妻子葬禮禁止妻方家屬參加的傳聞可能屬實。具內部知情人士張先生透露，梁繼軍在此次葬禮糾紛中，積極扮演了和平使者的角色，竭力安撫娘家人，維護宋陽君的做法。同樣是梁繼軍，在葬禮前封口所有宋家幫傭，不許與記者見面，其後又將被害人的家屬董平（現改名董慧君）以生活助理名義雇傭，這一系列行為背後的真實隱情撲朔迷離。更有傳聞宋陽君於車禍後一蹶不振，每日服用大量精神性藥物，生活工作上對梁繼軍依賴不已，不免使人疑慮未來是否將會宋下樑上，讓股東們大為擔憂。

看完，廉月這次心情倒平靜了許多，一咧嘴，在心中篤定道，果然，無論背後經歷過什麼樣的拉扯，梁繼軍卽是宋陽君異化的惡果。

翻轉剪報，依舊有提示用紅筆書寫於背面：

人生是一場空洞，沒有意義和目的，又必然終結的荒誕之旅——無論過程如何，所有人都將終結於同一處，一切獲得終將失去，一切努力皆是徒然。

「看來這還不是最後一道謎語。」廉月喃喃自語著，旋卽全無不舍的，好不留戀的迅速推開門，進入到看不見星空的夜中——

必將終結於一處，還能指什麼，這句話自一開始就沒什麼深層次的意義值得提煉。人生旅途最後的終點，當然是不可回避的死亡，人死後除了墳墓又能去哪裡，提示指向的，就是寶石庫地下的墓穴。

越過保安舍，道路逐漸開始變得逼仄，於路最窄處，一如上次，兩側濕答答的枝葉垂在肩膀，刮在胳膊上，留下陣陣寒意。通向寶石庫的碎石路很快出現前方，這條小路的兩極在黑夜中看起來就像是蛇頭與蛇尾，斑駁的碎石仿若是蛇身上的翹鱗，走在上面忽然多了份白日時沒有的不安。

隨著路程到達盡頭，視野逐漸開闊，最初發現寶石庫的那片空地出現在眼前。那塊能移動的石頭前的地面上，依舊有著紛雜到不可分辨的無數腳印，這些腳印在雨水的浸潤下，變成抽象的紋絡。依舊與背景融為一體，全然看不出所在，藏匿於山體之中，偽裝成山岩的寶石庫門仍在那裡。

左一轉，到得寶石庫門前，朝觀景臺方向遙望過去，遠方的拔地山巒，茫茫林海，於黑越越中不分你我，牢山之巔這座小玻璃別墅，就像湖面荷葉上的一粒鋼珠，風平浪靜則已，一點波瀾，便會屍骨無存，不留一絲痕跡。

廉月也說不上到底是哪裡讓她萌生差異感，不清楚是環境本身發生了變化，還是廉月自己的前後認知在屢次發生波動，總是覺得這裡某處不同上次，不知怎的有一種初相見的錯覺。

疾步穿過草茸蕪雜，廉月走到石前，不自覺回想起第一次和李彤兩人來到這裡時，是怎麼發現的機關。

——伸出手，五指觸碰在一塊突出的岩石上，那石手感扎實穩健全無動搖之意，挪動手，指尖擦碰著石表，向右側拂過，摸到一塊青苔更少，體表更光滑的石塊。這塊缺少綠植覆蓋的石頭，渾身都在傾訴著它的與眾不同，一切線索都在聲明，有人給予了它，不同於其他石塊的更多的關注。

一推，出乎一切預料的，石塊翻轉過來，露出按鈕——

廉月從回憶和現實混合的景象中抽出意識，她猛地眨眨眼，深吸一口氣。廉月看向自己的籠罩在石頭上的手，須臾，將按鈕按了下去。

一陣過去，到處一點反應也沒出現。

又按了兩三下，還是不見動靜。

廉月感到一陣灰心，就像是濕漉的柴火好不容易燃起的火苗，又被一團樹上墜下的雪，徹底浸濕透了。

也對，廉月心想，不管是誰開啟的遮罩器，毀掉了纜車，那人既然想要重新限制眾人的行動，那關閉了寶石庫也沒什麼好奇怪的。話雖如此，既然來了又不甘空手回去，廉月左右查看一番，試著找些什麼有用的東西，推了推「門石」，不消多想，巨石紋絲未動。她又順著按鈕後面觀察，試圖尋找送電線路，但線纜全都埋在土中，看不出走向。結果尋找一圈沒發現任何有用的東西。

嘖，廉月這下真的有些鬥志闌珊了。

難道只能返回大宅？不然去大宅中找找看，能不能找到中央控制室一類的房間，說不定有能遠端解鎖的控制臺。

正琢磨著，卻哪知欻然間，耳邊突然傳來一連串的發動機嗡鳴聲，震感由腳心而上，有那麼一會兒，廉月感到兩條小腿都在跟著顫抖。

緊接著，只聽嗶的兩聲電子音，石門轟然緩慢挪開，再次露出了其後陰森的黑洞。

「唔……」

廉月神色凝重起來。

張開的漆黑巨口內外，都感受不到一點生氣，石門移動後就再也不發出一點聲音，靜的好像剛才的響動都是幻覺，令人惶然不安。

周圍驀地騰起一片肅殺之氣。沒有鳥叫，亦無蟲鳴。山尖之上，只有凜寒微風吹過的簌簌之響。

「哼……」

——出於不明的目的，有人打開了洞門。

難道……有人正窺伺著她的一舉一動？是誰，想要幹什麼？最重要的，是敵是友？

此人恐怕擁有整個大宅機關的掌控權。可不希望有人擅自離開，或進入寶石庫的掌權者，爲何改變主意了呢？

——他沒改變主意，可能是掌握控制權的人改變了。

廉月帶著這個可怕的猜測，飛速偵察左右，卻看不到任何攝影機或是感應器，目光所能及，除了自己盡皆死物。

心。

——沒有攝影機，卻明察自己的一舉一動……

難道……廉月心中一緊，搶奪什麼似的，伸手去抄自己頭上的發帶，像是怕它會逃掉似的狠命的捏在手心。

一把薅下，瞬間扯散了頭髮。然而還未看，用力攥緊的時候就發現了，手中絲帶不過是條普通的布片——絲帶一捏即變形，沒有觸碰到任何堅硬的東西——並沒有任何電子器件附著其上或藏匿其中。

「嗚……」

爲了讓自己清醒似的，廉月張手搓了搓臉，心想這一天實在是承受太多壓力，變得過於神經質了。

她扔掉絲帶，深呼吸。

——怎麼想解鎖也不是由於善意，如果善意者掌控了這座山頂的控制權，那她不可能還被困在這陰冷而絕世之處。

該進去麼？想要探索Opal之墓以解謎的最初目的，如今瞬間蒙上了頗爲危險的氣息。

廉月也許會被關在裡面再也無法脫身，也許會遇到武裝的兇殘暴徒，葬身黑暗，也許已經啟動的致命陷阱正靜靜等待。

某人掌控著自己的命運，而自己連對方是誰都不知道，不可能與之取得聯繫。

「呼——」

但那又如何。

廉月面色一厲——

她永遠不會允許自己束手待斃，無論前路險阻多少，她都願意冒險一試。

——毅然邁開步，踏進了重重黑霧。

39.

「就到此爲止吧，不管下次見面是以什麼樣的形式，我會滿懷期盼的等待著那一刻的到來的。」

擱下這樣的一句後，低士馬終於離去，最後一點聲音也像灑入溶液的鹽粒一樣，頃刻間消融的無影無蹤。

沒什麼選擇的原位坐了一陣子，康澹腦中的熱度消散，再一次從膠帶籠手中抽出手，試著去拆碗上的繩扣。但繫太緊了，背手的姿勢不僅看不見，不好指揮雙手，根本分辨不出索扣上的哪根繩是「線頭」，手腕也使不上力氣，全然拆不動。

後面不行，康澹又開始試著在身前琢磨。如果把一隻手竭力往後伸，將活動範圍都讓給對側手的，單手最遠能碰到下顎。兩手一起往前伸的話，把乳膠繩拉直後，雙手則只能都停在腹旁。他甩掉透明膠籠手，再次用背手的姿勢，嘗試著依法炮製，把繩也掛在雕花上，嘗試將腕上死扣弄鬆，並將其位置從手腕往手掌上推，盡可能的增加活動限度。

「嘶！——」

不知是這一通活動的過程中，哪塊肌肉拉扯到了肋巴附近的傷口，鑽心的痛傾瀉而來，痛的他連連呲牙。

康澹粗重的喘息兩口，體味到被蓋頂而來的疲憊感壓垮的無力。

——這次的耗竭來的比上次更快，他的身體實在是快到極限了。

「算了……休息、休息……」

康澮癱軟回護欄上，只是軟趴趴，乾巴巴的坐著。坐了也許十分鐘，也許二十分鐘，他已然徹底的時間感失能，根本確定不了了。他知道的只有自己的腳尖開始發涼，後頸也冷得彷彿覆著一層冰霜。坐了太久，脊椎間隙保持高壓的時間太長，脊椎和腰間同時逐漸產生不適感。

向後仰頭試圖換一個健康點、壓力小的姿勢，然而床護欄太矮，脖子卡在欄杆上，腦袋只能向後吊著。著實算不上什麼舒服的姿勢，勉強聊勝於無的緩解一丁點壓力感，但整個脊樑骨，依舊黏附著一種，仿若黏在頭髮上的口香糖一樣的，摘不掉揪不下的壓迫感。

——安靜，實在是太安靜了。

也不知道現在到底是什麼時間，猜想來最多不超過七點鐘，但無論依靠什麼感覺通道去感知，身邊縈繞的都是凌晨兩點一般的氣氛。

這讓康澮憶起曾經在冬日的深山之中留宿的經歷，當時就如現在，寂寥的滲人。深山中的白天，有飛禽鳴轉，夏天晚上會聽到蟲聲，冬季的夜晚卻靜的像地下室。

往常的這時，耳邊不管是隔壁的電視聲，抑或是樓下飯店的喝酒聲，窗外的汽車聲，屋內電器運作聲，總要有些響動。現在除卻自己，竟一個額外聲源也沒有，總有種難以言喻的不適。

康澮吧唧吧唧嘴，左右轉動腦袋，脖子嘎嗒直響——這些無足輕重的小聲響讓康澮好受一點，但也只是好受那麼一瞬間，這些小動靜，猶如黑暗中的一閃卽滅的星火，連照個亮都不夠。康澮轉瞬就會回到孤寂的狀態，孤寂到讓人心中發癢，好像精神上生了痘，撓又撓不到，找又找不見，無藥可敷，無刀可下。時間一長，康澮心裡越發不安，但除了竭力忍耐，一點其他辦法也沒有——

時間不徵求他人意見，我行我素，不停息的不住流逝，在百無聊賴和微弱的拋棄感中，於指縫間汩汩流過。

康澮眼前的一片漆黑中，驀然出現一條光芒熤明的筆直裂縫，裂痕左右拉開，豁開成一洞方方正正的光門，模糊的光斑漸漸化成生硬明朗的棱角，門有了形體——是一扇電梯門。

門側是斑駁掉漆的陳舊牆壁，地面上布滿了廢棄品，破碎的鋼筋暴露的混凝土塊，破爛的塑膠瓶和破損的易開罐。

踩在破敗的環境裡，卻感到腳底軟綿綿的，康澮一低頭，困惑的發現唯獨自自己站在一塊柔軟的毛毯上，並像黏在上面一樣，挪不動步。

一片剩山殘水之中，除了電梯以外，皆氤氳著濃郁的晦暗。

電梯裡有人，是一個女性，直勾勾的看向康澮，她臉上沒有任何肌肉在塑造任何表情，但康澮卻從她的眼中看到了濃烈的悲愴。康澮隨即聽到某個微弱的哭聲，他不確定是來自哪裡，是否來自那女人，因爲那女人的嘴和咽喉全都紋絲不動。他很快發現那哭聲尖細，是小女孩的哭聲。

他猛然驚醒。

康澮很用力的睜開眼，猛眨了幾下，想要像車刷刮掉雨水一樣刷去眼前的黑暗，恍惚中忽然卻發現仍然只能看到黑暗，在迷惑中一瞬間喪失了定向力，感到混亂不已。康澮平靜而激烈的用力呼吸，冷冽的空氣加速了頭腦的清醒。他能感到左上角回綿痛，同側威爾尼克區發漲，他不清楚這些皮層交界處發生了什麼，只能耐心等待著一切不舒服的感覺隨時間自行消退。

總算，他的其他感覺也回來了，他再次感受到手腕上的壓力，以及背後的護欄的觸感，他再一次明白過來，他剛剛又一次的喪失了意識。

睡著了？也好……讓身體休息一下。這次過了多久？一刻鐘？半小時？

混沌中有一點他感到無比奇怪，剛剛雖然喪失了對現世的知覺，但莫名的自己並沒有睡著的感覺。在意識飄渺期間，康澮能感覺到自己存在著，雖然不能自主情景，意識程度也很弱，但確實存在著，就像是壓在一摞大部頭書本與棉被之間的蟲子，一息尚存。

這不是清醒夢，而是其他的什麼。

是一種極其奇特的感覺……

他試著思考片刻，但終究無法解釋。他試著回想剛才「夢中」的一切，總感覺夢到了很多，但現在除了哭聲什麼也想不起來。

——時間眞是太慢了，康澮開始感到焦躁，不知爲何，突然迫不及待的想逃脫這裡。

他扯動右手，最大幅度的移動手臂，隨著拖動，乳膠繩兩端的金屬鎖扣，先後撞到上面的橫欄和下面的立柱底座，各是一下尖銳的鋁品磕碰聲。同一條繩上的左手，在右手的牽拉下，不得不背在腰後上。

「無事可做。」康澹像是在和自己說話似的，邊說邊晃了晃手腕上的繩狀手銬。

用右手試探著在床上摸索，又盡可能的抻遠了，去夠遠處，但什麼也沒摸到。把右手縮回來，伸出左手，又向另一邊探測。

手銬和護欄都很結實，不可能靠蠻力掙脫。段奧娟一夥也不會傻到把有用的東西放在他能夠到的地方，沒戲的——關於這一點康澹很淸楚，他的腦子裡沒有什麼特定的目標，他沒有想要摸到什麼的意識，只是隨機的摸索。

先摸到的依舊是床單被褥，軟綿綿毛絨絨。失去視力作爲對外物度量的參照，難以估計距離，康澹慢吞吞伸出的左手，自己以爲前進了十公分時，一摸發現其實只移動了一兩寸，掌心的觸感告訴他不過才碰到床邊兒。

這距離遠遠不夠——康澹大著膽子，擴大伸展手臂的幅度。憑著感覺，憑著指尖氣流的觸覺，一點點的，朝遠處伸出手。

嗯？

指肚傳來木製品的觸感。

鐵定是碰到床頭櫃了。

沿著冠狀軸滑臂過去，果然摸索到櫃子的旁板，以及邊線上的雕花。乳膠繩已經被拉到極限，每一寸移動，康澹都感到極其吃力。

再往前一點，手隨卽碰到床頭櫃的櫃頂。不知道床頭櫃上面放著什麼，康澮猜想多半水杯在上面，並咬著牙祈禱能再發現點更頂用的東西。

「總之不要先入爲主的急於下結論，還是先實踐，實踐之後自然就知道了……」康澮喃喃道，他抬起臀部，往左大幅的挪動坐位，力圖讓左手伸展的更輕鬆一些。

探出的手臂配合慢慢的前傾身體，手指離對岸越來越近，空間上的隔閡越來越小。

終於。

康澮的指尖點在了某種玻璃物件上。

嘩啦。

什麼地方傳來碎玻璃磕的聲音。

康澮騰地一下，本能反射地轉過頭。

他根本不知道該看哪裡自己又在看哪裡，但他清清楚楚的知道，那聲音不是來自自己的指尖。現在，此時此刻，指尖雖然點在的床頭櫃頂面板上的玻璃物上，但這東西可沒有半點移動。

猛然間，康澮想起來，祁鳳打碎的那個玻璃杯。

——有人踩在了玻璃杯碎片上面——

「是誰?!」康澮倒吸一口冷氣，忙問。

問過之後，周圍一點回音也沒有，沒人答話，沒有人出聲。

「又是誰啊，我能說的都說的夠明白了。」康澮換了個更鎭定的語氣，咽了下口水，提高了音量，又說道。

然良久，寂靜中仍只有自己的心跳聲。

恩……？爲什麼不回答？爲什麼不出聲？

玻璃碎渣相對於樓梯口是有一定距離的，踩到了，說明有人已經刻意不出聲的接近了不少，其人在遭遇了這意料之外的突然響動才停住，如今又不肯回話，一縷讓人難以安心，不祥預感萌生苗頭，並在極短的時間內迅速成長膨脹的無比強烈。

「有人嗎？」

仍舊無人回答，康澮忽然噤若寒蟬的閉上嘴，生怕自己的聲音影響對其他動靜的捕捉。他對睜眼瞎的自己感到不信任——剛才那玻璃渣聲音極小，小到康澮自己也不過勉強能聽到。他開始懷疑自己是否出現了幻聽，就像剛才的電梯幻夢一樣。

不，沒聽錯，確實是眞實的聲音……腦中某個聲音告訴自己——

康澮趕緊直起身子，又往左邊蹭了幾公分，他能感到手臂上拉直的乳膠繩的壓力增加，右腕已經完全卡在了護欄上，綁在右手腕上的繩結越來越緊，漸發吃痛。

心有餘悸的扭頭看了眼聲源，仍舊漆黑一片，全然無法視物。頹唐間，迫切感像是開水壺一樣不斷的擊打壺蓋——越看不見，他越擔憂對方已經走近了，心中的躁動不安越難以扼制。他緊張的憑著觸覺在床頭櫃上摸索，指尖一滑，才發現剛才摸到的是內置的無線充電底座。貼著那充電座畫了個弧，以其爲中心查看周圍的東西，指關節外側立刻碰了什麼。

止住手，一翻手腕，掌心朝向那物體一抓，是一個盤狀物，一個陶瓷盤。陶瓷盤在充電座以南，腕上突出的繩團碰到了盤子，被推動的盤子又碰到其身後的什麼，發出了嘩啦一聲。那聲音一聽便知是某種塑膠瓶，抬手果然摸到兩個不同厚度與大小的藥瓶，再摸了摸，這小一片區域再沒發現其他東西。

三樓南邊圍欄突然傳來悉悉索索的褲腳刮擦聲，同時是鞋帶在地上的拖曳聲，以及地上散落的拖鞋被踢動產生的摩擦聲。

聲音傳來的方位，處於鞋櫃和茶几之間一帶。

康澮心裡咯登一聲，眼珠不受控制的在眼罩下快速的轉動，他感到自己的呼吸正一分一秒變得更加急促。

正南方？……他爲什麼要到三樓南邊去，他是要去取什麼東西麼？可如果只是單純的尋找物件，那他爲什麼一聲不出？那附近又放著什麼有用的東西麼？只有鞋櫃和茶几，一些棉拖鞋，一些放在茶几上的水果和飲料，剩下再就是……

水果刀。

康澮感到呼吸粗重不暢起來，就像胸口壓著幾斛岩塊。他緊迫、但又不敢莽撞的收回手，怕打掉了什麼東西，打草驚蛇。

耷拉著手指作探針，拂過桌面，憑著感覺，他小幅度的，一點點往杯子北面挪動過去。感覺距離差不多了，張開五指探查周圍，結果只挪到了盤子北邊五釐米左右。再挪了挪，感到手臂往北移動的差不多了，又一次左右摸索過去，結果還是碰到了最初那個充電底座。

呿。

進展太慢，動作太拘謹了——康澹心下焦躁，讓喉嚨也變得乾嗌——看不見實在是太難估計距離，又想加快速度，又不敢大幅度動作，眞是熬煞人。

康澹忽然想道，雖然夜幕已經降臨，沒開燈的室內昏黑一片，但康澹蒙著眼睛根本不知道究竟有多黑，要是沒黑到目不視物，要是那個一聲不響的傢伙，能把自己的動作看的淸淸楚楚的話，那這一大頓折騰豈不是毫無意義？自己的行動沒準全被明明白白的看在對方眼裡。

啪嗒……

東邊兒傳來謹愼落地的腳步聲，那聲音聽起來格外遙遠，但裹挾在聲音中的，那股竭盡全力壓低聲響的意圖，無比眞實。

康澹感到寒意侵入骨髓，徹底、完全的進入警覺狀態。

——來者絕非善類，對方特意環三層繞行，故意隱瞞自己的動向，正在嘗試製造一場偷襲。

同一刹，康澹三度點下指肚，碰到了一隻茶杯，那杯子立刻翻倒，掉出來某件物體，瞬間碰到自己的手指，康澹碰到那東西的刹那，卽刻感到溫度順著指尖高速流逝。

導熱效果上乘，毫無疑問是金屬製品。

想也不想，康澹迫不及待地五指一拱，展開指關節往上一蓋，接著將那金屬品抓握於手心——竟然是程雨辰的一體龍骨直刃飛鏢。

康澹立馬騰地一下從桌上抽回攥著刀刃的手，將刃片在掌心中一翻，將其緊緊夾在兩指之間置於背後。

是誰？誰放了這把鏢刃在桌子上？

康澹激動但無聲的倒吸一口氣，猛地想起被審問完後，有人離開的時候特意從自己身邊路過，當時以爲那人是在查看自己，未曾想居然留下了武器。他爲什麼要幫我？——不，現在不是想這些的時候，潛伏在黑暗中的傢伙肯定還在繼續靠近，已經沒有時間分心了。康澹胸膛大幅度起伏的喘息了兩口，所有精神都集中在耳朵上，打起十二分精神，屏息凝神的聽著任何來自東方的聲音。

有那麼一會兒，他什麼也聽不見，一點聲音也沒有。

他在具體什麼位置？他現在已經走到了多近？

可能有一分鐘，也許兩分鐘，什麼響動都沒再溜進自己的雙耳。那人如果願意，這兩分鐘足夠走到近在咫尺的地方，但康澹的知覺器官沒有捕獲到任何身邊有人的線索。兩分鐘又不夠他從入口處離開……

那人總不會……始終站著未動……正在黑暗中窺伺？……

康澹感到不寒而慄，雞皮疙瘩都起來了。

這個傢伙到底要幹什麼，他到底要怎樣？

康澹大大的用鼻孔吸了口氣，試圖鎮靜自己。

他在哪裡，他在做什麼，他在等待什麼？

康澮呼吸的力度不自覺的減小，他無意識的在控制呼吸，壓低胸口的起伏。全神貫注的傾聽身邊任何一絲一毫的響動。康澮不僅不敢呼吸，也不敢轉動頸椎，不敢動一絲肌肉，他生怕骨關節或是床發出聲音，導致自己干擾自己的聽覺，漏掉了哪怕一星半點的聲音。

忽然——

只是那星芒似的，遙遠燭光般、微弱到幾乎不可察覺的，瞬息間的空氣流動。

——那遊絲般的氣息，在電光石火之間，被康澮所覺察到。

康澮爆發積蓄的全部力量，陡地猛力閃向旁側，而那空氣波動轉瞬間暴漲，猶如流星隕落入水，瞬間衝破平靜的湖面，震波迅猛炸裂，如雷霆般襲來。且聽耳邊琅的一聲劇響，有什麼東西猛烈的和床護欄鋁管交相碰撞。

康澮什麼也看不見，他也不關心是什麼武器衝擊護欄創造了波動，不在乎飛濺到臉上的是火花還是鐵屑，他所有的腦細胞都沒有在思考，全部心神專注的只有一件事——

他驟然暴起，雙腿衝著武器襲來的方向一夾，腰身一擰將之壓倒，幾乎是同一瞬間，飛手狠狠的刺向那被夾住的，看不見實體之物。

盲視之中，康澮能感到刀刃擦過自己的大腿下側，刀刃插入那人的上臂。他是如此確定，以至於彷彿能看見隱身人部分的顯現在眼前——他的夾著對方手臂的兩條腿，一條踩在其肩膀，另一隻踩在其下肋，他能從刀刃中感受到人體下七肋特有的傾斜度。

「嗚！」

康澹一刀得逞，當卽抽回，一話不說斜劈過去，全憑著觸覺提供的方位資訊，狠狠的衝著敵人頭顱應當所在的地方，毫不留情的兇狠的追補第二刀。

對方完全沒料到會遭反制，驚駭中失了分寸，並立卽意識到狀況兇險，慌亂中忙撒手丟下兇器，用盡全力將手外抽。終究是礙於看不見，康澹夾住對方手臂的大腿沒法隨機應變的調整力度和方向，不能保持有效鉗制，被其脫走。再加上能活動的範圍太小，他第二刀劈下去，直至動作到頭手腕在繩子的拉扯下力竭，能感受到的力量回饋也只有空氣而已。

砍空了。

康澹心裡一慌，明明第三刀的攻勢也準備好了，第二刀沒中，一下子沒法確定敵人在哪裡，面前的傢伙霎時變回了隱形人，第三刀該向哪個方向攻擊登時無法確定，只是短促一剎的舉棋不定，下一刻，康澹瞬時感到一隻拳頭打在臉頰上。

除了疼痛，康澹在和對方掌骨的短暫接觸中，還聞到了菸的味道，掌指的皮膚上，散發著很新鮮的尼古丁氣味。

歪飛出去的頭還沒正，康澹手裡刀刃已然向上一挑，反向削過去，狠狠的回擊。

那人或許也沒想到康澹這麼快就能反擊，刀刃削砍過去的同時，那人正一腳踢過來，正中康澹側腹。刀刃應當捅到了什麼地方，但這次康澮沒有感受到大面積人體組織，無法分辨出刀子捌中了何處，因爲手被捆縛，上挑動作基本只完成了一半，與對方肉體的接觸極爲短暫，切口極小，幾乎是在那人身上一點卽離，康澮只勉強感覺到了對方的體溫，才得以確定這一刀沒有錯過。

「啊啊！」

雖沒紮深，但刀刃擊中的瞬間，那人還是立刻發出一聲驚恐的嚎叫，隨卽連連後退，急促的大聲喘息著，喘息中流露著十足的驚恐，銳氣盡失。

「喊！」

他接連後退發出的是肉腳掌踏在大理石地板的聲音——怪不得剛才沒有聽到聲音，這傢伙爲了消除聲響脫掉了鞋。

明明看不到對方，但康澮能感到他在不甘且難以置信的盯著自己看，喘息聲不停又慌忙遠離了幾步，最後越走越快，接著突然出現一串東西被碰掉於地的彈跳聲，緊跟著是人抬腿小跑到的腳步聲，那人跑到東邊，火急火燎的穿上鞋，登登登的從南邊原道繞遠路奔回樓梯，丟盔棄甲的逃掉了。

康澮瞪大著眼睛看著空無一物的黑暗，眼罩下面，滿是汗水。

40.

「規則很簡單。」

莫依然上翻一下眼仁，審視競技對手似的，目光掃過一圈，興奮的雙手交握，將掌心中的骰子搖的嘩嘩作響。

「一次擲三隻骰子，得點，若兩骰一致，餘者獨異，則殊異者算數。三個骰子，各有其數，皆不相同，便算無點可用。」浮現出滿面得心應手的笑容，莫依然雙眼發紅但口齒伶俐道「當然有特殊的點數組合，123直接落敗，輸兩倍，456爲必勝，贏兩倍，所有點數全部相同比如666，爲贏三倍，最大是111，五倍。還有三個最與衆不同、特殊中特殊的點數組合，爲634、135和246，跟前面的大同小異，嘛，不太常見，一口氣說太多你們也記不住，要是出現了，到時候我再單獨給你們解釋。

莊家不用下注，剛才提到的所有倍數照閑家押注量算。比如坐莊的一色嵐三個1，某閑家下注是10，他就要自扣30。每人有三次重投的機會，扔出界也算無點，得出的僅爲無點，不是以上特殊情況時，可以重投，直到出現滿意點數或是用光三次。如果投擲出特殊點數或者出界，就不可再投了，只能認。」

最後在所有人臉上看上一眼，莫依然躍躍欲試的問：「怎麼樣，都聽明白了吧？」

鞠晉宇不耐煩的看著正對面的莫依然，王睿崎眼珠渾濁的前傾著，靠肘撐著肩，坐在鞠晉宇旁，梁繼軍緊閉的嘴巴，脊背全貼在靠背上，抱著雙臂，低士馬雙手插兜站在桌子東南角，祁鳳半邊屁股坐在遠處講臺旁邊的椅子扶手上，使勁的瞇著雙眼。卻見陳珂露出一臉冷笑，拿起酒瓶，咕咚一聲咽下最後一口酒，順手就把空瓶扔到了地上，大理石地面和玻璃瓶碰撞發出的響聲，響亮的不行。陳珂不屑的用手一抹鼻子：「簡單，快開始吧。」

「好！我就來做第一回莊！都下注吧，下注！」

「沒籌碼沒現金的，怎麼下注？」梁繼軍孱弱無力的轉動頸椎，問。

「欸！好說，等著！」莫依然立刻起身，去廚房抓起一卷廚房紙，將冰箱門上磁吸筆筒裡面放的五六隻記號筆，也暴風似的一併全給席捲走了。

回到賭桌前，忒楞楞騰的抽動捲筒，給每人撕了三四張16開大的廚房用紙，接著記號筆丟過去，飛落在各人面前。

「行了！就用這個做記號——這樣，咱們一人算一千基礎分，旁邊寫上每次下注的點數，贏了輸了就在上頭加減，上不封頂，下不設限，等完事一看所有人高出、低於一千多少，就知道該怎麼算帳啦。」

「……」哭笑不得面無表情的看了眼前的紙筆片刻，鞠晉宇吊著嗓子，陰陽怪氣問「那你這一千點多少錢吶？」

陳珂立刻哼了一聲：「甭管算多少，也得都活著出得去才有用。」

「哎！晦氣！話不能隨便亂說啊！」莫依然誇張的指著他，臊眉耷眼的道。

「一萬吧，一點抵十元，好算。」王睿崎用懶得起哄的，沒有起伏的音調，言簡意賅的說道。

「行，我看行，大家的意見呢？」

沒人說話，梁繼軍先點點了頭，說行，鞠晉宇瞥了梁繼軍一眼，也不耐煩的說就這樣吧，拿起筆在紙上寫下了第一回下注的點數，50。

這些記號筆什麼顏色的都有，每人手中的也皆不相同。第一輪下注完，桌面忽然之間變得上花花哨哨的。

「兩位老弟，你不坐下？一起來玩啊？」莫依然大幅的眨了眨眼，朝站立一旁的低士馬和李本財問。

「你們玩吧，人太多了，桌子也不夠大，我更喜歡觀察，我看你們玩。」

「我、我也不了……」

莫依然頻頻點頭著說OK，完全沒問題，又把腦袋轉向站在更遠處的祁鳳「那祁講師，您也……？」

「我沒興趣。」

「好好……」莫依然毫不在乎的答應，把手裡多餘的骰子扔回口袋，留下三隻，又把面前的廚房用紙捋平，準備妥當，興奮立刻閃灼在他的雙眼中。莫依然說了句那開始了啊，一拍自己的手腕，手心朝上呈器皿狀，讓骰子在掌心轉了兩圈，衝著碗裡一撒手，三隻骰子叮叮噹當的落到碗底，轉瞬間停止翻滾，展露出點數。

「四五六！」

莫依然騰地挺直了腰板，盡情的歡呼道：「看到了嗎！看到了沒有！瞧瞧咱這手氣！」

「別嚷嚷，嚷嚷什麼。」鞠晉宇沒好氣的哼了一聲「那怎麼這回合我們就不用扔了？一開始就完事了？」

「欸嘿嘿，多擔待，可以換人坐莊了。」

白了莫依然一眼，鞠晉宇在自己的紙上劃掉一千，寫下了九百，其他人亦皆在紙上畫畫寫寫。

莫依然坐正東，順時針依次坐著王睿崎、鞠晉宇、陳珂，最後就是坐在莫依然右手邊的梁繼軍。

第一輪莊家莫依然亢奮的抻長脖子去看每個人都寫了多少數，把總和的兩倍添在自己的紙面上，隨後隆重的推介下家王睿崎坐莊。王睿崎瞇著眼，接過三隻骰子，將其中一只用五指攢在指尖，彷彿在琢磨什麼未知事物，隨後手指一展，讓骰子自然墜落到掌心，哼了一聲：「先下注吧。」

莫依然歡快的道了聲好，寫了30一數。梁繼軍看著莫依然的數字，努了下嘴，洩憤似的唰唰的用力在紙上寫下200，啪的一聲把筆扔在桌上。陳珂瞥了梁一眼，冷靜的寫了個50。王睿崎默默看著其他人各自寫完，拾起骰子，穩重的拋出。

嘩啦啦幾聲，滾了滾，兩個6一個2。

得點爲2。

「……」王睿崎望著那數少頃「就這樣吧，下一家。」

轉到下家，鞠晉宇聚精會神的看著碗裡，一扔，兩4一5，得點便是5。

「哎喲，不錯啊老鞠，這輪至少你贏過莊家了。」

不甚高興的懶洋洋的揚揚眉毛，鞠晉宇看起來興致不算高的把骰子交給左手邊的陳珂。

幾乎是接手骰子的第一瞬間，陳珂立刻手腕一甩，把骰子打水漂石子似的扔了出去。

236，沒點。

陳珂動作敏捷，全無遲疑的當即一隻手伸進碗裡，沿著碗邊扒拉骰粒出來，再扔。

125，還是沒點。

他眼皮動了一下，忽然遲疑了一瞬間，伸出一隻手扶著碗底，另一隻手抓起三個小方塊。陳珂在手裡掂了掂骰子，醞釀什麼似的頓了頓，一揚，讓骰子騰空拋出，墜入碗底。

叮叮噹噹像是密集的鼓點，撞擊逐漸停息後，骰子上面的數字慢慢固定下來。

256，依舊是沒點。

鞠晉宇能看到陳珂的肩周一帶一剎那僵硬了一下，他眨了兩下眼，品嘗什麼似的抿了抿舌頭，捏起碗，連碗帶骰子一起拿給了梁繼軍。

「啊哈哈，這種太正常了，別洩氣，下次再來！」

莫依然歡暢的笑著說道，但沒人回應，陳珂只是搖搖頭，用左手拿起記號筆，塗改了自己的籌碼餘點。

梁繼軍沒什麼精神的看看莫，撚起三個骰子，放在手裡。他猶豫了片刻，屈著腕前後擺動蓄勁，攢夠勁兒了一拋，把骰子投擲出去。

兩隻骰子擊中碗壁高位，滑落進了碗中，還有一隻啪嗒一下打在碗邊上，彈飛遠處落在了桌面上。

「啊。」

梁繼軍一聲輕呼，緊接著聽莫依然帶著笑意誇張的哎呀一聲，道：「嘖嘖，出界啦老弟！你這下也算是沒點囉！」莫笑了兩聲，侃快的道「哎，沒事，是不是這把剛開始玩不熟悉，慢慢的就能找到感覺了。」

梁繼軍不快的吧唧一下嘴，把骰碗往前一推，說，你來。

「嘿嘿，又該我了啊！好了，看我的！」

莫依然興味盎然的拿到骰子，很用心的兩手交握，在掌心中，每一下都鄭重的搖了幾搖，才拋投出去。

兩個5一個6，毋庸置疑的又一次勝利。

莫依然興高采烈地振臂一呼，叫道：「YES！」

鞠晉宇立刻難受的嘆口氣，抱起了雙臂，故意要和桌子拉開距離似的向後一靠。莫依然全然不受影響，把骰子放回碗了，開心的把自己面前紙面上的數字又一次改大了一百點。梁繼軍則面露苦澀的減少自己的點數。

拿起筆時，他卻看到王睿崎背後，祁鳳悄無聲息的端著弩站起來，邁著快而無聲的步子躍向上樓的樓梯。

梁繼軍目視著祁鳳離開，收回目光一看，同側坐位的其他人也瞧見了祁鳳離去的身影，但沒人吱聲，遲疑頃刻，他亦沒有多說什麼。

莊家續繼輪換，賭局有條不紊的進行。很快，七八輪過去，從莫依然一家贏，變成了互有得失，他起初的輕浮勁兒，消退了不少。莫依然掏出兩根菸，點燃了吸起來。隨著各人對流程熟稔，賭博也變得愈發流暢和順暢，不多時煙霧繚繞，輪到了梁繼軍坐莊。

梁繼軍沒有抬頭的，眉頭緊蹙的盯著自己面前的紙——上頭已經劃掉了太多組數字，每一行都比上面的更小，原本一千的點數，已經只剩下了150點。

他忍不住在心裡揣測，真要支付一萬塊鈔票給這幫傢伙的可能性有多大。

咬了咬上唇，梁繼軍擺正骰盅，自暴自棄的拋出骰子。三粒骰子撞到碗壁，又彈跳回來相互碰撞，六面幾回翻轉，終留一面朝上。

256。

「……」

梁繼軍再次拿起來，面容僵硬的小臂一振，將骰子丟進碗中。

嘩啦啦兩隻先停下來，最後一粒骰子多轉了幾圈，眼看要停在4上，卻靠碗壁太近，立足處有坡度，站不穩，晃了晃，啪嗒一下被重力垃拽落地，停在了2上。而之前兩個骰子的數是1和3。

123，慘敗。

梁繼軍咂了下舌頭，糟糕的心情欲蓋彌彰：「算了，我休息一會兒，你們繼續。」說著心神不寧的站起來，笨手笨腳的碰倒了椅子，咚的一聲響亮的撞在地磚上，差點砸到專心觀戰的李本財的腳。梁繼軍又尷尬笨拙的慌忙從倒下的椅子和桌腿間抽出腿，把椅子扶正。

莫依然不在乎的爽朗的笑了兩聲道：「呵，才幾輪就輸光還真是不走運吶。沒事沒事，下回再試，別氣餒——哎對了，你可以隨便加數的，只要最後能算明白就好，要想繼續玩可別抹不開面子啊。」

梁繼軍用力地連連搖頭說不了，用力擠著乾澀的眼睛，點了一支菸，擠著眼用盡全力的吭吸一大口，坐了片刻，一轉眼見到祁鳳從樓上下來返回到二樓來，而低士馬正蹲在廚房附近不知在搞什麼，東北角那邊，紀豔榮獨自一個人頭下腳上的躺在沙發上，把腦袋懸在沙發座外，無聊透頂的扭來扭去。

賭桌邊，莫依然在和自己確認什麼似的，俐落地點點頭，拿起筆輕快的替梁繼軍劃掉籌碼，寫下負數。莫依然又一次邀請李本財加入，李像是旱鴨子被邀請游泳一樣，極度不自信的撥浪鼓的一通搖頭，說還是不了。莫依然心情全然不受影響的開懷笑著，說你舒服就好。

隨後又是五六輪，不知何時上樓去的低士馬踩著樓梯下來，被莫依然看到了，他嬉皮笑臉的又把話頭轉向回程的低士馬：「哎，那邊兒小哥，你幹什麼去了？不玩無聊了吧，正好走了個人，要不你來？看這麼長時間，是不也明白怎麼回事了？」

低溫和的微微一笑，說：「也罷，我就試試看。」

信步行到原來梁繼軍的位置，替換退場者，低士馬平靜的入局。

「好！又一個輪回開始了！又該我了啊！來來，押注押注！走起走起！」

用不著他催，早熟悉了規則的大家，已經開始寫寫畫畫，低士馬把梁繼軍的紙翻了個面，頂著紙上沿，寫了行一千。一邊，陳珂起身去廚房拿來了一杯水，不緊不慢的從褲兜裡掏出一張手帕擦了擦臉，隨後又從上衣口袋拿出一個只有拇指粗的小藥瓶，打開來，倒出一片小白板，把藥片扔進一個水杯中，然後就這麼盯著冒泡的藥片看。

藥片融化的很慢，半晌，仍舊殘留著大半片在杯底。捅咕了半天，還是沒有動筆下注的意思，一開始只是莫依然看向他，十餘秒過去，除了李本財和祁鳳，一桌子人都在看他。剛才梁繼軍沒看他倒沒注意，如今一瞧，卻發現他面前的水杯杯口被紅色記號筆刮到了，有紅色的劃痕。陳珂忽然想起來什麼似的一眨眼皮，抬起雙眸：「啊，這是痛風藥，降尿酸的，沒事。」

「誰問你那個了，都等你下注呢。」站在低士馬身後的梁繼軍，倒先放話了，瞪著貌似剛神游回來的陳珂道。

「不、你等會兒——」鞠晉宇鏗鏘有力的一抬手，示意梁繼軍息聲：

「我說，小陳，我們這一桌人一下午都沒沾過一滴，你就一個人喝啊，太沒有眼力見了吧。」

他倏地站起來，漫不經心地道：「對、對，哎呀真不好意思。」

陳珂雙眼無神的疾步返回廚房，一手拎著水壺，一手握著摞成塔的玻璃杯，隨即快步坐回賭桌，一聲不吭開始分揀杯子，挨個往裡面倒水。

「別著急嘛，反正咱們也沒有趕著回家的人……嘿嘿，是吧。」莫依然化解尷尬似的笑了笑，說道「哎，老弟，要不你先坐莊把，你剛來，這次讓你，我下回。」

「沒問題」莫依然話剛說完，低士馬連半秒的猶豫也沒有，乾脆到令人意外的就答應了。

莫熱情笑了，呲牙把碗往前一送，有請低士馬投下首骰。

也不含糊，低士馬清爽的一笑，拿起來便扔，骰子基本是黏了一下他的手隨即便落進骰碗，骰了幾乎沒跳，只用一秒半就落定，顯現出了結果。

634。

「哎喲，634啊。是個少見的組合，特殊中的特殊來啦。」大幅度的前後搖晃著腦袋，莫依然娓娓道來的解釋「六三四的意義是，強度視爲6點，結算時必須要把當前下注翻倍。」

眼中帶著些許好奇，鞠晉宇目不轉睛的盯著莫依然，直至聽他解釋完。王睿崎拄著腦袋，像是對什麼看到的東西難以置信一般望著陳珂。而陳珂仿若在流水線上工一樣，慢悠悠的一杯一杯倒水，再一杯一杯依次分給在座每個人。

「不過既然是莊家擲出的六三四，那麼也是直接算勝利——哦，對了，忘記說，莊家有特殊待遇，投出6點直接算贏，投出1點直接算輸，也就是說，不是因爲他投出六三四所以贏，而是6這個最終結果，這次就是每人輸給他兩倍。」

行了，明白了，陳珂左手扶著杯子，右手倒水，歪嘴催他繼續。

低士馬劃掉舊分數，改成800點。新一輪下注開始，鞠晉宇歪著脖子，斜著肩，歪歪扭扭的寫了個和左邊餘額絕對值相等的50。陳珂也放下端著的水壺，左手攥著手帕，右手寫下紅色賭注，隨即放下筆收起手帕，把最後一杯水送給了低士馬，仍留下那杯杯口上有紅色印記的杯子在自己面前。王睿崎展開手肘拄在桌面，上臂擎著，手掌平展指微彎，好像在托著什麼看不見的空氣高腳杯，又仿佛是在拉筋似的一動不動。他看了陳珂一會，從陳珂處抽回視線，用另一隻手握筆，重新在廚房紙上寫下數字100。

莫依然馬不停蹄的推進賭局，一轉眼，數次完整輪回結束，度過了無比沉穩的一小時，低士馬的點數幾乎翻了一番的。再一次的又到了莫依然坐莊，照例所有人開始下注，完了一丟，三個骰子變成兩4一5，得點是5。他手腕一翻手心朝上，做出一個請的姿勢，示意王總繼續。王睿崎看起來不怎麼舒服的抓撓兩下胳膊，將三枚骰子撿起，拋出來個135，拿起來又要再拋，莫依然忙把他打住了。

「這叫奇之聚，是特殊組合，你是閒家第一家，就是3。」

王睿崎瞄了他一眼，根本懶得問什麼是奇之聚，又爲什麼是3，只爽快的一點頭，說了聲好。臂腕一展，還了骰子回碗中。鞠晉宇似乎有些迫不及待的，半邊屁股從椅座上抬起來，騰地伸手把骰碗拿到自己面前，一把抓在手中，鄭重的扔了出去。

一投126，再扔123。

鞠晉宇定住了，陳珂擠眉弄眼的望了他半刻，瞧他不言語，恭敬的伸出手，把骰碗端走，輕聲道「……哎，輪到我了。」

不甘心的看著陳珂拿走骰子的手，鞠晉宇哼了一聲，扭過頭，使勁兒的瞟了一眼空氣。

陳珂一樂，手一扔，126。喲，巧了，站在旁邊的李本財說，你也是這個數呀。陳珂歪了下嘴，又投第二骰。從旁邊就能看出來陳珂用力過猛，一顆骰子在碗內撞的格外激烈，像彈力球一樣高高跳起，並且很不幸的，沒有落回碗中。

出界了。

陳珂憤懣的咕噥了一聲，道：「有時候，就感覺冥冥之中，有東西在和你作對似的……」

低士馬輕鬆一笑，抓起骰子動作輕盈的一擲，骰子落地，咕嚕嚕幾聲落定，兩2一6，最終得點是6。伴隨著梁繼軍輕呼一聲哎呦厲害，各家收拾自己，厘清得失。頃刻之間，新一輪的換莊和下注便都有序的開始並結束了。

「我加碼了啊，一千太少了，不太夠用，負了不少了。」鞠晉宇鬧彆扭似的憋著嘴，在自己波蕩起伏忽長忽短的那串數字旁，添了個嶄新的500。

「欸，您儘管加，可別客氣啊！咱都別摟著，放開了玩！放開了玩啊，哈哈哈！」

到王睿崎坐莊，他掃了一圈，看起來都已然停筆定注了。他細起雙眼，節約力氣似的，動作盡可能小的扔出骰子，145，再扔，235，驀地，王睿崎目光變得迷離，他的小臂以肉眼可見的幅度，唐突的在剎那間一閃而過的痙攣了一下。骰子飛出的弧線失力的彎垂，錯過骰碗，掉落於其外。

「……呃。」王睿崎疲倦的閉了閉眼，呼吸粗重面頰紅漲，他看起來很熱似的扯了扯衣領，手一攤，示意下家繼續。鞠晉宇瞇起眼，用餘光斜睇王睿崎片刻，沒有多言。

鞠晉宇似乎在思考什麼，精神變得專注，但目光卻神遊物外的看著某點空無一物之處。他如此若有所思的拋出了骰子，得點356。再扔，是234。他一眨眼，像是想起來自己還在賭博，注意力重新回到當前的賭局上，他將三隻骰子拿起來在手裡多搖了兩回，多晃了幾秒鐘，才扔出最後一次。

245，三次用盡，無點。

「……」

看著眼前不盡人意的結果，鞠晉宇一點反應也沒有，面部表情冷淡而安靜，眼神平穩不顯露寸許波瀾。

他目光虛焦的看向皓白的骰碗，忽然道：「這年頭，生意不好做啊……幹什麼都不可能光靠一個人達成，都是……仰賴大家共同的努力……」

在旁邊許久沒動靜的梁繼軍，和在場所有人一樣莫名其妙的看了鞠晉宇幾眼之後，默默退了兩步，忽然想起什麼似的用力一眨眼，輕手輕腳的從賭桌附近離開了，悄無聲響的登上了上樓的階梯。

莫依然瞥了梁繼軍一眼，在這模糊的話語中察覺了什麼似的，目光筆直的毫不避諱的正面打量起鞠晉宇的面容，猶若在搜尋什麼線索。

「幹買賣，不單單是錢的問題……有了啟動資金之後，什麼樣的工作誰擔任，誰來荷載怎樣的責任，都至關重要……」

陳珂已經把骰子攏到一塊兒，攥在掌心，但沒有進一步行動，也稍別過頭，半張臉斜對著鞠晉宇，聚精會神的聽著。

「哎，我一個體制內的，當然跟這些不沾邊啦。就是突然想到了——話說的總歸是沒錯，是吧，陳董？」

陳珂立刻一點頭：「對，沒錯。」

「哎嘿嘿……」鞠晉宇動了動肩膀，換了面後腰倚靠椅背「對吧……你看，誰準備場地、誰負責運輸、誰常駐現場運營……都不單是有錢就能解決的——用人的眼光是錢買不來的，資本來來去去，公司起起落落，唯有人才的專長和眼光，永遠不敗。」

低士馬微微瞇起眼，帶著若隱若現又耐人尋味的微笑，不置一詞。王睿崎雙眼和臉面潮紅，呼吸加速。

「啊……說的太對了……」

不知為何，莫依然說話的聲音突然慢下來，吊著弛緩的語速，像是一陣陰風一樣說道：「我就是幹得貨運類的活計……我們那些人，一起合作的，都是各自出力，共惠共贏，就如你所言，要只有我自己，那啥也搞不成。」

「對對對……你是幹運送的啊？」

「啊，可不是嘛，得有……五年啦，食品配送啊，物資轉運啊，從海外到國內，從海邊到城裡，從城裡到偏遠地區，我都幹，我都接，幹得多了。」

「噢噢，那你是老師傅了。那……陳珂……那你……？」

「嗨喲，剛才我就忍不住想說，巧了，可太巧了。」像是在聲明什麼條款似的，陳珂口舌俐落乾脆的說道：「我也有涉足運輸業，我和你是上下游的差別，我負責管倉庫和分流的。」

鞠晉宇好似酒桌上聽到了什麼快人快語般，暢爽大笑：「哈哈哈哈哈！你們都是？好好好——」

騰的一聲，霍地聽到王睿崎的椅子劇烈的晃動一下，他猛然坐直了，緊皺鼻翼，呵斥道：

「你們在瞎扯什麼淡呢！」

聲音喑啞仿若重感冒病人，王睿崎厲聲道。

「你們在說些什麼!?什麼運輸不運輸的！」

遠處走神的祁鳳被突然抬高的嗓門嚇了一跳，瞿然回首，雙目圓瞪。

「說什麼呢?!在瞎扯什麼王八蛋呢!?」

莫依然拿不定主意的看了鞠晉宇一眼，陳珂受到冒犯的擰起五官。

「你們當著我的面在這密謀什麼呢?!?鬼鬼祟祟，旁敲側擊的！」

「……你，冷靜……」莫依然飛快的眨眨眼，迅速的轉動腦筋，回道「這不大家還要在一起長處很久，忽然瞭解一下，拉近拉近關係嘛。」

「啊對，我們這敞開胸懷聊一聊嘛。王總你就是被層見疊出的事故弄得疑心重了，心神焦躁了，別激動啊，我們什麼事兒都沒有，咱們都冷靜——」

「什麼焦躁，我一直很冷靜！——」

王睿崎話沒說完，恍然噤聲，目光一下子被什麼東西拽住了似的，他面紅耳赤的死死的盯著自己的小臂，倒吸一口冷氣，幡然失色，大愕：「我中毒了！」

一看，王睿崎裸露的手臂皮膚上，果真有一塊一塊的大面積紅斑，有些地方還帶有少量的丘疹，如打碎了一地的赤紅的碎玻璃，又好像剛剛被熱水燙過，看著便覺得灼痛。

「這……」

眾人看著王睿崎軀體上突如其來的病變，還沒理清狀況，且見王睿崎眼神兇狠的掠向陳珂，只一秒的停頓，猛地伸出人手抓過去，幾乎在王睿崎有動作的第一瞬間陳珂立刻踹翻了自己的椅子，騰空而起，以迅雷之勢逃至一旁。賭桌在兩人暴力的碰撞下，笨拙沉重的竄跳寸許又當的一聲落地，角度歪曲的橫在五人中間。

「他媽的，又是你！」

單手抓在桌沿，王睿崎一聲嘯，掀紙桌一樣，嗡的一聲把賭桌掀翻。凌空翻轉的龐大玻璃桌刮擦著低士馬的衣領仰倒，帶起的風將他的外套衣擺猛地鼓起，四腳朝天的轟然墜落於陳珂面前。骰碗在地上炸裂，骰子飛散的無影無蹤。

鞠晉宇手忙腳亂的從座椅上彈跳起來，小腿肚連連絆到椅子，椅腿磕的地板琅琅作響。李本財雙眼睜圓了，露出了小動物受到驚嚇的表情，脊背靠在承重柱上。莫依然秉著呼吸，臉色發青的屁股黏在椅子上，用腿蹬地慌忙的連人帶椅一同向後挪蹭。

「我宰了你！」

王睿崎猙獰的大吼，黏糊的口水在嘴角拉出長絲，他瞪著血紅的眼珠，張開臂膀悍然衝陳珂突進。陳珂心裡一陣惡寒，咬肌緊繃，弓起腰就要往東跑。王睿崎早兩步跨過來，四指一彎，勾住陳珂後領，陳珂被什麼碰到的瞬間膽囊一顫，還不及反應，就感重力反轉了似的，腰板猛然上彎，接著一發來自王睿崎的膝撞擊中他的下腹。

陳珂先是險些仰倒，緊著著又猛的彎下腰去，步履不穩的連連後退，後背撞在西南承重柱上才止住慣性。他捂著側腹，一言不發的直直的盯著王睿崎的眼仁，劇烈的喘息起來。

「王總，快住手！」莫依然慌亂的大喊，祁鳳唰的一聲從椅子上站起來，快步朝王睿崎走過來。鞠晉宇如臨大敵的緊皺眉頭，緩步向後倒退。

「住手？他要我死，我怎麼住手!?」

王睿崎兇惡的眼神死死的鎖定在陳珂身上，一步步的向其逼近。

「你難道眞要殺了他?!」

「現在不殺，還等何時!?」

「冷靜啊，這樣解決不了問題，你……你還不一定是中毒呢，咱們都先稍安勿躁，都先坐下！先坐下好吧！有話好好說！」

或許是已經懶得回應了，或許是根本就沒聽進去莫依然最後的請求，王睿崎像是緩緩降下的液壓機砧板，一點點的絕情且不容置疑的削除兩人之間最後的距離。

當那距離到達臨界的一刻，王一把鉗住陳珂的脖頸，陳珂不自主的短促的哼了一聲。

「陳珂，你說點什麼啊，你沒下毒吧？是不是?!」

陳不肯眨眼，不閃躲視線的，只是倔強的瞪圓眼珠直視著王睿崎。

李本財衝到祁鳳旁邊喊道：「你、你們也說些什麼，快勸勸他們！」

祁鳳停在王睿崎身後並不遠，抓緊弩的手指已然發白，頻頻的看向周圍的人。到了距離現場最近的位置時，祁鳳反倒徹底宕機了，完全拿不定主意，說不出話挪不動步。低士馬到現在也沒有站在來，不動聲色，一聲不響的仍坐在略顯空蕩的孤單的椅子上。莫依然神色慌張不知所措。

王睿崎呲出尖牙，慢慢收緊手中的力量，陳珂的脖子開始泛青。

「是時候了斷了……」囈言著，王睿崎露出似乎正下定決心將什麼可怕之事付諸行動的表情，可也是同一剎那，他霎時警醒的察覺到了什麼，陡然向後一扭頭。

卻見眼中蓄滿了殺意與惡意，忘記如何呼吸似的，不自覺抑制著鼻息的鞠晉宇，雙手握著一柄小幅沒入王睿崎肉體的尖頭廚刀，不銹鋼的雕花上掛滿了滾熱的鮮血。

41.

廉月點亮手電筒功能，手機提示早就紅了，剩餘電量19%已經是半小時前的事情了，她避免去細想待機半小時到現在還能剩下多少電量，照亮還能堅持多久，她只知道手機像烤過的鵝卵石一樣燙手。

先用背面燈光掃視了一圈，寶石們安靜的躺在原位，像是揮手打招呼一樣，每當光芒掠過其身體時，寶石們反射以風格迥異的絢彩。

確認過倉庫內沒有其他生命，廉月邁開步子往裡面走去。不必說，她內心是焦急的，但過度昏黑的環境，讓她不敢冒然行動，僅大步走了幾米便慢下來，換成更謹慎的步調，以防看不透的厚密的黑色中，有和黑暗融爲一體，由陰霾掩蓋的無形陷阱。

來到西北角，輕輕去推石牆，牆壁小幅的移動，打開了半釐米左右的小縫隙隨即輒自卡住，那半公分的小口裡面，濃重仿佛凝固的黑幕好似來自異世界，讓她有種踏進去會隕墜至某種萬劫不復之地的錯覺。廉月遲疑片刻，猜測可能是推的角度不好，挪動手臂，換了個著力點，再次推動石牆，像是某個齒輪豁然鬆動了似的，石牆咯楞一聲外旋展開，小口變爲巨顎。

廉月換了只手拿滾燙的手機，往裡面照進去，光柱末端立時被黑暗吞沒。

但凡距離稍遠，光柱便喪失落腳點，讓正前方的所有方位看起來皆是一樣，看不到邊界，分不出哪裡有障礙物。穩妥起見，廉月把手電筒照向腳底，緊盯著腳下的臺階一點點，一步步的朝下方走去。

每一步都是百分之百的小心翼翼。

看不清左右，很難確定哪裡可以把扶，讓廉月感到很難保持平衡，雖然她明知道自己周圍有牆壁，但她的五感卻在告訴她，自己是行走於懸空的石階上。

而且是以無聲尖叫的形式在她的腦子裡嘶鳴。

有一個不會說話且並非自我卻藏在自體腦子中的意識，在撕破喉嚨的不停的尖聲嚎叫。

她一邊下降，一邊鼓起勇氣向旁側探出手。伸直的手臂的指尖，碰到的只有冷澀的空氣，向旁側平移了兩步，勉強碰到了什麼，再稍稍傾斜一下，手指總算摸到了，冰冷的有如寒冰的石壁。左右石壁色深，吸光，讓光亮看起來照不到邊際，石階左右並不是眞的一點防護也沒有。

她嫩感到腦子多少安靜下來了，無意識自我長長的舒了口氣——還好……並不是眞的走在懸空的階梯上面……

廉月龜速的下行著，一步又一步，時間似乎隨著的她緩慢的動作而被拉長了。她模糊的感到自己大概走了二三十級臺階，但總感覺在這裡待了十幾分鐘。

燈光光柱突然被攔腰截斷，短暫的錯愕後，廉月意識到是燈光打在了某種物體上——是一扇鐵門，因爲和牆壁同樣太過漆黑，那門就好像突然冒出來，於黑暗中閃現的一樣。

回頭看了一眼，走下最後一級臺階，站在門前，緩緩的深吸一口氣，一推門，門像焊死了一樣巍然不動。

感覺像是在一幢樓腳下推樓的牆面。

廉月不自覺的仰頭看了眼門的上框——沒有任何意義的行爲，下意識的動作。她也不知道她是在門的上側尋找什麼，不知道就算看到了某物後又能怎樣。

站了兩秒鐘，廉月又憑著記憶在門旁邊的牆壁上尋找，如初逢般，忽地在身側的光影混沌中發現了一個控制板，隨著她按下開關，㗭嚓一聲，門後不知何處閃起綠色的燈光，與之一同，門開了。

將房門完全推開，望了眼門那邊凶吉莫測的混黑洞穴，廉月深呼吸一口，步入了墓室。

內裡一如既往所見，牆壁沒有裝潢，地面沒有打磨，到處是裸露的岩塊，只有那石棺凝重的壓在墓室的南角，石棺邊線上薄荷綠燈帶是室內唯一的光源。廉月關掉手電筒，在這綠中有藍，藍而顯綠的微弱光線中，慢慢挨近棺墓，她從上衣口袋掏出一把鑰匙，在手裡掂量一下，不僅是觸覺上，內心中也感受到了沉甸甸的重量。

她在棺材左前方蹲下身，睜大眼睛仔細搜查，果然，就在石質棺槨的側面半人高的位置，找到了，那是一隻和一般鎖孔不一樣，有棱有角，凸顯方正的鎖孔，和廉月拿到的幾把鑰匙一致，一瞧便能看出互爲母子。

廉月開始感到呼吸放緩，心跳也變慢。

這一連串謎題最終會展現什麼？安排謎題、解開寶石庫門鎖、封鎖通訊，這些行動是否出自同一個人之手？此人又究竟想要傳達什麼呢？

全都馬上就要揭曉了，迷宮的終點就在眼前……

廉月，攥緊手中的鑰匙，插了進去。

嘎吱。

哪想，手上傳來僵硬的回饋感，和尖銳的金屬摩擦感，那是鑰匙沒有和鎖孔咬合的證明，鑰匙雖然能插進去，但齒與齒並沒有對上，完全扭不動。

「咦？」

廉月不想把鎖孔或者鑰匙磨壞了，謹慎的抽出來。貼在眼前瞧了瞧，發現鑰匙和鎖孔確實並非百分百契合。

她皺了皺眉，一下子沒了主意。困惑中直起身，她站在冰冷而死氣沉沉的洞穴中，不自覺的環顧墓室，條件反射的左右看過去，居然還真發現了什麼。

就在墓碑正背後，一隻小盒子放在棺槨和墓碑之間，僅有的兩三公分寬的彎曲空隙中，從正面和側面看，會完全被墓碑擋住。

她俯身將盒子拾起來，在盒子上看到了再熟悉不過的東西。

——又一個四位字母的密碼鎖。

盒子與之前兩個相比，額外老舊，邊角磨損嚴重，棕色漆已經被時間刮磨乾淨，裸露出白色的木料，如今已經被塵土染成了鼠灰色。盒子下面，壓著一張紙條，在盒子離地的瞬間才遲遲顯露在廉月眼前。用兩指拈住，放在眼前也覺得太黑了，瞧不清楚。

退了兩步，向石棺靠近，借著詭異的藍綠色微光，紙條上的字跡變得清晰起來——

「終焉已至，Opal消逝於柵欄之後。」

「——」

是某種激憤，亦或是振奮？廉月突然間感到呼吸不暢，激烈混雜的感情堵在胸膛，塞住了氣管。有悲傷有困苦有憤怒，又有銳意和不屈，共同組成了這複雜的激情。這份情感像附著在血管上的鉛粉一樣，讓廉月感到似乎每一次心跳都要推開千斤的重量。

廉月的脖子在僵硬的發抖，整個中樞神經的所有末梢也像是發生了高速連環碰撞一樣激烈的顫抖。

「終焉!?這所謂的終焉等了我多久?!爲了這荒唐獵奇鬧劇的結束，我們吃了多少苦頭！也是時候了！」廉月像是在啐誰似的，臉上帶著不亞於男性的剛毅，呸了一聲，狠狠道。

語畢，她輕輕深吸口氣，按捺住激烈的情緒，重整精神，抬手捋順鬢角，無所畏懼的輕聲言語道：「來吧，該了結了，不管是何樣的終結。」

她手腕一轉，看見紙的後面寫著兩句話：

一句字跡工整：「消逝，於古典加密由簡向繁騰躍的濫觴中。」

另一句潦草許多：「消逝，在型爲W名爲SKZO的柵欄的之後。」

廉月手臂肌肉一鬆，垂下去，手劃過髖骨，順勢臂彎一勾把紙條揣進了褲兜。她沿著石棺踱起步，手指在螢綠光芒的輝耀下，於棺槨上掠過。

——謎題導語本身結構仍和之前一樣——

廉月能感到神經被啟動，名爲思考之物在頭腦中生成並激烈運作。

和之前謎題的非常相似，前兩次解密利用到了全句，前後兩部分都暗示了不同的事物。那麼這一次呢……？這一次關鍵的要素在句首還是句尾？說到一致性……似乎每次……

——都有歐泊出現。

Opal。

其作爲所有謎題之核心的地位，從未被拋棄過，並不厭其煩的一次次強調。

廉月想著用餘光看向墓碑上的文字，歐泊就躺在這裡——至少曾經是她的某些粉末，還在靜靜的，無需再經歷任何痛苦的，安歇於此。

她不會平白無故的屢次出現，Opal是一切的關鍵，但她和第三個謎語是以什麼樣的形式互相關聯呢？還能繼續從歐泊那找到解謎的法門麼？第一次的謎底本身即是Opal，第二次則是Fade以及Sole，即Opal的變體，都與Opal四個字母有關。前兩次謎語的三個答案，可否對這一次的解密形成參考？不同謎底的選取上，是否存在某個內隱的原則？

廉月走到石棺的正後方，她昂起首，沒有表情的俯瞰整個棺槨，俯視著那矮小的石碑。

三道謎語一定存在某種連通，將歐泊這一一致性串聯之物，但是什麼呢？

廉月眼神一厲——

當然是死亡——

歐泊，和她不幸的夭殤。

歐泊先是等待、踏入、最後消逝，雖然出題者故意搞得神祕兮兮，語意晦澀不明，但怎麼看都是在暗示歐泊死亡的歷程，是對她從不知到擁抱到確實死亡這一過程的拆解。

那麼第三道謎語也是死亡相關的詞語麼？

「嗯……不知道……」

攪動腦汁，呼吸不自主的變得緩慢起來。直接這麼空想，無端猜測根本沒法縮小答案範圍。廉月皺皺眉，還是得從題幹入手……歐泊……消逝於柵欄之後……

只要是謎語，核心要素如何發揮作用，都取決於與之緊密相連的關鍵字，和重要詞綴的性質，本次謎題中的關鍵字則是……柵欄和消逝。

其中最吸引廉月注意的，當然是柵欄一詞——柵欄究竟是什麼意思呢？爲何是柵欄？

廉月立刻想到了第二次的謎題中有棋盤二字，棋盤的出現其實非常突兀，而它也確實是被硬塞進去的，棋盤看似指的是具體事物，實則是一種古典加密，即波利比烏斯密碼。波氏棋盤密碼的規則，是破解第二次謎題的鑰匙。

這一次的柵欄，可以猜想的到，和棋盤是同樣的性質。上次對字母進行了「棋盤的操作」這次則要進行「柵欄的操作」。

「難道說……柵欄也是古典密碼的一種？」

有一種加密法名字就是叫柵欄密碼？不會吧？

啊呀，廉月在心中叫苦，她根本沒聽說過什麼柵欄密碼。

柵欄……也許和上次解謎一樣，涉及到字母的重新組合，就像opal的名字放入到棋盤格之內？那麼這次怎麼排列呢？廉月在心中想像出一條條豎直木與橫木交錯編織成的圍欄。一個個橫著排成一排嗎，就像木板連成一串……？

呸，那不就是序列密碼麼，還叫什麼柵欄。不對，不可能是這麼單純。這詞如果也是排列，那至少不該遜於棋盤密碼，起碼也要是同等級別的二維的。

廉月右手摸上自己的左鎖骨，指尖在左頸上摩挲。

二維的排列的話……橫豎交錯？那這回不就變成第二次謎語的模樣了？跟棋盤密碼的模式非常相似，只是變成了左啟由左至右，變爲左啟由上到下的排列順序……然後呢？加下來把名稱skzo塡入麼？就像上次塡入opal一樣？

根本不行，如果仍是5x5的布局，塡充進去的第一列都塞不滿，得不到任何新的東西，如果減少橫向欄位的話……

S	K
Z	O

廉月繞著棺槨踱步，走到棺後方，無意折返，蜻蜓點水般的從岩壁和石棺之間的空隙穿過，試著用手指在棺槨上比劃起來。

也就是設單列的極限長度只有二，得到的會是——

「……」

看著只存在於腦中的圖像，廉月總感覺自己好像正在領悟什麼，但又好像什麼名堂也沒看出來。如此排列完之後呢？又有什麼意義？廉月對著令人沮喪失望的結果歪了歪嘴，謎底絕不可能是如此沒有意義四個字，只是對這四個字母排列組合不可能得到最終答案。

「W……Skzo……」

……提示中確實提到了W型，難道是說字母的排列組合不是直上直下，而是傾斜的？就如同W這個字母？可怎麼折騰得到不只有亂序的字母麼？

「嘖——」

廉月咂咂舌，從鼻腔不耐煩哼了一聲，開始感到焦躁，因爲內熱增加而開始感到眼球發癢。

——肯定是差了什麼，差了什麼呢——？

端賴猜測來解題實在不是什麼好辦法，但廉月又沒處去問W型柵欄密碼到底是怎麼一回事，有沒有名稱上的說道，頹然發覺身陷兩難。

再回想一下謎題吧，沒有破解的地方太多了，除了柵欄之名與型的含義，還有另外一句話未解明隱藏含義。

——古典加密的簡繁交匯，提示如是說。

廉月來到小桌旁，氣餒的半隻屁股坐在桌沿上，試圖換個角度來思忖問題。

古典加密……交匯……激發……

消逝和古典加密有關係？那怎麼還要先交匯？都什麼意思？這都是些什麼亂七八糟的？這句提示比前一句更加語焉不詳，激不起思想的浪花。

廉月煩躁的用舌頭尖舔舐牙齒，一籌莫展。

地下空洞中一點風也沒有，空氣就像是死掉了似的，黏稠而呆滯凝結，在身邊不肯流動。只是坐了少刻，冷意像毛蟲一樣爬上腳趾，沿著腳踝漫上跟腱和脛骨。滴答一聲，不知何處水滴墜落，打在光滑的地面，洇透石縫中的苔蘚。

石棺打磨規整的棺蓋上，原本恒定的螢光，忽然看起來存在某種節奏。那即藍且綠的光芒驟然開始有韻律的躍動，一跳一落，一升一降，猶如振盪的電波。廉月呆望著那螢光，明明沒有靠近，卻感到那光條離自己越來越近，占據視界的大小不斷增加，好像自我正在被吸入其中。

忽地倒吸一口冷氣，廉月恍然回過神。她有那麼一瞬間忽然不明白自己爲何身處此地，忽然想不起上一瞬間的自己想要幹什麼，失去時間的連續感，似乎自己突然跳過了一段時間。突然有那麼一眨眼的功夫以爲自己在做夢，明知道自己在夢中，卻控制不了夢境的變化。

「嘶——」

廉月用鼻孔用力的吸了口氣，鼻腔裡充滿黴菌的味道，冰冷的空氣刺的腦仁發痛。

她站起來，揉搓了一下開始發涼的指尖，摸到一手的冷汗，涼如冰水。她根本完全沒注意到自己出汗，搓完反倒冰的自己鎮靜了一些，她站起來，鼓起幹勁再次直面那沒有形體，卻龐大若尨然巨石，阻擋在自己面前的謎題。

——謎題提到了很多關鍵字，看起來都是抽象描述，但一定存在和謎題的具體操作有關的詞語，不然誰也無從下手。

廉月的腦子清醒了一點，逼迫自己再度思考。

操作……有哪個關鍵字是最與謎題的操作上最相關的要素呢？第一個想到的還是消逝，同時存在於謎題題幹和提示中的消逝。

消逝指的很可能不僅是Opal個體存在的消亡，該句子應當有兩階深層結構，一級是俗語層面的，一級是謎題層面的，不然只寫在描述性作用的題幹裡就夠了，沒必要再次於提示中重申，所以解謎過程一定也要發生某種「消逝」……

換言之，還是剛才的思路，消逝的第二層級意義，指的不是有機體死亡的客觀事實……而應該是某種非抽象的，能夠具體實施的操作……會是什麼樣的操作呢？……

縱觀之前的三次的謎題，全都都是在玩字母代換遊戲，都屬於古典加密。如果這個所謂的未知的具體操作「消逝」，是和之前的謎題一樣，也是執行在Opal這四個字母上，那麼「消逝」在俗語層面和邏輯層面不就完成了自洽嗎，能完美形成閉環，自我銜接。

就像生命體的死亡，是生物現有結構的分解，轉換成非原型的狀態，化爲自然中的碎片。

——解體與轉換，卽爲死亡。

「！」

廉月心中一亮，猛地想到，古典加密包括但不限於凱撒密碼、波利比烏斯密碼，維熱納爾密碼、希爾密碼、共濟會密碼，其中最簡單的凱撒加密、是歷史能追溯的最早的代換密碼，從這個角度來看，稱呼它爲古典密碼的起源不足爲過。但凱撒密碼過於簡單，因爲語言的特性，可以唯密文破解。如果說吸取了凱撒密碼的經驗，完成了由簡單向複雜的躍升——

維熱納爾密碼，不可能有別的。

廉月振奮的衝到棺槨一旁——怎的會早沒想到——

凱撒式變換密碼，是運用字母之間的偏移量相加減以獲得密文。以偏移原理爲基礎，改進產生的維熱納爾加密法則要高級許多。它本質上也是通過字母間代換得到第三者，但屬於多表密碼，明文轉換的規則多種共用的，多套代換規則混雜一起，具體方式以選取的金鑰來確定。維熱納爾加密法經常以方陣表示，是多表加密的開端，首創了多表映射法，它也是包括著名Enigma機在內的，等等近代加密法的起源。

廉月開始感到腦細胞最高負荷的運作起來。

那麼我現在需要的密文和金鑰不都有了嗎——

就是Opal和Skzo。

廉月立刻嘗試對Opal進行維熱納爾變換。

Opal序號分別爲15、16、1、12，Skzo則各個字母爲19、11、26、15

分別相加則是——HAAA

不對……這個字母不對勁……

「唔嗯……」

又搞錯了嗎？搞錯了多少？是從哪個環節開始出現偏差的？？

啊，廉月突然意識到遺忘了什麼——對了，W型柵欄的問題，還沒有解明。

如果維熱納爾變換這個方向沒有猜錯…那柵欄多半也是和棋盤密碼類似，是排列組合式加密的一個變體，之所以沒得到正確的答案，是因爲用於改變偏移量的字母順序是錯的。

「啊！」

廉月一聲輕呼，忽然開竅似的明白了什麼——

既然棋盤密碼是左至右排列，難道W型密碼……就是根據W的順序排列字母，以排列後的順序呈現，來達到加密效果的密碼？

一想到這，廉月趕快行動起來，再次用柵欄擺弄源自亡去宋琳短暫生命的SKZO。

立刻得到新的結果——

恩？這是？……

S		Z	
	K		O

雖然重排了單詞skzo但要怎麼用呢？橫著讀取麼？如果從左向右讀……只是中間字母置換顛倒了位置而已，Skzo這個詞甚至塡不滿W，看起來像是個傾斜的N。唔……小變化有大不同……總之試試看吧。

然而再次相加，獲得的是HPLA。

廉月痛苦的張開五指罩住臉——這他媽的都是些什麼鬼東西。

「不可能……不可能是這四個字母，除非製造謎題的人是傻子。」

嘆口氣，廉月心想自己都開始煩躁到自言自語了。

「到底還要怎麼樣……」

還有什麼地方沒處理或是未剖析明白？

——不知道啊。

能夠與之確認的只有自己，可自己就是因爲不知道才需要確認。

荒謬的悖論，封閉的死環，眞是進退維谷。

還有哪裡……更多的提示……

廉月兀自沉吟著，脫力的用雙肘拄在棺槨邊線，頭垂的老低，發梢掃在石棺上，痛苦不堪——謎題並不難，遇阻的最大原因是缺乏必要的資訊，而這是最讓人意氣難平的。如果至少能確信什麼是柵欄密碼也好，就能減少許多不必要的拿捏不定。

「嗚……」

所有的提示和謎題都分析過了，還有任何其他能幫上忙的情報麼…？要到哪裡找去，能用的都用過了——

不。

有——還眞有——

腦海深處一個微弱而又遙遠的聲音向廉月說道。

像是突然被他人喚醒似的，廉月倏地抬起頭，迷茫的望著洞黑的塋窟，似乎哪裡有誰在和她說話似的。

有啊——在謎語的總啟中。

猛地瞪大雙眼，廉月趕緊拿出信紙，展開卻霍然發現綠背景的紙在羸弱的棺燈旁半個字也看不清楚，又匆忙掏出手機，手機螢幕上電池圖示紅的嚇人，只剩1%的電量了。

用最快的速度滑螢幕解鎖，照亮紙頁，重新喚醒腦中記憶的文字——

追隨Opal.E.Sanches的步伐，

其乃彰顯真實的關鍵，

她會在21年11月14日15時，

為迷茫之子指引方向，

向著深淵前行，

勇敢墮入其中，

浮沉交替變幻，

真相終將揭曉。

目光才剛聚焦，讀了只有三秒鐘，手機便艱難的咽下了最後一口氣，無聲的將螢幕熄滅了。

——這便足夠了。

廉月直立於墓碑之前，目光炯炯。

沒有錯，這個總啟，本來就和每一次解謎都有關聯，只是自己從未發現。除了座標以外，深淵指的是《失樂園》中路西法跌落的終局，墮入是在告訴用Opal的名字放進棋盤格中代換字母表，分別對應暗示了第一二次解謎的方向，倒數第二句所言的浮沉交替變幻，指的絕對是第三部分解謎。

浮沉……變幻……

像是腦中有什麼透明的牆壁被衝破了一樣，廉月豁然有了新的思路——凱撒密碼和維熱納爾變換的默認都是增加偏移量，但那不過是默認，誰說偏移非要是正向——

浮沉指的若是升降，也就是加減。沉浮交替，可能指的是加與減交替變換執行——

催動大腦，廉月馬不停蹄的開始新的嘗試。

Opal與柵欄變換後的SZKO交互。

O加S，還是H，P減Z則不一樣了，得到的是P。

——不用再繼續，加減演算法計算兩個廉月就知道已經方向錯了——除了縮寫以外，沒有以Hp開頭的單詞，而這次的謎底也不可能是某種縮寫。單詞不對，沒關係，那一定是柵欄變換出錯了，既然斜N不行，那就擴大行數重新排序，誰說W型必須在兩行內排列？

手指在棺上一劃，廉月立刻感到心中一凜——如此重組後得到的形狀，是她曾經見過之物——

殘缺之V。

S			
	K		O
		Z	

Skzo正好變成了左高右矮的殘缺V的模樣。

重新排列後獲得四位字符Skoz，與OPal再次做運算的話……

O+S=15+19=34=H P-k=16-11=5=E

A-O=1-15=-12=L L+Z=12+26=L

——HELL——

終於——

廉月刹那間感到心跳在加速，喘息不可控的變得沉重起來。

原來如此……W、N、V……汪、寧、威……W型柵欄密碼中隱藏著謎題製作者的眞名……

製作一系列謎題的，就是這個王八蛋——

她突然想到，果然，如果只有兩行，對W型強調的意義便不大了，因爲只是單純一遍遍的由上而下的排列，排列相對單調，棋盤就能勝任。只有至少設定爲三行時，才有區分度，才必定會依次間隔的出現上而下、下而上的排列順序，具備作爲W的特異性。

解謎走向很高概率是對的，Hell或許就是廉月需要的單詞——

她忽然感到手在發抖，一下攥緊手掌，壓制住顫抖的衝動。

廉月定了定神，緊張卻輕盈的轉一下身，來到棺槨另一側，拿出小盒子，屏息在滾輪鎖上轉至這四個字母。

嘎噠的一聲，木盒清脆的彈開了。廉月頹然仰起頭，像貓頭鷹一樣瞪大了眼睛。

——打開了。

——密碼是正確的，她解開了最後一道謎題。

廉月感到胸口電浪湧過似的一股刺痛，沉重的喘息起來，她當即意識到一定是長時間緊張激動的情緒和整日的超負荷工作，讓過激的情緒反噬肉體。她半握右拳用拇指摩挲四指關節，同時深呼吸，努力讓自己平靜下來。情緒若不快些平復，人就要先暈倒了。

手臂顫抖的揭開盒蓋，第三塊鑰匙出現在小木盒中。

她趕忙拿出之前找到的兩部分零件，打眼一瞧，三個幾何體大小接近，放在一起立刻能察覺到三者物理特徵一致，一邊的凹陷與另一頭的凸起齒牙完好對應，榫是榫，卯是卯。只是互相貼近，輕輕一下推壓，三份零件立即嚴絲合縫的互相嵌合成爲一體。

一把與棺槨上鎖孔大小相同，嶄新工整，頎長且棱角分明的金屬鑰匙出現在廉月手中。

廉月將組合好的鑰匙，楔入棺槨鎖孔，一扭，喀嚓一聲後，隨即聽到曳引機運作起來，伴著拉的長長的鉸鏈和導軌的咿軋聲，套槨頂蓋平緩的低吼著向側方位移開，隆隆然露出內棺。

內棺同樣爲石制，相比套棺小了至少兩倍，小巧的只有一米多長，棺材厚度似乎也很薄。棺上有燙金對稱的似花紋絡，一席金絲鑲緄的亞光黑色毯子蓋住半截棺材，垂順在棺腳。外槨內壁也有柔光彩燈，朦朧的映照在內棺上。

四下找了找，這內棺頂蓋緊閉，推不動，也沒有類似於套槨上的鎖孔，沒有辦法打開，看不到裡面的模樣。但套槨之中倒是放了些引人目光的東西，其中一眼便捕捉到，最讓人無法忽視的莫過於——

猩紅油性筆寫在套槨內壁上的兩行大字：

Sole Opal has Faded in Hell. There will be no remain.

不可替代的歐泊孤獨的消逝於人間，一點殘骸／存在過的痕跡也沒有／不會留下。

兩行大字的背景是一個漆得發亮的粗體黑色V字，V依舊是右上斷缺，隆重醒目的借此標注出了留下這兩句話之人的眞正身分。

「……」

廉月視若無睹、全不動搖的從那兩行字上移開目光，那字下面有她這一刻眞正在意的東西——

是一小遝照片，和一件不明圓柱體。

圓柱體中間是鈷藍色金屬骨架，下有握把，其他所有地方都被渾濁乳白色膠質包裹。這奇特之物看不出是作什麼用的，廉月猶豫片刻將其拿在手裡，琢磨半晌仍沒搞明白它是件什麼物品。握把有按鈕，但按下之後毫無反應，膠質緊緊的黏附金屬骨骼上，觸碰後有驚人的回彈與韌性，就好似在觸摸某人的肌膚，具備不是常規膠體材料所能擁有的出色特性。

搞不明白，不好繼續亂捅咕，萬一弄壞多半會後悔莫及。廉月想著謹慎的將之塞入懷中，又拿起那遝照片，逐一瀏覽。

相較之下，照片裡的內容，就貼近生活多了——

第一張，一間牆壁漆成梅紅的裝修精緻的房間中，許多小女孩有序的環圓桌而坐，每人的面前放著一碟擺盤精緻的菜肴，一位正在把菜碟放在最右小女孩面前的，半邊成年女性身子被拍進畫面，沒有拍到面容。牆上掛著可愛的向日葵油畫，桌子斜後方的棗色房門緊閉，門高位有釘，釘上懸有雙面掛牌，照片所鎖定的瞬間，朝外的一面寫著「推門請進」，另一面當然看不到。

再往下，連續七八張都是小女孩的單人正面全身照。有穿湛藍色連衣裙的，有穿粉色小熊休閒裝的，有穿學院風格紋套裝的，皆是盛裝打扮，還化著淡妝，畫了眼線塗了亮彩潤唇膏。小女孩們或者興高采烈、或是睡眼惺忪、或是神情平靜，沒什麼特別或激烈的情緒。

還剩下三張照片，分別為，一張是看起來像小女孩閨房的照片，到處放著毛絨玩具，床鋪宣軟，掛著粉嫩的紗簾，一張是放滿了各式童裝的換衣間照片，一張是背朝鏡頭看不到臉的大廚在灶具前炒菜，身後備菜桌上放著一盤，由檸檬與薄荷葉裝飾的煎秋刀魚的照片。

「……」

普普通通稀鬆平常沒有任何會刺激感官的照片，卻像一股陰風，鑽入廉月的心臟，濃烈的不祥預感在廉月的頭皮下越來越激烈的躥動。

她在這些照片中發現到一件事，但不能確定這些事情意味著什麼……

但也不過是一瞬，她很快意識到另外一個事實——

這些照片……全都沒有窗戶……

從餐廳，到換衣間，到伙房，到個人房間，全都，全都沒有窗戶，一個也沒有。

廉月嘶的一聲深深的吸口氣，有某種不妙的感覺越來越強烈。沒來由的，她忽然迫切的想要返回大宅。一咬牙，廉月將照片攏在一起，放進上衣內兜，拔腿便走，匆忙的朝原路折返，並默默祈禱——希望事情不是她猜想的那樣。

42.

那人應該離開了。

康澮咬緊牙關，面頰皮膚鼓起，命懸一線的激動感尚未消失，激鬥狀態的身體配合憤怒，生理反應過激到身體不能承受，帶來了一股強烈的嘔意。他肩膀劇烈的顫抖兩下，乾嘔兩聲，隨即鼻翼一皺，無聲的攥緊了雙拳——呵，狗雜種，眞心想要我小命。

心頭怒火平靜但激烈燃燒，直竄腦尖，也不管顫慄的雙手和胸膛，康澮立刻拿著飛鏢，試圖去切乳膠繩。

床護欄的杆小，能夠受力的面積小，乳膠繩很難穩妥的依靠在上面，一動就竄。康澮割了兩下，知道不行，立刻一個手前伸，將繩索整個繃緊，令一隻手用後背頂住，夾在欄杆和後背之間，讓繩子扭成一個彎首拐杖形狀，在狹窄的空間裡，緊靠拇指和食指的力量，去切割緊纏在欄杆上的那段。因爲必須兩邊同時用力才能穩住，兩隻手不時的要互相對抗，力道和鋒刃切入點都十分不穩。加之乳膠繩異常耐割，康澮費足力氣切了五分鐘，大汗淋漓，渾身生津，纏在頭上的眼罩到好似移動式桑拿一樣蓋在頭上，康澮感到自己快在自己的汗水中被煮熟了。

但這一會兒無比痛苦的努力並沒有白費，左手上纏著膠帶的乳膠繩一點點被切開，割的就剩一點纖維黏連，康澮立即使出全部力氣將其扽斷，兩手各拖著半截繩子迫不及待的從床上站起來，一下動作太大，扯到腹側傷口，康澹齒籬間溜出咿的一聲，痛的彎下腰去，手罩在傷口上方，想摸又不敢摸。

他一把扯開了衣領，盡可能的露出脖子和胸膛附近的皮膚散熱，在眼罩內閉上雙眼，有意識的去緩和心肺。如死人般又靜了兩三分鐘，他才意識到自己多麼需要這樣歇一歇，這一停，手腳似乎更加使不出力氣，更加動彈不得了。他心神疲憊的感到一股飄渺卻又強烈的矛盾感，他即想趕快解下腦袋上的眼罩，又如饑似渴的想就這麼永遠的歇息下去。

這份無聲無象的自我意識中的拮抗，持續了不多久，緊張顫慄的情緒漸漸消退，胸口的起伏一點點舒緩，緊隨其後，一股冷峻的怒火接踵而至。

——活下去，不管面對什麼阻撓，不管面對誰，一定要活下去給你們看。

康澹把繳械壓在屁股下面的水果刀找出來，略有些緊張的摸索道腦後的膠帶，一手掀起一個小空隙，一手將刀背頂在枕葉上邊，他清楚的知道不會傷到自己，但還是本能的一激靈，心中一顫，一陣寒意克制不住的鑽入頭皮，汗毛也立了起來。

穩住發抖的手腕，刺啦一挑刀刃，頭頂的透明膠帶應聲斷裂。

下一個瞬間，卻突然聽得哢噠一聲，眼前霎時亮起一片白芒，康澹條件反射的睜開眼，但突然的光芒變化讓康澹雙眼看到兩個烙印般的光圈，在乾澀的雙眼中，隨即產生什麼東西在眼球內崩解的痛意。不管轉向什麼位置，都感到瞳仁刺痛無比，康澹趕緊在眼罩下再次閉上雙眼。

燈被打開了，但是誰？這一次又是誰？

「有爲？？你醒著麼？快起來，出事了！！」

康澹喘著粗氣，努力從自己內部傳出的心跳聲、喘息聲和耳鳴聲中，分辨出說話者的身分。

有人騰騰地邁著急匆匆的步子，從右前方過來。康澹一把扯下頭上的眼罩，眼前的光芒唐突間變得更加刺目了，他閉著眼睛緊了緊手心的短刃，小指一屈，配合掌心肌肉蠕動，把刀刃交給中指拇指捏住，捏住後凌空一轉，刀尖搭在手心變成正握，手腕飛速的一下內旋，用手掌包裹住刃上，刀尖向內關穴方位，抵在膠帶前的腕處，頃刻間將這水果刀不著痕跡掩藏於手中。

下一瞬，康澹先是感到一陣風撲面而來，緊接著是眼前的光被人形遮擋——有人停在跟前。剛知覺到對方微弱的生物熱，當即感到一隻大手托在肩胛一帶，把自己從床護欄前扶起來。

「喲，看來你也沒閒著啊。」

來的人看到已經掙脫的康澹和破碎的眼罩、縛繩，調侃道。康瞇著眼，竭力想要看清周圍，故作慌亂的唰的一下伸出左手，胡亂的一把抓住那人的手腕，像抓住了登山繩一樣死死不放。視野清晰時，第一眼瞄向的，卽是對方的左臂膀。

——面前之人左臂，由腕至肩皆是完好的，上衣沒有裂口，臂膀上也沒有血漬。

更關鍵的，是康澹沒有從對方的脈搏中感到哪怕些微過速的心跳，如果是剛才的攻擊者，就算是在裝，再次此等親密的接觸蒙眼捅了他兩刀的人，腎上腺素和去甲腎上腺素多半也會不由自主的分泌出來一些。

在對方看來，康澹這一系列動作像是反射性的，他掙脫了手，試著將康澹扶起來。康澹雙眼適應過來，總算能睜開眼睛，終於能夠模糊的看清光明世界的模樣，他眼神呆滯的發了一瞬間的呆，才轉而看向他的臉。來的人，是莫依然，他手裡拿著一把無比乾淨的小刀。

「你怎麼樣，迷迷糊糊地，我還特意帶了刀子尋思給你解開，看來我太小瞧你了。」

莫依然托著康澮的手肘，進一步把康澮扶直了，隨後站在一個既不親昵也不疏遠的距離，耐心的等待康澮重新適應。少頃，康澮用力擠了擠乾燥的像是被人工脫過水一樣的雙眼，從床上站起來，隨後低頭看向自己，這是自和程雨辰搏命之後，他第一次看到自己的模樣——

脖子上還沾著乾掉的血液凝塊，上面黏附著一層淡黃的乾涸的血清。小臂的傷口用醫用膠布包裹，下肋附近較大的傷口能看到新縫過線，這就解釋了剛才爲什麼會感到癢，右手中指指關節淤血紫紺，鼻唇高腫，胯部和大腿根沾著大片血污，零散的小血點則遍布全身。

——不管怎麼看，自己都眞夠狼狽的，而且看起來總感覺活不了多久了。

「出事了，有爲。」

康澮轉向莫依然，他抹了把臉，狠狠的捏了下雙眼間的鼻樑，忽地發現室外陰晦的嚇人。身處高山之夜，竟然仿佛身置光線無法照射到的深淵，除了玻璃堡壘之內，外頭一點光亮也沒有。

簡直像是燈塔墜落進了深海。

「現在幾點了？怎麼這麼黑。」

莫依然低頭看了眼錶，道：「7點56分，可能是烏雲的關係……星月都被擋住了。」

「8點了？？我從遭遇程雨辰到現在已經過了將近4個小時？」

康澮邊說著，邊假裝找東西，挨個翻找自己身上的口袋，順勢把手中的刀子滑進了褲兜裡。

「唔嗯……」莫依然苦著臉，頓了頓，又道「你睡著的這段時間裡，可發生了不少事情……」

我可沒光睡覺，康澮不平的想，但嘴閉的很嚴。

「快點，咱們得走了，跟我來我需要你，現在咱們可真得團結才行了……」

康澮沒有問爲什麼，他多多少少已經可以料想得到。

莫依然看康澮什麼也沒說，卻彷彿很默契的明白了什麼似的，衝著康澮點點頭，率先走在前面，示意康澮跟他走。康雙唇緊閉的尾隨其後，眼光不肯歇息的到處掃蕩。

床東側，一直被康澮倚靠的護欄上邊，有一塊新鮮的鑿痕。

——那個鑿痕差點就出現在他的顱骨上。

床的東邊和樓層東側都有少許血滴，是攻擊者最初受傷後，傷口尚新鮮時滴落的，血痕稀稀落落的延伸向南處，剛才那名攻擊者繞行的路線上。其他區域沒有留下太多痕跡，南翼圍欄上的掛飾被碰歪了，西側樓梯附近的桌椅偏離了原位，旁邊是一片墜落摔碎的杯子的玻璃渣。全都是些幫不上什麼忙，沒法能幫忙限定襲擊者身分的線索。

跟著莫依然走到那放著茶具的桌子旁，康澮眼睛一斜，瞥見地面碎玻璃上有一塊若隱若現的鞋子形狀。再往前，來到樓梯口，樓梯的第一個臺階上有一個小小的，像是被金剛鑽劃過得，六公分左右長的劃痕。

——呼唔，這個或許有用……

康澮收回目光，不再到處尋覓。

——玻璃碴，很可能還卡在那襲擊者的鞋底。

就好像一臺業已損壞的機器，內部某塊電板或者線路、焊錫接觸不良似的，康澮開始感到難以思考，他的腦子深處彌漫著電子雜音似的滋滋聲。又好像被迫聽著體內深處傳來的某種吵嚷喧鬧的背景音，它們放肆的鑽入大腦皮層，擾的爬蟲腦緊張兮兮。

頂著腦中的這些雜音，康澮注意力渙散的，吃力的跟在莫依然身後，兩人一同下樓。身體虛弱源自才剛的激烈搏鬥，以及激動情緒對內部能源的急劇消耗，仍然，激烈反應和耗竭之間本該存在一定的時間間隔，本次虛弱狀態來的比上一次更快，體能內核果然受損，身體已然透支。這一天的高壓，正在摧毀康澮。

忍耐著耳後側腦區的僵硬感和麻痹感，康澮支著沉重的眼皮，意識到自己沒出大宅，而是停在了二層。

映入雙眸的是一片狼藉，混亂無比的場景——隨處都沾染著血跡，打碎的燈具和翻倒的桌椅混雜為一團，不止一具的新屍體，各自歪歪扭扭的躺在冰冷的大理石地板上——他已經疲憊到產生不出任何情緒了，他理應緊張，可能還應該警覺起來，但他卻感覺不到任何激情，他本應動搖，卻未品嘗到一絲恐懼。

他麻木的望著滿屋的困厄，內心只有平靜的決意

——生存與打破逆境的決意。

莫依然說了什麼，但他一個字也沒聽清，他步履拖遝的踏進惡魔塗鴉之間，耳邊再次傳來的莫依然的話

語，這次，話語忽然像是冒出水面的暗影步入了光芒一樣，具有了形體，能被理解了

「女的基本都跑啦，躲的躲藏的藏，就剩下一老一幼。剩一幫男的到底是打起來了，打的特別凶，一打起來我就趕快去找你了……怎麼一個人也沒有？不能都死了吧，這地上怎麼只有屍體，剩下的人都去哪兒了？」

「很快就會知道了……」康澮沙啞的嗓音聽起來就像銼子磨過編織袋。他再次說道，很快……

邁步踏入混沌，康澮止步於西南隅的承重柱周圍，停在灑落於地的鮮血前。

承重柱正東方向地板上，能看到劇烈摩擦過的痕跡，周遭是集群的滴落狀血跡。康澮餘光斜視一眼，便立刻瞧得出來，這些大小不一的圓形血跡全都未乾，新鮮得如同開封不久的牛奶，剛剛開始有濃稠感。

血跡往南的地面上，另有一片被塗抹凌亂的血跡，順著同一方向看過去，在影院區與康澮同側的最角落的椅子下方，能看見一顆斷牙。牙釉質黃而根黑，主人的衛生習慣顯然不好，至於斷牙的主人——就歪在二樓靠近中央的室內盆景上。

是鞠晉宇。

鞠晉宇死相淒慘，他的全部頸椎被某種瞬間的爆發力槌進了肩膀裡，頭顱深陷以至於下巴鎖骨齊平，眼眶能碰觸到上肩。像是被蓋了鋼印似的，鞠晉宇的頭頂上的一片角錐形凹陷鈍挫傷，幾乎占據了鞠晉宇頭皮的全部面積。鈍挫傷出血少，周圍血腫嚴重，血腫最高處頭皮比正常形態時高了兩指。屍體嘴角混雜著大量的口水和血沫，半閉著眼瞼，眼眶內被瀕死時殘餘的痛苦所充斥。

康澮默默的走向那具蒼老的屍體，莫依然看康澮毫不猶豫的把他拋下，一瞬間的踟躕後，匆匆跟上。

鞠晉宇脊背偏靠在盆栽水泥色的盆器上，壓彎了幾根枝條的末梢，一柄廚刀掉落在屍體鬆弛的右臂旁邊。刀子旁邊的右手掌心很乾淨，而左手手掌上卻塗抹了一層血污，右側膝蓋上也浸染著紅色的血漬。皮鞋很乾淨，但因爲激烈運動過，鞋快掉了，裡面的襪子的腳背上，沾著乾涸了很久，已然變硬的血跡。

從鞠晉宇滿臉因痛苦而繃緊走形的肌肉就看的出來，他當時沒有卽死，脊椎折斷凹陷先是導致了脊髓休克，他喪失了九成的反射能力和四肢操控能力，任憑重力讓他歪栽倒下靠在了盆器上。同時肺臟部分被脊椎銳利的骨頭斷而與碎片刺穿，部分在壓力下萎陷，大面積內出血致使大容積的血液流入肺器官，於是，文字意義上的，他死前被自己的血所淹沒了，而且是以內部淹沒的形式——明明皮膚乾燥，肺泡內卻充滿了液體，阻斷了呼吸。同時大力量的擠壓造成腦幹疝脫，腦幹功能停擺，導致呼吸循環障礙。不管致死的最終肇因是哪個，鞠晉宇肯定是死於窒息。他能想像出，鞠晉宇死前癱在原地不停抽搐著，無法呼吸又無法移動的痛苦樣貌。

康澮能聽到莫依然乾咽了兩下，又嘔了兩聲。

以鞠的屍體爲中心的僅僅十米的半徑內，除了鞠晉宇，還躺著另外兩具屍體。

當前位置的正北，是牛瞪著通紅的雙眼的仰面躺倒的王睿崎的屍體，南邊影院區的投影幕被撕扯墜落，蓋住了半邊側臥姿態的祁鳳的屍體。

——滿屋的殺戮。

王睿崎仰倒在血泊中，身下壓著無數染紅的陶瓷碎片，其手背有新傷，喉嚨上插著一把尖刀，腳跟附近翻倒著一把木椅，椅腿橫樑接合處有血，濃到像是紅色油漆塗滿了這塊L型接合處，看來是王睿崎用椅子砸死了鞠晉宇。

那麼又是誰殺掉了王睿崎呢？這個問題要問王睿崎本人。

康澹大步流星的來到王睿崎屍體旁，熟練的蹲伏下去，近距離檢視屍體傷口，還沒來得及細看，就聽莫依然倉皇道：「天啊，這一地的屍體……小夥子，我說，這下沒得商量了，咱們以後必須得一起行動了啊，要不非得凶多吉少。」

似有似無的嗯了一聲，康澹的注意力的九成九已經分給了地上的死人——

屍首正面有三個較大的傷口，一個在脖子，一個在後背腋下肋間，最後一個在左胸下方，也就是胃袋上。三處都是刺穿傷，脖子上的傷口自然是還插在上頭的銳器——折疊刀造成的。胃部創口和脖子上的形狀和大小都極爲接近，創口長皆爲3釐米，截面都是上圓下尖。截面形態表明傷口是由單側開刃的兇器造成的，而且刀背有相當寬度，正是脖子上折疊刀的規格。可以確定由同一把折疊刀共造成了三個傷口。脅肋處的開放創雖然也是上圓下尖，但上緣弧度非常小，不超過三毫米，應該是某種刀背更窄的銳器造成的。傷口長度也比其他兩個更長，約4.5釐米，對比形狀與大小，大概率來自鞠晉宇身邊的那把廚房刀。

此外，王睿崎額頭上有一指大的破口，左手沒有傷，卻黏了不少血，尤其以腕部居多。胃袋的傷口上還有屍體附近，潑灑了很多渾濁的淺棕色液體，這是……胃酸……

康澹皺皺眉。

看來……是鞠晉宇先從旁側攻擊王睿崎，隨後被他打翻，先打掉了一顆牙，隨後鞠晉宇尚未爬起的時候，被王用扶椅由上而下的狠狠的重擊，錘的頸椎內陷，慘死當場。

這個順序可以確定——飛出的牙齒證明鞠晉宇被攻擊過，相對拿刀的較乾淨的掌心，有血污的手和膝蓋，還有地上塗亂的血跡，共同證明鞠晉宇跪倒在地上掙扎過。那麼兩個事件的發生，在互相的先後順序上，必然緊挨著，因爲牙齒飛出的方向在最終的死亡位置的屍體背面方向，若是牙齒在頭頂被椅子擊打時飛出，那應該朝屍體最後面向的北，而不是南飛出。

乾淨的掌心同樣證明了鞠晉宇被首次打翻的時候，就已經握持著兇器了，他是攥著刀子跪倒的。不用說，後來癱瘓了的鞠晉宇沒有反擊能力，跪倒時候也不太可能刺到王的後背。那麼鞠晉宇能給王創造傷口的機會，大概率便是最初，乘王不備出其不意發起的攻擊——換言之，衝突源自偷襲。

「從屍體上看出什麼了麼？——哎……咱們現在處境可太危險了，現在不比當初了，有什麼事兒，你可得跟我坦白啊！」

康澮回過頭，看到莫依然嘰溜溜亂動的雙眼，想了想，道：「當然。」

他再次看向王睿崎的屍體，王睿崎暴露的手臂上，有某種特別吸引人注意的地方，一大塊發紅病變的皮膚。

「這是……」

——史約綜合症。

一種急性水皰病變，前驅症狀爲發熱與皮膚灼燒感，早期表現爲環形紅斑和丘疹，某些損傷能夠相互融合成囊泡或水皰，人體表皮會出現糜爛，具體表現正如王睿崎手臂上的模樣。史蒂芬詹森綜合症可由藥物引發，比如特定降壓藥配合痛風藥，像是氨氯地平、依那普利與別嘌醇三者的同時使用就有高發病可能。該病徵的特點是急性發病，然而並不致死，症狀會維持幾周，讓人飽受折磨。一般只要醫療及時，幾周之後病患會好的像沒得過任何病。

——但是，王睿崎不知道……

一整天的緊張與高壓和根植心底的猜忌與不信任，加上如此急性的症狀，讓他以爲他中的是劇毒。

——他以爲自己要死了，並在最後的時刻爲自己的性命殊死一搏。

一絲悲涼從康澹心底湧起。

——極端的環境促生了極端的悲劇。

「……」

無奈的深吸一口氣，忽地，康澹發現王表情猙獰的屍體左耳上端，有一小灘血漬，把那片兒頭髮濡濕了。血跡比承重柱附近的還新鮮，仍沒有顯現半點要凝固的跡象。原來王睿崎顱骨左側的額結節上有輕微凹陷，這裡會受到過鈍擊。屍體西北方位，沙發座位上，擱著一件染血的木鎮紙和一個歪倒的瓷碗，那鎮紙厚實到足以當做棍棒，鎮紙染血處厚度與腦挫傷凹陷相近，想必就是腦部挫傷的元兇。王睿崎的右胳膊和兩腳腕上，能看到深深的手掌掐扼狀褶皺，手背有劃破的新傷口。地上的陶瓷碎片，能看出來是破碎的盤子，這裡距離廚房和桌子都有相當距離，說明曾經有人特意取來瓷碟當作武器，手背的傷口太小太淺，應當是盤子的碎片劃傷的。

康澹感到一絲疑惑，托著王睿崎的後肩，將屍體小幅度抬高，立刻察覺到屍體的右側後腰接近髖關節處，還有傷口。此處亦是刃器傷，當時的插刺攻擊的力量似乎不實，銳器沒入少，創口小，創面長僅1.5釐米，寬3毫米。有人從背後下黑手，很可能是在王鞠衝突期間……王睿崎或許是在擊倒鞠婧褘後，遭受了更多攻擊。

等一下……

如果某人拿著折疊刀衝上來，對準王睿崎後腰一刀之後，又繼續攻擊了轉身正面面對的王睿崎，那王頭部的閉合挫傷是哪來的？難道兇手當時一手拿刀，一手拿著鈍器？

不……

右側後腰中刀，說明犯人是右利手，或者右手持刀，而王睿崎是左腦上端前側受傷，那麼攻擊者應當是在面對受害人的情況下，同樣是右手握持鈍器。難道當時王睿崎後背朝上的倒下，並且犯人左持鈍器擊打了王嗎？大概率並不是，王睿崎三肢上的扼痕都證明王睿崎死前被絲絲的按住在打破的碟盤碎片上，但他的兩膝蓋和手心上都沒有破損和傷口，說明他沒有面朝下的支撐動作。

如此看來……那就是說……

犯人不止一人，是多人聯合犯案。

一個人不可能同時右手拿著兩個兇器，更換兇器也沒必要連連更換三件，同時犯案的人越多，越沒有更換兇器的必要，這次光兇器就出現了五個，廚刀、盤碟、折疊刀、鎮紙，以及未留在現場的造成王睿崎後腰傷口的極小口徑銳器。地上沒有看到任何遺落的迷你小刀，窗戶又沒有開，不太可能在戰鬥中拋投丟棄，那多半就是被兇手帶離了現場。

康澮恍然明白了什麼，頭腦一凜，意識到一個可怕的事實——

「……！」

王睿崎首先背部被刺，又被人從不同方向擊打頭部，窮於應付中後腰再次遭刺，最後支持不住倒地時，被複數敵人同時按住，至少包括一個按住他雙踝的，和一個壓制住他右手的。他是在死鬥中阻止某個騎在他身上的靠著體重向下壓折疊刀的人時，左手腕沾染到了自己的脖子噴濺而出的血——

王睿崎是先後被足足四個人共同宰殺的，死時就像一頭被死死壓制住不能逃脫的牲口。

康澮陰黯的眼神遮掩了他眸中大半凌厲的灼光，但見到康澮用如此複雜的目光看向他，莫依然還是不自覺的眨了眨眼，雙眼不安的閃躲。

「怎麼了？有找到什麼有用的東西嗎？——哎，無所謂了，我其實有事要問你……」

半點結巴也沒有，有悖於他不自信的目光，莫依然格外鎮靜，語速流暢的問道。

康澮不動聲色的看向祁鳳的屍體，屍體肩胛提肌處有面積約兩釐米大的橢圓血洞，是弩傷，右下肋有長條狀穿刺傷，是刀傷。不出意外的，弩和箭袋不見了。某人殺死祁鳳後奪走了弩，王睿崎和鞠晉宇身上卻沒有箭傷，說明殺死祁鳳的某人是單獨行動，沒有參與到王睿崎的圍獵中。有可能是祁鳳站在鞠晉宇這一邊，被王睿崎的隊友殺死了嗎？不會，當時王睿崎必定纏住了許多人，拿到弩的如果是王睿崎的同伴，地上至少還會多一具屍體，且死法不同於鞠與王。也就是說，無論怎樣，獨立殺死祁鳳者和最終圍獵王睿崎得手的幾人，沒有發生進一步的衝突，那就是說……

屠戮的推手竟然可能多達五人。

留下參與賭局的一共多少人？算上祁鳳和紀豔榮總共不過九人，現在三人中有兩名被害殞命當場，去掉不可能參與到衝突中的小孩子，那麼——

剩餘存活的幾乎所有男性都是兇手。

康澮默默握緊幾乎使不上半點力氣的拳頭。

全部兇手的人數，在四到五之間，第五個就算沒直接參與屠殺，也非常可能是幫助犯。

結案了嗎？所有的殺人事件，自始至終就是這些人聯手達成的嗎？

——不，並沒有。仍舊不，事實並非如此。

行兇的四、五人，是臨時結盟，之前的眞凶另有人其人……

他神色凝重的伸出手，去拿沙發上的紙鎮，想仔細察看一下。哪想紙鎮上沾染的血半乾，和沙發蓋巾黏連在一起，一動鎮紙，沙發蓋巾霎時間被一同拉高掀起，壓在蓋巾上的，本來就歪斜的瓷碗底部愈發不穩，裡面的寶石霍然衝破蓋在其上的毛巾，咕嚕嚕的滾出器皿，墜下沙發。

其勢如脫兔，猝然間不及反應，康澮沒能攔住寶石，眼睜睜的看著它飛快的滾落在大理石地板上，粉鑽脫韁，翻滾的越來越快，眼看就要滾遠，卻被死去王睿崎的胃液攔住了去路，幾乎是碰觸到的一瞬間，圓石頭立刻滅了動勢，像黏蠅紙上的飛蟲，停在那灘胃液之上。

停下的寶石和胃液的接觸面，在觸碰到的剎那間出現了一層細密的毛絨狀泡沫，僅僅一是彈指一剎，轉瞬即逝。從滋生到徹底破滅的不剩一點痕跡，全程不過零點幾秒。

大腦空白的看著眼前的一切，彷彿時間暫停了兩三秒鐘，接著，猛然間，康澹像是被不可視的重錘擊中了似的，喉嚨劇烈的顫慄。

「！」

康澹突然意識到什麼，讓他觸電般瞬間繃緊了肌肉，他激動的對那寶石悍睛而視，不能遏制的喃喃自語道

「果然如此，我猜的一點沒錯……鎮紙什麼的，已經沒有必要看了……」

「嗯？你說什麼？」莫依然滿臉狐疑，有些無所適從。

緩緩地站起身，背向莫依然，沉重地環顧這布滿死亡的樓層。

——龐大雜物櫃的背後，陽臺被牆體遮蔽處，遠端承重柱的陰影中。

——其他幾人一定埋伏在這些地方。

從剛才解綁開始，莫依然所訴說的，皆是謊言。不可能是在發生衝突之時，莫依然立刻來解綁。不然仍活之人的下落與動向，康澹應該能夠注意到。這些人是好好商量過，才一致決定由莫依然來帶康澹上樓來的，他們仍藏匿在這一層中。

那莫依然來的目的是什麼？這些人的目的是什麼？從上來二樓已經很久了，如果對方只是想設陷伏擊，莫依然也早該動手了，但莫依然也好，藏著的傢伙也好，都始終沒有行動，莫依然也謹慎的保持著和康澹的距

離。

莫依然一咂舌，漸發急躁：「我就明白的問了，你今天來山上……是誰邀請你的？」

原來如此……他們想在最後的全盤清算前探明我的身分……要做集團內部的全面攤牌和最後交涉。

康澹留意著整個樓層的每一點一滴風吹草動，慢慢的轉過身，面對這致命的謊言。

——我沒時間陪你們玩遊戲。

袁一衫、丁永茂、馬賀、李定坤、程雨辰、祁鳳、王睿崎。

多少人被無情的殘殺，多少無辜的人被捲入，現在，兇手終於露出眞面目了——

一次被不斷放大的邪惡，一回無休止震盪的混沌，一場在失控中放肆升級的災厄連鎖。

一切，都該結束了。

43.

康澹雙眸寧靜的一厲，平緩的開口道：「最初的殺人……」

「恩？」莫依然突然愣住了，挑動眉毛。

「是梁繼軍和鞠晉宇，以及或許存在於在暗中的，幫助了他們的第三人，共同聯合完成的。這一次殺死王睿崎的人中也有這幾人，很容易讓人以爲從頭至尾行兇的都是同一夥人，其實並非如此。」

「哈？什麼最初的殺人？你在說什麼呢？」

「當然是袁一衫的死啊，今天一切混沌的起點。」

莫依然難以置信的大張嘴巴：「我們都命懸一線難以自保了，你還有心情回顧那個？倒是我問你的話你怎麼不回答——」

「有什麼關係，既然都是最後了，何不把一切理清了，辨明一切的由來，死也死個明白。」

康澹眼中沒有笑意的淡淡一笑，無視掉莫依然滿臉的詫異，接著道：「袁一衫死前那段時間，是未開始封禁前的自由行動期間，不過離開大宅，前往傭人舍方向的人並不多。去過的人只有鞠晉宇、梁繼軍、死者袁一衫、董慧君、李本財，並且大都有一定程度的不在場證明。」

康澹無力的乾咽一下喉嚨，環繞二樓中心，遲緩的邁動腳步，向東南邊走去。

「既然已經懷疑到我身上，我猜你們已經進行過了一些推演。」

繞到廚房附近，他用餘光瞧見一個人影，爲了避免被移動中的康澮目擊到，那影子悄聲挪動了寸許，轉了個身，把半露的衣角完全隱匿在東南承重柱的背後。

不動聲色的抽回視線，康澮保持著步調，繼續道：「那你們可能已經意識到，要解答這個謎題，首先需要先解明兩大要點，其中的第一個，既是袁一衫的眞實死因。乍一看，第一次事件中被害死者的頭首上布滿了足以奪命的駭人傷口，感覺沒什麼好探究的，其實不然，死者的眞正死因至今都沒有明確。屍體上有很多血，不外乎來自於，脖頸上的肉坑以及被洞穿的雙眼，兩個傷口雖然觀感強烈，然而兩者本質上都是毀屍行爲——

傭人舍裡的血跡太少了，大動脈受傷，噴射的血液是不可能像我們下午看到的那樣，只污染到屍體胸襟一帶的，僅僅是有小範圍流血，而沒有迸濺式的大片血跡。動脈血管破損，大量血液會動力十足的湧出，就算不像灑水機一樣噴濺的半個屋子都是，至少也會淹沒受害者屍首的整個脖子，浸濕他的大半部分上身。

動脈會大量出血，是因爲心臟在劇烈跳動，流血如此之少，則意味著當時心臟已經停跳，血只能依靠重力流出。流血過少這一點在眼傷上也是同樣，眼部傷口邊緣又無比平整，兩側深度相近，這些傷口特徵都告訴我們，銳器進入時速度極慢，並且死者沒有掙扎，也就是說被害人處於屍體狀態。

如此推理會產生出兩個方向，要麼致命傷不在喉頭，犯人使用了不需要噴血就可殺人的作案手法。要麼是死者當時是在某種極特殊的姿勢下被割破了喉嚨，並於死後轉移到現在的現場……」

嘴上解釋著，康澮的眼睛不斷的在室內掃蕩。他看見從王睿崎屍體所在血泊開始，有向二層東南隅的餐廳延伸過去的血滴痕跡，餐廳中，一把無扶手碳素框架十字褶皮椅上，留下了多個線狀的血跡，這把餐椅對面的丁香灰色石餐桌面上，一片圓筒狀的布料製品轉移樣血跡，是黏血的袖子這在裡放下過，某個人把袖子的紋理都印上去了，將餐桌印的血紅。

——殺死王睿崎的人中，有人行兇後在這裡落座過。

莫依然正在用一種很犯愁的表情盯著康澹，康澹好似沒看見，他整理思緒似的，雙眼無神的仰仰頭，我行我素的繼續道：「袁的屍體上攜帶的線索中，直到現在未被解釋的仍有許多。比如死者身上的電焦傷，鼻頭的傷口，以及本不應卻濕透了的頭髮。」像是下印一樣，康澹噹的一聲將藥瓶叩在島臺上，接著說道：「——電擊槍是殺不死人的，也不會讓人暈倒，最多只能讓人癱瘓、抽搐幾十秒，電擊多半起到了爲最終的死亡鋪平道路的作用，但具體究竟怎麼發生作用，難以推斷。鼻頭傷口雖然暗示曾經存在爭鬥，但存在太多可能，都可以造成同樣的結果，推理沒法進一步排除。所以鼻頭傷和電焦傷，與最終死因有多大聯繫，以什麼樣的形式發生聯繫，很不幸，我們都沒法單獨判斷，他們也沒法獨立爲我們提供更多線索。

但是……

濕透的頭髮卻耐人尋味得多，沾濕的頭髮是「本不該存在」的，因爲死者有良好的避雨措施，他死前常待的地方處於屋內，屋內有傘具，他死前也在室內休息了足夠長的時間，不應該是早上活動時留下的痕跡。濕掉的頭髮意味著，被害人死前的時間裡，很可能離開過，去過傭人舍以外的其他地方，或者他的死亡方式本身導致了他的頭髮濕透。

那麼他到底去過哪裡呢？又是何時離開的呢？

這也是解決謎題的第二個關鍵，眞實的第一現場是否如我們所見？我最初見到屍體便有所猜測，但直到剛才，才終於得到證實。」

一邊說著一邊再次走動，在二層東北的地面上，是繁密的玻璃細小渣屑，小小的尖銳觸感從鞋底傳導而來，一昂頭，康澹見到一隻弩箭穩穩當當的插入天花板縫隙，腳下的無數的小亮片是半截白熾燈粉碎形成的，另外半截像被人架住才不倒下的昏迷者一樣，卡在棚頂燈槽中。若是順著弩箭箭尾的方向看過去，會發現箭射擊的方向，和祁鳳的屍體在同一條直線上。

依舊保持著對一切無所察覺的模樣，康澹緩步從破碎的燈下行過。

「你們知道紙張焚燒的殘餘，灰燼的化學成分麼？」

「哈？」莫依然雙眼頻眨「什麼你們，哪跟哪啊，這兒除了你就我一個人……」

「主要有兩部分殘留物」康澹輕輕的深呼吸「焚灰中黑色的是碳單質，灰色的是各類無機鹽和碳酸鉀，也是草木灰的主要成分。接下來要說的，就是大家都知道的高中化學了——碳酸鉀又稱鉀鹼，如其名是鹼性物質，與酸反應，產生二氧化碳。而就在剛才，我看到了寶石和富含鹽酸的胃液中接觸後，發生了這種酸鹼反應，地板上的胃液，冒出了氣體——

對，我想說的，就是瓷碗裡的寶石，是黏附著碳酸鉀的。」

「哈——？」莫依然耐著性子聽了這麼久，開始有點忍不住了。

「我曾在保安舍洗手間發現了非常多的黑色的碳末，那黑色碳末不是因爲別的，就是有人在保安舍洗手間內燒過什麼，焚燒的量大且非常急躁，大且急躁到那傢伙單用馬桶沖走贓物也嫌不夠快，還同時要用洗手間地上的排水孔，結果把排水管也堵死了。

燃燒後殘渣中含有的碳酸鉀溶於水，碗中的寶石，必定是在哪裡碰到過這些碳酸鉀溶液，所以才能和胃酸反應。那麼寶石們是在哪裡接觸到的鉀鹼溶液呢……

當然是在袁一衫的喉嚨裡。」

康濟一根一根的掰彎手指，數道：「死者離開過，死者死前被電擊過，死因大概率是某種不必流血的手法，致死死因同時造成了屍體頭髮濕透、鼻尖受傷，屍體的喉嚨裡灌滿了灰燼水，而保安舍衛生間積攢著兩池子的燒紙水——將這些線索聯繫起來，死因便可明確了，袁一衫是死於溺斃，眞實的第一現場，位於保安舍的衛生間內。」

康濟眼珠快速的左右看了看，繼續道：「一切都說得通了，兇手之所以破壞屍體雙目，其實就是爲了隱瞞溺亡的眞正死因。溺死者在嗆水掙扎時的，過激的反抗動作，會引發高血壓，加上窒息導致的血液流動受阻，眼部血液聚集，毛細血管破裂而內出血，最終表現出眼球紅腫，有時還會伴有鼻腔出血。兇手爲了隱瞞這一類跡象，紮穿了屍體的雙眼。」

康濟步履堅實的走過二樓北側，即刻繞滿一圈回到原位的時候，倏然俯身一蹬地，猛衝向二樓西北區域的雜物櫃。雜物櫃後邊人影驚惶的一顫，抄起刀子就衝康濟劈砍過來，康濟一閃身，對準下巴筆直的一拳打過去。

「！」

莫依然一驚，卻看東南角柱子裡衝出第二個人，帶起一陣疾風，他高舉手上的寒光，鎖定康澹飛奔上去。

櫃後之人明明只是臉挨了一拳，卻哼唧一聲，腰身一僵，脫力的跪下去。那人架勢丟了，氣勢上不甘示弱，乾脆跪著再一刀刺過來，這一刀相比尋常人而言軟綿無力，慢的出奇，康澹輕鬆的一個側步避開，他左手一勾櫃中抽屜，唰的一聲拉出來，用抽屜底盤結實的砸在那人顳骨乳突處。

那人疼的伸手去捂耳根，康澹一把奪過刀子，頂在他的頸動脈，將其右手反扣並往上一提，強迫其腦袋後仰，揚起陳珂那張衰弱的臉。

從柱後出現，眼看要衝到康澹面前的梁繼軍也急忙刹住，他手握著一把尖細如針的信紙刀，定在原地不敢輕舉妄動。忽然之間，整個樓層好似在不約而同之間屏住了呼吸，四個人全都靜止了一樣，一動不動。

「呼……呼……」

憋住呼吸兩秒後，陳珂很吃力的喘息起來，後頸是肉眼可見的大顆虛汗，他單膝跪著，相比頂在肉皮的刀，似乎更在乎跪姿，不住的往左側傾，努力想要減少脊柱右面筋肉的受力。

康澹滿不在乎的緊了緊手上的刀，一縷血紅，黏稠的破膚而出。

「看來王睿崎把你們折騰的也挺慘啊……就像我剛才說的，寶石沒有其他可能沾染到鹼的地方，現在立馬去剖開袁屍體的肺子，裡面保證能看到滿滿當當的黃金色碳酸鉀溶液，我的推測一驗便知——而且梁繼軍你口袋裡，包裹過寶石的手帕上，現在也正附著一堆黑不溜秋的碳粒兒呢。」

「什！——」

「呵，掏出來看看吧，最開始血新鮮且濃的時候，碳顆粒和暗黑色的血液融在一起看不清楚，不易察覺，但現在血液已乾，黑色的細碎顆粒，在你的手帕上會變得非常顯眼——13點20到13點35分之間，作爲唯二去過第一現場保安舍的人，梁繼軍，兇手只可能是你。」

「老子現在就攮死你！」他一吼，憤然轉向莫依然「你還在那乾瞪眼瞅什麼呢，快上啊！我他媽早就想跳出來了，你也不趕緊，還在那聽上他解說上了！」

嚷著，梁繼軍卻沒敢上前，明暗失衡的屋頂下，莫依然的內眥緩緩收縮，瞳孔輕微放大，他的眼珠透露出他對康澮的推理正冉冉發生興致，尤其對梁繼軍這個名字。他忽然冷靜了許多，默默的轉向梁繼軍。

「你……你看什麼呢……」

「……梁繼軍……他是兇手……？」

「是個屁！我就去過保安舍5分鐘，我他媽怎麼殺人！」

「錯了」康澮似笑非笑的一咧嘴「你的辯解應該是：我怎麼會有時間運輸屍體？」

莫依然嗖的一下轉回頭，聚精會神的等待著康澮的下一句，梁繼軍扭頭看向康澮和陳珂，立刻又轉回頭看向莫依然，目光反覆跳躍，焦躁不知所措。

「一旦確認了第一現場，懷疑的重點自然而然便會從董慧君、李本財、鞠晉宇，三人身上轉移，集中到梁繼軍身上，而梁繼軍作爲主要嫌疑人的問題在於作案時間不足——十五分鐘，往返加殺人夠了，往返殺人並從保安舍搬運屍體至傭人舍，不太現實。」

陳珂突然掙扎，動作不大，看起來像是一隻弓著腰的大毛蟲在動，康澮沒看出來他想做什麼，也不甚關心。康澮左手以中指中端關節外突姿勢握拳，肘一抬讓拳尖對準陳珂左側頸動脈，接著狠狠地，像錐子一樣一拳打上去，陳珂刷的一下像是觸電一樣全身一繃，劇烈的嘔了一下。康澮高抬腿，屈起膝，猶如一發斜刺的彈踢，踩著陳珂後頸勁道十足的踩下去。陳珂的下巴連帶腦袋一同撞在地上，砰的一聲，就此昏死過去。梁、莫皆聽聞驚雷似的愕然一同看向失去意識的陳。

康澮有些上氣不接下氣，喘息略微沉重了一些，他踩著不死不活的陳珂，用警告的眼神盯著梁繼軍繼續道

「但有證據昭彰了是誰完成了屍體的轉運，那證據便是鞠晉宇襪子上的血跡和屍體中的粉鑽。

相較我們眼前還在流動的這些血跡，他的襪子上有乾燥程度完全不同，都乾成了彩印的血。在袁一衫死前，早上時候他的腳上還沒有這樣的痕跡。既然鞠晉宇沾上的血不是來自搏鬥或是他自己，沾上的血跡就只能來自袁一衫，他至少去過傭人、保安舍其中一個現場。

鞠晉宇曾經偷了寶石，進入過現場就解釋了爲何它們後來會落到李本財手裡，是鞠晉宇將寶石塞進了屍體裡，並被後來抵達的李本財發現，他想要嫁禍給任何可能是兇手的人。」

梁繼軍沒在聽，還在看昏死的陳珂，他一抬眼，目光中溜過一絲怯懦。

「那麼鞠晉宇去過的是傭人舍還是保安舍呢？或許鞠晉宇就是眞凶，自己獨立完成了所有的工作？或許他

只是碰到了被運送至傭人舍的屍體？

不，我認為，以鞠晉宇老奸巨猾的性格，如果他是真凶，那麼他根本就不會沾染到任何血跡。

再次回憶一下，兇手是將袁一衫溺死的，並在死後被賦予了雙眼上的血洞。如果兇手一開始就打算轉運屍體，那他肯定會在被害者死後直接立刻放入行李箱帶走，先把沒有創口的屍體移送到傭人舍，之後再製造眼傷，並且他大可在完成後立即離開，這樣根本用不到什麼浴簾，浴簾和襪子上也不會被沾上血。浴簾存在最大的原因，就是被害人在保安舍已經死亡了，並且正在流血，浴簾是為了避免更多的血沾染到運送屍體的道具上，暴露真實的第一現場。如果鞠晉宇到達時，屍體已經陳放於傭人舍，那只是塞個寶石就更不可能沾上血跡了。因為流血太少，太容易回避——所以我們可以推定，鞠晉宇抵達兩現場之一時，袁一衫已經死於真實的第一現場保安舍。能夠轉移屍體的，只有鞠晉宇。

這裡還有許多模糊點，比如鞠晉宇的動機、他的情緒狀態、他的認知情況與思想變化過程，但都不重要，最重要的，莫過於一個問題，那就是隱瞞第一現場的意義。

將屍體從保安舍運送至傭人舍，這麼短距離的屍體轉移行為，對於他這個無法隱瞞行蹤的人有什麼好處？根本沒有任何好處——搬運屍體是十分麻煩的事情，鞠離開時飯局又接近尾聲，眾人很快就會開始自由行動，鞠晉宇一定預見了被堵在寶石庫那頭沒法繞過他人耳目出來，其個人不在場證明將來難以自圓其說的窘境。

怎麼想，鞠晉宇都不會是兇手，他沾上血跡的原因只可能是由於搬運了已然死亡的屍體，而能從這樣的小距離轉移屍體上獲得好處的，只有在他之前進入保安舍的梁繼軍你——鞠晉宇做這一切，都是為了包庇你。」

梁繼軍回過神了，眉頭一皺，騰地側身衝盆栽大吼：「鞠晉宇，你聽他都在胡說八道些什麼！」隨即才想起來鞠已經成了具腦子龜縮進鎖骨的屍骸，他再次看到屍體慘狀的一瞬間，被什麼紮了眼睛似的，一眨眼，彈簧似的立刻轉回頭，狠狠一啐。

「呿！」

「不是眞凶這一事實，給了鞠晉宇擔負所有風險踐行包庇行爲的底氣，他先用保安舍的浴簾墊在袁一衫的行李箱內，隨後放入了喉嚨裡塞了粉鑽的屍體，並用水管沖洗了眞正第一現場殘留的血跡。接下來他拎著行李箱出了保安舍，因爲第二次返回保安舍的董慧君的出現，而被迫躲入西邊，之後趁我和董慧君在花園亂轉時，將屍體運送並放置於傭人舍，並用抹布揩掉了行李箱上的草屑和輪子上的泥水——行李箱多半能找到鞠晉宇的指紋。我最開始在傭人舍發現的以爲是備用浴簾的，恐怕是原本掛在傭人舍的洗手間內的那個。最後，也是出於僞裝第一現場的目的，看過信封裡謎語，受到Opal啟發，鞠晉宇還瞎寫了德古熱那一行字。完成一切的鞠晉宇被突然出現的李本財逼得不得不重新躲回西邊的密林中，直到董慧君暴走。」

康澮面露倦意的用力擠了一下雙眼，道：「於現場發現的穿眼兇器，是信紙刀，信紙刀最初是在傭人舍發現的一刻，我就感到不對勁，兇手爲何非要留著信紙刀呢？同樣作爲兇器的電擊槍被處理掉了，我們至今沒有找到，多半被扔進了大森林。但刀卻被留了下來，爲什麼？如果眞凶想要誤導第一現場，那何不將兩個兇器都帶到傭人舍去，他大可以像洗信紙刀一樣，把電擊器上面的指紋也洗掉，爲何扔掉一個又保留另一個於現場呢？大山這麼好的銷毀證據管道，爲什麼只拘泥於混淆第一現場，而不是做的更乾脆一點，把屍體拋下山呢？

在這些矛盾中，我感覺到存在某種強烈的前後意志不一致。」

康澹從陳珂身上移開腳，望著低士馬，對梁繼軍捩眥而視。

「猜想到鞠晉宇可能只負責了運輸屍體，這一疑惑便也解釋得通了——殺人是一次意外，兇手最初恐怕是很慌亂的，他又急著趕快離開，極度恐懼被抓包，又大腦發懵的覺得必須做些什麼，比如隱瞞死因。弄穿屍體雙眼後，又在倉皇中感到沒有意義，終於激動緊張的在現場一分鐘也呆不下去了，結果只半途而廢的動了些手腳，只帶著他捨不得的刀子匆忙逃掉。後來重返現場的時候，突然發現屍體被換了地方，抖機靈的忽然想到或許可以將兇器拿出來，配合協助者，鞏固一下對假現場的僞裝，於是假裝成信紙刀是當場發現的，放在了傭人舍的桌子上——有機會能這麼幹的，也只有梁繼軍你。

你眞以爲在現場偷偷放東西不會被我察覺到？哼，可笑。倒是你也和袁一衫、程雨辰一樣，都是本次秘密集會成員之一吧，集團成員之間殺人就解釋得通爲何不拋屍了。你們本次會面必須要進行嚴格的權力、資產分割，成員之一失蹤還是死亡，集團內部會有截然不同的處置方式和結果——廢話已經說的足夠多了，鞠晉宇入場時被害人已經死亡，而在他搬運屍體前只有你進入過，作爲唯一一個進入過第一現場後，袁一衫便完成了生與死狀態轉化的人——眞的只有你才可能是兇手。」

「！」梁繼軍表情一猙，咬牙切齒「胡說！你！……這些都是瞎猜！就算鞠晉宇襪子上的血驗出來是袁一衫的…也、也證明不了什麼！！」梁繼軍的喘息速率肉眼可見的加速，胸口飛快起「就算信紙刀上有我的指紋，只是表明我持有過，也證明不了什麼！……那、那些都是間接證據！……」

「證據？」康澹冷冷一笑「你有什麼資格跟我談證據？我又不是警察，又不講究有證據才能抓人，我根本不需要證據，只需要有人相信我的推理就夠了。」康澹一咧嘴，露出一邊上頜尖牙「而且只要我想，我現在就可以捶爛你郝張臭臉，什麼證據不證據？」

梁繼軍像是被人扇了一巴掌似的，慌亂的一轉頭，徵求援助的看向莫依然，卻見莫依然不僅視若不見，還捂著嘴，雙眉緊皺眼珠亂轉，似乎在劇烈的思考什麼，他的目光在兩人身上跳來跳去，喃喃道：「等一下……你剛才說，可能還有第三個犯人……？」

梁繼軍好像很震驚的望著莫依然，欲然木了幾秒，忽然間像是退化成了小學生一樣，大怒，抬腳連連噹噹的踩了大理石地板幾腳，張牙舞爪的嘶吼：「你瞎扯什麼王八蛋呢！你信他的鬼話!?我他麼——！咱不是說要探他的底子，不對勁就把他也幹掉嗎!?都別墨蹟了啊，趕快上啊！他他媽就一個人！！」

「上什麼！咱們一碼是一碼！梁繼軍，你殺人這個事兒，我可管不了……！這跟咱們剛才說好的可不一樣……之前我就不同意你們殺掉王睿崎！太過界了！但終究是被迫正當防衛！…可更早的那些殺人事件…！性質完全不一樣！」

被梁繼軍踩過的地方，吱啦尖銳的一聲響，地板上出現好幾條短短的白色劃痕。康澹看的清楚，知道他的鞋底還卡著那塊小小的玻璃碎渣。他輕蔑的哼了一聲，鎮靜的回道：

「梁繼軍會有剛才的以及在調查現場時的反應並不奇怪……那都是因爲他直到幾分鐘前都不知道是誰幫了他，現在也只是聽我一家之言而已，不能確信這是自然的，畢竟今天幫助他的鞠晉宇和可能第三者，都是他今天頭回見面的人。」

「你說的第三人到底是……」

「低士馬啊……」康澮對著不特定的方向忽然提高了音量道「你何不出來，向我們解釋解釋你的動機，你為什麼要這麼做？」

梁繼軍一愣，不自覺的看向莫依然，莫依然則不自覺的看向二樓北方的木陽臺。

從電梯牆擋住的陽臺後，李本財畏首畏尾的從西側走出來，不兩秒，低士馬幽然由其背後隱現，他無聲無息的舉步跨過落地窗，進入室內，緊挨著陽臺立定。除了左手上的弩，他還抓著更為勾人心弦的——

紀豔榮，淚眼婆娑的被低士馬挾持在手。

44.

僅走了幾步，低士馬便像是受到了某種感召一樣，突然止步，康濬也無比謹慎的斂步佇立。停下腳步的兩人，立於同一扇落地窗前，康濬站在這整塊玻璃的極左，低士馬在最右，落地窗外循風翩躚的細枝則感應到什麼似地忽然停下，以完美的角度將落地窗斜穿，分爲一比一的兩半，兩人占據各自的角落，尖銳的對視。

他手握的十字弩搭在大腿外側，箭頭指向地面，即便如此紀豔榮仍完全沒膽逃跑，不敢忤逆，任憑低士馬擺弄。低士馬攥著紀豔榮的左手腕，一扭，換成從身後架著她的姿勢，將其送到身前，推著一扇人肉擋箭牌似的，緩步沿著陽臺向康濬靠近。

「……低士馬，你在梁繼軍返回之後，立刻找到鞠晉宇，與你交談過後，他立刻決定要改變隱藏寶石的位置，去了西邊將寶石換到了屍體內。」康濬咽了下的喉嚨，乾巴吃力的繼續說道「爲什麼？難道你當時就發現殺人事件了？是你讓他去幫助梁繼軍的？你的目的又到底是什麼？」

低士馬懶洋洋的扭過頭，似乎在仔細思考的同時，又無比懶得回答，相比怎麼回答，更糾結要不要回答。

「呼——」他用鼻子深深的吸了口氣，發出被拉長的氣音，伴隨著像是藏在牆壁裡管道發出的流水聲一樣，紀豔榮不肯停息的啜泣聲，低士馬慵懶的眨了一下眼睛，剛要開口，卻聽清湛的女聲搶先一步傳至耳中。

「是爲了威懾宋陽軍。」

面貌凜然，握著一把泰瑟槍的廉月，邁著鏗鏘有力的腳步，一步一頓的拾級而上，伴隨著而來的，是她那穿透力十足的話語。

「幫助梁繼軍等於掌控了他，掌控了梁繼軍也就掌控了宋陽君——這個低士馬就是汪寧威，謎題也是他製作的——失樂園、古典加密、宋琳、姚怡妍、車禍、墓穴，整套謎題，從謎語本身到提示，都是故意選擇了宋陽軍可能掌握的知識面，這套謎題是爲宋陽軍量身定制的，他的目的恐怕很單純，就是爲了向宋陽軍施壓、施加控制力，傳遞一個信號，我們知道你所有的髒事兒，你什麼都瞞不住，我們能自由的進出你家，隨意處置你，你在我們面前只有屈服一路……我說的沒錯吧，汪寧威——」

像是從峽谷傳來的回音一樣，低士馬呵呵的笑了幾聲，他眼簾半垂，看起來睡眼惺忪，興致不振，重新將銳氣完美的隱藏在迷離的雙眼後。

「哎呀，可惜，昨天潛入進來過後，忙了一夜呢，就這麼被不相干的人當玩物破解了，還眞有點遺憾吶——答對了，偷偷協助梁繼軍的人就是我——嘿喲，看看，你們幹得可太漂亮啦，什麼迷都難不倒你們，你們都解開啦。」

廉月到達康澹身邊站定，厭惡但目光堅定的，掃視了一圈包括低士馬在內的，血場一樣一屋子的屍體之後，流露出即預期之中又意料之外的複雜神情。

「解開寶石庫門鎖的也是你？」

「啊，沒錯，宋陽軍這麼久沒行動，又看到你獨自在夜幕中前往，我就猜到這個謎題大致已經用不上了，不如給你解悶。」

「那在傭人舍時，你指揮梁繼軍添衣是……？」康澹緊皺眉頭問。

「他早上完好的襯衫後領，在從保安舍離開後，有輕度的破損和走形，經過我提示才發現。聽你這麼問，看來你也沒有察覺呢，大偵探。」

「……」

廉月的視線在屋子裡一路兜兜轉轉，瀏覽過每一個破碎的物件和潑灑的血跡，最終停在紀豔榮的身上，她目光中的銳利，加劇了一分，不及開口，且聽梁繼軍嚷嚷道：「都說了你們在這跟他廢什麼話呢！趕緊把他幹掉啊！這下好，還來同夥了！」

低士馬歪歪頭，沒有感情的看向梁繼軍，拿著弩的手往斜橫方向一擺：「請便。」

梁繼軍吃了什麼苦東西似的一噘牙齦，又衝著李本財吆喝道：「小李子，上啊！咱們拿下他倆！」

「可是……」

「可是什麼可是！現在、現在能管事兒的人就剩咱們幾個了！除掉這倆礙事的，咱們不想怎樣就怎樣麼!?」李本財的思想鬥爭全展現在了臉上，先是內眥角生起密集的細紋，接著抬頭紋彎成了八字，腮幫子時起時落，糾結不已。

末了，李本財還是蔫聲小跑到低士馬與梁繼軍中間的位置，姑且算是站在了梁繼軍這條戰線上。

梁小人得志的兩步搶到低士馬身邊，抓住紀豔榮的手腕一把奪過去，用刀子抵在紀豔榮的脖子上，紀發出小動物一樣的哀鳴。

「我們人多勢衆，還有人質！湯有爲小子！這下我看你怎麼辦！」

康澮感到自己在被激怒，有某種孤注一擲的情緒正在萌生，他現在迫不及待的想衝上去，不計後果的朝梁繼軍臉上來一拳。廉月抬起手中的槍指向三人，另一隻手飛速的掏出第二把電擊槍，往康澮胸口一拍，強勢的交給了他，並用有些漫不經心的腔調說道

「怎麼？這幾個傢伙都是兇手？要把他們都幹掉麼？」

「不……」康澮把電擊槍拿正，食指穩妥的掛在扳機上，拇指一撥打開保險：「只有梁繼軍，他得到過其他人的幫助，是臨時的結盟，從頭到尾都是——低士馬和梁繼軍在袁一衫死後、鞠晉宇行動前，未出現過交流協商的機會和跡象。低、梁兩人和我一起到現場的時候，則缺乏互相幫助的傾向，沒有充分利用起重返現場的機會，沒能有效擾亂現場、混淆視聽。也就是說很可能首次返回現場時，兩人都還沒有互相確定身分。起初大多數人皆互相不知同伴爲誰，不清楚誰在幫助誰，直到剛才也是如此。」

「明白了，眞正的首腦只有低士馬。」

「嗯？」

康澮有些意外的看向廉月，廉月警戒的看向低，她往前移動兩步，試圖縮短和四人的對峙距離。

「殺人的可不止有梁繼軍——李定坤的死因我調查到了，死於中毒，是精神類藥物三氟拉嗪攝入過量中毒。我在廚房發現了空掉的三氟拉嗪藥盒，有人把一整瓶藥溶進了我們的甜點裡，我剛醒來時有看到低士馬在

偷偷擺弄裝甜食的綠色壺，下毒的人就是低士馬。」

「那……不是所有人都吃飯了嗎，包括低士馬自己，我們都中毒了？你我不都沒事？」

但隨即他錯愕的低士馬的臉上看到了得意的訕笑，他不安的意識到，恐怕廉月說的都是真的。

「我不清楚你能否意識到他行爲的惡劣程度……下毒，恐怕是完全無目標的，隨機的投毒。三氟拉嗪攝入量低是不會中毒的，會有些情緒不穩定，思考不順暢、意識模糊或是心跳過速等反應，一次性攝入不是太多，不會危害生命，低士馬的目的可能是削弱衆人的判斷力，增強宋陽君出場時的其對全域的控制力……可能是李定坤正好多喝了幾杯湯圓，也可能他吃的那一杯裡恰好摻入了更多的藥粉……現在都已經沒法追溯了……但可以肯定，來自低士馬的惡意是貨眞價實的……他不僅在幫助梁繼軍脫罪，幫助陳珂殺死了王睿崎，還幫助了鞠晉宇誣陷你，他就是那個邪惡的放大器，混沌的催化劑。」

康澮看向低士馬的目光漸發凜冽，猛然間意識到，低士馬比他預想的危險得多——

從袁一衫到李定坤，從祁鳳到王睿崎，從傭人舍亡魂到到賭局亂葬崗。

如果沒有低士馬去破壞寶石庫的門鎖，宋陽軍就不會封閉通訊，如果低士馬沒有爲梁繼軍的打掩蓋，緊張的氣氛就不會延續，如果沒有低士馬，李定坤就不會死，騷亂就不會被強化，如果沒有的低士馬，祁鳳就有可能阻止針對王睿崎的圍獵。

低士馬對全部事態的推力遠大於任何人，低士馬的作用貫穿了整個事件。

如無形陰風鑽入分肉，康澮振寒戰慄。

——冷靜……

康澹感到頭皮發麻，呼吸不暢，他重重的深呼吸，克制住一切不理性的衝動。

「嘶——呼——」

——要冷靜，紀豔榮還在他們手裡，不能讓局面失控。事已至此，低士馬多邪惡也罷，誰是實行犯也好，誰是幕後主使也好，都不該讓損害進一步擴散了。

康澹鎮定心神，粗壯的喘息了兩口，沒有用槍瞄向三人，而是讓手握的電擊槍自然的指向地面，再次向他們走近。

「放棄吧梁繼軍，我們手裡有電擊槍，你也用過，你知道這玩意的威力。我們兩人能迅速癱瘓你的隊友，再來控制你。你這段時間能做的，就只有傷害手裡的小女孩——別再給自己增添孽債了。」

李本財越來越不安的，目光閃躲的看看梁繼軍，又看看廉月，默默的，倒帶似的，往陽臺附近往後退了幾步。低士馬臉上沒來由的生出某種莫名其妙的微笑，梁繼軍面色鐵青的一言不發，良久，他忽地哼了一聲，道

「站住！你倆就給我站在那，誰都別再靠近了！——還說我們努力撮合結盟……你們兩個才是，從一開始就是一夥的吧！你們是……哪個組織的!?今天來這是什麼目的！！」

梁繼軍緊張地一會兒踮腳一會兒後仰的，似乎連怎麼站立都不會了，重心在腳尖和腳跟之間換來換去，腳底滿是吱呀的尖銳摩擦聲。

「我們……是來追捕低士馬的……跟你們的集團無關，我們也不在乎你們都幹了什麼。收手吧……你放掉

紀豔榮，我們之間好商量。」

「我是傻逼麼我信你的!?哈啊?!讓你們活著出去我還能好了!?別他麼廢話了！我就一句，趕緊投降，要不我就翻出這小姑娘內臟讓你們瞧瞧長什麼樣！」

紀豔榮抽抽答答的哭聲陡然提高，康澹開始感到內心難以平靜，越發沒法鎮靜自己。

「是她死完你們倆再死，還是只有你們兩個死，你們自己選吧！」

「不要這樣」廉月忽然輕聲道「你沒必要讓低士馬牽著鼻子走，你沒必要逼自己走上絕路，讓低士馬自生自滅，跟他劃淸界限。」

「我偏不！」

康澹有些焦躁的咕了一聲，忙轉向低士馬，好聲好氣道：「低士馬，我們來交涉吧，咱們來聊聊，好吧，你是體面人，和梁繼軍不一樣，你出個條件，我們可以鬥，我們可以爭，但不管怎樣都沒必要把小孩子帶上，看看她——莫依然，你也好好看看她，她才多大，也許就15歲？16歲？」

莫依然張著嘴，彎著膝佝著腰，像是要逃跑又不知往哪逃，愁容滿面。紀豔榮瞪大了哭紅的雙眼，像是看著救世主一樣直勾勾的看向康澹。

「低士馬，你沒有必要繼續幫這種貨色了，他們之間的共用的祕密，我猜跟你沒有關係吧⋯你從一開始就不是他們一夥的。」

「哈？不是嗎!?」一群人裡數梁繼軍反應最劇烈，他詫異的把牛瞪的雙眼轉向低士馬。

低士馬不合時宜的，詭怪的微笑了。

「……某人，很可能是宋陽君，為了今天參會大部分人都知道的某個黑暗的小祕密，組織了這次集會……因為參與的人有太多權貴，被媒體知道存在曝光風險，這些人連最低限度的風險也不願意承擔。所以宋特意用環人保來打掩護，好給大家骯髒的小活動遮羞，好讓這些「合作夥伴」安心參會。結果主持人宋陽君還沒來得及出現進一步推進活動，意外就出現了，先是寶石庫被發現，接著信號遭到遮罩，纜車被卸。你們這些本來就緊張兮兮的心臟吊在嗓子眼的傢伙們，立刻觸發應激狀態。慌亂而不知所措，結果還沒來得及厘清情況，又極端時態頻發，群龍無首，亂成一鍋粥——今天一直等不到他的你們肯定早就有了這樣的懷疑，現在我可以給你們一個明確的答案。宋陽軍已經死了，我親眼看到了他被殺的錄影。」

「宋叔！……他！……他果然死了嗎……」

梁繼軍忽然目光黯下來，像是有什麼重壓在他的後脖子上似的，他頹然看向地面。康澹目光一厲，立刻看向莫依然，衝他使了個眼色，莫依然一驚，會意了什麼，目光中開始燃起寧靜的火光，緩緩的看向身邊的幾人。

梁繼軍忽然抬起頭，康澹慎重向前邁進一步，泰然繼續道：

「低士馬雖然在暗中幫助梁繼軍，看似一夥……但他行動的……顏色，和其他人有著決定性的不同。」

「哈？顏色？」

「對。」康澹心情躁動地忍不住用手指敲打手裡的泰瑟槍，又溫吞但切實的穩步向前的蹭了幾公分，廉月亦緊隨其後。

「不是個人傾向、氣質或是站隊立場不同而導致的人格色相不同，而是更加根本層面上的……這些人就像是都染上了灰色，不管站隊還是個人意見，都摻雜著一縷朦朧的灰色，低士馬你……則是完全純粹的紫——」

兩個人的目光都盯著他，讓康澮想更近一步的心稍感緊縮——這一刻要竭力掌控一個，與兇手更近的距離，和避免激發其更高的警惕性之間的平衡。

「這些人都很重視這個祕密，為之耗費心神，暗潮洶湧。但你不一樣，你有那種絕對的漠不關心，對任何結果都無所謂。有一種似乎知曉了一切，並察覺到一切都沒有價值，或是對當前價值不放在眼裡的超然——

怎麼可能有人有那種超然，那只證明了你捲入度低罷了，你壓根不是這次共同祕密的基本利害關係人。」

康澮側過頭，像是在場地內尋找什麼似的說道，乘機又給莫依然遞了一個眼神，莫依然下定了決心似的，胸膛一鼓，緊了緊手中的小刀，單眨了下右眼，對康澮使了個眼色，又斂起下顎，活動脖子，用幾乎看不見小幅度動作，拿下巴尖指了指梁繼軍。接著，突然，有某種無形的力量，讓康澮感到汗毛豎立，不自覺的一扭頭，才意識到他的無意識自動知覺到了某人的視線——不過是普通的視線，卻在這種時候極度緊張的狀態下致使其格外驚魂——李本財居然都已經偷偷順著陽臺跑到了，二層入口，站在那偷瞄向這邊。

往低士馬的方位又走了半步，康澮繼續道：「你不積極行動，不和共有祕密的這夥人分享情報，在這場敵我身分不明互相猜忌的角逐中，和兩邊的人都忽近忽遠。你的動機……從來都指向宋陽軍一人……」

終於，如同啞巴開口一樣的，低士馬發話了。

「——有些地方你說對了，我的目的只有攻擊宋陽軍，這個屋子裡的事情，對我和我背後的人來說，太小兒科了，鬧得越大越好，鬧得越厲害宋陽軍越下不來臺，我們就越有機會掌控山東生物製藥集團，不過這一刻，他死了，就已經都沒有關係了，現在，我和梁繼軍就是一個隊伍的。」

不緊不慢，遊刃有餘，舒緩的好像在讀書會中與人交流。

「對！你別瞎猜了，我們公司內部的事情——！」

「別在往前了。」還未說完，低士馬突然一喝，語氣中某種不可抗拒的東西，讓梁繼軍立刻沒了響動，他緊跟著唰的從袖口抖出來一支遙控器，啪的一聲緊抓於掌心。康澹停穩腳，只一眼便瞧出，那是程雨辰死前用的那支。

「看到這個了嗎，我勸你不要輕舉妄動。」

他背面朝上握著遙控器，往上一推後蓋，露出藏匿其下的六七個紅色按鈕組成的矩陣圖案。

「這座建築的自動化功能你也見識過了，我姑且好心的告訴你一句，這宅子是具備自毀功能的，我隨便一按，咱們都逃不了一死。」

康澹還沒反應過來，廉月突然前所未有的緊張起來，突如其來伸手攔住康澹。

「不行！聽他的，千萬別亂動！不能莽撞！」

廉月的呼吸以驚人的速度變得沉重，不容置喙的衝康澹說道：

「就算讓他們就這麼走了也無所謂，千萬不能衝動，他手裡捏著的可不止是咱們三這幾條命！」

激烈的話語吸引住了對面梁繼軍、低士馬、紀豔榮的注意，三人都沒有留神近在咫尺的莫依然。莫又向康澹使了個眼色，直用眼光點撥梁繼軍，蠢蠢欲動。

康澹的直覺告訴他應該聽廉月的，但他就是克制不住的去想——低士馬已經在射程之內，莫依然也能出梁繼軍不意的突襲，我們有三個人，算上紀豔榮就是四個，我們有壓倒性的優勢——

千載難逢良機的誘惑力，讓他感到放棄這機遇就好像放棄一桶金子一般困難。

只要一瞬間，只要一瞬間，一下就能制服兩個歹徒……

康澹整個大腦都漲熱起來，他從未感到如此劇烈的內部衝突，從未作過如此艱難的決定。

僅僅幾秒鐘的踟躕，嗖的一聲，莫依然已一躍而起，正面撲向梁繼軍，梁繼軍全然沒反應過來，甚至爲了轉身看到底發生了什麼，而把刀子從紀豔榮的脖子上挪開了，門戶大開的迎接莫依然的攻擊。康澹一愣，大罵一聲，用人體能達到的最快速度舉起泰瑟槍，氣壓彈夾瞄準低士馬的刹那，耳邊同時聽到的是廉月大喊的不要，肩膀傳來的是廉月欲制止他行動的拉扯，低士馬彷彿進入了慢動作模式，但語速卻一如既往——

「都說了，別輕舉妄動。」

低士馬這句不甚緊張的話語，是康澹昏迷前聽到的最後一句。

——像是隔壁鄰居的窗戶被冰雹擊打，耳邊響起連串的細微到快聽不見的磅磅聲，幾乎同一瞬間，康澹的腳底突然下陷，倏忽間他眼前的視界迅速上升。好像有人抓住了他的後脊，讓他上半身失控的往後仰，手腳拉得筆直，衝上空飛舞，天花板高速地遠離自己，耳邊只有呼呼風聲，似乎也有人聲，但亦被破風聲掩蔽的渾濁不清。

不過一兩秒，康澹頓時感到後背觸地，五臟一同和諧的共同震顫，接著，在強烈的慣性中腦袋拋下已經靜止的身體，獨自繼續狠狠的向後砸下去，磕在硬物上，康澹眼前霎然一片漆黑。

在失去意識前的轉瞬，康澹能感到身軀在不過頃刻間，第二次下墜。

45.

又一次，康澹猛地驚醒。

細碎的混凝土粉末，水幕般的從自己後腦勺傾瀉而下，本能的在驚恐中直起身，透過瀰漫的塵埃，康澹看到的，是自己被徹底染成骨灰色的身體，從口袋中掉出並被壓彎的水果刀，鋪在腿上的晶亮的大理石碎片，以及缺了三分之一片指甲的小指。他失魂落魄的掙扎著站起來，頂著一種仿若眼球內部被挖空，腦子在顱內脫落後，於腦殼中來回滾動回彈的奇異錯覺，竭力瞻顧，試圖搞清生了什麼。可怎麼努力也分辨不出來自己在哪，分不出東南西北，記憶忽然互相污染，分不清這一刻到底是哪個時段的現實，他只是單純的感到所有光線都離自己好遠，頭頂好空曠。

定向力障礙，康澹心中冒出來這麼一個詞。

——還好，腦子並沒有真的脫落，思考能力正在慢慢恢復。

安心與鎮定也就歸來了兩秒鐘，他立即感到呼吸急促起來——

頭頂空曠並不是幻覺，是真實的知覺，沒什麼特殊的，就是單純的物理空間擴張了。換句話，鋪平直白的說，天花板變高了。

四根粗重的十多米高的承重柱，像神樹或擎天柱一樣，支撐著遙遠到不像是二樓的天花板，承重柱上原本是第一二樓層地板的位置上，黏附殘破的混凝土渣，是這裡曾經有整層鋼筋與土石連接在上面的僅剩證據。

關於頭頂那遙遠的天花板原本是二層的這件事，康澮可以確定，因爲弩箭還插在東北角的那個白熾燈燈槽中，這一刻那支遙遠的箭看起來就像晦暗螢幕上的一道白色劃痕般渺小。

未被波及的除了承重柱還有兩側的樓梯，樓梯那精妙的螺旋弧度因被暴露在外而愈加醒目。一二層四周的落地窗雖然變得殘破不堪，像是被暴力撕碎後邊緣成鋸齒狀的紙，但這些藕斷絲連的細碎玻璃反倒在燈光下熠熠生輝，燦爛奪目。裸露的樓梯和承重柱，配合空曠的垂直空間，讓整個玻璃城堡顯得無比高大和不可一世，康澮感到自己仿佛身陷碎玻璃與高柱和螺旋梯組成的通天塔之中。

除此之外，所有曾是這棟建築物「第一二樓層」的東西，都像是被刀子切分後的蛋糕一樣乾淨。而那些被切除的東西，被揉碎碾爛了，堆積在康澮的身邊。

總算，花了這麼多時間傻呵呵的張望，康澮終於搞清發生了什麼——

低士馬沒有說謊，這棟別墅，就在剛在當著自己的面，部分自爆了。

二樓和一樓的地板，都在無數小型炸彈的作用下，粉碎成了沙石。自己之所以能看到如此高聳的承重柱，就是因爲剛才自己連續從兩層樓的高度墜落，一直落到了地下室，現在是從地下室的垂直方位向上觀察，觀望視線穿過了曾經存在的一樓與二樓的地板。

嗯？……

地下室……？這棟別墅，原來是有地下室的麼？

康澮低頭看向身邊，發現被砸爛和摔碎的傢俱，散落的到處都是，張牙舞爪的鋼筋，支離破碎的石塊壓在被重力與爆破分解的沙發、桌椅和櫃架上，有人躺在這些殘破之物雜亂的組成的小山上，有人被壓在其下。

隨之，他猛地像突然落入冰窟似的，驚從中來，寒意侵蝕全身，悚懼的發現，不過一米開外，一隻纖細到只有康澮三指粗的稚嫩手碗，一動不動的壓在碎物山下。

小孩子？那是……那個手臂粗細……學齡兒童？小學生……？……？

康澮感到不能理解。

就像看到子彈從槍口射出的貓一樣，康澮完完全全的感到不能理解。

名爲理智的玻璃球被什麼不可視之物結實的撞擊，嘩的綻出兩條深深的裂痕，本是整體一部分的碎片於瞬間剝離。

——爲什麼會有小孩子……？幼童爲什麼會出現在這種地方……？他的監護人是誰？他們在這兒幹什麼？

不及多想，康澮三兩步搶上前去，滑倒似的碰一聲跪下去，慌亂的去搬壓在那小孩身上的石塊。扒開兩三塊臉盆大的碎石，一片斷裂的椅背橫亙在面前，不管是拉是拽，紋絲不動，抓起附近一支不知來自哪裡的細窄鋁管，以杠杆形式撬動，好不容易把那椅子靠背掘鬆了，細碎渣滓刷然落地，又激起一幕灰塵。匆忙拿開，還有三四個石塊壓在小孩身上，但已經能透過空隙看見那孩子的面容了。

搬開的石碓內共藏著兩個小女孩，俱十分幼小，僅僅八九歲光景。手臂露在外面的那個，不動的依偎在另一個同齡人的懷裡。她的眼睛半睜著，眼瞼裡灌滿了灰土。她嘴巴的下唇像是剝到一半掛在橘子上面的橘皮一樣懸空擺動，齒間夾著泥水一樣渾濁的，充滿了灰塵顆粒的血。她依靠的另一個小姑娘，和她穿著類似的裝扮，腦袋朝上仰著，看不到裡面的半邊臉，因爲她的臉上插著一片成人巴掌大、超一指寬的扇狀玻璃殘片。

像是跪著的不是地面而是烙板似的，康澹倉皇的站起身，連連後退。

又彷佛要逃出自己的噩夢一般，康澹捂著頭，旋踵便跑。他如同被什麼拉扯著後衣擺，明明激烈的想要加速，腳卻不聽使喚，很用力的邁步，卻怎麼也快不起來，只深一腳淺一腳的前行。在跌宕起伏的視線中，康澹不情願的看到更多小女孩的屍體，愕然的看到他們，七扭八歪的枕籍在這嶄新廢墟的各個角落。

有的半身壓在冰箱下面，敞開的冰箱門滾落出來的新鮮杏果，停在那手指自然彎曲的白淨屍體的掌邊。有的背靠在倒下的五斗櫃旁邊，原本在櫃子中的抽屜在重力的拉扯下，或半開或全開，一對金屬骨粉色絨毛手銬掛在抽屜的尖角上，格外醒目。有的蜷縮著下半身跪在牆邊，她的腰上勒著已經卷成繩的網吊床，提線娃娃一樣的吊在那裡。有的大半被土石蓋住了，腹部和小腿露在外面，一條鋼筋與那小腿連在一起，鋼筋末端還帶著腳鐐鏈球一樣的一大塊混凝土。鋼筋沒有穿透小腿，僅一頭沒入腿肚，看起來好像是從那小腿裡生出來的似的。不過萬幸，她已經感覺不到自己的小腿了。

這些女童屍體年齡不一，目測都在十二周歲以下，此外緊靠觀測能發現的她們一致的生理特徵，只有都已經停止了呼吸而已。小女孩的屍體一個接著一個竄入康澹的認知，數到第四個，康澹已然怔住，視覺還在繼續捕獲新的形象獨特的孩童屍體，但腦子尖叫著拒絕把數字加上去。

他虛脫似的的腦顱一陣麻密的綿痛，噁心感由隔膜上傳，鼓脹每一納米的白質纖維，康澹甚至產生肉體開始不服從大腦的，細胞在暴動的失控感。他面色慘白，感到傷口發癢，感到小腿發軟，感到眼內壓高脹。因此當某人的聲音突然出現在耳邊時，聽起來簡直像是從天堂或是地獄那樣的另一個世界傳來的

「不用找了，爆破方向是設定爲朝下的，地下室的人，不會有倖存者的。」

康澮顫抖的抬起頭，遙遠的光線讓周圍昏暗不已，他看不清，但已然聽出來是誰的聲音。

「你現在明白過來了嗎？從一開始……你的目標就不是偵破什麼狗屁殺人案件，而是拯救這些小鬼。」

低士馬，旁若無人的站在二樓的陽臺上，俯瞰著一切，傲慢的說道。

「你那費盡心思的推理，冒著生命危險的奔波，一點意義也沒有，無關緊要，無關痛癢。你以爲遇見殺人事件就要找出兇手，發現案子就要去證據堆裡玩泥巴，你眞覺得破了案就萬事大吉了？哼，那不過是你狹隘的慣性思維。沒什麼，會是簡簡單單的就能挽回的，明確兇手不過是探案者的自我炫耀，挽救不了任何事情。」

不加掩飾的惡毒，在黑暗中回蕩著傳到康澮耳畔。

「要是你早點意識到這棟建築眞正的目的，救出被囚禁被緘默的孩童們，那根本不需要任何推理，不需要任何調查，一切都會平息。那才是你眞正該做的事情，而不是玩什麼偵探家家酒。」

嘩啦一聲，身後的土堆動了，廉月咳嗽連連的從裡面鑽出來，她居然被完全掩埋了，但康澮視若不見，只是呆在原地，昂首瞻望著捉摸不透的黑幕。

「對，有一些你猜的沒錯，我和小天使集團不是一夥的，也沒有利害關係，我也的確沒有那麼超然，我之

所以表現出幾乎對一切的漠視，是因爲我知曉一切——我已經看的太夠了。」

廉月吐口痰，到積滿灰塵的地上立刻變成了泥球，罵了句髒話，嘟囔著小天使集團五個字站起來，立刻看到頭頂壯闊的景象，感嘆了一聲老天，機警的檢查了一下還緊緊握在手中的電擊器，踉蹌但有力的快步走到康澹身邊，一把抓住他的手腕，說道：「你的泰瑟槍……丟了嗎？——沒攔住你也是我反應不夠機敏……嘖，我最擔心的還是發生了，他們要開始銷毀證據了……天，這一地的小孩子屍體……」

她以隨時準備好射擊的姿勢端著槍，迅速的轉身用目光左右掃蕩了一圈，接著抬起頭：「我聽到低士馬的聲音了，他在哪，上頭那片馬賽克玻璃一樣的碎窗後面嗎？……呃，燈光好遠，好暗。」

問完，半晌不見反應，廉月總算第一次把目光停在康澹身上，見到他仍怔在原地，目光呆滯猶如出生未久的雛鳥。她眉頭一皺，一把將康澹肩膀一帶的衣服揪起一大團。

「喂！振作！我知道你沒做好心理準備！但是事情已經發生了！趕快明白過來吧！這座設施本來就是用來囚禁小女孩的監獄，趁著爆炸剛結束快去找倖存者，別在這傻站著了！」

「沒有倖存者……」康澹用顫巍巍的聲音道「我已經搜尋過了……只有屍體……」

「哎，沒有錯」低士馬放肆的扯著嗓門吆喝道「她們都死了——別那麼在意嘛兩位，反正她們總要死，在什麼時候，用什麼方式死，又有什麼重要的呢？」

廉月聽見，一激，罵罵咧咧的舉起槍口，對著上頭掃來掃去，但沒找能到低士馬，忽然，卻看見李本財正哆哆嗦嗦的沿著一樓的樓梯往下跑，腳一滑，從樓梯上滾下來，差點直接掉到負一樓。滾到樓梯邊，狼狽的停住了，半身掛在樓梯外邊。又開始像一隻受驚的泰迪犬一樣，努力的抬腿往上搭，四肢並用的努力想要爬回去。

且聽撲通一聲從地表傳來，扭頭一看原來是低士馬，從二樓的陽臺徑直跳落下來，落到室外的地面上，低士馬的樣貌現於悠暗的山夜中，爆炸後廉月第一次看見他，他距離廉月的直線距離只有二三十米。

低士馬的臉上帶著意味不明的得意，背著手，舉目四處遠眺，遊目騁懷的沿著一樓殘破的落地窗外側，一點點向廉月兩人接近。也不知道他在黑夜中能看到什麼，反正沒有看向下方的兩人

「這十幾個孩子的屍體不過是我給你們的最終警告，好了，現在，把紀豔榮和梁繼軍找出來，老老實實交給我，我還可以給你們留條活路，只要我們安然無恙的走掉，你們就可以安然無恙的苟延殘喘下去。不然我再隨便輕輕一按，你們頭頂的那兩層大理石和鋼筋混凝土墜落下來，就不可能只是沾一身灰那麼簡單了。」

廉月嚴肅的看了眼十幾米高的天花板，不敢想像它們落到自己身上的時候會是幾個G的加速度，肯定不是人體骨骼能承受的力量。她立刻行動起來，憑著記憶加快步伐，往陷落前梁繼軍大概所在的方位走過去。

攀高似的翻過兩座小山堆，廉月先看到倒栽的陳珂，因爲陷落發生時他是平躺的，致使掉落下來時頭朝下，腦袋先著地。頭顱水準位置比胸口還低，陷入碎石堆的頭骨已經癟了，生死未卜。隨後看到的是梁繼軍和紀豔榮，紀豔榮側臥著，額頭上有血，呼吸微弱，一動不動。梁繼軍和自己剛才一樣是俯臥，恐怕是由於墜落時面朝下，梁條件反射的，本能的蜷起身想要用雙臂保護身體，作出了抱著雙臂的姿勢，但他手中還肌肉緊張的握著刀子，現如今刀子已經在下墜的衝撞中，楔進了自己的胸膛。

梁繼軍，自己握著刀把自己捅死了。

看到這些屍體就像看到天上的雲朵和路邊的草芥一樣尋常而沒有任何感觸，廉月匆匆來到紀豔榮身邊，檢查她身上是否有嚴重受傷，但很快鬆口氣，她揚起頭，質問道：「你要這孩子作什麼？你有什麼陰謀？」

「爲什麼、爲什麼、爲什麼，人類實在是有太多的爲什麼。你們總是在這隨機生成的自然世界中尋求秩序和道理，對這個邏輯薄弱的世界進行推論，費盡心思、絞盡腦汁試圖理清一切因果之間的關係，並往它們身上強加自己製造的邏輯。你們難道不知，這個世界本就是荒誕的嗎？世界本不存在道理，人類對意義的尋求，規律的探索，自然界從不在乎也未曾一次主動配合過的，道理不過是僅局限於人類自身的認識需求，是人獨有的一種癮和一廂情願，那是認知的癔病。」

低士馬半張著嘴，露出咬緊的牙齒以及無比憎惡的面容，逼視廉月，像是在敲打硬木桌而非自己的前額一樣，用指尖鑿得他頭蓋骨砰砰作響，並惡狠狠的說道：「人類理解不了沒有道理的東西，所以發瘋一樣的把所有需要被認知的東西，主觀的賦予其道理。你的爲什麼毫無意義，亦沒有答案，道理只存在於你自己的腦子裡，能讓你滿意的答案，也只能來自於你自己。」

像是被憎惡吞噬了一眼，低士馬眼中持續閃爍著惡意，但突然間，他用力閉上眼皺起眉，深深的用鼻子出口氣，仿佛閉眼的期間更換了人格一般，再次睜開眼時，他驀地又變得無比鎮定、冷靜，似乎看透了一切，已全不在乎了一般慢條斯理的說道：「陰謀什麼的……你還是不瞭解我啊，我可是個百分之一百務實的人。」

「務實？你的務實就是無差別的下毒？幫助殺人犯？炸死這麼多無辜的小女孩!?」

不屑的一笑，低士馬眼神迷離的說道：「呵……無妨，跟你聊聊也好——大前提你們調查了多少？這座別墅，其實是關押小女孩的堡壘，你們現在已經知道了，關押她們的目的就不必我細說了吧。而顯貴們之所以到這裡齊聚，是爲了什麼呢？是因爲他們在共同經營這個堡壘。」他似乎在耐著性子給小孩子講課似的，深吸一口氣。

「這個堡壘和他們的經營活動，都是宋陽君主導的。宋在各國各地搞人口買賣，搜集小天使，並在中間牽線，疏通各方。今天到場的，與他合作的人，有的負責運輸人口，有的負責在審批上開綠燈，有的負責經營平臺，發掘潛在客戶，並與之獲得聯繫。他們都是直接報告給宋陽君，所以他們也不知道其他共事的人都有誰，畢竟是見不得光的產業，大家都努力的把自己藏得深一點，一夥人保持著最低限度的聯繫。然後就到了今天，多年來一切順利，直到今天。」

夜幕中行走的低士馬，籠罩在煞氣之中，明明沒有任何攻擊性的話語，語氣卻咄咄逼人，似乎在逼問什麼人：「經營了幾年，這個團體突然遭遇了一個未曾遇見、前所未有的問題——小天使，長大了。

他們的賣點是輕柔稚嫩的小女孩，他們的客戶想要的是乖巧聽話的皮膚細膩光滑的小孩子，可這麼多年過去，小孩子長大了，突然一夜之間變成了青少年，不能繼續利用了，該怎麼辦？」低士馬一聲冷笑「小天使團體的內部就發生了激烈的意見衝突，對小天使的處理方式太多，但沒一個能兩全其美兼顧各方。或是需要這幫人犯下殺人的重罪，或是要連累某個、某些人一輩子，埋下一生不能忽視的風險隱患。宋陽君意識到問題的嚴重性，決定開誠布公的讓所有人見上一面，徹底的討論整個團夥的前途。

於是，才有了他們，有了我，有了你，有了所有出現在這牢山山頂上的傢伙們。」

廉月頭皮一麻，下意識的看向紀豔榮。

「難道……」

「啊，對，沒錯，你終於明白了呀。她就是那個已經長大了，未來必須被決定的小孩。」

一股憐憫與慈悲從廉月的喉頭發散，流竄全身，電擊途徑的每一個細胞，每一條神經。她目光複雜的看著昏迷不醒的小姑娘，不知該如何是好。

「就如剛才湯有爲所說，宋陽君出於愼重的，還找來了環人保舉辦活動，給這些行蹤備受矚目的顯貴打掩護。他本想等到活動結束便開始會議，可惜啊，外人還未離去，騷亂便發生了。不管是直接起因是什麼，第一場小天使集團內部的殺人事件發生了，梁繼軍殺死了同爲局內人的袁一衫。」

他突然呼哧一笑。

「嘛，那些都無所謂了，我呢，調查宋陽君的這些小祕密，目的都早跟你說明白了。他的髒事只有我們知道並能夠利用起來就足夠，這些祕密不能擴散到外界，否則會損害我們集團的形象，銷毀痕跡是必然的。但也不能銷毀的太乾淨，現如今宋陽君雖然已經死了，但他畢竟掌控這個組織太久，與太多老員工牽絲攀藤，難免誰有與我們對抗，復辟宋派人的心思，到時我們就可以把紀豔榮搬出來，讓他們知道知道我們的能耐，了解了解宋陽君小祕密的嚴重性——怎麼樣，滿意了嗎，這熱鬧聽得還樂在其中嗎？呵呵呵呵……實話說了吧，找不著兇手時候的你們那個緊張樣，看到更多屍體時候的那個驚懼的表情，還有追著自己尾巴轉的那個慌張勁兒──這一天來得太值，眞是太好玩了，光娛樂也夠本了。」

句句話語如刀，割得人生疼。廉月雖然精神苦痛，但毫無退縮之意，倒似明白了什麼，眼中開始閃爍出從容的光芒。

「你就是一個什麼都不在乎，將所有人都視爲物件，沒有血淚的畜生。」

低士馬陡然收起笑容，每個發音簡短的就像菜板上飛速切下的刀子一樣道：「別那麼多廢話，我的耐心要耗盡了，我說什麼你就照做，你不會想面對失去耐心的我。」

廉月一皺眉，思忖片刻，又道：「那好，咱們就好好談交易。重新確認一遍，梁繼軍已經死了，我能交付的只有這個孩子，交上她，你就放我們所有人一條生路，沒錯吧。」

低士馬靜靜的繞著玻璃外壁繼續向廉月靠近，沒有回話，輕蔑的俯視一切，廉月繼而堅定道：「交給你可以，只要你保證她的安全，不然我們寧願和她一起死在這。」

哼的一聲，低士馬一捩眼。

「聽聽你那妄言譫語，她一旦落在我手裡，她的安危你還管得著嗎？我就算在這裡承諾了又有什麼意義？你能得到的不過是一個空虛的心理安慰。」

「當然有，你怎麼回答這個問題，是你內心態度的投射，既能反映出你的動機，也能從側面提示你帶走她之後可能採取的動向，而你現在正在回避我的問題，那就是說，你非常可能還沒有算計那麼遠，你腦中對於得手這個女孩之後的計畫，仍舊是空白的，你現在只想著先逃開了我們再說。」

「……」

低士馬突然不說話了，猝然站定，原地立定兩秒，他倏地端起弩，簡短快速說道：

「把她放在一樓大廳門口處，放下，然後往後退，你們不許上來。」

「太高了，抬不上去。」

「我不在乎，你們自己想辦法。」

廉月迅速看向康澮，他渾渾噩噩的站著，仍不知該幹什麼，似乎依舊有些神志不清。廉月站起身，走到康澮身邊，拉著他兩三步來到紀豔榮身邊，找了個方便攙扶紀豔榮的角度，蹲下去試著去托她起來。正是移動了這麼兩步，廉月驀然看見有人坐在一小堆廢墟後面，是莫依然。莫依然也沾滿了灰塵，他的腦袋耷拉在雙膝中間，喪氣的咕噥著，完了，全完了，都怪我，都是我太魯莽了——

廉月一個人扶不起來紀豔榮，於是試著公主抱的方式將紀豔榮抱起來，但隨後驚訝的發現自己沒那麼多力氣可用了，差點跪倒，康澮霍然回過神，康澮的眼中有了些神采，但尚蒙著一層迷霧。他心神恍惚的去托紀豔榮的兩腋，配合著廉月，一個抬上身一人抬下身，兩人托著紀豔榮向正門方向移動。

「沒有上去的樓梯，樓梯是從一層開始建造的。」

廉月語速緩慢的如此說，康澮點點頭，看向一樓入口處，失神地說這一層是應當是隱藏的樓層，只有能控制電梯的內部人士才有許可權下來。

目光所及，發現李本財已經爬回到臺階上，他倥傯的來到樓梯末端，笨重的一跳，躍到厚實的地面上，一觸地拔腿便落荒而逃，匆匆的疾奔進了昏黑的夜色中，向直升機所在的方向去了。

洎乎李本財退場完畢，黑暗中沒了風吹草動，低士馬也正好繞著一樓的落地窗到達入口前。他居高臨下的望了地下室一眼，刻意的往甬路方向移動了幾米，站的遠遠的，依舊謹愼的和康廉二人保持距離。

「入口那邊也堆了不少東西，找個高點地方咱倆把她舉上去。」

康澹含糊的嗯了一聲，卽便脖子移動的極不順暢，也倔強的把頭往上仰，似乎地面上有什麼強光在刺痛他的眼眸一樣。

另一邊，廉月沒有注意到康澹的神情，完全陷入自己的思考中——低士馬站位那麼遠，肯定是爲了避免在她兩人往上送紀豔榮的時候遭受突襲，低士馬果然想借紀豔榮當作逃跑用的人質。

他會怎麼跑呢？有沒有機會攔截他……？

很快，兩人到了樓梯依附的大圓柱旁，立刻看到不少裸露的電線從大理石間冒出來，相近的兩個線頭之間電光灼爍，劈啪作響。其中一條電線的盡頭壓著一個被咂出缺口的老舊保險箱，幾發9mm子彈由缺口中滑出，掉落於地。地面上還有什麼東西在燃燒，形成一個小火堆，沒時間細看，瞧不出來是木頭還是布匹，只覺得火光烤人。

邊向入口附近移動，康澹邊拿不定主意的問廉月眞要把紀豔榮給他麼，廉月悄聲說，這是保住紀豔榮性命僅有的辦法了，低士馬能逃跑的途徑估計只有直升機——

「有機會的，他起飛之前的時間裡咱們能上去，說不定還來得及阻止他逃跑」廉月說「直升機目標太大了，再不濟也能想辦法追蹤他，他逃出去24小時之內也能把他抓回來，總比現在大家一起沒在這兒強。」

康澮無力的點點頭，說是。正說著話，兩人眼看快上到了入口前的廢墟頂，霎時，康澮驚詫的反射性的一昂頭，廉月見狀心裡一緊，還沒轉頭，便感到有人，等視線跟上，她驚恐的發現低士馬正伏在頭頂，低士馬和弩尖都以近的可怕的，咫尺的距離斜對著她的眉間。

呼吸與心跳在刹那間停止。

瞬息之間，低士馬弩尖一轉，朝向紀豔榮，冰冷而決絕的扣動了扳機。

看著弩箭射出，利箭刺破紀豔榮的肌膚，穿透組織，在她維繫生命的動脈上打出血紅的孔洞，廉月與康澮愕然驚懾。廉月詫絕的從低士馬臉上，看到了猶如刃尖般清楚，好比水滴魚般醜陋的惡意。

「你不是要救她嗎，現在她死了，你怎麼不跟著一起去死啊？」

46.

於康澹的臂彎中中箭的紀豔榮，那如夢如幻、薄如蟬翼的生命，就這麼在睡夢中消逝了。

死亡是如此的突然以至於不知所措，惡意是如此的赤裸以至於不知所措，存在是何等的空虛脆弱以至於不知所措。

視線仍凝聚在那小到不起眼的箭傷上，難以想像重比泰山的生命會被此等纖細廉價的東西，於瞬息間奪走。

好像不是通過自己的眼睛，而是從第三人稱視野，如同透過方形的凸鏡看劇中的故事，康澹感到在從更廣闊的視角，看著一個傻站著盯著懷中屍體發愣的男人和一個驚惶失色的女人。

兩人還未走出驚愕，低士馬已迅如雷霆的將弩重新塡裝，冷酷的要再次瞄向兩人——哪知，忽然，一聲大喝由低士馬背後而來。

像煞一匹黑熊，李本財嘯叫著衝低士馬的後腰撲上去。料想是低士馬所有的注意力都用在堤防前頭的康、廉兩人，低士馬在被李本財臂膀勾住的一瞬間，才遲鈍的意識到自己中招了。

李本財和低士馬抱成一團骨碌碌的滾下來，剎那間塵土翻騰，康澹嘎啦一聲坐倒在地，用自己墊在屍體下面，給下墜的紀豔榮緩衝。紀豔榮一落地，廉月慌忙併攏雙指按向紀豔榮的脖動脈，一如預料的，她沒有感受到一絲脈搏。

兩人糾纏著，忒楞楞的在地上又滾了幾滾，滾下廢墟堆，李本財占了上位，抬手猛打：「你們！一個又一個的！都不把我放在眼裡！我讓你們瞧不起我！」

才打兩拳，低士馬左手一格，把弩指向他，李本財心中一緊，慌張去搶，衝出去的拳頭變成了抓，死死的抓住弩身，兩人拉鋸似的你爭我奪起來。俄頃，低士馬漸占優勢，眼看要站起來，李本財喊了句「讓你們知道我也不是好惹的！」，猛一欠身，隨後腰身一矮便朝著低士馬的手背咬過去。

這下使出了吃奶的勁兒，疼的低士馬齜牙咧嘴，低一攢勁，揚臂朝李本財臉上一發肘擊，捶牆似的一聲悶響，滿口牙瞬間活了一半。低士馬再次把弩指向他，李本財又沒頭沒腦的兩手一同搶過去，胡亂的扯下了弩弦。低看得出貼身戰這弩實在是派不上用場了，先兩手全力往後一拽，讓李本財脫了手，接著把十字弩前頭冒在弩身外，不過一釐米長的弩尖當矛，狠狠的戳過去，弩身一字樣橫木板帶來的撞擊力和短尖頭刺穿的傷害力不大，但疼痛感是毫不遜色的。

李本財胸口吃痛，疼的咿呀直叫，後仰翻倒，兀自在地上打了個滾，正四腳朝天，低士馬已經直起身端平了弩，重新拉上弦，穩穩當當的瞄準了他的腦袋。李本財大愕，驚慌失措的舉高四肢防衛，嗖的一聲弩箭破風而至，劃破灰濛濛的空氣，登時搠入李本財大腿，又是一聲慘絕人寰的哀嚎。

另一邊，康澹恨不得立刻就衝上去，加入傷害低士馬的隊伍，但他沒法棄懷中的紀豔榮於不顧，克制住心中一跳一跳的衝動，他抬著紀豔榮下了廢墟堆，找了處平坦的地面，輕輕地把屍體放下去，待看到廉月沉重的搖搖頭，康澹頹然感到額葉上有什麼凍結了。他一下子陷入某種激烈矛盾，一股放棄了一切希望的衝動和一股想要立刻奮起的衝動，針鋒相對到他不知所措。

無論是內在的矛盾感，還是恍惚失神，背後有什麼東西默默的迅速滋生。

——某種能吞噬一切光芒的，漆黑如泥的東西，正在從心底的裂縫中溢出，由內而外的侵蝕康澹自體。

——想要把他的皮肉撕下來，想要捅爛他那張皮笑肉不笑的臉，想要浸溺在他的血中看著他眼中帶著難以置信流失最後一點生命的光芒。

——想要把這些一股腦的施加在低士馬的身上，想把他藥片一樣碾成齏粉。

廉月早一步提起電擊槍衝過去，幾乎是剛要接近低士馬，低便俐落的從地上一彈躍起，跳躍動作甚至沒完，腳一沾地，立刻轉身奔逃。低士馬的起身讓命中機會突然出現，廉月眼前的射擊路線在一瞬通暢無礙，廉月的食指在瞬間繃緊。可她太希望能擊中，她只有兩發子彈，只有寥寥兩次機會，她下意識的希望這個命中機會能夠更加穩妥，能保證一擊擊倒。

機會只停留一剎那，短促的遲疑，追不上轉瞬卽逝的機會，開槍時，低士馬已然人影一閃，逃匿進雜亂成堆的廢墟殘骸中。

喊了一聲，廉月扯掉打空的電鏢，粗重的喘口氣，慎重的尾隨其後，她忽然想起來什麼，轉頭一看，康澹在朝她走過來，眼中儲滿了黑暗。

「……」

康澮眼神發直的從她身邊走過，走到李本財身邊，李本財一隻手肘支著地面，一手從廢墟中抽出一把帶裂痕的廚刀，往地上一撂，啐道：「拿去，宰了那個狗娘養的！」

俯身拾起，康澮鄭重的在手中握了握，看向李本財，似有似無的頷下首，洶洶向廢墟東北側深處走去。廉月見狀，無需多說，也再次邁動腳步，以包抄之勢南行。不兩步，卻聽到低士馬的聲音傳至耳畔。

「爲何要這麼在乎？那個人是死是活，對你們有意義嗎？」

廉月立刻豎起耳朵，努力定位聲源的位置。

「當然沒有，你們這麼做不過是出於已經被內化了的社會規則，是在自動化的反應，即便你們從未花時間思考過這些反應，即便這個社會規則本質上空洞空虛，甚至是荒謬的，只是慣性，或是當權者爲了服務自己而要求社會的。個體爲了能在可怕的群體中生存，不經大腦、不敢忤逆的接收這些畸形與無意義的社會化，並將畸形與空洞傳遞下去，到頭來不過是隨波逐流，自欺欺人，白費力氣。

你們的悲傷沒有意義，生命不過是一種物理現象，如水池裡冒出的五彩肥皂泡，幾秒鐘之後就會消失，你會一次次因爲肥皂泡消失而悲痛欲絕麼？所有的人與事物都行走在名爲死亡的黑洞的邊緣，被吸進去只是時間早晚，時間銷蝕一切，消亡一切，死亡不可逃避。不存在活人，只有將要變成屍體的肉。

你們的期望毫無意義，你們總是在問什麼，是因爲人沒法忍受沒有答案的世界，越多的問題得不到解答，對存在和世界的不確定感越深，人便越困惑不安、惶惑不已。你們和絕大多數人類一樣，到最後一切發問和回答都不過是出於感性而非理性需求，總是期望能理解身邊不可理解的一切，控制身邊不可控制的一切，期望感受到自我自由意志的力量，以掌握那麼一點短暫且虛幻的安全感。」

廉月由南向東行進，從一截只有房門還屹立著的破碎頹垣上翻過，看到一扇巨大的餐桌，她立刻發現這桌子和照片中看到的一模一樣，她盡可能不去多想，謹慎的觀察一切可供隱匿的較大型的殘垣斷壁。

「你們總以爲自己主宰著自己的行爲，但其實自由意志並不存在，意識本身不過是一種主觀層面的錯覺，是表現和模仿外在事件的能力。意識，對外在事件沒有任何效果，其動機受到看不見的名爲內在衝動的線繩所操縱。

的確，意志決定了選擇，選擇決定了人生。我們的喜怒哀樂，欲望、目的、行動，每個人生命中的所有事件，從微不足道的到極其重要的，看似由自由意志決定，但意志其實是內在的認知、既定性格與本能驅力的綜合表現，被兩大決定性因素塑造，一個是基因，一個是早年經歷的外部環境刺激。

不幸的是，這兩個因素都由出身決定——與生俱來的基因和幼年生存環境都不是個人能夠選擇的，相反，卻恰恰是在出生的那一刻，就被決定好了，人只能被迫接受。而正是這些不能被自由選擇的，決定了個體如何去應對選擇。

——我們不過是基因的奴隸，是環境與時代的造物。

你任何一個特異的的性情、認知，都能找到他的起源，追溯到最後，你會發現，因果鏈條的最源頭，邏輯藤曼的最根本處，終究是這些無法控制的因素決定了一切。所有精神上的內容，不過是在給定基因條件下，受父母與社會影響，建立在我們的童年早期經歷之上的，被個體無法察覺的時代大潮流的宏觀背景的引導下，鍛造出來的形態——心是外源性的，那些看上去是目的、價值、意義或任何自由意志決定的東西，其實是被限制和決定好的，僅僅是生理過程的主觀附屬物。

你們憤怒只是因爲你們是當前時代的孩子，對自我生存現狀和腦中對世界的認識的激烈失調而感到不滿。但如果你們出生在中世紀，受到另一種教育和環境的塑造，認爲死去的敵人即是個體的榮譽，那麼你們現在，說不定正在高聲歡唱呢。」

遠處，同在地下一層的康濟來到的承重柱一閃身，衝到其後，柱後空蕩無人，莫依然卻仍在附近，抱膝而坐，他驚弓之鳥般一揚頭，瞠然望著康濟。

「你們還在戰鬥？爲什麼要戰鬥？都結束了，結束了啊，什麼都沒了，再打下去還有什麼意義？」

「人得爲他的行爲付出代價。」

「你要打倒低士馬，甚至是殺了他？可又有什麼用呢？死去的孩子們不會復活了啊。」

康濟喉頭一哽，他感到脖頸在顫抖。

「那至少讓他成爲未來其他萌生行惡念之人的警示。」

「但如果你們在這個過程中死去了，那就什麼都沒有了。」莫依然低著頭，喃喃道「什麼都沒有……警不警示懲不懲戒，對不再存在於世的你們還有什麼意義呢……？」

雙眉緊皺，耳邊低士馬那忽近忽遠的聲音煩擾不舍。

「還不明白麼，貌似是我們自己的，是我們賴以爲生的，指導和決定自己人生一切方向與選擇的心靈、意志，並非是從我們的腦中原生的。而是他人塞給我們的，是我們所接受到的所有外來刺激，經由大腦接收後，在心底沉澱形成之物。

——身體也好，心靈也好，都不是我們自己的，過上何樣的人生，是他人替個體決定的。我們終究只能某一天忽然發現自己變成了現在這副模樣，而不是左右自我發展，變成我們期盼的樣子。我們被限制在現狀中，只能在這個一點點偏離正道的人生過程中沉淪下去。

人今天之所以會做出某項決定，認定某條道路，並天眞的以爲是自己所主動選擇的，是因爲五年前認定和接納了某種價值觀，十年前塑造成了某種根源人格，而五年和十年前你之所以會接納哪種觀念、獲得哪種人格，是因爲當時的經歷，童年時在什麼樣的社會、家庭、學校成長，和什麼樣的兒時玩伴接觸，幼年能獲得多少資源對個人進行培養，大腦獲得多少鍛煉，這些皆完全取決於出生在何處。

在上述的所有過程中，都不存在任何所謂自由意志的作用。

正相反，就如同我剛才所說，每個人在出生那一刻，所有的事情就都被決定好了。沒被決定的少數，則盡然是隨機事件。每個個體的人生只在一個可能性的範圍內波動，從未離開過這個概率區間。

你也好，我也罷，從一開始，就對自己的人生，連一星半點的決定權也沒有。

人不過是生物學的預定劇本，是已經設定了終點和結果的人形鐘錶，我們的人生，只是對那劇本一板一眼的再現。你我之所以成爲你今天會成爲的模樣，不是我們自己，而是世界決定的，只不過是沒有意志的世界昨天隨便拋下骰子，落地的無數個點數之一。

難道不可笑嗎？扔出骰子的不過是另一些和風吹草動相同性質的無意識無目的的物理運動，最終產生了同樣不確定未來、沒有目標的我們。

就像黑暗角落積水中的黴藻，所有存在，所有生命，一切的一切都不過是一場空洞的意外。不管我們活多久，有什麼樣的人生，掀起多大的波瀾。個體也好，種群也好，最終都會歸於沉寂。塵埃落定後，就像膨脹最後破碎的肥皂泡一樣，像星空中一閃便寂滅的光點一樣，一點痕跡也不會留下，消失的一乾二淨。」

康澮猛地眼簾半垂，磨銳他的兩束目光，對莫依然回答道：「不重要——你猜怎麼著，低士馬是對的，人皆是某一天突然發現自己成爲了今天的模樣，我們都是被塑造的，今天這個被不能自主的因素塑造出來的我，就是單純的忍受不了低士馬這樣的害蟲存在於我們的種群中。尼采也有對的地方，衝創意志確實在人根本的層面發揮作用，而我，現在，就是克制不了征服低士馬的衝動，我就是想要把他從人類此刻的篇章中消除掉，僅此而已。成功了，社會又一步偏移我意識中認定的畸形，朝著我希望的色調轉化，失敗了，就讓我成爲致死不肯放棄的榜樣，激勵和我有一樣傾向的人。這他媽從來就不是什麼感性或者哲學、價值觀問題，而是一個單純的經濟問題——投資總是有風險，回報率與風險相當，失敗的概率，喪失的威脅總是存在，但不去投資什麼回報也獲得不了。」

他最後看了莫依然臉上那不肯認同的茫然神情，毅然向深處前行。

「我不認同！」康澮咬緊牙關，憤然向石礫堆吼道：「人類社會是一個協作體，是基於信用和約定而形成的合作體系，合作需求是最基本的需求。社會規則來自於我們天生互助共進的需要，爲了維繫人與人之間卽競爭又合作的複雜關係而出現的群體規範、道德準則、個人美德便是有價值的，其衍生而出的民俗、習俗、規矩、禮儀，自然便有其意義。道德的演進，本質上是一種生存需求，具有生物學意義，符合進化論原則，他們從來不空洞。當權者也不過是這個龐大約定系統的一部分，權力需要被承認，始於亦終於約定，不被承認的權力只能通過屈服維持，而通過暴力屈服的權力終將滅亡於內耗。當權者能決定的只有部分社會規則，這些規則需要被百姓接納，不能過分違背社會協作的基本種族需求，或是其上層的道德、生存原則。這樣的種群自我調節機制決定了，荒謬道德只會少量存在，是百姓在不認同的情況下，至少能夠忽視的部分，用少數荒謬爲更寬廣的範圍定性，不過是你過分誇張，歇斯底里！」

嘎啦一聲，遠方地上傳來某種清脆的響動，康澹精神一振，拔腿奮起，朝聲源衝過去，飛速繞過一片屹立不倒的金屬皮廚房灶具，只見一個黑影一閃而過，從原本是地下室廚房的後門衝進去，鑽進了一個晦暗無光的門洞。康澹立刻緊跟而上，途中，他見到翻蓋螢幕轉軸斷掉的筆記型電腦，倒在地上還在微微顫動，低士馬剛才踩到的恐怕就是它。

「生命確實不過是一種物理現象，但絕對不是可有可無的。人具備可能性與能動性，一個生命的喪失，意味著他本能對環境進行的改造，對世界進行干涉力量的喪失，意味著某個本來可以繼續發展與創造的可能性歸零了，也對於某人能從這個曾經的生命體身上獲得助力的可能消失了，曾經投入於此有機體的培育資源荒廢了。

曾經投入的成本與發展性，他人獲得助力可能性，能動性力量三者的消亡，即便僅以純粹理性的視角來看，也足夠成爲人們爲之哀慟的理由。我們的憤怒是有意義的，哀傷也是有意義的。即便哀痛只是個人社會化的結果，這種社會化源頭也是有意義的。人或是其他生命在純粹客觀視角或許是無價值的，但對於人，對於人類社會，生命無所謂這種事情，人死了就沒有價值了，對死者的尊重和傷痛沒有意義這種事情，當然是僞命題！」

康澮嘶喊著衝進門內，但那門深處黑如深坑，頭頂灑進來的微弱光芒，連腳尖都照不到，若是這麼莽撞的進去，只怕死也不知道怎麼死的。

他立刻端起刀，置於下頷前，刀尖向外，直指黑黝黝的門洞。他如此一手舉著刀，懷著放肆一賭的心態，一手摸向牆壁，還眞摸索到了牆壁開關，一撥，燈光亮起來，映入雙眼的是水泥裸露，每面牆都沒有塗料的細長廊道，細到康澮站在左側牆體前就能摸到右側的牆壁。在康澮腳邊有四臺平板手推車，管廊靠右的牆邊零星的壘著一些瓦楞箱。管廊的左右牆壁和天棚上，布滿了五花八門大小不一的管道，最粗的直徑半米多，最細的則有拳頭粗細，向廊道深處延伸。

一根直徑六七十公分粗的巨型管道從左手邊的牆壁鑽出來，管道旁邊有一鐵門，康澮謹愼的躲在牆後，左手正握刀子，虎口和刀身都頂在自己左肋，伸長右手手臂去推那門，但推不動，門是鎖著的，於是把頭伸過去，透過門窗觀察。康澮看到裡面有兩座插滿了大小錶盤的水泵，一對貼牆擱置的控制櫃，一個八九立方米的正方體鐵灰色水箱，旁邊放了兩三個湛藍色穩壓罐。走廊牆壁上的開關，連同這個給水室內的燈一起打開了，裡面視野淸晰，康澮沒看到有人。

身後響起腳步聲，一回頭，是廉月。她踮起腳，快而靜的超過康澮，走在前頭。康澮轉而再次看向廊道深處，鼻翼緊蹙，眉眼豎立，眼中燃燒的怒火分毫未減。

互相點頭示意，匆匆繼而前進了幾步，到得走廊拐彎處，廉月打起精神，一躍而出，舉起的槍口只捕捉到了另一條空蕩蕩的走廊。管廊還在繼續向前延展，漸變寬闊，視界盡頭是一扇雙開鋼板門，門兩端旋轉軸承裸露，門縫之間有燒焦痕跡，現如今被門式鎖鎖上了，門是關死的。

——但鋼板門之前，仍有一間屋子。

門敞開著，有什麼灑落在地上的，黏稠的水珠碰撞破碎的液體聲，從屋內傳出，回蕩於牆壁之間。

——低士馬只可能藏在這裡了。

「就算我們被限制在肉身的容器中，就算我們沒有權力決定我們要成爲什麼樣的人，就算我們沒法決定受到了什麼樣時代與思想潮流的影響，那又如何，那些我們無法決定的前提條件，就像一個無法被驗證的課題沒有討論意義一樣，這些問題都根本沒有過度在乎的必要。

針對無法改變的背景條件，我們需要不是哀嘆，而是認清它，認清自己，並隨之要麼遵循、適應、要麼調整、改變，我們仍可以懷揣各種「如果」，我們可以帶著在未來改變它的期望，努力積攢力量，在能改變它的時刻再去付諸實踐。我們本就生活在受限的世界，萬物都有其限制，我們的一言一行都有其前提。接納我們無法改變的事情需要勇氣和明智，像你這種只會對著不理想的條件嗚呼哀哉的傢伙，就是他媽的懦弱！」

反正低士馬不回話，康澮乾脆就說下去，並添油加醋的試圖激怒他——

廉月才來到門前，旋卽緊張起來，她兀自屏住了呼吸——

在門前看到了傾灑於地面的液體，熟悉的刺鼻味道讓她意識到那是什麼。

「柴油。」

她扭頭衝康澹小聲道，康澹點點頭，胸口在怨懟下起伏著，他快步走到門的另一邊，貼牆瞟覷屋內。

兩臺巨大的隆隆作響的發電機，一個一米多高的配電箱，一座小型控制臺，五六個200升裝的柴油桶，以及一架配置有路由器和交換機的立式機櫃，牆上裝著逆變器和一臺總電錶，柴油在屋內地面上灑了一圈，一個手提鋁質加油桶倒在屋內最深處的地板上。

屋內能藏人的地方不多，低士馬肯定就在這些東西的哪個後面。

「死亡確實不可避免，這更意味著我們要充實的過好每一天，努力創造更多喜悅。就算生命是預定好的，我們發展也可能是被早早決定好的，但歷史也在告訴我們，人類社會一直在演變、進化，人類種系始終在進步，文明在發展，科技在創新。我們現存的仍不夠理想的社會結構和我們的出生不同，是我們能夠改變，也一直在向優異方向改變的。人類種系始終在探尋一個能爲人類更好服務的社會體系，人類種系始終在追尋未知，追求超越且正在不斷的超越往昔，這背後推動一切的，就算不是自由意志，也是人類意志！其蘊藏的精神力，能夠改天換地！」

廉月打了個手勢，康澹立卽微微點頭，用口型無聲的說了句好。廉月也點頭回應，她從戰術腰帶上拿出震撼彈，在手中顚個跟頭，眼神一厲，唰的一揚手，震撼彈脫手而出，凌空畫個弧，骨碌碌的滾進去。

震爆伴隨著閃光一同從門的那側衝擊擴散出來，如室內雷霆，強光一滅，康澹立即縱身衝進發電室，左腳踏進屋內，右腳還未跟上，就聽呼啦一聲，兩條火焰地龍由左右兩邊同時躥上前來。

康澹再兇猛也抵不過烈火，見到雖是早已預料之中將會躥升的火龍，康澹還是有那麼一瞬本能的想去躲，退縮感不可控的湧上心頭，衝刺的勢頭瞬間消了一些。他無法克制的去斜視牆角的柴油桶，對到底要不要衝進去心生躊躇。烈焰封住了牆邊和身後的路，進入的路徑只剩一條，康澹和廉月只能從正中繼續前行，如此被左右包夾，更是多了份衝入陷阱的擔憂。

——這是低士馬的應對策略，他知道震撼彈之後緊跟的就是突襲，他企圖用火焰來抵消兩人的衝鋒。

——要不乾脆退出去，讓他嗆煙嗆死在這個小房間裡。

這個主意才上交給高級腦區，不及下決斷，沒來得及停下雙腳康澹自動化的那部分低級腦，已經帶著他衝到了房間的最深處。

一根光滑到發亮的扳手，猛烈破風的衝著康澹的胸口揮過來。

康澹當機立斷的立刀格擋，扳手打在刀身上，一片三角形的刃片由刀身迸裂，子彈一樣的在迸發的火星中彈飛出去。

握著扳手的是背靠配電箱而立的低士馬。

低士馬左手橫在眼前，遮擋緊閉的雙眼，左肩頂著配電箱，右手握著一把尖尾棘輪扳手，握力過大以至於五指血液回流，指肚雪白，他右腿半踩在燃燒的柴油中，火焰已經蔓上他的下肢，點燃了他的踝脛。

——這混蛋現在看不見！

康澹腦中念頭如此一閃，手一用力撥開對方的扳手，獲取充足的進攻空間，毫不留情的衝著低士馬平斬過去。低士馬先打一下打完立卽感知到是被抵擋住了，腳一蹬地抽身後撤，同時攻防兼帶的第二次掄動棘輪扳手。

可終究是目盲，揮過去的扳手全憑感覺，吃不準方向，康澹眼明手快的抄其來襲手臂的內圈，先一刀削中低士馬胸下肌，隨卽反手一刀紮中其右臂肱骨結節，結實的刺入兩三公分。

刀子好像紮的是個木頭人，能看到被紮的人在衝擊下抖動，卻一聲不出。

關節中刀讓掄過來的扳手勁道軟下來，準頭愈發歪扭，砸了個空。康澹立刻抽刀，隨之臂若彈簧，一拔出來，刀尖一轉瞄準心窩要害立刻猛地又刺。

低士馬擋著眼睛的手臂狠狠的抓向康澹中路，他是知道自己剛才中了刀，又瞧不見刀路，孤注一擲的扭動身體用手去阻止康澹的廚刀，但胡亂的抓哪裡能起作用——他在感到康澹的衣服在其掌中攥成了團的同時，只感缺了齒的刀刃攮入了他的胸肋之間。

僅僅是被刺中第二刀前的半秒鐘，低士馬就以驚人的意志力的克服了肩膀痛楚，他睜開眼，瞪著虛空，驟然發勁，攥著康澹衣服的手保持著握拳姿勢，一發上勾拳，狠狠打在康澹的下巴上。康澹只感到脊樑一提，接著眼前寒光一閃，低士馬無聲但拼命揮動的扳手，嗡的一聲已經砸在了他的額角。

短短一秒鐘，康澹顱腦接連受擊，眞是感到腦子快不成形狀，要就這麼散架了。

然而愈是痛，殺意就愈是濃烈。

康澮發狂一樣用刀刺向低士馬的喉嚨，低士馬看向康澮肩後配電箱的眸子陡然一跳，瞳仁以電閃之速轉向康澮手上的刀刃。低士馬翻轉扳手，去擋襲來的白刃。卻見寒光一閃，扳手精準的用前頭棘輪阻遏住廚刀，廚刀刃尖瞬間陷入扳手末端的棘輪中。低士馬腕一施力，拗動扳手，且聽錚的一聲響，廚刀登時斷成兩截。

本以爲這一下會折了康澮氣焰，哪知他反應如閃電，立刻手一揚，居高臨下的用斷刀劈下去，低士馬忙格，兩條金屬清脆相交。下一刹那，砍在扳手上的廚刀一壓，使低的手臂矮了小寸，幾乎同時順著刀刃方向，朝斜後一抽，康澮一刀在低士馬的左肩上削出一條口子，乘臂上力道未盡，片刃向左一傾，又削向低士馬的下腹。低士馬看得清楚，再次反應迅速的去格，金屬片和鋼鐵塊之間又一次發出打鐵般的一聲響，砍來的刀刃卻未在扳手上多停，只一下虛點立刻手臂上挑，琅琅幾聲從扳手上劃過，霎然間由低士馬的胸口到鎖骨削出一道新的六七釐米長的口子。

恐慌霎時躥上低士馬的頭皮，康澮的腳則躥上了低士馬的核心肌群。他飛起一腳踢中低士馬的左腹股溝，低士馬沉重的翻滾出去，這一腳將低士馬本想採取的一切反制動作皆化爲灰燼。

這連續的幾下你來我往，都在不過在幾秒之內完結。廉月已經追上了前面的康澮，但僅有的一條狹窄通路被康澮的身軀遮擋，她根本看不到低士馬，礙於康澮沒法瞄準。

惡狠的戰鬥看的廉月膽寒，這一踢開，兩人距離忽然拉遠，廉月有了機會，早就等不下去的她，匆忙一個側步錯開康澮，抬手朝低士馬開槍。本以爲跌倒的低士馬會在地上控制住自己，短暫停頓，哪想他倒下後，立刻側身翻滾，不顧地上的火焰，朝門方向的滾去，竟魯莽的鑽入火中，頓時四分之三的身子在烈火滾了一圈。如此泰瑟槍電極彈射而出之際，低士馬已經閃離了命中範圍。一隻電極失準，打在牆壁上，僅一隻刺入了低士馬的右臂。

低士馬翻滾後立刻起身，只見他後背負滿了火焰半蹲於地，右臂失控的高頻的連續顫抖數下，接著卻見他倏地猛握緊拳頭，手臂肌肉的抖動驟停，幾乎同一時間，他左手一抓銅絲，將帶肉勾的電極一把薅下。

廉月情緒駭然的丟掉手中彈匣已空的泰瑟槍，不知道突然從哪裡傳來某種尖銳的蜂鳴聲打斷了她對低士馬的凝視。那聲音刺耳不已，猶如空襲警報，康澹所有注意力都在低士馬身上，根本沒有一點多餘的分配給那聲響。但廉月有，她立刻察覺到聲源近在咫尺，一抬眼，看到發電室上的火警報警燈光煜躍動，是煙霧報警器正在被啟動。

幾乎是蜂鳴報警響起的同時，卻聽身邊磅的一聲炸裂響，引得廉月看過去，是打火機在腳邊，於高溫中自爆了。但她這一扭頭，卻同時瞧見了另一樣東西——深處發電機內側的角落中，十字弩被貼牆放置的工具箱和釘盒卡住其握把，凌空聳立。最後一支弩箭搭在弦上，對準康澹所在。一根偏皮筋，連纏了幾圈成環狀，皮筋環的一頭勾在工具箱的邊角，另一頭勾住扳機並拉滿了弓弦，同樣受火焰撩撥，皮筋即將熔斷。

廉月眉一皺，奮力地一把推開康澹，只聽啪的一下，嗖的一聲，皮筋斷裂，弩箭離弦而出，劃破半空，射中廉月側腹。

「唔！——」

康澮鎖定了低士馬正欲衝刺，身已半傾，霍然被推，心中一驚，重心傾斜著向前栽倒，在驚愕中回頭看到廉月中箭了的同時，想用手緩衝，下意識的鬆開手丟了刀子。康澮雙手一撐地，在地上打了個滾，伏著身還沒站穩，就見低士馬半身燃燒著從配電箱和機櫃中間的過道衝出來，朝門口疾奔。康澮一看來不及去撿刀，一齜牙，腳一蹬地，躍出去，衝低士馬而去。烈火中一前一後衝刺向出口，於出口前幾寸之近時，康澮追上了前頭的的低士馬，由後環抱住其後腰，奔跑的慣性和自身的重量，全都在撲中之刻一口氣的傾泄出去，帶著低士馬兩人一同翻倒於地。

接近到低士馬的一瞬間，康澮立刻感到熱氣逼人，待觸碰上，他清楚的感到低身上的火焰，灼的他面皮如針紮般麻密的刺痛。低士馬的扳手飛出門外，兩人亦如拋出去的保齡一樣，連連翻滾，分別結實的轟然撞在門外的牆壁上。

這一滾，康澮於瞬間中滾入門前的烈焰又滾了出來，身上燎燃大片。他倉促站起來，慌亂的去脫上衣，看不清東西，眼前全是自己身上的火，他感到自己什麼地方都在燃燒。低士馬亦騰地站起，用鎮定到超常的步調，穩步後退幾步，像精準的儀器一樣，快速而有條不紊的去拍滅身上的火苗。

裡面，廉月一咬牙，將腹部的弩箭拔了下來。她再抬起頭，看到發電室的房門正在緩慢關上，她心裡明鏡，氣體滅火系統正在工作，她一手攥著從自己體內拔出的箭，焦急的從房內跌跌撞撞跑向出口。

康澮慌張的脫到半途，卻聽呲啦一聲響，水花從頭頂澆灌下來，冰冷蜇人，點燃的衣物迅速降溫，周身熾火轉眼間沉寂下來。他劇烈喘息著，慢吞吞的褪下此刻脫得只剩一條手臂還穿著的外套，抬頭看著還在不斷灑下的水珠。他才總算明白過來，是廊道內的消防噴淋裝置啟動了。
發電室正在緩緩自動關上的門內，廉月全力一躍突破火焰屏障，腰一擰側身從半關的門內鑽了出來。接著比蜂鳴更加尖銳的氣閥放氣聲從屋內傳來，康澹一看，屋內天花板石膏線旁的四根管道正在一同排放出濃濃的白霧，一點點灌滿火光赫然的發電室。排放的二氧化碳，會將氧氣含量降低至12％以下以滅火，這是配電室配備的自動滅火功能的最終階段。
——小型火災同時引發了地下的整套防火系統。
廉月痛苦的一手捂著自己的側腹，勉強的支撐著牆壁而站，康澹在走廊的對側，與廉月間隔兩米，燒壞的襯衣下露出繃帶和醫用膠布。低士馬，直勾勾的盯著兩人，在七八米開外的位置站定。
驀地，整個地下通道中就像沒有活人了一樣，每個人都在無聲喘息，只有死物機械的聲音縈繞於耳邊，氣閥嘶嘶，灑水器沙沙，發電機隆隆。
低士馬的狀態很糟，他的皮膚被一塊一塊的燒焦，焦黑的肉皮下露出了紅嫩肉體組織的。火焰燒毀了不少衣服，露出了低士馬的手臂，那上面有陳舊的傷疤，都是短促的刀傷，傷疤形狀整潔，排列整齊，如同頻譜。
——那是……長期自殘留下的痕跡。
康澹微微皺眉，一道摻水之血從額角上流下來。
半晌沉寂無聲的對峙，忽地，廉月猛抽一口氣。
她不是因爲看到低士馬被火燒後皮膚斑駁的慘狀，或是自殘的舊傷，而是另一個更加驚悚之物。

低士馬的頭髮和他身上大部分裸露的皮膚以及衣物一樣被點燃了，他的頭髮幾乎被燒盡，但他的後腦上並沒有露出頭皮。

——頭髮曾掩蓋的位置，在失去毛髮後，顯露的是一層厚實而透明的玻璃蓋。他頭蓋骨的後半，頂骨和枕骨的絕大部分都被整齊的切割掉了，由那塊兒玻璃取而代之。玻璃蓋的邊緣是金屬邊和條狀吸盤，金屬邊卡在顱骨上，吸盤緊緊的吸附在低士馬的後頸和頭皮上。玻璃蓋上漆著大大的猩紅的殘缺之V，玻璃下方的東西，則大都清晰可見——

就像一個緊湊擁擠逼仄的玻璃罐頭。籠罩在某種灰白色膜下的粉紅色的腦子緊緊貼在玻璃罩上，那大致為石灰白又略顯透明的薄膜下方，能清楚的看到各種大腦勾回，勾回中一些無色但微微渾濁的液體。有一條較粗的血管，橫穿大腦中央溝，緊貼在腦縱裂上的，還有無數枝丫一般暗紅色的細小血管，稀疏的均勻分布在各個腦區。所有這一切，肉眼看不出任何活動，它們看起來似乎全都靜悄悄的。

那怎麼看都是一個裸露的活體大腦。

活生生的，只是少了一面骨頭蓋子。

「！」

康澹一驚，陡然想起傭人舍的時候，低士馬背靠牆壁時發出的清脆的響聲，那不是他鞋底發出的聲音，而是他的後腦。

「骨纖維結構不良……」廉月沉重的呼吸著，對康澹說道「怪不得面容測量比對不上，一方面，骨本身存在應力反應，骨感受到的力學信號最終會轉變爲骨骼結構重建。另一方面骨受損後會發生代償性反應，導致增生。玻璃蓋在不停地磨損和對殘破的頭骨施力，這兩因素導致了他的頭骨結構與量一直在生長變化……最後容貌已經與幾年前完全不同了……」

「啊啊，這個啊，廉女士說的沒錯，我在鏡子裡都認不出來我自己啦。」低士馬忽然意識到兩人的視線所在，他尚未喘勻，仍在大口的吐息，帶著滿身的傷口起起伏伏，邊左右轉轉頭，卻用輕鬆的調調說道

「……這個呢，是我老媽的傑作唷。」

「你……你的母親不是……研究員？……」

「對呀」低士馬抬高雙手，又大幅度張開，彷彿在展示什麼巨型壁畫「非常熱忱的那種。」

他雙眼如黑洞般的譏笑著。

「我頭上這個東西……簡短點說，就是誘惑太大了，母上大人沒忍住。至於稍微詳細點講嘛——」

有什麼看不見摸不著的，氣場一樣的東西在低士馬的身上瞬間收緊，讓人不禁屏息，冰冷的話語從其嘴中流出：「——你知道……全世界有多少女科學家嗎？」

康濸一愣，他有點想看向廉月，但說不上爲什麼，總感覺現在看向廉月反倒是對她不尊重了，不知道到底該不該看向她。餘光一瞄，偷看廉月臉上的神情，廉月也很意外低爲何突然提出這一問題。

「只有30%，那還是只要參與研究的便算的數量，頂級科學家占比，更少到驚人的一成。諾貝爾獎建立120年以來，獲得諾貝爾自然科學獎的女性只有區區十八名，於該獎項性別占比僅3%」

低士馬笑容變得邪魅。

「女性在科研圈中是實打實的弱勢群體，不被期待，不被重視，缺少發言機會，缺少提拔契機，明明有比男性更高的投入度，承受更多代價，卻只被當做附屬品，像輔助人員一樣工作。當然不甘屈服——還在這個圈內繼續努力往上爬的女性們，就是因爲不屈服才不離開——我的母親也是其中一個。」低士馬閉上眼，緩緩的仰起頭。

「當她半生消耗在腦神經科學無果後，突然得知自己的孩子是神童，入編機密部門，似乎突然間成了她不可多得的重大機會。

但是，她的這份熱忱並沒能維持多長時間。兩年後，突然一切結束了。心算隊毫無徵兆的被解散，先前項目不了了之，沒有更多的優待，沒有更多的特權，沒有更多資金輸入，一切歸於死寂。

我們的遣散，對於大多數人無所謂，不過是人生的又一個小挫折。但失望、落空、挫敗感、末路感，一口氣侵襲了我那對這一切傾注了過多的母親。她持續兩年對我和我們過分熱切的期盼，全都化爲泡影，被擊的粉碎，希望與渴望全部被空虛取代。」

像是在說什麼無需太在意的小事，他不屑的一聳肩。

「她又回到壓抑的世界，她無法接受，她飽受煎熬——腦科學是多麼的前沿，多麼的備受期待，前景是多麼開闊。想要突破這職場的玻璃天花板，出人頭地，就只能是趁現在，趁新發現未被人占據，先下手爲強。都已經二十多年了，還要等多久，再等下去，或許明天，或許今晚，就會有人發表自己研究領域的重大發現，到時可就沒機會了，落後於人沒有任何安慰獎，新星體只會用第一個發現他的人命名。

可如果是她，一個亞洲黃種女性，在腦科學上做出了巨大發現，在全世界得多麼聲名鶴起，如果是她，還是在這樣女性科研者地位低下，弱勢的環境裡，取得的突破將是多麼轟動，她將成爲女性典範，在國內、在亞洲未來將多麼備受推崇，如果是她——要如果能是她——」

廉月支著牆壁，臉色鐵青：「所以她就……」

低士馬突然不笑了，眉目陰沉下來。

「你們知道碳排放量最高的肉是什麼嗎，是牛肉。牛有一套複雜到足以媲美加工廠的大型消化系統，它們將草轉化成強健的肌肉是怎麼發生作用的，是我們目前仍未搞清的課題之一。科學家爲了觀察爲何消化過程中會產生大量廢氣，箇中轉化如何發生，將牛的胃部打洞，不僅可以直接肉眼察看，甚至還能將消化到半途的草拾出來，觀察消化程度——就像造瘻一樣，只不過位置改變了一下。

這要是能直接觀察腦子，能直接觀察不同腦區不同作業時，腦電、血氧和化學遞質到底如何即時變化，不同的外界刺激下，腦皮層到底發生了什麼樣的生理反應，如此直觀的採集資料，絕對比什麼光靠正電子掃描、磁共振成像精準和全面得多了。胃可以，腦子又有什麼不可以呢？」

黑暗，絕望，心靈窒息，情感泯滅，低士馬的臉上抹殺了一切光明，猶如死水，寒冰，屍骨，深淵，他的精神斷絕了和此世的一切聯繫。

所有的所有，都與之無關，一切的一切，對他來說都不過是鏡中反射的虛影。

不具備實體，不擁有意義，不值得在乎——不存在價值。

47.

整個廊道中，如原野般闃爾無聲。

蜂鳴早就結束，噴淋系統亦已停止，廊道裡一點風也沒有，悶得好像世界本身摒住了呼吸。發電室門內一片朦朧的乳白，好像屋內被澆灌了白色的水泥，濃厚的二氧化碳氣體吞沒了所有東西，一切皆消失在白霧中。

頭頂電燈突然閃了兩閃，廉月發梢的水滴墜落，於地面破碎，沒發出一點聲音。

同樣是人的形狀，但低士馬身上卻仿佛背負著一座巨大巍然，不可視的漆黑之山。不詳之山似乎要隨時壓垮這個人形的東西，隨時要傾倒下來，砸爛他以及站在他身前不遠的廉月和康澮兩人。

低士馬微笑著，雙眼充滿了玄色之絕望：「她想到這個點子的時候不知道，驅動她的核心動力已經不再是不屈，而是貪婪和瘋狂了。呵……你不是想看我的腦子嗎，voilà，就在這兒呢。」

廉月看向康澮，她感到自己的銳氣被什麼如磁石般的東西吸住後銼斷了，她感到不知所措。康澮則面目僵硬，臉上看不出任何表情。

面對一直沒有反應的兩人，低士馬似乎突然感到沒勁了，並未沮喪，只是沒了之前的激情，木然道：

「你們是否多少明白了一點呢？人沒法眞實的認知一切，人對世界的認識總是褊狹的，由此產生的行爲也總是畸形的。錯誤的觀念人人皆有，而人人不同。不存在眞理，只有解釋，眞理和價值從來都是被發明，而不是被發現。生命沒有意義，道理沒有作用，事物沒有價值，控制只是幻覺，報應並不存在。

這世界沒有邏輯，從未遵守過邏輯，一切都是大坩堝中的隨機事件，一切都是賭桌上的骰點，可以大可以小，無所謂大亦無所謂小，善與惡，好事與壞事，都根本沒有我們以爲的那麼對立，沒有那麼必要區分的那麼明確。」

黏稠的血從低士馬的胸口和肩膀上的創口流出。

「人是封閉的自我，任何他人都是威脅。他人永遠值得懷疑，重要的只有自己。就像上帝被不會服務於更高的人，上帝的名字不會說出他自己，他只會爲滿足自己而行動。人生也不過是一場沒有結果的掙扎，一切的一切不過是概率事件，骰子點數之間的自然累加。人們遭受到巨大挫折時，總以爲自己到谷底了，告訴自己未來會更好，但是他們不知道，只要活著，永遠可以更糟。

人總渴望從無理中尋找理性，卻發現只有陶醉於非批判性的天眞和無知中才能發現生命的意義，答案其實只有一個——」低士馬輕輕的抬起頭，猶如鶯聲燕語道。

「都一樣的啊，一切都沒有意義。」

黑暗爬上咽喉，黏稠的黑色潮流湖澌翻騰，一寸一寸的塡滿心田，浸沒污染每一片內心的空缺。

——放屁。

康澹豁然挺直脊背，握緊雙拳，掌心的炙熱從指尖傳回血脈，精神之核黏稠的黑色玻片嘩啦啦的綻開，抖落於地。

「放屁！」他清朗的一喝，激動到發抖的厲聲道。

「你以爲全世界只有你一個人有不負責任的父母，全世界只有你一個人悲傷，只有你在肩負著不幸前行嗎，你個只知道胡謅八扯從不聽人講話的王八蛋！

我就再反駁一遍，你給我好好聽清楚了！人不需要感知一切，那是個過高且沒必要的標準，我們只生活在我們能感知到的範圍中，我們的感知，我們創造的眞理，能滿足生活的實踐需求便是足夠、有意義的。提出一個過高的標準，進而站在俯視一切的視角否定所有其他達不到的，不過是自以爲是！

好與壞、錯與對，以宇宙視角、先驗的視角來看，當然沒有意義，但那也是一個過度超然的視角，因爲我們人類個體中沒有他媽的宇宙，宇宙是我們的環境，不是我們之一，先驗的視角並不存在也不需要存在。善惡本是限制在人類社會中的概念，是發源自和應用自人類社會的事物，是要在限定的條件內使用和對待的概念。非要把自己和自己使用的概念，跟過度抽象和過分龐大的客體放在同一個水準位置參考，脫離人與人類社會來考慮，那他媽的就是盲目自驕，妄自尊大，不切實際！」

低士馬的面部肌肉不再那麼放鬆了，廉月的眼神再次堅強起來，她似乎開始在心中找回什麼。

「你否認存在的價值，因爲你找不到人生的意義，既然你這麼喜歡宇宙視角，我就給你一個宇宙視角的解——絕對客觀而言，生物生存的意義就是享樂，最根本層面而言，我們存在的目的就是熵增，我們爲了給世界提高熵值而活，活著的目的就是對自然資源的掠奪與享用。

而人類作爲群居生物，爲了踐行對自然的掠奪，必然會產生社會與協作。眞正健康、理想的協作社會關係應該是平等互助的，是以合作形式共同掠奪自然，合作才能使掠奪效益最大化，才能長久、可持續的獲取資源，維繫種群。自然無比殘酷，享受具有代價，勞動的眞實意義，卽是合作群體將享樂的代價均攤，是種群內部個體所擁有權利與付出的對等。

這份合作，讓人類種族互相攙扶，共同進步，不斷克服大自然的重重險阻一點點進化，這一切是多麼的珍貴你根本意識不到！因爲你不過是自己不幸就放浪形骸，恣意輕率的放棄一切價值，否定一切，連努力都不努力一下就知道成天只嗚呼哀哉，否定一切人際意義的不成熟小鬼！你的智商或許很高，但是情商和心理年齡，也就只有初中生！」

低士馬陰著臉，表情混進一縷戾氣。

「哈？你知道你剛才作了個多麼重磅的發言麼？人類活著就是爲了享樂，爲了熵增？那難道本身不就是空洞。廢話了半天，結果你變成了你自己反駁的東西。」

「非！我承認的是人原初的卑劣性，事實就是如此，沒有粉飾的必要，但起源並不等於根本屬性，起點不能決定發展方向，起源並非是終點，人亦絕非靜態不變的，卑劣的開始不一定必須要卑劣的結束！——定義生物學語境的生命在於其是否具有能動性，能否掠奪，而定義人類，在於是否擁有優化一切的眼光和超脫出既定限制的意志！

我們雖然被基因束縛，受基因設定，生而被要求去增熵，去掠奪和消費自然。但人類不同於一般生命，人受基因束縛程度小於其他生命體，我們卽便爲熵增而生，也無須一生服從於這個目的。因爲我們具備卓越的思維能力，讓我們有能力去否定這個限定，去開闢其他的道路！我們人類，是能夠超越的！」

疑惑，如同鳥兒在低士馬的頭頂飛過留下的掠影般，在他的臉上猝然閃過。

「人類不斷超越獲得更進一步的道德水準、精神追求和人生目標，人早已脫離了低等生物純粹享樂的層次！誠信、勇敢、熱情、分享、匠心，這些美德切實存在，它們的存在表現爲個體對享樂與掠奪他人的漠視，以及對共贏、互惠、創新和進步的追求。漠視是因爲這些人不喜歡私利，不希望能更高效的掠奪嗎?!不是！是因爲他們認同這些美德的價值！是對無意識中永無止境的欲望的戰勝與掌控！是個體決定發揚某個事物，甘願抑制本能，即便它與私利和欲望對抗——這就是超越！

這種超越模式發生在社會的各個層級，各個環節。善良與接納打破了人與人之間絕對的封閉，無私挖出了彙聚和運載他人河流之渠，誠實構築了合作這一基本需求茁壯發展的土壤。所有這些超越，都一點點的被更廣泛的接納，一點點的普及成爲基本素養，一點點成爲注入族系的傳統中，最終塑造了我們今天的文化。」

低士馬眉頭一皺：「但是利他是暫時的，自私是永恆的。超越原初的發生，創造了文化與美德，然而這些上層建築的地基是自私，自私一旦獲得機會就會摧毀一切、抹殺所有！」

「自私和利他不是絕對的矛盾，人可以因爲自私而利他，自私當然永遠存有一席之地，自私和利他可以和平穩定的共處，這就是所謂合作的本質——我的重點從來不是利他，而是合作！利他不過是合作需求的副產品！只要人活著，自利就不會消亡，合作的需求就不會消亡，利他就會不斷被孵化，自私和利他永遠有機會動態平衡的和諧共處！」

低士馬的心窩像是被什麼刺穿，猛地一顫，呲牙道：「未免太誇大了合作的地位，你把合作放在人類生存最根本最基礎的地位，但禹禹獨行的人比比皆是，終南山上獨自隱居的人可都被你說死了！」爲什麼那麼多人決絕的選擇脫離群體？就是因爲每個人都在選擇更有價值的合作夥伴！無論被判斷爲低價值的，還是判斷他人爲低價值的，都是一件無比痛心的事情！篩選總在發生，人總在尋找更好的合作對象，在不斷的拋棄中被他人拋棄！人人都明白這一點，所以人人都只把合作當成一種暫時的表演。合作，只是伶人們一天中在臺上的那一個小時刻意表現出來的模樣罷了！

「我沒有誇大。」康澹面不改色，聲如磬玉道「合作的地位就是那麼基礎，只不過它太過普遍和太過久遠，太深度的融入進人類社會和我們的身邊，導致這個初衷已經被遺忘了，導致我們每天踐行而不覺，不知爲什麼如此做，不小心越界才後悔莫及。

經濟就是最基本的合作，經濟實質是一個共贏遊戲，是面對殘酷自然的人類總群內部的分贓系统。沒有人能靠自己生產所有他需要的資源，我們需要的絕大多數資源都來自他人。這個資源包括你身上穿的衣服，你腳底下踩的磚地，你吃的每一口食物，以及你腦子裡的每一點滴的知識。衣服、食物、交通，都是被他人滿足的，我們每個人生產一部分物品，又滿足他人，與他人之間的生產的交換，這就是最基本的合作。教育也是合作的產物，我們知道必須教育好後代，確保經驗完好的傳遞下去，才能保證荒謬的舊錯誤不會重複出現，創新性的方法能夠發生，最後到達維持社會穩定運作，存續互相子嗣，延續人類的目的。你之所以能學到你現在所知道的，都是因爲整個種系合作的基本需求。

合作是一個過分理所當然的需求，一個過分理所當然的社會關係起源，以至於被過分忽視，需要也必須被重新憶起。」至於合作對象的價值問題——

你的話語中充斥著當代、資本主義時代特有的昏蒙，資本主義是一個鼓勵盲目競爭的時代，資本家通過鼓勵消費主義，來獲得權力。因爲消費主義盛行時，消費力就會決定個體的價值，個體爲了保護自我價值而成爲資本奴隸。同時生產消費品和獲得流通貨幣的資本家就會坐享其成，在社會中變得越來越舉足輕重，獲得利益後，要做的就是維護利益。作大的資本家們一邊進一步宣傳，鞏固這種畸形，一邊獎勵少數人，來營造成功可能的幻景，來保證大部分人繼續爭先恐後的去當奴隸。這就和近代社會鼓勵榮譽而將大量民衆送去戰場當炮灰一樣。不斷擔憂個體的人力資本價值不足而被拋棄並在不斷拋棄他人，蔑視社會紐帶的，是我們這個時代特有的問題啊。

一旦你在考慮合作對象的人力資本價值的時候，說明你在思考兩點，一，你更多的想從對方身分獲得助力，而不是給予；二，你希望盡可能的孤立，而不是擴展合作範圍，想孤立則表明你想盡可能少的分攤成功的果實。這兩點想法都證明了，你潛在的過渡競爭意識——能和一個人合作，爲什麼不能同時和多個人合作呢？低人力資本價值的就那麼人所不齒嗎？不是，當聯繫的網路足夠大時，個體價值的多少，根本不重要。每一個個體都能提供幫助，弱到只會拖後腿的個體，少到不存在統計差異。自然資源博福到足夠我們每個人分享，不需要玩什麼零和遊戲。即便不時沒法成爲他人的最優選，而會經歷短暫的痛苦，但你永遠可以成爲某些人的最優選。痛苦是暫時的，合作是永恆的，成熟的心智，永遠不會放棄合作。

——你還不明白嗎，你的認識和價值觀，都被時代脅迫和窄化了，卻愚昧的以爲是理所當然。

低士馬忽地開始眼珠左右亂轉，雙眼中湧現混亂，康澹緊追不捨的說道：

「合作與超越就是我對反駁虛無主義的最終答案！對自我的超越，讓我們認識到何爲美，何爲高尚。合作與超越共同建立起了崇尚這些眞善美的社會傾向，這種美好的社會傾向，充實每個人的生活。由此，我們得以享受生至死之間的時間，由此，我們卽便不能超越死亡，也能夠超越死亡的痛苦！不斷於合作中進步的社會，不斷進化的種系，都證明人類種族能、也已經超越了卑劣的原初！超越了虛無的根源，超越了原本預設的生物框架！」

「……超越預定生物框架？扯淡！人的選擇七秒前就能被預測，意識不過是始終被啟動的那少部分腦區，僅僅是人類大腦的16%！剩下的大腦都有著自己的主意，和清醒時的意識想法不一致，在暗中悄悄地左右著人的決斷。每個人不過都是無意識的傀儡，人對自己的瞭解甚至都是不可知的，連自己都控制不了，你都不知道自己想要什麼，想做什麼，要怎麼控制外界的所有!?要怎麼超越既定生物框架!?」

「我同意，自由意識不存在。可那又如何呢？人的腦子是單獨意識還是意識集群又有什麼？你被自己的學識所禁錮了！你怎麼會不明白，自由意識不是超越和高尚行徑的必要條件！自由意識存在還是不存在也好，大腦有單獨還是多個意識也好，只要高尚的超越性質的行動發生了，只要意識借容器轉化爲了實際行動，至少這個時間節點我們就可以斷定，這個意識集群是在追求高尚，是在促生超越的！客體與主體層面的一致誰說非要在主觀意識中尋找!?」

低士馬目瞪口呆，言語吞吐。

「唔……現世是受苦，是無盡的苦難，合作也好，利他也好，都改變不了個體的無力……超越的目標仍然改變不了快樂的短暫的，主觀的，虛幻的的事實……仍然避免不了在無盡的追求中讓人日漸對痛苦敏感，生命終究會沉溺在痛苦中，而不是快樂——」

「快樂的確虛幻，但美好的事物並不，建築，美術，音樂，能夠脫離主觀獨立存在，今天創造喜悅的它們未來也會繼續給他人帶來快樂。完美不存在，但有限的完美存在。痛苦和虛幻不是否定其他美好的理由，你不能因爲部分而否定全域。痛苦的確不可逃避，紓解痛苦的途徑與方式卽便永遠少於獲得痛苦的管道，先賢也早用行動告訴我們，人能夠承受的住，人有能耐砥礪前行，痛苦無法限制超越。」

「人類種群就和個體意義，遲早會消失……所謂美好的造物也一樣……都是海邊堆沙……沒、沒什麼是永恆的……」低士馬咬著牙，神情動搖慌亂。

「那是一個發問過早，沒有答案的問題，人類會不會消失，不是人類自己能預言的，美好的事物的確會消失，但也回不停的被重新創造。」

「無論如何都是一生，這個世界在我出生時存在，在我死後便消失……同樣的時間，不如把有限的精力關注在自我上，反倒少些痛苦……在人生終點來臨前的時間裡過得暢快些……」

「只要遵守人類社會道德規範，隨便你，否則就要終其一生飽受他人排擠，最終像下水溝裡的老鼠一樣活著！」康澹膩了，眉一橫，斬釘截鐵地厲斥：「我就實話告訴你吧，我已經看透你了！你最大的痛苦其實不過一點，卽曾經擁有的大量期望的落空，導致對未來無比茫然。你怨恨自己被迫落到現在這副田地，你覺得自己是人類惡的受害者。但其實你才是自己人生的主要責任人，你不過是沒能實現超越的，那許多被自己腦中恐懼與消極困住的一員！」

「哈!?」

「人皆有超越的潛能，但它必須是個人發自內心的確信那些有價值的事物才能發生。它沒有發生在你的身上，是你將自己封閉，沒有開放心態去欣賞那些只有部分價值的事物，沒有勇氣去接受不能改變的事情，沒有同理心去接納人與事物原本的樣子！你將他們全然拋棄，不肯躬身付諸行動。你過度悲觀，對未來望而卻步，不敢放開去嘗試。你口口聲聲大話說那麼多，實際上不過是在膽顫畏縮的像個耗子一樣，害怕的不敢前進！世上存在完全被迫的悲劇，但你的這個案例中，實則有太多可以自己選擇的機會，你人生被迫的成分根本沒有你自己妄想的那麼高！懦夫！」

低士馬不能相信似的，胸口在起伏，康澹第一次看到他像個人類一樣，臉上被澎湃的熱血漲紅。

「你什麼意思!?我自己困住了自己!?我活成這副模樣都是我自己的責任!?那我的生命算什麼，我這白白浪費毫無意義的三十年算什麼？」

「聾人對話！我說的還不明白嗎！對！你就是膽怯的自怨自艾的不肯從傷痛中走出來，在作繭自縛！我說過了，你就是你現在處境最大的責任人！走到這一步全都是你自己害的！」

「憑什麼是我！什麼選擇！我有什麼選擇!?人能選擇父母麼?!嬰兒沒有選擇權！每個人都是被拋到這個世

上的！人難道要因爲出生在一個該被譴責的世界裡而遭受譴責嗎？我憑什麼就不能像個正常人一樣得到父母的關懷，像正常人一樣成長?!」

「這番話你怎麼不去跟非洲挨餓的兒童說！跟帶著白血病出生的嬰兒說！跟五胡亂華時候的漢人們去說！！你怨恨，你苦楚，可你自己不也說過嗎，這些人生的前提條件，都是他媽的隨機事件！就算有人可以指責，也改變不了過去！挺起胸膛正面它們吧！像個成年人一樣！」

「不能接收！我不接受！我是何等大材……我是將軍！我的智商比你們高多了！我本該活的更加輝煌！我走到這一步都是被害的……我被害了！不是因爲我、不是因爲我！我不接受…我不接受！！！」

低士馬癲狂的嘶吼著，倏然暴起，俯身彎腰的如四足動物一樣衝過來。

康澮毫無懼色，雙眸炯炯的直面來襲，他一咬牙，臉上肌肉綳起，雙腳一分，重心下沉，接著右腳後跟一踩，下盤穩穩的固定住。低士馬指甲抓擦著地皮將扳手從地上抄起，剎那間奔襲至面前，迫近的低士馬調用扳手的重量，斜上挑的衝著康澮奮力揮過去。

康澮下身紋絲不動，上身一傾，迅捷地躲過這一下，康澮來不及繼續做什麼，反擊的拳頭還沒擊出，牛一樣的低士馬已經撞過來，肩膀撞中康澮的心窩，康澮登時感到胃酸翻湧。他默默的握緊右拳，積攢力量，同時只見低士馬的扳手劈頭蓋臉的砸下來，康澮飛速的橫起左臂，去檔低士馬拿扳手的手腕，接著電光石火之間右臂發力，驍勇的一發寸拳，斜刺向低士馬的下巴，才打過去便感到低士馬瘋狗一樣迅猛變向而由側方位襲來並砸在自己肋骨上的扳手。

寸拳沒有打實，拳頭只有兩指觸碰到低士馬的下顎骨骼。康澹早看出這一下出拳不暢，打不穩，不待指關節上感受到的衝擊完了，立卽手一張，腕一旋，右手抓在低士馬的後頸，同時架起右臂，將低士馬的左臂阻隔在外。夯地似的，左拳借著占據的位置優勢，疾風驟雨的連續兩拳打在低士馬的眼眶上。兩下還不算完，康澹根本沒有停的意圖，第三拳保持著勁道和速度打來時，卻看低士馬將手臂一縮，扳手一橫，把那金屬杆子阻攔在拳頭的發力軌道上。康澹再氣血上頭也分得清這一下全力打在其上，左手五指非得全骨折了。拳頭打在半途，出拳路徑一轉，迅雷一般改成肘擊，小臂當的一聲與棘輪扳手十字交叉。

扳手前，橈骨後，是兩雙血性的瞳仁，烈然對視。

低士馬突然在扳手上用力，壓制康澹的手臂，限制其活動空間，接著一發上勾拳，精準的打在康澹的右側下頷，他感到某顆牙齒鬆動了，牙齦處嘗到鐵味，半小時不到接連兩次中了上勾，驀然怒火騰騰。

廉月手握弩箭刺來，低士馬匆忙仰頭後退，箭鋒擦身而過。躲得過於匆忙，重心不穩，低士馬眼看傾倒之際，索性一蹬康澹膝蓋，借著自身重量側身翻滾。向後一翻才蹲起，康澹一個弓步搶上前，腰一擰一記右直拳，勁道全無損失，百分百的落在的低士馬面門上。低士馬紅著眼踮腳後躍，再度拉遠距離，不及站穩廉月手中的弩箭已經再次衝著低士馬的側腹捌去。

低士馬瞪著眼，慌張的一把抓住廉月的手腕，仗著力大向外一拗，迫使廉月屈臂，大小臂交疊。廉月立刻一擊膝撞，打中低士馬小腹。低士馬抓住廉月的手猛往後一拽，拉得廉月身形一歪，廉本欲打出的第二下膝撞被迫收住。接著低手一鬆，握緊拳頭一發打在廉月的側臉上，打得她鐘擺似的又甩向一頭。

支開廉月，低士馬趕忙去應付衝上來的康澮，最快的速度轉身面向他，卻見一隻拳頭迎頭打過來，正中低士馬的鼻樑，打得低士馬頭一仰立刻又低下去，仿佛在大力點頭似的。緊跟著又是一拳，被低士馬抬手格住。低一怒，緊握扳手，狠狠的拿鋼鐵尖尾刺向康澮。康澮側身閃過，橫起前臂格於扳手上，待低的力氣一緩，小臂一彎下撈，用肘夾住了低士馬的前臂。低士馬一驚，忙調轉扳手，橫向握持用力後拉，康澮隨之側向扭轉手臂，手臂如鉤勾住低。低士馬知道硬奪不過，左拳衝著康澮的臉送過去時，康澮制住對方一側手，以爲有空檔，右手正急躁地打向低士馬的小腹打，兩邊同時被對方纏住皆不能閃躲，互不相讓，各自結實的擊中對方的臉和小腹，兩人俱是一震。

一波未平，左近，弩箭借著廉月之手再一次兇狠地刺來，低士馬位勢高，上身還能多少靈活閃動，竭力躲避。箭刃在彈指間劃破低士馬的斜方肌，被低士馬躲過了要害。低兇狠的外擺左肘，重重的打中了廉月的腰身，低士馬這下打在了廉月腰間的弩傷上，廉月瞬間面色煞白，手與身同時一軟，用雙手去捂傷口，丟了弩箭。低士馬緊接著手一抬，隕石墜落般一拳捶下來，躬身彎腰的廉月如同被巨石砸中的瓦楞箱一樣，瞬間被捶的匍匐於地。幾乎是同時，康澮感到身上力卸，低士馬用在自己身上的力氣虛飄，一直身板，一發右勾拳打中低士馬左臉，低的嘴角像壓癟的火龍果一樣榨出一面鮮血。

低士馬中拳，身形不穩的小幅歪斜，忙縮手，手臂如蛇飛速的抓向康澮身後，抓在其臂膀間的扳手後端，想由後側將扳手抽出，扳手才碰到，卻立刻被康澮一把抓住了小臂。低一慌，立刻加大抽拽力度，康澮順力往前一送，重心不牢的低士馬連連向後踉蹌，接著不等其腳後跟踩實，又猛地反向一拉，低士馬空心瓷娃娃似的向前撲倒。迎接撲過來的低士馬的，是康澹的膝撞。低士馬被咚的一聲撞得沉重的彎下腰，像條濕毛巾一樣搭在康澹的腿上，誰知他這一彎腰，咬著牙颶風般一把從地上抓起了弩箭，猛地朝康澹的大腿外側捅過去。康澹繃緊了十二分精神，怎麼會看不到的低士馬動作，間不容髮的將手掌化刀側劈過去。弩箭刺中的一瞬，低士馬雖聽到康澹吃痛呻吟，卻倏然發現箭頭沒捌入肌肉多少，一看，才見到康澹的手刀阻在他握箭的腕上。

康澹飛速的五指一攏，一把抓住那箭，一拔一推，兩下動作一氣呵成，不給對手反應機會，在一霎將箭從自己的腿上拔下，向低士馬的上軀刺去。發難之刻距離極近，弩箭反噬的一瞬低士馬過於驚慌，不覺一下扔掉扳手，倉皇地調來右手，一把抓住了康澹拿箭的手臂，配合另一邊還抓在弩箭末端的左手，雙手一同奮力抵抗。

兩人頃刻間變成純粹肌力的較量。奈何與康澹搏力的左手角度不便發力，被對方占據勢位，其右利手配合體重格外沉重，低士馬力氣不敵，又不得閃躲，只能竭力後仰躲避，重心越來越偏斜，任憑低士馬怎麼掙扎，那箭還是一點點的逼近。

康澹見機會已到，左手按在弩末端，肩膀毫不猶豫的向前一壓，傾盡所有力量於低士馬的身前的弩箭上。

——即便清楚的知道結局，卻一點辦法也沒有。必然發生的事情，找不出一點斡旋的餘地。

低士馬撲通一聲背著地仰倒，同一瞬間，康澹抬起左拳，毫不留情的一拳捶在低士馬握箭的拳頭上，弩尖噗的一聲弩箭沒入了低士馬的心窩。

程雨辰的死相在康澹眼前一閃而過。

低士馬血目圓瞪，忽然伸出手抓住地上的扳手，卯足力氣，用扳手尾端猛刺康澹，伴著一聲悶響打中康澹的額竇，金屬尖尾以毫釐之差錯過了康澹的雙眸。康澹被打得雙眼一瞬間失焦，樓宇崩頹一般猛然向後傾倒，摔跌於地。

一時間，仿佛晦暗的廊道內又平添了三具屍體似的，三人盡皆軟倒於地，沒一個仍活動的。

恍惚失神的康澹對時間的連續性知覺再度被抽走，意識混亂而不知自己倒下了多久，明明受傷只發生於剎那前，康澹卻想不起自己被打中了多久，好似一輩子都是處在額頭受傷的痛覺與無法起身的困頓中，又好似這一天早上起來被打中昏厥至現在，分不清哪個是眞的，搞不懂先後，只是一股莫名的緊迫淸楚牢固的鎖在腦幹上——

爬起來！得趕快爬起來！必須先於對手爬起來才行！是生是死都看先爬起來的是誰！

「厄啊啊啊啊啊啊啊！」

過度透支加速精力的耗竭，急躁慌亂的大腦正在榨取身體能所能分配到的僅有的養分。身體就仿若是有了自主意識似的，每個細胞都在抗拒大腦發出的指令，拒絕繼續高負荷運作，不肯執行。

「喊！」

移動只是自己的腿腳，卻感到猶如在抵抗著四五人的拉拽，只是伸展手臂這樣最簡單的動作也仿佛是在倒塌的山巒下，埋沒於沉甸甸的碎石堆中進行。康澹戰巍巍的摸索著跪起來，感到擺正的好似不是自己的軀體，而是偌大的銅像。猛地用力眨一眼，漆黑一片的眼前總算有了虛晃的模糊光影。康澹從短暫的失明中恢復過來，但還是什麼都沒想起來，他本能的衝低士馬那頭奮力一扭臉，忽然心中什麼緊繃的東西於瞬間分崩離析。

——低士馬並沒有站起來。

他還軟倒在地上，一動不動。

康澮忽然感到呼吸順暢了，大腦中有什麼一下子垮了下來，碎成粉末。

茫然的環顧四周，康澮想起什麼似的，保持著跪姿，拖著膝蓋緩緩的蹭到低士馬身前。他恍然間發現，低士馬早已崩潰了。他身上的傷口撕裂的比最初更大，箭刃插在胸口中心，面色蒼白。低士馬身上也好，康澮身上也好，全是新鮮的血。

拳頭的指關節上，指間的縫隙中，他的臉上，膝蓋上，腿上，都是血，都是低士馬的血。

總算明白過來，低士馬在幾分鐘前就失血過多了。低士馬也沒有康澮以爲的那麼強壯，他的強悍，全靠他自己那歇斯底里的情緒硬撐著。

扳手已經脫了低士馬的手，被拋棄身邊。康澮默默的撿起來，無比艱難的跪蹭著來到低士馬身側，他的動作是那麼的軟綿無力，以至於扳手尾尖始終在地上拖曳，鏘琅琅的直響。

康澮兩手盡可能穩定的握持，舉起來，並將尖尾瞄準了低士馬的喉嚨。

「殺了他！」一轉頭，見廉月嘴角掛著涎水，一手折臂用肘，一手用掌，四肢拄地的跪在那兒，眙目淩厲道。

緩緩回過面，低士馬正雙目空洞虛弱的看著他，嘴唇幾乎不動的囁嚅道：「動手吧……」

康澹沉重但虛弱的呼吸著，眼皮沉重的耷下來，又迅速抬起，好似剛剛恍然回過神，他茫然若失的看著低士馬，良久，突然深深吸口氣，上氣不接下氣的問：「爲什麼要殺死那些小女孩……你是蓄意的……癱瘓我們、化解我們的進攻，爆破二樓就夠了，銷毀證據也沒必要全部滅口，他們很容易誘導和管控，什麼都不懂，難以給出有用的證言……你有意殺掉了身於地下的她們，爲什麼……」

低士馬死氣沉沉的拿眼望了康澹半晌，無力一笑，聲音乾啞發抖的說：「事到如今，那些事情還有意義嗎？」

「對活著的人，有……」

低士馬似乎想做出不屑的樣子，哼一聲，用鼻子吐個氣，但他太過虛弱，做出來的動作像個乾癟的氣球漏掉最後一絲氣，隨後他忽然劇烈的咳嗽起來，血泡從嘴上噴出來，濺到扳手上。

「同情啊……」

「你…什麼意思……」

低士馬殘喘的臉上露出乾枯的桀笑，孱弱但尖銳。

「這些小鬼對世界的認識始終被蒙蔽著，不曾被教育，不曾認清自己與周遭，在對邪惡感知模糊中存活。我不希望隨著長大，她們突然懂事的那一天，忽地意識到自己的骯髒，並在無法逃離的自我厭惡中度過一生……」

低士馬像是要被血嗆死，肺要咳出來似的，更加猛烈的咳嗽幾下，接著道：「出身不好的孩子，伴隨清醒的認知而來的只有無盡的痛苦，未來繼續積累和經歷的也不過這無盡痛苦的一部分——！」

低士馬惡狠狠的齜起牙，抬高脖子似乎要撕咬過來，臨觸到扳手尖尾，又噗通一聲躺回了地面。

「自我厭惡只是中間階段，不是最後的……」康澹支著撐不開的雙眼，軟如草葉的腰杆，虛弱的說道

「變成屍體之後就沒有任何階段了，你我的爭論毫無意義……」

他看著地上活屍一般的低士馬，又看向那尖利的扳手，鮮明的感到低士馬的生命是多麼脆弱，多麼任人宰割。只要輕輕的一下，輕輕的一推——

「看吧。」低士馬仿若自嘲的笑道「根本沒什麼邏輯，沒什麼道理，你們在乎的東西，對其他人，對我來說一點價值也沒有……動手吧……從很久以前……我就沒法生存在你們的社會裡了……」

康澹沉重的將那扳手舉起，越過肩膀，越過頭頂。

「嘿嘿……」低士馬嘶聲笑了笑，用盡最後一絲力氣說道。

「早就跟你說了……生命…永遠可以更糟……」

話語如刀，切割著康澹腦內的神經生疼。擎著許久，他忽地脫力的丟下扳手，任其在地上摔得匡鋃作響。

——因爲再費力氣也沒意義了，地上的低士馬的雙眼中已經消逝了最後一縷光芒，停止了最後一口艱難的喘息。

低士馬，已然死去。

無數的慨嘆回蕩在胸腔內，痛苦，激憤，哀傷，無奈，苦澀，它們交錯衝擊，震顫激蕩，但最後剩下的只

有

——空虛。

48.尾聲

光葉凌軒身邊就聚了二三十十人，有消防部門的，有維修工人，有醫務，有和他一樣等著上山的警方人員，還有周圍不知道哪個村子來看熱鬧的小鬼。一大票人進進出出，喧嘩熱鬧的好似農貿早市。電鑽和發電機震耳欲聾，車停車動的剎車聲、油門聲、車笛聲，絡繹不絕，還不停的有人才剛到達現場，詢問狀況，扯著嗓子試圖讓對方聽清自己的話。

總算纜車修理好，葉凌軒與七八人坐滿了一車，先上了山頂。一路搖晃，懷著對新修好纜車結實程度的忐忑，一夥人在凌晨迷幻的黑夜中，搓著發紅的指尖，安全無虞的到達了目的地。

山頂早已經有另外二三十人到達了現場，穿警服不穿警服的到處都是，奔走忙碌，或拿著鑷子和證物袋在採集什麼，或拿著相機拍來拍去。葉凌軒最先要去找的是南亭警官，希望能從他那兒瞭解到點什麼。路上，他近距離看到了圓柱形的玻璃堡壘，驚嘆一聲，嘖，挺別致，比在纜車上遠觀時更感奇異。隨即發現那堡壘居然一半都是高柱，只有上面兩層是樓，忽然感到摸不到頭腦，心想，這建築怎麼造的跟大號版的水塔似的。

東張西望的來到停機坪附近，可算在人群中找到了站在懸崖邊的南亭。

「什麼!?可……咱們還沒調查現場呢……那他……行，隨他們便吧，我知道了！」

南亭焦躁的轉動著錐形腦袋，掛掉了電話，葉凌軒很少能看到這麼急躁的南警官，心中好奇按捺不住，到得他面前，不顧手忙腳亂中撥號的南亭，開門見山的問：「咋回事啊，山上什麼情況？」

「你別吱聲！我得趕緊給中隊打電話，出大事了。」

「你別著急啊，你先給我講明白了再說。」

南亭拿起來電話又放下去，又拿到耳邊又放回去，頭轉向花園那邊遼闊的天空一霎，又將目光收回，去瞻望遠處，不知所看的是花草還是山水，頃刻間抬放了三四回手機，回轉了四五次視線，舉手投足每個細胞都在向外放射著急躁。

「行！好！那我就先伺候你！」南亭用手粗暴地一抹平頭，衝著花園方向一指，道：「那邊兒看著了嗎，就那個三岔口附近，有兩個平房，其中一個裡面有一具男性屍體。」又胡亂的指了幾下周圍，南亭像是在敲酒吧吧臺一樣高頻的用指關節敲打著自己的手機道「搜救隊上山前就發現花園南側山坡樹上掛著有一具女屍，於是轉了一圈，在建築物北邊的崖下又發現一具摔爛的男性屍體。主建築的四樓，還有一具男性屍體。」

南亭抓著葉凌軒往裡面拉扯。

「還有這邊兒，來來來，你來，往這看」他要把自己的手機丟出去似的，有多大力用多大力的使勁兒指向地下室，葉凌軒這才發現，玻璃堡壘下面有這麼多碎石和破碎的傢俱，以及——

「你敢信這裡有多少具屍體麼？」

葉凌軒瞠目結舌的俯瞰著下頭的一切，駭然語塞。

「這還眞是……開了眼界了……」

另一邊，牢山外，溪城內。

康澮看見低士馬站在面前。

恐慌陡增，康澮立刻想找廉月幫忙，幾乎是一出現這個想法的同時，康澮便聽見了廉月的聲音，他猛地向右邊聲源看去，果然見到廉月，廉月正側身對著這邊，在黑暗中和另一片黑暗交談。

康澮感到不怎麼真切的困惑湧上頭，他感到很疑惑但又感到很理所當然。他想發聲卻發不出來，嘴巴只能無聲的張開。再轉過頭，卻見一隻發瘋的杜賓犬，氣勢兇惡地猛衝過來。康澮不知所措，被迎頭撞上，撞中的一瞬間，一低頭卻看到撞到自己的是低士馬，低士馬的肩膀撞得康澮猛吐一口氣。

慌亂中康澮瞥眼瞧向地面，地面突然不知從哪冒出一把尖利的弩箭，康澮不多想忙抓起來刺向來襲者。毫無困難的，弩尖立刻插進了低士馬的心窩，低士馬被刺中的瞬間，騰地一抬腿，一蹬康澮的膝蓋，一個側翻滾拉開距離。

這一腳踢的很重，康澮往後一仰，眼看要摔倒，他就地一滾，輕鬆的翻個身，雙腳穩穩落地，身形立時定住，但後背卻濕透了，濕漉漉的黏在身上。康澮緊迫感十足地衝上去，失去理智一樣，本能的抓住倒在地上的低士馬的頭，高高的揪起來，全力向地面猛砸，動作之兇狠，連康澮自己也爲之膽顫，匡啷的連續幾下猛砸，低士馬後腦上的玻璃罩嘩啦一聲敗碎，康澮甚至能感受到玻璃碎片紮進低士馬腦仁的穿刺感，由其顱骨傳導而來。低士馬憤而暴起，掄起突然出現的扳手砸中他的額角，幾乎同時變魔法一樣一挑扳手，用尖尾擊中了他的額竇，康澮在恐慌間仰倒，而低士馬從康澮的手中抽身掙脫。

本以爲自己會暈倒，但卻沒有，康澹大愕的後退兩步，還沒明白發生了什麼，立刻見到兩股火蛇從身體左右兩側騰然襲來，將他包圍，熊熊燃燒。

低士馬帶著滿身的刀傷，面色慘白的站立在康澹眼前，喃喃道：「……有什麼味道……是……杏兒？……杏果的味道……你聞到了嗎？」

說著，粉紅色的，被砸的軟爛如壓扁柿子一樣的低士馬的腦子，從他的後腦上，像放久了的米粥一樣黏稠緩慢的淌下來，在他的後頸和肩背上垂流。

康澹劇然驚醒。

仿佛內臟被無形的手扼住了一樣，康澹感到痛苦無比，無法呼吸。

他瘋癲的去抓身邊的東西，隨卽感到手背上敷著一層冰冷，而掌心和指尖抓到的東西都軟綿綿的。左右環視，他看到了很多東西，卻什麼也不認得，但他很快感受到充足陽光灑在軀體上帶來的暖意。視野裡的東西，漸漸發產生意義。康澹的大腦開始跟上外周神經傳遞而來的資訊——

抓著的是條棉被，手背和肘上插著管子，涼的是輸液。身邊窗戶的窗簾全部打開了，正午的太陽溫暖的照射著他，他的身後擺著心電監護儀、腦電監護儀兩臺設備，身前另有一臺掛著數個血袋和液體袋，布滿更多管子且連接有粉袋和堆碼桶的臺式治療儀，那是血濾儀。

看過這麼多，康澹總算明白過來，自己此刻身在ICU中。

「放鬆，康澹，你已經昏迷了63個小時了，放輕鬆。」

伴隨著一個平靜的好似旁白，或是說書人的聲音，一隻人影從床腳附近的椅子上站起來。那裡有一把像是爲小學生準備的迷你椅子，人影勉強能容入椅座。起來的人影走到窗邊，拿起一個錫色香爐的蓋子，用打火機點燃了什麼。

「安神的熏香，有緩解壓力的效果。」

薄煙婉轉，人影回過身，康澹認出對方來，是他的入行導師湯都郡。

康澹睜不開眼的盯著著他片刻，他也平和的望了康澹少頃，眼睛不離康澹的輕步走向床頭附近，道：「我把醫生叫來。」

「不……別——」康澹恍然緊張起來「還是讓我再休息一會…我的腦子亂糟糟的，我、讓我緩一緩……」

「那我把段奧娟叫來，她就在隔壁，我們昨天剛認識，她今天也來看你了，才剛走不一會。我看她挺替你擔心的，昨天一天來看了你好幾次，她的兩個孩子和老公也都想見見你——」

「也別了吧……」康澹頭疼的閉了閉眼，道「半個小時就好…等我再清醒一點，半小時…你再叫他們也來得及——」

湯都郡平靜的轉動眼珠，用餘光看了看門外，又望著康澹憔悴的面容眨了眨眼，說行，隨後回到床腳邊的小椅子上。椅子旁邊的置物臺上，放著一本上海譯文出版社的譯文紀實系列之一的《無緣社會》，兩三張單片裝濕巾，一個素灰色平板電腦和一個蘇芳色帶條紋保溫壺。

「你眞得注意了，這次是我見過你受傷最嚴重的一次，我還從沒在活人身上見過這麼多傷口。你這回運氣好，挺過來了，再這樣下去，不一定哪一次，可就沒有下一次了。」

康濟憂慮的望向血濾儀，需要用到血濾儀，說明腎臟一度衰竭過，可確實是沒法讓人安心。

「往年咱們一起辦案的時候，看你那副衝勁，也給我留下強烈印象。回家一個人發呆時候，我最壞的想像，就是指不定哪天會在醫院裡見到半張臉綁著繃帶，喉嚨上割個口插著ECMO，缺了段兒手腳末肢的你躺在病床上。這次好歹沒實現，眞看見你那樣，我怕是受不了。」

「恩……」康濟有些遲鈍的應了一聲，總感覺耳邊的聲音都是低倍速在播放，他必須耐著性子聽完，倒是插著滿身管子的使用體外肺膜氧合續命的模樣，很迅速的浮現在腦海中。

「你可眞是讓所有人都吊足了胃口，環人保的人，金井的人，公安的人，都急不可耐的等著你甦醒呢。他們有的是問題要問你。段奧娟那邊昨天公安和國安都來人了，問了一下午，被趕回去了，今天還要來。」

「他們當然急壞了，這次的案件是建國以來級別的……」

「我聽段奧娟說了大概，聽說和叛國有關係，但是消息不可靠，於是派你們去，以探查的形式去捉拿某個要犯，結果出了岔子——那傢伙怎麼個叛國法你調查了嗎？」

沒有……一切發生的太快沒來得及，沒找到機會，康濟有氣無力回道。

「恩，畢竟涉密了。我也只聽說和你們發現的那個藍色玩應兒有關係，國安和段奧娟見過後，第一時間就給收走了，也不知道是做什麼用的。」

藍色？什麼藍色的玩意？康濟心中迷茫，但一點發問的力氣也沒有。

「倒是段奧娟說的那個任務背景……你們被謝瑞稻騙了。」
「恩？」
「那天並沒有什麼負責接應的第二個小隊，你們四個是僅有的現場行動的成員。」
康澮緩緩端正視線，冷靜的直視著湯都郡。
「謝瑞稻、黃明翰都是小天使集團的成員，金井接到委託，決定謝瑞稻負責這次任務的時候，他就打好要欺上瞞下的主意了——爲了滿足上頭要求的人數，他選擇了你作爲同行人。哼——」湯都郡忽然微微一笑「他多半看我這人書生相，面的很，以爲我的人也是愣頭青，不知道自己找錯了人，埋下了禍根。」頓了頓，又道「當然了，他當天下午從接到金井領導層命令，到籌畫一切也誠如其所述，只有幾個小時時間，可能也是眞沒人可選了。」
「總之呢，謝瑞稻一夥的目的就是暗殺宋陽君，調查汪寧威對他們來說是無關緊要的。」
康澮聽到了一些讓他呼吸加速的名字，他不安的來回轉動眼珠，看向窗外明媚的太陽，卻只感到寒冷。
「要求調查汪寧威的委託人，謝瑞稻也都交代了，是陳珂。陳珂是個十分陰險的傢伙，他在多年前第一次參與合作運營小天使集團的時候就開始調查宋陽君了，近期汪寧威團夥想要扳倒宋陽君的動向他也始終掌握——目前山東生物製藥集團是梁繼軍和宋陽軍共同掌控，汪寧威團夥的目的是分割兩人，推崇梁繼軍完全上位並掌控爲傀儡。
但陳珂不確定汪寧威的行動已經到了什麼階段，到底有沒有扳倒宋陽君的實力，加之多年的調查，讓他早就開始懷疑金井調查公司也是小天使的重要參與者，所以他找到該偵探社，佯裝不知情人士向金井發出委託，意圖一石二鳥。一面試圖借你們的手摸清汪寧威的情況，盜取汪寧威的成果，一面通過監察金井的反應，揣摩金井的捲入度，達到掌控全域，並最終取締宋陽君的目的。」

「嗯……」康澮點點頭，波瀾不驚的看著湯都郡道「陳珂心高氣傲又疑心重，不可能會讓我們這些基層知道他的眞實想法，所以利用低士馬的前科舊案編了個追查逃犯的名頭。」

「就是如此，根據這兩天倖存者的坦白和以前的偵察資料……雖然每個人都瞭解的不全面，各方提供的資訊都有限，也包含一定程度的猜測，但我大概能夠拼湊出事情的前因後果了——宋陽君在女兒自殺後與妻子反目，與侄子梁繼軍合謀製造意外假像，將髮妻除掉，此後兩人關係日益緊密。宋陽君失去家庭後，精神疾患愈發嚴重，行爲日漸偏激。他最終決定填補內心空缺的方式是建立小天使集團。」湯都郡沉下臉「莫依然、陳珂、鞠晉宇、王睿崎都是小天使的一員，他們買通邊防，搞人口販運，將小女孩從貧窮地區和國家運送至溪城，统一组織兒童賣淫或進一步買賣——宋陽軍家中搜出的名單已經破譯，康澮你可捅了大簍子了，名單上都是國際上身處高位的權貴。小到溪城當地知名企業董事，上至某市政府祕書長，大到鄰近小國的總理，光是你手裡這份名單就足夠讓你被暗殺十幾次。未來幾年甚至十幾年公安也不會放過你，少不了不厭其煩的糾纏。」

康澮聽完，感到自己或許應該緊張，但他全然麻木了，什麼也感覺不到，良久，他只是語氣單調的問：

「倖存者你們已經詢問過了？都誰活了下來？」

「不多。」湯都郡溫和的望了康澮一眼「好像除了莫依然、趙越創、李本財……再就是你和段奧娟了。說來，醫療人員從李本財的體內，以及馬賀身上攜帶的注射器裡，發現了奧萊毒素，這是一種提取自絲膜菌屬的毒素，潛伏期較長，攝入後三天左右會發生腸胃症狀，一周左右開始腎衰竭。後來出了事，對李本財來說眞是萬幸，你們要是平靜的散場，這個李本財至少得坐一次救護車。

昨天南亭和我說了他在梁繼軍的手機中發現的購物記錄顯示，梁繼軍在集會前一個月購買了一整套的萃取提純裝置，以及800g的細鱗毒絲膜菌，李本財中的毒應該是來自梁繼軍。

我猜，這份毒藥最初應該是由梁繼軍交給了董慧君，要求他在吃飯期間下毒給參會的那個小女孩，但是中途發現了測序儀，於是董慧君毛毛愣愣跑去和袁一杉商量怎麼處理，反被袁一杉機敏的問出了董慧君要下毒的事情。在袁一杉的勸說下董慧君暫停了行動，猜測是隨後梁繼軍發現事情有誤，在保安舍與袁一杉發生爭執，將袁一杉殺死，董慧君鬧事後，這個毒藥又到了馬賀手裡。」

一個讓康澮心痛的名字霎然出現在他的腦海，康澮突然失去了意識瞬間，回過神後，那些蕪雜如草莽的混亂，也漸漸回想起來。頂著漲裂般的頭疼，他虛弱的溫吞道：「應該就是如此……梁繼軍原本計畫會中下毒，等發作時人已不在，來個死無對證。而董慧君那邊，案發後到處亂跑，也是因爲他當時沒想到袁一杉已經被殺，並被鞠咅宇裝進了行李箱裡……」

湯都郡眼仁平靜的轉了轉，點點頭繼續道：「在對袁一衫屍檢後，法醫在屍體肺部發現了大量灰燼水，有意思的是，還在他被捅穿的雙眼中發現了植入過晶片的痕跡，晶片應該是在雙眼被破壞的同時摘除了，目前不知所蹤。」

「嗯？還有這種事？」這意味著什麼，此刻康澮說不上來。

「能做這種植入手術的醫院不多，警方已經在排查接待過袁一衫的醫療單位，應該很快會有結果——我有預感，這事兒跟梁繼軍、宋陽君兩人脫不了關係。」

康澮說很有可能，湯都郡隨後拿出自己的手機，又調出了一個網站：「梁繼軍的手機中，還發現了一個基於局域網組建的本地群，和一個海外網站。他們似乎是利用這個群，在五月十一日那天信號被阻斷後也零星的交流過，顯然信號不穩，交流的不是很順暢。而梁的瀏覽器中還收藏了一個，其擁有管理權的背景全黑的泰文視頻網站……視頻標題和網站名都看不懂，網站中沒有一點英文或是漢語，網站內盡是些令人作嘔的東西，有割腕自殺實錄，有強姦全程錄影，還有兒童情色，這個網站應該是他們拓展客戶的管道——」

康澮感到強烈的反胃感，皺起眉鼻，噁心的別過頭，道：「梁宋這些人，死的也嫌太晚了。」

湯都郡柔和的面部表情亦逐漸嚴肅起來，他一眨眼，看向康澮。

「你想不想安靜一會兒？我是不是說得太多了？」

「沒事」康澮的聲音第一次聽起來像個神志正常的人「我正好也放不下這些，一切發生的太快，有很多我都沒搞明白，你幫我理清，替我傾吐出去，我也能比現在好受些。」

那太好了，湯都郡邊說邊整了整頭髮，露出假髮髮網和一小塊兒光禿的頭皮。

「我今天的療程排在下午三點，我還能陪你待兩個小時，走之前我去叫段奧娟他們。」

康澮點點頭，說好。

「小天使集團經營了數年，直到去年，第一批販運來，始終沒有賣出的小女孩中，有人從幼年進入了青春期，小天使成熟的問題漸趨尖銳。早已鬩牆的小天使高管們，從此對立日益激烈。各方對小女孩的處置態度不同，其中梁繼軍是唯一一個主張殺掉小孩子了結一切的人，不清楚梁繼軍和宋陽君關係的主管們，都很憤怒宋陽君偏頗此不理智的決策，擺脫宋陽君的意志更加堅定。宋陽君封鎖現場就有兩大目的，一個是防止高層們哄搶利用小女孩們賺來的寶石直接跑路，脫離掌控，另一個目的，就是給梁繼軍下手製造機會，如剛才所猜測，我也認爲梁繼軍是命令董慧君去毒殺小女孩，來他個先斬後奏，只要處決落地了，高層們也就少了一份繼續爭執的必要，卽便本來就是借題發揮。但是袁一杉的死亡嚴重衝擊到了其他小天使成員。精神衝擊的後果，以及袁一杉死亡再之後的事情，你就都知道了。」

「本次事件中最特別的就是汪寧威了，關於這個傢伙，我只查到了一些有的沒的」湯都郡指了指置物臺上的iPad說道「我調查發現他的祖母邢叢雲還在世，我聯繫上了她，昨天晚上一煲電話就是三個小時。說了一大堆瑣事兒，總結其實就幾句話，汪寧威的母親邢蘭祖根本不想要孩子，是個生活只有工作，眼中只有事業的人。汪寧威對他來說是個婚姻的副產品，而婚姻對她來說又是一種對生活、社會以及世人目光的妥協，所有這些家庭、孩子，都是她遠大人生目標的障礙。」

聽著，康澮腦中冒出某種黑暗的思緒——

一個從不爲母親所期望的孩子，一次無法抗拒的誘惑……

又一件悲劇的連鎖——

「用邢從雲的話講，這個邢蘭祖脾氣不好，高傲，倔強，冷硬。其實我看就是沒有同理心，源自父母關照不到位，童年經歷坎坷，以及早年學生時代高壓競爭而養成的習慣性的壓抑感情，最終形成了冷漠且苛刻的人際觀和人際態度，最終導致了親密關係障礙的代際傳遞。這種性格根本不適合做家長，新生兒對於她們這類人來說就陌生的像異世界生物，但她們仍被迫成爲了一名家長。

實話所我也很同情她，無論在學校還是家裡都成長在高壓中，進了職場又被迫面對當下亞洲普遍存在的男尊女卑問題。這一問題的終極體現就是用工歧視，對女性設立的崗位少，同樣條件下單位偏好男性員工，女性總被塞到服務性和輔助性的崗位，並有更少的培訓機會、提拔機會和漲薪機會。類似二奶成風，高價彩禮，賣淫屢禁不止，生育率下降，背後根本的原因，就是女性不被社會尊重，是職場的男尊女卑導致女性能力無法發展，難以獨立生存而引發的社會畸形——因爲這種不公與發展閉塞的大條件下，女性就會尋求自我補償，盡可能提升自己僅有資源的價值，也就是青春和生育能力，擇偶與結婚就成了價值變現的手段，彩禮與男方家產就成了女性抗拒社會不公，自我補償的標靶。

像邢蘭祖這類高能力的人的情況呢，則是越被壓迫越尋求突破，越被不公的對待越求變。正當的需求和發展途徑被高壓堵塞的時候，難免會有鋌而走險的念頭，造就悲劇。」

康澮聽著，面露苦澀，湯都郡見狀住了嘴，心裡也很不痛快得扭了扭脖子，他又看了看康澮問：

「警方那邊已經理清死亡人數了，呃……你還想聽嗎？這些情報，等過幾天再說也不遲——」

「沒關係，你說吧，我現在就想知道。」

「……好，牢山上一共發現了二十六具屍體……算山坡上找到的宋陽君和王淑萍兩人……死亡人數高達二十八人，其中近一半都是未滿十二周歲的小女孩。」

康濬感到呼吸在加速，額頭神經隱隱作痛，即便猜到大致，但實際聽到確定的數量，仍感到震驚。

「——聽說那個最先長大已然成熟，引發了小天使集團內部動盪，梁繼軍想要毒殺的女孩也在其中？……很不幸，未能逃過死亡的厄運……她好像是叫……紀豔榮？……」

康濬嗯了一聲，沉下頭，目光垂放在插著管子的手臂上。內臟在抖動，肌肉在打顫，康濬能感到某種能量幾欲突破喉嚨，讓他像個野蠻人一樣叫喊。

「如果沒有低士馬，罪惡不至於被無限放大……如果我能再明白點，也不會任由事態發展到這一步……低士馬的遭遇值得同情，但他的行爲無法饒恕。我當時和他對峙，爲了讓他動搖說了很多大話，可事實是沒人能經歷過他那種悲劇後還保持積極樂觀，沒人能挺過童年經歷如此強度的情感衝擊，依舊保持內心不留下畸變。

被生母殘虐過並獨自流浪漂泊的他的心靈，已經殘缺異化至無法拯救了，我只能……連同低士馬和他的悲劇一起擊碎……低士馬自己當然知道要對自己的行爲負責，他只是知道的太晚，明白過來時早已被虛無主義思想和觀念污染透徹，早已走到了陰債太多沒法回頭無法挽回的那一步，於是乾脆放任，繼續保持著充滿毀滅的行爲模式。他早就被過度的怨恨壓倒，成了有嚴重的反社會和自我毀滅傾向的個體，他最終只能以摧毀自己或是毀壞他人的方式發洩出去，他從一開始就知道很難從我們的手裡逃脫，但仍選擇正面碰撞，因爲他根本就不在乎。死亡，從來都是他的優先選項之一。」

康澮喉嚨痙攣抽動著深吸了一口氣。

「虛無主義就像是一團黑漆漆的不會發光的，從不移動的冰冷火焰，但其迷樣的晦暗光芒總會吸引一些偶然發現它的人向之挨近，大多數人在碰到它的一瞬，便燎下一面水泡，灼下一層皮肉，帶著慘痛的教訓竄逃了，而有些……會靠得太緊而被它可怕的吸力吞噬，徹底侵蝕……擇日……誕生為另一幅模樣……

低士馬不是感染虛無，對存在等各類價值全盤否定的第一人——」

康澮雙拳在一刹攥緊，眼中冷光一閃掠過

「也不會是最後一人。」

國家圖書館出版品預行編目資料

荒蕪命定之楔／缺省著. --初版.--臺中市：白象文化事業有限公司，2024.3
面； 公分
ISBN 978-626-364-205-8（平裝）

857.81 112019982

荒蕪命定之楔

作　　者　缺省
校　　對　缺省
發 行 人　張輝潭
出版發行　白象文化事業有限公司
412台中市大里區科技路1號8樓之2（台中軟體園區）
出版專線：（04）2496-5995　傳真：（04）2496-9901
401台中市東區和平街228巷44號（經銷部）
購書專線：（04）2220-8589　傳真：（04）2220-8505
專案主編　陳媁婷
出版編印　林榮威、陳逸儒、黃麗穎、水邊、陳媁婷、李婕、林金郎
設計創意　張禮南、何佳諠
經紀企劃　張輝潭、徐錦淳、林尉儒
經銷推廣　李莉吟、莊博亞、劉育姍、林政泓
行銷宣傳　黃姿虹、沈若瑜
營運管理　曾千熏、羅禎琳
印　　刷　基盛印刷工場
初版一刷　2024年3月
定　　價　650元